U0115759

十卷本

唐詩選注評鑒 七

刘学锴 撰

中州古籍出版社
·郑州·

目　录

韩 愈

张仲素

王 涯

柳宗元

刘禹锡

李 益

　　李益（746—829），字君虞，陇西狄道（今甘肃临洮）人。大历四年（769）登进士第，同年再中超绝科，翌年又中主文谲谏科，授河南府参军，转华州郑县主簿。秩满为渭南县尉。后山南东道洎鄜畤、邠郊皆以管记之任请，由监察、殿中历侍御史，自书记、参谋为节度判官。贞元十三年（797）入幽州节度使刘济幕为营田副使，检校吏部员外郎，迁检校考功郎中，加御史中丞。元和元年（806）征拜都官郎中，进中书舍人，出为河南少尹。约七年入为秘书少监，兼集贤学士，转太子右庶子、左庶子，官至右散骑常侍。大和元年（827）以礼部尚书致仕。三年八月卒。益自称"五在兵间，故为文多军旅之思"。德宗曾诏征益之制述，令词臣编录，诗作流传海外，为夷人所宝。令狐楚编选《御览诗》，录其诗三十六首。诸体皆工，尤长七绝。《全唐诗》编其诗为二卷。按：李益曾两入朔方（崔宁、杜希全）幕府，其边塞、从军诸作多作于此期间。生平仕历据崔郾《李益墓志铭》。

喜见外弟又言别①

　　十年离乱后②，长大一相逢。问姓惊初见，称名忆旧容。别来沧海事③，语罢暮天钟。明日巴陵道④，秋山又几重！

[校注]

　　①外弟，表弟。②十年离乱，指安史之乱。天宝十四载（755）冬安史之乱爆发，至代宗广德元年（763）始告平定，首尾历九年。此举成数而言。③沧海事，指世事经历沧海桑田的巨变。《神仙传》卷上："麻姑自说云：接侍以来，已见东海三为桑田。向到蓬莱，又水浅于往日会时略半耳，岂将复为陵谷乎？王远叹曰：圣人皆言，海

中将复扬尘也。"④巴陵，唐江南西道郡名。《元和郡县图志·江南道三·岳州》："本巴丘地……吴于此置巴陵县，宋文帝又立为巴陵郡……武德六年，复为岳州。"治所在巴陵县（今湖南岳阳）。

[笺评]

范晞文曰："马上相逢久，人中欲认难。""问姓惊初见，称名忆旧容。""乍见翻疑梦，相悲各问年"皆唐人会故人之诗也。久别倏逢之意，宛然在目，想而味之，情融神会，殆如直述，前辈谓唐人行旅聚散之作，最能感动人意，信非虚语。（《对床夜语》卷五）

陆时雍曰：盛唐人工于缀景，唯杜子美长于言情。人情向外，见物易而自见难也。司空曙"乍见翻疑梦，相悲各问年"，李益"问姓惊初见，称名忆旧容"，抚衷述怀，馨快极矣。因之思《三百篇》，情绪如丝，绎之不尽，汉人曾道只字不得。（《诗镜总论》）又曰：三、四惊异绝倒。（《唐诗镜》卷三十三）

胡应麟曰：刘长卿《送李中丞》《张司直》……李益……别内弟，文皆中唐，妙境往往有不减盛唐者。又：司空曙"乍见翻疑梦，相悲各问年"，戴叔伦"一年将尽夜，万里未归人"，一则久别乍逢，一则客中除夜之绝唱也。李益"问姓惊初见，称名忆旧容"，绝类司空；崔涂"乱山残雪夜，孤烛异乡人"，绝类戴作，皆可亚之。（《诗薮·内编·近体上·五言》）

贺裳曰：司空文明每作得一联好语，辄为人压占。如"乍见翻疑梦，相悲各问年"，可谓情至之语。李益曰"问姓惊初见，称名忆旧容"，则情尤深，语尤怆，读之几乎泪不能收。（《载酒园诗话又编》）

黄生曰：（"别来"二句）虚实对。流水对。又曰：全篇直叙。初见而惊，惊其面善也。问其姓，姓果是；闻其称名，名益是。于是转忆其旧容，始知十年不见，今长大至此。事极纤细，情极逼真，难得十字道尽。沧海事，言事如海之多也，以虚对实。项斯云："别来无限意，相见却无言。"与五、六相反，然情事皆极逼真。事多故话久至暮，此亦常语，却妙在押"暮天钟"三字，然亦是韵脚相逼而成。凡诗有为韵所拘，不能作佳语者；亦有为韵所凑，反得佳语者，不可不知。(《唐诗摘抄》卷一)

沈德潜曰：与"乍见翻疑梦，相悲各问年"抚衷述悰，同一情至。一气旋折，中唐诗中仅见者。(《重订唐诗别裁集》卷十一)

乔亿曰：颔联真极。余交游中有都门一面二十余年，忽相值于太原者，情形正如此。(《大历诗略》)

宋宗元曰：形容刻至。(《网师园唐诗笺》)

吴瑞荣曰："别来"一联，宋人便不能为。以其泥于诠解故也。须知凡书以诠解益精，诗以不诠解为妙。(《唐诗笺要》)

王寿昌曰：何谓真？……卢郎中之"少孤为客早，多难识君迟"，司空文明之"乍见翻疑梦，相悲各问年"……皆切实缔当之至者。(《小清华园诗谈》卷上)

方南堂曰：人情真至处，最难描写，然深思研虑，自然得之。如司空文明"乍见翻疑梦，相悲各问年"，李君虞"问姓惊初见，称名忆旧容"，皆人情所时有，不能苦思，遂道不出，陈元孝云："诗有两字诀，曰曲，曰出。"观此二语，益知元孝之言不谬。(《辍锻录》)

潘德舆曰：唐人诗"长贫惟要健，渐老不禁愁""乍见翻疑梦，相悲各问年""少孤为客早，多难识君迟""长因送人处，忆得别家时""问姓惊初见，称名忆旧容"……皆字字从肺肝中流露，写情到此，乃为入骨，虽是律体，实《三百篇》、汉魏之苗裔也。初学欲以浅率之笔袭之，多见其不知量。(《养一斋诗话》卷七)

[鉴赏]

由于时代相近，题材相似，历代评家多将司空曙的《云阳馆与韩绅宿别》与李益的《喜见外弟又言别》，特别是将它们的颔联相提并论。其实，这两首诗在抒写乱后意外重逢的情景时有两个明显的区别。其一，司空诗的晤别双方是多年未见的故友，彼此在别前已届壮岁；而李诗晤别的双方则是乱前年尚幼小，乱后重逢时已长大的表兄弟。即两首诗的晤别双方在年岁上有差别。其二，由于经历乱离，重逢时的感情自是悲喜交集，但司空诗的感情明显偏重于悲，而李诗的感情则偏重于喜。

"十年离乱后，长大一相逢。"首联重笔提起，明点"离"与"逢"。但这却不是普通的离别与重逢，而是经历了"十年离乱"的时代浩劫与沧桑巨变之后的别后重逢，因此双方的晤话主题自然离不开这一特殊的时代背景，这一点，李诗与司空诗都是相同的，只不过司空诗未明点"离乱"而已。但"长大一相逢"却意味着别离前双方都还是幼年。李益出生于天宝五载，安史之乱爆发时年方十岁，其外弟的年龄自是更小，十年离乱之后，彼此都已长成年青人，故说"长大一相逢"。这个"一"字强调了悠久而纷乱的十年岁月中双方相逢的唯一性，从而突出了它的艰难与珍贵，为"喜"字伏脉。这一联主要是叙事，交代背景，但在叙事中即寓含有对时代与人生的感慨。而正是这"十年离乱"的特殊背景和幼别长逢的特殊经历，决定了颔联双方相逢时的特殊情态。

"问姓惊初见，称名忆旧容。"由于双方别前年方幼小，重逢时却已"长大"，而一个人的形容变化，最显著而突出的便是这从幼到大的十来年，因此双方乍见之时形同陌生。从情理推测，外弟应是主动前来寻访李益的，因此在看到这位表兄时虽也感到陌生，但毕竟知道对方就是久违的表兄，但李益却是在完全不知情的情况下乍见这位外弟的，因此便有了这颇具戏剧性的一幕。当外弟突然出现在面前时，由于对方形容大变，全感陌生，因而自然而然地问对方"贵姓"，而当对方道出姓氏并说出自己的表弟身份，称诗人为表兄时，诗人竟一时感到茫然无绪，感到这位自称表弟的人似乎是初次相见，从未谋面。"惊初见"的"惊"字，正传神地表现出诗人当时那种惊讶、迟疑、惊异、惊奇的复杂心态。诗人的这种迟疑情态自然引起了对方的注意，于是乎便主动地说出自己的名字。诗人这才恍然大悟，原来此刻站在面前的便是十来年前和自己一起玩耍的表弟。可面对这位形容陌生的表弟，竟想不起他幼小时的形容、模样，于是便在记忆中努力搜寻。这就是所谓"称名忆旧容"。这个"忆"是一种恍恍惚惚、遥远模糊的记忆。从诗人"问姓"而"惊"到外弟"称名"而诗人努力记"忆"，这一少小离别、十年重逢的场景，特别是诗人的心理活动、情态变化，被描绘刻画得极为真切、细腻、曲折、生动，富于戏剧性。而这一切，又纯用素朴的语言进行白描，使人不得不叹服诗人的艺术功力。

"别来沧海事，语罢暮天钟。"腹联转写双方重逢后的叙谈。十年离乱，双方隔绝，音信不通，国事、世事、家事以及双方各自的情况都起了巨大变化。这一切，都是双方叙谈时必然触及的话题，但在短短的十个字中，却无论如何也无法道尽，只能用高度概括的"沧海事"三字，将别后情事包举，而由此引起的沧海桑田的感慨亦自然寓含其中。妙在下句宕开写景，虚处传神，写叙谈语罢之际，天色已经向晚，远处传来一阵阵暮钟的声音，在耳边萦回荡漾。这个场景，不仅暗示了双方叙谈时间的长久、内容的繁多、感慨的深长，而且将双方在暮天钟声中默默相对无言时心潮的回荡起伏也透露出来，传达出更丰富的感情和令人神远的隽永意味。如果说，领联的成功在于真切细腻的描绘，在于实处见工，腹联的成功就在于高度概括，虚处传神，具有远神远韵。一实一虚，都体现出诗人的艺术功力。

"明日巴陵道，秋山又几重！"尾联从别后重逢过渡到"明日"的又一次离别。"巴陵道"是外弟明日要登上的道路。诗人想象，明日外弟又要沿着巴陵道迤逦而去，山川重阻，秋云暗淡，一别之后，彼此又被重重秋云笼罩的山川阻隔，天各一方了。末句以景语作设问口吻，有悠然不尽的情致，正与别情的悠长相应。

综观全篇，表现的感情虽亦有对十年离乱沧桑巨变的感慨，但主导的感情倾向是乱后意外重逢的惊喜。对于"明日"的又一离别，虽有依依惜别的感情和深挚的思念，却无明显的悲感。这和司空曙的《云阳馆与韩绅宿别》直接揭出"相悲"，抒写乍见疑梦、恍如隔世的悲感，在腹联的景物描绘中渗透凄寒冷寂的心态有明显区别。如果说，司空诗表现的是一种中年人的心态，则李益这首诗多少还体现了一些青少年人的心态。

夜上受降城闻笛①

回乐烽前沙似雪②，受降城下月如霜③。不知何处吹芦管④，一夜征人尽望乡。

[校注]

①《旧唐书·张仁愿传》："神龙三年，突厥入寇，朔方军总管沙吒忠义为贼所败，诏仁愿摄御史大夫，代忠义统众。仁愿至军而贼众已退，乃蹑其后，夜掩大破之……仁愿请乘虚夺取漠南之地，于河北筑三受降城，首尾相应，以绝其南寇之路，中宗从之，六旬而三城俱就。以拂云祠为中城，与东西两城相去各四百馀里。皆据津济，遥相应接，北拓地三百馀里。于牛头、朝那山北，置烽候一千八百所。自是突厥不得度山放牧，朔方无复寇掠。"中受降城在今内蒙古自治区包头市西，东城在今内蒙古托克托南，西城在今内蒙古杭锦后旗乌加河北岸。此指西受降城。《乐府诗集》卷八十《近代曲辞二》录此诗，题为《婆罗门》，解题引《乐苑》曰："《婆罗门》，商调曲，开元中西凉府节度杨敬述进。"又引《唐会要》曰："天宝十三载，改《婆罗门》为《霓裳羽衣》。"《全唐诗》卷二十七《杂曲歌辞》重录此诗，亦题为《婆罗门》，当是以此诗配《婆罗门》曲名改题。《旧唐书·德宗纪》：大历十四年（779）十一月，"癸巳，加崔宁兼灵州大都督、单于镇北大都护、朔方节度等使"。又，兴元元年（784），"八月甲辰，以金吾大将军杜希全为灵州大都督、西受降城、天德军、灵盐丰

夏节度菅田等使"。李益《从军诗序》云:"迨贞元初,又忝今尚书(指杜希全)之命,从此出上郡、五原四五年,荏苒从役。其中虽流落南北,亦多在军戎。"此诗当作于在崔宁幕之某年巡行朔野时。(详参陈铁民《李益五入边地幕府新考》,《文学遗产》2021年第1期。)西受降城正崔宁管内之地。②回乐烽,在西受降城附近之烽火台。或说指灵州回乐县之烽火台,但回乐县距西受降城甚远。据诗意,此回乐烽与西受降城当相距不远,故指回乐县烽火台之说恐非。其《夜上西城听梁州曲二首》之西城即指西受降城。首二句"行人夜上西城宿,听唱梁州双管逐"与本篇"闻笛"近似。烽,《全唐诗》原作"峰",校:"一作烽。"兹据改。《暮过回乐烽》云:"烽火高飞百尺台。"可证当作"回乐烽"。③下,《全唐诗》校:"一作外。"④芦管,胡人吹奏的乐器。宋陈旸《乐书》云:"芦管之制,胡人截芦为之,大概与觱篥相类,出于北国者也。"曾慥《类说·集韵》:"胡人卷芦叶而吹,谓之芦笳。"

[笺评]

李肇曰:李益诗名早著,有"征人歌且行"一篇,好事者画为图障。又有云:"回乐烽前沙似雪,受降城外月如霜。不知何处吹芦管,一夜征人尽望乡。"天下亦唱为乐曲。(《国史补》卷下)

王世贞曰:绝句李益为胜……"回乐烽前"一章,何必王龙标、李供奉!(《艺苑卮言》卷四)

胡应麟曰:初唐绝,"蒲桃美酒"为冠;盛唐绝,"渭城朝雨"为冠;中唐绝,"回乐(原误雁)烽前"为冠;晚唐绝,"清江一曲"为冠。"秦时明月",在少伯自为常调;用修以诸家不选,故《唐绝增奇》首录之,所谓前人遗珠,兹则掇拾。于鳞不察而和之,非定论也。(《诗薮·内编·近体下·绝句》)又曰:七言绝,开元以下,便当以李益为第一,如《夜上西城》《从军北征》《受降》《春夜闻笛》

诸篇，皆可与太白、龙标竞爽，非中唐所得有也。（同上）

《唐诗训解》：起语雄壮悲切，末接便。

《全唐风雅》：此首显说。

唐汝询曰：沙飞月皎，举目凄其。此时而闻笛声，安有不念切乡关者？（《唐诗解》卷二十八）按：朱之荆《增订唐诗摘抄》袭唐解。

黄生曰：烽，一作“峰”，非。盖斥堠举烽之处，因以为名。本集又有黄堆烽、阳城烽诸名。（《唐诗摘抄》卷四）

沈德潜曰：李沧溟推王昌龄‘秦时明月’为压卷，王凤洲推王翰‘蒲萄美酒’为压卷。本朝王阮亭则云：“必求压卷，王维之《渭城》，李白之《白帝》，王昌龄之‘奉帚平明’，王之涣之‘黄河远上’，其庶几乎？而终唐之世，亦无出四章之右者矣。”沧溟、凤洲主气，阮亭主神，各自有见。愚谓：李益之“回乐烽前”，柳宗元之“破额山前”，刘禹锡之“山围故国”，杜牧之“烟笼寒水”，郑谷之“扬子江头”，气象稍殊，亦堪接武。（《说诗晬语》卷上）又曰：“夜上受降城闻笛”，明云“芦管”，芦管，笳也，“笛”字应误。又曰：绝唱。（《重订唐诗别裁集》卷二十）

黄叔灿曰：李君虞绝句，专以此擅场。所谓真率语、天然画也。（《唐诗笺注》）

宋宗元曰：蕴藉宛转，乐府绝唱。（《网师园唐诗笺》）

范大士曰：如空谷流泉，调高响逸。（《历代诗发》）

李锳曰：征人望乡，只加一“尽”字，而征戍之苦，离乡之久，胥包孕在内矣。（《诗法易简录》）

李慈铭曰：高格、高韵、高调、司空侍郎所谓“返虚入浑”者。下“天山雪后海风寒”一首，佳处正同。（《越缦堂读书简端记·唐人万首绝句选批校》）

赵彦传曰：首二句写景，已为“望乡”二句钩魂摄魄，是争上流法，亦倒装法。（《唐人绝句诗钞注略》）

施补华曰：“秦时明月”一首，“黄河远上”一首，“天山雪后”

一首，"回乐烽前"一首，皆边塞名作，意态绝健，章节高亮，情思悱恻，百读不厌也。(《岘佣说诗》)

俞陛云曰：对苍茫夜月，登绝塞之孤城，沙明讶雪，月冷疑霜，是何等悲凉之境！起笔以对句写之，弥见雄厚。后二句申足上意，言荒沙万静中，闻芦管之声，随朔风而起。防秋多少征人，乡愁齐赴，则己之郁伊善感，不待言矣。李诗又有《从军北征》云："天山雪后海风寒，横笛遍吹行路难。碛里征人三十万，一时回首月中看。"意境略同。但前诗有夷宕之音，《北征》诗用抗爽之笔，均佳构也。(《诗境浅说》续编)

刘拜山曰：淡墨素描，似不着力，而天然超妙，最近太白。(《千首唐人绝句》)

[鉴赏]

这是李益一系列边塞佳作中最出名的一首。之所以特别出名，一是由于它的代表性。李益的边塞七绝，多借军中闻乐抒久戍思乡之情，如《从军北征》《听晓角》，都写得相当出色，而这首《夜上受降城闻笛》则意境最为浑融，表现最为自然。二是由于它的时代色彩。虽同样写久戍思乡，但风貌与盛唐显然不同，带有特定的时代悲凉色彩。

诗的前幅写"夜上受降城"所见，两句互文，"回乐烽"当在"受降城"附近。合而言之，即回乐烽前，受降城下，平沙似雪，月色如霜。这是一幅月色笼罩下平沙万里、寥廓广远、凄清寂静的境界。月光在这里起了关键作用。如果是在白天，则沙漠的颜色多呈黄褐色或淡黄色，且可明显见到沙丘的高低起伏。但入夜之后，在银色的月光映照下，浩瀚无垠的沙漠不但消失了高低起伏的形状，变成了浩浩无垠的万里平沙，连它的颜色也变成了一片洁白，白得像无垠的雪原。这一切，正是因"月如霜"所致。月色如霜，本不单属北方边塞地区，中原内地、江南水乡，处处可见。但当它出现在边塞朔漠地区，和浩浩无垠的万里平沙融为一体时，便显出了北方大漠之夜特有的广远寥廓、凄清寂静的境界。它美得让人神远心醉，也美得让人心凄神伤。"雪"和"霜"不但是对平沙、月光的颜色的形容描摹，更暗透目接此境的诗人（也包括征戍将士）心理上凄清寂寞的感受。整个画面上除了明月的万里清光和浩荡无垠的如雪平沙外，几乎看不到任何人和物的活动，听不到任何声息，有的只是无边的荒寂。两句似是纯粹写景，但景物描写中已暗透出抒情主人公的孤寂凄清，这正是乡思的前奏。

"不知何处吹芦管，一夜征人尽望乡。"诗的后幅由望而听、由色而声，转写登城"闻笛"。芦管，即芦笛，亦即题内之"笛"，芦管本胡人吹奏的乐器，带有浓郁的异域情调，声调又特别悲凉，因此极易引发征戍之士的思乡之情。妙在"不知"二字，突然作转，传神地描摹出在皓月当空、平沙万里、似雪如霜的无边荒寂之境中忽然传来悲凉的芦管声，使听者怦然心动、悠然神驰的情景。这声音不但使登城的诗人乡思涌动，遥望故乡，想必也使所有远戍此地的征人乡思悠悠，一夜无眠，起而望乡了。末句由己推人，其中蕴含了诗人的想象，使诗的内容更具普遍性，意境也更为广远。"一夜"犹整夜，言时间之长；"尽"言人数之众，包括全体闻笛的征人。虽是着意强调的词语，但全句却显得自然浑成，不见着力之迹。而"不知"与"一夜""尽"相呼应，又使三、四两句显得摇曳生姿，极具咏叹情味。比起《从军北征》的"碛里征人三十万，一时回首月中看"来，后者不免稍露夸张之迹，比起《听晓角》的"无限塞鸿飞不度，秋风卷入小单于"来，后者亦略显深曲，均不及此诗后幅之自然不着力。

远戍思乡，是边塞征戍之作最常见的主题。但在不同的时代，却显示出不同的情调意境。盛唐边塞诗尽管也写乡思边愁，但其中大都贯注着一种阔大雄浑之气，像王昌龄的《从军行》之一："烽火城西百尺楼，黄昏独坐海风秋。更吹羌笛关山月，无那金闺万里愁。"虽亦吹笛而怀闺人思故乡，而雄阔之气终不能掩。而李益此诗，则虽阔大旷远，但其中已经自然渗透了时代的悲凉萧瑟色调，与王诗显然有别了。

李益的七言绝句，前人多赞其可与龙标、太白竞爽。从艺术风貌上看，似乎更近于李白之自然俊爽。像这首诗，就很容易使我们联想起李白的《春夜洛城闻笛》："谁家玉笛暗飞声，散入春风满洛城。此夜曲中闻折柳，何人不起故园情？"但正如前面已经提及的，李白诗尽管亦写夜闻笛而起故园情，但诗中却荡漾着盎然的春意；而李益此诗，却透出凄清的寒意，这并不单纯由于所写时令，而且由于整个时代氛围的影响。

过五原胡儿饮马泉①

绿杨著水草如烟②，旧是胡儿饮马泉。几处吹笳明月夜③，何人倚剑白云天④。从来冻合关山路⑤，今日分流汉使前⑥。莫遣行人照容鬓⑦，恐惊憔悴入新年。

[校注]

①题《全唐诗》原作《盐州过胡儿饮马泉》，校："一作《过五原胡儿饮马泉》。"兹据改。五原，郡名：秦置九原郡，汉武帝改置五原郡，唐改置丰州，治所在九原，今内蒙古自治区五原县南。胡儿饮马泉，据次句原注："䴙鹈泉，在丰州城北，胡人饮马于此。"《新唐书·地理志一》："丰州……西受降城……北三百里有䴙鹈泉。"或谓题当作《盐州过五原饮马泉》，引《元和郡县志》曰："关内盐州五原县，本汉马领县地。贞观二年与州同置。五原，谓龙游原、乞地干原、青领原、可岚贞原、横槽原也。"谓饮马泉当在盐州，郦道元所谓长城下往往有泉窟可以饮马。按：李益有《夜上受降城闻笛》七绝，可证其到过受降城一带，则"胡儿饮马泉"或即䴙鹈泉。又有《暮过回乐烽》诗，烽在西受降城附近。其《暖川》诗云："胡风冻合䴙鹈泉，牧马千群逐暖川。""胡风"句即此诗"从来冻合关山路"句意，亦可

证"胡儿饮马泉"指鹢鹈泉。此诗当作于在崔宁幕期间之某年暮春。②著水，沾水，拂水。草如烟，形容草茂盛。③吹笳明月夜，或谓暗用《晋书·刘琨传》："在晋阳，尝为胡骑所围，城中窘迫无计，琨乃乘月登楼清啸，贼闻之，皆凄然长叹。中夜奏胡笳，贼又流涕歔欷，有怀土之切。向晓复吹之，贼并弃围而走。"④倚剑，宋玉《大言赋》："方地为车，圆天为盖，长剑耿耿倚天外。"或谓此联"慨叹当时边防不固，形势紧张"（文研所《唐诗选》）。⑤从来，从前，原来。郎士元《送粲上人兼寄梁镇员外》："借问从来香积寺，何时携手更同登。"冻合关山路，谓鹢鹈泉冻合于关山路边。⑥今日分流，指如今春暖泉融而分流。汉使，诗人自指。⑦遣，让，使。行人，诗人自指，亦可包括其他征人。

[笺评]

唐汝询曰：此奉使巡边，道经泉水而赋也。言此绿杨芳草之水，尝为胡人饮马矣。今闻吹笳之声而不睹倚剑之士，何其无备若是乎？又言我始来之时，水尚含冻，今已分流，则经春矣，而憔悴风尘，是以不敢照其容鬓耳。（《唐诗解》卷四十四）又曰：结极有致。（《汇编唐诗十集》）

玉遮曰：末句极言其清，兼影边塞意。（《唐诗选》引）

叶羲昂曰：三、四中唐壮语，结亦趣。（《唐诗直解》）

周敬曰：通篇慷慨悲壮。结就题上生感慨，有趣。（《删补唐诗选脉笺释会通评林·中七律下》）

黄家鼎曰："何人"句对得化，末句极言其清，兼影边塞意。（同上引）与《唐诗选》引玉遮同。

周启琦曰：此诗可谓探源昆仑，雄才浩气，更笼络千古。（同上引）

郭濬曰：风趣不乏。后半著泉上，妙。（同上引）

周珽曰：前四句因咏泉而思镇边之无人，后四句因咏泉而思客边之伤感。声律铿然，语意渊如，真作家老手。（同上）

王夫之曰：才称七言，小生不知，必且以"几处""何人""从来""今日"讥其尖仄。（《唐诗评选》）

高士奇曰："几处吹笳明月夜"，晋刘琨为敌所困，乃乘月登楼奏笳，贼流涕弃围去。"何人倚剑白云天"，宋玉《大言赋》："长剑耿耿倚天外。"（《三体唐诗辑注》）

毛奇龄曰：赋题能把捉，且尚有高健之气，稍振卑习。（《唐七律选》卷三）

陆次云曰：诵此诗如执玉擎珠，不敢作寻常近玩。（《五朝诗善鸣集》）

胡以梅曰：的确是中唐面目，气度色泽，自然另是一种。若令晚唐为之，令人泪下而气索矣。（《唐诗贯珠串释》）

赵臣瑗曰：前句七字，先将鹡鸰泉上太平风景一笔描出。想当年饮马之时，安能有此！次句倒落题面，何等自然！于是三、四遂用凭吊法，遐企古人开疆辟土地之功，笳吹月中，剑倚天外，写得十分豪迈，千载下犹堪令壮士色飞也。"从来"一纵，"今日"一擒，此二句是咏叹法；而"冻合""分流"，觉犹是泉也，南北一判，寒暖顿殊。天时地气，宜非人力所能转移，而转移者已如此，写得何等兴会！七、八只就自己身上闲闲作结，妙在不脱"泉"字。（《山满楼笺注唐诗七言律》）

《唐诗鼓吹评注》：此因经过饮马泉而感怀耳。首言绿杨芳草之地，乃旧日胡儿饮马之处也。今予来此，塞警未平，几处吹笳于明月之夜，而边尘须净，何时倚剑于白云之天？是盖不能无所感矣。然而此水从来冻合于关山之路，今却分流于汉使之前。其莫临水以照容鬓，恐一见此而益增憔悴之感耳。（卷四）

谭宗曰：如丝垂珠盘，续续生姿。结顺感慨致别。（《近体秋阳》）

吴昌祺曰：三、四感慨殊深。（《删订唐诗解》）

何焯曰：落句不能振起全篇。然诗以各言其伤，不妨结到私情也。（《唐三体诗评》）

沈德潜曰："几处吹笳明月夜"，言备边无人，句特含蓄。（《重订唐诗别裁集》卷十四）

乔亿曰：三、四飚开，慨守边之无良将也。后半仍抱定"泉"字，语不泛。（《大历诗略》）

屈复曰："行人"即自己，容鬓已衰，空有"倚剑白云"之心，而日月逝矣，岁不我与。四有时无英雄之叹。（《唐诗成法》）

宋宗元曰：亦悲壮，亦流丽。（《网师园唐诗笺》）

吴瑞荣曰：中唐最苦软直无婉致，此首人皆称中二联之明快悲壮，予独赏其起结虚婉，与君虞五绝"殷勤驿西路，此去是长安"一样体格。（《唐诗笺要》）

方东树曰：盐州为漠北地，五原二郡地。唐属关内道，今甘肃、宁夏后卫是。起句先写景，次句点地。三、四言此是战场，戍卒思乡者多，以引起下文自家，则亦是兴也。五、六实赋，带入自家"至"字。结句出场，神来之笔，入妙。此等诗，有过此地之人，有命此题之人，有作此题诗之人之性情面目流露其中，所以耐人吟咏。不是咏古无情，不见作诗人面目，如应试诗、赋得体及幕下张君房所为，低手俗诗，皆犯此病，所以为庸劣无取。且如西昆诸公，只以搜用故实、裁剪藻饰为能，是名编事，非作诗也。此死活之分，王阮亭辈乃不能悟。此等诗，以有兴象、章法、作用为佳。若比之杜公，沈郁顿挫，恣肆变化，奇横不可当者，则此等只属中平能品而已。下此一等，则但有秀句而无兴象、作用，犹可取。又下一等，则并杰句亦无，乃为俗人之诗矣。（《昭昧詹言》卷十八）

王寿昌曰：韵之自然与句凑者……李君虞之"几处吹笳明月夜，何人倚剑白云天"……之类是也。（《小清华园诗谈》卷下）

潘德舆曰：《饮马泉》一律，于鳞、归愚等皆选之，佳处果安在

乎?(《养一斋诗话》)

[鉴赏]

受时代氛围影响,李益的边塞诗每于阔大的境界中渗透萧瑟悲凉的情调。这首描绘北边景象的七律也有容鬓憔悴的慨叹。但基本的感情倾向和格调却显得相当雄俊朗爽,道劲流丽,在当时可称别调。

"绿杨著水草如烟,旧是胡儿饮马泉。"首联紧扣题目,点明时地。起句画出一幅明媚秀丽的春天景象:绿色的杨柳枝条,在春风中摇漾,轻拂着清澈的泉水,泉边的草地上,碧草如烟,繁茂滋润,春意盎然。北方边塞的春天以这样鲜明的形象出现在整个唐诗中恐怕是个特例。如果不看诗题和下文,几疑身在秀丽的江南。同样写五原春色的张敬忠《边词》云:"五原春色旧来迟,二月垂杨未挂丝。"诗人《度破讷沙二首》之一也说:"眼见风来沙旋移,经年不省草生时。莫言塞北无春到,总有春来何处知。"与这里的"绿杨著水草如烟"相比,简直是两个世界。其间固有季候(张诗所写系二月,此诗则为暮春)、地点(《度破讷沙》系写今内蒙古库布齐沙漠,此诗所写鹦鹈泉则地近塞上江南的河套地区)方面的原因,但更主要的恐怕是诗人写这首诗时的心情比较愉悦轻快,否则即使目接此景,也会因感情的悲伤凄苦而另作艺术处理。在这里,边塞的丽景和诗人的愉悦心情是和谐统一的。接下来一句"旧是胡儿饮马泉",仿佛只是为了点明题目,但"旧是"二字,却透露了诗人的感情:眼前这明媚秀美如江南的地方,就是先前所说的"胡儿饮马泉"啊。说明这一带旧时曾是胡人盘踞的牧马之地、饮马之泉,而今却已是汉将把守、汉使经行的雄边;与上面对照,自含新旧对比,今则生机春意盎然之意。

"几处吹笳明月夜,何人倚剑白云天。"领联由眼前的胡儿饮马泉联及丰州这一带北方边塞的景象和形势。上句写想象中的夜间景象,说月明之夜,有几处戍防之地传来胡笳悲凉的声音,透露出征人悠长的思乡之情。下句写想象中的白天景象，说哪一位将帅像伟岸的巨人那样，长剑耿耿，倚着白云蓝天，守卫国家的北疆。特用"几处""何人"置于句首，正提示这是想象中的景象，故作不定之词，反增摇曳流动之致。这一联境象壮阔，色调明朗，与首句写三春北边丽景联系起来，所描绘的正是北方边塞和平安定的形势。上下句合起来，便是一幅北方边塞阔大朗爽的戍守图。下句"倚剑白云天"用传为宋玉的《大言赋》，而显示的正是边帅倚天仗剑的伟岸气势；上句"吹笳明月夜"或谓用刘琨被围吹笳退敌故事，恐未必然。吹芦管、吹笛、吹笳，无论是在李益诗或是在整个唐代边塞诗中，向来被用作表达戍卒思乡之情的凭借，从"几处"也可看出所指并非一地，恐不能说"几处吹笳"是显示边防处处危急吧。

"从来冻合关山路，今日分流汉使前。"腹联仍回到眼前路过的"胡儿饮马泉"上来，而以昔之所历与今之所过作对照：从前天寒地冻时经过这关山迢递的道路，泉水结冰封冻，今天春暖草绿时再经此地，见到的已是淙淙泉水分流在马前了。标出"汉使"身份，正与"胡儿"相对，暗示这一带已是唐廷的控制区域。两句对仗工整而语意一贯，流水对的句式加强了今日过此时的欢快喜悦。

"莫遣行人照容鬓，恐惊憔悴入新年。"尾联仍紧贴题内"过"字、"泉"字，却突发奇想，说行人啊，你可别因泉水的清澈如镜而去照自己的面容发鬓，恐怕会因照见憔悴的容鬓而惊讶感慨自己竟如此地进入了新的一年。"新年"贴春天而言。诗人在灵盐丰夏节度使幕的时间较长，故有容鬓憔悴的感慨。但从"莫遣""恐惊"这种近乎自我解嘲的语气口吻看，诗人的心情并不沉重悲痛，因而与全诗的主调并不矛盾。

这首诗的前六句，通过"过五原胡儿饮马泉"所见所想，描绘出一幅北方边塞之春的壮阔鲜丽景象，其中虽亦寓含戍卒思乡的情思，但整个境界是朗爽雄俊，挟带着一股浩然之气的。尾联虽缀以感慨，然语含轻松幽默情趣，故整体上仍是统一的。

江南曲①

嫁得瞿塘贾②，朝朝误妾期③。早知潮有信④，嫁与弄潮儿⑤。

[校注]

①《江南曲》，乐府《相和歌辞·相和曲》名，内容多咏江南水乡风光、风习及青年男女相悦之情。现存最早的《江南曲》为南朝梁柳恽所作。曲，《全唐诗》原作"词"，校："一作曲。"兹据改。②瞿塘贾，指到瞿塘峡沿岸一带经商的贾客。瞿塘峡口的夔州（今重庆市奉节县），是商贾集中之地。李白《江上寄巴东故人》云："瞿塘饶贾客。"其《长干行》亦云："十六君远行，瞿塘滟滪堆。"杜甫《夔州歌十绝句》之七："蜀麻吴盐自古通，万斛之舟行如风。长年三老长歌里，白昼摊钱高浪中。"夔州是当时蜀吴两地商业活动的中心。③朝朝，犹日日。期，相约归家之期。④潮有信，潮水早晚定期涨落，如守信约，故云。⑤弄潮儿，在潮水里游水作戏的少年。《元和郡县图志·江南道一·杭州钱塘县》：浙江，"江涛每日昼夜再上……小则水渐涨不过数尺，大则涛涌高至数丈。每年八月十八日，数百里士女，共观舟人渔子溯涛触浪，谓之弄潮"。北宋潘阆《酒泉子》词："弄潮儿向涛头立，手把红旗旗不湿。"

[笺评]

钟惺曰：荒唐之想，写怨情却真切。（《唐诗归·中唐三》）

邢昉曰：直而妙。若作"莫作经年别""东邻是宋家"，则荡矣。（《唐风定》卷二十）

贺裳曰：诗又以无理而妙者，如李益"早知潮有信，嫁与弄潮儿"，此可以理求乎？然自是妙语。至如义山"八骏日行三万里，穆

王何事不重来"，则又无理之理，更进一尘。总之诗不可执一而论。（《载酒园诗话·诗不论理》）

徐增曰：此诗只作得一个"信"字。瞿塘是峡名，三峡之最险者。往来之人，不能期定日子，即长年亦不能料。贾又是经纪人，在外已惯，不甚以归家为急者。嫁与他，若比客子不同，然在外时多，毕竟着换他不出。"朝朝误妾期"，不是瞿塘贾预先期约者，是妻意中自期者。是今日不归，必曰：明日难道又不归？至明日，又不见归，是又误一朝矣。日日期望，日日不归，故云"朝朝"。为何要用"朝"字？吾见有期约来家者，一起身便盼望起，渐至午，至下午，见所期不来，则念头逐渐消下去了。诗用不得"夜"字，若云"夜夜"则俚矣。"早知潮有信"，潮信最准，人若如潮，必无一次之误，何况朝朝乎？妾悔不早知，若早知，当"嫁与弄潮儿"矣。儿，是无年纪者；贾，是有年纪者。贾肩重担，儿是轻身。为贾者，习见瞿塘之无定准，故为人无定准；儿习见潮水之有定性，其为人定然有定准，故欲嫁之。若作如此解者，当一棒打杀与狗子吃。要知此不是悔嫁瞿塘贾，也不是悔不嫁弄潮儿，是恨个"朝朝误妾期"耳。眼光切莫错射。（《而庵说唐诗》卷九）

王尧衢曰：此诗以"信"字为眼。瞿塘最险，贾客在外经商日长，归期难定，是最难取信之人莫如瞿塘贾矣。今恰嫁得这个人。"朝朝误妾期"。此句着力，方见瞿塘贾之无信也。日日期望其归而不归，自谓之"误"。然瞿塘贾何尝期妾，乃妾之所以自为期耳。"朝朝误"则朝朝之期望可知。"早知潮有信，嫁与弄潮儿。"坐罪瞿塘贾以为无信，乃忽然想得最不失信于朝夕者，莫如潮水。弄潮儿习见潮之有信，必然有信，定不似瞿塘贾习见瞿塘峡水之无信，以至为人无定准，妾若早知，当嫁与弄潮儿矣。此非悔嫁瞿塘贾，悔不嫁弄潮儿。只是以"朝朝误妾期"之故，而设此想耳。而其实非瞿塘贾误妾，乃妾自认做误，则亦非妾自误，乃诗人代为妾认做误耳。文心波折如是。（《唐诗合解笺注》卷四）

冒春荣曰：五言绝有两种。有意尽而言止者，有言止而意不尽者。言止而意不尽，深得味外之味，此从五言律而来，故为正格。意尽言止，则突然而起，斩然而住，中间更无委曲，此实乐府之遗音，故为变调。意尽言止，如……"嫁得瞿塘贾，朝朝误妾期。早知潮有信，嫁与弄潮儿。"（李益）此乐府之遗音也。（《葚原诗说》卷三）

方南堂曰：古云："诗有别材，非关书也；诗有别趣，非关理也。"此说诗之妙谛也。而未足以尽诗之境……然正有无理而妙者，如李君虞"嫁得瞿塘贾，朝朝误妾期。早知潮有信，嫁与弄潮儿"，刘梦得"东边日出西边雨，道是无晴却有晴"，李义山"八骏日行三万里，穆王何事不重来"，语圆意足，信手拈来，无非妙趣。可知诗之天地，广大含宏，包罗万有，持一论以说诗，皆井蛙之见也。（《辍锻录》）

乔亿曰：俚语不见身分，方是贾人妇口角，亦《子夜》《读曲》之遗。（《大历诗略》）

黄叔灿曰：不知如何落想，得此急切情至语。乃知《郑风》"子不我思，岂无他人"，是怨怅之极词也。（《唐诗笺注》）

李锳曰：极言夫壻之无情，借潮信作翻滚，便有无限曲折。（《诗法易简录》）

俞陛云曰：潮来有信而郎去不归，喻巧而怨深。古乐府之借物见意者甚多，皆喻曲而有致，此诗其嗣响也。（《诗境浅说》续编）

刘永济曰：此写商人妇之怨情也，商人好利，久客不归，其妇怨之也。人情当怨深时，有此想法，诗人为之道出。（《唐人绝句精华》）

[鉴赏]

这首诗通篇用第一人称写一位商人妇因丈夫久出不归而生的怨情，可以看作少妇的心理独白。粗粗一读，似乎信口道出，率直发露，略无余韵，纯然是原生态的人物声口；细加品味，却感到直中有曲、情中寓景，别具一种妙趣。

首句突兀而起，点明女主人公的商人妇身份。这位商妇的家应该是在长江下游一带，也许就像李白《长干行》中所写的那样，是金陵长干行商聚居之所。丈夫远赴瞿塘，故称"瞿塘贾"。"嫁得"二字，似自夸又似自怨，感情复杂微妙。次句忽然折转，重笔抒写怨情。徐增说"朝朝误妾期"不是瞿塘贾预先期约者，是妾意中自期者，这理解似新颖，却与他自己说的"此诗只作得一个'信'字"直接冲突。试想如瞿塘贾临行前根本就没有何时归来的期约，那就不存在有"信"无"信"的问题。但远赴瞿塘，行程数千里，确切的归期确实也很难定，再加上"商人重利轻别离"的本性，恐怕临行前丢下的也就是"多则一年，少则半载"之类没有准头的期约。正因为如此，才会有女主人公在渺茫不定的期盼中"朝朝"而望归，却"朝朝"而失望的怨怅。"朝朝"即"日日"，却自然含有一清早起来就在凝望归舟的意蕴。因此，这句虽表面上看纯是抒情，从中却可想象出温庭筠《望江南》词的全部意境——"梳洗罢，独倚望江楼。过尽千帆皆不是，斜晖脉脉水悠悠，肠断白苹洲"。或者说可以用温词作"朝朝误妾期"的形象化注解。

"早知潮有信，嫁与弄潮儿。"三、四句紧承"朝朝误妾期"，由长期的等待、失望、怨怅而生气愤激：早知道潮水朝夕按时而至，从不失信，不如干脆嫁给乘潮戏耍的弄潮儿算了。这当然是气极之时发泄情绪的话，不可呆看。妙在声口毕肖，神情毕现，从中可以想象出少妇此时那种半是怨恨、半是娇嗔的情态，使眼前的人物变得鲜活起来。但更妙的是何以从夫婿的误期失信想到了潮水，又由潮水想到了弄潮儿。当然，丈夫之无"信"与潮之有"信"可以是由此及彼的联想契机。但它真正的妙处却在即景生情，触发联想。能见到潮水的地方，一是在海边，一是在江水的下游，因海潮涌入，形成递流而上的江潮。这位商妇的住处就在长江下游的金陵这一带，在她天天从早到晚盼望丈夫归舟到来的过程中，早潮与晚潮天天按时而至正是眼前的实景，从"早知潮有信"的"早知"五字也可体味出"潮有信"乃即目所见。因此由夫婿之无"信"到"潮"之"有信"，这一联想正是由眼前景触发，显得十分自然。在抒写怨情的同时将少妇伫立江楼，眼见潮水涌动，按时而至的情景也透露出来了。由眼前的潮水按时有信再到乘舟弄潮的"弄潮儿"，则无论是否实景，都是内心感情发展的必然，呼之欲出的了。

仿佛是纯粹原生态的商妇心理独白，却有如此曲折的情致和寓景于情的高妙手段，这正是唐代诗人对民歌所作的不露痕迹的艺术加工。

汴河曲①

汴水东流无限春，隋家宫阙已成尘②。行人莫上长堤望③，风起杨花愁杀人。

[校注]

①汴河，即汴水，隋通济渠、唐广济渠之东段。《通鉴·隋炀帝纪》："大业元年三月辛亥，命尚书右丞皇甫议发河南、淮北诸郡民，前后百余万，开通济渠，自西苑引谷、洛水达于河。复自板渚引河历荥泽入汴。又自大梁之东引汴水入泗，达于淮。"因自荥阳至开封一段为古汴水，故唐、宋人遂进而将荥阳至盱眙入淮之通济渠通称汴河或汴水。②隋家宫阙，指隋炀帝为游江都在通济渠沿岸所设的行宫。《隋书·炀帝纪》："大业元年，自长安至江都，置离宫四十余所。"③长堤，即汴堤，隋炀帝沿通济渠、邗沟（江、淮之间的一段古运河，隋炀帝时重开）岸边筑御道，道旁植柳。

[笺评]

吴曾曰：唐朱放《送魏校书》诗云："长恨江南足别离，几回相

送复相随。杨花撩乱扑流水，愁杀行人知不知。"李益学朱也。然二诗皆佳。(《能改斋漫录》卷五)按：此则又见于吴开《优古堂诗话》。

唐汝询曰：炀帝凿汴以通巡幸，而作宫其旁，筑堤植柳，至侈靡也。今河滨春色虽佳，而宫阙残破，惟有杨花飘荡而已。为人君者，可无戒欤！(《唐诗解》卷二十八)

叶羲昂曰：说得亡隋景象，令人不敢为乐。(《唐诗直解》)

《唐诗训解》：前以侈贬，后可为鉴。

宋顾乐曰：情格绝胜，那得不推高调。(《唐人万首绝句选》评)

富寿荪曰：汴水依旧东流，隋家宫阙已成尘土，惟馀轻薄杨花在漫天飞舞，堤上行人，自生今昔盛衰之感。下二句以唱叹出之，怆惘无尽。(《千首唐人绝句》)

[鉴赏]

这是一首怀古诗。题中的汴河，唐人习惯指隋炀帝所开的通济渠的东段，即运河从板渚(今河南荥阳北)到盱眙入淮的一段。当年隋炀帝为了游览江都，前后动员了百余万民工凿通济渠，沿岸堤上种植柳树，世称隋堤。还在汴水之滨建造了豪华的行宫。这条汴河，是隋炀帝穷奢极欲、耗尽民膏，最终自取灭亡的历史见证。诗人的吊古伤今之情、历史沧桑之感，就是从眼前这条汴河引发出来的。

首句撇开隋亡旧事，正面重笔写汴河春色。汴水碧波，悠悠东流，堤上碧柳成荫、柔丝袅娜，两岸绿野千里、田畴相接，望中一片无边春色，使本来比较抽象的"无限春"三字具有鲜明的形象感。但"春"字既可指春色又可指岁月。从隋炀帝开凿通济渠到诗人写这首诗时，时间已经过去好几百年，如果再上溯到魏晋时的汴梁渠乃至古汴水，则时间更长。因此，这"无限春"既可将读者的想象引向广阔的现实空间、无边春色，又可将读者的思绪引向悠远的历史时间。这两方面，都极易引发人们的沧桑感，从而不着痕迹地过渡到第二句。

刘禹锡《杨柳枝》说："炀帝行宫汴水滨。"第二句中的"隋家宫阙"即特指汴水边的炀帝行宫。春色常在，但当年豪华的隋宫则已荒废颓破，只留下断井颓垣供人凭吊了。"已成尘"，用夸张的笔墨强调往日豪华荡然无存，与上句春色之无边、时间之永恒正形成怵目惊心的强烈对照，以见人世沧桑，历史无情。"台城六代竞豪华，结绮临春事最奢。万户千门成野草，只缘一曲后庭花。"（刘禹锡《金陵怀古·台城》）包含在"隋家宫阙已成尘"中的意蕴，不正是这种深沉的历史感慨吗？

一、二两句还是就春色常在而豪华不存这一点泛泛抒感，三、四句则进一步抓住汴水春色的典型代表——隋堤柳色来抒写感慨。柳絮春风，飘荡如雪，本是令人心情骀荡的美好春色，但眼前的隋堤柳色，却绾结着隋代的兴亡，历史的沧桑，满目春色，不但不能使人怡情悦目，反倒令人徒增感慨了。当年隋炀帝沿堤树柳，本是为他南游江都点缀风光的，到头来，这隋堤烟柳反倒成了荒淫亡国的历史见证，让后人在它面前深切感受到豪奢易尽、历史无情。那随风飘荡、漫天飞舞的杨花，在怀着深沉感慨的诗人眼里，仿佛正是隋代豪华消逝的一种象征（"杨花"的杨与"杨隋"的杨，也构成一种意念上的自然联系，很容易让人产生由此及彼的联想）。但是，更使人感怆的也许是这样一种客观现实：尽管隋鉴不远，覆辙在前，但当代的封建统治者却并没有从亡隋的历史中汲取深刻教训。哀而不鉴，只能使后人复哀后人。这也许正是"行人莫上长堤望，风起杨花愁杀人"这两句诗中所寓含的更深一层的意旨吧。

怀古与咏史，就抒写历史感慨，寄寓现实政治感受上这一点上看，有相通之处。但咏史多因事兴感，重在寓历史鉴戒之意；怀古则多触景生慨，重在抒今昔盛衰之感。前者较实，而后者虚。前者较具体，后者较空灵。将李益这首诗跟题材、内容与之相近的李商隐咏史七绝《隋宫》略作对照，便不难看出二者的差异。《隋宫》抓住"春风举国裁宫锦，半作障泥半作帆"这一典型事例，见南游江都所造成的巨大靡费，以寓奢淫亡国的历史教训；《汴河曲》则只就汴水春色、堤柳飞花与隋宫的荒凉颓败作对照映衬，于今昔盛衰中寓历史感慨。一则重在"举隅见烦费"，一则重在"引古惜兴亡"。如果看不到它们的共同点，就可能把怀古诗看成单纯的吊古和对历史的感伤，忽略其中所寓含的伤今之意；如果看不到它们的不同点，又往往容易认为怀古诗的内容过于虚泛。怀古诗的价值往往不易被充分认识，这大概是一个重要原因。

边　思

腰垂锦带佩吴钩①，走马曾防玉塞秋②。莫笑关西将家子③，只将诗思入凉州④。

[校注]

①吴钩，古代吴地产的弯刀。形似剑而曲。亦泛指锋利的兵器。鲍照《代结客少年场行》"骢马金络头，锦带佩吴钩。"杜甫《后出塞五首》之一："少年别有赠，含笑看吴钩。"②玉塞，本指玉门关，此泛指边塞。防秋，古代西北各游牧部落，往往趁秋高马肥时入侵内地，届时边军特加警卫，调兵防守，称"防秋"。《旧唐书·陆贽传》："又以河陇陷吐蕃已来，西北边常以重兵守备，谓之防秋。"③关西，指函谷关以西。《后汉书·虞翻传》："谚曰：'关西出将，关东出相。'"李贤注引《汉书·赵充国传赞》："秦、汉以来，山东出相，山西出将。"山指华山。李益系陇西狄道人，故自称"关西将家子"。据此句，其父祖可能曾为军中将领。但其墓志中未见记载。（祖成裕，父虬）④凉州，今甘肃武威。此句谓自己不能立功玉门关外，奏凯而入凉州，却只能将征戍的诗情写入诗歌之中。凉州，在这里双关作为地名的凉州与作为边塞征戍歌词代称的《凉州词》。

宋顾乐曰：写出豪概。(《唐人万首绝句选》评)

俞陛云曰：此咏边将之多才，在塞外诗中，别开格调。首句言戎容之整肃，次句言征戍之辛劳。后二句言，莫笑其豪健为关西将种，能载满怀诗思，而入凉州，听水听风，谱绝《霓裳》之调，更能防秋走马，独著边功。隋、陆能武，绛、灌能文，此亦兼指之。(《诗境浅说》续编)

刘拜山曰：李益"莫笑关西将家子，只将诗思入凉州"，是自负语；陆游"此身合是诗人未？细雨骑驴入剑门"，是感慨语。同是从军诗人之作，正可合看。(《千首唐人绝句》)

这很像是一首自题小像赠友人诗，但并不单纯描摹外在的形貌装束，而是在潇洒风流的语调中透露出理想与现实的矛盾，寄寓着苍凉的时代与个人身世的感慨。

首句写自己的装束。腰垂锦带，显示出衣饰的华美和身份的尊贵，与第三句"关西将家子"相应。"佩吴钩"，表现出意态的勇武英俊。杜诗有"少年别有赠，含笑看吴钩"之句，可见佩带吴钩在当时是一种显示少年英武风姿的时髦装束。寥寥两笔，就将一位华贵英武的"关西将家子"的形象生动地展现出来了。

第二句"走马曾防玉塞秋"，进一步交代自己的战斗经历。北方游牧民族每到秋高马肥的季节，进扰边境，甚至掠夺内地，故须调重兵防守，称为"防秋"。"玉塞"，指玉门关。此处泛指西北边塞。因为安史之乱以后，吐蕃乘机侵掠，连年攻占西北各州，甚至一度攻入长安。李益生平经历中并没有戍守玉门关的经历。但"防秋"之事，李益确曾参与。大历九年（774）至十二年前后，诗人曾入渭北节度使臧希让幕。而据《旧唐书·吐蕃传下》载："（大历）九年四月，以吐蕃侵扰，预为边备，乃降敕……（臧）希让以三辅太常之徒、六郡良家之子，自渭上而西，合汴宋、淄青、幽蓟，总四万众，分列前后。"可证是年唐王朝有大举防秋之事，而李益适逢其时入幕，故以自豪的口吻追忆起这次初入戎幕、参与保卫边疆的战斗经历。

但诗意的重点并不在图形写貌、自叙经历，而是抒写感慨。这正是三、四两句所要表达的内容。"莫笑关西将家子，只将诗思入凉州。"关西，指函谷关以西。古有"关西出将，关东出相"的说法，李益是陇西狄道（今甘肃临洮）人，故云。表面上看，这两句诗语调轻松洒脱，似带有一种风流自赏的意味；但如果深入一层，结合诗人所处的时代、诗人的理想抱负和其他作品来体味，就不难发现，在这潇洒轻松的语调中正含有无可奈何的苦涩和深沉的感慨。

李肇《国史补》载："李益诗名早著，有'征人歌且行'一篇，好事画为图障。又有云：'回乐烽前沙似雪，受降城外月如霜。不知何处吹芦管，一夜征人尽望乡。'天下亦唱为乐曲。"其《从军诗序》亦云："君虞始长八岁，燕戎乱华。出身二十年，三受末秩，从事十八载，五在兵间，故其为文，咸多军旅之思……率皆出于慷慨意气，武毅犷厉。本其凉国，则世将之后，乃西州之遗民与？亦其坎壈当世，发愤之所致也。"但仅作慷慨悲凉的军旅征戍的诗歌，决非李益这位"关西将家子"的本愿。他的《塞下曲》说："伏波惟愿裹尸还，定远何须生入关。莫遣只轮归海窟，仍留一箭定天山。"像班超等人那样，立功边塞，威震异域，才是他平生的夙愿和人生理想。当立功献捷的宏愿化为苍凉悲慨的诗思，充溢于征戍之词的时候，当功成图麟阁的宏愿只落得征戍之词画为图障的时候，诗人心中翻滚着的恐怕只能是壮志不遂的悲哀吧。如果说"莫笑"二字当中还多少含有自我解嘲的意味，那么，"只将"二字便纯然是壮志不遂的深沉感慨了。作为一首自题小像赠友人的小诗，三、四二句要表达的，正是一种"辜负胸中十万兵，百无聊赖以诗鸣"式的感情。

这当然不意味着李益不欣赏自己的边塞之作，也不排斥在"只将诗思入凉州"的诗句中多少含有自赏的意味。但那自赏之中分明蕴含着无可奈何的苦涩。潇洒轻松与悲慨苦涩的矛盾统一，正是这首诗的一个突出特点，也是它耐人寻味的重要原因。

宫　怨①

露湿晴花春殿香②，月明歌吹在昭阳③。似将海水添宫漏④，共滴长门一夜长⑤。

[校注]

①宫怨，乐府《相和歌辞·楚调曲》名。②春殿，指次句所写的昭阳殿。③歌吹，歌唱吹奏。昭阳，汉未央宫后宫八区有昭阳八殿，昭阳位列第一。汉成帝的皇后赵飞燕，贵倾后宫，居昭阳殿，《汉书·孝成赵皇后传》："皇后既立，后宠少衰，而弟绝幸，为昭仪，居昭阳宫。"此指得宠者所居。④宫漏，宫中计时器，即铜壶滴漏。以铜壶盛水。壶底穿一小孔，壶中立箭，上刻度数，壶中水以漏渐减，箭上刻度逐次显露，以度计时。⑤长门，汉宫名。传为司马相如所作《长门赋序》云："孝武皇后陈皇后时得幸，颇妒，别在长门宫，愁闷悲思。"此喻指失宠宫妃所居。

[笺评]

桂天祥曰：宫怨宜在浑厚，诗虽佳，而意甚刻削。（《批点唐诗正声》）

唐汝询曰：以昭阳之歌吹，比长门之漏声，是以弥觉其长耳。（《唐诗解》卷二十八）

邢昉曰："月光欲到长门殿，别作深宫一段愁。"细勘见盛、中之别。"似将海水添宫漏，共滴长门一夜长。"此亦依稀太白。（《唐风

定》卷二十二)

黄生曰:"一种蛾眉明月夜,南宫歌管北宫愁。"此诗即此意,而调较婉,唐仲言云:"费许多力,只说得一个夜长。"此语亦有见。彼歌亦长,此漏亦长,相形之下,漏岂不长耶!(《唐诗摘抄》卷四)

王尧衢曰:"露湿晴花春殿香",庭花浥露而已,不得蒙泽,春殿披香,而长门独甘愁寂,皆怨之端也。"月明歌吹在昭阳",夜静风清,传来歌吹之声,则在昭阳宫里,岂不愁杀!"似将海水添宫漏",以寂寥之夜,听歌吹之声,一更更意惹情伤,一声声宵长漏永,越听越觉其长,似添了海水一般。按李兰漏刻法:以器贮水,以铜为渴乌,状如钩曲,以引器中水于银龙中,口中吐入权器,漏水一升,秤重一斤,时刻一刻。"共滴长门一夜长",长门宫,离宫名,陈皇后遭贬时所居,故长门之漏,比他处似乎更长。今似将海水为漏水,共漏个不歇也。(《唐诗合解笺注》卷六)

乔亿曰:兴调已是龙标,又加沉着。(《大历诗略》)

刘文蔚曰:听昭阳之歌吹,怨从中来,而长门漏声是以弥觉其长也。(《唐诗合选详解》卷四)

刘永济曰:不过"愁人知夜长"之意,却将昭阳歌吹与长门宫漏比说,便觉难堪。(《唐人绝句精华》)

富寿荪曰:"似将",与李白《长门怨》"夜悬明镜青天上,独照长门宫里人",白居易《燕子楼》"燕子楼中霜月夜,秋来只为一人长",皆刻意烘染愁思,而海水添漏,设想尤奇。(《千首唐人绝句》)

[鉴赏]

宫怨诗的构思,大都从失宠者一边着笔,置景多在夜间,通过失宠宫嫔所见所闻所思抒写其内心的哀怨。这首诗的构思也不离这基本格套。但前半写得细腻蕴藉,后半写得夸张,全篇却又浑然一体,没有不谐调的感觉。

首句"露湿晴花春殿香",初读似泛泛写眼前景物,实则所写系想象中景象。"春殿"指昭阳殿,着一"春"字,既点明时令,更渲染了一片暖融融的醉人春意。"露湿"既点明时间已经到了深夜,与下文的"晴花"联系起来,更寓含着一层象征意蕴。"晴花"指晴天因气候和煦、阳光映照而开放的花,夜来在露水的滋润下显得格外娇艳。这使人自然联想到君主雨露的滋润使得宠的宫妃更加娇美的情态,亦即李白诗"一枝红艳露凝香",句末的"香"字,自是从"露湿晴花"而来,暗示雨露滋润的晴花发出沁人心脾的芳香,充溢着整个春殿。全句将写实与象征不着痕迹地融合在一起,表面上是写春殿花香充溢,实际上暗寓君主的雨露使得宠者更加娇艳,满殿生香,春意醉人。由于这一切均出之于长门宫中失宠者的想象,其中便自然渗透了失宠者对得宠者的欣羡和对君主的怨意。美好的意象和境界背后隐藏的正是一种欣羡与哀怨交织的情绪,但表现得很隐微含蓄。

"月明歌吹在昭阳",次句正面点出得宠者所居的昭阳殿,与上句从想象着笔不同,这一句从失宠者的视听感受着笔。月明之夜,远处的昭阳殿沐浴在月光的清辉之中,耳畔传来一阵阵热闹的歌唱吹奏之声。如此良夜,欢乐只属于春意融融的昭阳殿了。"在"字似不着力,却很富表现力。在女主人公心中,不但歌吹作乐,就连天上的明月清光似乎也只映照着昭阳殿。"在"字中同样透露出女主人公的欣羡与怨怅。

三、四两句,转笔写失宠者一边的情景。"长门"点明女主人公所居及自己的失宠者身份。"似将海水添宫漏,共滴长门一夜长。"两句中的核心字眼不过"长门一夜长"五字。由于失宠的哀怨愁思,绵长不绝;加上长夜寂寥,清冷孤子,倍觉难挨;更由于远处昭阳殿中歌吹之声的刺激,使女主人公越发感到夜的漫长。在漫漫长夜中,宫中的铜壶滴漏在寂寥中发出单调的声响。这声响,缓慢而悠长,在愁怨不寐的女主人公听来,似乎无穷无尽,永远也滴不完。于是在心中忽发奇想:今夜的铜壶滴漏,好像是将大海的全部海水都添到了漏壶中，使这长门一夜显得无限的悠长难尽。作为一个比喻，以漏滴之细小而缓慢与海水之浩阔无边作比照，诚然是极度的夸张，夸张到匪夷所思的程度，但就表现女主人公的内心感受来说，它又是高度的真实，非如此则不能充分表达其漏声悠长无尽、长夜漫漫难挨，辗转反侧、不能成寐，愁思萦绕、哀怨缠绵的情状。极度的哀怨使漏声之悠长在女主人公的听觉中无形中放大了无穷倍，这才激发出"似将海水添宫漏"的想象。这想象既新奇浪漫，想人之不敢想，又大胆强烈，充分表达出其内心痛苦的强度和深度。从语言表达上看，它是直白显露的；但从想象的新奇与以漏长衬夜长，以海水拟漏滴来说，它又是曲折委婉的，本身就体现了直与曲的统一。如果再与前两句的细腻蕴藉联系起来，则全篇又体现了含蓄蕴藉与明快的统一。由于后两句在极度夸张中显示高度真实，故和前两句的近似写实的风格仍能取得浑然一体的艺术效果。

上汝州郡楼①

黄昏鼓角似边州，三十年前上此楼。今日山川对垂泪②，伤心不独为悲秋③。

[校注]

①汝州，唐都畿道郡名，治所在梁县（今河南汝州市）。②川，《全唐诗》原作"城"，校："一作川。"兹据改。《世说新语·言语》："过江诸人，每至美日，辄相邀新亭，藉卉饮宴。周侯（𫖮）中坐而叹曰：'风景不殊，举目有山河之异。'皆相视流泪。惟王丞相（导）慨然变色曰：'当共戮力王室，克服神州，何至作楚囚相对！'""山川对垂泪"暗用其事。③宋玉《九辩》："悲哉秋之为气也，萧瑟兮草木摇落而变衰。"

敫英曰：感慨含蓄。新亭堕泪，恐亦尔尔。（《唐诗绝句类选》）

桂天祥曰：调苦，绝处极有意。（《批点唐诗正声》）

唐汝询曰：闻鼓角而想边声，因登楼而忆往事，此时陨涕，岂徒以悲秋之故也？当有不忍言者矣。（《唐诗解》卷二十八）又曰：自有心事，不须揣摩。（《删补唐诗选脉笺释会通评林·中七绝中》引）

周珽曰：益边塞诸诗，掀开千百年宿案，笔胆能踏泰山使东，倒黄河使西。吾畏其古神幽骨之贵，即王（昌龄）、李（白）复生，不能前驱也。（同上）

黄周星曰：登临中往往有此，可胜感慨。（《唐诗快》卷十五）

黄叔灿曰："似"字见风尘满地。三十年中，乱离飘荡，山川如此，风景已非。"伤心不独为悲秋"，俱含在内。（《唐诗笺注》）

［鉴赏］

绝句贵简省含蓄，但像李益这首诗一样，简省到对正意不着一字，含蓄到使读者对某一诗句产生歧解的，却为数不多。而这首诗所独具的深沉含蕴的风格，又正和上述表现手法密切相关。

这是一首登临抒慨之作。汝州，唐时属都畿道，州治在今河南汝州市。从地理位置上说，河南为中州之地，汝州更是王畿近甸，本来应当是人烟相接、桑柘遍野的和平富庶之乡。但安史乱起，洛阳附近一带沦为唐军与叛军反复争夺拉锯的战场，屡经兵火洗劫，早已残破不堪。安史乱平，藩镇割据。淮西地区从代宗大历十四年（779）李希烈割据叛乱，到宪宗元和十二年（817）吴元济被平定，前后为军阀割据近四十年，其间战争不断。汝州地近蔡州，正是与军阀交战的前线地区。这首诗当作于元和十二年淮西藩镇被讨灭之前。诗的开头一句"黄昏鼓角似边州"，就以寓含深沉感喟的笔触勾画出一幅冷落荒凉、充满战争气氛的图景：日暮黄昏，田野萧条，悲凉的鼓角声不断地从城楼上传出，回荡耳边。登楼四顾，恍惚中竟觉得置身于沿边的州郡。这种感觉，使人联想起杜甫《秦州杂诗》中的诗句："鼓角缘边郡，川原欲夜时。秋听殷地发，风散入云悲……万方声一概，吾道欲何之？"但那是置身真正的边郡，而李益此刻所在的却是王畿近甸的中原腹心之地，气氛竟如同边州，则汝州一带军事形势的紧张和景象的寥落可知。一"似"字正含有无限伤时感乱之痛。姜夔的《扬州慢》写劫后的扬州"渐黄昏，清角吹寒，都在空城"，内容情调与此类似。但姜词注重刻画，此诗则含浑不露。

"三十年前上此楼"，第二句由今日之登楼联想到三十年前登此楼的情景。由于此诗确切写作年代不详，"三十年前"究竟是哪一年也无从详考。但大致可以肯定是在安史之乱以后（安史之乱爆发那一年，诗人才十岁。如此时登楼，恐不大会留下深刻记忆，更不大可能有多少感触）。假定诗人是在淮西地区刚被军阀割据时到过汝州，［据《通鉴》载，德宗建中四年（783），李希烈兵陷汝州，执别驾李元平，遣将四出抄掠］则到元和初已达三十年，与此诗所写情景正合。"三十年前上此楼"的具体情景，句中一字未提。但联系上下文（特别是上句），不难揣知，今日登楼所见所闻所感，正和三十年前上此楼时相仿佛。时间距离之长与景象、感触之相似，形成一种意味深长的对照，使诗人在思前想后中感慨更深了。这就必然要引出三、四两句来。

"今日山川对垂泪，伤心不独为悲秋。"宋玉悲秋，历来被视为贫士失职而志不平的一种表现。这里说自己今日面对汝州的山川而伤心垂泪，原因不单是个人的落拓失意之悲。言外之意是，自己之所以"伤心""垂泪"是由于对国家的前途命运怀着更深广的忧愤。但这一层心意，却并未直接说出，而是用"伤心不独为悲秋"这样的诗句从反面微挑，虚点而不明说。这就留下许多涵泳、思索的余地。实际上，当诗人面对三十年来山川依旧的汝州城时，藩镇割据势力的长期猖獗，统治集团的腐败无能，人民生活的艰难困苦，唐王朝国运的衰颓没落，都不免在日暮黄昏、鼓角悲凉的惨淡气氛中萦绕于脑际。诗人的"伤心""垂泪"既如此深广，自然只能以不了语了之，只说"不独为悲秋"了。"山川对垂泪"的字面，当与《世说新语·言语》周颙之"风景不殊，举目有山河之异"，"皆相视流泪"之事有关，读者从中正可唤起一种对国运衰颓和世事沧桑的悲慨。

这首诗在构思方面的显著特点，就是用三十年前后两登汝州城楼所见所闻所感的相似，来集中表达对在长期战乱中衰颓不振的整个时代的深沉感慨。由于它充分发挥了绝句长于含蓄的特点，虚处传神，吞咽出之，遂使这首小诗具有深广的时代内容和感情内容，经得起反复吟味。

塞下曲①

伏波惟愿裹尸还②，定远何须生入关③。莫遣只轮归海窟④，仍留一箭定天山⑤。

[校注]

①《塞下曲》，乐府横吹曲旧题。此为唐代新乐府辞。②伏波，指东汉名将马援，曾封为伏波将军。《后汉书·马援传》："玺书拜援伏波将军。"曾曰："方今匈奴、乌桓尚扰北边，欲自请击之。男儿要当死于边野，以马革裹尸还葬耳，何能卧床上在儿女子手中邪！""会匈奴乌桓寇扶风，援以三辅侵扰，园陵危逼，固请行，许之。"③定远，指东汉名将班超，因立功西域，封定远侯，邑千户。《后汉书·班超传》："为人有大志……家贫，常为官佣书以供养。久劳苦，尝辍业投笔叹曰：'大丈夫无它志略，犹当效傅介子、张骞立功异域，以取封侯，安能久事笔研间乎！'""西域五十馀国悉皆纳贡内属焉。明年……封超为定远侯，邑千户。超自以久在绝域，年老思土。（建初

十二年，上疏曰：'……臣不敢望到酒泉郡，但愿生入玉门关……'"
"帝感其言，乃征超还"。④遣，让，使。只轮归，《春秋公羊传·僖公三十三年》：四月，"晋人与姜戎要之（指秦军）殽（山名，在今河南洛宁县北）而击之，匹马只轮无反者。"海窟，指胡人所居的极远的巢穴之地。⑤《新唐书·薛仁贵传》："诏副郑仁泰为铁勒道行军总管。时九姓众十余万，令骁骑数十来挑战，仁贵发三矢，辄杀三人，于是虏气慑，皆降……军中歌曰：'将军三箭定天山，壮士长歌入汉关。'九姓自此衰弱，不复更为边患也。"此处为与上句"只轮"对仗，改"三"为"一"，更显将军之神勇。

[笺评]

富寿荪曰：此代边将立言，抒写报国壮志，杀敌决心。通首意气飞扬，极沉雄豪迈之致。四句皆对，句句用典，而一气浑成，无凑泊板重之迹，尤为可贵。（《千首唐人绝句》）

[鉴赏]

此诗不但在整个中唐诗中堪称别调，就是在古代绝句史上也是别具一格之作。它的突出特点，就是句句用典，句句对仗。这两个特点通常情况下都是绝句创作艺术上的大忌。绝句贵含蓄，贵空灵，句句用典（特别是事典）极易使诗的内容、风格过实，缺乏想象空间和言外余韵。绝句贵风神摇曳，情韵悠长，句句对仗，特别是工整的对仗，极易使诗的风格流于板滞。但李益此作，却在犯绝句创作板与实两大忌的情况下，成功地发挥了用典与对仗的优长，而避开了用典与对仗可能引起的弊病，写出了一首感情悲壮激越、风格雄浑苍劲、通体一气浑成的杰作。

首句"伏波惟愿裹尸还"用马援典，意在突出其为国御敌，勇于牺牲，以战死疆场为荣的英雄气概。马援的话本身就是极具个性化色彩的人生誓言，诗人又用"惟愿"二字重笔勾勒，强调其唯一性，从而将它提高到人生价值观的高度。值得注意的是，马援的这一人生宣言是针对"方今匈奴、乌桓尚扰北边"的形势而发的，而且他真正践行自己的誓言，"自请击之"，将人生观付诸实践，最后果然死于军中。因此，读者从这个事典中所感受到的就不仅仅是马援的豪言壮语中显示出来的英雄气概，而且是他的整个人生价值观以及与此相联系的一生实际英雄业绩，是这一英雄人物的整体形象。而"方今匈奴、乌桓尚扰北边"的话也无形中具有某种现实针对性。

次句"定远何须生入关"，用的同样是一位东汉名将的典故。班超经营西域三十余年，使西域五十余国纳贡内属，其功勋之卓越可以说是超越了前辈张骞，使东汉王朝的国威远扬域外，真正实现了其早年的大丈夫志略。晚年思故土而"愿生入玉门关"，也是人之常情，但诗人却以"何须"二字与上句"惟愿"相呼应，反其意而用之，说班超既立功西域，就干脆为维护汉王朝的国威而终老异域，何必恋故土而入玉关呢！班超的业绩如此卓越，犹以"何须"之语表示不足为遗憾，则诗人的宏伟志向可见。上句正用，以"惟愿"从正面强调；下句反用，以"何须"从反面表示不足。对仗虽极工整，意思却不重复，正反相济，愈加显出为国立功，终老异域，死于疆场的英雄气概和人生理想。"惟愿"与"何须"，上下勾连照应，使两句意思贯通，一气流注。

前两句着重从人生观的高度，借马援、班超的典故，表达英雄人物应有的志向气概，下两句进一步从践行志略的角度突出英雄人物应具的行动与业绩。"只轮归"用秦晋殽之战，秦人"匹马只轮无反"之典，强调对来犯之敌，要坚决、彻底、干净地加以消灭，不使其一兵一卒生归巢穴，以绝后患。这句虽是正面用典，却主要用其语，而与具体的人物、事件无关，用法灵活多变。"海窟"似是诗人的独创语，意指瀚海沙漠极远处胡人的窟穴。句首用"莫使"二字，有告诫之意，说明此诗可能是为壮词以激励戍边将帅。

末句"仍留一箭定天山"。用薛仁贵三箭定天山的事典，却将原典中的"三"改为"一"。这一改动，不但是为了与上句"只轮"构成铢两相称的工对，而且更是为了突出将军的神勇。"三箭"而"定天山"，已传为军中佳话，"一箭"而"定天山"，则又超仁贵而上之，英勇绝伦了。用"仍留一箭"之语，既有奋其余勇之意，又兼平定另一强敌之意，品味自知。"莫遣"句着意强调，重重提起；"仍留"句轻轻放下，口吻轻松，似乎是说请再留下区区一箭，捎带着把天山一带地区也给平定了。轻重抑扬之间，表现出对将军神勇的高度信任与赞扬，也使两句诗上下贯串一气，显得摇曳有致，气定神闲。

通观全诗，可以看出四句诗之所以能构成一个浑融的艺术整体，既取决于内在的贯通首尾的气——一种坚信自己理想信念的精神力量，又得力于四句中"惟愿""何须""莫遣""仍留"等词语的勾连照应，使强大而充盈的"气"贯注于字里行间，使原来含意比较实的典故变得灵动起来，每一句都充溢着英雄主义的气概。而典故用法的多变和对仗句式的变化，又增添了全诗挥洒自如的风神韵味。

张 籍

张籍（766—830），字文昌，吴郡（今江苏苏州）人。少时已寓居和州乌江（今安徽和县）。贞元十五年（799）登进士第。元和元年（806），始补太常寺太祝。十一年秋冬任国子监助教，十五年夏秋间任秘书郎。长庆元年（821）因韩愈之荐，迁国子博士，二年除水部员外郎，四年任主客郎中。大和二年（828）迁国子司业，大和四年卒。籍与王建早年相识，且均工乐府，故称"张王乐府"。与韩愈、孟郊交谊亦厚。白居易称其"尤工乐府诗，举代少其伦"。近体五律、七绝亦有清新之作。《新唐书·艺文志》著录《张籍诗集》七卷。《全唐诗》编其诗为五卷。

征妇怨①

九月匈奴杀边将②，汉军全没辽水上③。万里无人收白骨，家家城下招魂葬④。妇人依倚子与夫⑤，同居贫贱心亦舒。夫死战场子在腹，妾身虽存如昼烛⑥。

[校注]

①本篇系新题乐府。《乐府诗集》卷九十四《新乐府辞·乐府杂题》收入此篇。②匈奴，古代北方游牧民族。此借指当时北方边境入侵的胡族。九月秋高马肥，正是胡人入侵内地的季节。③辽水，即今之辽河。《水经注·大辽水》："《地理志》曰：渝水自塞外南入海，一水东北出塞，为白狼水，又东南流至房县，注于辽。"按：《汉书·地理志八下·辽东郡·望平》："大辽水出塞外，南至安市入海，行千二百五十里。"唐代这一带是唐王朝与奚、契丹等经常交战的地区。

④招魂葬，指人死后未能收得其尸骨，用其生前所着衣冠，招其魂而葬。《晋书·袁瑰传》："时东海王越尸既为石勒所焚，妃裴氏求招魂葬越，朝廷疑之，瑰与博士傅纯议，以为招魂葬是谓埋神，不可从也。"⑤依倚，倚仗，依赖。《仪礼·丧服》："妇人有三从之义，无专用之道。故未嫁从父，既嫁从夫，夫死从子。"⑥昼烛，白天点燃的蜡烛，喻其系多余之物。

[笺评]

唐汝询曰：夫死战场子在腹，征妇之最惨者。烛以照夜，昼无所用之，故取以自喻。（《唐诗解》卷十八）

杨慎曰：依倚子、夫，得怨之正。（《删补唐诗选脉笺释会通评林·中七古》引）

吴山民曰："夫死战场子在腹"，苦中苦语。（同上引）

周启琦曰：末二语悲甚。（同上引）

周珽曰："全没""魂葬"，可怜！觅封战死，何如贫贱同居。故烛以照夜，昼无用之，妇人无倚，昼烛何异！声声怨恨，字字凄惨。（同上）

陆时雍曰："招魂葬"语佳。（《唐诗镜》卷四）

邢昉曰：顾云：王、张乐府，体发人情，极于纤细，无不至到。后人不及正在此，不及前人亦在此。（《唐风定》卷十一引）

沈德潜曰：李华《吊古战场文》，篇中可云缩本。（《重订唐诗别裁集》卷八）

吴瑞荣曰：说征妇者甚多，惨淡经营，定推文昌此首第一。（《唐诗笺要》）

史承豫曰：张、王乐府并称，文昌情味较足，以运思清而措辞俊也。（《唐贤小三昧集》）

[鉴赏]

这首诗所写的战争，据"汉军全没辽水上"之句，系发生在辽河流域一带。但据《新唐书·北狄传》："自至德后，藩镇擅地务自安，郛戍斥候益谨，不生事于边，奚、契丹亦鲜入寇。岁选酋豪数十入长安朝会，每引见，赐与有秩，其下率数百皆驻馆幽州。至德、宝应时再朝献，大历中十三，贞元间三，元和中七，大和、开成间凡四。"在张籍生活的年代，这一带似乎并没有发生过这样大规模的战事，则所写似非当代之事。而在此前，"天宝四载……（安）禄山方幸，表讨契丹以向帝意。发幽州、云中、平卢、河东兵十余万，以奚为乡导，大战潢水南，禄山败，死者数千。自是禄山与相侵掠未尝解，至其反乃已"，则亦有可能借咏安禄山邀功败绩之事以揭露黩武战争给百姓造成的苦难，如白居易《新丰折臂翁》之借杨国忠讨南诏事以戒邀边功而祸民者。

此诗八句，分前后两段，前段四句总写此次战役死者之众、状况之惨。开头两句，写九月秋高马肥季节，胡人进犯，边将被杀，汉军全部覆没于辽水之上。"全没"二字，沉痛切至，可以想见辽水沿岸，尸体累累，到处横陈的惨状。接下来两句，立即由辽水岸边的战场转到后方征人的家庭。"万里无人收白骨，家家城下招魂葬。"万里，是指征人远征东北边地，离家万里。家人自然不能跋山涉水，前往战地收尸埋葬，因而只能在家乡的城下用征人生前的衣冠招其魂魄归来而葬。但也反映出镇守边地的统帅对士兵生命和牺牲的漠视，任自己的士兵陈尸辽水而不加收埋。"家家"二字，应上"全没"，正因为全军覆没，无一生还，故征人之家，家家城下作招魂之葬。从中可以想见征人家属沉痛欲绝、哀苦无告、呼天抢地的惨景。以上四句，可以说是为"征妇怨"提供了一个大背景，揭示出诗中所抒写的"怨妇"之"怨"并非特例，而是千千万万征人征妇共同悲剧命运的写照，具有普遍性和代表性。

后段四句，由面及点，将笔墨集中到一位具体的征妇身上。"妇人依倚子与夫，同居贫贱心亦舒。"先放开一步，写征妇的微末愿望。说妇人的命运寄托在丈夫和儿子身上，只要夫妻同居，合家团聚，即使过着贫贱的生活，心情也是舒畅的。在通常情况下，总觉得"贫贱夫妻百事哀"，但在战争的灾祸降临到家庭面前时，却觉得"同居贫贱心亦舒"了。这种心理状态正是战争造成的，愿望说得越微末，越令人感到心酸。

"夫死战场子在腹，妾身虽存如昼烛。"七、八两句，旋即逼进一步，逼出全篇的警策。如今，丈夫已经战死沙场，而子却仍在腹中。失去了全家的顶梁柱，这个家就垮塌了，尚在腹中的子女即使侥幸平安降生，在如此艰困的条件下又如何将他抚养成人，看来依靠尚在腹中的子女更是遥遥无期，希望渺茫。自己一无所依，则虽暂时活在世上，也如同白昼点烛毫无意义。"昼烛"之喻，新颖独创，前所未见。这两句将妇人对生活、对将来绝望的沉痛心情表达得非常深刻有力。虽写"怨"，却不仅是无告的哀怨，也有沉痛激愤的控诉。张籍诗每于结处用力，作尖锐沉痛之语，旋即收束，给人以急闸截流，水势奔涌回荡不已之感，此诗亦如之。

野老歌①

老农家贫在山住，耕种山田三四亩。苗疏税多不得食②，输入官仓化为土③。岁暮锄犁傍空室，呼儿登山收橡实④。西江贾客珠百斛⑤，船中养犬长食肉。

[校注]

①《全唐诗》校："一作《山农词》。"此系张籍创作的新题乐府。②不得食，谓粮食收得少且不能给自家食用。③谓粮食上缴给官府，

进入官仓，年年堆积，腐烂为尘土。④橡实，橡树的果实，形状似栗，故人称橡栗，穷苦人家常采以充饥。⑤西江，指长江中下游一带地区。斛，古代量器，十斗为一斛。

[笺评]

范梈曰：乐府篇法，张籍第一，王建近体次之；长吉虚妄，不必效；岑参有气，惜语硬，又次之。张、王最古……要诀在于反本题结，如《山农词》结却用"西江贾客珠百斛，船中养犬长食肉"是也。（《木天禁语》）

钟惺曰：（末二语下评）语有经国隐忧。（《唐诗归·中唐六》）

周珽曰：诗以清远为佳，不以苦刻为贵，固矣。然情到真处，事到实处，音不得不哀，调不得不苦者。说者谓文昌、仲初乐府，喑哑逼侧，每到悲惋，一如儿啼女哭，所为真际虽多，雅道尽丧。不知彼心口手眼各自有精灵不容磨灭光景，如病其欠厚，非善读二家者也。《诗境》云"七古欲语语生情，自张、王创为此体，盛唐人只写得大意"，得矣。（《删补唐诗选脉笺释会通评林·中七古》）

唐汝询曰：文昌乐府，就事直赋，意尽而止，绝不于题外立论。如《野老》之哀农，《别离》之感戍，《泗水》之趋利，《樵客》之崇实，《雀飞》之避祸，《乌栖》之微讽，《短歌》之忧生，各有一段微旨可想。语不奥古，实是汉魏乐府正裔。（同上引）

[鉴赏]

中唐以写乐府诗著称的张、王、元、白诸诗人，尚实、尚俗是他们的共同倾向。但读张籍的乐府和白居易的《新乐府》，会明显感到其写法与风格的区别。白氏《新乐府》多铺叙、议论，篇幅较长，时有太尽太露之弊；而张籍的乐府多为短制，写得集中、尖锐而不乏含蓄，这首《野老歌》即是一例。

全篇八句，前后各四句为一段。前段着重揭示老农与官府的矛盾，后段主要揭示农民和富商贫富悬殊的尖锐对立。

起二句用极朴素平易的语言交代老农的情况。因为"家贫"，在平原肥沃地区根本不可能有自己的田地，无奈只得到深山来居住，辛辛苦苦，开出"山田三四亩"，借以维持一家的起码生计。两句中既说"在山住"，又说"山田"，重复中见其居住之所的深僻、条件之恶劣、田地之瘠薄。这样的生活条件，即使维持一家的起码生计，也很艰难。三、四两句又进一层写其生活的艰困：由于土地瘠薄，禾苗稀疏，收成本就少得可怜；再加上官府征税花样之繁和数量之多，更使老农连这微薄的收成也落不到自家口中，"不得食"三字，强调的正是收成虽微薄亦因"税多"而不得食的意思，揭示出官府征税的无孔不入，不管百姓死活，即使是躲进深山，耕种山田亦不能幸免。这揭露已相当深刻，第四句却更进一层，揭示出老农一年辛勤劳动所得的微薄收成，一家人赖以活命的劳动果实被悉数搜刮到官府的官仓中去以后，却长期堆积在那里，任其腐烂变质，化为尘土。这说明，官府的横征暴敛，根本不是国计民生或财政军事的需要，只是按上面的规定征收，完成自己的考核任务。劳动者的血汗和救命的粮食就这样白白糟蹋掉了。这两句表面上看仍是不动声色的客观叙述，但其中蕴含的感情是沉痛愤激而又无奈的。平淡朴素的叙述中包含着尖锐的谴责。

"岁暮锄犁傍空室，呼儿登山收橡实。"五、六两句，承上"苗疏税多不得食"，描绘山农一家无以为生的状况。岁暮天寒，老农破旧的房屋中空荡荡的，只有几张闲置的锄犁靠着四壁，似乎还标示着主人的身份，此外竟是一无所有，真正"家徒四壁"了。写老农一贫如洗的困绝之境，简洁而传神。无奈之下，只得呼唤儿子一起登山去收取野生橡树的果实，聊以充饥，也"聊以卒岁"了。"岁暮"离秋收不远，本不是穷苦人家最艰困的春荒季节，而竟要靠采橡实为食，其困绝境况可想而知。这两句承上起下，为七、八两句作铺垫。

"西江贾客珠百斛，船中养犬长食肉。"七、八两句忽然撇开山农苦况，写西江贾客的奢侈生活。唐时称长江中下游一带为西江，这一带贾客云集，唐诗中不少描写商人妇生活、感情的诗，其中所写的商人即所谓"西江贾客"。或云指珠江最大支流的西江，非。富商逐利西东，不但广蓄财货，明珠百斛，而且生活豪奢，连船上养的狗也长年吃肉。一边是无衣无食，无以卒岁，拾橡果充饥；一边是畜养的犬常年食肉，这人不如犬的鲜明、强烈而尖锐的对比，揭露的不但是贫苦农民和富商豪贾这两个社会阶层的尖锐对立，而且是整个社会的不公。

诗的篇幅虽短，但却触及唐代中叶社会的两大重要特征，一方面是广大农村和贫苦农民在统治阶级的重重压榨下经济凋敝、民生困苦，一方面是城市和商业经济的畸形繁荣。这两个特征凸显了社会的尖锐贫富对立和不公。诗人把它们浓缩在一首只有八句的短篇中，因描写的集中，而显出矛盾的尖锐和对立的鲜明。末句戛然而止，让尖锐的对照本身显示其内在的矛盾，引导人们去思索咀味，含蓄不尽，饶有余韵。这是张籍惯用的手法。

节妇吟寄东平李司空师道①

君知妾有夫，赠妾双明珠。感君缠绵意，系在红罗襦②。妾家高楼连苑起③，良人执戟明光里④。知君用心如日月，事夫誓拟同生死⑤。还君明珠双泪垂，何不相逢未嫁时⑥。

[校注]

①四库本《张司业集》、四部丛刊本《张司业集》诗题均作《节妇吟》。据刘明华《关于张籍〈节妇吟〉的本事及异文等问题探讨》一文考证，北宋初姚铉所编《唐文粹》卷十二《乐府辞》所收本篇，题下始有注："寄东平李司空。"南宋计有功《唐诗纪事》卷三十四"张籍"条下收此诗题作《节妇吟寄东平李司空》。而最早出现此诗写

作背景的文字，则始于南北宋之交王铚之《四六话》卷上："唐张籍用裴晋公荐为国子博士，而东平帅李师道辟为从事，籍为《节妇吟》以辞之云……"南宋祝穆编撰《古今事文类聚》前集卷三十收入此诗，则题为《节妇吟寄东平李司空（辞辟命作）》，而南宋洪迈《容斋三笔》卷六则谓："张籍在他镇幕府时，郓帅李师古又以书币辟之，籍却而不纳，而作《节妇吟》一章寄之。"是诗题有《节妇吟》、《节妇吟寄东平李司空》、《节妇吟寄东平李司空师道》（《全唐诗》）之异；对李司空则有指李师古、李师道之异。按：东平，唐郓州东平郡，治所在须昌（今山东东平县西北），中唐时为淄青节度使府所在。据《新唐书·藩镇传·淄青横海》，李师古与其异母弟师道曾先后任淄青节度使［师古卒于元和元年（806），师道卒于元和十四年］，且均曾封司空，故注家对李司空有指师古及师道之异说。刘明华认为：张籍中进士后与李师古共时较短，如果张籍真有拒聘某司空之事，指师道之可能性较大。诗之副标题很可能是姚铉根据相关传闻所加。作此诗的时间，当在任太常府太祝的困穷期间，而非任国子助教博士之时。刘文见《中国唐代文学学会第十四届年会暨国际学术研讨会论文汇编》。②罗襦（rú），丝绸短袄。③苑，宫苑。④良人，女子称丈夫。执戟，秦汉时的宫廷侍卫官，因值勤时手持戟，故称。《史记·滑稽列传》："官不过侍郎，位不过执戟。"明光，汉桂宫殿名，汉武帝时建。《三辅黄图》卷二引《三秦记》："未央宫渐台西有桂宫，中有明光殿，皆金玉珠玑为帘箔，处处明月珠、金陛玉阶，昼夜光明。"⑤拟，必。表极度肯定的语气副词，非"打算""准备"之意。⑥何，《全唐诗》校："一作恨。"按：宋代各本及总集、笔记、类书所引均作"何"。明代诗话中所引始有作"恨"者。

[笺评]

洪迈曰：张籍在他镇幕府，郓帅李师古又以书币辟之，籍却而不纳，而作《节妇吟》一章寄之……陈无己为颍州教授，东坡领郡，而陈赋《妾薄命》篇，言为曾南丰作，其首章云："主家十二楼，一身当三千。古来妾薄命，事主不尽年。起舞为君寿，相送南阳阡。忍着主衣裳，为人作春妍？有声当彻天，有泪当彻泉。死者恐无知，妾身长自怜。"全用籍意。（《容斋三笔·张籍陈无己诗》）

刘克庄曰：张籍《还珠吟》为世所称，然古乐府有《羽林郎》一篇，后汉辛延年所作……籍诗本此，然青于蓝。（《后村诗话·前集》卷一）

刘辰翁曰：好自好，但亦不宜系。（《唐诗品汇》卷三十四）

俞德邻曰：张司业《节妇吟》："君知妾有夫，赠妾双明珠。感君缠绵意，系在红罗襦。妾家高楼连苑起，良人执戟明光里。知君用心如日月，事夫誓拟同生死。还君明珠双泪垂，恨不相逢未嫁时。"《礼》："男女授受不亲。"妇人移天理不应受他人之赠。今受明珠而系襦，还明珠而泪垂，其愧于秋胡之妻多矣，尚得谓之节妇夫！（《佩韦斋辑闻》卷二）

何良俊曰：张籍长于乐府，如《节妇吟》等篇，真擅场之作。（《四友斋丛说》）

郭濬曰：前四句似乐府，结句情深，却非盛唐口吻。（《增订评注唐诗正声》）

唐汝询曰：系珠于襦，心许之矣，以良人贵显而不可背，是以却之。然还珠之际涕泣流连，悔恨无及，彼妇之节，不几岌岌乎！夫女以珠诱而动心，士以币征而折节，司业之识，浅矣哉！（《唐诗解》卷十八）

钟惺曰：节义肝肠，以情款语出之，妙妙。（《唐诗归·中唐七》）

陆时雍曰：稔是情语。（《唐诗镜》卷四十一）

周珽曰：平衷婉辞，既坚己操，复不激人之怨，即云长事刘，有死不变，犹志在报效曹公之意。（《删补唐诗选脉笺释会通评林·中七

古》）

黄周星曰：双珠系而复还，不难于还而难于系。系者知己之感，还者从一之义也。此诗为文昌却聘之作，乃假托节妇言之，徒令千载之下，增才人无限悲感。（《唐诗快》卷七）

毛先舒曰：张籍《节妇吟》，亦浅亦隽。（《诗辩坻》卷三）

贺贻孙曰：此诗情词婉娈，可泣可歌。然既垂泪以还珠矣，而又恨不相逢于未嫁之时，柔情相牵，展转不绝，节妇之节危矣哉！文昌此诗，从《陌上桑》来，"恨不相逢未嫁时"，即"使君自有妇，罗敷自有夫"意。"自有"二语甚斩绝；非既有夫而又恨不嫁此夫也。"良人执戟明光里"，即"东方千余骑，夫婿居上头"意。然《陌上桑》妙在既拒使君之后，忽插此段，一连十六句，絮絮聒聒，不过盛夸夫婿以深绝使君，非既有"良人执戟明光里"，而又感他人"用心如日月"也。忠臣节妇，铁石心肠，用许多折转不得，吾恐诗与题不称也。或曰文昌在他镇幕府，郓帅李师古又以重币辟之，不敢峻拒，故作此诗以谢，然文昌之婉娈良有此也。（《诗筏》）

贺裳曰：此诗一句一转，语巽而峻，深得《行露》、《白茅》（按：当指《野有死麕》）之意。刘须溪曰："好自好，但亦不宜'系'。"余谓此语不惟苛细，兼亦不谙事宜，此乃寄东平李司空作也。籍已在他镇幕府，郓帅又以书币聘之，故寄此诗。通体均是比体，系以明国士之感，辞以表从一之志，两无所负。（《载酒园诗话·刘须溪》）

吴乔曰：又如张籍辞李司空辟诗，考亭嫌其"感君缠绵意，系在红罗襦"。若无此一折，即浅直无情，朱子讥之，是讲道理，非说诗也。是为以理碍诗之妙者也。（《围炉诗话》卷一）

叶矫然曰：张文昌乐府擅场，然有不满者，如《节妇吟》云……此妇人口中如此，虽未嫁，嫁过毕矣。或云文昌却郓帅李师道之聘，有托云然。但理胜之词，不可训也。（《龙性堂诗话初集》）

黄生曰：按李司空即李师道，乃河北三叛镇之一。张籍自负儒者之流，岂宜失身于叛臣，何论曾受他镇之聘与否耶！张虽却而不赴，然此诗词意未免周旋太过，不止如须溪所讥，安有以明珠赠有夫之妇，而犹谓其"用心如日月"者？且推相逢未嫁之语，脱未受他人聘，即当赴李帅之召，恐昌黎《送董邵南》又当移而赠文昌矣。（《吴乔《围炉诗话》卷一黄氏评）

徐增曰：《陌上集》妙在直，此诗妙在婉，文昌真乐府老手。（《而庵说唐诗》）

王尧衢曰：此篇五七言，后以两句结，却有馀韵，妙在言外。"还君明珠双泪垂，恨不相逢未嫁时。"乃解下双珠掷还，而酬以双泪。盖妾自守义，不为情屈。君虽用情，当以义制。明珠之赠，君意良厚矣。然不相逢于未嫁之时，岂宜受珠？妾恨君逢妾之晚也。此张籍却李师古聘，托言如此。（《唐诗合解笺注》卷三）

史承豫曰：婉而直，得风人寄托之旨。（《唐贤小三昧集》）

徐倬曰：词意婉转，恐非节妇意也。宜以本事为题，则得风人之意。（《御定全唐诗录》卷五十四）

沈德潜曰：文昌《节妇吟》云："感君缠绵意，系在红罗襦。"赠珠者知有夫而故近之，更亵于罗敷之使君也，犹感其意之缠绵耶？虽言寓言赠人，何妨圆融其辞。然君子立言，故自有则。（《说诗晬语》卷上）

爱新觉罗·弘历曰：《反张籍节妇吟》序："籍不纳李师古之聘，似矣，而'还君明珠双泪垂，恨不相逢未嫁时'，又何以云乎？汪薇辑诗论方且谓足令郓帅失色，吾以为郓帅有识将薄其人矣。"诗云："君知妾有夫，不应赠妾双明珠。明珠虽的烁，焉肯系在红罗襦。古有洁妇秋胡妻，黄金不顾节自持。还君明珠如未见，我心匪石不可持。"

[鉴赏]

对这首乐府名篇的解读，应将对原题及文本的解读与后代关于此诗本事及托意的分析评论分开来讨论，否则会治丝益棼，缠夹不清，无法理清头绪。

先讨论宋代以来关于此诗本事的记载、副题的增入、寓言托意及所寄对象等问题。这些问题均有关联，故合并在一起讨论。关于此诗诗题开始有"寄东平李司空"的内容，始于北宋初姚铉《唐文粹》，至南北宋之交王铚《四六话》而更具体化为"东平帅李师道辟为从事，籍为《节妇吟》见志以辞之"。姚铉编选《唐文粹》在大中祥符四年（1011），上距张籍作此诗之年约二百年，姚氏以此诗为"寄东平李司空"，可能得之传闻，也可能确有所据。从张籍生平经历看，姚合《赠张籍太祝》已有"甘贫辞聘币"的明确记载，可见其确有宁愿守穷而辞聘之事。当然姚合诗并未指明所辞之对象，只能据此推知其事当在其任太常寺太祝期间或以前，即元和元年（806）至十一年秋冬或更前。而元和元年李师古已卒，则如是在任太常寺太祝期间辞聘，似以辞李师道之聘之可能性较大。但李师道元和十一年十一月始加司空，且元和十年六月已发生师道遣刺客刺杀宰相武元衡之事，八月又与嵩山僧圆净谋反，遣勇士数百伏于东都进奏院，欲窃发焚烧宫殿而肆行焚掠，如师道于元和十一年十一月加司空后再辟聘张籍为从事，一则此时籍可能已离太祝任转国子助教，与姚合诗所述情况不符，二则张籍在师道反迹已彰的情况下似乎也不可能再说"知君用心如日月"之类的话。故籍"甘贫辞聘币"之事虽有之，但所辞对象却不可能是李师道，相反倒有可能是李师古。因为姚合诗所说"甘贫辞聘币"之事也可能发生在其任太常寺太祝之前。李师古于永贞元年（805）三月兼检校司空，元和元年（806）六月卒。张籍贞元十五年（799）登进士第，元和元年始官太祝。永贞元年三月至元和元年六月这段期间，正是他穷极潦倒之时，师古辟聘其为从事，正可谓救其困穷，而籍则因"师古虽外奉朝命，而尝蓄侵轶之谋，招集亡命，必厚养之，其得罪于朝而逃诣师古者，因即用之"，德宗死时，又"冀因国丧以侵州县"，故婉辞其辟聘，似较符合情理。再从当时诗坛风气看，也确有此类比兴寓言之作，如与张籍直接有关的朱庆馀《闺意献张水部》及籍之《酬朱庆馀》，即属此类比兴之作。如朱诗题内无"献张水部"四字，又无籍之酬作，读者完全可以将朱之《闺意》解为对新嫁娘心情神态之生动传神描写。

下面，不妨先从肯定此诗确为有本事的比兴体这个角度来对它的比兴含义作简单的解读。

"君知妾有夫，赠妾双明珠。"张籍贞元十五年已登进士第，至此时虽或尚未正式授官，但为唐之臣僚的身份已定，故说"有夫"。李师古在明知张籍即将正式成为朝廷官吏的情况下礼聘其为幕僚，故说"君知妾有夫，赠妾双明珠"。洪迈说"张籍在他镇幕府，郓帅又以书币辟之"，单从这两句看，洪迈的解读可能更为合理，但一则文献无籍曾在他镇幕府的记载，从姚合的《赠张籍太祝》诗也看不出有这方面的经历。

"感君缠绵意，系在红罗襦。"三、四句是对李师古厚币辟聘情谊表示感激的比喻性说法。从"系在红罗襦"之语看，处于困境中的张籍当时也许真动过接受其辟聘的念头。不管是否如此，这起码是对师古之礼聘表示感激与尊重之情的表现。

"妾家高楼连苑起，良人执戟明光里。"五、六两句承上"妾有夫"，对丈夫的身份地位作具体的描叙。从"执戟"本身的实际身份地位说，不过就是皇帝的普通侍卫而已，但从这两句诗的神情口吻及描绘的情景看，无疑对其夫带有夸饰赞扬的成分，与《陌上桑》罗敷之夸夫有相似之处。

"知君用心如日月，事夫誓拟同生死。"从比兴的角度解诗，"知君"句的解释是个关键，所谓"用心如日月"，表面上意思是说，你厚币礼聘，是表示对我的厚爱和尊重，用心光明磊落，并没有任何不可告人的目的（如用张籍的文才来为其反抗朝廷、扩充势力的政治图谋服务），实际上当然话中有话，暗中指其有不良的意图。这句上承"感君"句。尽管君用心光明，但我既有夫，供职朝廷，誓必与其同生死共命运，不可能再接受君之厚爱。这句承"妾有夫"，婉拒之意已经显露。"知君"句极婉转巧妙，既给足对方面子，使其有台阶可下，又微露对对方用意的察觉之意。

"还君明珠双泪垂，何不相逢未嫁时。""还君明珠"，是却聘的明确表示。虽却其聘，却深感其情，故虽"还珠"而"双泪垂"。末句更进一步道出自己这种感激之情的深厚程度。言下之意是妾若未嫁，则必当感君之缠绵情意相随终身。对于被婉辞的人来说，这无疑是情感上最大的满足。如果作为婉辞的一种词令，这恐怕是最巧妙也最能打动对方的词令了。

在唐代中叶藩镇割据、对抗朝廷的时代背景下，一位登第后长期得不到朝廷任用、穷困潦倒的文人，面对强藩的厚币礼聘，竟能甘贫辞聘，这件事本身就突出显示了一位寒士的政治气节。而借诗歌比兴婉转表达自己"事夫誓拟同生死"的坚定信念，将婉转巧妙的言辞与坚定的意志和谐统一起来，更为难得。作为一首比兴寓言体诗作，思想内容和艺术表现当均属上乘。

但这首诗如果撇开传闻的本事及比兴寓托之意，将它作为一位女子对所爱者的自白来读，也许更富于人情味，也更感人。这也正是它富于艺术生命力的突出表现和引起历代广大读者感情共鸣的原因。

由于各种各样的主客观原因，无论是在古代或在现代，非常美满幸福的婚姻总是少数，即使在旁人看来非常美满幸福的婚姻，在当事人的实际感受中却并非如此；甚至当事人已经长期感到非常美满的婚姻，一旦遇到在她（或他）看来更理想的对象向自己示爱时，也会由于两相比较或由于新鲜感而感到自己的婚姻并非完美。但由于情与礼的矛盾，情与义务、责任的矛盾，情与道德的矛盾，又强烈地感到自己应忠于原来的婚姻。从感情上说，是接受新对象的示爱的；但从礼法、道德、义务责任上说，又应当拒绝新对象的示爱。当后一方面的考虑战胜前一方面时，就有了将已经"系在红罗襦"的双明珠还给对方的举动。理智虽战胜感情，却无法消弭感情，于是便不由自主地在"还君明珠"的同时双泪长流。在主人公看来，这是一种悲剧性的无奈，而造成这种悲剧性无奈的根源则是人生的偶然性机缘，即自己在"未嫁时"未遇上这位理想的对象，从而在篇末集中地宣泄自己的无奈与遗憾——"何不相逢未嫁时"！由于对婚姻美满幸福度的不满的普遍性，故当遇上自己认为更理想的对象示爱时，这种"何不相逢未嫁时"的遗憾与无奈就能唤起普遍的共鸣。从这个意义上说，这首诗的艺术魅力主要就在它非常真实深刻地表现了人们对婚姻乃至人生缺憾的无奈。

唐代是一个比较开放的时代，诗中所表现的一个已婚女子对丈夫以外的男子的示爱表示欣然接受的行为，在宋以后封建礼法越来越森严的时代，是受到严厉谴责的，尽管最后"还君明珠"也被视为一种动摇乃至背叛，因此有一系列节妇不节的负面评论，甚至有乾隆改诗的迂腐愚蠢之举，只有贺裳之评，总算说了一点近乎情理的话。在唐代，系珠罗襦与还君明珠，可视为节妇的合情合理之举。而自宋以后，却遭到一系列的指责，这正可视为封建社会后期封建礼法越来越严苛，影响到对诗歌的评价的一个典型事例。

夜到渔家①

渔家在江口，潮水入柴扉。行客欲投宿②，主人犹未归。竹深村路远③，月出钓船稀。遥见寻沙岸④，春风动草衣⑤。

[校注]

①《全唐诗》校："一作《宿渔家》。"②行客，诗人自指。③远，《全唐诗》校："一作暗。"④寻沙岸，指渔舟正在寻找泊舟的平沙岸边。作者《宿江店》："闲寻泊船处，潮落见平沙。"⑤草衣，用蓑草编织成的蓑衣。

[笺评]

刘辰翁曰：难得语意自在如此。（"行客"二句下评）（《唐诗品

汇》卷六十七引）

唐汝询曰：意幽语圆，叙事有次。次句"入"字便细。（《删补唐诗选脉笺释会通评林·中五律》引）

胡中行曰：文昌本色，只是枯淡。五、六率真。（同上引）

黄周星曰：格法妙。（《唐诗快》）

查慎行曰：（"行客"二句）真景，即是好诗。（《初白庵诗评》）

顾安曰：结句是渔人归来，却不说出，甚觉闲远。（《唐律消夏录》）

纪昀曰：此亦名篇。余终病其一结无力，使通篇俱薄弱。（《瀛奎律髓汇评》卷二十九引）

张震曰：夜次之作，自然写得意出。（注《唐音》卷四）

沈德潜曰：三、四直白语，以自然得之。（《重订唐诗别裁集》卷十二）

屈复曰：客到渔家，不写人到，而言"水入柴扉"，则人到可知。"投宿"出"夜"字。四用一折。五、六写景起下。七、八写渔家归，却不说出。（《唐诗成法》）

黄叔灿曰："柴扉""江口"，知是渔家。将欲投宿，又无主人。"竹深"一联，正是徬徨莫必之景。乃寻沙之岸，草衣风动，遥见人归，岂不欣起。写得意致飘萧，悠然韵远。（《唐诗笺注》）

史承豫曰：文昌五言多以淡胜。（《唐贤小三昧集》）

李怀民曰：格法妙。此诗一气读下，看其叙布之妙，摹绘之工。"渔家在江口，潮水入柴扉。"格。"行客欲投宿，主人犹未归。"格。"竹深村路远，月出钓船稀。"是凝望之神。"遥见寻沙岸，春风动草衣。"至此主人始归也。（《重订中晚唐诗主客图说》卷上）

潘德舆曰：《岁寒堂诗话》论张文昌律诗不如刘梦得、杜牧之、李义山。文昌七律或嫌平易，五律精妙处不亚王、孟，乃愧梦得、义山哉！其《夜到渔家》《宿临江驿》二律，与刘文房《馀干客舍》一作用韵同，风韵亦同，皆绝唱也。（《养一斋诗话》）

俞陛云曰：寻常语脱口而出，句法生峭，与僧皎然“移家虽带郭”诗，同一寻人不遇，一则通首不作对语，此则括以十字，各具标格。此等句，宋人恒有之。如山肴野蔌，淡而有味，学之者须笔有清劲气，非仅白描也。（《诗境浅说》）

[鉴赏]

张籍以工乐府著称于世，白居易至称其“举代少其伦”，实则他的五律也颇多名篇佳作，清张怀民谓“水部五言，体清韵远，意古神闲，与乐府词相为表里”（《重订中晚唐诗主客图说·张籍》），诚为的评。

这首题为《夜到渔家》的五律，写的是一段极平常的生活——夜间投宿于渔家所见。用的又是极朴素的语言和白描手法，但却写得清新隽永，情韵悠长，极具诗情画意。

“渔家在江口，潮水入柴扉。”首联点明题目。起句极平易，仿佛脱口道出，却显示出渔家所在的突出特征。一座简陋的房舍，孤零零地立于江边水口，这自然是为了打鱼的方便，同时也隔开了与村庄的距离。次句写到渔家所见的第一印象，写得新颖别致，似从未经人道。正因家在江边水口，故涨潮时江水就自然涌入用稀疏的柴木编成的柴门。潮有早潮、晚潮。这里写的自然是晚潮。因此写潮水，正暗藏题内“夜”字。而潮水自然地涌入柴扉，不但传出一种朴野的情趣，且暗示室内空寂无人，任潮水之“入”而无人照管。可以说这一句正传出渔家空寂之神韵，写景类似“潮打空城寂寞回”。

“行客欲投宿，主人犹未归。”行客，诗人自指；主人，则正是渔家的主人了。这一联更是如同白话，乍读似感朴素平淡到不见诗，但却自饶一种天然的风韵，潇洒的风神。看样子，诗人似非偶然路过渔家而因天晚欲投宿，而是此前即已与这位渔家相熟，甚至曾在他这简陋的茅舍住宿，因此这次重到，适值晚暮，便自然产生“欲投宿”的念头，而这时，主人却仍在江上打鱼未归。从全联平淡的语气口吻看，诗人对此已经习以为常，安之若素，因此主人虽犹未归也决定在此熟悉的渔家住下。平淡自然的口吻中正见诗人与渔家亲切随和的关系。这种于不经意中流露出来的感情态度本身便寓含着淳厚朴质的诗意。

"竹深村路远，月出钓船稀。"腹联写在渔家门前后顾前瞻所见。上句后顾。渔家的茅舍后面，是一片茂密的竹林，一条蜿蜒的小路在竹林深处伸展。由于天色已暮，竹林显得特别幽深，通向后边村庄的路也显得特别长，这就越发显出渔家所在的孤寂。下句前瞻。月亮升起来了，江面上的钓船已经越来越稀少，越发显示出整个环境的空寂，也透露出渔家的辛劳。"钓船稀"三字中暗含诗人的伫候之久，但整个情调仍是平静悠闲的，诗人似乎于伫望等待的同时，正在欣赏月夜村庄竹路，空江渔钓的静谧幽闲之美。

"遥见寻沙岸，春风动草衣。"尾联紧承"月出钓船稀"句，写遥见渔人归来的情景。远处江上一条小船，正缓慢地驶近岸边，在寻找浅水平沙的地方泊舟；不久之后，沙岸上走来一个人影，和煦的春风正飘动着他身上的一袭蓑衣。这句遥承"主人犹未归"句，写渔人在月色之下，春风之中徐徐归来。写出一个时间相续的活动的画面。写得极有风韵情致，不仅写出了诗人伫立凝望之久，而且写出了渔家月夜沐春风归来的悠远风神，写出了诗人对自己所发现的平淡生活所寓含的自然美、生活美和情趣美的欣赏。全篇几乎可以不作任何加工，便可画成一幅正在活动中的诗意画。唐代诗人善于在平凡生活中敏锐地发现美的诗心诗才，在这首诗中又一次得到生动的体现。

没蕃故人①

前年伐月支②，城上没全师③。蕃汉断消息，死生长别离。无人收废帐④，归马识残旗。欲祭疑君在，天涯哭此时⑤。

①没，犹陷没。蕃，此指吐蕃。贞元六年，吐蕃陷北庭都护府，后又陷西川及安西四镇。②月（ròu）支，亦作"月氏"，古族名，曾于西域建月氏国，其族先游牧于敦煌、祁连间，汉文帝时遭匈奴攻击，西迁至塞种故地（今新疆伊犁河流域一带）。西迁者称大月氏，少数未西迁者入南山（今祁连山）与羌族杂居，称小月支。此以"月支"借指吐蕃。③上，《全唐诗》校："一作下。"④废帐，残存的军营营帐。⑤天涯，指诗人身在之地，因离故人身没之地极远，故云。

[笺评]

贺裳曰：《忆陷没蕃故人》："无人收废帐，归马识残旗。欲祭疑君在，天涯哭此时。"诚堪呜咽。（《载酒园诗话又编》）

查慎行曰：结意深惨。（《初白庵诗评》）

纪昀曰：第四句即出句之意，未免敷衍。（《瀛奎律髓汇评》引）

李怀民曰：只就丧师事一气叙下，至哭故人处但用尾末一点，无限悲怆。水部极沉着诗，便不让少陵。（《重订中晚唐诗主管图说》卷上）

潘德舆曰：张文昌《没蕃故人》诗云："欲祭疑君在，天涯哭此时。"语平澹而意沉痛，可与李华"其存其没"数语并驾。陈陶"无定河边"二语，系于李、张，而味似少减，此等处难于言说，悟者自悟。"前年伐月支，城下没全师"，直起。"蕃汉断消息"四句，惨哉！（《养一斋诗话》卷二）

俞陛云曰：诗为吊绝塞英灵而作。苍凉沉痛，一篇哀诔文也。前四句言城下防胡，故人战没，曾确耗无闻，而传言已覆全师，恐成长别。五、六言列沙场之废帐，寂无行人；恋落日之残旗，但馀归马，写出次句覆军惨状。末句言欲招楚醑之魂，而未见殽函之骨，犹存九

死一生之想，迨终成绝望，莽莽天涯，但有一恸。此诗可谓一死一生，乃是（见）交情也。(《诗境浅说》)

[鉴赏]

五律《夜到渔家》，写得自然灵动，这首《没蕃故人》却写得悲怆沉痛，另具一格。

诗中叙及的战争，按其地理位置，当指唐、蕃之间的战争。安史之乱后，吐蕃乘机连年攻占西北各州，且一度攻入长安。贞元六年(790)，吐蕃攻陷北庭都护府，自此安西路绝，四镇亦陷。唐与吐蕃之间的战争，这一时期均由吐蕃主动挑起。诗首句所叙"伐月支"之战，或系借用汉代之事，表明前年唐、蕃间有此一战，也许与吐蕃陷北庭之战有关，不必过于拘实。诗意的重点在悼念此役中陷没于蕃地的故人，至于战争的性质由谁主动挑起，则非诗人注意的重点，也有可能指吐蕃"伐月支"而唐军覆没。

"前年伐月支，城上没全师。"首联追叙前年有讨伐月支之战，结果我军遭到全师覆没的惨败结局。诗人所悼念的故人也参与了这次战役，全师既没，个人的悲惨结局自在所难免。这一联是全诗的背景和根由，以下三联情事均由此生发。开篇标明"前年"，可见事过已久，但对故人的悼念却悠长不已，这一方面表明情谊之深厚，另一方面也是由于全师虽没，却一直得不到故人生死存亡的确切消息，这一点看下文自见。"城上"一作"城下"，义似较长。但如果将诗句理解为前年吐蕃发动的"伐月支"之战，我守城将士力战而全军覆没，则自亦可通，作"城上"指守城唐军，似更贴切。

"蕃汉断消息，死生长别离。"颔联承"城上没全师"，说城既陷而从此蕃、汉隔断，通向西域的道路断绝，消息音讯杳无，看来与故人之间只能是一死一生，永远别离了。"死生长别离"句语意沉痛，但这个结论是由"城上没全师"与"断消息"推断出来的，两年的长时间中得不到故人的任何消息，按情理自是存亡隔世了，故有此沉痛语。但"断消息"又隐含着另一种或然的可能，暗启末联，用语措辞，自有分寸。

"无人收废帐，归马识残旗。"腹联系想象之词。遥想当年两军激战的旧战场上，经历了岁月的长期侵蚀，残存的军营营帐还在大漠风沙中簌簌发响，却再也无人去收拾，牺牲战士的白骨无人收埋之意亦自寓其中；而识途的归马却似乎还认识残存的旗帜，这是用马之识残旗表明马之恋旧怀旧，以兴起下联。两句相对衬而意自见，言外则牺牲之将士早已被统治者忘却，悲怆之情深沉不露。

"欲祭疑君在，天涯哭此时。"尾联是全篇的警策，感情极沉痛，而语意极含蓄。上文讲到"城上没全师"，又讲到"死生长别离"，两年以来得不到故人的任何消息，按常情推断，对方早已不在人间。悲悼之情难已，故有"欲祭"之举；但转念一想，"蕃汉断消息"的现实状况，也许存在着一线希望，即对方侥幸还活着，只是由于消息断绝，不知情况而已。这种"欲祭疑君在"的悲痛比起那种明知对方已不在人间的悲痛更加折磨人的心灵，由于心存这万分之一的渺茫希望，连祭也不忍心举行，只能使远在天涯的自己恸哭心摧，永远在悲恸与疑惑中度过难熬的岁月了。诗的深刻动人之处，正在于揭示出了这种情知其必死又希其未死的复杂心理，将悲痛之情作了入骨的描写。

法雄寺东楼①

汾阳旧宅今为寺②，犹有当时歌舞楼。四十年来车马绝③，古槐深巷暮蝉愁。

[校注]

①法雄寺，据诗意，此寺即汾阳王郭子仪之旧宅，寺之东楼即当年王府中之歌舞楼。②《长安志》："郭汾阳宅在亲仁里。"据《旧唐

书·郭子仪传》，子仪因平定安史之乱等大功，曾封汾阳郡王。史臣裴垍曰："其宅在亲仁里，居其里四分之一，中通永巷，家人三千，相出入者不知其居。前后赐良田美器，名园甲馆，声色珍玩，堆积羡溢，不可胜纪。代宗不名，呼为大臣。天下以其身为安危者殆二十年。校中书令考二十有四。权倾天下而朝不忌，功盖一代而主不疑，侈穷人欲而君子不之罪。富贵寿考，繁衍安泰，哀荣终始。人道之盛，此无缺焉。"③郭子仪卒于建中二年（781）六月。此云"四十年来车马绝"，诗约作于元和末。

[笺评]

黄周星曰：歌舞改为寺楼，犹是此宅之幸。（《唐诗快》卷十五）

俞陛云曰：汾阳以一代元勋，乃四十年中，荣戟高门，盛衰何速！赵嘏《经汾阳旧宅》有"古槐疏冷夕阳多"句，与此诗词意相似，但张诗明言其改为法雄寺。有唐君相，不知追念荩臣，保其世业。剩有词客重过，对槐阴而咏叹耳。（《诗境浅说》续编）

刘永济曰：郭子仪封汾阳郡王，当时权势烜赫，车马盈门，与今日"深巷暮蝉"一相比较，自生富贵不长保之感。但此意用唱叹之笔出之，便觉深远。（《唐人绝句精华》）

[鉴赏]

在唐代乃至历代功臣中，郭子仪是一位功高盖世、系国安危，而又富贵寿考、荣耀终身，且惠及子孙的人物。但就是这样一位人物，也不可能长期保有当年的烜赫荣盛，这首《法雄寺东楼》，正是有感于昔日的汾阳豪宅，今已变为冷落的寺庙这一现象，抒发了深沉的人生感慨。

"汾阳旧宅今为寺"，首句直起，揭出全篇主意。昔日占地达亲仁里四分之一，家人三千、规模宏大、豪华气派的汾阳郡王府邸，如今已经成了一座冷清的佛寺。这句写得很概括，却起着统领全篇、对比今昔的作用，为后幅的具体描绘渲染预留了地步。

"犹有当时歌舞楼"，次句承"旧宅"，略作顿挫转折。"当时歌舞楼"亦即今之"法雄寺东楼"，进一步点明题目。"犹有"二字极堪玩味。当年汾阳府邸中的歌舞楼虽尚存在，但昔时笙歌彻夜、歌舞宴乐的喧阗热闹情景，却均已不存，眼前看到的只是一座空寂的楼台，听到的只是佛寺中的诵经唱呗和钟磬之声。其中寓含了当年歌舞之繁盛与今日佛寺之冷寂的鲜明对比。诗人虽未明说，读者却可于"犹有当年"的唱叹中体味出诗人的无穷感慨。

"四十年来车马绝"，第三句宕开一笔，从时间上写四十年来汾阳宅的变化。遥想当年，盛极一时的汾阳府邸，宾客盈门，车马喧阗，冠盖如云，何等风光热闹！而令公逝去，门庭冷落，车马绝迹，又是何等荒寂冷落！点出"四十年来"，说明自建中二年（781）子仪逝世以来，直至诗人作诗之日，这里的冷热情景顿异，使人不禁联想起《史记·汲郑列传》所描绘的情景："始翟公为廷尉，宾客阗门；及废，门外可设雀罗。"人情之冷暖，世态之炎凉于此可见。

"古槐深巷暮蝉愁"，末句紧承"车马绝"，进一步具体描绘渲染冷寂的氛围。在深长冷清的坊巷中，古槐萧疏；树上的秋蝉正在苍茫暮色中发出凄清的哀鸣，令人倍增愁绪。曰"古"，曰"深"，曰"暮"，层层渲染，将荒凉冷寂的氛围描绘得极为传神。写到这里，即悄然收束，不着任何议论，留下广阔的空间任读者自行体味。这样的以景结情，不仅具有深长的韵味，而且提供了多种解读的空间。

对同样一种现象，不同的读者从不同的角度可以作出各种不同的解读。这首诗就提供了一个生动的例证。有人从中引出"富贵不长保"的感慨，有人则因此感叹"有唐君相，不知追念荩臣，保其世业"，当然也可以从"四十年来车马绝"的现象中引发人情冷暖、世态炎凉的感慨。应该说，这些不同的解读都符合诗的原意或诗所描绘的现象的客观意义。这种解读的多元化恰恰是诗的客观内涵和主观旨意丰富性的表现，也是诗耐人吟咏、富于韵味的原因。完全可以允许它们同时存在，相互补充、相互融合。但这一切解读，又具有共同的或者说更加深刻内在的意蕴，这就是盛衰不常、世事沧桑之慨。郭子仪作为一代功臣的典型，不但位极人臣，享尽荣华富贵，而且福禄寿考，善始善终，这在历代均极罕见。但就是这样一位功臣，也不可能永远保有其荣华富贵，世代相传，不过四十年即已府邸为寺，门庭冷落，无限荒凉。这对追逐功名富贵的人来说自然是一种警示，对普通人来说也是一种启示。

秋　思①

洛阳城里见秋风②，欲作家书意万重③。复恐匆匆说不尽④，行人临发又开封⑤。

［校注］

①秋思，秋天的归思，参注②。②《世说新语·识鉴》："张季鹰（西晋张翰字季鹰）辟齐王东曹掾，在洛，见秋风起，因思吴中菰菜羹、鲈鱼脍，曰：'人生贵得适意尔，何能羁宦数千里，以要名爵。'遂命驾便归。俄而齐王败，时人皆谓为见机。"张翰为吴郡吴人，与张籍同籍贯故里，用此典正切。③意万重，情意重叠多端。家，《全唐诗》原作"归"，校："一作家。"兹据改。④复，《全唐诗》原作"忽"，校："一作复。"兹据改。⑤行人，此指托其捎信的远行人。临发，临出发时。开封，开启信的封口。

［笺评］

唐汝询曰：文昌叙情最切，此诗堪与"马上相逢"颉颃。（《唐诗解》卷二十九）

陆时雍曰：张籍绝句，别自为调，不类故常。（《唐诗镜》卷四十

一)

张震曰：常言常语，写得思尽。(《唐音辑注》卷七)

周弼曰：虚接体。(《删补唐诗选脉笺释会通评林·中七绝》引)

敖子发（英）曰：家常情事，写出便成好诗。(同上引)

周珽曰：缄封有限，客恨无穷。"见"字、"欲"字、"恐"字，与"莫"字、"临"字、"又"字相应发，便觉情真语恳，心口辄造精微之域。(同上)

王谦曰：古人一倍笔墨便写出十倍精采，只此结句类是也。如《晋史》传殷浩竟达空函，令人发笑，读此佳句，令人可泣。(《碛砂唐诗纂释》)

毛先舒曰：文昌"洛阳城里见秋风"一首，命意政近填词，读者赏俊，勿遽宽科。(《诗辩坻》卷三)

徐增曰：余平生苦作家书。每作家书，头绪多，笔下写不干净，必有遗落处，得司业此诗，深得我心，为录于此。(《而庵说唐诗》卷十一)

沈德潜曰：亦复人人胸臆语，与"马上相逢无纸笔"一首同妙。(《重订唐诗别裁集》卷二十)

黄叔灿曰：首句羁人摇落之意已概见，正家书中所说不尽者。"行人临发又开封"，妙更形容得出。试思如此下半首如何领起，便知首句之难落笔矣。(《唐诗笺注》)

宋宗元曰：至情真情。(《网师园唐诗笺》)

李锳曰：眼前情事，说来在人人意中。如"马上相逢无纸笔，凭君传语报平安""儿童相见不相识，笑问客从何处来"皆是此一种笔墨。(《诗法易简录》)

潘德舆曰：文昌"洛阳城里见秋风"一绝，七绝之绝境，盛唐人到此者亦罕，不独乐府古淡足与盛唐争衡也。王新城（士禛）、沈长洲（德潜）数唐人绝句擅长者各四首，独遗此作，沈于郑谷之"扬子江头"亦盛称之而不及此，此犹以声调论诗也。(《养一斋诗话》卷

（三）

俞陛云曰：已作家书，而长言不尽，临发重开，极言其怀乡之切。凡言寄书者多本于性情。唐人诗如"马上相逢无纸笔，凭君传语报平安"仅传口语，亦慰情胜无也。"陇山鹦鹉能言语，为报家人数寄书"，盼书之切托诸幻想也。明人诗"万里山河经百战，十年重到故人书"，乱后得书，悲喜交集也。近人诗"药债未完官税逼，封题空自报平安"，得家书而只益乡愁也。"忽漫一函临眼底，丙寅三月十三封"，检遗札而追念故交也。"闻得乡音惊坐起，渔灯分火写平安"，远客孤身，喜寄书得便也。此类之诗，皆至情语也。（《诗境浅说》续编）

刘拜山曰："临发又开封"，终似有未尽说之语也。思家之情，栩栩纸上。此种人情恒有之事，一经拈出，自然沁人心脾。（《千首唐人绝句》）

[鉴赏]

盛唐绝句，多寓情于景，情景交融，较少叙事成分；到了中唐，叙事成分逐渐增多，日常生活情事往往成为绝句的习见题材，风格也由盛唐的雄浑高华、富于浪漫气息转向写实。张籍这首《秋思》，寓情于事，借助日常生活中一个富于包孕的片断——寄家书时的心理状态和行动细节，非常真切细腻地表达了作客他乡的人对家乡亲人的深切怀念。

第一句说客居洛阳，又见秋风。平平叙事，不事渲染，却有含蕴。秋风是无形的，可闻、可触、可感，而仿佛不可见。但正如春风可以染绿大地，带来无边春色一样，秋风所包含的肃杀之气，也可以使木叶黄落，百卉凋零，给自然界和人间带来一片秋光秋色，秋容秋态。它无形可见，却处处可见。作客他乡的游子，见到这一切凄清摇落之景，不可避免地要勾起羁泊异乡的孤子凄寂情怀，引起对家乡、亲人的悠长思念。这平淡而富于含蕴的"见"字，所给予读者的暗示和联想，是很丰富的。

第二句紧承"见秋风"，正面写"思"字。晋代张翰在洛阳，"因见秋风起，乃思吴中菰菜、莼羹、鲈鱼脍。曰：'人生贵得适志，何能羁宦数千里，以要名爵乎？'遂命驾而归。"（《晋书·张翰传》）。张籍祖籍吴郡，此时客居洛阳，情况与当年的张翰相似。当他"见秋风"而起乡思的时候，很可能联想到张翰的这段故事，连"见秋风"三字，也和原典相同，而历代注家对此处的用典竟失之交臂，致使其用典的妙切其人其地其事竟无从领略。但由于种种没有明言的原因，诗人竟不能效张翰的潇洒命驾而归，只能修一封家书来寄托思家怀乡的感情。这就使本来已很深切而强烈的乡思中又增添了欲归不得的怅惘，思绪变得更加复杂多端了。"欲作家书意万重"，这"欲"字颇可玩味。它所表达的正是诗人铺纸伸笔之际的意念和情态。心里涌起千思万绪，觉得有说不完写不尽的话需要倾吐，而一时间竟不知从何说起，也不知如何表达。本来显得比较抽象的"意万重"，由于有了这"欲作家书"而迟迟不能下笔的生动意态描写，反而变得鲜明可触、易于想象了。

三、四两句，撇开写信的具体过程和具体内容，只剪取家书就要发出时的一个细节——"复恐匆匆说不尽，行人临发又开封。"诗人既因"意万重"而感到无从下笔，又因托"行人"之便捎书而无暇细加考虑，深厚丰富的情意和难以尽情表达的矛盾，加以时间"匆匆"，竟使这封包含着千言万语的信近乎"书被催成墨未浓"了。书成封就之际，似乎已经言尽；但当捎信的行人就要上路的时候，却又忽然感到刚才由于匆忙，生怕信里遗漏了什么重要的内容，于是又匆匆拆开信封。"复恐"二字，刻画人物心理入微。这"临发又开封"的行动，与其说是为了添写几句匆匆未说尽的内容（一些千叮咛万嘱咐、絮絮叨叨的话），不如说是为了验证一下自己的疑惑或担心（开封验看的结果也许证明这种担心纯属神经过敏）。而这种毫无定准的"恐"，竟然促使诗人不假思索地作出"又开封"的戏剧性决定，正显示出他对这封"意万重"的家书的重视和对亲人的深切思念——千言万语，唯恐遗漏了一句。如果真以为诗人记起了什么，又补上了什么，倒把富于诗情和戏剧性的生动细节化为平淡无味的实录了。这个细节之富于包孕和耐人咀嚼，正由于它是在"疑"而不是在"必"的心理基础上产生的。并不是生活中所有"行人临发又开封"的现象都具有典型性，都值得写进诗里，只有当它和特定的背景、特定的心理状态联系在一起时，方才显出它的典型意义。因此，像我们现在所看到的那样，在"见秋风"、"意万重"，而又"复恐匆匆说不尽"的情况下来写"临发又开封"的细节，本身就包含着对生活素材的提炼和典型化，而不是对生活的简单描写。王安石评张籍的诗说："看似寻常最奇崛，成如容易却艰辛。"（《题张司业诗》）这是深得张籍优秀作品创作要旨和甘苦的评论。这首极本色、极平易，像生活本身一样自然的诗，似乎可以作王安石精到评论的一个出色的例证。

凉州词三首（其一）①

边城暮雨雁飞低，芦笋初生渐欲齐②。无数铃声遥过碛③，应驮白练到安西④。

[校注]

①《凉州词》，乐府《近代曲辞》曲名。参见王之涣《凉州词》注①。唐代凉州治姑臧县，今甘肃武威市，张籍《凉州词三首》，所写均为亲历之景象，与一般虚拟想象之词不同。②芦笋，芦苇的嫩芽，形状似笋而小，可食用。③铃声，指运送货物的骆驼队的驼铃声。碛（qì），石漠。也可泛指沙漠。④白练，白色的绢帛，即熟绢。安西，指安西都护府的治所龟兹（今新疆库车）或辖区。时安西地区已为吐蕃所占领。

周珽曰：唐人乐府词，文昌可称独步。绝句中如《成都曲》《春别曲》《凉州辞》《吴楚歌》《楚妃怨》《秋思》等篇，俱跌宕风逸，逼真齐梁乐府，中透彻之禅，非有相皈依之可到。（《删补唐诗选脉笺释会通评林·中七绝》）

吴瑞荣曰：寓怆愤纳款意。（《唐诗笺要》）

刘拜山曰：铃声无数，输帛安西，较《泾州塞》"犹记向安西"之句，感愤更深一层。（《千首唐人绝句》）

[鉴赏]

《凉州词三首》之三说："凤林关里水东流，白草黄榆六十秋。边将皆承主恩泽，无人解道取凉州。"按《新唐书·代宗纪》：广德二年（764）十一月，"河西节度使杨志烈及仆固怀恩战于灵州，败绩"。《通鉴·广德二年》十月："吐蕃围凉州，士卒不为用；志烈奔甘州，为沙陀所杀。"《旧唐书·吐蕃传上》："广德二年，河西节度使杨志烈被围，守数年，以孤城无援，乃跳身投甘州，凉州又陷于寇。"可证凉州之陷于吐蕃约在永泰元年（765），此云"白草黄榆六十秋"，则诗约作于穆宗长庆末或敬宗宝历初（824或825）。

"边城暮雨雁飞低"，首句点染边城的时令景物。时值春暮，傍晚的苍茫暮色中，春雨飘洒，北飞的大雁在低空中飞翔。这幅图景，在广阔迷茫的境界中略带黯淡的色调，但并不显荒凉冷寂。这句写仰望天宇所见。

"芦笋初生渐欲齐"。次句写俯视水边所见，仍紧扣时令着笔。水边的芦苇，已经长出了嫩芽，一眼看去，已经快长成齐整的一片芦苇丛了。"渐欲齐"的"欲"字用得非常精切传神，既描绘出了芦苇正在生长的态势，又精细地传达出那种整齐中略带参差的情状。如果说上句写广阔的天宇还略带黯淡色调，下句写水边芦苇，却已是生意盎然。两句合起来，正是一幅边城春暮的完整画图。如果不看一开头的"边城"二字，几疑置身春天的江南。这正是对河西走廊凉州一带号称富庶之地的春天景物的真实写照。由于土地肥沃，又有祁连山雪水的灌溉，这一带确实是桑柘遍地的沃野，这酷似江南的塞外暮春景物图画中，渗透了诗人的喜爱欣赏之情。

"无数铃声遥过碛"，第三句转笔，从听觉角度写阵阵驼铃远向西去的情景。河西走廊，是内地通向西域的必经之路，也是汉代以来繁荣的丝绸之路的中心枢纽。唐代极盛时期，不但"凉州七里十万家"，为西北一大都会，整个河西走廊也是商旅络绎不绝。这一带交通运输多用骆驼，驼铃之声不绝于耳，正是交通运输繁忙的标志，也是内地与西域经济交流频繁的表现。这一句写驼铃声络绎不断，向西面的沙碛深处远去，仿佛又回到当年盛时的情景。但落句却再作转笔，揭出相似现象后面的真实时代本质——"应驮白练到安西"。这时的安西四镇，早已不是唐王朝在西域地区的军事重镇，而已沦为吐蕃占领的地区，驼铃声中，一队队的骆驼怕是运送从内地掠夺来的绢帛到早已沦为异域的安西吧。极盛时代的河西走廊交通要道和安西的四镇，带给人们的是对大唐帝国繁荣昌盛面貌的想象，而今，驼铃之声依旧，而安西早已易主，诗人只用"应"字作遥想忖度，而时代盛衰的感慨即隐寓其中。他的《泾州塞》五绝说："行到泾州塞，唯闻羌戎鼙。道边古双堠，犹记向安西。"如今，离长安不到五百里的泾州已成边防前线，"中国强盛，自安远门西尽唐境万二千里"的盛况已成遥远的历史记忆。末句在含蓄不尽的咏叹中寓含的正是这种对唐王朝由极盛急剧转衰的深沉历史感慨与现实感慨。而"边将皆承主恩泽，无人解道取凉州"的痛愤也隐见言外。

王　建

王建（766—?），字仲初，祖籍颍州，关辅（今陕西关中地区）人。贞元初求学于齐州，与张籍同学。历佐淄青、幽州、岭南幕。元和初奉使江陵，后入魏博幕。八年任昭应丞。后入为太府寺丞、秘书郎，迁秘书丞。大和二年（807）出为陕州司马，曾从军塞上。晚年罢任闲居咸阳原上，卒。长于乐府、宫词。《新唐书·艺文志》著录《王建集》十卷。《全唐诗》编其诗为六卷。

田家留客

人家少能留我屋，客有新浆马有粟①。远行僮仆应苦饥②，新妇厨中炊欲熟。不嫌田家破门户，蚕房新泥无风土③。行人但饮莫畏贫④，明府上来何苦辛⑤。丁宁回语屋中妻⑥，有客勿令儿夜啼。双冢直西有县路⑦，我教丁男送君去⑧。

[校注]

①新浆，新酿的酒。②僮仆，指随从诗人的仆役童儿。苦，甚，很。③蚕房，养蚕的房屋。蚕喜温畏风，故每年养蚕季节要先将蚕房用泥封涂缝隙。这里系将新泥的蚕房供客人居住。④行人，指诗人和随从的僮仆等行路的客人。⑤明府，唐人对县令的尊称，这里是对客人的客气称谓。上来，从远处至近处，犹远道而来。⑥丁宁，反复叮嘱。回语，回头对（某某）说。⑦冢，《全唐诗》校："一作井。"县路，犹通向县城的大路。⑧丁男，家中成丁的男孩子。

[笺评]

刘辰翁曰：（首句）起得甚浓。又曰：情至语尽，歌舞有不能。

（《唐诗品汇》卷三十四引）

钟惺曰：似直述田父口中语。不添一字。（《唐诗归·中唐三》）

邢昉曰：较高常侍《田家》相去几何？正变之风，于此了然。

（《唐风定》卷十一）

贺裳曰：写主人情事，亦复如见。（《载酒园诗话又编》）

范大士曰：殷勤周到，曲尽款洽。（《历代诗发》）

[鉴赏]

这首七言古诗在题目上虽未标出"行""谣""吟""歌"一类表明为乐府体的字眼，但一向编入王建的乐府体诗中，题材、写法、风格亦与其乐府相类，故完全可视为王建即事名篇的新题乐府诗。

诗为叙事纪言体，全篇除"丁宁回语屋中妻"一句系诗人从旁描述之语外，均为"田家留客"之词。且纯用白描，全用口语，一气直下，略无停顿。不但神情口吻毕肖，而且传出人物之质朴淳厚、热情好客的精神风貌。像原生态的生活那样真实自然，毫无雕饰；又像原生态的生活那样生动形象，不但如闻其声，如见其人，而且字里行间，溢出浓郁的生活气息，溢出浓郁的朴野情趣。这是一种最高级的写实。

"人家少能留我屋，客有新浆马有粟。"一开头就是这位田家对诗人发出的留客语，说过路的客人很少能留在我这农家屋里住宿，可我这看来不起眼的农家屋却能使住宿的客人喝口新酿的酒，马吃上粟料。上句先退一步，为"人家少能留我屋"感到遗憾，见出田家以留客为荣的热情与淳厚，下句反逼一步，强调自家的接待条件很好，好像是在为免费住宿做广告，说得既大方又风趣。

"远行僮仆应苦饥，新妇厨中炊欲熟。"招呼完了主人，又回过头招呼僮仆：远道而来，您的这些仆人童儿们恐怕早就饿了，这不，我家娘子正在厨房忙活，饭已经炊上了，马上就要开锅吃热饭了。从这里可以看出，这位田家是客人们进门之后就开始准备留宿吃饭了，否则客人刚进门怎么"炊欲熟"？既见其留客之殷勤热情，又见其安排之周到细致。

途中投宿农家，客人们最重视的除了能及时吃上热腾腾的饭菜外，就是能不能有一个干净安全的住处，这正是"留宿"的要点。热情细心的田家仿佛猜到了客人的心思，紧接着就介绍给客人准备的住处：别嫌弃我们农家的破门户，我们家新泥过的蚕房可是又干净又温暖，既不透风，也无灰尘。蚕房是农家养蚕的地方，也是农家最干净卫生之处。让客人住蚕房，既是就地取材，也是精心安排。

"行人但饮莫畏贫，明府上来何苦辛。"说话之间，田家妻子的酒菜已经上桌，主人连忙招呼客人们饮酒吃菜：客人们只管放开酒量，尽情饮酒，别担心我们家穷而故意客气，你们远道而来，路上辛苦，可得开怀畅饮。怕客人因为担心自己家穷而不舍得、不好意思尽情吃喝，这仿佛是客套，却是真正体会到了客人的内心活动。豪爽热情中显出细心体贴。

酒足饭饱，还担心夜里孩子啼哭吵闹，影响客人休息安睡，于是又回过头去叮咛屋里的妻子："家里来了客人，夜里千万别让孩子啼哭吵闹。"小儿夜啼，本来是常事小事，但对远道而来一路辛劳的"行人"来说，却是影响安眠、影响明日继续行役的大事，因此细心的主人特别认真地叮咛嘱咐妻子管好孩子，曰"丁宁"，则反复郑重之态如见，曰"回语"，则连说话时的动作也捎带写出。虽系白描，却细入毫芒。

不仅要让客人吃好睡好，还考虑到明天一早客人继续赶路的事：村头有两座大坟，一直向西走就是大路，明天一早我让大孩子送你们走，保证误不了你们赶路。不但管人管马、管主管仆、管吃管喝，而且管住管行，一切都作了细心妥帖的安排。遇到这样热情好客、细心体贴的农家主人，还能不为其至情至性所感动所陶醉吗？这是最朴素最真切的农家本色语，也是最质朴最本色的从内心流出的诗。如实描写，不加修饰，这种生活、这种语言，本身就是一首美好的诗。白描的功夫到了这种毫无修饰痕迹、如同生活本身的程度，才是最纯粹最真实最高级的白描。比起杜甫那首《遭田父泥饮美严中丞》，王建的这首《田家留客》可谓尽灭雕饰之痕而复归于自然。

望夫石①

望夫处，江悠悠。化为石，不回头。山头日日风复雨②，行人归来石应语。

[校注]

①我国各地有多处"望夫石"或"望夫山"的古迹，均为民间传说，谓妇人因丈夫远出不归而伫立遥望，久而化为石。《初学记》卷五引南朝宋刘义庆《幽明录》："武昌北山有望夫石，状若人立。古传云：昔有贞妇，其夫从役，远赴国难，携弱子饯送北山，立望夫而化为立石。"据"江悠悠"句，或即指武昌北山之望夫石。王建曾在荆南节度使幕，距武昌不远。②山，《全唐诗》原作"上"，校："一作山。"兹据改。

[笺评]

吴开曰：陈无己诗话：望夫石在处有之，古今诗人惟用一律。唯刘梦得云："望来况是几千岁，只是当年初望时。"语虽拙而意工。黄叔达，鲁直之弟也，以顾况为第一，云："山头日日风和雨，行人归来石应语。"语意皆工。江南望夫石，每过其下，不风即雨，疑况得句处也。予家有《王建集》，载《望夫石》诗，乃知非况作，其全章云："望夫处，江悠悠。化为石，不回头。山头日日风和雨，行人归来石应语。"岂无己、叔达偶忘建作耶？（《优古堂诗话》）

胡应麟曰：李、杜外，短歌可法者……王建《望夫石》《寄远曲》，张籍《节妇吟》《征妇怨》，柳宗元《杨白花》，虽笔力非二公

比，皆初学易下手者。（《诗薮·内编·古体下·七言》）

唐汝询曰：临江望夫，至化石而不反顾，望之专也。倘石未忘情，对其风雨必忧其夫，谢令夫还，想当语耳。（《唐诗解》卷十八）

周珽曰：寥寥数语，如山夜姑妇谈棋，不数着而局了然。（《删补唐诗选脉笺释会通评林·中七古》）

胡震亨曰：文章穷于用古，矫而用俗，如《史》《汉》后六朝史之入方言俗语是也。籍、建诗之用俗亦然。王荆公《题籍集》云："看是寻常最奇崛，成如容易却艰辛。"凡俗言俗事入诗，较用古更难，知两家诗体大费铸合在。（《唐音癸签·评汇三》）

邢昉曰：与李君虞《野田》，同为短歌之绝。（《唐风定》卷十一）

王尧衢曰：此篇用三字成句起，而以七字终之。短章促节，犹诗馀中之小令也。望夫临江，江水悠悠，去而不返也，望者只是望。虽形销骨化，身死为石，而不回头。至今见山头片石，在风风雨雨之中，不知几多岁月，情根尚在。倘得行人归来，石应喜而欲语矣。余过姑孰，题望夫石绝句云："一上青山立化身，黛螺犹似望行人。妾心已作江头石，郎意还如水上苹。"为高涵明先生选刻，今并附此。（《唐诗合解笺注》卷三）

宋宗元曰：（末句）极苦语，极趣语。（《网师园唐诗笺》）

王文濡曰：总是海枯石烂而情不灭之意。虽寥寥二十余字，却极顿挫有致。（《历代诗评注读本》）

[鉴赏]

张、王五七言乐府，虽均尚通俗、主写实，但比较之下，张多短制，风格峭刻奇警；王多铺叙渲染，风格诙谐风趣；张多比兴，王多白描。但王建的这首《望夫石》却是七古中的超短制。通篇由四个三字句、两个七字句构成。语言虽极朴素通俗，抒情却极深刻，平易中有深永的情味，奇警的想象。二十六个字，不仅概括了动人的民间传说，浓缩了悠远的时空，而且熔铸了古代妇女坚贞的精神品格。

"望夫处，江悠悠。"开头两句紧扣题目中的"望夫"，写望中所见之景，渲染环境气氛。"江悠悠"三字，即景寓情，既显示出望夫女子之情，如江之悠长无尽，又显示出江上之空寂，唯见江水悠悠，不见丈夫的归舟，传达出"望"者的空虚失落之情。其意境与温词《望江南》"梳洗罢，独倚望江楼。过尽千帆皆不是，斜晖脉脉水悠悠"近似，而更为凝练含蓄。同时，这悠悠的江水又是悠悠的时间之流的一种象征，使人联想起望夫的女子伫立遥望，已经不知经历了多少悠悠岁月，这就自然引出了三、四两句。

"化为石，不回头。"乍读似乎只是敷衍民间传说，点明题内的"石"字。但"不回头"这三个字却不仅仅是写"石"之屹立不动，而且写出了一种坚贞自守、亘古不变的精神品格。语言虽极通俗平易，语气却极坚定不移，寓有一种斩绝峭拔之气。

"山头日日风复雨，行人归来石应语。"五、六两句转用七字句，显示出内容的转折，也使诗的格调显得错落有致。上句写景，说这望夫石所在的山头上，日日经受风吹雨打，言语中自含对望夫女子的同情体贴，更有对其栉风沐雨，历悠悠时间之流而峭立不动的尊敬与感动。下句则是想象之词，也是全篇的警策。在诗人的凝望遥想中，这历千年而伫立江边山头不动的望夫石仿佛注入了灵魂。精诚所至，金石为开，远征的丈夫在她的精神感召下，果然归来了；而这时峭立不语的"望夫石"恐怕也要复活为人，欢欣而语，迎接丈夫的归来吧。这一句从写实跃入想象的领域，不但丰富发展了民间传说，而且使诗境得到升华提高。望夫石的传说，本来带有浓郁的悲剧色彩，既坚贞长守、亘古不变，又透露出一种对未来的绝望和无奈。但透过"行人归来石应语"这一石破天惊式的想象，却给望夫石的传说注入了希望的色彩和乐观的气息。在长久的伫望中，人可化而为石，石又可化而为人，这仿佛是还魂式的想象，充满了浪漫主义的奇思异采，使全诗因此而增添了亮色。宋宗元说末句既是"极苦语"，又是"极趣语"，所谓"极趣语"，正是这种奇特的浪漫主义色彩。

水夫谣^①

苦哉生长当驿边^②，官家使我牵驿船^③。辛苦日多乐日少，
水宿沙行如海鸟^④。逆风上水万斛重^⑤，前驿迢迢后渺渺^⑥。
半夜缘堤雪和雨^⑦，受他驱遣还复去^⑧。夜寒衣湿披短蓑^⑨，
臆穿足裂忍痛何^⑩！到明辛苦无处说^⑪，齐声腾踏牵船歌^⑫。
一间茅屋何所直^⑬，父母之乡去不得^⑭。我愿此水作平田，长
使水夫不怨天^⑮。

[校注]

①水夫，拉纤的役夫。本篇系即事名篇的新题乐府。②驿，驿站，
古代官办的交通站，有水驿与陆驿，此指水驿。③官家，官府。牵驿
船，给官船当纤夫拉船。④水宿沙行，夜间临水而宿，白天沿沙岸而
行。⑤上水，逆流而上。万斛重，谓船的载重有如万斛之多。十斗为
一斛（南宋末改为五斗一斛）。⑥后，《全唐诗》校："一作波。"渺
渺，水茫无边际貌。⑦缘堤，沿着堤岸。雪和雨，犹雨夹雪。⑧他，
指官府。还复去，仍然要再去拉纤。⑨夜，《全唐诗》原作"衣"，
校："一作夜。"兹据改。蓑，蓑衣。⑩臆，胸。忍痛何，无奈只能忍
痛。⑪明，天明。⑫腾踏，以脚蹬地。歌，《全唐诗》原作"出"，
校："一作歌。"兹据改。此句写众纤夫一边唱着号子一边同时以脚蹬
踏，奋力拉纤。⑬直，同"值"。何所直，不值什么钱。⑭去，离开。
⑮水变成平田，则无拉纤之苦，故不必再怨天。

[笺评]

余成教曰：王仲初……歌行诸结句，尤有馀蕴。《荆门行》云：
"壮年留滞尚思家，况复白头在天涯！"《田家行》云："田家衣食无厚

薄，不见县门身即乐。"《当窗织》云："当窗却羡青楼倡，十指不动衣盈箱。"《水运行》云："远征海稻供边食，岂如多种边头地。"《水夫谣》云："我愿此水作平田，长使水夫不怨天。"《望夫石》云："山头日日风和雨，行人归来石应语。"《短歌行》云："人家见生男女好，不知男女催人老。"（《石园诗话》）

[鉴赏]

在王建之前，李白的《丁督护歌》借用乐府古题写炎暑天气纤夫拉船运石之苦，侧重于主观感情的抒发，对苦状不作具体细致的描绘，且所写对象系"万人系磐石"的集体拉纤场面。而王建这首《水夫谣》则为自创新题的即事名篇之作，选取一个水夫作为典型代表，用第一人称的自叙方式，对纤夫受官府驱遣水宿沙行、夜以继日的拉纤生活作了生动细致的描绘，写实的倾向鲜明突出，生活气息也非常浓郁。

"苦哉生长当驿边，官家使我牵驿船。"首句以"苦哉"一声沉重的叹息重笔突起，统摄全篇，交代自己因生长在驿边而被官府随便拉去当纤夫。封建时代这种差役，往往任意驱遣，既无报酬，又无保障（自身生命安全和家庭生活的保障），故被强征者无不以为苦。而官府只图征集的方便，因而"生长当驿边"的百姓便首先摊上这份苦差事了。

"辛苦日多乐日少，水宿沙行如海鸟。"三、四两句承首句"苦"字，先总写一笔。上句从时间的长短上写纤夫之苦，"乐日少"是反衬"辛苦日多"，系陪笔，却非随意敷衍。"辛苦日多"，下文自有具体描写，"乐日少"则当指顺风顺水或水势平缓、天气晴暖之时，这种"乐"也只是相对于难以忍受的辛苦而言。下句从生活上总写每日每夜行于沙上、宿于水边的辛苦，诗人用"如海鸟"作比喻，既生动贴切，又新颖不落常套，且带有一份自嘲式的谐趣和幽默。

"逆风上水万斛重，前驿迢迢后森森。"五、六两句，单承"辛苦日多"，写逆水拉纤之苦。纤夫拉纤，多为逆水行舟时，故这句所写，乃是常态下的纤夫生活。逆水而拉船，已因水的阻力而感沉重，再加上"逆风"而行，则更是举步维艰，而这船的载重量又达"万斛"。七字三层，重重加码，一层一顿，不但淋漓尽致地渲染出逆风、逆水、载重的艰难困苦，而且传达出纤夫内心的沉重感。下句进一步描绘行程的遥远。前面的水驿还很遥远，不知何时才能到达暂歇，向后一望，但见江水渺茫无际，出发时的驿站已杳无踪影。这里表现的不仅是纤夫的"道路阻且长"之感，而且透露了其内心深处那种对生活的渺茫无着感和对人生的空虚失落感。这两句写的是白天拉纤的苦况，下面四句，转笔进一步写夜间被迫拉纤的苦况。

"半夜缘堤雪和雨，受他驱遣还复去。夜寒衣湿披短蓑，臆穿足裂忍痛何！"前面讲到"水宿沙行"的"海鸟"式生活，是常态下之苦，这里进一步写受官府逼迫驱遣，有时夜里也不得不继续拉纤。夜半更深，在江堤上摸黑拉纤，雨雪交加，寒风刺骨，身上只披着一袭短蓑衣，里面的衣服都湿透了，只感到胸如箭穿，足上冻裂，但慑于官府的淫威，只能忍痛拉纤。这四句同样是用层层递进、铺叙渲染的写法，通过半夜、雨雪、寒冷、衣湿等恶劣的气候条件和艰苦环境将纤夫难以忍受的辛苦和内心痛苦揭示出来，而"还复去""忍痛何"等词语，又进一步写出其受逼迫不得不忍受的无奈。

"到明辛苦无处说，齐声腾踏牵船歌。"这两句是上文写夜间拉纤之苦的延伸或余波。一夜到天亮，历尽千辛万苦，却无处可以诉说，只能一面用力以脚蹬踏地面，一面齐声高唱拉纤号子，以减轻心中的积郁，宣泄一夜的辛苦。这场景，这歌声，使人联想起旧社会的川江号子，也联想起旧俄罗斯的民歌《伏尔加船夫曲》。"牵船歌"中蕴含着辛苦无处诉的无奈，也蕴含着对官府、对上天的怨愤。

"一间茅屋何所直，父母之乡去不得。"既然由于生长在驿边而遭官府驱遣，过着水宿沙行、日夜辛劳的痛苦生活，那何不干脆丢弃一间破旧的茅草房而远走他乡？但一想到要离开本乡本土，特别是年迈的父母，却无论如何也迈不开步。上句先一放，似乎别无可恋，下句旋即一收，强调不能逃离故土。点出"父母之乡"，应是父母尚在的缘故。

纤夫的痛苦生活既难以忍受，而离乡背井又难以舍弃，在无可奈何的绝望境况中不免生发幻想："我愿此水作平田，长使水夫不怨天。"眼前这一派森森无际的江水，但愿都变成了平展的田地，纤夫被驱遣辛劳服役的生活就可以结束，再也不必怨天恨地了。这幻想虽由眼前景自然触发，却不免显得天真。因为即使此水变田，仍不免遭受官府的租税压榨和别的劳役，人间并没有乐土。纤夫此愿，不过表达对被驱遣服役的生活的怨愤罢了。以"苦哉"始，以"不怨天"终，实际上矛盾并没有解决。

田家行①

男声欣欣女颜悦，人家不怨言语别②。五月虽热麦风清③，檐头索索缲车鸣④。野蚕作茧人不取，叶间扑扑秋蛾生⑤。麦收上场绢在轴⑥，的知输得官家足⑦。不望入口复上身⑧，且免向城卖黄犊。田家衣食无厚薄⑨，不见县门身即乐⑩。

[校注]

①本篇系新题乐府。②人家，犹民家。别，不同，各别。言语别，谓与往常言语之间每露悲愁怨愤情绪不同，显得兴奋喜悦。③麦风，麦收时的风。④檐头，屋檐边。索索，响声。缲车，抽茧出丝的车。⑤秋蛾，蚕作茧成蛹后所化的蛾。前云"五月"，后云"麦收"，本篇所写系五月农忙季节情景，"秋蛾"系想象之词。⑥轴，织机的轴。绢在轴，指绢已快织成。⑦的知，确知。输，缴纳田税。⑧入口，指粮食；上身，指绢帛。⑨无厚薄，不论质量精粗厚薄。⑩县门，

县府衙门。

[笺评]

顾璘曰：《田家》二首，愈鄙愈切。然无乐府浑厚气。（《批点唐音》）

陆时雍曰：王建古词正直，此曲不厌村朴。（《唐诗镜》卷四十一）

沈德潜曰："田家衣食无厚薄，不见县门身即乐。"守此语，便为良农。（《重订唐诗别裁集》卷八）

[鉴赏]

这首诗集中笔墨描写农家麦收季节的欢欣、忙碌和对生活的低微希望。通篇以"欣""悦"始，以"乐"终，但给人的感受却是农民生活的辛酸。

"男声欣欣女颜悦，人家不怨言语别。"诗一开头就从农家说话的声音、言语的内容、表达的感情和面部的表情上渲染出一片欣喜、欢悦的气氛。无论是当家的男人还是家庭的主妇，言语表情之间，都一扫过去常有的怨气和悲哀，透露出内心的欢欣喜悦。两句前四字与后三字，意思相对而字数参差，且互文见义，显得既紧凑又流畅，读来自有一种轻快的调子在流动。"人家"即家家农民，是泛指各家各户而非指某一家。"言语别"的"别"字用得生新别致而含蓄，只说言语与前不同，而今之欢欣喜悦，昔之忧苦悲怨均可想见。

"五月虽热麦风清，檐头索索缲车鸣。"三、四两句，对开头渲染的欢悦气氛出现的原因作出解释：原来又到了五月这个麦收、蚕收的忙碌季节。而且是一个麦子和蚕丝都丰收在望的好年景，农民全家男女，一冬一春的辛勤忙碌，等待的就是这个麦熟蚕收的季节。农历的五月，天气其实已经相当炎热，但在田间辛勤收割的农夫却觉得偶尔掠过的一阵清风特别地凉爽惬意，这自然是由于收获的喜悦使他们对外界事物的感受也变得特别轻松愉快了，从那个主观性很鲜明突出的"清"字中，似乎还可以闻到麦子成熟时的清香。这句写男人田间劳动的喜悦，下句则写妇女在家缫丝的情景，家家户户传出屋檐边缫车抽丝时索索的鸣响。这声响，在局外人听来，可能显得有些单调而嘈杂，但在经历了一春蚕事大忙的农妇耳中，却无异于最美妙动人的音乐，让人从"索索""鸣"等字眼中仿佛可以感受到其欢悦轻快的心声。

"野蚕作茧人不取，叶间扑扑秋蛾生。"五、六两句，承第四句缫丝宕开一笔，说由于蚕茧丰收，家家户户都忙于缫丝织绢，根本没有时间去收野蚕作的茧，只能由它自生自长，由蛹化蛾了。这宕开的一笔，似撇开了农家五月麦收的忙碌场景，却更衬出了农事的繁忙，闲中着笔，余波荡漾，更显得摇曳生姿。

"麦收上场绢在轴，的知输得官家足。"麦收既毕，上场枷打簸扬晒干；缫丝既毕，团团缕缕也上了织机，马上就可以织成绢帛了。长时间的辛勤劳动，正在化为场上机上看得见摸得着的"果实"。可农夫农妇这时首先考虑的却并不是全家人如何享用辛勤劳动的果实，而是首先盘算这打下来晒干净的麦和织成的绢究竟够不够缴纳官家的租税。因为是丰年，麦子和绢匹看来是足够缴税的了。"的知"二字，说得十分肯定，透出满足和喜悦，却分外令人心酸。丰年在缴税之后或略有盈余，水旱灾害的年月，则连缴纳官府的税也不够，可见其时税收的酷重和农民生活之艰困。

"不望入口复上身，且免向城卖黄犊。"九、十两句，紧承"输得官家足"，写田家的自我庆幸和自我解嘲。男耕女织，本为维持一家人的温饱，但多年的酷重赋税负担却使农民彻底打破了自给自足、丰衣足食的幻想，而是宣称本就不指望长好的麦子能吃到嘴，洁白的绢能穿上身，只要能免于到城里卖黄牛崽儿缴税就算万幸了。黄牛是农民的重要生产资料，卖黄牛犊就等于卖掉明后年的基本生产资料，故能幸免于此，已自庆幸。从这里可以看出，即使是丰收年景，缴税之外，剩余的衣食之资也少得可怜。"不望""且免"相互呼应，自我解嘲中透露出内心深处的悲苦和对往昔"向城卖黄犊"这种困穷境遇的痛苦记忆。

"田家衣食无厚薄，不见县门身即乐。"末二句是全篇的警策和点睛之笔。上句说农民对自己生活的要求非常低微，只要有粗衣淡饭就已满足，根本不计较衣食的精粗厚薄，只求果腹蔽体而已。不是农民对生活没有改善的愿望和追求，而是残酷的现实、无情的压榨迫使他们放弃了丰衣足食的奢望，这种心态正透露出造成它的环境的残酷。下句进一步说出农民的快乐就是身不见县门。在他们心中，"见县门"就意味着因缴不起租税而面临的严刑责罚——倾家荡产、坐牢系狱一系列灾难。官府衙门在他们心目中就是森严的阎王殿，因此说"不见县门身即乐"。沉重的悲哀却用轻松诙谐的口吻道出，愈显出悲哀的沉重。

以乐写悲，以丰收的忙碌和喜悦反衬丰收之后的穷乏，以自我庆幸和解嘲的轻松口吻透露生活的沉重，相反相成，愈显出农民的悲苦困穷处境。但诗人并非刻意追求技巧，他只是用朴素的语言描写他所熟悉的农民生活与农民心态。读者从诗人所描绘的生活场景和农民心态中自能得到启示，联想到造成这种生活与心态的时代社会根源，这正是写实的力量、生活真实本身的力量。

江　馆①

水面细风生，菱歌慢慢声②。客亭临小市③，灯火夜妆明。

[校注]

①临江的馆驿。②菱歌，采菱之歌。南朝宋鲍照《采菱歌》之一："箫弄澄湖北，菱歌清汉南。"③客亭，馆驿中的亭子。小市，小集市。

[鉴赏]

在唐代诗人中，王建是擅长素描速写的著名作手。他熟练地运用各种形式，创作了一幅幅上自宫廷禁苑下至市井乡村的风物风情画。这些作品，都充溢着浓郁的生活气息。这首题为《江馆》的五绝，就是一幅清新的江馆夜市的素描。

唐代商业繁荣，中唐以来更有进一步发展。不但大都市有繁华的商业区和笙歌彻晓的夜市，连一般州县也设有商市，甚至在州县城以外的交通便利地点也有形形色色的草市、小市。杜牧在《上李太尉论江贼书》中说到江淮地区的草市，都设在水路两旁，富室大户都住在市上。这首诗中所描绘的"小市"，大概就是这类临江市镇上的商市；所谓"江馆"，则是市镇上一所临江的馆驿。诗里写的，便是江馆所见江边夜市的景色。

客馆临江，所以开头先点出环境特点。"水面细风生"，写的是清风徐来、水波微兴的景象。但因为是在朦胧的暗夜，便主要不是凭视觉而是凭触觉去感知。"生"字朴素而真切地写出微风新起的动态，透露出在这以前江面的平静，也透露出诗人在静默中观察、感受这江馆夜景的情态。因为只有在静默状态中，才能敏锐地感觉到微风悄然兴起于水面时所带来的凉意和快感。这个开头，为全诗定下一个轻柔的基调。

第二句"菱歌慢慢声"，转从听觉角度来写。菱歌，指夜市中歌女的清唱。她们唱的大概就是江南水乡采菱采莲一类民歌小调。"慢慢声"，写出了歌声的婉曼柔美，舒缓悠扬。在这朦胧的夜色里，这菱歌清唱的婉曼之声，随着阵阵清风的吹送，显得格外清扬悦耳，动人遐想。如果说第一句还只是为江边夜市布置了一个安恬美好的环境，那么这一句就露出了江边夜市温馨旖旎的面影，显示了它特有的风情。

"客亭临小市，灯火夜妆明。"客亭，就是诗人夜宿的江馆中的水亭。它紧靠着"小市"，这才能听到菱歌清唱，看到灯火夜妆，领略水乡夜市的风情。这一句明确交代了诗人所在的地方和他所要描绘的对象，在全篇中起着点题的作用。诗人不把它放在开头而特意安排在这里，看来是用过一些心思的。这首诗所描绘的景色本比较简单，缺乏层次与曲折，如果开头用叙述语点醒，接着连用三个描写句，不但使全篇伤于平直和一览无余，而且使后三句略无层递，变成景物的单纯罗列堆砌。像现在这样，将叙述语嵌入前后的描写句中间，一则可使开头不过于显露，二则可使中间稍有顿挫，三则可使末句更加引人注目，作用是多方面的。

末句又转从视觉角度来写。透过朦胧的夜色，可以看到不远处有明亮的灯光，灯光下，正活动着盛妆女子婉丽的身影。"明"字写灯光，也写出在明亮灯光映照下女子鲜丽的服饰和容颜。诗人写江边夜市，始则在朦胧中感触到"水面细风生"，继则在朦胧中听到"菱歌慢慢声"。就在这夜市刚刚撩开面纱，露出隐约的面影时，却突然插入"客亭临小市"这一句，使文势出现顿挫曲折，也使读者在情绪上稍作间歇和酝酿，跟着诗人一起用视觉去捕捉夜市最动人的一幕。因此当夜市终于展示出它的明丽容颜——"灯火夜妆明"时，景象便显得分外引人注目，而夜市的风姿也就以鲜明的画面美和浓郁的诗意美呈现在面前了。

旅馆夜宿的题材，往往渗透着凄清孤寂的乡愁羁思。从"旅馆寒灯独不眠，客心何事转凄然"（高适《除夜作》）到"旅馆谁相问，寒灯独可亲"（戴叔伦《除夜宿石头驿》），"金陵津渡小山楼，一宿行人自可愁"（张祜《题金陵渡》）这些诗句中，可以看到这个传统的相继不衰。王建这首旅宿诗，却怀着悠闲欣喜的感情，领略江边夜市的诗意风情。这里面似乎透露出由于商业经济的繁荣，出现了新的生活场景，而有关这方面的描绘，在以前的诗歌中是反映得不多的。由此启渐，"夜市卖菱藕，春船载绮罗"（杜荀鹤《送人游吴》），"夜市桥边火，春风寺外船"（杜荀鹤《送友游吴越》）一类描写便时时出现在诗人笔下。这正反映出时代生活的变化和由这种变化引起的诗人视野的扩大和审美情趣的变化。

新嫁娘词三首 (其三)①

三日入厨下,洗手作羹汤②。未谙姑食性③,先遣小姑尝④。

[校注]

①这组诗共三首。第一首云:"邻家人未识,床上坐堆堆。郎来傍门户,满口索钱财。"第二首云:"锦幛两边横,遮掩侍娘行。遣郎铺簟席,相并拜亲情。"流传最广的还是第三首。②古时习俗,新娘子过门后第三天要下厨做饭菜,俗称"过三朝"。羹汤,用肉类或菜蔬等制成的带浓汁的食物。此泛指菜肴。③谙,熟悉。姑,婆婆。食性,口味。④遣,让。小姑,丈夫的妹妹。

[笺评]

刘克庄曰:王建《新嫁娘词》诗云:"三日入厨下,洗手作羹汤。未谙姑食性,先遣小姑尝。"张文潜《寄衣曲》:"别来不见身长短,试比小郎衣更长。"二诗当以建为胜。文潜诗与晋人参军新妇之语,俱有病。(《后村诗话·前集》卷一)

敖英曰:前辈教人作绝句,令诵"三日入厨下"、"打起黄莺儿"、"画松一似真松树",皆自肺腑中流出,无牵强斧凿痕。(《唐诗绝句类选》)

邢昉曰:绝句中有调高逼古,出六朝上者,此种是也。(《唐风定》卷二十)

马鲁曰:诗有最平易者,如王建《新嫁娘》是也。未尝使"赤绳""朱丝""金闺""玉杵""引凤""乘龙"等语。前二句是新嫁娘举动，后二句是新娘家意想。未执井臼，先观内规；未尝盘匜，先举事与。妇代姑，故不言翁，姑尊而小姑埒，故遣小姑尝。小姑习见其所嗜而先去问他，孝顺心肠，和熙气象。不小家，亦不倨傲，和盘托出，岂非平易而有思致之诗？（《南苑一知集·论诗》）

毛先舒曰：王建《新嫁娘词》、施肩吾《幼女词》，摹事太入情，便落卑格。（《诗辩坻》）

黄生曰：极细事，道出便妙。只是一真。又曰：（前二句）长短句，上二下八。（《唐诗摘抄》卷二）

朱之荆曰：词朴语庄，不作丽语，得酒食是议意。（《增订唐诗摘抄》）

沈德潜曰：五言绝句，右丞之自然，太白之高妙，苏州之古淡，并入化机……他如崔颢《长干曲》、金昌绪《春怨》、王建《新嫁娘》、张祜《宫词》等篇，虽非专家，亦称绝调。（《说诗晬语》卷上）又曰：诗至真处，一字不可移易。（《重订唐诗别裁集》卷十九）

黄叔灿曰：新妇与姑未习，小姑易亲，转圜机绪慧甚。入情入理，语亦天然。（《唐诗笺注》）

管世铭曰：王建之《新嫁娘》即其乐府。（《读雪山房唐诗序例·五绝凡例》）

刘永济曰：佳处在朴素而又生动，有民间歌谣之趣。（《唐人绝句精华》）

[鉴赏]

尚俗，是中唐张、王、元、白一派诗人的共同创作趣向，其中王建的尚俗趣向尤为突出。以民间婚嫁场景习俗入诗，是尚俗趣向在诗歌题材领域的一种表现，也是对诗歌题材的一种开拓。这组《新嫁娘词三首》便是典型的例证。但三首诗中唯有这一首流传广远，得到历代评家的高度赞誉，而前两首则不为人所知。问题的关键就在于，诗人在描写民间习俗的时候是否发现了诗情诗趣和人物在特定环境下的行为心态。

"三日入厨下，洗手作羹汤。"前两句点明这一首所要描写的婚姻习俗：新娘子在过门后第三天下厨做饭烧菜。这一习俗，既标志着新嫁娘正式参加主要的家务劳动的开始，也是她作为新的家庭成员首次接受的一次考试。能做得一手好菜肴，是新媳妇"主内"能力的一种展示。因此作为新嫁娘的女主人公，对这样一次关系到自己将来在公婆心中的印象和在家庭中地位的才艺展示，自然是极为重视的。首句平平叙起，次句在"作羹汤"三字之前，用了"洗手"二字，却显得相当严肃而郑重，透露出此刻她心中既跃跃欲试又有些忐忑不安的心理。

"未谙姑食性，先遣小姑尝。"三、四两句，略去一切具体的烹制过程，从下厨洗手直接跳到肴馔既成，好像一场精彩的演出刚开头就结了尾。这固然是由于五绝篇幅最短，容不得对具体过程的铺叙描写，更缘于这场才艺展示究竟能不能获得成功和称许，关键主要不在用料的精细、烹饪的火候和操作者的主观感受，而在于得到这个新家的主人，主要是婆婆的认可和满意。在新媳妇到来之前，婆婆是职主中馈的，多年掌厨调和众口的结果，婆婆烹制肴馔的口味实际上也就代表了全家的口味，此之所以"姑食性"之重要也（并非婆婆特难侍候，也并非家中其他人的口味就无须考虑）。但到新家才三日，姑之食性又何从而"谙"？不但不熟悉，而且也不好意思直接动问。不过不要紧，虽"未谙姑食性"，却可就近请教此刻也许正在厨下帮忙的小姑，而且也不必详细说道，直接将烹制出来的羹汤让她尝一尝就行了。口味这个东西，说不清、道不明，却尝得出，故只需将烹制出来的样品让小姑品味一下，若得认可，则即可照此办理了。在这里，小姑既是婆婆的"食性"的鉴定者，也是全家口味的代表，此之所以"先遣小姑尝"也。同为女性，年纪相仿，新嫁娘到夫家，小姑自然成为其亲密伴侣，故可不拘形迹地"遣"其先尝。"遣"字用得亲切而真率。

读者于此，或者赞新嫁娘之聪慧乖巧，贤惠尊长，诚然如此，但新娘子的这一举动，实为源于生活，无师自通。在娘家的十几年生活中，早就懂得母亲的"食性"口味亦即全家的食性口味，而自己在帮厨的过程中也早谙熟了母亲的口味，到婆家之后不过将此经验照搬而已。女主人公并未用特别的心机，只是自然地这样做，诗人也只是如实描写，并未刻意施巧。"未谙姑食性，先遣小姑尝"这个行动细节之所以典型，正缘于它来自生活，具有浓郁的生活气息。透过这一细节，不仅可以窥见新嫁娘在这场考试中随机应变的能力和融入新家的迫切心情，而且可以感受到姑嫂乃至婆媳之间已有的或将有的融洽气氛与和谐关系。这一行动细节本身以及它所透露的氛围，都充溢着诗情诗趣，使人于发出会心的微笑的同时感受到一个家庭新成员融入新家时的生活美。

江陵使至汝州①

回看巴路在云间②，寒食离家麦熟还③。日暮数峰青似染，商人说是汝州山。

[校注]

①江陵，唐江陵府江陵郡，荆南节度使治所，今湖北江陵县。使，出使。汝州，唐都畿道州名，今河南汝州市。此题有两种不同的理解。一谓"时作者在荆南幕府，奉命出使"（《增订注释全唐诗》卷二百九十一）；一谓出使江陵，回路行近汝州。《唐才子传校笺》卷四云："元和初数年间，王建曾留寓荆州，结识杜元颖。其《上杜元颖相公》诗末二句云：'闲曹散吏无相识，犹记荆州拜谒初。'按《新唐书·宰相表》，杜于长庆元年（821）二月，以户部侍郎翰林学士守户部侍郎同中书门下平章事为相，王建此诗当其年在长安为'闲曹散吏'时作以上杜者。《新唐书》卷九六《杜元颖传》：'贞元末进士及第，又擢

宏词。数从使府辟署，稍以右补阙为翰林学士。'今自王建诗及建诗屡称杜书记，如《江楼对雨寄杜书记》《道中寄杜书记》，均指杜元颖，故知元和初元颖为荆南使府掌书记，证明其时王建正留寓其地。"戴伟华《唐方镇文职僚佐考》从其说，并援证证实杜之在荆南与元稹贬江陵掾大致同时（详该书第334页）。按：王建集中有关江陵之诗有《荆南赠别李肇著作转韵诗》《荆门行》《江陵即事》《江陵道中》《江楼对雨寄杜书记》诸首，从上述诗中看不出曾居荆州幕为僚属之迹象。以其称杜元颖为"主人"（《江楼对雨寄杜书记》："好是主人无事日，应持小酒按新歌。"）来看，亦明显以客人自居。尤可注意者，其《道中寄杜书记》云："西南东北暮天斜，巴字江边楚树花。珍重荆州杜书记，闲时应在广师家。"明为离荆州后道中寄杜之作，当与《江陵使至汝州》为同时在道之作，其中亦无其曾寓荆幕之迹。《荆南赠别李肇著作转韵诗》亦称肇为"主人"，并云"欣欣还切切，又二千里别"，亦为离荆南前所作。其《荆门行》末云："壮年留滞尚思家，况复白头在天涯。"则留滞荆门思家之意甚明，诗中亦未见曾在荆幕之迹。再就诗题中"江陵使"三字之意义而言，集中有《淮南使回留别窦侍御》五律，题内之窦侍御系淮南节度使参谋窦常，则题内之"淮南使"显指王建奉使之淮南，而非指其在淮南幕奉使外出；"淮南使回"，奉使至淮南返回前留别窦参也。故可证此诗系王建奉使至江陵，返回途中至汝州附近时作。②巴路，指通向江陵的道路。江陵邻接峡州，有巴山县；其西归州有巴东县。③寒食，指寒食节，在清明前一二日。

[笺评]

宋顾乐曰：布置匀净，情味悠然，此是七绝妙境。人多以平易置之，独阮亭解赏此种，真高见也。（《唐人万首绝句选》评）

俞陛云曰：诗言行役江陵，适东返已阅三月之久。遥见暮山横黛，

商人指点，知已到汝州。游子远归，未见家园，先见天际乡山一抹，若迎客有情，宜欣然入咏也。(《诗境浅说》续编)

刘拜山曰：写将到未到光景，极为精切。商人老于行旅，其言可信，故闻之不觉色喜也。(《千首唐人绝句》)

[鉴赏]

这首纪行诗是王建一次出使江陵，回来的路上行近汝州（今河南汝州市）时写的。

第一句是回望来路。巴路，指的是通向江陵、巴东一带的道路。江陵到汝州，行程相当遥远，回望巴路，但见白道如丝，一直向前蜿蜒伸展，最后渐渐隐入云间天际。这一句表明离出使的目的地江陵已经很远，回程已快接近尾声了。翘首南望，对远在云山之外的江陵固然也会产生一些怀念和遥想，但这时充溢在诗人心中的，已经主要是回程行将结束，回到家中的喜悦了。所以第二句紧接着瞻望前路，计算归期。王建祖籍颍川（今河南许昌），家居关辅（今陕西关中地区），颍川离汝州很近，到了汝州，也就差不多到家了。"寒食离家麦熟还"，这句平平道出，仿佛只是交代离家和归家的时间季节，而此行往返程途的遥远，路上的辛苦劳顿，盼归行程的急切及路途上不同季节景物的变化，都隐然见于言外。寒食离家，郊原还是一片嫩绿，回家的时候，田间垄上，却已是一片金黄了。

三、四两句转写前路所见景色。"日暮数峰青似染，商人说是汝州山。"傍晚时分，前面出现了几座青得像染过一样的峰峦，同行的商人说，那就是汝州附近的山了。两句淡淡写出，徐徐收住，只说行途所见所闻，对自己的心情、感受不着一字，却自有一番韵外之致，一种悠然不尽的远神。

单从写景角度说，用洗练明快之笔画出在薄暮朦胧背景上凸现的几座轮廓分明、青如染出的山峰，确实也能给人以美感和新鲜感。人们甚至还可以从"数峰青似染"想象出天气的晴朗、天宇的澄清和这几座山峰的美丽身姿。但它的好处似乎主要不在写景，而在于微妙地传出旅人在当时特定情况下一种难以言传的心境。

这个特定情况，就是上面所说的归程即将结束，已经行近离家最近的一个大站头汝州了。这样一个站头，对盼归心切的旅人来说，无疑是具有很大吸引力的，对它的出现自然特别关注。正在遥望前路之际，忽见数峰似染，引人瞩目，不免问及同行的商人，商人则不经意地道出那就是汝州的山峦。说者无心，听者有意，此刻在诗人心中涌起的自是一阵欣慰的喜悦，一种兴奋的情绪和亲切的感情。而作者并没有费力地去刻画当时的心境，只淡淡着笔，将所见所闻轻轻托出，而自然构成富于含蕴的意境和令人神远的风调。

纪行诗自然会写到山川风物，但它之所以吸引人，往往不单纯由于写出了优美的景色，而且由于在写景中传出诗人在特定情况下的一片心境。这种由景物与心境的契合神会所构成的风调美，常常是纪行诗（特别是小诗）具有艺术魅力的一个奥秘。

十五夜望月寄杜郎中①

中庭地白树栖鸦，冷露无声湿桂花②。今夜月明人尽望，不知秋思在谁家③。

[校注]

①宋本《王建诗集》及《万首唐人绝句》题下注："时会琴客。"据末句"秋思"，"十五夜"当指八月十五夜，即中秋夜。杜郎中、名未详。集有《寄杜侍御》七言长律，据诗中"粉阁为郎即是仙"之句，似为《寄杜郎中》之讹，与本篇"杜郎中"或是同一人。集又有《和元郎中从八月十二至十五夜玩月五首》，此"元郎中"为元宗简。是否与本篇为同时之作，未可定。②桂花多在中秋季节开放，故云。

③谁家，张相《诗词曲语辞汇释》云："谁家，估量辞，含有'怎样''怎能''为甚么''甚么'各含义……惟从谁家二字之字面解释之，与某一家之义相同，此当审语气而分别之。"按：此显指哪一家。在，《全唐诗》校："一作落。"

[笺评]

叶羲昂曰：难描难画。（《唐诗直解》）

《唐诗训解》：落句有怀。

周敬曰：妙景中含，解者几人。（《删补唐诗选脉笺释会通评林·中七绝中》）

黄生曰：《秋思》，琴曲名，蔡氏《青溪五弄》之一（按：蔡邕《青溪五弄》有《游春》《渌水》《幽思》《坐愁》《秋思》五曲，见《文选·嵇康〈琴赋〉》"下逮谣俗，青溪五曲"李善注，又见《乐府诗集·琴曲歌辞二·蔡氏五弄题解》引《琴历》及《琴集》），非自注则末句不知所谓矣。选诗最当存其自注也。通首平仄相叶，无一字参差，实为七言绝之正调。凡音律谐，便使人诵之有一唱三叹之意。今作者何可但言体制，而不讲声调也。（《唐诗摘抄》卷四）

朱之荆曰：琴客在此地作《秋思》曲，月下听琴者不知在谁家也。（《删订唐诗摘抄》）

王尧衢曰："中庭地白树栖鸦"，地白，月光也。中庭月白，夜已深矣，故树鸦皆已栖宿。"冷露无声湿桂花"，秋露已冷，夜深则落，虽无花，而桂花已沾湿矣。"今夜月明人尽望"，眼前对景，肚里寻思，遂不免望月而叹曰：今夜之月明如昼，如此岂非尽人所望乎？而悲欢不一也。"不知秋思落谁家"，望月之家，有知秋思可悲者，有不知秋思可悲者，是同此月也，照三千世界之悲欢，究不知秋思落在哪一家也。然其言不知秋思之人，乃即深于秋思者矣。（《唐诗合解笺注》卷六）

袁枚曰：见露而动秋思，恐感秋者无如我也。上首（按：指耿沛《秋日》）言秋日，此首言秋月，所谓正入正出。（《诗学全书》卷一）

佚名曰：琴客在此地作《秋思》曲，月下听琴者，不知在谁家也。（按：此袭朱之荆解）（《唐诗从绳》）

沈德潜曰：不说明己之感秋，故妙。（《重订唐诗别裁集》卷二十）

宋宗元曰：性情在笔墨之外。（《网师园唐诗笺》）

刘文蔚曰：地白，月光也；月明，则鸦惊。今既栖树，则夜深矣，是以见露之沾花。此时望月者众，感秋者谁？恐无如我耳。（《唐诗合选详解》卷四）

俞陛云曰：自来对月咏怀者不知凡几，佳句亦多。作者知之，故着想高踞题巅。言今夜清光，千门共见。《月子歌》所谓"月子弯弯照九州，几家欢乐几家愁"，秋思之多，究在谁家庭院。诗意涵盖一切，且以"不知"二字作问语，笔致尤见空灵。前二句不言月，而地白疑霜，桂枝湿露，宛然月夜之景，亦经意之笔。（《诗境浅说》续编）

刘永济曰：三、四见同一中秋月夜，人之苦乐各别。末句以唱叹口气出之，感慨无限。（《唐人绝句精华》）

富寿荪曰：据题下原注"时会琴客"，则当以黄生之说为优。然"秋思"语可双关，备见作者匠心及用笔之空灵隽永。（《千首唐人绝句》）

[鉴赏]

这是中秋夜望月有感之作。杜郎中，名不详。

首句写中庭望月。整个庭院中，满地月光，一片银白，可见十五夜月光的明亮皎洁，也暗透月已中天，月光普照。月明星稀之夜，乌鸦往往因为明亮的光照而惊飞不定，这里写到庭树上乌鸦已经栖息，足见时间已至深夜。这句写望月，视线由下而上，由中庭的地面而树上。下句即集中笔墨写月露中的庭树。

"冷露无声湿桂花"。夜深露浓，凉冷的清露润湿了庭中桂树的花瓣，枝头花间，闪烁着晶莹的露珠，散发出缕缕桂花的幽香。冷露湿桂，正点秋景，也暗透夜之深与望月时间之久。露水于夜深时分悄然暗凝，故说"冷露无声"。它不仅细腻地传出夜露浥花的神韵，而且渲染了环境气氛的静谧和望月者沉思遐想的情景，自然暗渡到下两句。如果循着"望月"的题目细释此句，似乎还可对句中的"桂花"作别一种理解。传说月中有桂树，月宫亦称桂宫，因此"桂花（华）"也可用作月亮光华的代称。那么，"冷露无声湿桂花"也不妨理解为：凉露暗凝，布满枝头花间、庭中草上，连月亮的光华也似乎被露水沾湿了。这就生动地描绘出中秋深夜月露交映时月色的清润，使人仿佛感到这皎洁的流光也带着湿意和凉意。李贺《李凭箜篌引》"露脚斜飞湿寒兔"，李商隐《燕台诗·秋》"月浪衡天天宇湿"，与这句中的"湿"字似可参证。

"今夜月明人尽望，不知秋思在谁家。"秋思（"思"字在这里读去声），即秋天的怀想思念，指对远人的怀念。三、四两句是由"望月"而触发的联想，意谓：今夜中秋佳节，人人都在望这团圆的明月，但不知触景生情，怀着深切秋思的人究竟在哪一家。诗人由自己望月，想到各人处境不同，心情亦别：有人合家欢聚，共赏明月；有人夫妇分离，千里相隔，虽共对明月而两地相思，因此说"不知秋思在谁家"。同对佳节良夜，而境遇心情各异，这本是生活中习见的现象。处于欢乐境遇中的人们往往不易体会到处于另一境遇中人们的心情，以致乐者自乐，愁者自愁。诗人借助艺术的联想，将这一普遍存在而又常为人所忽略的现象，很富诗意地表现出来，遂使人顿感耳目一新，思想感情上获得一种感染和启示。又将这种在皎洁静谧而幽芳的中秋月夜的秋思表现得非常富于美感，这正是艺术典型化的力量。

诗人自己，作为"望月"者之一，究竟是否怀有"秋思"，诗里没有明说。从全诗的情调口吻来体味，诗人好像是既身属望月者的行列，又跳出一般望月者之外，以第三者口吻抒写感触。这种表达方式，更增添了含蕴不尽、摇曳生姿的风调韵味，更引人遐想了。

宋代有一首著名的民歌："月儿弯弯照九州，几家欢乐几家愁。几家夫妇同罗帐，几家飘散在他州？"和这首诗的后幅内容相近。但民歌表情明朗直率，反复尽意，王诗则细腻委婉，含而不露，两相比照，可以看出民歌与文人诗不同的艺术风貌。

孟　郊

孟郊（751—814），字东野，湖州武康（今浙江德清）人。贞元八、九年（792、793），两应进士试不第，十二年始登第。十七年选为溧阳尉，因吟诗废吏事，罚半俸，遂辞官。元和元年（806），河南尹郑馀庆辟为水陆转运从事，试协律郎。九年，郑馀庆镇兴元，奏为参谋，试大理评事，赴任途次阌乡，遇暴疾卒。友人张籍等私谥为贞曜先生。长于五古，刻意苦吟，韩愈称其为诗"刿目铣心，钩章棘句"，李肇称其诗"矫激"，张为《诗人主客图》列郊为"清奇僻苦主"，苏轼则有"郊寒岛瘦"之评。有《孟东野诗集》十卷，《全唐诗》编其诗为十卷。今人郝世峰有《孟东野诗集笺注》。

游子吟①

慈母手中线，游子身上衣。临行密密缝，意恐迟迟归。谁言寸草心②，报得三春晖③。

[校注]

①题下自注："迎母溧上作。"贞元十七年（801），孟郊始任溧阳尉，迎其母至任所。溧上，指溧阳，因其南有溧水，故称。《游子吟》系乐府杂曲歌辞。《乐府诗集》卷六十七于此题首列孟郊此首，解题曰："汉苏武诗曰：'幸有弦歌曲，可以喻中怀。请为游子吟，泠泠一何悲。'又有《游子移》，亦类此也。"似汉代已有《游子吟》乐曲及曲辞。唐代孟郊之前，顾况已有《游子吟》五古长篇，李益亦有同题之作。②寸草，小草。③三春，此指整个春天。晖，阳光。

[笺评]

刘辰翁曰：全是托兴，终之悠然。不言之感，复非皖皖寒泉之比。千古之下，犹不忘谈，诗之尤不朽者。（《唐诗品汇》卷二十引）

钟惺曰：仁孝之言，自然风雅。（《唐诗归·中唐七》）

邢昉曰：仁孝蔼蔼，万古如新。（《唐风定》卷六）

周敬曰：亲在远游者难读。（《删补唐诗选脉笺释会通评林·中五古》）

顾璘曰：所谓雅音，此等是也。（同上书引）

《唐风怀》引南村曰：（末二句）二句婉至多风，使人子读之，爱慕油然自生，觉"昊天罔极"尚属理语。

贺裳曰："诗有别趣，非关理也。"然理原不足以碍诗之妙，如元次山《舂陵行》、孟东野《游子吟》、韩退之《拘幽操》、李公垂《悯农》诗，真是《六经》鼓吹……故必理与辞相辅而行，乃为善耳，非理可尽废也。（《载酒园诗话·诗不论理》）

吴乔曰：乔谓唐诗有理，而非宋人诗话所谓理；唐诗有词，而非宋人所谓词。大抵赋须近理，比即不然，兴更不然。"靡有孑遗""有此不受"可见。（《围炉诗话》卷一）

岳（一作袁）端曰：此诗从苦吟中得来，故辞不烦而意尽。务外者观之，翻似不经意。（《寒瘦集》）

宋长白曰：孟东野"慈母手中线"一首，言有尽而意无穷，足与李公垂"锄禾日当午"并传。（《柳亭诗话》）

沈德潜曰：即"欲报之德，昊天罔极"意，与昌黎之"臣罪当诛，天王圣明"同有千古。（《重订唐诗别裁集》卷四）

王寿昌曰：于亲当如束广微之补《南陔》，谢康乐之《述祖德》，暨孟东野之"慈母手中线，游子身上衣。临行密密缝，意恐迟迟归。谁言寸草心，报得三春晖！"（《小清华园诗谈》卷上）

方南堂曰：古云："诗有别材，非关书也。""诗有别趣，非关理也。"此说诗之妙谛也，而未足诗之境。如……孟东野《游子吟》，是非有得于天地万物之理，古圣贤人之心，乌能至此！可知学问理解，非徒无碍于诗。作诗者无学问理解，终是俗人之谈，不足供士大夫之一笑。(《辍锻录》)

[鉴赏]

韩愈称孟郊为诗"刿目鉥心，钩章棘句"，论者多据此谓其诗之独创风格为"思苦奇涩""寒涩""琢削""坚瘦""沙涩而带芒刺感""阴郁狠峭"。这确实是孟郊刻意追求、力求创新的一种主导风格，也是韩、孟一派诗人带有共同性的审美趣向。但韩愈同时又说过"孟生江海士，古貌又古心"这样的话，孟郊自己也主张"文高追古昔"。因而在他的诗集中也有相当数量的高古朴素，甚至浅切平淡而感情真挚淳厚的作品。这首《游子吟》就是孟诗后一种风格的代表。

诗所抒写的是人类最普遍也最真挚的一种感情——母爱。但不是从母亲的角度写对亲生儿女的爱，而是从儿子的角度写自己对母爱的感受、体验和赞颂。据题下自注，诗为孟郊初仕溧阳尉将母亲迎至任上时所作。诗人早孤，父亲孟庭玢在昆山尉任去世后，其母裴氏含辛茹苦，将孟郊及孟酆、孟郢兄弟抚养成人。写这首诗时，孟郊已经五十岁，此前多次辞亲远游，历经艰难挫折，备尝人情冷暖，对世道人心的险恶有深刻体验，因而对母爱的无私与温暖有更深刻的感受。这种特殊的人生经历，是诗人能创作出如此真挚动人诗篇的重要原因。在五十年的生活经历基础上写母爱，无论叙事或议论，都可衍为淋漓尽致的长篇，但诗人却将全部深刻感受和体验浓缩为一首只有六句的五古乐府。而这六句诗又只由一个细节、一个比喻组成。

"慈母手中线，游子身上衣。临行密密缝，意恐迟迟归。"前四句是游子离家前母亲为远行的儿子缝制衣裳的一个细节。写游子对母爱的感念，有许多居家时母亲关爱的细节可以叙写，也有孤身在外思念母亲的感情可以抒发，但对于"游子吟"这样一个题目来说，临行前夕母亲为自己缝制衣裳的细节无疑最具典型性。因为这个细节包蕴了母亲对远行儿子的无限关爱。"慈母手中线，游子身上衣。"开头两句起得极朴素，却极简洁，缝制的过程、动作统统省略，仿佛顷刻之间，慈母手中的针线，就化作了游子身上的衣裳。在"线"与"衣"的跳跃中，蕴含着巨大的感情空间，慈母对游子前途的期盼，对游子远行的辛苦与孤子的担忧，对游子外出饮食起居的挂念，都在这一针针、一线线的缝制衣裳的过程中充满胸间，民歌式的自然亲切语调加强了浓郁的抒情气氛，读来倍感情味的深挚隽永。

三、四两句，紧承"手中线"与"身上衣"，于缝制衣裳的细节基础上再突出一个细节："临行密密缝，意恐迟迟归。"上句点出"临行"二字，与题目紧相呼应，而"密密缝"这个细节，则以诗人的揣想作出解释：原来慈母的细针密线，是由于担心远行在外的儿子归来的时间太晚，总想把衣裳缝制得结实坚牢一些，免得儿子在外衣裳脱线无人缝补。这一解释，不但突出渲染母亲对儿子的深情体贴和无微不至的关爱，而且透过诗人的揣想，也表现了这时儿子对母亲体贴关爱之情的深切理解和感念。在"密密缝"的过程中，慈母将自己全部柔情挚爱、全部关怀温暖也融化进去了。孟郊长期穷困贫寒，过的是和普通人相似的生活，故对远游前母亲为他缝制衣裳的细节有极深切的感受体验和亲切记忆，写来也就特别自然顺畅，如同脱口而出，却在无意中道出了广大普通人的感情体验。

"谁言寸草心，报得三春晖。"前四句借助典型的细节，极富感染力地表现了慈母对游子的挚爱关切，后两句则借助一个生动贴切而又新颖的比喻抒发对母爱的感激和无以为报的深挚感情。传统的比喻一般很少用太阳来比喻女性，这里却以春天的阳光来比喻母爱，显然是一种创造，但又使我们感到它的无比贴切。特别是诗人同时将自己喻为"寸草"，将自己对母亲的感激图报之情比作"寸草心"，以之与带着无限关爱、温暖的"三春晖"构成鲜明的对照，母爱的博大、无私和终身无以酬报的感恩之情便得到了形象生动、淋漓尽致的表现。这里的"寸草心"，当和题下自注"迎母溧上"之事有关。五十始得一尉，故随即将母亲迎至任所。这当然也是感母养育关爱之恩而图"报"的一种表现，但在诗人心中，慈母的抚育煦养教诲关爱之恩是根本不能报其万一的，就像寸草之心不能报三春阳光的恩辉一样。结用反问语，加强了咏叹的情味，具有不尽的韵致。

诗人在长期贫困漂泊的境遇中，对世态人情的险恶有深刻的感受，故每多愤激怨恨乃至诅咒之语，其诗风阴暗冷峭的一面即缘此而生。这和他在此诗中充满感情地歌颂母爱并不矛盾。实际上，正由于他对世道人心的险恶冷酷感受越深，对母爱的温煦和无私便越加珍视。这正是矛盾的统一体。感情有此两面，诗风亦有此两面。刻意苦吟，着力创造寒涩冷峭的风格，虽能体现诗人的创造精神，但刻削太过，写出来的未必是佳作。相反，纯由至情至性而自然流出的作品，却往往倍加真挚感人。

自清初贺裳以来，评此诗者每谓其言理、议论。孟诗确有议论化、理念化的倾向，但这首诗却非议论言理之作。前四句选取记忆中最能体现慈母对游子无微不至关爱体贴的典型细节，以个别见一般，以形象的画面代替叙述，后二句则借助生动形象而新颖贴切的比喻融化议论，故全篇毫无理念化之弊。

怨　诗^①

试妾与君泪^②，两处滴池水。看取芙蓉花^③，今年为谁死！

[校注]

①《全唐诗》校："一作《古怨》。"②试，考察试验一下。③看取，犹"看着"。芙蓉花，荷花。

[笺评]

桂天祥曰：意奇情烈，直欲与熊渠射伏虎。（《批点唐诗正声》）

吴逸一曰：花死由泪深浅，首下一"试"字，便有分别。（《唐诗正声》评）

周敬曰：妙在不露。（《删补唐诗选脉笺释会通评林·中五绝》）

邢昉曰：雕思入骨，然大费力。太白，龙标如此扰扰乎？（《唐风定》卷二十）

吴昌祺曰：（三、四句）二语怨极。言我有情，君无情，花但为我死也。（《删订唐诗解》）

赵执信曰：此四句齐梁体。（《声调谱》）

黄叔灿曰：不知其如何落想，得此四句。前无可装头，后不得添足，而怨恨之情已极。此天地间奇文至文。（《唐诗笺注》）

刘永济曰：此诗设想甚奇。池中有泪，花亦为之死，怨深如此，真可以泣鬼神矣。（《唐人绝句精华》）

刘拜山曰：怨诗多尚缠绵，此独出以斩绝，盖语激而情愈挚也。（《千首唐人绝句》）

[鉴赏]

题曰"怨诗"（一作"古怨"），情感是强烈的怨恨愤激而非凄怨哀伤，故通首押仄韵，为逼仄之音，斩绝之词。诗中的女主人公与其所怨愤的对象——"君"，原是一对爱侣，但后来男方负情变心，但表面上仍装作挚爱女方，女主人公识其情伪，故怨愤交并，发此愤激之辞。诗面虽未交代这种人物关系与感情背景，但读诗时须从字里行间体味出这种关系。如理解为男女两地相思之情的特殊表达，不免错会。

全篇围绕一开头的"试"字进行构思。"试"什么？"试"情之真伪。"妾"之情犹真挚不移，而"君"已变心负情，却仍信誓旦旦，故须"试"。用什么试？用"泪"来试。一般情况下，流泪是感情强烈、思念深挚的表现，故是否为思念对方而流泪，是鉴别感情深浅真伪的一种凭借。但如此落想，仍属常套。在作者想来，"泪"亦有真假，有真挚深情之泪，亦有虚情假意之泪。故"泪"之真假亦须试，这就更深了一层。"泪"之真假如何试验？女主人公即景生情，想出了一个绝招：你不是口口声声强调自己矢志不移吗？那就让我们各自面对着池水来试一试泪的真假吧。看一看池里的荷花，明年究竟被谁的眼泪浸死。用泪滴试水，看明年荷花的生死来试泪之真假、情之诚伪，简直是异想天开，但女主人公自有她的逻辑。在她想来，真诚的泪是苦涩而带咸味的，这样的泪，一直不停地淌下去，整个池水将变成一个苦水咸湖，泡在里面的荷花不死才怪呢，而虚情假意的泪，其清如水，即使滴注满池，也丝毫不会使荷花枯萎死亡。这样的构想，不仅独特新颖，而且奇警透辟，给人以石破天惊之感。用上声"水""死"押韵，也给人一种沉重的压抑感，而末句"死"字更透露出强烈的愤激，似乎是在用池荷的生与死撕下对方的伪装。诗至此，戛然而止，而女主人公的怨愤之情却仍然流注充溢于诗境之外。

伤　春①

两河春草海水清②，十年征战城郭腥③。乱兵杀儿将女去④，二月三月花冥冥⑤。千里无人旋风起，莺啼燕语荒城里。春色不拣墓傍株⑥，红颜皓色逐春去，春去春来那得知⑦。今人看花古人墓，令人惆怅山头路⑧。

[校注]

①杜甫有《伤春五首》，系伤时感乱之作，第一首起联云："天下兵虽满，春光日自浓。"孟郊此诗，题旨与基本构思与杜诗相近。②两河，指唐代河北道、河南道地区。③十年征战，可能指大历十年（775）至兴元元年（784）间河南北地区藩镇的割据叛乱及其与唐廷间的战争。大历十年，魏博节度使田承嗣叛乱，攻占相、卫等州，建

中二年（781），魏博、淄青、成德诸镇联兵抗命；三年，河北、山东、淮西诸镇叛乱；四年，泾原兵变，德宗出奔奉天。兴元元年，河中节度使李怀光反。腥，血腥气味。④将，携持，此处指掳掠。⑤冥冥，形容花繁盛深暗貌。⑥拣，挑拣。株，指树。句意谓春色并不挑拣，即便是在墓边的树上照样呈现。⑦那得知，指墓中死者哪里知道。⑧山头路，指坟墓旁的山头小路。

[笺评]

岳（袁）端曰：乱后逢春，故语多悲壮，后段有唐初风味。（《寒瘦集》）

[鉴赏]

这是孟郊少数感伤时事的篇章中较好的作品。通篇围绕题目"伤春"二字，将自然界的春色与人世间的战乱荒凉作鲜明对照，以突出渲染诗人对国事的感伤。

"两河春草海水清，十年征战城郭腥。"起首两句，大开大合，点明时令、地域和战争造成的灾难。广袤的河南北地区，春天又来到了人间，春草萋萋，海水清碧，但现在这片素来人烟密集、美丽富饶的地区却因为强藩的割据叛乱和长达十年的征战，已是满目疮痍，荒凉残破不堪。"城郭腥"三字，传达出昔日繁华的城市，如今只闻到一股血腥的气味，人民死伤之众、城市的荒凉残破于此可见，"腥"字令人怵目惊心。上句的"海水清"或解为形容太平，恐非。"春草"之繁茂与"海水"之清碧，都是为了反衬"十年征战城郭腥"之可悲，如解为"太平"景象，殆与下文"乱兵"句不符。这两句概括了广远的空间、时间内战乱造成的破坏，可以视为对全篇内容的一个提示。

"乱兵杀儿将女去，二月三月花冥冥。""乱兵"句承"十年征战"，写当前战争仍未结束，藩镇的乱兵到处烧杀掳掠，百姓家的儿子被杀，女儿被掳掠而去，战乱造成的人间悲剧仍在继续，而大自然的春色则仍按照自己的常规，整个二月三月，繁花冥冥。"冥冥"二字，既是对花的繁茂的形容，又透出一种幽暗的色彩。这种色调，正与诗人的黯淡心境相应。两句之间，若断若连，从鲜明的对照中愈感战乱的可悲可恨。

"千里无人旋风起，莺啼燕语荒城里。"上句是对两河广大地区荒凉景象的描绘：千里之广的地域内，人烟萧索，杳无人迹，只见阵阵旋风掠过荒凉的大地，扬起灰蒙蒙的沙尘。下句则是对城市春天景象的描绘。随着春天的到来，到处可以听到莺啼燕语之声，但它们面对的却是一座座空旷的荒城！"无人"与"荒城"、"旋风"跟"莺啼燕语"之间构成鲜明的对比，更衬出战乱带来的萧条荒凉。

"春色不拣墓傍株，红颜皓色逐春去，春去春来那得知。"从这三句开始，转笔将坟墓与春色作对照。首句说春色从不挑拣地方，遍布各地各处，连坟墓旁的树上照样叶绿花红，"拣"字用得奇，"春色"与"墓旁株"的对照，同样令人怵目惊心。次句说墓中的死者，其红润美好的容颜和洁白的肤色却早已随着春天的到来和消逝而永远消失了。这里的"红颜皓色"当是战乱中被残害的女子。紧接着又缀一单句，说春去春来，时光流逝，景物变换，可这一切，包括莺啼燕语之声，墓中人是再也不知道了。这一突兀的单句，将诗人对战乱中罹祸的女子的同情与感怆，极富感染力地表现了出来。

"今人看花古人墓，令人惆怅山头路。""今人"指诗人自己，"古人"则指墓中的死者，当泛指一切死者。诗人的思绪由眼前战乱中的被祸者联及累累坟墓中的古人，不禁引发更深广的人生感慨。如今自己在古人墓前看花，日后自身亦将成为墓中人，令人不禁感慨人生的无常，而惆怅于山头的小路上。这个结尾，将诗境引向更广远的时空，感慨也更深了。但这种感慨仍因"战乱死多门"的现象而引发，故仍不离题意"伤春"二字。

寒地百姓吟①

无火炙地眠②，半夜皆立号③。冷箭何处来④，棘针风骚骚⑤。霜吹破四壁⑥，苦痛不可逃。高堂捶钟饮⑦，到晓闻烹炮⑧。寒者愿为蛾，烧死彼华膏⑨。华膏隔仙罗⑩，虚绕千万遭。到头落地死，踏地为游遨⑪。游遨者是谁？君子为郁陶⑫！

[校注]

①题下自注："为郑相，其年居河南，畿内百姓大蒙矜恤。"郑相，指郑馀庆。《新唐书·郑馀庆传》："贞元十四年，拜中书侍郎、同中书门下平章事……贬郴州司马。顺宗以尚书左丞召。会宪宗立，即其官复拜同中书门下平章事。"《旧唐书·宪宗纪上》：元和元年（806）十一月庚戌，"以国子祭酒郑馀庆为河南尹"。元和三年六月，"以河南尹郑馀庆为东都留守"。据"其年居河南"之语，诗当作于元和元年十二月。《新唐书·郑馀庆传》："馀庆少砥砺，行己完絜。仕四朝，其禄悉赒所亲，或济人急，而自奉粗狭。"死后家贫，穆宗特给一月奉料为赗襚。题下自注谓"畿内百姓大蒙矜恤"，或有其事，而史籍不载。本年孟郊在河南府为水陆转运从事，系郑馀庆所辟幕僚。"寒地"，或有释为"寒居"者，固可通，但篇首即云"无火炙地眠，半夜皆立号"，"地"当如字解，诗盖言百姓席寒地而眠之苦况。②五字连读，谓百姓没有炭火烘烤地面，只能席寒地而眠。③立号，站立着号哭。④冷箭，喻刺骨的寒风，参见下句。⑤棘针，形容寒风如荆棘的芒刺那样刺人肌骨。骚骚，风声。骚骚，原作"骚劳"，据一作改。⑥霜吹，犹寒风。⑦高堂，指富贵人家华美的厅堂。捶钟饮，敲钟击鼓，宴饮奏乐。⑧炮，烧烤菜肴。烹，煮。⑨华膏，明亮华美的灯烛。句意谓寒者宁愿像飞蛾扑火那样被华美明亮的灯烛烧死，以取得一点温暖。⑩仙罗，形容富贵人家华美的罗帷。连下句谓华美明亮

的灯烛为罗帷所隔，飞蛾无法靠近，只能来回飞绕。⑪此为倒装句，意指落地而死的飞蛾为遨游者（指富贵人家及其宾客）所践踏。⑫郁陶（yáo），忧思郁积。君子，指郑馀庆。

[鉴赏]

孟郊一生大部分时间过着贫寒困苦的生活，"穷饿不能养其亲，周天下无所遇"（李翱《荐所知于徐州张仆射》），对饥寒交困的境遇有极深的感受体验。这首《寒地百姓吟》便是他根据自己的生活体验，推想寒冬腊月穷苦百姓的生活和心理而写成的一首悲悯穷民之作。题下自注"为郑相，其年居河南，畿内百姓大蒙矜恤"，仅在篇末一点即止，诗的主要内容还是写穷民难以忍受的饥寒生活和贫富之间苦乐悬殊的尖锐对立。

起句紧扣"寒地"，直接入题。"无火炙地眠"五字简洁省净，尖峭有力。明说"无火"，读者却可由此联想到无床无褥、衣单被薄，故须以火炙烤地面，席地而眠；但家贫买不起炭火，故只能贴着冰冷的地睡觉，词约义丰，包含许多未明说的情事和曲折。席寒地而卧，自然凉冷透体，辗转反侧，难以入睡，及至半夜，寒意更盛，只能站立起来，放声哀号。"半夜皆立号"的情景，如无亲身体验，必难写出。夜半三更，一般情况下即使寒饿难忍，也只是暗自饮泣，以免惊动四邻；必是冻得瑟瑟发抖，实在无法忍受时，才会不顾一切放声哀号。"皆"字更透露出全家老小乃至所有穷寒百姓家，人人如此，家家如此。

"冷箭何处来，棘针风骚骚。"三、四两句，承上寒地难眠，半夜哭号，进一步写寒风刺骨。第三句突兀而来，以"冷箭"喻刺骨的寒风，既新颖又形象，不但写出风之寒冷，而且写出风的迅疾劲厉，和利箭穿身的刺痛感，"何处"二字还传出一种突兀和茫然无措之感。第四句方点明这是由于冬夜劲厉的寒风所致，且以"棘针"之喻重叠渲染寒风尖利的芒刺感。

"霜吹破四壁，苦痛不可逃。"霜吹，即寒风。寒风可以穿破四壁，可见风之劲厉尖锐；亦可见穷苦百姓墙壁之颓坏疏漏，到处透风。住在这样的房子里，自然找不到任何一处可以躲避刺骨寒风的角落，"苦痛不可逃"。即使逃离这间破屋，屋外天寒地冻，旷野茫茫，更是立即会遭到冻死寒郊的命运。"苦痛不可逃"句，是穷民对自己身陷绝境的痛苦哀号，也是对上述描写的一个概括。

"高堂捶钟饮，到晓闻烹炮。"七、八两句，转写与寒地百姓相对立的富贵人家的奢华逸乐生活，却从寒地百姓的感受角度来写。富贵人家华美的厅堂之上，传来一阵阵敲钟击鼓的声音，那是他们在宴饮奏乐；后厨中传来一阵阵烹调烧烤肴馔的香味，直到天亮，这种香味还久久不散。"到晓"二字，贯通上下两句，既见富贵人家之彻夜通宵宴饮作乐，亦见寒地百姓之彻夜无眠，而穷民之饥饿难忍之状亦于"闻"字中暗暗传出。

"寒者愿为蛾，烧死彼华膏。"九、十两句，进一步写"寒者"的心理，说处此饥寒交迫绝境中的百姓，宁愿自己化身为飞蛾，投向那富贵人家的华美明亮的灯烛，即使让自己烧死，也可在死前得到一点温热。这想象既奇特又极端，在绝望中透出一种怨愤乃至仇恨，也透露出对自己处境的无奈。

"华膏隔仙罗，虚绕千万遭。"十一、十二两句，又生曲折，说富贵人家的华美灯烛为层层罗帷所隔，寒者即使化身为飞蛾，也只能是来回飞绕而无法接近，这真是求生既不能，求死亦无路了，将"寒者"的绝境更深入一层。"隔"字显示的正是贫富之间的悬隔和对立。杜甫《自京赴奉先县咏怀五百字》说："荣枯咫尺异，惆怅难再述。"宫墙内外虽仅一墙之隔，却是一荣一枯的两个世界。这层意蕴，孟郊通过想象，作了象征性的表现。

"到头落地死，踏地为游遨。"这是想象中"寒者"的悲剧结局。虚绕华堂千万遭而不得入，最后精疲力尽，落地而死，为那些尽兴遨游者践踏而化为尘泥。这也是一种象征性的描写，暗示"寒者"在这些"游遨"者的眼中，其生命根本不屑一顾。

"游遨者是谁？君子为郁陶！""游遨者"自然是那些达官贵人，用设问的口吻仿佛有些明知故问，其中正透露出诗人的怨愤。而像郑馀庆这种身居高位却自奉俭约、悯恤百姓的"君子"，对此类"朱门酒肉臭，路有冻死骨"的现象，也只能是心怀忧思而徒唤奈何。这实际上也是诗人自己的心情。

写穷苦百姓的饥寒，在孟郊这首诗中有着尖锐峭刻、刺骨铄心的表现，给人留下了深刻的印象。"半夜皆立号""霜吹破四壁"的怵目惊心描写，"冷箭""棘针"的生动形象比喻，以及后半欲化身为蛾，烧死于华膏的象征性描写，都将百姓身之寒、心之苦推向极致，而贫富之间苦乐悬殊的处境，更蕴含着诗人对社会不公的怨愤。这一切，都增强了诗的感染力。

秋 怀 (其二)①

秋月颜色冰②，老客志气单③。冷露滴梦破④，峭风梳骨寒⑤。席上印病文⑥，肠中转愁盘⑦。疑怀无所凭⑧，虚听多无端⑨。梧桐枯峥嵘⑩，声响如哀弹⑪。

[校注]

①秋怀，秋天的情怀。宋玉《九辩》："悲哉秋之为气也，萧瑟兮草木摇落而变衰。"南朝刘宋谢惠连有《秋怀诗》。与孟郊同时的韩愈有《秋怀诗》十一首，方世举、陈景云谓系元和元年（806）自江陵掾召为国子博士时所作。而孟郊这组诗，郝世峰《孟郊诗集笺注》云："孟郊于元和四年丧母，守制期满后，未即为官，直到元和九年，始应山南西道节度使郑馀庆聘，自洛阳往兴元，赴任兴元军参谋。据诗中所写赋闲、贫苦和老病等情况，这一组咏怀诗，可能就写于母丧

后赋闲家居时的某年秋季。"其写作时间在韩愈《秋怀诗》十一首之后而相隔不太远，当是受到韩诗创作的影响而又自出机杼，刻意追求自己独创诗风的代表作。②颜色冰，形容秋月清冷之色。③老客，诗人自称。年老而作客他乡，故称。志气单，精神孤寂、意气单弱。④梦破，梦醒。⑤峭风，尖利的寒风。梳骨，像梳子一样透过骨缝。⑥印病文，因长期生病卧床而在席上印下病体的痕迹。⑦古乐府《悲歌行》："心思不能言，肠中车轮转。"此句化用其意，谓愁闷郁积翻腾，如圆盘之转动。⑧疑怀，犹疑心。⑨虚听，幻听。无端，无来由。⑩枯峥嵘，枯槁高峻貌。杜甫《枯楠》："楩楠枯峥嵘。"梧桐树因落叶越显其枯槁高峻之状。⑪声响，指风吹梧桐枯叶之声。哀弹，悲哀的琴声。梧桐系制作琴之材料，故由风吹梧叶之声而联想到琴声。

[笺评]

郝世峰曰：政治追求的失落和物质生活的困乏，使孟郊对现实中阴暗的、具有否定意义的现象很敏感。在他的感觉系统中，对个人失志的自我体验，对士人社会中种种丑恶虚诈的感受，常常同饥饿、寒冷、病痛、衰老等生活上的痛苦体验纠结在一起，并进而形成了一种阴郁冷峭的心态，苦心孤诣地用诗去表现这种心态，成了孟郊的主要审美倾向，这样的诗也是孟郊诗中最见创造性的部分。其代表作应首推《秋怀十五首》。如《秋怀十五首》之二（略）。衰老无依，梦想破灭，意气单弱的主体，对于秋天的感受是：月色如冰，露滴心冷，峭风梳骨。环境之于主体，如寒冰着体，锐器割刺，唯有森森透骨的冷酷。冷与痛成了诗人感觉系统中最敏锐的部分。"席上印病文"四句，写病痛，床席上竟难以想象地被病体印上了病文。不仅强调长期卧床，而且表现迷离错乱的病态感觉。"肠中转愁盘"，把精神性的愁情郁结同内脏因饥病而运转失调时的瘀塞、绞痛凝铸在一起。精神上的压抑感和生理机能的不适相互重叠、纠结，成了无从分解、难以名状的独特感觉。"疑怀"二句写精神恍惚，无端疑惧，出现幻觉。既是病态老态，也是长期紧张不安等痛苦的精神生活之积酿。结尾两句写梧桐已枯，仍不失峥嵘之态，虽是栖凤制琴的美材，秋风掠过时却发出悲声。生命虽枯萎，精神却不卑屈，自悲而自失，失志而不平。这首诗于冷痛枯瘁之中略见沉郁峭拔，就表现阴郁冷峭的心态而言，堪称典型。(《孟郊诗集笺注·代前言》)

[鉴赏]

这一首诗写诗人秋夜的感受。前四句着重写自己对环境景物的主观感受。起句写月色。"颜色"本诉诸视觉，诗人却说"秋月颜色冰"，仿佛是用触觉去感知月色，这是视觉而通之于触觉的通感。在诗人的感觉中，这明亮皎洁的秋月给他带来的是一种冰冷幽森的感觉，透出一股凛然的寒意。这自然是诗人内心世界幽冷森寒的反映，或者说是其内心幽冷的一种投射。同时又是包围着他的客观环境幽冷森寒的一种象征。在这样一种环境和心境下，诗人作为一个年纪老大犹客居异乡的"老客"越发感到自己的志气单弱，精神上倍感孤寂。"单"有孤单、单弱之义，这里兼绾二义，而字法甚奇。"老客"句点出主体、贯通全诗。

"冷露滴梦破，峭风梳骨寒。"三、四两句，写对秋夜风露的感受。"露"而曰"冷"而不曰"凉"，与起句用"冰"形容月色是一个道理，说明诗人对于秋露的感受不是惬意舒适的"凉"，而是寒意侵人的"冷"。露滴之声本极轻微，而诗人之梦竟因此而"破"，可见诗人对这种冷冰冰的环境氛围有着特殊的敏感，也可见诗人之"梦"何等脆弱单薄，易破易碎。"风"而曰"峭"，使本无形体的风有了尖峭锋利的具体形态，是触觉通于视觉，这样尖峭锋利的寒风，吹在衣裳单薄的诗人身上，仿佛每一根肋骨都被"梳"透了一样。"梳"字用法极奇峭，亦极生动形象。它把通常的"寒风透骨"的形容变成更具视觉形象的说法，峭利的寒风，就像一根根尖锐的梳齿，把每一根肋骨的骨缝都穿透梳刺了一遍又一遍。给人的感受较之寒风透骨要强烈得多，也新颖得多。

以上四句，写老客异乡的羁孤者对秋夜寒冷环境的感受；以下四句，转写自己的长期卧病，精神恍惚。"席上印病文，肠中转愁盘。"长期生病卧床，席上留下病体的印迹，这种情形，虽属常见，但如没有亲自经历体验，则不能道，不说"体文"，而说"病文"，化实为虚，将仿佛不可见的长期卧病的痕迹印在了床席之上。"印"字不但印上了长期卧病的时间、历程，而且印上了长期卧病的痛苦记忆，用得奇峭深刻。"肠中"句虽然化用古诗"肠中车轮转"，但点明"愁盘"，则将心中郁结的愁苦喻为正在转动翻腾的圆盘，其痛苦转侧之状如见。精神上的郁结痛苦不但形象化、动态化，而且转化为生理上的痛苦折磨。

"疑怀无所凭，虚听多无端。"这两句进一步从具体的身体疾病写到精神上的疾病。上句说，自己经常疑神疑鬼，似乎有人在算计、迫害自己，或者怀疑自己得了不治之症，其实都是毫无凭据的瞎猜疑。这是典型的精神抑郁症的症状，主观臆想和强迫性是它的突出标志，也是长期卧病不愈者常出现的精神症状。下句写幻听。本无所听，却总似乎感到自己听到了什么声音，这既是生理性疾病，更是精神性疾病，"多无端"与上句"无所凭"相应意近。两句将长期卧病而又性格内向、愁闷郁积、无从发泄者的精神恍惚之状刻画得非常真切。

"梧桐枯峥嵘，声响如哀弹。"结尾两句，写窗外梧桐叶落之状与风吹梧叶之声。秋风起而梧叶落，至深秋而梧叶已凋零后，显出光秃秃的枝干。"枯"指梧叶凋枯黄落；"峥嵘"指其枯干矗立，更显峥嵘之态。这二者通常不能并存，但在秋天叶落净尽的梧桐身上却得到有机统一。虽"枯"而意态峥嵘，这几乎就是诗人老病身姿心态的一种象征，说明虽枯萎而不失峭拔刚强之气。末句写风吹梧叶，声响如同琴曲所奏的哀声，这也同样可以视为对自己苦吟之诗的一种象征性描写。

　　诗中对老客他乡的孤寂、病痛、寒冷和精神上的疑幻恍惚之态有生动而峭刻的描写，从中可以感受到诗人的郁积痛苦和精神恍惚。但全诗给人的感觉似乎还不至于阴郁到绝望的程度，郝世峰谓诗于"冷痛枯瘁之中略见沉郁峭拔"，可称的评。

游终南山①

　　南山塞天地②，日月石上生③。高峰夜留景④，深谷昼未明。山中人自正⑤，路险心亦平。长风驱松柏，声拂万壑清。即此悔读书⑥，朝朝近浮名⑦。

[校注]

　　①终南山，在长安城南。系秦岭西起武功县境东至蓝田县境之总称。参见王维《终南山行》注①。②塞天地，充塞于天地之间。③因山高，故远望日月似乎从山顶的石上生出。④景，指太阳。太阳落下之后，似乎留在西边的高峰之后。故云。自注："太白峰西，黄昏后见馀日。"⑤山中，或解为山势中正，不敧倾。与"人自正"为因果关系。但"中"字似少此用法。全句意盖谓处于山中，与大自然相亲，人自正直。⑥悔读书，指为求取功名而读的经书等。⑦浮名，虚名，指功名。

[笺评]

　　刘辰翁曰：（首句下评）未知其下云何。即此，其出有不容至。（末句下评）警异。（《唐诗品汇》卷二十引）

　　杨慎曰：谢灵运诗："晓闻夕飙急，晚见朝日暾。"此语殊有变互，凡风起必以夕，此云"晓闻夕飙"，即杜子美之"乔木易高风"也。"晚见朝日"，倒景反照也。孟郊诗："南山塞天地，日月石上生。

高峰夜留景，深谷昼未明（按：杨引后两句与本集异，系杨氏臆改）"。皆自谢诗翻出。（《升庵诗话·晚见朝日》）

钟惺曰：（"到此悔读书"句）无端兴想，却自真。（《唐诗归·中唐七》）

谭元春曰：（"南山"二句）凿空奇语，却不入魔。（同上）

唐汝询曰：奇语横出，结有玄想。（《删补唐诗选脉笺释会通评林·中五古》引）

周珽曰："山中人自正，路险心亦平。"语极神骏，岂稿衷沥血耶？（同上）

陈继儒曰：异想奇调，对之光华被体。（同上引）

邢昉曰："山中人自正"，作平语观则佳，诧以为奇，则反失之，孟东野精神所不在也。（《唐风定》卷六）

黄周星曰："南山塞天地，日月石上生。高峰夜留景，深谷昼未明。"终南在目矣。"到此悔读书，朝朝近浮名。"悔浮名也，非悔读书也。若得入山读书，自然不悔。（《唐诗快》卷五）

沈德潜曰：盘空出险语。《出峡》诗有"上天下天水，出地入地舟"句，同一奇险。（《重订唐诗别裁集》卷四）

潘德舆曰：每读东野诗，至"南山塞天地，日月石上生""山中人自正，路险心亦平"……诸句，顿觉心境空阔，万缘退听，岂可以寒俭目之。（《养一斋诗话》卷一）

[鉴赏]

孟郊的诗，每因注意于个人的穷愁寒病，且刻意追求奇险峭硬的风格，虽横语盘空，而诗境不免局狭寒俭。这首《游终南山》诗则不但境界奇伟，气象博大，而且语言也一改他许多诗刻意搜奇之风，显得朴爽健朗，气度不凡。是一首有孟诗奇警之优长而无逼仄枯槁之弊的作品。

"南山塞天地，日月石上生。"开头两句，总写终南山之高大雄伟，统摄全篇。这里有一个诗人的视角问题。或以为这是写诗人身在深山，仰望则山与天连，环顾则视线为千岩万壑所遮，压根儿看不见山外有什么空间的情景。细味此二句，当是在山下不远处仰望整个终南山时的感受。终南山西起武功，东至蓝田，绵亘连延数百里，站在山下仰望，但见高峰插天，上与天连，由西向东，绵延不断，似乎整个天地之间都被眼前的终南山"塞"满了。从写实的角度说，"南山塞天地"当然是极度的夸张渲染，但从特定观察角度所得的主观感受而言，这"塞"字又十分准确真切，生动形象。"塞"字用字虽奇横突兀，却自然妥帖，既写出了终南山的广大雄伟，又传出了其磅礴的气势，可以说是韩愈赞孟郊诗"盘空横硬语，妥帖力排奡"的典型。"日月石上生"更明显是山下仰望所见。这句极写山的高峻。抬头仰望，但见太阳或月亮从山顶的岩石上升起。不说"峰顶升"而曰"石上生"，同样是为了取得奇警的效果。就单个字而言，"石"和"生"都是极平常的字眼，但当诗人将"日月"之"生"与它们联系在一起时，却立时感到境界的奇警不凡，令人联想到这高大的终南山甚至能包孕日月，它与上句终南山充塞天地的形容连在一起，整个终南山那种高大雄伟、充塞天地、包孕日月的神奇景象便得到了极富创造性的表现。

　　"高峰夜留景，深谷昼未明。"三、四两句续写登高峰、下深谷时所见奇观。未攀上高峰时，太阳已经落下西峰；及至登上峰顶，却见夕阳余晖仍映照着峰西的山峦，给人的感觉是"高峰"将太阳留在了自己的身后，这也就是原注（可能是诗人自注）所说的"太白峰西，黄昏后见馀日"的奇特景象。这种景象，自非亲历高峰之巅者所不能道。"夜"与"景"仿佛矛盾，但因登高峰而使此"夜留景"的奇特景象得以呈现。下到深谷投宿，翌日天晓，渐至白昼，却幽暗阴森、不见阳光，故说"深谷昼未明"。这句所写景象，孤立看并不特别奇特，但和上句对照起来读，却可见终南山千山万壑，阴晴各异，或

"夜"而"留景"，或"昼"而"未明"的奇异景象，而终南山之广大、高峻也得到进一步的表现。

"山中人自正，路险心亦平。"五、六两句，概写山中所遇之人、所行之路给自己的感受。上句是说，处此山中，所遇之人均朴野正直，无邪曲阴险之辈，"自"字用意，强调山中的环境对于人的"正"直品格具有自然生成的作用，虽着意而不露着力之痕。当然，也可以作另一种理解，即游于山中，得此自然之气的熏染，远离尘嚣世俗的纷扰，自己的心也变得正直而无邪曲之念了。无论作哪一种理解，这一句与下句都构成对应关系与因果联系，由于人心正直，故山中路虽险峻崎岖，内心也是平静安详的。两句所表现的是山中的自然环境和人文环境对自己心情的影响。孟郊为诗，刻意追求奇峭高古，不屑于为骈偶对仗工整之句，此诗通篇不用偶对，不大可能在这里着意作工对。这两句将叙述、议论和抒情融成一片，承上启下，为全篇枢纽。"人正""心平"起下四句。

"长风驱松柏，声拂万壑清。"七、八两句掉笔写山中之景，集中笔墨写风吹松柏之形态与声响，山高风猛而连续不断，故曰"长风"。一"驱"字极生动形象而有气势，写出在"长风"的驱动下，千山万壑中的松柏枝叶，都所向披靡，向风吹的方向倾斜，如波涛汹涌，发出令人神清气爽的清响，两句极力渲染松涛的声势，着眼处却在句末的那个"清"字。"清"是"心平"的进一步发展，至此山中，不但人正、心平，人的神志也变得格外清爽而无丝毫杂念了。松涛之清响，不但传遍万壑，亦沁人心脾。这就自然引出诗的结尾两句。

"即此悔读书，朝朝近浮名。"唐代士人读书，多为参加科举考试作准备，王维《山中与裴秀才迪书》一开头便提及"近腊月下，景气和畅，故山殊可过。足下方温经，猥不敢相烦"。所谓"温经"，即为参加来年初春的科举考试温习经书，也就是这里的"读书"所指的主要内容。在如此高大雄峻、具有崇高感的终南山面前，在远离尘嚣和纷扰的大自然熏染下，不但人正心平神清，万虑俱消，而且对此前为考取功名而孜孜不倦地读经书以应科考的行为感到追悔，悔恨自己日日朝朝所追求的不过是过眼云烟的浮名而已。这是全篇的结穴，也是"游终南山"受大自然的浸染而悟到的人生真谛。孟郊一生，对功名的追求实际上是非常执著的，从《登科后》一诗中所表现的得意忘形之态可以看出这一点。但不必因此怀疑诗人"即此悔读书，朝朝近浮名"这两句诗的真诚。人在亲近崇高、壮伟而又远离尘嚣纷扰的自然时有此感受而自省，也是自然而真切的，正由于他在游终南山的过程中暂时摆脱了名缰利锁的拘束，精神上得到解放，才能发现终南山的壮伟雄峻的崇高美并加以出色地表现。

洛桥晚望①

天津桥下冰初结，洛阳陌上人行绝②。榆柳萧疏楼阁闲③，月明直见嵩山雪④。

[校注]

①洛桥，即首句之"天津桥"。隋炀帝于大业元年（605）迁都洛阳，以洛水贯流都城，有天汉津梁气象，因在洛阳皇城端门外建浮桥，名曰天津桥。隋末焚毁，至唐贞观十四年（640），更令石工累方石为脚重建。故址在今洛阳市西南。②陌，街道。《后汉书·蔡邕传》："及碑始立，其观视及摹写者，车乘日千馀两，填塞街陌。"③闲，安静。④嵩山，在河南省登封市北，为五岳之中岳。嵩山在洛阳之东南，登封为东都洛阳之畿县，故在天津桥上晚望可见嵩山顶上之积雪。

[笺评]

岳（袁）端曰：静境佳思，得晚望之神。（《寒瘦集》）

潘德舆曰：予论唐诗，小与人异。东野《独愁》诗云："前日远别离，昨日生白发。欲知万里情，晓卧半床月。常恐百虫鸣，使我芳草歇。"《洛阳晚望》云："天津桥下冰初结，洛阳陌上人行绝。榆柳萧疏楼阁闲，月明直见嵩山雪。"笔力高简至此，同时除退之之奥，子厚之淡，文昌之雅，可与匹者谁乎？而人犹以退之倾倒不置为疑。（《养一斋诗话》卷九）

富寿荪曰：淡墨白描，层层渲染，结句意境尤为高远，非画笔所能到。（《千首唐人绝句》）

[鉴赏]

孟郊诗多借寒苦之境抒写其不平之鸣。因缺乏理想的光辉和高远的追求，每使人感到其诗境局狭，反映出精神上受囚禁的状态。虽或能引起同情怜悯，却感受不到诗境之美。苏轼称其诗如"寒虫号"，元好问讥其为"高天厚地一诗囚"，都揭示出孟诗这方面的缺陷。这首《洛桥晚望》所写的虽是寒冬冰封雪积季节的景色，却境界高远，气象不凡，体现出诗人精神性格孤峭峻拔、意气轩昂健爽的一面。

诗题"洛桥晚望"，全诗四句便以"洛桥"为立脚点，以"望"字为中心，由近及远，次第展开景物描写。首句紧扣题目，写天津桥下近眺所见。"冰初结"，表明时令已至严冬。次句由眼前景推开，写望中所见洛阳街道上的景象。由于天气严寒，时间又到晚暮，故往日熙熙攘攘、繁华热闹的街道上，此刻已是行人断绝，一片空寂，上句"冰初结"写寒冷，下句"人行绝"写清寂。上句俯视，下句平视，视角变换，视线由近及远。故虽写冷寂之景，境界已不局限于自身所处的小天地，体现出舒展的趋势。

第三句"榆柳萧疏楼阁闲"，续写望中之景，却由第二句的平视转为仰望。由于时值寒冬，榆柳已经落尽黄叶，枝干萧疏，往日为榆柳浓荫所遮掩的楼阁也显现在眼前。晚暮行人绝迹，楼阁空寂无人，显得一片静寂。这一句虽写萧疏空寂之景，但别饶一种疏朗闲静、从容不迫的韵致，而无孟郊写寒苦境况的诗常有的逼仄之态。

孟 郊 | 115

"月明直见嵩山雪"。末句急转，写远望之景。题目"晚望"，实际上"晚"字中含有一个渐进的时间过程——由暮色苍茫至明月东升。在皓洁的明月清光映照之下，远处的嵩山顶上，积雪之光与明月之辉相互辉映，显现出一个高远寥廓、明净皎洁的境界。"直见"，上承"榆柳萧疏"，生动地展示出视界之寥阔高远，毫无窒碍，也透露出在"直见"的刹那，诗人目接神驰，望中之景与心中之境忽然相遇，两相契合的情景。"嵩山雪"在这里既是远望中的客观景物的展现，又是诗人此刻心境的升华与外化，借用张孝祥的《念奴娇·过洞庭》词来形容，那就是"表里俱澄澈，悠然心会，妙处难与君说""孤光自照，肝胆皆冰雪"。诗押入声韵，末句于斩绝之势中复合悠远的余韵，令人神远。

韩　愈

韩愈（768—825），字退之，河阳（今河南孟州）人。自称郡望昌黎。少孤，由兄韩会、嫂郑氏抚育。刻苦自砺，通六经、百家之学。贞元八年（792）登进士第。贞元十二年、十五年，先后在宣武节度使董晋幕、武宁节度使张建封幕任推官。十八年为四门博士，次年迁监察御史，以上疏论事得罪权要，贬阳山令。宪宗即位，徙江陵府法曹参军。元和元年（806）六月，授国子博士，分司东都。四年改东都都官员外郎。五年任河南令。六年入为职方员外郎。七年降为国子博士分司东都。八年擢比部郎中、史馆修撰。九年转考功郎中，仍任史馆修撰。十二月以考功郎中知制诰。十一年正月迁中书舍人，因上书论淮西事降为太子右庶子。十二年，以功授刑部侍郎。十四年，因上表谏阻迎佛骨触忤宪宗，贬潮州刺史。移袁州刺史。十五年九月，穆宗召为国子祭酒。长庆元年（821）七月，转兵部侍郎。次年二月奉命宣慰镇州，使还，转吏部侍郎。三年拜京兆尹，转御史大夫。四年十二月二日卒官吏部侍郎。谥曰文。后世因称韩吏部、韩文公或韩昌黎。愈以继承儒家道统、弘扬仁义、排斥佛老为己任，倡导古文，反对骈偶文风，主张文道合一，以道为主。与柳宗元同为文坛盟主，世称"韩柳"。其诗多用赋法，铺陈渲染，又多用散文章法、句法，好发议论，故有"以文为诗"之评。诗风雄放奇崛，时入险怪。叶燮谓"韩愈为唐诗之一大变，其力大，其思雄，崛起特为鼻祖。宋之苏、梅、欧、苏、王、黄，皆愈为之发其端"。（《原诗·内篇上》）《新唐书·艺文志》著录《韩愈集》四十卷。《全唐诗》编其诗为七卷。今人钱仲联有《韩昌黎诗系年集释》，屈守元主编有《韩愈全集校注》。

秋怀诗十一首（其四）①

秋气日恻恻②，秋空日凌凌③。上无枝上蜩④，下无盘中蝇。岂不感时节⑤，耳目去所憎。清晓卷书坐⑥，南山见高棱^⑦。其下澄湫水^⑧，有蛟寒可罾^⑨。惜哉不得往，岂谓吾无能。

[校注]

①秋怀，秋天的情怀。方世举《韩昌黎诗编年笺注》："自宋玉悲秋而有《九辩》，六朝因之有秋怀诗。"文谠曰："晋谢惠连有《秋怀诗》，注云：'感秋而述其所怀也。'"陈景云《韩集点勘》曰："诗乃元和初自江陵掾召为国子博士时作，《行状》云：'时宰相（按：指郑绌）有爱公者，将以文学职处公。有争先者，构飞语，公恐及难，求分司东都。'是诗中有云'学堂日无事'，盖方官国子也。又云'南山见高棱'，则犹未赴东都也。"方成珪《昌黎先生诗文年谱》曰："桐叶干，霜菊晚，是秋末所作。"②恻恻，凄寒貌。韩偓《寒食夜》："恻恻轻寒翦翦风。"③凌凌，清澈明净貌。《鹖冠子·能天》："譬于渊，其深不测，凌凌乎泳澹波而不竭。"按："秋空日凌凌"即宋玉《九辩》"泬寥兮天高而气清"之谓。④蜩（tiáo），大蝉。《诗·豳风·七月》："五月鸣蜩。"⑤感时节，此指有感于秋气之萧瑟而生悲慨，即宋玉《九辩》"悲哉秋之为气也，萧瑟兮草木摇落而变衰"之意。又陆机《文赋》："遵四时以叹逝，瞻万物而思纷。悲落叶于劲秋，喜柔条于芳春。"⑥卷书，收起书卷。唐时书籍仍为卷轴形式，阅读时打开卷轴，不读时卷起。⑦高棱，高山的棱角。韩愈《南山诗》有"晴明出棱角"之句。⑧澄，清澈，不动貌。湫水，潭水。终南山有炭谷湫。《南山诗》有"因缘窥其湫"之句。⑨蛟，蛟龙。古人以为潭湫乃害人的蛟龙藏身之所。此借指祸害国家的恶势力，如叛乱割据的藩镇等。罾，渔网，此用作动词"网起"之意。

[笺评]

刘辰翁曰："恻恻""凌凌"，亦是自道。又曰：可与《古诗十九

首》上下，而气复过之。(《唐诗品汇》卷二十引)

唐汝询曰：此谓宪宗之世，朝政渐肃，宜讨不廷，而己无权，故有是叹。然自任亦不浅。(《删补唐诗选脉笺释会通评林》引)

陆时雍曰：气格峻嶒。(《唐诗镜》)

钟惺曰：("岂不"二句下评)孤衷峭性，触境吐出。(《唐诗归·中唐五古》)

谭元春曰：(末二句)直得妙。(同上)

吴山民曰："上无"四句，真快情。"有蛟"句，入想奇壮。(《删补唐诗选脉笺释会通评林》引)

钱谦益曰：余苦爱退之《秋怀诗》云："清晓卷书坐，南山见高楼"，高寒凄警，与南山相栖泊，警绝于文字之外。能赏此二言，味其玄旨，斯可与谈胎性之说矣。(《牧斋有学集·题遵王秋怀诗后》)

何焯曰：清神高韵，会心不远。("清晓"二句下评)(《批韩诗》)又曰：悲秋意又翻出一层。"沉寥兮天高而气清，寂寥兮收潦而水清"，是首所祖。原本前哲，却句句直书即目，所以为至，不但去所憎，霁开水澄，尤秋之可喜也。末又因不得手揽蛟龙，触动所怀。此固丈夫之猛志，奈何为一博士束缚也！(《义门读书记》)

查慎行曰：妙在随事多有指斥。(《初白庵诗评》)

贺裳曰：《秋怀诗》曰："清晓卷书坐，南山见高楼。其下澄湫水，有蛟寒可罾。惜哉不得往，岂谓吾无能。"……凛然有驱鳄鱼、焚佛骨之气。(《载酒园诗话又编》)

《唐宋诗醇》：用意与《同谷·六歌》略同。

《读韩记疑》：("清晓"二句)读此二语，清寒莹骨，肝胆为醒。

方世举曰：以余观之，殆为王承宗也。按《旧唐书·宪宗纪》：元和七年六月，镇州甲使库灾，王承宗常蓄叛谋，至是始惧天罚，凶气稍夺。先是裴度极言淮蔡可灭，公亦奏其败可立而待。执政不喜，至是以柳涧事降为国子博士，故曰"惜哉不得往"也。南湫之蛟特借喻耳。若诚言蛟，不足入《秋怀》也。(《韩昌黎诗编年笺注》)

陈沆曰：蜩蝇之去，可憎之小者也。寒蛟之矕，可图之大者也。内而宦寺权奸，外而藩镇叛臣，手无斧柯，掌乏利剑，其若之何！公《南山诗》云："因缘窥其湫，凝湛闷阴兽。"《湫堂》诗云："吁无吹毛刃，血此牛蹄殷。"皆指也。（《诗比兴笺》）

程学恂曰：郁怀直气，真可与老杜感至诚者。（《韩诗臆说》）

王闿运曰：专押窄韵，所以避熟，亦有生峭处。（《手批唐诗选》）

菊池三溪曰：句法字法皆自陶诗来，而不类陶诗，此昌黎所以为昌黎，虽坡公不获，不让一筹。又曰："秋气""秋空"，叠二"秋"字，再用"上""下"二字对绾双收，虽廑廑有韵，短篇自有万言之概。（《增评韩苏诗钞》）

[鉴赏]

《秋怀诗十一首》，是韩愈仿六朝《选》体诗而自具面目之作，也是他五言古诗短篇中的佳制。

这首诗是组诗的第四首。大体上可分为前后两段。前段六句，写自己对秋日的特殊感受。起首两句，分别用"恻恻""凌凌"描摹对"秋气"日益凄寒萧瑟，"秋空"日益清澈明净的感受；前者诉之感觉，后者诉之视觉。或将"凌凌"解为寒冷战栗，恐非。历来形容秋空，均言其高远寥廓，清澈明净，此系秋空最突出的特征。此"凌凌"，即宋玉《九辩》"泬寥兮天高而气清"之意，今口语中犹有"清凌凌"之形况语，可资旁证。正因"秋气日恻恻"，故"上无枝上蜩，下无盘中蝇"；正因"秋空日凌凌"，故视野高远，方能"南山见高棱"，其下写景状物，均与此密切相关。解"凌凌"为寒冷战栗，不但与"恻恻"意复，且与"秋空"不协。起两句重"秋"字"日"字，又叠用联绵词"恻恻""凌凌"，读来自有一种回环往复、一唱三叹的韵味。刘辰翁说："恻恻""凌凌"，亦是自道。不免牵附。

接下来四句，紧承首句"秋气日恻恻"，写自己对于秋气凄寒的特殊感受。秋气虽然日益凄寒，但枝头上没有了鸣蝉的聒闹，盘子里没有了苍蝇的麇集，整个环境变得清静、洁净了。耳闻目睹之际，再也听不到、见不到这些令人生厌生憎之物的干扰，使人神清气爽，耳目清净。"岂不感时节"，先放开一步，说凄寒的秋气固然也使人感到时间的消逝、生命的短促和环境的凄冷，但下句"耳目去所憎"随即收紧，突出诗人对"秋气日恻恻"的主要感受。对秋日的赞美，刘禹锡《秋词二首》说："自古逢秋悲寂寥，我言秋日胜春朝。晴空一鹤排云上，便引诗情到碧霄。"主要是正面的描绘渲染，而韩愈此诗则主要从反面说，突出其对蜩、蝇之辈的憎恶和扫除它们之后的喜悦。蜩、蝇喻蝇营狗苟的小人，可能寓指飞语中伤自己的人。

后段六句，写秋晓卷书独坐望见南山的情景及由此引发的感怀。"清晓卷书坐，南山见高棱。"明净高远的秋空，使视界变得特别阔远，清晨卷书而坐，远处隐隐可见终南山高峰棱角分明、嶙峋突兀的山影。这两句写来似不经意，却极富远神远韵。诗人在远望南山的过程中，不知不觉间与南山融为一体，仿佛从南山棱角分明、嶙峋突兀的山影中发现了自己的精神、性格。韩愈《南山诗》曾赞其"刚耿陵宇宙"，认为它的刚强耿直之气陵越整个宇宙。"南山见高棱"，亦正"刚耿"之意。可以说，这里的"南山"不妨视为诗人刚耿精神性格的外化或象征。在写法上，类似陶潜之"采菊东篱下，悠然见南山"，而所寓托的意蕴，则类似李白之"相看两不厌，只有敬亭山"。钱谦益赞其"警绝于文字之外"，正着眼于这两句的远神远韵。

"其下澄湫水，有蛟寒可罾。"两句由往日所历实景引发想象，寓含比兴。终南山有炭谷湫，《南山诗》有"因缘窥其湫，凝湛闷阴兽"之句，"凝湛"即"澄"，"阴兽"即"蛟"，可见当地有湫中潜藏蛟龙的传说。诗人另有《题炭谷湫祠堂》诗，起四句亦云："万生都阳明，幽暗鬼所寰。嗟龙独何智，出入人鬼间。"宋敏求《长安志》云："炭谷在万年县南六十里。"又云："澄源夫人湫庙，在炭谷。"这里将湫中潜蛟喻为祸害国家的恶势力。从韩愈的政治倾向看，当首先指割据叛乱的藩镇势力。曰"可罾"，则表明自己有能力将其网取。

末二句忽作转折，"惜哉不得往，岂谓吾无能"，对自己虽有网蛟之壮志，却无网蛟之权柄而感到极大惋惜和遗憾，并表明并非自己没有消灭藩镇势力的才能，而是没有一试身手的机会，其中也自然包含了身为国子博士这样的闲官、冷官，虽有振兴国家的宏愿，却怀报国无门的牢骚。

和韩愈那些风格狠重奇险，表现光怪陆离、震荡变幻的现象的长篇五七言古诗不同，《秋怀诗十一首》的整体风格偏于清峭峻拔、内敛含蓄，这首诗堪称典型。诗中既有"岂不感时节，耳目去所憎"这种具有独特感悟的峻洁峭拔之语，又有"清晓卷书坐，南山见高棱"这种极富含蕴、具有远神的诗句。而诗中表现的网取"寒蛟"的气概则豪宕感激，显示出诗人的宏大志向和傲岸个性。

山　石①

山石荦确行径微②，黄昏到寺蝙蝠飞。升堂坐阶新雨足③，芭蕉叶大支子肥④。僧言古壁佛画好⑤，以火来照所见稀⑥。铺床拂席置羹饭⑦，疏粝亦足饱我饥⑧。夜深静卧百虫绝，清月出岭光入扉⑨。天明独去无道路⑩，出入高下穷烟霏⑪。山红涧碧纷烂漫⑫，时见松枥皆十围⑬。当流赤足踏涧石⑭，水声激激风吹衣⑮。人生如此自可乐，岂必局束为人鞿⑯。嗟哉吾党二三子⑰，安得至老不更归⑱。

[校注]

①诗取首二字为题。方世举《韩昌黎诗编年笺注》："按：《外集·洛北惠林寺题名》云：'韩愈、李景兴、侯喜、尉迟汾，贞元十七年七月二十二日鱼于温洛，宿此而归。'前诗（按：指《赠侯喜》）

'晡时坚坐到黄昏'。此诗云：'黄昏到寺蝙蝠飞。'正一时事景物。"据此，诗当作于贞元十七年（801）七月下旬与侯喜等钓鱼于洛后游洛北惠林寺住宿寺中翌日独归时。②荦（luò）确，形容山路磊落不平之状。行径微，山间小路依稀可辨。③堂，指佛寺的厅堂。④支子，即栀子。顾嗣立《昌黎先生诗集注》："苏颂《草木疏》：'芭蕉叶大者二三尺围，重皮相袭，叶如扇生。'《酉阳杂俎》：'诸花少六出者，惟栀子花六出，即西域薝葡花也。''栀'，与'支'同。"按老杜诗："红绽雨肥梅。"肥字本此，承上"新雨足"来。栀子花白色，春夏开花。⑤古壁佛画，指古寺中壁画。⑥稀，依稀，模糊。因年深岁久，壁画已模糊不清。⑦羹，羹汤。羹饭，犹饭菜。⑧疏粝，泛称粗糙的饭菜。粝，糙米。⑨扉，门户。⑩独去，独自离寺。无道路，晨雾迷漫中找不到道路。参下句。⑪出入高下，指时而走出、时而进入烟雾，时而向上攀登、时而向下行走。穷，尽，遍。烟霏，烟雾。⑫山红涧碧，山花红艳，涧水清碧。纷烂漫，纷然在目，色彩绚丽。⑬枥，同"栎"，即麻栎树。⑭当流，正冲着涧流。⑮激激，水急流声。古乐府《战城南》："水声激激，蒲苇冥冥。"⑯局束，犹拘束。靰，马嚼子。此处用作动词，指牵制束缚。⑰《论语·公冶长》："吾党之小子。"又《述而》："二三子以我为隐乎？"吾党二三子，指侯喜、李景兴、尉迟汾等同游者。⑱归，指辞官归乡。

[笺评]

黄震曰：《山石》诗，清峻。（《黄氏日钞》卷五十九）

元好问曰：有情芍药含春泪，无力蔷薇卧晚枝。拈出退之山石句，始知渠是女郎诗。（《遗山先生文集·论诗三十首》）

瞿佑曰：元遗山《论诗三十首》，内一首云："有情芍药含春泪，无力蔷薇卧晚枝。拈出退之山石句，始知渠是女郎诗。"初不晓所谓，后见《诗文自警》一篇，亦遗山所著，谓："有情芍药含春泪，无力蔷薇卧晚枝"，此秦少游《春雨》诗也，非不工巧，然以退之《山石》诗观之，渠乃女郎诗也。破却工夫，何至作女郎诗！案昌黎诗云："山石荦确行径微，黄昏到寺蝙蝠飞。升堂坐阶新雨足，芭蕉叶大支子肥。"遗山故为此论。然诗亦相题而作，又不可拘以一律。如老杜云："香雾云鬟湿，清辉玉臂寒。""俱飞蛱蝶元相逐，并蒂芙蓉本自双。"亦可谓女郎诗耶?（《归田诗话》）

陆时雍曰：语如清流啮石，激激相注。李、杜虚境过形，昌黎当境实写。（《唐诗镜》卷三十九）

冯时可曰：此诗叙游如画如记，悠然澹然，在《古剑》诸作之上。余尝以雨夜入山寺，良久月出，深忆公诗之妙。其"嗟哉吾觉"二句，后人添入，非公笔也。（《雨航杂录》）

查慎行曰：意境俱别。（《初白庵诗评》）

查晚晴曰：写景无意不到，无语不僻，取径无处不断，无意不转。屡经荒山古寺来，读此始愧未曾道着只字，已被东坡翁攫之而趋矣。（同上）

何焯曰：直书即目，无意求工，而文自至。一变谢家横范之迹，如画家之有荆、关也。"清月出岭光入扉"，从晦中转到明。"出入高下穷烟霏"，"穷烟霏"三字是山中平明真景，从明中仍带晦，都是雨后兴象，又即发端"荦确""黄昏"二句中所包蕴也。"当流赤足踏涧石"，二句顾"雨足"。（《义门读书记·昌黎集一》）

汪森曰：字烹句炼而无雕琢之迹，缘其淡中设色，朴处生姿耳。七言古诗，唐初多整丽之作，大抵前句转韵，音调铿锵，然自少陵始变为生拗之体，而公诗益畅之，意境为之一换。（《韩柳诗选》）

王鸣盛曰：观诗中所写景物，当是南迁岭外时作，非北地之语。（《蛾术编》）

《唐宋诗醇》："以火照来所见稀"，与《岳庙》作"神纵欲福难为功"略同。于法则随手撇脱，于意则素所不满之事，即随处自然流露也。

顾嗣立曰：七言古诗易入整丽，而亦近平熟，自老杜始为拗体，如《杜鹃行》之类，公之七言皆祖此种，而中间偏有极鲜丽处，不事雕琢，更见精彩，有声有色，自是大家。（同上引）按：此本汪森说而稍作改易。

翁方纲曰：全以劲笔撑空而出，若句句提笔者。（同上引）（又见《古诗选批》）

袁枚曰：元遗山讥秦少游云："有情芍药含春泪，无力蔷薇卧晚枝。拈出退之山石句，始知渠是女郎诗。"此论大谬。芍药、蔷薇，原近女郎，不近山石，二者不可相提并论。诗境各有境界，各有宜称。杜少陵诗光辉万丈，然而"香雾云鬟湿，清辉玉臂寒""分飞蛱蝶原相逐，并蒂芙蓉本是双"，韩退之诗"横空盘硬语"，然"银烛未销窗送曙，金钗半醉坐添春"，又何尝不是"女郎诗"耶？《东山》诗："其新孔嘉，其旧如之何？"周公大圣人，亦且善谑。（《随园诗话》）按：此本瞿佑说而加发挥。

张文荪曰：寓潇洒于浑劲，昌黎七古最近人之作。昌黎诗体古奥奇横，自辟户庭。此种清而厚、丽而逸，亦公独得妙境。后惟山谷能学之，其笔力正相肖。（《唐贤清雅集》）

方东树曰：不事雕琢，自见精彩，真大家手笔。许多层事，只起四语了之。虽是顺叙，却一句一样境界，如展画图。触目通层在眼，何等笔力。五句、六句又一画，十句又一画。"天明"六句，共一幅早行图画。收入议。从昨日追叙，夹叙夹写，情景如见，句法高古。只是一篇游记，而叙写简妙，犹是古人手笔。他人数语方能明者，此须一句，即全现出，而句法复如有馀地，此为笔力。（《昭昧詹言》卷十二）又曰：凡结句都要不从人间来，乃为匪夷所思，奇险不测。他人百思所不解，我却如此结，乃为我之诗，如韩《山石》是也。不然，人人胸中所可有，手笔所可到，是为凡近。（同上）

刘熙载曰：昌黎诗陈言务去，故有倚天扳地之意。《山石》一作，辞奇意幽，可为《楚辞·招隐士》对，如柳州《天对》意也。（《艺

韩 愈 | 125

概·诗概》）

程学恂曰：李、杜《登太山》《梦天姥》《望岱》《西岳》等篇，皆浑言之，不尽游山之趣也，故不可一例论。子瞻游山诸作，非不快妙，然与此比并，便觉小耳。此惟子瞻自知之。（《韩诗臆说》）

夏敬观曰："山石荦确行径微"一篇，此尽人所称道者也。学昌黎者，亦惟此稍易近，缘与他家诗境近也。（《说韩》）

汪佑南曰：是宿寺后补作。以首二字"山石"标题，此古人通例也。"山石"四句，到寺即景。"僧言"四句，到寺后即事。"夜深"二句，宿寺写景。"天明"六句，出寺写景。"人生"四句，写怀结。通体写景处句多浓丽，即事写怀，以淡语出之，浓淡相间，纯任自然，似不经意，而实极经意之作也。（《山泾草堂诗话》）

《增评韩苏诗钞》：三溪曰：起笔四句，细写寺荒凉景况，刻画逼真。前半篇极用沉厚笔，下半篇极用平淡笔，正是浓淡相极、险夷并行之作法。茶山云结句似衰杀。今按结意，自出题外，全不觉衰杀，是适茶山所不好耳。

高步瀛曰：（"夜深"二句）写雨后月出景象妙远。（"天明"六句）六句写早行如入画图。（"人生"四句）以议作收。（《唐宋诗举要》卷二）

罗宗强曰：韩愈的古诗也有写得自然流畅、不事雕琢的，最著名的要算七古《山石》……这是一首记游诗，一个画面接着一个画面连续展开，引人入胜。诗的一开头写到寺所见，写得不同凡俗。写蝙蝠飞，写雨后长得特别旺盛的芭蕉叶和栀子花，写僧人引领着看壁画，便把山寺黄昏时的幽静，幽静中又充满清新、亲切气氛，僧人既热情又得体，同时也把游者的身份暗示出来了。有景物，有氛围，有一连串动作，没有一样东西是多余的，显然经过了认真的构思和安排。前人曾评论说："无意不刻，无语不僻。"写这样的景物，写这样的动作，确实是想人之不易想到处。但写出来，却又似不经意，纯任自然。接下去写夜宿山寺情状，也是极简洁极传神极自然。再接下去写天明后告别山寺早行的情景……差不多每一句是一个景，景观在行进中不断变化，物色与游人，呼应一体，而写来毫无滞碍，最后是议论作结，写出此次游山寺的感受和由此而生的向往。就全诗言，结尾稍弱。但也仍然是自然质实，以淡语出之。像《山石》这样的诗，技巧上可以说是高度成熟的。（《唐诗小史》第224~225页）

许可曰：于荒山古寺之中，自黄昏入夜而至天明的情景，在诗里逐一描叙，一句一景一情，节奏进行迅速，转折似不经意，其实却是把一幅用心结构而丰富多彩的画卷从头展开在读者面前。方东树《昭昧詹言》论此诗说："只是篇游记，而叙写简妙，犹是古文手笔。"……如韩愈这样写，才能尽游山之趣，可见在这首诗里，确实是有古文章法这一因素存在的。……这首《山石》诗，确实可算韩愈以文为诗的代表作，然而它又是十足的诗，真正的诗。（文研所《唐代文学史》下册第161~162页）

[鉴赏]

这是一篇首尾完整的纪游写景诗，也是韩愈以文为诗的试验艺术上最成功的代表作。用诗的形式来写景纪游，南朝刘宋的谢灵运已开其端，唐代李、杜等大诗人也有这方面的佳作，与韩愈同时的白居易更有长达一百三十韵的《游悟真寺诗》这样的巨制。用写游记散文的写法来写纪游诗，移步换形，首尾完整，固是韩愈此诗不同于此前纪游写景诗的特点，但论规模，白居易的《游悟真寺诗》更远超此诗。可见，用诗的形式写景纪游，用写游记文的方法来写纪游诗并不难，难在写出来的究竟是文还是诗，或者说，难在是否具有诗的情韵和意境。

诗采取游记常用的顺叙方式，以时间先后为序，二十句诗大体上可分前后两大段。前段十句，写黄昏沿山径到寺及到寺后至夜深时所见所闻所历；后段十句，写清早独自游山所见所闻所历，抒慨作结。

从诗中所描叙的情况看，诗人此次所游的山寺并非著名的香火兴盛、游人如织的名山宝刹，而是一座深山中荒凉冷落的古刹；此游既无礼拜焚香的宗教行动和禅悦情思，亦无严密的组织行程，既可与二三友人同行，亦可单独行动。一切均因兴之所至，纯任自然，随缘自适。而正是由于这样一种游览的对象、游览的方式和心情，使诗人得以在不经意中充分领略所见所闻所历情景中所呈现出的美感和诗意。这也正是这首诗艺术上成功的奥秘所在。

"山石荦确行径微，黄昏到寺蝙蝠飞。"起手二句，写循山径于黄昏时分到寺情景。"山石荦确"，非指道路两旁的山石，而是指用来垒成山路的石块突兀不平，人踩在上面深一脚浅一脚，非常艰难，反映出此行的辛苦。"行径微"，既是说山径狭窄，更透露出由于时已黄昏，在苍茫暮色中不辨道路的情景。"山石"之"荦确"，在黄昏时分，主要凭的也是触觉，而非视觉。故次句的"黄昏"二字，贯通上下二句，使人如见诗人一行人在暮色苍茫中踏着磊落不平、依稀可辨的山间小路艰难行进的图景，而此前的一大段行程均已省略，剪裁之妙，见于诗前。次句点明"黄昏到寺"，固是纪游诗应有的叙述交代，但紧接着"蝙蝠飞"三字，却极精练地点染出了荒凉的古刹黄昏时特有的景物和氛围。蝙蝠之为物，飞行时全凭其特有的触觉（超声波），且在昏暗时出现。在香火旺盛、游人香客辐辏的热闹寺庙，即使在黄昏也不大容易见到"蝙蝠飞"的情景。故着此三字，深山古刹荒凉空寂的景象和氛围立即呈现，比一大段形容描写文字更能传神。

"升堂坐阶新雨足，芭蕉叶大支子肥。"三、四两句，跳过到寺以后寺僧相迎寒暄等缺乏诗情诗趣的情节，直接写雨后登堂坐阶观赏景物。前两句虽未写到下雨，但"蝙蝠飞"的描写中已含雨意。这里说"新雨足"，并不显突兀。雨是到寺后开始下的，至"新雨足"，应当下了一段不太短的时间。诗人登堂之后即坐在阶沿观赏雨后之景，可见其时心境的闲适。一场透雨之后，原来日间受骄阳暴晒而稍呈卷缩之状的芭蕉叶由于雨水的洒洗而充分舒展开来，显出一片深绿，变得特别阔大；栀子花也因吸足了水分而变得分外肥大。诗人虽只下了"大"和"肥"这两个极平常的似乎有点俗的字，但读者却可以想象出它们受雨水洒洗滋润后那种特有的鲜润感、泛光感以及舒展感，甚至可以闻见芭蕉叶的清新气息和栀子花的沁人芳香。而诗人在目接此景时那种悦目怡情的满足感和怡然自得的心情也透露出来了。写佛寺，常易与禅心禅趣相连而落套，这里写芭蕉叶、栀子花，与上文写蝙蝠飞，都是游寺诗很少写到的景物，诗人却饶有兴趣地将它们写入诗中，使人读来感到新颖而富情趣，感到诗人发现了常人未发现的自然美和情趣美。

"僧言古壁佛画好，以火来照所见稀。"接下两句，写应寺僧之介绍看壁画的情景。"古壁佛画好"可能是事实，但古刹年深岁久，又近于荒废无人修缮，壁画已经依稀难辨了。这个情节，似乎有些令人扫兴，但诗人却以散文化的句法，轻松的口吻闲闲道出，使人感到诗人那种随缘自适，见固欣然，"所见稀"亦不感遗憾的淡定从容心态。

"铺床拂席置羹饭，疏粝亦足饱我饥。"观景照画之后，这才写到进餐。上句写寺僧殷勤接待，态度真诚而招待却家常，下句写诗人对粗茶淡饭的满足感，都写得非常真切。走了一路，本已饥肠辘辘。到了山寺，接触到新鲜美好的景物，闻到山间雨后清新的空气，人的精神变得特别清爽。在这种情况下，即使是糙米饭，也吃得喷喷香了。这种混合着新鲜感、疲乏饥饿感和粗茶淡饭引起的满足感，被诗人写得很轻松随便，充满诗情。

"夜深静卧百虫绝，清月出岭光入扉。"夜深了，一个人静静地躺着，四周一片寂静，连各种虫鸣的声音也停止了。只见半轮下弦月（这一天是七月二十三日）从岭上升起，将它的清光洒进门户里。两句写深山月出幽静之境，极富诗意，显示出一片静谧、安恬、清新的境界。其中包含了一个时间过程。刚就寝时，四周还是一片昏暗，这里那里，不时传来虫鸣的啾啾声。夜深之后，虫声断绝，月亮的清光入户，更显出境界的清寥幽绝。而这一切，又要和"新雨足"联系起来体味。由于"新雨足",月色变得更加清澄,空气变得更加清新,整个环境也变得更加安恬静谧。高步瀛说:"写雨后月出,景象妙远。"这"景象妙远"正是指它能引起对环境、心境的一系列诗意联想。这种时候,会感到自己置身于一个远离尘嚣的世界,忘掉一切烦扰,因而伏下文的感慨。

以上十句,写黄昏到寺、夜宿山寺情景,夹叙夹写,从山行、到寺、观景、照画、用餐到夜卧,逐一顺叙,仿佛信手拈来,略无拣择。实则从一开始写山石荦确、山径稀微,蝙蝠飞舞到芭蕉叶大、栀子花肥,便显出与一般游寺诗在叙事取景上的显著区别,从这些不入禅悦之境的事物上可以感受到诗人游深山古寺时情趣之新颖独特。而写寺人夸画,所见者稀,更仿佛在常人以为憾事处显出诗人泰然自适的心境。而"疏粝亦足饱我饥"的自足感中,同样映现出诗人随缘自足的态度。有此心境,方能领略"夜深静卧百虫绝,清月出岭光入扉"那种静谧安恬、清幽绝尘的境界之美。回过头来品味,便会觉得诗人对从黄昏到夜深所历情事景物实际上进行了一番精心的选择,留下来的全是最具诗的情调氛围意境趣味的事物。

后段十句,前六句以"天明"紧承前段"夜深",叙写晨起独自游山所见所闻所历。"天明独去无道路",点出"独去",对照诗末"二三子",可见昨晚到寺时当与友人同来,只不过为表现自己的独特感受,未加交代而已。此番离寺独去,更是有意离群独享深山幽美之境。"无道路"与前段"行径微"一样,一则见晨雾之弥漫,一则见黄昏之暮霭,亦可见诗人随意漫步游览,不问道路之有无的潇洒无拘、乘兴而游情状。"出入高下穷烟霏"七字,极浓缩精练,显示出诗人一会儿往高处攀登,一会儿往下行走,一会儿走出烟雾,一会儿又隐入烟雾的情景,一"穷"字写尽诗人"高下出入"于"烟霏"的淋漓兴会。

"山红涧碧纷烂漫,时见松枥皆十围。"这两句写烟霏散去,阳光映照下的山间景色。"山红"形容山花盛开,漫山红艳。"涧碧"形容涧水清碧，沁人心脾。红花碧水，在阳光映照下相互辉映，色彩更加鲜丽，使诗人有目不暇接之感，故用"纷烂漫"来进一步作渲染。而"时见松枥皆十围"，则见山之幽深，树之高大古远。丰富的色彩感和悠远的时间感在这里相互交织。

"当流赤足踏涧石，水声激激风吹衣。"二句承"涧碧"，写当流濯足之乐。看到涧水那样碧绿清澄，不觉触动当流濯足的逸兴。诗人似乎在带有原始色彩的大自然环境的熏染之下，返回到童真时代，干脆脱了鞋袜，赤着双脚，站在涧流的中央，踩在涧石上，任凭水流漫过双脚，耳边只听到水声激激，风声喽喽，衣服也被山涧中的阵阵清风吹得飘然欲举。两句通过当流蹈石的触觉和水声激激的听觉、山风吹衣的感觉，写出一种飘然欲仙式的快意感受。游山之乐至此到达高潮。这六句虽总写晨出独自游山之乐，但层次多重，色彩丰富，境界屡变，不但于移步换形中展现出一幅幅图画，而且渲染出诗人在如此美好的大自然中时那种淋漓的兴会和回归自然的乐趣，从而自然引出后四句的感慨。这一切又都与"新雨足"密切相关。

"人生如此自可乐，岂必局束为人鞿。嗟哉吾党二三子，安得至老不更归。""人生"句总括此番游山之乐。韩愈是一个事业心、责任感、功名欲极强烈的人，为实现自己的抱负，不仅屡遭挫折，而且常不免依人作幕，受人羁束。故"岂必"句正透露出他对自己忙忙碌碌的幕府生涯的厌倦。"吾党二三子"点出此次同游者，照应上文"独去"。末二句是对朋友也是对自己的呼唤，表达了渴望回归自然的心情。这四句既是感慨，又是议论，由于它是在对山间景色的真切感受基础上引发的，因而虽并不新警，却自然而真实，并不是随口敷衍的空议论。

这首诗叙写了从黄昏、深夜到第二天天明后寺中山间的情事景物，完全采取赋法（只用叙述描写，不用比兴），而且大量运用散文化的笔调、句法，但却没有通常纯用赋法所带来的堆砌、板滞的弊病，而是写得既层次井然，又清新流畅。随着诗人的活动和时间的推移，将一幅幅观景、游山的画图次第展现在读者面前。并没有因为散文化的笔调而破坏诗的情韵与意趣，而是在清新明朗的景物描绘中渗透浓郁的诗情。无论是黄昏山寺、蝙蝠翻飞所点染的荒寂朦胧氛围，芭蕉栀子叶大花肥所透露的欣然生意，夜深山空、清光入户的妙远意境，还是天明游山所见的烟霏弥漫、山花烂漫、涧水清碧的景象和当流濯足的意兴，都饱含着一个"久在樊笼里，复得返自然"的诗人面对山间景物时那种耳目一新的感受。尽管诗中所写的景物并没有特别出奇之处，但读来却有一种新鲜感。这说明，只要诗人对他所写的生活经历、自然景物有诗意的感受，即使用散文化笔调和句法，也照样可以渲染出一片诗境。韩愈有许多刻意追奇的诗之所以让人感到乏味，关键在于他写诗时只想到逞才使气，穷形极相，但对所写的对象本身却缺乏诗意感受。另外，这首诗所描绘的对象，虽是山间偏于幽静清丽的景象，但用笔却相当洒脱，不作细腻的刻画形容，于信笔挥洒中见诗人的气度胸襟。元好问将秦观的"有情芍药含春泪，无力蔷薇卧晚枝"与韩愈的《山石》诗作对比，指出秦观的诗是柔媚纤细的女郎诗，正可说明《山石》诗所具有的清新洒脱、刚健明快之美。

雉带箭①

原头火烧静兀兀②，野雉畏鹰出复没③。将军欲以巧伏人④，盘马弯弓惜不发⑤。地形渐窄观者多⑥，雉惊弓满劲箭加⑦。冲人决起百馀尺⑧，红翎白镞相倾斜⑨。将军仰笑军吏贺⑩，五色离披马前堕⑪。

[校注]

①雉带箭，野雉带箭被射落。唐德宗贞元十五年（799），韩愈在徐州节度使张建封幕为推官，此诗系跟随张建封射猎纪实之作。②原头，原野上。火烧，射猎前在猎场的一角烧草点火，以驱赶猎物至方

便射猎的地点。兀兀，静寂无声貌。③鹰，指猎鹰。出复没，指野鸡被猎鹰所惊，一会儿出现，一会儿隐没躲藏。④将军，指节度使张建封。巧，此指射技之巧妙精彩。⑤盘马，骑马盘旋。⑥观者，指围观打猎场面的人。⑦加，犹射。《诗·郑风·女曰鸡鸣》："弋言加之，与子宜之。"高亨注："加，箭加于鸟身，即射中。"⑧决起，迅疾而跃起。《庄子·逍遥游》："蜩与鸴鸠笑之曰：吾决起而飞，抢榆枋而止。"⑨红翎，指红色的箭尾羽毛。白镞，白色的箭镞。相，《全唐诗》校："一作随。"⑩军吏，观猎的军士、属吏。⑪五色离披，指五彩缤纷的野鸡羽毛分散下垂。

[笺评]

樊汝霖曰：公阳山《县斋》诗有曰："大梁从相公，彭城赴仆射。弓箭围狐急，丝竹罗酒炙。"此诗佐张仆射（建封）于徐从猎而作也。读之其状如在目前，盖写物之妙者。（宋刊魏怀忠辑《新刊五百家注音辨昌黎先生文集》引）

洪迈曰：韩昌黎《雉带箭》诗，东坡尝大字书之，以为妙绝。予读曹子建《七启》论羽猎之美云："人稠网密，地逼势胁。"乃知韩公用意所来处。（《容斋三笔·曹子建七启》）

黄震曰：《雉带箭》峻特有变态。（《黄氏日钞》卷五十九）

钟惺曰：（首句下评）此处乃着一"静"字，妙甚。（《唐诗归》）

谭元春曰：（"将军欲以"二句下评）不是寻常弓马中人说得。（同上）

唐汝询曰：直赋其事，只宜如此铺写。（《汇编唐诗十集》）

朱彝尊曰：（首句下批）只起一句，境已好。（《批韩诗》引）又曰：句句实境，写来绝妙。是昌黎极得意诗，亦正是昌黎本色。

汪琬曰：短幅中有龙跳虎卧之观。（同上）

张鸿曰：描写射雉，与"汴泗交流"之描写击毬，同样工巧。（同上）

查慎行曰：（"盘马弯弓"句下评）善于顿挫。（末句下评）恰好便住，多着一句不得。（《初白庵诗评》）

查晚晴曰：看其形容处，以留取势，以快取胜。（同上）

何焯曰：（"红翎白镞"句下评）"带"字醒。（《义门读书记》）

顾嗣立曰：（"将军欲以"二句下评）二句无限神情，无限顿挫，公盖示人以运笔作文之法也。（《昌黎先生诗集注》卷三）又曰：波澜委曲，细微熨帖。（《唐宋诗醇》引）

汪森曰：层次极佳，可悟行文顿挫之妙。（《韩柳诗选》）

沈德潜曰：李将军度不中不发，发必应弦而倒，审量于未弯弓之先。此矜惜于己弯弓之候，总不肯轻见其技也。作诗作文，亦须得此意。（《重订唐诗别裁集》卷七）

《唐宋诗醇》：篇幅有限，而盘屈跳荡，生气远出，故是神笔。

《增评韩苏诗钞》：三溪曰：一幅着色射猎画图。

宋宗元曰：画工也；化工也。（《网师园唐诗笺》）

程学恂曰：（"将军"二句）二句写射之妙处，全在未射时，是能于空处得神。即古今作诗文之妙，亦只在空处着笔，此可作口诀读。（《韩诗臆说》）

[鉴赏]

这首短篇七古，写一个将军射猎的场面。全篇只十句，却围绕着"将军欲以巧伏人"这个中心，将射雉的场景描绘得神采飞动，顿挫生姿，极具戏剧性和观赏性，而且生动地展现了将军的心理状态，神情气度，甚至连射猎的对象——野雉从逃窜到被射中陨落的过程也写得极为真切鲜明，从中可见韩愈的艺术才力。

"原头火烧静兀兀，野雉畏鹰出复没。"首句写焚烧猎火以驱赶猎物。秋深原野上草枯，火一烧起来，势头很猛烈，这才有驱赶猎物的效果。但诗人却用"静兀兀"来渲染"原头火烧"之势。这里的"静"，不仅是渲染正式射猎前猎手和从猎的观众均凝视屏息等待猎物出现的寂静状态，而且是着意渲染在四围的寂静中，猎火熊熊燃烧的态势，在寂静中似乎可以清晰地听到猎火旺烧时发出的毕毕剥剥的响声和摧枯拉朽的声势。因此，这"静兀兀"三字正传神地写出了射猎前紧张严肃而又带有期待神秘的心理的氛围。次句紧接着写野鸡在猎火熊熊和猎鹰盘旋追逐的双重威逼下，忽然间蹿出草丛，旋即又隐入草丛的场景。"出"因畏火，"没"因畏鹰。无论出或没，都面临危机，无路可逃。七个字极精练地写出了野雉的惊惶失措、仓皇逃窜之状。

"将军欲以巧伏人，盘马弯弓惜不发。"野雉频频出而复没，以将军的射技，在野雉出现的刹那，捕捉时机，完全可以一箭中的，但将军却骑着马，挽着弓，左盘右旋，就是舍不得将箭射出去。为什么？"欲以巧伏人"五个字，揭示出将军之所以如此迟迟不发的原因。原来将军射猎，不但是为了自娱，而且是为了以精湛的射技夸示于观众（包括随从的军吏和围观的百姓。苏轼《江城子》词即有"为报倾城随太守，亲射虎，看孙郎"之句），以取得心理上最大的自我满足。光是一箭中的未免过于平淡，必须斗智施巧，瞅准最佳的地形，最佳的时机，取得最佳的效果。因此，这"盘马弯弓惜不发"，不仅是在等待最佳时机的出现，也含有故意吊观众胃口的意味，使围观的军吏百姓在焦急的等待中蓄积心理能量，最后出奇制胜，博得满场喝彩。这两句写射前的心理和行动，是全篇中的警策。它把将军既谨慎精细又充满自信的神情、心态以及半是等待半是逗引的行动写得栩栩如生，极富戏剧悬念，令读者凝神屏息以待。

"地形渐窄观者多，雉惊弓满劲箭加。"上句写终于等到最有利的地形和时机——地形越来越窄，围观的人越来越多，野雉也被逼到无处可逃的时刻；下句紧接着写将军这才踌躇满志，瞅准时机，抓住野雉惊飞而起的刹那，挽满了弦，射出强劲的一箭，直中目标。连用"雉惊""弓满""劲箭加"三个前后连接的动态与动作，将将军射技之"巧"作了淋漓尽致的表现。

"劲箭加"的结果，自是必中无疑。但这还不是将军所追求的最佳效果。接下来两句，乃进一步写出人意料的戏剧性效果："冲人决起百馀尺，红翎白镞相倾斜。"野雉在后有熊熊烈火，上有猎鹰追逐，地形逼窄，无路可逃的情况下拼尽全力作最后的挣扎，于是有"冲人决起百馀尺"的戏剧性动作，正好这时，劲箭加身，于是它的整个身子就随着加身的红色箭翎白色箭镞歪歪斜斜地从百尺高空掉落下来。这才是射猎的奇观。试想如果野雉只是在地上或离地不远处奔窜的过程中被射杀，是绝不会形成这种奇观的，因此选择在野雉"冲人决起百馀尺"时劲箭加身，才能有如此惊心骇目的效果，这是"巧"的又一层表现。

"将军仰笑军吏贺"，随着野雉带着羽箭从百尺高空飘坠而下的刹那，围观的军吏齐声喝彩称贺，将军也仰天大笑，这场精彩的射猎表演似乎也终于落幕了。但这还不是最精彩的最后的高潮，就在众人齐声喝彩的瞬间，这只被射中的带箭而坠的野雉五色的羽毛，离披分散，不偏不倚，正好坠落在将军的马前。就像是用最精准的计算器算过的那样，分秒不差，毫厘不差，直落马前。这才是"巧"的最高表现，也是将军追求的最佳效果。写到这里，才是高潮之后的迅即落幕，它所带来的轰动效应已完全可以想见，故戛然而止，而余韵悠然。如果将这两句的次序置换一下，变成"五色离披马前堕，将军仰笑军吏贺"，层波叠浪便变成了平铺直叙，神气索然了。

短短的十句诗，却既有猎前氛围意境的出色渲染，又有猎前将军神态心理的传神描写，更有射时一波三折、顿挫生姿、层层推进的精彩描绘。写到"地形渐窄观者多，雉惊弓满劲箭加"，本以为已达高潮，可以收到"将军仰笑军吏贺"了，却出人意料，一转再转，愈转愈精彩，形成高潮迭起的奇观。这才把"将军仰笑军吏贺"的主意推向极致。汪琬称此诗"短篇中有龙跳虎卧之观",查晚晴谓其"以留取势",都说出了这首诗艺术上的特色。

韩愈在徐州张建封幕期间,还写过一首七古《汴泗交流赠张仆射》,描绘击马球的场面,同样写得非常生动传神,篇末微寓规劝,谓"此诚习战非为剧(戏),岂若安坐行良图。当今忠臣不可得,公马莫走须杀贼",立意似较此诗严正,但论诗艺,则仅止于描绘生动传神而乏顿宕曲折、层波叠浪之致,比较之下,高下立见。

顾嗣立谓此诗"将军"二句,"盖示人以运笔作文之法",虽未必即是韩愈的主观寓意,但"以巧示人""盘马弯弓惜不发"确与为文之巧于顿挫能留之道相通。读韩愈之《送董邵南游河北序》、《杂说·马》等短篇古文,每有"盘马弯弓"之感,可悟射技与诗文之技相通之理。

八月十五夜赠张功曹①

纤云四卷天无河②,清风吹空月舒波③。沙平水息声影绝④,一杯相属君当歌⑤。君歌声酸辞且苦,不能听终泪如雨。洞庭连天九疑高⑥,蛟龙出没猩鼯号⑦。十生九死到官所⑧,幽居默默如藏逃⑨。下床畏蛇食畏药⑩,海气湿蛰熏腥臊⑪。昨者州前捶大鼓⑫,嗣皇继圣登夔皋⑬。赦书一日行万里⑭,罪从大辟皆除死⑮。迁者追回流者还⑯,涤瑕荡垢清朝班⑰。州家申名使家抑⑱,坎轲只得移荆蛮⑲。判司卑官不堪说⑳,未免捶楚尘埃间㉑。同时辈流多上道㉒,天路幽险难追攀㉓。君歌且休听我歌,我歌今与君殊科㉔。一年明月今宵多,人生由命非由他㉕。有酒不饮奈明何㉖!

[校注]

①张功曹,指时任命为江陵府功曹参军的张署。张署(758—

817），河间（今属河北）人。贞元二年（786）登进士第，又登博学宏辞科，授校书郎。贞元十九年拜监察御史，以谏官市为京兆尹李实所谮，与同官韩愈同贬岭南，任临武令。宪宗即位，徙江陵府功曹参军。后曾历刑部员外郎、虔州刺史、澧州刺史、河南令。元和十二年（817）卒。署与韩愈同贬，唱酬过从甚密。此诗作于贞元二十一年（805）八月十五日。是年正月，德宗逝世，顺宗即位，大赦天下，韩愈与张署遇赦，分别从阳山、临武至郴州待命。同年八月五日，顺宗退位，禅位宪宗，又大赦天下，韩愈迁江陵府法曹参军，张署迁江陵府功曹参军。诗作于郴州，已接到任命，尚未赴任时。②河，指银河。四卷，向四方收卷散去。③舒，舒展，放射。④沙平，指江边的沙洲平展。水息，指水波止息。声影绝，声沉影绝。⑤相属（zhǔ），相劝。⑥九疑，山名，在今湖南宁远县南。从这句开始，到"天路幽险难追攀"，都是诗人假托为张署的歌辞。⑦蛟龙出没，指洞庭湖风浪险恶，时有蛟龙出没。猩，猩猩。鼯（wú），鼠名，俗称大飞鼠，形似松鼠，生活在高山树林中，尾长，前后肢之间有宽大的薄膜，能借此在树间滑翔。号，号叫。古人误以为鸟类。《尔雅·释鸟》："鼯鼠，夷由。"郭璞注："状如小狐，似蝙蝠，肉翅……尾三尺许，飞且乳，亦谓之飞生。声如人呼……能从高赴下，不能从下上高。"猩鼯号，指九疑山中常有猩啼鼯号。这两句追忆当日被贬途中经洞庭至郴州临武艰险恐怖情景。⑧十生九死，犹九死一生。官所，指贬官之所临武。⑨幽居，深居不出。藏逃，隐藏的逃犯。⑩食畏药，方世举注："南方……多畜蛊以毒药杀人。"⑪海气湿蛰，海上的湿气很重。《洛阳伽蓝记·景千寺》："江左假息，僻居一隅，地多湿蛰。"蛰亦潮湿之义。腥臊，指海中鱼虾等动物发出的气味。⑫州前，指郴州衙门前。捶大鼓，指捶鼓发布大赦令。《新唐书·百官志》："赦日击枹鼓千声，集百官父老囚徒。"⑬嗣皇，指唐宪宗李纯。夔皋，夔和皋陶，尧、舜时贤臣。登夔皋，进用贤臣。⑭极言赦书传送之迅疾。唐制，赦书日行五百里。长安至郴州三千二百七十五里，赦书八月五日自长安出发，十二日即可达郴州，此诗写于八月十五日，而云"昨者州前捶大鼓"，正宪宗赦书抵郴时情景。方世举笺注："《旧唐书·顺宗纪》：'贞元二十一年（805）正月丙申（二十六日），顺宗即位。二月甲子（二十四日），大赦。'此公所以离阳山而竢命于郴也。及八月宪宗即位，改贞元二十一年（805）为永贞元年（805），自八月五日以前，天下死罪降从流，流以下递减一等。诗所云'昨者赦书'正指此。"⑮大辟，死刑。⑯迁者，迁谪到外地的官吏，追回，重新召回。流者，流放到边远地区的官吏。⑰涤瑕荡垢，清洗荡涤朝臣中有瑕疵污点的人。清朝班，使朝官的行列得到清肃。《旧唐书·顺宗纪》："八月丁酉朔……壬寅（初六）贬右散骑常侍王伾为开州司马，前户部侍郎、度支盐铁转运使王叔文为渝州司户。"宪宗八月初一受内禅，初六即贬王伾、王叔文为远州司户，此即所谓"涤瑕荡垢清朝班"。清除永贞革新朝臣之举，此时已开其大端。韩愈在政治上，对王叔文等主持永贞革新的朝臣持贬抑否定态度，屡见于诸诗，如《射训狐》诗以狐比王叔文、王伾，斥其"聚鬼征妖自朋扇"。《赴江陵途中寄赠王二十补阙李十一拾遗李二十六员外翰林三学士》更明谓"昨者京使至，嗣皇传冕旒，赫然下明诏，首罪诛共咬。复闻颠夭辈，峨冠进鸿畴。班行再肃穆，璜佩鸣琅璆"。不但将王叔文、王伾比作共工、驩兜等奸邪反叛之臣，且谓从此班行肃穆。两相对照，此句之意显然。而注家于此，每多误解，如方世举《韩昌黎诗编年笺注》云："以文意考之，盖言追还之人，皆得涤瑕垢而朝清班。"而钱仲联《韩昌黎诗系年集释》及屈守元《韩愈全集校注》皆引其说而从之。此实因顾及韩愈对永贞革新之政治态度而为此回护之解。⑱州家，指郴州刺史李伯康。权德舆《使持节郴州诸军事权知郴州刺史赐绯鱼袋李公（伯康）墓志铭并序》："（贞元）十九年秋十月，拜郴州刺史……奄忽雕落，时永贞元年十月某日甲子，春秋六十三。"韩愈有《祭郴州李使君文》，又有《李员外寄纸笔》诗，注云："李伯康也，郴州刺史。"申名，上报贬谪官吏须追回重新授官的名单（其中当有韩愈、张署）。使家，指观察使或节度使。此指当时任湖南观察使的杨凭。郴州属湖南观察使管辖，抑，压制。杨凭贞元十八年至永贞元年十一月期间任湖南观察使。⑲坎轲，困顿不得志。移，移官，此指贬谪的官吏量移较近地的官。荆蛮，指江陵。古代称长江流域中部荆州地区，即春秋楚国之地为"蛮荆"，亦称"荆蛮"。江陵府正荆州之地。《诗·小雅·采芑》："蠢尔蛮荆，大邦为雠。"⑳判司，唐代节度使、州郡长官的僚属，分别掌管批判各部门的文牍等事务。时张署任江陵府功曹参军，韩愈任江陵府法曹参军，各判一曹之事。《旧唐书·职官志一》："镇军满二万人以上诸曹判司。"㉑捶楚，受杖击鞭打。蔡梦弼曰"唐制，参军簿尉，有过即受笞杖之刑，犹今之胥吏也。故杜牧诗有云'参军与簿尉，尘土惊劻勷。一语不中治，鞭笞身满疮'是也"。㉒同时辈流，同时被贬谪的一类官吏，上道，通衢大路。或云指出发上路。㉓曹植《与吴季重书》："天路高邈，良久无缘。"句意谓通向上天的路高远险峻，难以追攀。㉔殊科，不同类。㉕他，其他。㉖奈明何，奈明日何。明日，则人事世事更不可知，不如今宵对明月而醉歌也。

[笺评]

朱熹曰：（"君歌"以下数句）言张之歌词酸苦，而己直归之于命。盖反《骚》之意。而其辞气抑扬顿挫，正一篇转换用力处也。（《韩文考异》）

黄震曰：感慨多兴。（《黄氏日钞》卷五十九）

何汶曰：《集注》云：公与张曙以贞元二十一年二月赦自南方，俱徙掾江陵，至是俟命于郴，而作是诗，怨而不乱，有《小雅》之风。（《竹庄诗话》）

陆时雍曰：每读昌黎七言古诗，觉有飞舞翔鸑之势。（《唐诗镜》卷三十九）

朱彝尊曰：（"沙平水息"句下）写景语净。（"我歌今与"句下）

借张作宾主，又借歌分悲乐，总是抑人扬己。（《批韩诗》）

汪琬曰：虚者实之，实者虚之，得反客为主之法，观起结自知。（同上）

查慎行曰：用意在起结，中间不过述迁谪量移之苦耳。（《初白庵诗评》）

汪森曰：起结清旷超脱，是太白风度，然亦从楚骚变来。（《韩柳诗选》）

翟翬曰：纯用古调，无一联是律者，转韵亦极变化。（《声调谱补遗》）

翁方纲曰：韩诗七古之最有停蓄顿折者。（《古诗选批》）

方东树曰：一篇古文章法。前叙，中间以正意苦语重语作宾，避实法也。一线言中秋，中间以实为虚，亦一法也。收应起，笔力转换。（《昭昧詹言》卷十二）

曾国藩曰：自"洞庭连天"至"难追摹"句，皆张署之歌词；末五句，韩公之歌词。（《求阙斋读书录》）

顾嗣立曰：起即嵇叔夜"微风清扇，云气四除，皎皎亮月，丽于高隅"意，而兴象尤清旷。（《十八家诗钞》引）

《增评韩苏诗钞》：三溪曰：声清句稳；无一点尘滓气，可谓不食人间烟火矣。

蒋抱玄曰：用韵殊变化。首尾极轻清之致，是以圆巧胜者，集中亦不多见。（《评注韩昌黎诗集》）

程学恂曰：此诗料峭悲凉，源出楚骚，入后换调，正所谓一唱三叹有馀音者矣。（《韩诗臆说》）

吴闿生曰：（"海气湿蛰"句下评）写哀之词，纳入客语，运实于虚。（"州家申名"句下评）一句中顿挫。（"天路幽险"句下评）此转尤胜。（《唐宋诗举要》卷二引）

高步瀛曰：（"天路幽险"句下评）以上代张署歌辞。贬谪之苦，判司之移，皆于张歌词出之，所谓避实法也。（末句下评）以上韩公

歌辞。高朗雄秀，情韵兼美。(《唐宋诗举要》卷二)

[鉴赏]

清代诗论家赵翼对韩诗有一段精辟的评论："至昌黎时，李、杜已在前，纵极力变化，终不能再出一径，惟少陵奇险处，尚有可推扩，故一眼觑定，欲从此开山辟道，自成一家。此昌黎注意所在也。然奇险处亦自有得失。盖少陵才思所到，偶然得之，而昌黎则专以此求胜，故时见斧凿痕迹：有心与无心异也。其实，昌黎自有本色，仍在'文从字顺'中，自然雄厚博大，不可捉摸，不专以奇险见长。恐昌黎亦不自知，后人平心读之自见。若徒以奇险求昌黎，转失之矣。"这首《八月十五夜赠张功曹》便是以坎坷困顿的人生经历和深切真实的贬谪生活感受为基础，不刻意追求奇险，而自然雄厚博大的代表作。

作为一首贬谪诗，这首诗的主角有两位：韩愈和张署。两人贞元十九年（803），同以监察御史的身份上疏皇帝，请求缓征因大旱而饥馑的京畿百姓赋税，得罪权幸，分别被贬连州阳山令、郴州临武令，又在顺宗即位大赦后同在郴州待命，至宪宗即位后又分别迁江陵府法曹、功曹参军，可以说是真正意义上的"同是天涯沦落人"。因此这首抒写迁谪之苦痛怨愤的诗势必同时涉及两人在这段时间的命运。但如果对二人的经历遭遇和内心怨苦分别叙写，一则因情况相似，极易流于重复，二则篇幅会显得过长，三则写法上也会陷于雷同。诗人汲取汉赋中主客问答的结构方式，将全诗设计为面对中秋明月，"君"与"我"相继而歌的总体框架，以"君歌"来反映贬谪生活的痛苦和坎坷移官的怨愤，以"我歌"来抒写面对痛苦坎坷所取的人生态度。表面上看，"我歌今与君殊科"，实际上，"君"之痛苦经历与坎坷命运即"我"之痛苦经历、坎坷命运；而"我"之旷达人生态度亦当为"君"之人生态度。这样一种巧妙的构思，不但避免了重复雷同和冗长平直，而且使全诗呈现出顿挫曲折，波澜起伏，平添了诗的情致与韵味。

"纤云四卷天无河，清风吹空月舒波。沙平水息声影绝，一杯相属君当歌。"开头四句，紧扣题目"八月十五夜"，以写景起，是全诗的一个引子。中秋月明之夜，清风卷去了空中四散的浮云，繁星密布的灿烂银河也隐没不见了。一轮皓月，将它的柔和光波洒满人间。湘江岸边，一片白色的沙洲平铺着，水波不兴，声影皆绝，一片静谧的境界。如此美好的中秋明月夜，不由得引发把酒赏月、共度良宵的意兴，举杯相劝，你该唱一支歌吧。前三句，大处落墨，大笔挥洒，展现出一个广远阔大、光明皎洁、美好静谧的境界，透露出诗人面对此境时心境的舒展与明净，并由此自然引出"君当歌"，过渡到下一段对贬谪生活和坎坷命运的叙写。

第二段二十句，是张署的歌辞。先以两句总提："君歌声酸辞且苦，不能听终泪如雨。"上句写歌辞的内容声情——既"酸"且"苦"，下句写自己听歌的强烈感受——歌未终而泪如雨。这正巧妙地暗示，张署的歌辞所抒写的也正是自己的经历遭遇和内心感情，境类而情同，君之酸苦亦我之酸苦。以下十八句，每六句为一层，叙写一段经历。

"洞庭连天九疑高，蛟龙出没猩鼯号。十生九死到官所，幽居默默如藏逃。下床畏蛇食畏药，海气湿蛰熏腥臊。"这一层写贞元十九年冬、二十年春贬谪途中所历艰险及抵达贬所后的生活情景。"洞庭"二句是说洞庭湖的惊涛骇浪连天而涌，其中经常有蛟龙出没，兴风作浪，九疑山高峰连绵，云雾迷漫，山中时有猩猩哀鸣，鼯鼠悲号。写景幽森恐怖，带有象征色彩，渗透对当时险恶政治局势的感受。"十生"二句，用"十生九死"一语概括一路所历重重艰险，用"幽居默默如藏逃"一语概括在贬所形同幽囚逃犯的处境。"下床"二句，渲染贬所处于蛮荒湿热之地，下床怕毒蛇咬，进食怕中蛊毒，再加上南海的湿气弥漫，海风传来的腥臊之气更熏得人难以忍受。以上所写，虽假托张署之歌，实际上反映的是两人的共同经历。洞庭波涛固二人

韩愈 | 143

贬途所经，九疑高山则离二人贬所很近（张署贬所临武在九疑东，韩愈贬所阳山在九疑东南）。而"十生九死"的经历，在韩愈的《贞女峡》诗中即有生动的描写。"下床"二句中所渲染的情景在韩愈贬居阳山期间所作诗文中同样有类似的描写。总之，贬谪途中既历尽艰险，到达贬所以后又形如幽囚逃犯，贬所的生活环境更十分恶劣可怕，难以生存。因此，早日结束贬谪生活，便成为生活中最大的渴望。

"昨者州前捶大鼓，嗣皇继圣登夔皋。赦书一日行万里，罪从大辟皆除死。迁者追回流者还，涤瑕荡垢清朝班。"接下来六句，写昨日郴州府衙前捶响了大鼓，宣布了新皇继位，贤明的大臣得到登用的喜讯，朝廷的赦书日行万里，犯斩首之罪的免除死刑，被迁谪的官吏重新召回加以任用，被流放的也得以放还。那些有瑕疵有污点的官吏被清洗荡除，朝臣的班列得到清肃。这六句主要是叙述宪宗继位，朝廷政治出现令人鼓舞的新气象，其中"登夔皋""涤瑕荡垢清朝班"均具体有所指，前者指任用杜黄裳为门下侍郎，袁滋为中书侍郎，并同中书门下平章事，后者指贬王伾为开州司马、王叔文为渝州司马。而"赦书"三句，则正诏书所称"自贞元二十一年八月五日已前，天下死罪降从流，流以下递减一等"。从充满感情的叙述中，可以看出韩愈和张署对政局变化欢欣鼓舞的感情，尤其是像"赦书一日行万里"这种夸张渲染之词更表现出对自己命运将得到改变的热情期盼。这一层热情洋溢、兴高采烈的叙述正与上段的酸苦之音形成鲜明对照，一抑一扬，文势跌宕。

"州家申名使家抑，坎轲只得移荆蛮。判司卑官不堪说，未免捶楚尘埃间。同时辈流多上道，天路幽险难追攀。"第三层又忽现转折，写充满期望和等待落空后迸发的强烈怨愤。郴州刺史的上报名单本已使自己充满了脱离苦海的希望，不料却受到湖南观察使的压抑，坎轲的命运重新降临头上，只得到了量移荆蛮之地的处理。参军官职卑微不值得一提，而且不免受到上司鞭打的责罚。同时的贬谪官吏都纷纷上路启程，回到京城，而自己却只感到天路幽暗险峻，难以追攀。燃起热望之后的大失所望，触发了强烈怨愤，其中"使家抑"一语即透露出对时任湖南观察使杨凭的怨愤。钱仲联说："杨凭为柳宗元妻父，自必仰承伾、文一党意旨，公与署之被抑，宜也。"联系《赴江陵途中寄赠王二十补阙李十一拾遗李二十六员外翰林三学士》诗中提及贞元十九年上疏言事遭贬一事的原因时说"同官尽才俊，偏善柳与刘。或虑语言泄，传之落冤雠。二子不宜尔，将疑断还不"可以看出，韩愈认为自己和张署的贬官可能与刘、柳的泄密有关（所上疏为密疏），虽说"将疑断还不"，但怀疑之意并未消除。钱氏认为杨凭有意压抑，虽无实据，却不能说毫无来由。这一层六句，不但与上一层之充满期待希望形成鲜明对照，一扬一抑，感情的落差极大。六句中亦每见扬抑顿挫，如"州家申名使家抑"句，"同时"二句。

张署之歌，酸苦怨愤，抑扬起伏，不仅反映了其从贬谪到量移这一过程中的痛苦经历和坎坷命运，抒发了内心的强烈不平，而且表现了其感情的起伏变化。既是苦难人生历程的反映，又是心路历程的展现。这一切，既属于张署，也属于韩愈本人。因此对下一段韩愈的自称与君"殊科"的歌也应作双重的理解。

"君歌且休听我歌，我歌今与君殊科。一年明月今宵多，人生由命非由他。有酒不饮奈明何！"韩愈之歌，内容其实很简单，人生的命运并不是自己能够主宰的，既然如此，又何必老是陷于痛苦怨愤而不能自拔，面对一年中难得的明月清光，不如痛饮自遣，否则明日月又开始亏缺，再也不能享受对月饮酒之乐，只能徒唤奈何了。这是劝谕张署，也是自劝。话虽说得有些无奈，但用旷达的态度对待人生的苦难挫折，骨子里仍透出诗人的倔强性格和对未来的希望。诗以明月起、以明月结，起处境界阔远明净，结处心境旷达豪放，使全诗的基调不至低沉压抑。

韩愈、张署的被贬，是由于上疏请求减轻关中百姓赋税，纾解百姓旱饥而得罪权要所致。因此其被贬事件反映了封建社会政治的黑暗与不公，因被贬而产生的怨愤不平也就具有正义性合理性。不论韩愈怨愤的具体对象是谁，都不影响韩、张阳山、临武之贬的性质是因主持正义、关心百姓疾苦而遭贬，诗中有些地方表现出对宪宗即位后贬斥清除王叔文革新集团的欣喜，固然反映了韩愈的政治倾向，但不能因此而否定这首诗的思想内容。从总体上对王叔文的永贞革新作客观、公正、全面的评价是一回事，诗中涉及对王叔文集团某些行事的看法与态度又是一回事，韩、张之贬，如果真与王叔文等有关，则韩愈的怨愤也完全可以理解。

这首诗的构思、写法乃至思想感情、人生态度，都让人自然联想起苏轼的《前赤壁赋》。可以看出，苏轼的赋明显受到韩愈此诗的影响，无论是主客对答的结构方式，起结均写中秋月明景色以及对待困顿挫折的态度，都一脉相承。但苏轼的旷达却比韩愈要真挚、深刻得多，相比之下，韩愈的旷达不免有些无奈和言不由衷，此为气性使然。苏作虽是赋，但却纯然是诗的意境，为韩诗所不及。此亦苏学韩而青胜于蓝之处。

谒衡岳庙遂宿岳寺题门楼①

五岳祭秩皆三公②，四方环镇嵩当中③。火维地荒足妖怪④，天假神柄专其雄⑤。喷云泄雾藏半腹⑥，虽有绝顶谁能穷⑦？我来正逢秋雨节⑧，阴气晦昧无清风⑨。潜心默祷若有应⑩，岂非正直能感通⑪。须臾静扫众峰出⑫，仰见突兀撑青空⑬。紫盖连延接天柱，石廪腾掷堆祝融⑭。森然魄动下马拜⑮，松柏一径趋灵宫⑯。粉墙丹柱动光彩⑰，鬼物图画填青红⑱。升阶伛偻荐脯酒⑲，欲以菲薄明其衷⑳。庙令老人识神意㉑，睢盱偵伺能鞠躬㉒。手持杯珓导我掷㉓，云此最吉馀难同㉔。窜逐蛮荒幸不死㉕，衣食才足甘长终㉖。侯王将相望久绝，神纵欲福难为功㉗。夜投佛寺上高阁㉘，星月掩映云瞳朦㉙。猿鸣钟动不知曙㉚，杲杲寒日生于东㉛。

[校注]

①谒，拜谒。衡岳，南岳衡山。《元和郡县图志·江南道·衡州衡山县》："衡岳庙，在县西三十里。"据《南岳志》载，唐初建司天霍王庙，开元十三年（725）建南岳真君祠。永贞元年（805）九月，韩愈由郴州徙掾江陵途经衡山，谒衡岳庙，作此诗题于岳庙门楼。②祭秩，祭祀的等级。三公，周以太师、太傅、太保为三公。此泛指朝廷中最高官位。《礼记·王制》："天子祭天下名山，五岳视三公。"《通典·礼典·吉礼六》："大唐武德、贞观之制，五岳年别一祭，南岳衡山于衡州南镇。开元十三年，封南岳神为司天王。"③四方环镇，指东岳泰山、西岳华山、北岳恒山、南岳衡山围绕着分镇四方。嵩当中，嵩山居中，为中岳。《史记·封禅书》："昔三代之君，皆在河、洛之间，故嵩高为中岳，而四岳各如其方。"④火维，天有四维，南方属火，故称南方为火维。《初学记·地理上》引徐灵期《南岳记》："南岳衡山，朱陵之灵台，太虚之宝洞，上承冥宿，铨德钧物，故名衡山。下踞离宫，摄位火乡，赤帝馆其岭，祝融托其阳，故号为南岳。"⑤假，授予。柄，权力。专其雄，专擅其雄踞一方的地位。⑥半腹，指半山腰。句意谓衡山上云雾缭绕浮动，遮住了半山腰以上的部分。⑦盛弘之《荆州记》："衡山有三峰极秀，其一名芙蓉，最为竦杰，自非清雾素朝，不可望见。"绝顶，最高峰。穷，尽，指攀上峰顶。《南岳记》："南宫四面皆绝，人兽莫至，周回天险，无得履者。"⑧韩愈在衡州有《题合江序寄刺史邹君》诗云："穷秋感平分，新月怜半破。"穷秋指九月，新月半破指上弦月。此"秋雨节"当在九月。⑨阴气晦昧，指云雾弥漫，天色阴暗。⑩潜心，专心诚意。应，灵应。⑪正直，指岳神。《左传·庄公三十一年》："史嚚曰：神，聪明正直而一者也。"⑫静扫，云雾悄然扫去。⑬突兀，指高耸奇险的山峰突兀而立。⑭紫盖、天柱、石廪、祝融，均衡山峰名（加上芙蓉

峰，为衡山七十二峰中最高大的五峰）。连延，绵延。腾掷，跳跃，此处形容山势之起伏不平。堆祝融，祝融峰最高，似高堆于众峰之上。⑮森然，形容精神上不由自主地严肃敬畏之状。魄动，心惊。⑯松柏一径，指松柏夹道的山路一直通向。灵官，指岳庙。⑰粉墙丹柱，白粉墙、红漆柱。动光彩，光彩闪耀。⑱鬼物图画，指庙内墙壁上画有鬼神的图画。填青红，涂满了青色和红色的颜料。⑲伛偻（yǔ lǚ），弯腰躬背。形容祭神时恭敬行礼貌。荐，进献。脯，干肉。⑳菲薄，指不丰盛的祭品。衷，心意。明其衷，表明自己内心的虔诚。㉑庙令，管寺庙的官。唐于五岳四渎庙各设庙令一人，正九品上，掌祭祀等事，见《新唐书·百官志》。识神意，懂得神的意志。㉒睢盱(suī xū)：睁眼为睢，闭眼为盱，此为复词偏义，瞪大眼睛。侦伺，窥探、察看。鞠躬，弯腰，恭敬貌。㉓杯珓（jiào）：一种简单的占卜吉凶的工具。用两片蚌壳或竹木制成，投空掷地，看其俯仰向背来定吉凶祸福。导，教。㉔最吉，指杯珓掷地后半俯半仰者为最吉之卦象。或云"吉"犹灵验。㉕窜逐蛮荒，指被贬逐到阳山。㉖《后汉书·马援传》："援从弟少游曰：人生在世，但取衣食才足。"甘长终，甘愿长此而终身。㉗《史记·陈涉世家》："王侯将相，宁有种乎！"福，福佑，难为功，难以成功，无能为力。㉘投，投宿。㉙曈昽，犹朦胧，句意谓云层中透出星月朦胧隐约的光影。㉚谢灵运《从斤竹涧越岭西行》："猿鸣诚知曙，谷幽光未显。"此反用之。钟动，庙中晨钟响起。㉛《诗·卫风·伯兮》："杲杲出日。"杲杲，日出明亮貌。寒日，此指深秋的太阳。

[笺评]

黄震曰：《谒衡岳庙》，恻怛之忧，正直之操，坡老所谓"公之精诚，能开衡山之云"，即此。（《黄氏日钞》卷五十九）

范晞文曰："手持杯珓导我掷，云此最吉馀难同"，下三字似乎趁韵，而实有工于押韵者。（《对床夜语》）

王若虚曰：退之《谒衡岳》诗云："手持杯珓导我掷，云此最吉馀难同。""吉"字不安，但言灵应之意可也。（《滹南诗话》）

陆时雍曰：语如凿翠。（《唐诗镜》卷三十九）

朱彝尊曰：（"须臾静扫"二句）二语朗快。（"紫盖连延"二句下）此下须用虚景语点注，似更活。今却用四峰排一联，微觉板实。（《批韩诗》引）

汪琬曰：（"五岳"四句）起势雄杰。（同上）

何焯曰：（"我来正逢"句）顶上"云雾"。（"紫盖连延"句）顶上"绝顶"。（"松柏一径"句）顶上"穷"字。（"星月掩映"句）顾"阴晦"。（末句）反照"阴气"。（《义门读书记》）

顾嗣立曰：韩昌黎诗句句有来历，而能务去陈言者，全在反用……《岳庙》诗，本用谢灵运"猿鸣诚知曙"句，偏云"猿鸣钟动不知曙"，此等不可枚举。学诗者解得此秘，则臭腐化为神奇矣。（《寒厅诗话》）

沈德潜曰："横空盘硬语，妥帖力排奡。"公诗足当此语。（《重订唐诗别裁集》卷七）

翁方纲曰：此以对句第五字用平，是阮亭先生所讲七言平韵到底之正调也。盖七古之气局，至韩、苏而极其致耳。少陵《瘦马行》，平声一韵到底，尚非极着意之作。此种句句三平正调之作，竟要算昌黎开之。（《七言诗平仄举隅》）

延君寿曰：昌黎《谒衡岳庙》诗，读去觉其宏肆中有肃穆之气，细看去却是文从字顺，未尝矜奇好怪，如近人论诗所谓说实话也。后人遇此大题目，便以艰涩堆砌为能，去古日远矣。"王侯将相"二句，启后来东坡一种。苏出于韩，此类是也。然苏较韩更觉浓秀凌跨，此之谓善于学古，不似后人依样葫芦。（《老生常谈》）

方东树曰：庄起陪起，此典重大题。首以议为叙，中叙中夹写。意境词句皆奇创。以己收，凡分三段。"森然"句奇纵。（《昭昧詹言》卷十二）

潘德舆曰：退之诗："我能屈曲自世间，安能随汝巢神山""侯王将相望久绝，神纵欲福难为功"高心劲气，千古无两，诗者心声，信不诬也。同时惟东野之古骨，可以相亚，故终身推许，不遗馀力。虽柳子厚之诗，尚不引为知己，况乐天、梦得耶！（《养一斋诗话》卷三）

《增评韩苏诗钞》：三溪曰：一篇《登岳》，有韵记文，读者不觉为有韵语，盖以押韵自在，一句无强押也。

程学恂曰：七古中此为第一。后来惟苏子瞻解得此诗，所以能作《海市》诗。"潜心默祷若有应，岂非正直能感通。"曰"若有应"，则不必真有应也。我公至大至刚，浩然之气，忽于游嬉中无心现露。"庙令老人识神意"数语，纯是谐谑得妙。末云"侯王将相望久绝，神纵欲福难为功"，我公富贵不能移、威武不能屈之节操，忽于嬉笑中无心现露，公志在传道，上接孟子，即《原道》及此诗可证也。文与诗义自各别，故公于《原道》《原性》诸作，皆正言之以垂教也，而于诗中多谐言之以写情也。即如此诗，于阴云暂开，则曰此独非吾正直之所感乎？所感仅此，则平日之不能感者多矣。于庙祝妄祷，则曰我已无志，神安能福我乎！神且不能强我，则平日不能转移于人可明矣。然前则托之开云，后则以谢庙祝，皆跌宕游戏之词，非正言也。假如作言志诗，云我之正直，可感天地，世之勋名，我所不屑，则肤阔而无味矣。读韩诗与读韩文迥别，试按之然否？（《韩诗臆说》）

汪佑南曰：竹垞（朱彝尊）批，余意不谓然。是登绝顶写实景，妙用"众峰出"领起。盖上联虚，此联实，虚实相生。下接"森然魄动"句，复虚写四峰之高峻，的是古诗神境。朗诵数过，但见其排荡，化堆垛为烟云，何板实之有？首六句从五岳落到衡岳，步骤从容，是典制题开场大局面，领起游意。"我来正逢"十二句，是登衡岳至庙写景。"升阶伛偻"六句叙事，"窜逐蛮荒"四句写怀，"夜投佛寺"四句结"宿"意。精警处在写怀四句。明哲保身，是圣贤学问，隐然有敬鬼神而远之意。庙令老人，目为寻常游客，宁非浅视韩公！（《山泾草堂诗话》）

吴汝纶曰：此东坡所谓能开衡山之云者，最足见公之志节。又曰：此诗质健，乃韩公本色。（《唐宋诗举要》卷二引）

高步瀛曰：（"虽有绝顶"句下）以上言衡岳不易登览。（"石廪腾掷"句下）以上因祷而开雾，故得仰观众峰。（"神纵欲福"句下）以上拜祭非祈福。（末句下）以上佛寺投宿。（《唐宋诗举要》卷二）

[鉴赏]

这是韩愈七古的代表作。所描绘的对象，是五岳中著名的衡岳和岳庙，无论是作为自然对象还是宗教祭祀对象，都具有突出的崇高感。但韩愈笔下的衡岳和岳庙，却并不只有崇高庄严的一面，而是在叙述描写中时时出以诙谐戏谑之笔，并借此抒发自己胸中的块垒不平，发泄不遇于时的牢骚怨愤，将一首写景记游诗写成了一首不平则鸣的坎壈咏怀之作。

全诗大体可分为四段。第一段六句，总写衡岳之高峻威严。一开头却先撇下衡岳，从五岳写起，说朝廷祭祀五岳的礼仪等级都比照三公，东西南北四岳环镇四方而嵩岳居中。大处落笔，起势高远，以突出五岳之尊崇和南岳在五岳中的地位。接下来四句，围绕"四方环镇"四字，专写衡岳的威势与神峻。"火维地荒足妖怪，天假神柄专其雄"，说南荒之地，天气炎热，妖怪众多，上天授予权柄使衡岳专门雄镇一方，突出其上天赋予的威权；"喷云泄雾藏半腹，虽有绝顶谁能穷"，说它吞云吐雾，半山以上即隐藏不露，虽有绝顶却无人能登，突出其高不可攀的峻峭与神秘色彩。这一段下笔似乎极严肃郑重，但在具体描写中又有意无意地透出所写对象含有一股邪横之气，使人感到这镇压妖怪的南岳神似乎也染上了一股妖气，这从"喷云泄雾藏半腹"的诗句中可以明显体味出来。

第二段八句，正面写登山见衡岳诸峰。先写登山时正遇秋雨季节，山上阴气弥漫，晦暗昏昧，空气潮湿凝固，毫无清风。这自然是纪实，

韩 愈 | 151

但用"阴气晦昧"来写衡岳，也透露出诗人初登山时心情的黯淡沉重。"潜心默祷若有应，岂非正直能感通。"由于遇上了"阴气晦昧"的"秋雨节"，诗人不免扫兴，于是有"潜心默祷"之举。这两句用笔似庄似谐，似假似真，殊堪玩味。说"若有应"，是好像感到"默祷"似有所应，但也完全可以理解为这只是一种主观感受乃至幻觉，说"岂非"，更是游移不定之词，意思是难道真是正直聪明的岳神，可以与我感通的吗？从语气口吻中可以体味出，诗人对人、神的感通所持的将信将疑、疑信参半的态度。如果将"正直能感通"与诗人的现实遭际联系起来，更可看出诗人实际上并不相信神是正直而能感通的。然则"岂非正直能感通"也就成了"难道聪明正直的神真的可以感通吗？"

"须臾静扫众峰出，仰见突兀撑青空。紫盖连延接天柱，石廪腾掷堆祝融。"不论"默祷"是否真的有灵应，过了不一会儿，天却是放晴了，在不知不觉间，云雾尽扫，众峰出现。仰头望去，只见峻峭的山峰撑挂着青色的天空。紫盖峰绵延起伏，连接着天柱峰，石廪峰翻腾跳跃，上面堆压着最高的祝融峰。前两句总写"众峰"，后两句分写诸峰不同的形态。诗人连用"扫""出""撑""接""腾掷""堆"等动感极强烈的词语，将衡山诸峰峭立撑空的态势与伟力，以及各自的千姿百态描绘得栩栩如生、充满活力。而浮云尽扫，诸峰峭立晴空的境界更透露出诗人暗淡沉闷的心情不禁为之一爽，给人以豁然开朗的快感和明快跃动的美感。

第三段十四句，写谒衡岳庙的情景。就题目看，此前两段，都还是题前文字，这一段才是诗的主体和正意。但诗人写到正面文章时，态度却更加随便，笔墨也更加恣肆，表面上严肃庄重，实际上谐谑幽默，时露嘲讽调侃。

"森然魄动下马拜，松柏一径趋灵宫。粉墙丹柱动光彩，鬼物图画填青红。"四句写循路抵庙及庙内外所见。"森然魄动"紧承上段之云雾扫众峰现，写自己面对自然界的变化忽有心惊魄动之感，"下马拜"自然是拜岳神，仿佛真的相信神的力量，故循着松柏夹道的路直趋灵宫，虔诚往谒，可所见庙内外情景却只是白墙红柱，光彩闪耀，鬼物图画，填满青红色彩而已，完全是一种炫目的表面涂饰，丝毫唤不起肃穆庄严之感。这样来写神庙，正反托出自己"森然魄动"、虔诚趋谒的过于认真。

"升阶伛偻荐脯酒，欲以菲薄明其衷。庙令老人识神意，睢盱侦伺能鞠躬。手持杯珓导我掷，云此最吉馀难同。"接下来六句写进献酒脯祭神和庙令老人引导诗人占卦。写祭神，曰"伛偻"，曰"衷"，突出态度之虔诚；写占卦，曰"识神意"、曰"睢盱侦伺"，曰"导我掷"，曰"最吉"，突出其察言观色、窥探心理、装神弄鬼，近乎漫画式的手法，调侃讽刺之意显然。

"窜逐蛮荒幸不死，衣食才足甘长终。侯王将相望久绝，神纵欲福难为功。"这四句紧承"云此最吉"，用自己的实际遭遇和"望久绝"来嘲弄神的福佑。窜逐蛮荒，不死已算万幸，只要衣食刚刚温饱就很满足，甘愿就此长终。至于王侯将相之望，自己早就断绝，岳神即使想保佑我也难以奏效了。用釜底抽薪之法对神的福佑作了彻底的否定。实际上是借此宣泄一肚子不遇于时的牢骚与怨愤。这种情绪，必须结合其移揵江陵的遭遇来体会。

末段四句，以夜投佛寺住宿、晨起见日出作结："星月掩映云曈昽"，仍是朦胧晦暗之景，"猿鸣钟动不知曙"，说明诗人心地坦然，一夜酣睡，于己之困顿遭际、神之福佑均无所萦怀，而"杲杲寒日生于东"的景象中却又透出一股森寒之气，传出诗人对环境氛围的感受。

这首诗最突出的特点，可以用借题抒愤，似庄实谐来概括。诗人实际上是借游衡岳、谒岳庙来发泄胸中的块垒不平。表面上看，似乎把衡山写得非常崇高威严，把岳神写得非常聪明正直，灵应显验，求神占卦的结果又是那样上上大吉。这一切，恰恰与诗人为民请命，反而窜逐蛮荒的不幸遭遇和虽遇大赦，仍沉下僚的现实处境形成鲜明对照。令人联想到在诗人所处的这个现实世界里，一切威严崇高、正直灵应的偶像都不过是徒有其表、虚有其名，神的福佑不过是庙令之流骗人的鬼话。诗人虽未必有意运用象征手法，只是随机而发，但由于他不时对庄严威灵的对象加一点嘲弄，无形中使这些描写具有一定的象征意味。正因为借题抒愤的创作动机，因而诗在用笔上具有似庄而实谐的特点。写衡岳的崇高威严，岳神的灵应显验，自己的虔诚趋拜，仿佛很郑重，其实内里含有对这一切的奚落与嘲讽。大凡一个大作家，总有自己的一套人生哲学，总有自己对待不幸和挫折的态度和办法。一个人在挫折面前，要不被它所压倒，要做到不沉沦，总得或抗争，或鄙视，或达观，或有所寄托。韩愈的性格相当倔强，他对待挫折的态度就是反过来对带给自己不幸命运的现实表示轻蔑和嘲弄，就是半真半假地亵渎那些看来威严崇高的事物，对它们表示不敬、不信任。从这些可以看出，这种诙谐幽默中蕴藏着一种精神力量。尽管韩愈这个人的精神性格有不少可议之处，但倔强这一点，反映在对待现实人生的态度上，还是有可取之处的。

这首诗有一个突出特点是腾踯跳跃，硬语盘空，以奇崛不平之笔写磊落不平之情。这正是典型的韩愈诗风。表现在结构章法上，就是具有明显的腾掷跳跃的特点，富于变化，富于气势。第一段先用虚笔对衡岳作铺张渲染，极写其威严崇峻。第二段接着写其阴暗晦昧，云遮雾障之状。忽作转笔，写云雾散尽，众峰尽出，淋漓尽致地渲染衡山诸峰突兀撑空，连延相接，腾跃堆垒的雄伟气势，文势夭矫变化，波澜曲折。这几句写得笔酣墨饱，气概非凡。第三段写在心惊魄动的情况下趋庙拜谒，求神问卦，一切都显得极虔诚极郑重，但在这当中却忽然插入几个极不和谐的细节（"睢盱侦伺能鞠躬"数句），于是使这一切虔诚郑重都化为骗人的儿戏和滑稽的表演，连前面的"岂非正直能感通"也一笔扫去了。这在结构上是一大转折，一大变化。接着，顺势将自己一肚皮不合时宜的牢骚都倾泻出来，其中蕴含着对现实的愤懑，对神明福佑的调侃嘲弄。至此诗情发展至高潮。但如果就此收束，又过于直露，于是又出人意外，转出最后一段。从笔法看，是又一次腾掷跳跃。表面上看，牢骚发泄完了，不论祸福，酣睡直至天明，似乎对一切都置之度外，但在高天寒日、星月朦胧的境界中，又似乎有难以言状的思神在回旋，让人在寂寥浩冥中产生许多联想。这样结尾，可以说是思接混茫，富于余韵。这对上文那种牢骚满腹的宣泄，又是一次转折顿宕。这种层折顿宕、奇崛不平的结构章法和笔法，完全是为了表现内心的郁愤和牢骚。诗中硬语奇字，所在都有。如"喷""泄""扫""撑""腾掷""堆""森然"等字，都是用力刻画的，目的在于突现衡岳高险峥嵘的面貌，造成一种磊落不平的气氛。全篇一韵到底，押韵句句末三字全为平声，即所谓三平调，这也是为了刻意造成一种拗折的风调，使声律与情感一致，即以不和谐的声律来写不和谐的感情，这本身就是另一种和谐。

李花赠张十一署①

　　江陵城西二月尾，花不见桃惟见李②。风揉雨练雪羞比③，波涛翻空杳无涘④。君知此处花何似？白花倒烛天夜明⑤，群鸡惊鸣官吏起。金乌海底初飞来⑥，朱辉散射青霞开⑦。迷魂乱眼看不得⑧，照耀万树繁如堆。念昔少年著游燕⑨，对花岂省曾辞杯⑩。自从流落忧感集⑪，欲去未到先思回⑫。只今四十已如此，后日更老谁论哉⑬！力携一尊独就醉⑭，不忍虚掷委黄埃⑮。

[校注]

　　①张署，生平见《八月十五夜赠张功曹》注①，十一是其排行。诗作于宪宗元和元年（806）春韩愈任江陵府法曹参军时。②杨万里《江西道院集读退之李花诗序》："桃李岁岁同时并开，而退之有'花不见桃惟见李'之句，殊不可解。因晚登碧落堂，望隔江桃李，桃皆

暗而李独明，乃悟其妙，盖'炫昼缟夜'云。"诗云："近红暮看失燕支，远白宵明雪色奇。花不见桃惟见李，一生不晓退之诗。"李商隐《李花》云："自明无月夜。"李花色白，虽暗夜可见其反光，故云"惟见李"。桃花色红，暗夜基本上无反光，故云"不见桃"。③风揉，春风轻揉。雨练，春雨漂洗。《文选·枚乘〈七发〉》："于是澡慨胸中，洒练五脏。"④波涛翻空，形容李花开放得茂盛，如波涛汹涌翻腾空际。杳，远。涘（sì），边。⑤倒烛，从下往上反照。天夜明，虽暗夜而被李花照亮了天空。⑥谓群鸡见天色白误以为天已明而惊鸣，官吏亦纷纷起床。金乌，指太阳，传说太阳中有三足乌。下句谓连太阳亦因而从海底开始飞来。⑦朱辉，指太阳的赤色光辉。青霞开，青色的云霞散开。⑧迷魂乱眼，形容日照繁盛的杏花，使人神魂恍惚，眼花缭乱。⑨著，贪恋，由"附著"之本义引申而来。韩愈《赠张籍》："吾走著读书，馀事不挂眼。"游燕，同"游宴"，游乐宴饮。⑩省，记得。曾，曾经、尝。句意谓每对花必饮酒，根本记不得曾有过辞杯不饮之时。或谓，省，犹曾也，省、曾二字连用，重言而同义，见张相《诗词曲语辞汇释》。⑪流落，漂泊外地，穷困失意。指被贬阳山。忧感，忧伤悲感。⑫欲去未到，指想去赏花，未到其地。先思回，早已意兴阑珊，想着回来了。⑬谁论哉，即"复谁论"，还说什么呢。⑭独就醉，独自挨近杏花，赏花醉饮。据《寒食日出游夜归张十一院长见示病中忆花九篇因此投赠》，知李花初发时张署始病，故韩愈独自前去赏花。⑮虚掷，指空自错过良辰美景。委黄埃，指杏花凋落尘埃。此句含义双关。

[笺评]

朱翌曰：退之于李花，赋之甚工。(《猗觉寮杂记》)

陆游曰：杨廷秀在高安有小诗云："近红暮看失燕支，远白宵明雪色奇。花不见桃惟见李，一生不晓退之诗。"廷秀愕然问："古人谁

曾道?"予曰:"荆公所谓'积素兮缟夜,崇桃兮炫昼'是也。"廷秀大喜曰:"便当增入小序中。"(《老学庵笔记》卷一)

张鸿曰:("白花倒烛"句下评)花中唯李夜中独白。此诗写李之白而明,造意奇。(《批韩诗》引)

何焯曰:("照耀万树"句下评)字字警绝。("力携一尊"句下评)对君说。似收到李花。(《批韩诗》引)又曰:("君知此处"句下评)插入张,复作体物语。势有断续,语有关键。(《义门读书记》)又曰:("波涛翻空"句)言其盛。(钱仲联《韩昌黎诗系年集释》引)

朱彝尊曰:("白花"二句)夜景。("金乌"四句)朝景。(同上引)

马位曰:郑谷"月黑见梨花",佳句也,不及退之"白花倒烛天夜明"为雄浑,读之气象自别。义山《李花》诗:"自明无月夜。"与退之未易轩轾。(《秋窗随笔》)

施山曰:昌黎《李花》云:"白花倒烛天夜明,群鸡惊鸣官吏起。"赵云松袭之,作《山茶》诗云:"熊熊日午先绛天,吓得邻家来救火。"同一过火,而赵诗犷悍矣。(《望云诗话》)

李黼平曰:情动于中而形于言,古人即物流连,借以发其情之不容已,未尝拘拘于是物也。退之"江陵城西二月尾"一篇,起数韵状李花之白,可谓工为形似之言,而诗之佳处不在此。后段云:"念昔少年著游燕,对花岂省曾辞杯。自从流落忧感集,欲去未到先思回。只今四十已如此,后日更老谁论哉。力携一尊独就醉,不忍虚掷委黄埃。"百折千回,传出不忍虚掷之意,而前之"迷魂乱眼看不得"者,亦不能不携尊而就矣,此刘彦和所谓以情造文,非以文造情者也。(《读杜韩笔记》)

蒋抱玄曰:此诗妙在借花写人,始终却不明提,极匣剑帷灯之致。(《评注韩昌黎诗集》)

陈衍曰:芳原绿野,妆点春景者,莫如桃李花。荆公"崇桃兮炫昼，积李兮缟夜"二语，尽之矣。惟少陵诗喜说桃花，昌黎、荆公诗喜说李花。殆以桃花经日经雨，皆色褪不红，一望成林时，不如李花之鲜白夺目，所以少陵之爱桃花，亦在"深红间浅红"时。余作《法源寺丁香》诗，所谓"昌黎半山总爱李，爱其缟色天不晡"也。(《石遗室诗话》)

汪佑南曰：见李花繁盛，弥感身世之易衰。公与署同谪江陵，同悲流落，李花如此盛开，而不赏花饮酒，辜负春光，岂不可惜！惜李花，实自惜也。(《山泾草堂诗话》)

钱仲联曰：("欲去未到先思回"句) 杜甫《乐游园歌》："却忆年年人醉时，只今未醉已先悲。"为公用意所本。又公《晚菊》诗云："少年饮酒时，踊跃见菊花。今来不复饮，每见恒咨嗟。"意亦同此。(《韩昌黎诗系年集释》)

程千帆曰："念昔"以下，感物兴怀，非是咏花；着力模写，惟在前半。析其层次，又有二焉。起句点明无月，次句以桃陪李。继乃极状李花之白且盛，皆夜景也。"金乌"四句，形容朝日映花，光采炫耀，则昼景也。语其布署，大较若斯。然其中有一句颇难索解者，则"花不见桃惟见李"是……欲明此理，当就今世格致之学论之……盖桃、李二花，攸分红白。以色光之组织言，则红为部分反射之单色光，力亦较弱，而白为全体反射之复色光，力亦特强。以视官之感受言，则红兼有光觉、色觉，而白全为光觉……至无月时则照度弱，照度弱则神经所受之刺激亦弱；红色反光不强，即不可见；视觉所及，但有光存，故惟见白李，不见红桃，此诗所赋，时当月尾夜，是以云"花不见桃惟见李"也。(《程千帆诗论选集》第232~233页)

[鉴赏]

韩愈力大思雄，即使吟咏桃李这类繁盛而易凋的弱质之花，也每能驰骋丰富的想象和劲健的笔力，营造出雄浑阔大的意境。而且自然触发身世流离之感，抒发沉沦困顿之慨，亦赋亦兴亦比，跌宕起伏、自然流转，极挥洒自如之致。这首《李花赠张十一署》可以作为典型的代表。

全诗大体上可分前后两段。前段十一句，全用赋笔铺叙渲染从夜至晨李花的繁盛。首句"江陵城西二月尾"点明观赏李花的地点和季候。二月是李花开放的时节，"二月尾"正是李花最繁盛之时，但这里突出"二月尾"这个特定时间，还暗为下文写夜赏伏脉，虽点明而不说破，直叙中仍有含蓄。次句即紧承"二月尾"而突作新奇之笔："花不见桃惟见李。"桃、李本同时而开，而诗人眼中所见则唯有李花而不见桃花，这一奇特的景象使诗的一开始就出现了转折，制造了悬念。但诗人并不急着对此作出解释，而是紧接"惟见李"，进一步重笔渲染李花的洁白与繁盛。"风揉雨练雪羞比，波涛翻空杳无涘。"上句状其色，说春风的轻揉和春雨的淘洗，使李花显得分外洁白，连雪花也羞于与它相比，"揉"和"练"这两个动词不但用得生新，而且用得恰切，因为这两个词语都包含有反复多次的意蕴。正是由于春风春雨的反复揉搓轻抚、淘洗漂濯，才造就了"雪羞比"的皎洁。下句状其盛，却并不只作静态的刻画，而是大笔挥洒，将繁盛的一大片李树林比作波涛汹涌、翻腾起伏于空中无边无际的海洋。这样的动态描写，显然是高度的夸张渲染，却写出了李花繁盛时所呈现的跃动的生命力。

紧接着，诗人却破偶为奇，插入一个设问句："君知此处花何似？"承上启下，对李花之白之盛作更加夸张而富于想象力的描绘。"白花倒烛天夜明，群鸡惊鸣官吏起。"繁盛而雪白的李花倒映反照着夜空，使黑暗的天空也变得明亮了，使群鸡误以为天已明而四处惊鸣，官吏也因鸡鸣而纷纷起床。到这里，诗人才点出"夜"字，使读者恍然大悟"花不见桃惟见李"的原因乃是由于农历月末正值无月亮的暗夜，红色的桃花反光微弱，故隐藏于夜幕之中不见踪影；而李花洁白，反光强烈，故虽夜暗而自明。这种现象，古代不少诗人都注意到过，并在诗中有所描写，如晚唐李商隐的《李花》就有"自明无月夜"之句，但将这种现象作为一种奇特的自然景观，专门加以观赏并着意作夸张渲染的却似乎只有韩愈。如果说"白花倒烛天夜明"的形容虽夸张但还多少有点生活依据，那么"群鸡惊鸣官吏起"的描写便属于生活中绝不可能发生的现象而纯出于诗人的浪漫想象了。其实，诗人的本意也并非要人相信这种现象的真实性，而是要通过这种带有谐趣的穷形极相的描写得到一种艺术上淋漓尽致的满足感、惊奇感。

"金乌海底初飞来，朱辉散射青霞开。"这两句由夜转到晨，写太阳从海上升起，光辉四射，云霞散开的景象。但用"金乌海底初飞来"形容日之初升，仍承上极度的夸张而来，使人感到不但群鸡之惊鸣、官吏之纷起是由于繁盛洁白的李花照亮了黑暗的夜空，就连太阳的升起也是由此引起。从而将李花之白之繁所显示的伟力推向极致。

"迷魂乱眼看不得，照耀万树繁如堆。"接下来两句，是对耀眼的阳光映照下，万树李花繁盛景象的赞叹和形容。由于前面写暗夜中的李花已极夸张渲染之能事，这里如再用同样的笔法，不仅陷于雷同，令读者产生审美疲劳，而且也实在难以有更出奇的想象。于是改换笔法，上句以"迷魂乱眼看不得"从反面作虚写，使人于目乱神迷的主观感受中去想象日照万树李花的奇观，下句则以"照耀万树繁如堆"作概括的描写，让读者对万树繁花为阳光照耀的璀璨瑰丽景象展开尽情的想象。

写到这里，诗人对李花在暗夜、晴昼所呈现的美感已作了淋漓尽致的描绘，对读者造成极大的感情冲击力，下面便由眼前"繁如堆"的花海奇观转入对往昔少年游宴赏花生活的追忆和对目前流落生涯的感慨，引出下一段。

"念昔少年著游燕，对花岂省曾辞杯。"回想起昔日青少年时代，贪恋游乐宴饮生活，对花饮酒，意兴正浓，哪里会想到辞杯不饮呢？这两句是陪笔，追忆昔游之豪兴，是为了反衬今日游兴的阑珊："自从流落忧感集，欲去未到先思回。"自从谪贬阳山，流落岭外以来，悲忧交集，想着要去看花，人还未到，就先想着回来了。古人游赏，乘兴而往，兴尽而返，自己却人未到而兴已尽。抒情曲折深至，情调悲凉。

"只今四十已如此，后日更老谁论哉！"这一年韩愈三十九岁，想到自己刚接近强仕之年就忧感交集，意兴阑珊，日后更老那就什么也不用说了。以今度后，悲感又进一层。

写到这里，似乎被忧伤悲凉完全笼罩了，结尾却忽作转折，转到看花就醉作结，遥应篇首："力携一尊独就醉，不忍虚掷委黄埃。"时张曙因病而不能往，故韩愈独自一人前往。说"力携一尊独就醉"，则虽前往赏花饮酒，而勉力、无奈之情已溢于言表。之所以虽忧感交集而仍勉力而往，是由于"不忍虚掷委黄埃"。末句含义双关，表层的意思是说不忍心让千树万树繁盛洁白的李花白白地陨落，委弃尘埃，无人关切，无人欣赏。深层的意蕴则是由李花的命运联想到自己流落天涯的命运，不忍心就此虚掷生命，委弃黄埃。于感慨身世的沉悲中蕴含有不甘沉沦的倔强意态，这也正是韩愈的一贯思想性格。

将诗的前后段作对照，明显可以看出笔法、风格的差异。前段全用赋笔形容渲染，多想象夸张之辞，意象密集，浓墨重彩；后段则亦兴亦比，多用朴素清疏而不失劲健的散文化笔法抒情抒慨。由今而追昔，又由追昔而伤今。层层转折深入。结尾忽作转折，收归题目，人花双结。作为一首咏物抒慨之作，这首诗可以说是大笔挥洒，奇思壮采和深沉人生感慨的结合，雄浑苍凉，兼而有之。

杏　花①

居邻北郭古寺空②，杏花两株能白红③。曲江满园不可到④，看此宁避雨与风⑤？二年流窜出岭外⑥，所见草木多异同⑦。冬寒不严地恒泄⑧，阳气发乱无全功⑨。浮花浪蕊镇长有⑩，才开还落瘴雾中⑪。山榴踯躅少意思⑫，照耀黄紫徒为丛⑬。鹧鸪钩辀猿叫歇⑭，杳杳深谷攒青枫⑮。岂如此树一来玩，若在京国情何穷⑯？今旦胡为忽惆怅？万片飘泊随西东。明年更发应更好⑰，道人莫忘邻家翁⑱。

[校注]

①元和元年（806）春作于江陵。②北郭，指江陵城北。邻，靠近。清王元启《读韩纪疑》："江陵有金銮寺，退之题名在焉。居邻古寺，意即此寺。"③能，张相《诗词曲语辞汇释》："能，甚辞。凡亦可作这样或如许解而嫌其不得劲者属此……韩愈《杏花》诗：'居邻北郭古寺空，杏花两株能白红。'言何其红白相间而热闹也，反衬古寺荒凉之意。"④曲江，在长安城东南。秦为宜春苑，汉为乐游原，有河水水流曲折，故名。隋文帝改名芙蓉园，唐复名曲江。为都人游览胜地。康骈《剧谈录》："曲江，开元中疏凿为胜境，其南有紫云楼、芙蓉苑，其西有杏园、慈恩寺，花卉环周，烟水明媚。"曲江满园，即指杏园中有满园杏树。身在江陵，故云"不可到"。⑤谓长安杏园既不可到，则观赏江陵此寺之杏花，又岂能因避风雨之侵袭而不前往呢。盖言看花之情切。⑥二年流窜，指贞元十九年冬，贬为阳山令，至永贞元年始遇赦北归。岭外，阳山在岭南。⑦异同，复词偏义，多异同，即多异。⑧冬寒不严，冬季无严寒。地恒泄，地气总是发泄。《礼记·月令》："孟冬行春令，则冻闭不密，地气上泄。"⑨阳气发乱，指天地间的阳气随时乱发。无全功，全都丧失了化育万物的功效。⑩浮花浪蕊，寻常的花卉。镇，常。⑪瘴雾，犹瘴气，指南部、西南部地区山林间湿热蒸发能致病之气。⑫山榴，山石榴。踯躅，花名。《本草注》："其木高三四尺，花似山石榴。"少意思，少意趣，指不值得观赏。⑬照耀黄紫，花色或黄或紫，相互映照。徒为丛，徒然成丛成团地开放。⑭鹧鸪，鸟名。《文选·左思〈吴都赋〉》："鹧鸪南翥而中留。"李善注："鹧鸪如鸡，黑色、其鸣自呼，常南飞不北。豫章

已南诸郡，处处有之。"钩辀，《本草》："鹧鸪鸣云钩辀格磔。"⑮攒，聚。《南方草木状》："五岭之间多枫木。"⑯京国，指京城长安。⑰魏本引樊汝霖曰："本年六月，公召拜国子博士，明年花发时，公为博士于京矣。"⑱道人，指寺僧。邻家翁，诗人自指。

[笺评]

汪森曰：不赋杏花，而只从看花生感，此便风人之兴也。作诗能用比兴，便尔触处皆活。(《韩柳诗选》)

朱彝尊曰：("所见草木"句下批) 借客形主。(《批韩诗》引)

何焯曰：此篇真怨而不怒矣。"若在京国情何穷"应"曲江满园不可到"。"明年更发应更好"，安知明年不仍在江陵，京国真不可到矣。落句正悲之至也，即从"飘泊"二字生下，凄绝句出于平淡。(《义门读书记·昌黎集一》) 又曰："看此宁避"句下，波澜感慨。(《批韩诗》引)

李黼平曰：凡十韵，只此句 (按指"杏花两株能白红"句) 是写杏花。著一"能"字，精神又注到曲江，与少陵"西蜀樱桃也自红"用意正同。此下纵笔说二年岭外所见草木，如山榴、踯躅、青枫之类，然后束一笔云"岂如此树一来玩，若在京国情何穷"醒出诗之旨。一篇纯是写情，无半字半句粘着杏花，岂非奇作？少陵《古柏行》《海棕行》及《楠树》等篇，不必贴切，而自然各有其身份，兴寄有在故耳。凡大家皆然。(《读杜韩笔记》)

方东树曰：起有笔势，第三句折入，中间忽开。"岂如"句收转，方见笔力，挽回收本意。(《昭昧詹言》卷十二)

汪佑南曰：公寓身岭外，思归京国，触目浮花浪蕊，无非蛮乡风景。至是始为掾江陵，忽见杏花，借以寄慨。一缕情思，盘旋空际，不掇故实，而自然是杏花。意胜故也。收笔落到明年，正见归期之难必。思而不怨，自归学养。(《山泾草堂诗话》)

[鉴赏]

和《李花赠张十一署》前幅重笔夸张渲染杏花之洁白而繁茂，后幅方追昔慨今，自伤流落不同，这首《杏花》除一开始点出北郭古寺"杏花两株能白红"之外，全篇再无一字正面对杏花作具体的刻画描绘、形容渲染。单看题目，好像是一首咏物诗，实际上在诗中杏花只是触绪增慨的外物和媒介，诗中所要抒发的是由杏花触发的贬窜南荒、漂泊异乡之慨和怀念京国、欲归不得之感。可以说，是一首因物抒感的抒情诗，而非通常意义上的咏物诗。

"居邻北郭古寺空，杏花两株能白红。"首句凌空起势，点出客居江陵北郭，傍近荒凉冷落的古寺，次句直入本题，"能白红"以俗语入诗，句法新奇，意即竟如许之白红。绚丽夺目之色与赞叹欣赏之情均溢于言表。"古寺"之"空"，益衬托出杏花之鲜妍明媚。

"曲江满园不可到，看此宁避雨与风？"第三句由眼前古寺中的杏花自然联想到京城曲江满园的杏花，慨叹自己置身荆蛮之乡，只能空自怀想而不能回到长安重睹满园杏花之盛。曲江不但是京城胜游之地，杏园更是登第士子举行探花宴的场所，因此对曲江满园杏花的怀想便蕴含了对自己当年登龙虎榜、杏园游宴、意气风发的青年时代的怀念追恋。正因为这样，对眼前这两株鲜妍繁茂的杏花便特别倾注感情，以致不避风雨，时常前往观赏了。

以下十句，即承"不可到"之意，集中笔力描写两年以来贬居岭外不见杏花，唯见蛮荒之乡的花木禽兽，触景增悲的生活情景。"二年流窜出岭外，所见草木多异同"二句，先总叙一笔，说明岭南所见草木异于京城。"冬寒不严地恒泄，阳气发乱无全功"，揭示草木多异的原因：冬天没有严寒的气候，以致地气封闭不严，经常外泄，影响所及，连天上的阳气也胡乱发散，失去了化育万物的功效。正因为这样，一年四季随时随地开放的花虽然连续不断，却旋开即陨，坠落在蛮烟瘴雾之中。山榴花、踯躅花虽然或黄或紫，相互照耀，成堆成丛，却了无意趣，不值得观赏。深山幽谷之中，只有鹧鸪鸟的钩辀之声和哀猿鸣叫的声音，杳无人迹，只见青枫攒聚。这一切，都带有鲜明的岭南地域色彩。这对一个普通的旅人来说，也许会产生一种对于异乡风物的新奇感。但对于一个"流窜出岭外"的漂泊者来说，却只能引起一种不习惯、不适应、不喜欢乃至厌恶的感情。这正是典型的贬谪心态。白居易的《琵琶行》中写自己贬谪浔阳的生活和环境景物时说："住近湓江地低湿，黄芦苦竹绕宅生。其间旦暮闻何物？杜鹃啼血猿哀鸣。春江花朝秋月夜，往往取酒还独倾。岂无山歌与村笛？呕哑嘲哳难为听。"与韩愈对岭南风物的感受如出一辙，可见贬谪者的心态确实是心同此理，这种心态，一直到苏轼的文学创作中才有了明显的转变。这是后话。以上十句，先总后分，围绕一个"异"字，从原因到现象，从花卉到树木，从植物到动物，历数其"无全功""少意思""徒为丛"。末了又以两句作一总束，遥接"曲江满园不可到"句，说今日到此古寺观赏杏花，就像置身于京国，引起无穷的情思。可见，前面的七句写岭南风物之异，虽一字未及杏花，但诗人心中却始终有"曲江满园"杏花与古寺杏花作为参照物。写岭南风物之"异"，正是为了反衬自己对曲江满园杏花、对京国往昔生活的强烈怀念与向往，从这个角度说，这一大段描写不但不是喧宾夺主，而且恰恰是以宾托主。

"今旦胡为忽惆怅，万片飘泊随西东。"诗人观赏古寺杏花，从"看此宁避雨与风"句看，当是时往观赏，不避风雨，从"能白红"之盛开至"万片飘泊"之凋零。这两句所写，正是杏花凋谢引起的感慨。往日观杏花之盛，怀念京城而情何穷；今日观杏花之凋，则忽生惆怅之情，因为看到"万片飘泊随西东"的杏花，就自然联想起自己窜逐岭外、流落荆蛮的命运。如果说在前面的描写中，杏花是唤起对京城生活和岁月的美好回忆的事物，那么在这里，杏花已成了自己飘零凋伤身世命运的象征。

"明年更发应更好，道人莫忘邻家翁。"结尾二句，从"今旦"杏花之凋零遥想"明年"杏花之"更发应更好"，并叮嘱寺僧到时候别忘了自己这位"邻家翁"，语气口吻中似透出一些乐观的气息和亲切的情调，但细加体味，却又分明包含着明年仍然滞留荆蛮异乡的沉悲，一种无可奈何的难以主宰自己命运的感情正悄然流注句中。

郑群赠簟[①]

蕲州笛竹天下知[②]，郑君所宝尤瑰奇[③]。携来当昼不得卧，一府传看黄琉璃[④]。体坚色净又藏节[⑤]，尽眼凝滑无瑕疵[⑥]。法曹贫贱众所易[⑦]，腰腹空大何能为[⑧]。自从五月困暑湿[⑨]，如坐深甑遭蒸炊[⑩]。手磨袖拂心语口[⑪]，慢肤多汗真相宜[⑫]。日暮归来独惆怅，有卖直欲倾家资。谁谓故人知我意[⑬]，卷送八尺含风漪[⑭]。呼奴扫地铺未了，光彩照耀惊童儿。青蝇侧翅蚤虱避[⑮]，肃肃疑有清飙吹[⑯]。倒身甘寝百疾愈[⑰]，却愿天日恒炎曦[⑱]。明珠青玉不足报[⑲]，赠子相好无时衰[⑳]。

[校注]

①《全唐诗》题下注："群尝以侍御史佐裴均江陵，愈自阳山量移江陵法曹，与群同僚。"按：韩愈《朝散大夫尚书库部郎中郑君墓志铭》："君讳群，字弘之，世为荥阳人。以进士选吏部，考功所试判为上等，授正字。自鄂县拜监察御史，佐鄂岳使裴均之为江陵，以殿中侍御史佐其军。"在江陵时，韩愈有《赠郑兵曹》，知郑群任江陵府兵曹参军，与愈同僚。簟（diàn），竹席。②蕲州，唐淮南道州名，治所在今湖北蕲春县。《新唐书·地理志五》："蕲州蕲春郡，上。土贡：白纻、簟、鹿毛笔、茶、白花蛇、乌蛇脯。"笛竹，竹的一种，可以制笛及簟。白居易《寄蕲州簟与元九因题六韵》："笛竹出蕲春，霜刀劈翠筠。织成双锁簟，寄与独眠人。"《本草纲目·木五·竹》："笛

竹，一节尺馀，出吴楚。"方崧卿《韩集举正》：笛竹，"刊本一作簟竹"。陈景云《韩集点勘》："笛，当作簟。蕲州贡簟，见唐史《地理志》，故曰天下知。"王元启《校韩集》云："簟，原作笛。或引白诗'笛竹出蕲春'为证，谓作'簟'非是。余谓笛竹天生，簟由人力。白诗'霜刀劈翠筠'句，已为笛字加一番斫削之功。又云'织成双锁簟'，明点一簟字，然后接下'寄与独眠人'为顿。若直云以笛竹寄独眠人，笛与眠奚涉耶？此诗郑君所宝及卷送、铺地、倒身甘寝等云，皆切指簟竹言之，不应首句讳簟言笛，反使通体皆空无依傍也。今故从或本，非谓簟竹不可言笛，用字各有宜当耳。"按：白诗已明言蕲春之笛竹可以织簟。且韩集诸本皆作"笛竹"，则作"笛竹"毫无可疑。盖笛竹系竹之名，既可为笛，亦可劈而织簟。韩诗首句"蕲州笛竹天下知"指制簟之原材料而言，次句"郑君所宝尤瑰奇"及以下各句所写均指织成簟而言，表述明晰，不存在"笛与眠奚涉"的问题。《初学记》卷二十八引刘宋沈怀远《博罗县簟竹铭》云："簟竹既大，薄且空中，节长一丈，其直如松。"《说郛》卷八十七引晋嵇含《南方草木状》云："簟竹，叶疏而大，一节相去六七尺，出九真，彼人取嫩者，捶浸纺绩为布，谓之竹疏布。"按：此簟竹与产于蕲州之笛竹当是不同品种、形状的竹，簟竹可以纺绩为布，但是否可为簟，未见记载；而蕲之笛竹可以为簟则见于同时代之白诗，作笛竹无疑。明王象晋《群芳谱》云："蕲竹出蕲州。以色莹者为簟，节疏者为笛，带须者为杖。"此书《四库提要》讥为割裂饾饤不足取，似不足为确证。③郑君，指郑群。所宝，所珍爱者，指用笛竹制成之簟。瑰奇，珍贵奇异。④黄琉璃，借指竹簟，形容其像黄琉璃那样光滑金黄。琉璃，一种有色半透明的玉石。《后汉书·西域传·大秦》："土多金银奇宝，有夜光璧、明月珠、骇鸡犀、珊瑚、虎魄、琉璃、琅玕、朱丹、青碧。"《西京杂记》卷一："杂厕五色琉璃为剑匣。"亦指用钾和钠的硅酸化合物烧制成的釉料，有绿色与金黄色两种，多加于黏土之外层。或云即指琉璃。《北史·大月支国传》："其国人商贩京师，能铸石为五色琉璃，光色映微，观者莫不惊骇。"按：制簟所用系取去掉竹青皮之竹黄，故织成之簟色黄。⑤体坚，指竹席织得密致坚韧。色净，色泽纯净。藏节，看不见竹节的痕迹，极言其席面的光滑、制作之精细。⑥尽眼，满眼。凝滑，光滑。无瑕疵，没有疤痕瘢点。⑦法曹，韩愈自指，时为江陵府法曹参军。易，轻，指轻视，看不起。⑧魏本引樊如霖曰："唐孔戣《私记》云：'退之丰肥善睡，每来君家，必命枕簟。'"沈括《梦溪笔谈》亦云"退之肥而少髯"。何能为，言无所作为。⑨《淮南子·地形训》："南方阳气之所积，暑湿居之。"按：江陵地处长江流域中游，农历五月正值湿热炎蒸的季节。⑩甑，蒸食炊具。如坐深甑，犹今言坐在蒸笼中。⑪手磨，用手去抚摸（竹席）。袖拂，用衣袖轻拂。心语口，心里对自己说。⑫慢肤，犹曼肤，肥厚的肌肤。《楚辞·天问》："平胁曼肤。"注："肥泽之貌。"⑬故人，指郑群。《赠郑兵曹》："尊酒相逢十载前，君为壮夫我少年。"可证十年前二人已结识。⑭卷送，将竹席卷成筒状送给我。八尺，指席之长度。含风漪，形容竹席上的细纹像水面上被风吹起的涟漪。阴铿《经丰城剑池》："夹涤澄深绿，含风作细漪。"⑮侧翅，侧着翅膀避开。⑯肃肃，象声词，风声。蔡琰《悲愤诗》："处所多霜雪，胡风春夏起。翩翩吹我衣，肃肃入我耳。"清飙，清风。《史记·廉颇蔺相如列传赞》："清飙凛凛。"⑰甘寝，舒舒服服睡在上面。⑱恒炎曦，长久地炎热。⑲张衡《四愁诗》："美人赠我貂襜褕，何以报之明月珠。""美人赠我锦绣段，何以报之青玉案。"⑳相好，相互交好。无时衰，永不衰歇。

[笺评]

朱彝尊曰：描写物象工，写意趣亦入妙。（《批韩诗》引）

查慎行曰：（"倒身甘寝"二句下批）奇想。（《初白庵诗评》）

汪森曰：能于一物之细写出深情，是杜陵笔法。妙在偏以反剔见奇，如"当昼不得卧""却愿天日恒炎曦"等句也。（《韩柳诗选》）

顾嗣立曰：此诗每用反衬意见奇，如"携来当昼不得卧""却愿天日恒炎曦"等句也。赋物之妙，直从细琐处体贴而出。（《昌黎先生诗集注》）

沈德潜曰：（"却愿天日"句下）与"携来当昼不得卧"，俱是透过一层法。（《重订唐诗别裁集》卷七）

《唐宋诗醇》：健仔《怨歌》云："常恐秋节至，凉风夺炎热。"此云"却愿天日恒炎曦"，同一语妙。

赵翼曰：盘空硬语，须有精思结撰。若徒捃摭奇字，诘曲其词，务为不可读，以骇人耳目，此非真警策也……《竹簟》云："倒身甘寝百疾愈，却愿天日恒炎曦。"谓因竹簟可爱，转愿天之不退暑，而长卧此也。此也不免过火，然思力所至，宁过毋不及，所谓矢在弦上，不得不发也。（《瓯北诗话》卷三）

方东树曰：《郑群赠簟》，无甚意，只叙事耳，而句法意老重。三句叙，四句写。"法曹"以下议。"谁谓"三句叙，"光彩"句夹写。"青蝇"句棱。（《昭昧詹言》卷十一）

延君寿曰：遇此等题，无可著议论，又作平韵到底，如何撑突得起，看其前面用"携来当昼"云云，故作掀腾之笔以鼓荡之，便不平板。末幅"倒身甘寝"云云，作突过一层语以收束之，昌黎极矜心之作。前人有诮作者是以文为诗，殊不知诗文原无二理，文如米蒸为饭，诗则米酿为酒耳。如此突过一层法，即文法也。施之于诗，有何不可。唐人"知有前期在"一首，亦是此法。（《老生常谈》）

程学恂曰：东坡《蒲传正簟》诗，全从此出，然较宽而腴矣。韩派屏弃常熟，翻新见奇，往往有似过情语。然必过情乃发，得其情者也。如此诗之"却愿天日恒炎曦"是也。后来欧、苏以下多主此。（《韩诗臆说》）

吴闿生曰：（"自从"四句）四句逆摄下文，摹写生动。（"日暮"句）再展一句，乃笔力横劲处。（"有卖"句下）皆题前布局作势之法。（《唐宋诗举要》卷二引）

高步瀛曰：（"尽眼"句下批）以上郑簟之佳。（"有卖"句下批）以上言已极欲得此簟。（"却愿"句下批）用加倍反衬，语意并妙。（同上）

许可曰：韩诗的奇险是源于杜诗的"惊人"，不过又比杜诗镌刻得更为用力一些，因之往往显得尤其奇伟怪诞，才气横溢，更具一种特色……《郑群赠簟》诗……先是极写竹席的珍贵可爱，又写自己由于太怕热是怎样迫切地希望得到这样一床竹席。一旦得到了，果然出现奇迹："呼奴扫地铺未了，光彩照耀惊童儿。青蝇侧翅蚤虱避，肃肃疑有清飙吹。"竹席带来的凉意，已经要像被夸张到极点了，但还不算，紧接着的两句还要更进一步，翻转一层："侧身甘寝百疾愈，却愿天日恒炎曦。"至此实在是太为出人意表了……无论翻来变去的夸张到怎样叫人难以想象的地步，如果依然符合情理发展的逻辑的话，就依然还在情理之中，依然具有现实生活的充足根据。（《唐代文学史》下册第 151～152 页）

[鉴赏]

欧阳修说韩愈"以诗为文章末事……其资谈笑，助谐谑，叙人情，状物态，一寓于诗，而曲尽其妙"（《六一诗话》）。这种诗歌创作观点和态度使他的不少诗在题材、内容和风格上具有不同于此前传统诗歌的特点。像这首《郑群赠簟》便具有"状物态"而"助谐谑"的特征。

朋友送给他一床竹席，这在生活中本是一件极平常而琐细的小事，似乎根本不能入诗歌的殿堂。但韩愈却抓住竹簟之"瑰奇"，层层铺叙渲染，写出一篇既淋漓尽致地描绘竹席之神奇，又充满谐趣的"簟席赋"。说它是"赋"，是因为它从头到尾，全用赋的铺叙渲染之法。

"蕲州笛竹天下知，郑君所宝尤瑰奇。"开头两句，先突出标举竹簟的原材料是天下知名的蕲州笛竹，这正是竹簟之所以"瑰奇"的基础。次句就势落到题目，却并不直接说到"赠簟"，而是着意强调"郑君所宝尤瑰奇"，指出这床竹席是郑君最珍贵的宝物。"尤瑰奇"三字，一篇之主，以下层层铺叙渲染，均围绕这三个字展开。"尤"字于蕲州竹簟中突出郑群此簟尤为珍奇。

"携来当昼不得卧，一府传看黄琉璃。"三、四句写郑群携簟来访，合府传看。上句极写诗人一见此席即为之倾倒，至于当昼欲卧，一试神奇，碍于观瞻，虽欲卧而不得，画出情急之状与遗憾之情。下句写合府（当是使府）传看，用黄琉璃代指竹席，不但写出竹席的光滑和纯净，以及金黄的色彩，还因此"黄琉璃"而联想到自然界的宝物琉璃，以显示其珍奇宝贵。上句先一收，下句再一放，收放之间的对照，更见使府上下对此瑰奇宝物的惊心骇目、叹息赞赏之状。

"体坚色净又藏节，尽眼凝滑无瑕疵。"五、六两句，正面描绘竹席制作之精致。"体坚"状其密致坚韧，"色净"状其一色纯黄；"藏节"状其无竹节之痕；"凝滑"状其光滑；"无瑕疵"言其无斑点瘢痕。"尽眼"二字贯上下二句。十四个字中从五个不同的方面分别形容竹席制作之精良已达完美之境。以上六句为一层，总写竹簟之珍奇精美。以下便转入对诗人自身境况的叙写。

"法曹贫贱众所易，腰腹空大何能为。"这两句点明自己的法曹身份和为人所轻的处境，并以自嘲口吻透露内心的牢骚不平。"贫贱"伏无力购此瑰奇之物，"众所易"反衬郑群赠簟之厚意，"腰腹空大"则直启下之"相宜"，看似随口道出，实则下文均有照应。

"自从五月困暑湿，如坐深甑遭蒸炊。"这两句点明时令，极力渲染暑热湿闷之难耐。江陵地处长江中游，五月以后，黄梅天紧连伏天，高温加上湿闷，使人难受得如同坐在深甑中遭大火蒸炊一样。非亲历其境者，想不出如此形象而贴切的比喻。而这种处境，又和"法曹贫贱"密切相关。

"手磨袖拂心语口，慢肤多汗真相宜。"以上极写竹席之光滑精致，自己之腰腹肥大、困于暑湿，就是为了逼出"真相宜"这个结论，上句写自己用手抚摸，用袖轻拂，既见竹席之光滑，更见自己对竹席之爱不释手。"心语口"三字承上启下，见诗人心之所想不由得化为口之所言，而用语新奇，将诗人自言自语之状写得惟妙惟肖，"慢肤多汗"既上应"腰腹空大""困暑湿""坐深甑"，又关合上文之"凝滑"，从而使"真相宜"的结论水到渠成。说到这里，诗人志欲必得的心理已和盘托出。

"日暮归来独惆怅，有卖直欲倾家资。"如此珍奇而与己"相宜"之物，却系"郑君所宝"而非己有，故日暮幕府归家，不觉独自惆怅，深感遗憾。这里再作顿宕，仿佛已无希望，逼出下句。"有卖"云云，只是表明自己急切的主观愿望，实则"法曹贫贱"，即使倾其家资亦不可得此瑰奇之物。上句收，下句放，而放中仍有收有留，令读者感到诗人虽"倾家资"亦无法得此珍奇。至此，通过层层铺垫渲染，诗人的必欲得而又不能得之情已臻于极致。下面便突作转折，转引"赠簟"上来。

"谁谓故人知我意，卷送八尺含风漪。"前面极写竹席之瑰奇、郑君之所宝、自己之所欲，以及欲得而不能之情，这里忽以"谁知"二字一转，转出故人心知己意，赠送簟席之事，便使此前所有题前文字，均成盛情赠簟之有力铺垫，而故人之"知心"厚谊亦均一齐写出。用"八尺含风漪"来借指簟席，极真切而形象，不但写出席面之花纹如同涟漪荡漾，而且用"含风"二字透露出风生涟漪的意蕴，使人感到席上似有风起的丝丝凉意，可称绘形传神之笔。用语似极生新，却自有出处，令人倍感诗人化旧为新的本领。写到赠席，下面似乎难以为继，如果以下直接"明珠"二句，似亦顺理成章，却又显得过于草率局促。诗人乃承"瑰奇"二字，宕开一笔，再对竹席之神奇功效进行夸张渲染。

"呼奴扫地铺未了，光彩照耀惊童儿。青蝇侧翅蚤虱避，肃肃疑有清飙吹。倒身甘寝百疾愈，却愿天日恒炎曦。"扫地铺席之际，竹席光彩照耀，使童儿为之惊讶，此二句照应上文"黄琉璃""尽眼凝滑"，却转从童儿眼中写出，故不嫌其复。"青蝇侧翅蚤虱避"自是夸张，但这样写亦自有其生活根据。民间箱笼多用樟木，取其挥发出特殊气味以驱虫，诗人可能从此类现象得到启发，生出青蝇蚤虱见席而避的想象。"肃肃疑有清飙吹"更近乎幻觉，故用"疑"字传达此种疑真疑幻的感受，虽极度夸张而仍不失分寸。而这种幻觉式的感受同样有其生活依据，这就是簟席铺展之际，因手触目视其凉爽凝滑而微感到一阵袭人的凉意，"清飙吹"正是这种凉意感受的扩大化。这和上文的"含风漪"一样，都是写竹席的传神之笔。"倒身"二句，一句写可愈百疾，是进一步尽情渲染其神奇功效，一句写自己的反常心理——从畏惧暑湿到愿天长热，都似不合情理，却真实地表现了诗人对此"瑰奇"之席的热烈赞叹和珍爱，以至感到天若不长炎曦，此奇珍异宝就不免英雄无用武之地了。

经过如此一番尽情渲染，最后才引出对故人情谊的感激，表明受此奇珍，虽明珠青玉亦不足报，唯有回赠无时或衰的"相好"之情为报答。结得干脆利落，毫不拖泥带水，也不作夸饰之词，而是以朴实之语传真挚之情。

朋友赠席这样一个极平常的题材，在诗人笔下却极尽夸张渲染之能事，给读者留下强烈深刻的印象。妙处在层层铺叙渲染，层层铺垫作势，而又波澜起伏，曲折生姿。而极度的夸张又自有其生活的依据，是故虽奇思幻想而不失其真。再加上笔墨之间，时杂谐谑自嘲口吻，遂使全诗兼有一种幽默的情趣。这种诙谐的情趣与夸张的形容正好达成和谐的统一，使人不把它看得很严肃，这也正是诗人想达到的一种艺术效果。

石鼓歌①

张生手持石鼓文②，劝我试作石鼓歌。少陵无人谪仙死③，才薄将奈石鼓何④！周纲凌迟四海沸⑤，宣王愤起挥天戈⑥。

大开明堂受朝贺⑦，诸侯剑佩鸣相磨⑧。蒐于岐阳骋雄俊⑨，万里禽兽皆遮罗⑩。镌功勒成告万世⑪，凿石作鼓隳嵯峨⑫。从臣才艺咸第一，拣选撰刻留山阿⑬。雨淋日炙野火燎⑭，鬼物守护烦㧑呵⑮。公从何处得纸本⑯，毫发尽备无差讹⑰。辞严义密读难晓⑱，字体不类隶与科⑲。年深岂免有缺画⑳，快剑斫断生蛟鼍㉑。鸾翔凤翥众仙下㉒，珊瑚碧树交枝柯㉓。金绳铁索锁纽壮㉔，古鼎跃水龙腾梭㉕。陋儒编诗不收入㉖，二雅褊迫无委蛇㉗。孔子西行不到秦㉘，掎摭星宿遗羲娥㉙。嗟余好古生苦晚㉚，对此涕泪双滂沱㉛。忆昔初蒙博士征㉜，其年始改称元和。故人从军在右辅㉝，为我度量掘臼科㉞。濯冠沐浴告祭酒㉟，如此至宝存岂多。毡包席裹可立致㊱，十鼓只载数骆驼。荐诸太庙比郜鼎㊲，光价岂止百倍过㊳。圣恩若许留太学㊴，诸生讲解得切磋㊵。观经鸿都尚填咽㊶，坐见举国来奔波㊷。剜苔剔藓露节角㊸，安置妥帖平不颇㊹。大厦深檐与盖覆㊺，经历久远期无佗㊻。中朝大官老于事㊼，讵肯感激徒媕婀㊽。牧童敲火牛砺角㊾，谁复著手为摩挲㊿。日销月铄就埋没(51)，六年西顾空吟哦(52)。羲之俗书趁姿媚(53)，数纸尚可博白鹅(54)。继周八代争战罢(55)，无人收拾理则那(56)。方今太平日无事，柄任儒术崇丘轲(57)。安能以此上论列(58)，愿借辩口如悬河(59)。石鼓之歌止于此，呜呼吾意其蹉跎(60)。

［校注］

①魏本引樊汝霖曰："欧阳文忠《集古录》云：'石鼓文在岐阳，初不见称于世，至唐人始盛称之，而韦应物以为周文王之鼓，至宣王刻诗尔，韩退之直以为宣王之鼓。在今凤翔孔子庙，鼓有十，先时散弃于野，郑馀庆始置于庙，而亡其一。皇祐四年，向传师求于民间，

得之。十鼓乃足，其文可见者四百六十五，磨灭不可识者过半。然其可疑者三四。退之好古不妄者，余姑取以为信耳。至于字画，亦非史籀不能作也。'文忠所跋如此。此歌元和六年作。"方世举《韩昌黎诗编年笺注》："《元和郡县志》：'石鼓文在天兴县南二十里许，石形如鼓，其数有十，盖纪周宣王畋猎之事。其文即史籀之迹。贞观中，吏部侍郎苏最纪其事，云虞、褚、欧阳共称古妙。'虽岁久讹阙，然遗迹尚有可观。然历代纪地理志者不存纪录，尤可叹惜。"方成珪《昌黎先生诗文年谱》："诗中叙初征博士，在元和元年，以不能遂其留太学之志，而云'六年西顾空吟哦'，则正六年未迁职方时作也。"《全唐诗》题下注："石鼓文可见者，其略曰：'我车既攻，我马既同。'又曰：'我车既好，我马既驹。君子员猎，员猎员游。麋鹿速速，君子之求。'又曰：'左骖幡幡，右骖騝騝。秀弓时射，麋豕孔庶。'又曰：'其鱼维何，维鲂维鲤。何以橐之，维杨与柳。'"按：石鼓文刻石年代，据近人考定，当为东周时秦国刻石。用籀文在十块鼓形石上分刻十首四言韵文，内容系记述秦国国君游猎情况。唐初在天兴（今陕西宝鸡市）三畤原出土。现一石字已磨灭，其余九石亦有残缺。石鼓现藏故宫博物院。②张生，指张彻，贞元十二年（796）与韩愈结交，并从愈学，愈妻以族女。元和四年（809）登进士第，为泽潞节度使从事，改幽州节度判官。长庆初入为监察御史，后复返幽州，军乱遇害。作此诗时韩愈在东都洛阳为河南县令，时张彻亦在洛阳。③少陵，指杜甫。因其曾居长安城南之少陵原，故自称"少陵野老"。无人，指已去世。与下"死"义同。谪仙，指李白。李白《对酒忆贺监诗序》："太子宾客贺公，于长安紫极宫一见余，呼余为谪仙人。"④将奈石鼓何，对石鼓又能拿它怎么办呢。盖谦称自己才浅不足担当作《石鼓歌》的重任。⑤郑玄《诗谱序》："后王稍更陵迟，厉也，政教尤衰，周室大坏。"周纲，周王室的纲纪。凌迟，衰败。⑥宣王，周宣王。《史记·周本纪》："厉王死于彘，太子静长于召公家，二相乃共立之为王，是为宣王。"周宣王在位期间，曾南征淮夷、徐戎，北伐猃狁。"修政，法文、武、成、康之遗风，诸侯复宗周。"其统治号称宣王中兴。挥天戈，指其南征北讨事，《诗序》："《六月》，宣王北伐也；《采芑》，宣王南征也。"⑦明堂，古代帝王宣明政教之所。凡朝会、祭祀、庆赏、选士、养老、教学等大典，均在此举行。《礼记·明堂位》正义："今戴礼说《盛德记》曰：明堂者，自古有之，所以朝诸侯。"⑧佩，指系在衣带上的佩饰。磨，摩擦碰撞。⑨蒐，打猎。岐阳，岐山之南。《左传·昭公四年》："周成王蒐于岐阳。"这里指宣王狩猎于岐山之南。骋雄俊，施展雄豪俊杰的风采，钱仲联《韩昌黎诗系年集释》："《诗·车攻序》：'宣王会诸侯于东都，因田猎而选车徒。'其起句'我车既攻，我马既同'，与《石鼓》起句相同，公遂断为周宣王。然周宣蒐于岐阳，古书无明文，即《小雅·吉日》之诗，亦只可知为西都之狩而已……蒋元庆撰《石鼓发微》，始申郑樵之说，考明字体，参稽经史，而断为秦昭王之世所造，在周赧王十九年之后，二十七年之前，其说精核。"按：石鼓制作年代，近人据其字体考证，断为秦刻，主要说法有两种，一谓造于秦襄公八年（前770，即周平王元年），一谓造于秦灵公三年（前422，即周威烈王四年），钱氏所引蒋元庆说为另一说。⑩遮罗，拦截捕捉。⑪镌（juān），雕，勒，刻。镌功勒成，将此次狩猎之功刻在石上。⑫隳（huī），毁。嵯峨，指高山。⑬撰刻，撰写刻石。山阿，山的弯曲处。⑭炙，烤。燎，烧。⑮扬（huī）呵，守卫呵护。⑯纸本，指石鼓上文字的拓片。⑰差讹，差错。⑱辞严义密，言辞谨严，含义深密。⑲隶，隶书。科，指蝌蚪文，因其字体笔画头粗尾细，形似蝌蚪而得名。⑳深，久。缺画，缺少笔画，指字形模糊缺损。㉑鼍（tuó），俗称猪婆龙，即今之扬子鳄。句意谓字形如快剑砍断活的蛟龙。因有缺损，故云"斫断生蛟鼍"，其意仍在赞其字形之如生蛟龙。㉒谓其字形如鸾凤飞舞，群仙飘然欲下。㉓谓其字形如珊瑚碧树，枝柯相交。㉔锁纽壮，捆绑纽结的绳索非常粗壮。㉕古鼎跃水，《史记·封禅书》："宋太丘社亡，而鼎没于泗水彭城下。"《水经注·泗水》："周显王四十二年，九鼎沦没泗渊。秦始皇时而鼎见于斯水，始皇自以德合三代，大喜，使数千人没水系而行之，未出，龙齿啮断其系。"龙腾梭，《晋书·陶侃传》："侃少时渔于雷泽，网得一织梭，以挂于壁。有顷雷雨，自化为龙而去。"刘敬叔《异苑》："陶侃尝捕鱼，得一铁梭，还挂著壁。有顷雷雨，梭变成赤龙，从屋而跃。"句意谓石鼓文字形如古鼎之跃出泗水，如飞梭之化龙飞去，气势腾跃。㉖《史记·孔子世家》："古者诗三千馀篇，及至孔子，去其重，取可施于礼义三百五篇。"㉗二雅，指《诗经》中的《小雅》《大雅》。褊迫，褊狭局促。无委蛇，无从容自得之气象。《诗·鄘风·君子偕老》："委委佗佗，如山如河。"朱熹集传："雍容自得之貌。"《诗·召南·羔羊》："退食自公，委蛇委蛇。"郑玄笺："委蛇，委曲自得之貌。"㉘据《史记·孔子世家》，孔子曾去鲁而周游列国，凡十四年而反于鲁。而所历各国中独无秦国，故云。㉙掎摭（jǐ zhí），摘取。羲娥，羲和与嫦娥，借指日月。此谓《诗经》中未收石鼓上的诗是只摘取了星星而漏了太阳月亮。㉚《论语·述而》："我非生而知之者，好古，敏以求之者也。"又："述而不作，信而好古。"㉛此，指石鼓文的拓本。《诗·陈风·泽陂》："涕泗滂沱。"毛传："自目曰涕，自鼻曰泗。"滂沱，横流貌。㉜《旧唐书·韩愈传》："贬为连州阳山令，量移江陵府掾曹。元年初召为国子博士。"韩愈《释言》："（元和）元年六月，自江陵召拜国子博士。"《新唐书·百官志》：国子监，"总国子、太学、广文、四门、律、书、算凡七学……国子学，博士五人，正五品上"。㉝故人，未详。右辅，指右扶风，即凤翔府。《三辅黄图》："太初元年，以渭城以西属右扶风，长安以东属京兆尹，长陵以北属右冯翊，以辅京师，谓之三辅。"韩愈之友人在凤翔府为从事，故云。㉞白科，白形的坑。用来放置石鼓。科，坑。《孟子·离娄下》："源泉混混，不舍昼夜，盈科而后进，放乎四海。"赵岐注："科，坎。"㉟祭酒，国子监之长官。《新唐书·百官志》："国子监，祭酒一人，从三品；司业二人，从四品下。掌儒学训导之政。"据《旧唐书·宪宗纪》及《郑馀庆传》，元和元年五月，郑馀庆罢相，为太子宾客。九月，改为国子祭酒。㊱毡包席裹，用毡席包裹（石鼓）。立致，即刻运达。㊲荐，进献。太庙，帝王的祖庙。郜鼎，郜国的鼎。《春秋·桓公二年》："取郜大鼎于宋，戊申，纳于太庙。"㊳光价，声价。㊴太学，属国子监，掌教五品以上及郡县公子孙、从三品曾孙为生者。㊵讲解，讲解经书。切磋，本指琢磨玉器，此谓互相讨论研究。㊶《后汉书·蔡邕传》："熹平四年，与堂溪典、杨赐、马日磾、张驯、韩说、单飏等奏，求正定六经文字，灵帝许之。邕乃自书丹于碑，使工镌刻，立于太学门外。于是后儒晚学，咸取正焉。及碑始立，其观视及摹写者，车乘日千馀两，填塞街陌。"《后汉书·灵帝纪》："光和元年二月，始置鸿都门学生。"鸿都，东汉都城洛阳门名。观石经系在太学门外，非鸿都门外，此系诗人误记。填咽，堵塞。㊷坐见，犹行见，马上能见到。㊸剜苔剔藓，剜除长在石鼓上的苔藓。露节角，指文字因笔画方正所显露的棱角和屈折。㊹颇，不平。㊺与，给予。句意谓将石鼓安置于高大深檐的房屋之中，将它们严密覆盖。㊻期无佗，期望其不发生其他意外事故。㊼老于事，熟练于办理政事之道。此处带贬义，指老于世故，圆滑处事。㊽讵肯，岂愿。感激，感奋激发。媕娿（ān ē），依违两可，毫无主见。㊾敲火，指敲击石鼓以取火。砺，磨。㊿摩挲，抚摸爱护。(51)日销月铄，指石鼓一天天地磨损隳坏。就，接近。(52)韩愈元和元年（806）召为国子博士，到元和六年作此诗已六年。时愈在东都，故云"西顾"。空吟哦，指石鼓之事尚未安置妥帖。(53)《晋书·王羲之传》："尤善隶书，为古今之冠。"尤精真书、行书。趁姿媚，追求柔媚。宋王得臣《麈史》卷中《书画》云："王右军书多不讲偏旁，此退之所谓'羲之俗书趁姿媚'者也。"方成珪云："俗书对古书而言，乃时俗之俗，非俚俗之俗也。《麈史》之说非是。"何焯曰："对籀文言之，乃俗书耳。《麈史》之云，愚且妄矣。"按：何说较优，然韩愈此句确对羲之书法有贬意，不必刻意为之维护解释，视下句"尚可"字明显可见。盖韩诗追求"盘空横硬语"，故对羲之书法之近于姿媚不满。(54)《晋书·

王羲之传》："羲之性爱鹅，山阴有一道士，养好鹅，羲之往观焉，意甚悦，因求市之。道士云：'为写《道德经》，当举群相赠耳。'羲之欣然，写毕，笼鹅而归。"⑤⑤继周八代，指秦、汉、魏、晋、北魏、北齐、北周、隋。⑤⑥理则那，其理则为何。《左传·宣公二年》："犀兕尚多，弃甲则那！"杜预注："那，犹何也。"⑤⑦柄任，重视信从。丘轲，孔丘、孟轲。⑤⑧以此上论列，用以上讲的这些道理向朝廷一一论述。⑤⑨《晋书·郭象传》："王衍每云：听象语，如悬河泻水，注而不竭。"事又见《世说新语·赏誉》。⑥⑥蹉跎，失意貌。

[笺评]

洪迈曰：文士为文，有矜夸过实，虽韩文公不能免。如《石鼓歌》极道宣王之事伟矣。至云"孔子西行不到秦，掎摭星宿遗羲娥""陋儒编诗不收入，二雅褊迫无委蛇"，是谓《三百篇》皆如星宿，独此诗如日月也。"二雅褊迫"之语，尤非所宜言。今世所得石鼓之词尚在，岂能出《吉日》《车攻》之右？（《容斋随笔·为文矜夸过实》）

马永卿曰：退之《石鼓歌》云："镌功勒成告万世，凿石作鼓隳嵯峨。从臣才艺咸第一，拣选撰刻留山阿。"或云："此乃退之自况也。《淮西》之碑，君相独委退之，故于此见意。"此意非也。元和元年，退之自江陵法曹征为博士，时有故人在右辅，上言祭酒，乞奏朝廷。以十橐驼载十石鼓安太学。其事不从。后六年，退之为东都分司郎官，及为河南令，始为此诗。歌中备载明甚。后元和十三年春，退之始被命为《淮西碑》，前歌乃其谶也。又云："日销月铄就埋没。"而《淮西碑》亦竟磨灭，恐亦谶也。（《懒真子》卷二）

邵博曰：退之《石鼓诗》，体子美《八分歌》也。（《邵氏闻见后录》）

陆游曰：胡基仲尝言："韩退之《石鼓诗》云：'羲之俗书趁姿

媚。'狂肆甚矣。"予对曰："此诗至云：'陋儒编诗不收入，二雅褊迫无委蛇。'其言羲之俗书，未为可骇也。"基仲为之绝倒。（《老学庵笔记》卷五）

吴沆曰：韩愈之妙，在用叠句，如"黄帘绿幕朱户间"，是一句能叠三物。如"洗妆拭面著冠帔，白咽红颊长眉青"。是两句叠六物。惟其叠多，故事实而语健。又诸诗《石鼓诗》最工，而叠语亦多，如"雨淋日炙野火烧""鸾翔凤翥众仙下""金绳铁索锁纽壮，古鼎跃水龙腾梭"，韵韵皆叠。每句之中，少则两物，多则三物乃至四物，几乎是一律。惟其叠语，故句健，是以为好诗也。韩诗非无《雅》也，然则有时近《风》……如《题南岳》《歌石鼓》，《调张籍》而歌李、杜，则《颂》之类也。虽《风》《颂》若不足，而雅正则有馀矣。（《环溪诗话》）

王正德曰：退之诗，惟《虢国二十一咏》为最工，语不过二十字，而意思含蓄过于数千百言者。至为《石鼓歌》，极其致思，凡累数百言，曾不得鼓之仿佛。岂其注意造作，以求过人与？夫不假琢磨，得之自然者，遂有间邪？由是观之，凡人为文，言约而事该，文省而旨远者为佳。（《馀师录》）

黄震曰：《石鼓歌》《双鸟诗》尤怪特。（《黄氏日钞》）

胡应麟曰：退之《桃源》《石鼓》，模杜陵而失之浅。（《诗薮》）

蒋之翘曰：退之《石鼓歌》，颇工于形似之语。韦苏州、苏眉山皆有作，不及也。（《辑注唐韩昌黎集》）

黄周星曰：（"快剑斫为"五句下）可谓极力摹写。又曰：诗之珠翠斑驳，正如石鼓。石鼓得此诗而不磨，诗亦并石鼓而不朽矣。（《唐诗快》）

毛先舒曰：《石鼓歌》全以文法为诗，大乖风雅。唐音云亡，宋响渐逗。斯不能无归狱焉者。陋儒哓哓颂韩诗，亦震于其名耳。（《诗辩坻》）

朱彝尊曰：（首二句下）作歌起。起四句似杜。（"经历久远"句下）退之有此段意思，故尔详述，实亦繁而不厌。（末句下）作歌收，叹意不遂。又曰：大约以苍劲胜，力量自有馀。然气一直下，微嫌乏藻润转折之妙。（《批韩诗》引）

何焯曰：（"嗟余好古"二句下）二句结上生下，有神力。（《批韩诗》引）又曰：（"辞严义密"句下）文章只一句点过，专论字体，得之。（"年深岂免"二句下）横插此二句，势不直。（"陋儒编诗"四句下）此刘彦和所谓"夸饰"，然在此题诗，反成病累。（"圣恩若许"句下）元人缘公此诗，乃置石鼓于太学，然公之在唐尝为祭酒，竟不暇自实斯言，何独切责于中朝大官哉！（"羲之俗书"句下）对籀文言之，乃俗书耳。《麈史》之言，愚且妄矣。（《义门读书记》）

查慎行曰：（"才薄将奈"句下）谦退处自占地步。（《初白庵诗评》）

王士禛曰：《笔墨闲录》云："退之《石鼓歌》全学子美《李潮八分小篆歌》。"此论非是。杜此歌尚有败笔。韩《石鼓歌》雄奇怪伟，不啻倍蓰过之，岂可谓后人不及前人也！后子瞻作《凤翔八观》诗，中《石鼓》一篇，别自出奇，乃是韩公勍敌。（《带经堂诗话·综论门三·推较类》）

贺裳曰：韩诗至《石鼓歌》而才情纵恣已极。（《载酒园诗话又编》）

赵执信曰：（首句下）起句不押韵。（"辞严义密"句下）拗律句。（"鸾翔凤翥"句下）拗律句。（"孔子西行"句下）平。律句。（"忆昔初蒙"句下）平。律句。（"大厦深檐"句下）与，仄。律句少拗。（"石鼓之歌"句下）拗律句。（《声调谱》）

沈德潜曰："陋儒"指当时采风者，言二《雅》不载，孔子无从采取也，焉有不满孔子意！（"陋儒编诗"四句下）隶书风俗通行，别于古篆，故云"俗书"。无贬右军意。（"羲之俗书"二句下）于今石鼓永留太学，昌黎诗为之先声也。典重和平，与题相称。（《重订唐诗别裁集》卷七）

宋宗元曰：（"公从何处"句下）才说到张生所持纸本。（"鸾翔凤翥"二句下）警句。（"对此涕泪"句下）见公好古心切。（"安能以此"句下）此为作歌本旨。（《网师园唐诗笺》）

延君寿曰：人当读李、杜诗后，忽得昌黎《石鼓》等诗读之，如游深山大泽，奔雷急电后，忽入万间广厦，商彝周鼎，罗列左右，稍稍憩息于其中，觉耳目心思，又别作宽广名贵之状，迥非人世所有，大快人意。（《老生常谈》）

李锳曰：（"周纲凌迟"句下）第二字平。提起通篇之势，声调大振。（《诗法易简录》）

姚范曰：韩昌黎《石鼓歌》，王阮亭尝云："杜《李潮八分歌》，不及韩、苏《石鼓歌》壮伟可喜。"余谓少陵此诗不及三百字，而往复顿挫，一出一入，竟抵烟波老境，岂他人所易到！（《援鹑堂笔记》）

赵翼曰：盘空硬语，须有精细结撰，若徒持摭奇字，诘曲其词，务为不可读，以骇人耳目，此非真警策也……其实《石鼓歌》等杰作，何尝有一语奥涩，而磊落豪横，自然挫笼万有。（《瓯北诗话》）

《唐宋诗醇》：典重瑰奇，良足铸之金而磨之石。后半旁皇珍惜，更见怀古情深。

乔亿曰：诗与题称乃佳，如《石鼓歌》三篇，韩、苏为合作，韦左司殊未尽致。（《剑溪说诗》）

翁方纲曰：渔洋论诗，以格调撑架为主，所以独喜昌黎《石鼓歌》也。《石鼓歌》固卓然大篇，然较之此歌（按：指杜甫《李潮八分小篆歌》），则杜有停畜抽放，而韩稍直下矣。但谓昌黎《石鼓歌》学杜，则又不然。韩此篇自有妙处。苏诗此歌（按：指苏轼《石鼓歌》）魄力雄大，不让韩公。然至描写正面处，以"古器""众星""缺月""嘉禾"错列于后，以"郁律蛟蛇""指肚""箝口"浑举于前，尤较韩为斟酌动宕矣。而韩则"快剑斫蛟"一连五句，撑空而出，其气魄横绝万古，固非苏所能及。方信铺张实际，非易事也。

（东坡）《安州老人食蜜歌》结四句云："因君寄与双龙饼，镜空一照双龙影。三吴六月水如汤，老人心似双龙井。"亦如韩《石鼓歌》起四句句法，此可见起结一样音节也。然又各有抽放平仄之不同。（《石洲诗话》卷一、卷三）又曰：（首句下）须此"文"字平声撑空而起，所以三句"石"字皆仄。（"字体不类"句下）此句五、六上去互扭，是篇中小作推宕。（"孔子西行"句下）此句末字用平声峙起。此是中间顿宕，全以撑拄为能。（"牧童敲火"句下）此句乃双层之句，在韩公最为宛转矣。所以下句仅换第五字，亦与篇中诸句之换仄者不同。（末句下）平声正调，长篇为一韵到底之正式。（《七言律平仄举隅》）又曰："收拾"二字，合上讲解、切磋义俱在其中。韩公之愿力，深且切矣。（《古诗选批》）

方东树曰：诗文之瑰怪伟丽为奇，然非粗犷伧俗，客气矜张，饾饤句字，而气骨轻浮者，可貌袭也……又如韩、苏《石鼓》，自然奇伟，而吴渊颖《观秦丞相斯峄山刻石墨本碑》，则为有意搜用字料，而伧俗饾饤，气骨轻浮。至钱牧翁《西岳华山碑》益为无取。东坡《石鼓》，飞动奇纵，有不可一世之概，故自佳。然似有意使才，又贪使事，不及韩气体肃穆沉重。刘海峰谓苏胜韩，非笃论也。以余较之，坡《石鼓》不如韩，韩《石鼓文》又不如杜《李潮八分小篆歌》文法纵横，高古奇妙。要之此三诗，更古今天壤，如华岳三峰矣。（《昭昧詹言》）又曰：一段来历，一段写字，一段写初年己事，抵一篇传记。夹叙夹议，容易解，但其字句老练，不易及耳。（同上卷十三）

施补华曰：《石鼓歌》退之一副笔墨，东坡一副笔墨，古之名大家，必自具面目如此。（《岘佣说诗》）

施山曰：《石洲诗话》谓东坡《石鼓》不如昌黎。愚按：昌黎作于强盛之年，东坡作《石鼓》时，年仅逾冠，何可较量？七古押平韵到底者，单句末一字不宜用平声。若长篇气机与音节拍凑处，偶见一、二，尚无妨碍。如杜《冬狩行》"东西南北百里间""况今摄行大将权"，韩《石鼓歌》"孔子西行不到秦""忆昔初蒙博士征"之类是

也。（《望云诗话》）

范大士曰：大开大阖，段落章法井然，是一篇绝妙文字。（《历代诗发》）

曾国藩曰：自"周纲陵迟"以下十二句，叙周宣搜狩、镌功勒石。自"公从何处"以下十四句，叙拓本之精，文字之古。自"嗟余好古"以下二十句，议请移鼓于太学。自"中朝大官"至末十六句，慨移鼓之议不遽施行，恐其无人收拾。（《求阙斋读书录》）又曰：刘、姚诸公皆谓苏《石鼓》胜于韩愈意。苏诚奇恣，然纯以议论行之，尚是少年有意为文之态。气体风骨，未及此诗之雄劲也。（《十八家诗钞》）

《增评韩苏诗钞》：三溪曰：《石鼓歌》昌黎诗中第一篇杰作。虽有继者，不得出其右。要俾昌黎擅场耳。

程学恂曰：国初以来诸公为七言古者，多模此篇，其实此殊无甚深意，非韩诗之至者。特取其体势宏敞、音韵铿訇耳。（《韩诗臆说》）

李黼平曰：如许长篇，不明章法，妙处殊难领会。全诗应分四段。首段叙石鼓来历。次段写石鼓正面。三段从空中著笔作波澜。四段以感慨结。妙处全在三段凌空议论，无此即嫌平直。古诗章法通古文，观此益信。"快剑斫断生蛟鼍"以下五句，雄浑光怪，句奇语重，镇得住纸。此之谓大手笔。（《山泾草堂诗话》引）

吴闿生曰：（"少陵无人"句下）挺接。（"才薄将奈"句下）以上虚冒点题。（"周纲凌迟"句下）跌下句。（"鬼物守护"句下）以上叙作鼓源始。（"掎摭星宿"句下）以上赞叹纸本。又曰：收句幽咽，苍凉不尽。句奇语重，能字字顿挫出筋节，最是此篇胜处。（《唐宋诗举要》卷二）

[鉴赏]

从内容看，这是一首呼吁保护珍贵历史文物的长篇七言古诗。根据结尾处"安能以此上论列"的诗句，韩愈似乎真有以诗代疏，上奏朝廷的意图。如此严肃郑重而又带有很浓专业色彩的话题，似乎不宜入诗。在韩愈之前，也只有韦应物作过一首同题之作，但篇幅很短，不及韩诗四分之一，且显乏文采，在诗坛上没有产生什么影响。但韩愈此诗，却写得既恣肆酣畅、神采飞扬，又时杂诙谐嘲谑，将一个严肃的话题写得非常富于诗趣，充分表现了韩愈的个性。尤其耐人寻味的是，诗中还时寓对时事对个人境遇的感慨，使这首写珍贵文物的命运的诗隐隐联系着时代风云与个人命运，从而使诗的意蕴更为深厚，情味也更浓郁。

"张生手持石鼓文，劝我试作石鼓歌。少陵无人谪仙死，才薄将奈石鼓何！"开篇四句，交代作歌的缘起。起二句说自己应张生之"劝"而作歌。"劝"有勉励之意，"作"上加一"试"字，更显出作歌之事之严肃郑重。接下两句，表面上自谦才薄，难当为石鼓作歌的重任，实际上却暗含李、杜已死，堪当此重任者非我而何的气度。自负语以自谦口吻出之，更觉兹事体大，不能轻以授人，只能勉力担当此一历史重任。这个开头，气势宏伟，是先占地步之笔。

"周纲凌迟"以下十二句，写石鼓的由来。大意是说：周朝的纲纪衰败，四海鼎沸。宣王继位，奋起而挥动天戈，南征北讨，平定叛乱，重振周室。大开明堂，接受朝贺，朝堂之上，诸侯的佩剑相互碰撞。在岐山之阳举行狩猎，施展雄豪俊杰的风采，万里之内的飞禽走兽均入网罗。将王室中兴的丰功伟业和畋猎的盛典刻在石上，传告于万世，凿石作鼓，将嵯峨的山崖都隳毁了。侍从的臣子才艺均属一流，挑选其中最杰出的撰写韵语，刻在石上，长留山坳。长久以来，历经雨淋日烤，野火烧燎，却始终长存，当是有神鬼守护其间。这一段在全篇中占据极重要的地位，意在表明石鼓并非一般的历史文物，而是周天子中兴的象征。因此它不仅有文物价值，更有政治意义。诗人在想象当年宣王"挥天戈""开明堂""蒐岐阳""镌功""凿石"的盛况时，兴会淋漓，笔酣墨饱，其中自然融入了对现实政治的期盼。写这首诗的时间是元和六年。唐宪宗即位以来，励精图治，一直奉行对强藩叛镇实行强硬政策，以恢复全国统一的局面。元和元年至五年，先后平定四川刘辟之乱、夏绥杨惠琳之乱、浙西李锜之乱，计擒与王承宗通谋的昭义节度使卢从史，更大规模的平叛统一战争正在酝酿之中。在这样一个特殊的时代背景和氛围中，诗中刻意渲染宣王中兴的历史功绩，向往镌功刻石的盛大场面，不管诗人是否有意寓托，至少可以说其中渗透了诗人对现实政治中类似局面的期盼和憧憬。而这，正是下面对石鼓一系列叙写的根由。

从"公从何处得纸本"到"掎摭星宿遗羲娥"十四句，先用十句叙写石鼓文含义的深密古奥和形体的精美生动。先总说张生所持纸本与原物毫发无差，是为总赞。于其辞义，只用"辞严义密读难晓"一句带过，将描绘的重点放在对字体的形容上。或如利剑斫断蛟龙，或如鸾翔凤舞，众仙飘然而下，或如珊瑚碧树，枝柯相交，或如金绳铁索，锁纽粗壮，或如古鼎跃水，飞梭化龙。穷形极相，而其旨归，则在渲染其笔力劲挺，笔势生动，形象纷纭，给人以惊心骇目的美感享受。表面上看，这好像是在强调石鼓文在书法上的造诣，以说明其作为历史文物的另一方面意义。但读到"陋儒编诗不收入，二雅褊迫无委蛇。孔子西行不到秦，掎摭星宿遗羲娥"四句，便恍然大悟，诗人在穷形极相地描绘其字体时，根本没有忽略石鼓文的政治意义。历代评者于此四句颇多微词，认为夸张失体，实未解作者深意。撇开"陋儒"究竟是指采诗者还是孔子本人不论，至少可以认定，韩愈认为：《诗经》的大小雅中未收石鼓文上的诗，是捡了芝麻丢了西瓜，是极大的遗憾。影响所及，弄得大小雅也显得褊狭局促，失去了雍容的气象。显而易见，这完全是从诗的政治思想内容着眼，而不是从文字形体着眼。它的潜台词是说《诗经》中纪王政得失的二雅岂能漏收纪录反映宣王中兴伟业的诗呢。图穷而匕首见，这才是诗人真正的用意。为了强调石鼓文的政治意义与价值，诗人竟不惜拿孔子开涮，这仿佛与韩愈一贯尊孔孟崇儒术的思想不符。其实这并不矛盾。在他看来，传道之文如《原道》之类自当严肃郑重，而诗歌不妨杂以谐谑，即使像《石鼓文》这种宣扬振王纲、颂中兴的诗歌也可以开点玩笑。这种谐谑笔墨，既突出渲染了石鼓文的政治意义和价值，又增添了诗歌的谐趣，而诗人的豪纵不羁的精神气度也因之得到生动的表现。

"嗟余好古生苦晚"到"经历久远期无佗"二十句，紧承"遗羲娥"的巨大遗憾，正面提出自己保护石鼓的建议。"嗟余好古生苦晚，对此涕泪双滂沱"二句，承上启下，总提一笔，表明自己对石鼓未能收入《诗经》、列于经典的痛心和遗憾，以引出下文补救的建议。先追述元和初征为博士，故人适官右辅，为其度量石鼓，掘坑安置，并濯冠沐浴，上告主管的祭酒，希望其将此至宝毡包席裹，运至太学安置，以期永远保存。诗人认为，石鼓的价值远过郜鼎，置于太学，不但便于诸生讲解切磋，而且会轰动全国，盛况超过当时蔡邕镌刻的石经。将刻在石鼓上的十首诗的价值和轰动效应提高到百倍于郜鼎、超越了石经的程度，原因仍在它是中兴王室的象征，具有极大的示范意义。

从"中朝大官老于事"到"呜呼吾意其蹉跎"十六句，写自己的上述建议遭到冷落，石鼓仍然置于荒郊野外，"牧童敲火牛砺角""日销月铄就埋没"，遭到湮没的命运。希望能有"辩口如悬河"者将此情上奏，以实现自己的愿望。这一段中，用漫画式的笔法，将"中朝大官"老于世故，依违两可，对国之至宝毫无感情的嘴脸作了辛辣的讽刺，对自己的建议搁置，"六年西顾空吟哦"的遭遇深感不平，而对石鼓文的价值和意义则作了进一步渲染。诗人认为，号称"书圣"的王羲之的字比起石鼓文之古朴刚健，只不过是"趁姿媚"的"俗书"而已，但这只是陪笔。诗人着重强调的是石鼓文的另一方面更主要的价值。继周以后的八代，战乱不断，至唐方罢，方今天下太平无事，朝廷崇尚儒术和孔孟之道，大一统的政治局面正需要作为中兴象征的石鼓文来为它营造氛围，这才是诗人反复宣扬石鼓文的根本出发点。诗的结尾，对此既充满期盼，又深忧此意之蹉跎，表现出诗人的矛盾心态，而在叹惜石鼓文之不被重视、"日销月铄就埋没"的命运时，也可能渗透了诗人自身的不遇之感。这只要与《进学解》联系起来体味，会有更明显的感受。

历代评家多将此诗与杜甫之《李潮八分小篆歌》及苏轼《石鼓歌》相提并论，并品评其高下，实未会此诗立意所在。其实，学此诗最能得其旨要的是李商隐的《韩碑》。李商隐借赞颂韩愈的《平淮西碑》强调君相协力、坚持平叛统一的方针，开篇即大书"元和天子神武姿""誓将上雪列圣耻，坐法宫中朝四夷"，这和《石鼓歌》之大书"周纲凌迟四海沸，宣王愤起挥天戈"完全一致。而一则曰"镌功勒成告万世"，一则曰"以为封禅玉检明堂基"。二诗均旨在通过对石鼓、韩碑的赞颂，强调平定叛乱、统一中国、重振王室的主旨。从这个意义上说，《韩碑》才是《石鼓歌》的嫡传，其行文风格之劲健豪肆亦有相近之处，唯亦庄亦谐之风格，则为韩之《石鼓歌》所独擅。

听颖师弹琴①

昵昵儿女语②，恩怨相尔汝③。划然变轩昂④，勇士赴敌场。浮云柳絮无根蒂，天地阔远随飞扬。喧啾百鸟群⑤，忽见孤凤凰⑥。跻攀分寸不可上⑦，失势一落千丈强⑧。嗟余有两耳，未省听丝篁⑨。自闻颖师弹，起坐在一旁⑩。推手遽止之⑪，湿衣泪滂滂⑫。颖乎尔诚能，无以冰炭置我肠⑬！

[校注]

①颖，《全唐诗》校："一作颖。"方世举注："李贺亦有《听颖师弹琴歌》云：'竺僧前立当吾门，梵宫真相眉棱尊。古琴大轸长八尺，峄阳老树非桐孙。凉馆闻弦惊病客，药囊暂别龙须席。请歌直请卿相歌，奉礼官卑复何益！'则颖师是僧明甚，盖以琴干长安诸公而求诗也。贺官终奉礼，殁于元和十一年，作诗时盖已病，而公亦当被谪左

降。"按：钱仲联《韩昌黎诗系年集释》系此诗于元和九年（814）。②昵昵，亲密。儿女语，青年男女间的私语。③《世说新语·排调》："晋武帝问孙皓：闻南人好作尔汝歌，颇能为否？"尔汝歌系其时江南地区民间情歌中男女主人公以"尔""汝"相称，表示彼此关系之亲密。恩怨相尔汝，谓青年男女间恩恩怨怨，彼此以尔汝相称。④划然，忽然。轩昂，形容声音高昂激越。⑤喧啾，喧闹嘈杂。⑥此句形容琴声之清越嘹亮。⑦跻攀，努力向上攀登。嵇康《琴赋》："或乘险投会，邀隙趋危。譬若离鹍鸣清池，翼若游鸿翔曾崖。"⑧强，余。⑨省，懂得。丝篁，犹丝竹，此指琴声。⑩句意谓或起或坐，围绕颖师之旁。表示深为颖师所奏之美妙音乐所吸引。⑪推手，用手推开琴。遽止之，赶快阻止住他弹。⑫滂滂，流淌貌。⑬《庄子·人间世》："事若成，则必有阴阳之患。"郭象注："人患虽去，然喜惧战于胸中，固已结冰炭于五藏矣。"冰炭置肠，形容音乐给人忽大喜忽大悲的感受，好像五脏六腑忽而被冰冻忽而被炭火烧那样难以禁受。

[笺评]

苏轼曰："昵昵儿女语，恩怨相尔汝。划然变轩昂，勇士赴敌场。"此退之《听颖师琴》诗也。欧阳文忠公尝问仆："琴诗何者最佳？"余以此答之。公言此诗固奇丽，然自是听琵琶诗，非琴诗。（《东坡题跋·欧阳公论弹诗》）

许顗曰：韩退之《听颖师弹琴》诗云："浮云柳絮无根蒂，天地阔远随飞扬。"此泛声也。谓轻非丝，重非木也。"喧啾百鸟群，忽见孤凤凰。"泛声中寄指声也。"跻攀分寸不可上"，吟绎声也。"失势一落千丈强"，顺下声也。仆不晓琴，闻之善琴者云：此数声最难工。（《彦周诗话》）

胡仔曰：古今听琴、阮、琵琶、筝、瑟诸诗，皆欲写其音声节奏，类似景物故实状之，大率一律，初无中的句，互可移用，是岂真知音者，但其造语藻丽为可喜耳。永叔、子瞻谓退之《听琴》诗乃是听琵琶诗。《西清诗话》云："三吴僧义海，以琴名世。六一居士尝问东坡：琴诗孰优？东坡答以退之《听颖师琴》，公曰：此只是听琵琶耳。或以问海，海曰：欧阳公一代英伟，然斯语误矣。'昵昵儿女语，恩怨相尔汝'，言轻柔细屑，真情出见也。'划然变轩昂，勇士赴敌场'，精神余溢，竦观听也。'浮云柳絮无根蒂，天地阔远随飞扬'，纵横变态，浩乎不失自然也。'喧啾百鸟群，忽见孤凤凰'，又见颖孤绝不同流俗下俚声也。'跻攀分寸不可上，失势一落千丈强'，起伏抑扬，不主故常也。皆指下丝声妙处，唯琴为然。琵琶格上声，乌能尔耶？退之深得其趣，未易讥评也。"苕溪渔隐曰：东坡尝因章质夫家善琵琶者乞歌词，亦取退之《听颖师琴》诗稍加隐括，使就声律，为《水调歌头》以遗之，其自序云："欧阳谓此诗最奇丽，然非听琴，乃听琵琶耳。余深然之。"观此，则二公皆以此诗为听琵琶矣。今《西清诗话》所载义海辨证此诗，复曲折能道其趣，为是真听琴诗，世有深于琴者，必能辨之矣。（《苕溪渔隐丛话·前集·韩吏部上》）

陈善曰：文章妙处，在能抑扬顿挫，令人读之，亹亹忘倦。韩退之《听颖师琴》诗曰："昵昵儿女语……失势一落千丈强。"此顿挫法也。退之《与李翱书》并用其语云。（《扪虱诗话上集·为文要得顿挫之法》）

王楙曰：退之《听琴》诗曰："昵昵儿女语，恩怨相尔汝。划然变轩昂，勇士赴敌场。"此意出于阮瑀《筝赋》："不疾不徐，迟速合度，君子之行也。慷慨磊落，卓砾盘纡，壮士之节也。"阮瑀此意又出王褒《洞箫赋》：褒曰："澎濞慷慨，一何壮士，优柔温润，又似君子。"（《野客丛书·退之琴诗》）

黄震曰：《听颖师弹琴》有曰："喧啾百鸟群，忽见孤凤凰。"《赠张十八》诗有曰："龙文百斛鼎，笔力可独扛。"皆工于形容。（《黄氏日钞》卷五十九）

楼钥曰：韩文公《听颖师弹琴》诗，几为古今绝唱。前十句形容曲尽，是必为《广陵散》而作，他曲不足以当。此欧公以为琵琶诗，而苏公遂檃括为琵琶词。二公皆天人，何敢轻议，然俱非深于琴者也。（《攻愧集·谢文思许商之石函〈广陵散〉谱》）

俞德邻曰：韩退之《听颖师弹琴》诗，极模写形容之妙，疑专于誉颖者。然篇末曰："推手遽止之，湿衣泪滂滂。颖乎尔诚能，无以冰炭置我肠！"其不足于颖多矣。《太学听琴序》则曰："有一儒生，抱琴而来……及暮而退，皆充然若有所得也。"何尝有"推手遽止之"之意。合诗与序而观，其去取较然。抑又知琴者，本以陶写性情，而冰炭我肠，使泪滂而衣湿，殆非琴之正也。（《佩韦斋辑闻》卷二）

张萱曰：韩昌黎《听颖师弹琴》诗，欧阳文忠以语苏东坡谓为琵琶语，而吴僧海者，以善琴名，又谓此诗皆指下丝声妙处，惟琴方然也……余有亡妾善琴，亦善琵琶，尝细按之，乃知文忠之言非谬，而僧海非精于琴也。琴乃雅乐，音主和平。若如昌黎诗，儿女相语，忽变而戎士赴敌，又如柳絮轻浮，百鸟喧啾。上下分寸，失辄千丈。此等音调，乃躁急之甚，岂琴音所宜有乎？至于结句泪滂满衣，冰炭置肠，亦惟听琵琶者或然。琴音和平，即能感人，亦不能令人之至于悲而伤也。故据此诗，昌黎故非知音者，即颖师亦非善琴矣。（《疑耀·颖师弹琴诗》）

蒋之翘曰：只起四语耳，忽而弱骨柔情，销魂欲绝，忽而舞爪张牙，可骇可愕，其变态百出如此。（《辑注唐韩昌黎集》）

陆时雍曰：倔强低昂，仿佛略尽，然此非高山流水之音也，将令《阳春白雪》，尽作楚宫别调耳。（《唐诗镜》卷三十九）

邢昉曰：《听颖师弹琴》视李颀《胡笳》远逊，较香山《琵琶》气骨峥嵘。（《唐风定》）

黄周星曰：琴声之妙，此诗可谓形容殆尽矣。何欧阳文忠乃以为琵琶耶？（《唐诗快》）

贺裳曰：琴诗曰："昵昵儿女语……天地阔远随风扬"，何等洒落！（《载酒园诗话又编》）

朱彝尊曰：写琴声之妙入髓，又一一皆实境。繁休伯称东子，柳子厚志筝师，皆不能及，可谓古今绝唱，六一善琴，乃指为琵琶，窃所未解。纯是佳唐诗，亦何让杜！（《批韩诗》）

何焯曰：六一居士以为此只是琵琶云云，按：必非欧公语。又吴僧义海并洪庆善云云（洪注引或语，与《彦周诗话》同）。按义海云云，固为肤受，洪氏所载，则此数声音，凡琴工皆能，昌黎何至闻所不闻哉！"失势一落千丈强"，与琴声尤不肖，真妄论也。己卯十一月，留清苑行台，听李世得弹琴，出此诗共评，记所得于世得者如此。余不知琴，请世得为余作此数声，求以诗意，乃深信或者之妄。唐贤诗不易读也，后又与世得读冯定远《赠单曾传》诗，有"他人一半是筝声"句。世得曰："此老亦不知琴法，从册子得此语耳。琴中固备有筝、琶之声，但不流宕，非古乐真可诬也。"并记之。（《义门读书记》）

查慎行曰：一连十句，每两句各一意。是赞弹琴手，不是赞琴。琴之妙固不得赞也。所以下文直接云"自闻颖师弹"。（《初白庵诗评》）

叶矫然曰：昌黎《听颖师弹琴》，顿挫奇特，曲尽变态。其妙与李颀《胡笳》、长吉《箜篌引》等耳。六一指为琵琶，最确。（《龙性堂诗话初集》）

方世举曰：按嵇康《琴赋》中已具此数声。其曰"或怨媒而踌躇"，非"昵昵儿女语"乎？"时劫掎以慷慨"，非"勇士赴敌场"乎？"忽飘飘以轻迈，若众葩敷荣曜春风"，非"浮云柳絮无根蒂"乎？"嘤若离鹍鸣清池，翼若游鸿翔曾崖，又若鸾凤和鸣戏云中"，非"喧啾百鸟群，忽见孤凤凰"乎？"参禅繁促，复叠攒仄，柎嗟累赞，间不容息"，非"跻攀分寸不可上"乎？"或乘崟极会，邀隙趋危，或搂挽拼捋，缥缭潎洌"，非"失势一落千丈强"乎？公非袭《琴赋》，而会心于琴理则有合也。《国史补》云："于頔司空尝令客弹琴，其叟知音，听于帘下曰：'三分中一分筝声，二分琵琶声，绝无琴韵。'"则琴声诚或有似琵琶者，但不可以论此诗。（《韩昌黎诗编年笺注》卷九）

薛雪曰：《颖师弹琴》，是一曲泛音起者，昌黎摹写入神，乃以"昵昵"二语，为似琵琶声。则"跻攀分寸不可上，失势一落千丈强"，除却吟揉绰注，更无可以形容，琵琶中亦有此乎？（《一瓢诗话》）

《唐宋诗醇》：写琴声之妙，实为得髓。繁休伯称东子，柳子厚志筝师，皆不能及。永叔善琴，乃因此而讥议耶？"跻攀"二语，千古诗人之妙语。

王文诰曰：永叔诋为琵琶，许彦周所辨，概属浮响，义海尤为悠谬。此琴工之言，不足折永叔也。韩诗"昵昵儿女语"四句，皆琴之变声，犹荆、高之变徵为羽，既而极羽之致则怒。使韩听《关雎》《伐檀》之诗，即无此等语矣。"跻攀分寸不可上，失势一落千丈强"，谓左手搏拊也，其指约在五六徽位，搏拊入急，若不可上下者然。忽又直注七徽之下。此声由急响而注于微末，故云"失势一落千丈"，既落不可便已，即又过弦而振起，故又云"强"也。琴横面前有荐，皆平其徽为过指也，是以左指得以作势，越数徽而下注也。琵琶倚于怀抱，用左执以按字，逐字各因界以成声，既非徽之可过，而欲攀跻分寸，失势一落，皆非其所能为。且不可横而荐之，取间隙于左手。苟暇为此，而琵琶仆矣，何有于声乎？永叔不知乐有正变，亦不察琵琶所以为用，忽于游心金石之时，过为訾韩之论，学勤而不繇统，岂俗习之移人哉？（《苏文忠诗编注集成》）

程学恂曰：永叔所谓似琵琶者，亦以起四句近之耳，馀自迥绝也。坡尝追忆欧公语，更作《听贤师琴》诗，恨欧公不及见之，所谓"大弦春温和且平，牛鸣盎中雉登木"是也。予谓此诚不疑于琵琶矣，然亦了无琴味，试再读退之诗如何？彦周所称，即今世之琴耳，不知唐诗所用，即同此否？若是师襄夫子所鼓，必不涉恩怨儿女也，此人不可不知。（《韩诗臆说》）

吴闿生曰：（"昵昵"四句）无端而来，无端而止，章法奇诡极矣。（"浮云"六句）极抑扬顿挫之致，盖即以自喻其文章之妙也。（"颖乎尔诚能"句）再顿一笔。（《唐宋诗举要》卷二）

章士钊曰：宋人俞德邻，著《佩韦斋辑闻》四卷，有论琴一则曰

（略，见上引）。退之《颖师琴》诗，东坡尝讥其所形容，为琵琶而非琴，可见退之并不知音。夫不知音而必强以知音鸣者，以乐为六艺之一，儒者不容诿为不知，以自安谫陋也。德邻谬以退之诗与序相较，殆更说不上知音，所谓自郐以下也已。（《柳文指要》）

朱光潜曰："昵昵"、"儿"、"尔"以及"女""语""汝""怨"诸字，或双声，或叠韵，或双声而兼叠韵，读起来非常和谐，各字音都很圆滑轻柔……所以头两句恰能传出儿女私语的情致。后二句情景转变，声韵也就随之转变。第一个"划"字音写得非常突兀斩截，恰能传出一幕温柔戏转到一幕猛烈戏的转变。（《诗论》）

[鉴赏]

这首抒写听琴感受的诗，从宋代起，对它的解释便陷入了误区。一是用一般代替特殊，始作俑者是大文学家欧阳修。琴在各种乐器中向被视为高雅之乐，其音调多属温雅和平，节奏亦多雍容舒缓，很少有急骤变化、激烈昂扬之音。久而久之，便形成了一种欣赏惯性，将不符合温雅和平、雍容舒缓格调的音乐视为非琴音。欧阳修说韩愈此诗是听琵琶而非听琴，正是缘于这种欣赏惯性。白居易的《琵琶行》中有"小弦切切如私语""铁骑突出刀枪鸣"之句，韩愈此诗"昵昵儿女语，恩怨相尔汝""划然变轩昂，勇士赴敌场"，意境相近，很可能欧阳修还受到白此诗的潜在影响。但琴曲的一般风格毕竟不能代替某些曲调的特殊风格，详参沈佺期《霹雳引》描述古琴曲演奏雄象："电耀耀兮龙跃，雷阗阗兮雨冥……有如驱千旗，制五兵，截荒虺，斫长鲸"，"俾我雄子魄动，毅夫发立"。韩愈此次所听并特别欣赏的恰恰是这种特殊风格的琴曲。李贺亦有《听颖师弹琴歌》，可见其时确有天竺僧名颖者善弹琴，绝不能无根据地将韩诗说成是听琵琶诗。琴曲那种温雅和平、雍容舒缓的传统风格很可能已不大适应唐代人的欣赏趣味，韩愈欣赏这种变化迅疾多端的带有琵琶风调的琴曲原很自然。由于欧阳修、苏轼都认为韩愈所写是听琵琶，一些不同意其看法的文士便想方设法从专业的角度试图证明韩诗中所写原是琴声和琴的指法。不管他们所说的是否有道理，但从理解和欣赏的角度看，却是越解释越糊涂，离诗境越远，越缺乏诗味。这是历代解释此诗的又一误区。必须破除以上两个误区，才能还诗的本来面目，对它的好处有真切的感受与理解。

全诗十八句，前十句写琴的音乐意境。后八句抒写自己听琴的强烈感受。由于题目已明标《听颖师弹琴》，因此一开头便撇开一切可有可无的环境、人物交代，忽然而起，直入本题，让读者一开始就进入音乐意境。"昵昵儿女语，恩怨相尔汝。"开头两句，写琴声初起时声音轻柔幽细，如青年男女之间亲密的窃窃私语，卿卿我我，尔汝相称，或恩爱备至，或伴嗔怨怪，传达出一种温柔甜美的氛围意境。"划然变轩昂，勇士赴敌场"，正当听者沉浸在儿女私语的亲昵甜蜜气氛中时，琴声忽然振起，变为高昂激壮之声，就像壮士挥戈驰骋，突入敌阵，所向披靡。"划然"二字，既有"忽然"之义，又具象声作用，透露从"昵昵儿女语"之境到"勇士赴敌场"之境变化之迅疾、突然，其间没有任何过渡，也透露从低语轻柔到"变轩昂"时琴声划然响起的情形。这声音的从弱到强、意境从柔到壮的变化给读者带来的都是强烈的刺激与震撼。

"浮云柳絮无根蒂，天地阔远随飞扬。"五、六两句，境界又忽现变化。琴声中奏出了飘逸悠扬而又阔远无际的境界，就像在阔远的天地之间，无根的浮云悠悠飘荡，无蒂的柳絮随风飞扬。这种境界，令人心旷神怡，神驰广远。

"喧啾百鸟群，忽见孤凤凰。"忽然之间，音乐境界中又出现了群集的百鸟喧闹嘈杂、唧唧啾啾的声音，显得既活跃又热闹，就在这时，乐曲突现凤凰清越嘹亮的声响。两句所写的，实际上就是百鸟朝凤的音乐境界。但由于用了"忽见"二字，就将原来诉之听觉的音乐形象转化为鲜明可触的视觉形象，而且用一"孤"字突出显示了凤凰的高踞特立于众鸟之上的形象。

　　"跻攀分寸不可上，失势一落千丈强。"九、十两句，转写琴声的由逐节高扬到忽然降低的变化过程。就像人在努力向上登攀，到最后连一分一寸都难以再往上爬高，就在这时，却突然直线下降，一落千丈，坠入深谷。声音的越来越高，是一个越来越艰难的过程，故听来有"分寸不可上"之感，但突然的下降却极快极易，故有"一落千丈强"之感。两句将乐曲的爬高之缓与跌落之疾构成极鲜明的对照，从而将这种剧变给听者带来的巨大心理冲击力和心理落差写得极为生动形象。说者或以为此处所写的感受可能另有寄托。从"失势一落千丈"的用语看，不排斥有这种可能。但这种感受与理解，见仁见智，固不必拘。如一定要作胶柱鼓瑟的理解，不但这两句可以说是另有寄托，就连前面的"百鸟""孤凤"乃至"浮云柳絮"也未尝不可以联系诗人的身世遭遇，作另有寓托的理解。如此辗转附会，反失诗趣。其实，即使"跻攀"二句可以产生某种联想，也不必认定诗人的主观上必有寓意。

　　"嗟余有两耳，未省听丝篁。自闻颖师弹，起坐在一旁。"这四句先用自谦之辞作反衬，以"未省听丝篁"，不懂音乐引出听到颖师弹琴后起坐不宁的激动之状，以示反应之强烈。紧接着又不由自主地推开颖师的琴赶紧阻止他不要再弹了，因为自己已是泪水滂沱，湿透了衣裳。一个不懂音乐的人竟对颖师的琴声有如此强烈的反应，正说明琴声与心声的强烈感应与共振。"颖乎尔诚能，无以冰炭置我肠！"上句是对颖师弹琴技艺的赞赏，却用一个"诚"字带出了下句对颖师弹琴艺术感染力的别出心裁的极力渲染与赞誉。"冰"之寒冷与"炭"之炽热，本是温度的两个极端，二者原不相容，而现在，颖师的琴声却像是同时将冰和炭置于心中，使自己同时受到它们的强烈刺激和煎熬。这样强烈的艺术冲击力使自己的心灵难以承受，因而不禁发出了"无以冰炭置我肠"的呼吁。以不能禁受艺术强力的冲击来表达自己所受到的感染，以"求饶"的方式来表达极赞，正是此诗创造性的一种表现。

将诉之听觉、难以捉摸的音乐形象和意境，通过诗歌语言化为生动鲜明的视觉形象，这是绝大多数写音乐的诗常用的艺术手段，韩愈此诗亦不例外。从描摹的细腻传神而言，韩愈此诗未必比白居易的《琵琶行》更突出，但它却有一个突出的特点：集中与强烈。末句"无以冰炭置我肠"可以说是对全诗所写感受的概括。从"昵昵儿女语"的轻柔幽细忽然转到轩昂高亢的"勇士赴战场"；又从金戈铁马的激烈战斗境界转为天地阔远、悠扬飘荡的悠远飘逸之境，从百鸟喧闹啁啾的嘈杂之境忽然转出凤凰高鸣的清越嘹亮之境；从奋力攀登、分寸难上的艰难之境忽然转为跌落千丈、坠入深谷之境，无不是将强烈对比的两极在毫无过渡的情况下突现，因此它们给听者造成的艺术冲击力便特别强烈而集中，以致到了心灵无法禁受的程度。可以说，这首诗成功的奥秘就是写出了琴声所显示的境界的迅速转变与强烈对比，造成了强烈的艺术冲击力。读完全诗，虽然根本无从得知所奏的琴曲究竟是什么，但它所显示的集中而强烈的艺术效应却永远留在读者记忆之中。

短灯檠歌①

长檠八尺空自长，短檠二尺便且光②。黄帘绿幕朱户闭③，风露气入秋堂凉。裁衣寄远泪眼暗④，搔头频挑移近床⑤。太学儒生东鲁客⑥，二十辞家来射策⑦。夜书细字缀语言⑧，两目眵昏头雪白⑨。此时提携当案前⑩，看书到晓那能眠。一朝富贵还自恣⑪，长檠高张照珠翠⑫。吁嗟世事无不然，墙角君看短檠弃。

[校注]

①檠（qíng），灯台。古代油灯，上有灯盘，盛油置灯芯，盘下有直柱形连底盘的灯架，借以托举移动。短灯架置案前，方便实用；长

灯架则以照远。钱仲联《韩昌黎诗系年集释》系元和元年（806）入为国子博士后。诗有"风露气入秋堂凉"之句，当秋日作。②短灯檠使用方便，可移近读书写字，光照集中明亮。③朱户，指朱漆门户的富贵人家。④此句写太学生的妻子在家灯下裁衣，准备寄给远在京城的丈夫。⑤搔头，发簪。灯芯烧短后灯光变暗，须不时用发簪挑起，使灯明亮。⑥《新唐书·百官志三》：国子监，有国子学、太学、广文馆、四门馆、律学、书学、算学共七学。太学，掌教五品以上及郡县公子孙、从三品曾孙为生者。东鲁一带为孔、孟故乡，世多儒生，故云"太学儒生东鲁客"。⑦射策，汉代考试取士方法之一。《汉书·萧望之传》："望之以射策甲科为郎。"颜师古注："射策者，谓为难问疑义书之于策，量其大小署为甲乙之科，列而置之，不使彰显，有欲射者，随其所取得而释之，以知优劣。射之言投射也。"此借指应科举考试。⑧缀语言，犹作文章。《汉书·刘向传》："自孔子后，缀文之士众矣。"缀语言，即缀文。⑨眵（chī），眼屎。⑩提携，指提举携带灯檠。⑪自恣，自我放纵，肆志纵欲。⑫高张，高高张设。珠翠，借指美人。

[笺评]

黄彻曰：杜《夜宴左氏庄》云："检书烧烛短"，烛正不宜观书，检阅时暂时可也。退之"短檠二尺便且光"，可谓灯窗中人语。犹有未尽。灯不笼则损目，不宜勤且久。山谷"夜堂朱墨小灯笼"，可谓善矣，而处堂非夜久所宜。子瞻云："推门入室书纵横，蜡纸灯笼晃云母。"惯亲灯火，儒生酸态尽矣。（《碧溪诗话》）

黄震曰：《短檠歌》有感慨意。（《黄氏日钞》卷五十九）

朱彝尊曰：立意好，兴趣亦不乏。第"裁衣"二句是女子事，于前后语意不伦，删之为净。（《批韩诗》引）

何焯曰：（"二十辞家"句下）映"寄远"。（"两目眵昏"句下）映"眼暗"。（"此时提携"句下）映"近床"。（"吁嗟世事"句下）

推开妙。（末句下）一笔收转。此诗骨节俱灵，字无虚设。首句以宾形主，却是倒插法。"空自长"即反对"照珠翠"也。帘幕户堂，逐层衬入。"近床"正为结句"墙角"一唱。以"裁衣"衬起读书，其间关照亦密。"照珠翠"句与"裁衣""看书"两层对射，亦若长短檠之相得然。"吁嗟世事"一语，可慨者深矣！（《批韩诗》引）

《唐宋诗醇》曰：贫贱糟糠，讽喻深切。（卷三十一）

汪佑南曰：首二句借宾定主，含下二段。"黄帝"四句写短檠之便于裁衣。"太学"六句写短檠之便于看书。"一朝"二句词意紧炼，回映上二段。"吁嗟"句推广言之，即小见大，包扫一切。末句收到本题，悬崖勒马，不再添一句，笔力高绝。读此诗，觉世态炎凉，活现纸上。顾氏本批云"'裁衣'二句是女子事，于前后语竟不伦，删之为净"，鄙意删此二句，"太学"句接上"凉"字韵，少融洽，下"照珠翠"句，亦竟无根。盖富贵自恣，即看书之人。照珠翠即裁衣之人。韩诗用意极精细，血脉贯通，焉可妄删去哉！（《山泾草堂诗话》）

[鉴赏]

这是韩愈七古中文从字顺、平易流畅，而又寓含讽刺比兴，风格接近白居易同类作品的佳制。在韩诗中显属别调。但如此平易的作品却遭到不少评家的误读。比较典型的误读是朱彝尊的批。他认为"裁衣"二句是女子事，于前后语意不伦，应当删去，汪佑南虽然细加反驳，但无论是朱氏还是汪氏，实际上都没有读懂这首原很平易的诗。

诗共十六句，分三段。第一段开头两句总提，以"长檠八尺"之"空自长"反托"短檠二尺"之"便且光"。以下就分别从东鲁儒生的妻子在家灯下裁衣寄远和东鲁儒生自己在太学灯下读书作文来写"短檠二尺便且光"。末段四句，写东鲁儒生富贵发迹之后，纵欲自恣，不但弃短檠而张长檠，弃糟糠而赏珠翠，而且丢弃往日一切曾经帮助过自己的故旧，并进而揭示出这并非特例，而是普遍的"世情"。概而言之，诗人是由东鲁儒生富贵而弃糟糠故旧推广到更大范围的人情世态，表达对世态炎凉的愤慨。诗的章法、主旨原很清楚。一般的评论者都只注意到"短檠弃"的富贵而弃故旧这层含义，而忽略了故旧之中本来就包括妻室，因而产生像朱氏那样的误读。而《唐宋诗醇》的批语则只注意到"贫贱糟糠，讽喻深切"这一面，而忽略"世事无不然"的普遍性，同样未会诗之深意。

弄清了全诗的章法主旨，不妨再回过头来看前两段。"黄帘绿幕朱户闭，风露气入秋堂凉。裁衣寄远泪眼暗，搔头频挑移近床"四句，专写东鲁儒生的妻子在家灯下裁衣寄远。先用富贵人家黄帘绿幕、门户紧闭的温暖，衬出儒生家中在秋风秋露之气侵袭下厅堂的寒凉，为秋夜缝衣的辛苦渲染氛围，紧接着，点明"裁衣寄远"之事，以"泪眼"透露对远在长安的丈夫的思念之苦，以"暗"字表现在微弱油灯下裁衣的艰难，从而引出用发簪时时挑起灯芯，将油灯移得更靠近床前的动作。从"频挑"与"移近床"的细节中正可见这是"便且光"的"短檠"。四句写出妻子灯下裁衣寄远情意之殷、相思之苦、裁制之辛，正为下段"长檠高张照珠翠"作反衬。

"太学"六句，换笔写在长安的东鲁儒生灯下苦读缀文的情景。先交代其身份、家乡及离家至京求学就试之事，接着具体描写他夜间在灯下书写蝇头细字，辛苦撰文的情景，由于字细灯暗而又长期苦读，故两目眵昏，虽年轻而"头雪白"，极状其夜读撰文之艰辛。"夜书"二句，正与上段"裁衣"二句对应，显示夫妻二人虽一在东鲁，一在京城，但同在短檠灯下，极尽艰辛劳苦，两人的命运、处境是相连的。"此时提携当案前，看书到晓那能眠"，与上段"搔头频挑移近床"对应，"提携当案前"者，正是须臾不离的"短灯檠"，不但夜书细字，而且看书到晓，彻夜难眠。其未登第富贵之前的艰辛至此已达极致。

结尾四句，急转忽收。"一朝富贵还自恣，长檠高张照珠翠。"一旦时来运转，登第入仕，富贵尊荣，立即纵欲自恣，不但安享荣华，而且旧日为他灯下秋夜缝衣的妻子也被离弃了，厅堂上长檠高张，照耀着新欢满头的珠翠。这里的"长檠高张照珠翠"与先前的"裁衣寄远泪眼暗，搔头频挑移近床"的情景正形成鲜明的对比，暗示随着短檠换成了长檠，旧人也换了新欢。末二句更从这推开一步，由眼前的具体事例扩展到更大范围的"世情"，揭示出这种富贵而弃故旧的现象乃是普遍的世态。谓予不信，请看墙角被抛弃的短灯檠吧。这里的"短檠弃"已经抽象化了，成了人间炎凉世态的象征。诗写到这里，划然收束，不着任何议论，而诗人的愤激与悲慨都淋漓尽致地得到表达，既斩截有力又含蕴无穷。

华山女①

街东街西讲佛经②，撞钟吹螺闹宫庭③。广张罪福资诱胁④，听众狎恰排浮萍⑤。黄衣道士亦讲说⑥，座下寥落如明星⑦。华山女儿家奉道，欲驱异教归仙灵⑧。洗妆拭面著冠帔⑨，白咽红颊长眉青⑩。遂来升座演真诀⑪，观门不许人开扃⑫。不知谁人暗相报，訇然振动如雷霆⑬。扫除众寺人迹绝⑭，骅骝塞路连辎軿⑮。观中人满坐观外，后至无地无由听。抽簪脱钏解环佩⑯，堆金叠玉光青荧⑰。天门贵人传诏召⑱，六宫愿识师颜形⑲。玉皇颔首许归去⑳，乘龙驾鹤去青冥㉑。豪家少年岂知道㉒，来绕百匝脚不停㉓。云窗雾阁事恍惚㉔，重重翠幕深金屏㉕。仙梯难攀俗缘重，浪凭青鸟通丁宁㉖。

[校注]

①方崧卿《韩集举正》云："当为元和十一、二年间作。"钱仲联《韩昌黎诗系年集释》云："方说无的据。诗中所云'撞钟吹螺闹宫庭'者，正十四年正月宪宗迎佛骨时事。《谏佛骨表》云：'今闻陛下令群僧迎佛骨于凤翔，御楼以观，舁入大内。'《旧史》云：'是年正

月丁亥，上令中使押宫人持香花迎佛骨，留禁中三日。'与诗语合，兹系本年（按：指元和十四年）。"按：诗首四句系泛写佛教僧侣广讲佛经，听众甚多。"撞钟"句谓讲经时钟螺之声喧闹，传出宫廷，非指迎佛骨于宫廷之事。至于诗中"天门贵人传诏召"者，乃女道士华山女，非所谓"令人使押宫人持香花迎佛骨"。据诗中所写，华山女明系奉道之女道士，系与佛教僧侣讲佛经分庭抗礼、争夺信众者，屈守元《韩愈全集校注》入疑年诗，此诗难以系年。②街东街西，当指长安皇城南朱雀大街之东与西。《旧唐书·地理志一》："京师……有东、西二市。都内，南北十二街，东西十一街，街分一百八坊……皇城之南大街曰朱雀之街，东五十四坊，万年县领之；街西五十四坊，长安县领之。京兆尹总其事。"杜牧有《街西》诗，李商隐有《街西池馆》诗，均指朱雀大街之西。此云"街东街西"，实泛称京城全城。讲佛经，指当时流行的一种寺院讲经形式，即所谓"俗讲"。多以佛经故事等敷衍为通俗浅显的变文，用说唱形式宣传一般经义，其主讲者称为"俗讲僧"。唐段安节《乐府杂录·文溆子》："长庆中，俗讲僧文溆善吟经，其声宛畅，感动里人。"③佛教僧侣讲经说唱时撞钟吹法螺以吸引听众。螺，指法螺，用海螺制成之佛教乐器。《法华经·序品》："吹大法螺，击大法鼓。"闹宫庭，指街东街西各寺庙中撞钟吹螺之声喧闹，响彻宫廷。④广张罪福，夸张地渲染人所犯的罪孽和佛的神佑。资诱胁，借以引诱和威胁世人相信佛法。⑤狎恰，密集、拥挤貌。排浮萍，像浮萍那样推来推去。⑥道士穿黄衣，故称"黄衣道士"。据《拾遗记·后汉》："刘向于成帝之末，校书天禄阁，专精覃思。夜有老人，着黄衣，植青藜杖，登阁而进……向请问姓名，云：'我是太乙之精，天帝闻金卯之子有博学者，下而观焉。'"亦讲说，指讲道经。⑦明星，指启明星，即金星。《诗·郑风·女曰鸡鸣》："子兴视夜，明星有烂。"朱熹集传："明星，启明之星，先日而出者也。"清晨启明星出现在天边时，天上的星非常稀少，显得启明星特别冷清，故云"寥落如明星"。⑧异教，指佛教。佛教原产于天竺，非中国本土之宗教，故称。仙灵，指道教。驱，赶。⑨洗妆拭面，犹梳洗打扮。著冠帔，穿上女道士的帽和霞帔（道士服）。⑩白咽红颊，雪白的颈部，红润的脸颊。古代妇女以青黛画眉，故曰"长眉青"。⑪升座，登上法座。演真诀，讲解道教的真义秘诀。⑫观门，道观的门。扃，闭。⑬訇（hōng）然，大声貌。⑭扫除，犹扫荡。⑮骅骝，骏马。辎軿（píng），车的前帷与后帷，借指有帷幕的车，多为妇女乘坐。⑯指听华山女道士讲说道经道法的人纷纷取下头上的簪子、腕上的宝钏，解下身上的环佩饰物施舍。⑰指施舍的饰物堆叠在一起，发出青碧夺目的光彩。⑱天门，指皇宫之门。借指皇宫。天门贵人，指宦官。召，指召华山女道士入宫。⑲六宫，泛指宫中后妃。师，指华山女道士。⑳玉皇，借指皇帝。颔首，点头（表示赞许）。归去，指归还说法的道观。㉑乘龙驾鹤，道教每称仙灵乘龙驾鹤上天，此借指女道士驾车归去。去青冥，离开天上（指皇宫）。㉒知道，懂得神仙道教的玄理妙义。㉓来绕百匝，纷纷前来环绕着华山女所住的道观不下百个来回。㉔云窗雾阁，指女道士所住的楼阁如云封雾锁，神秘莫测。事恍惚，情事模糊隐约。㉕谓女道士的寝房为重重翠幕所遮蔽，为金色的屏风所阻隔，深邃奥秘。幕，一作"幔"。㉖浪，空自。凭，凭借。青鸟，神话传说中神仙西王母的信使。此借指传信者。丁宁，犹音讯、消息。此处含有恳切的情意之意。

[笺评]

许颛曰：退之见神仙亦不伏，云："我能屈曲自世间，安能从汝巢神仙？"赋《谢自然》诗曰："童骇无所识。"作《谁氏子》诗曰："不从而诛未晚耳。"惟《华山女》诗颇假借，不知何以得此。（《彦周诗话》）

朱熹曰：或怪公排斥佛老不遗馀力，而于《华山女》独假借如此，非也。此正讥其衒姿色，假仙灵以惑众。又讥时君不察，使失行

妇人得入宫禁耳。观其卒章，豪家少年，云窗雾阁，翠幔金屏，青鸟丁宁等语，亵慢甚矣。岂真以神仙处之哉！（《韩文考异》）

吴沆曰：韩诗无非《雅》也，然则有时乎近《风》。如《谁氏子》《华山女》《僧澄观》，则近于《风》乎？（《环溪诗话》）

黄震曰：形容女冠之易动俗。（《黄氏日钞》）

何孟春曰：退之咏华山女诗："白咽红颊长眉青"……皆写真文字也。（《馀冬诗话》）

朱彝尊曰：（"骅骝塞路"句下）闭门人愈来，亦是奇境。（末句下）女道士乃作柔情语，然风致全在此。（《批韩诗》引）

何焯曰：（"观门不许"句下）反跌妙。（"扫除众寺"句下）应"听众狷恰"。（《批韩诗》引）

查慎行曰：（末二句下）二句与杜老《丽人行》结处意同，而此处更校含吐蕴藉。（《初白庵诗评》）

沈德潜曰：《谢自然诗》显斥之，《华山女》诗微刺之，总见神仙之说之惑人也。《渔隐丛话》谓退之此诗颇用假借，岂其然乎？（《重订唐诗别裁集》卷七）

延君寿曰：《华山女》一首，用微言以讽之，与《谏佛骨》用直笔不同，诗文各有体裁耳。"洗妆拭面著冠帔，白咽红颊长眉青"，如见女道士风流妆束。"观门不许人开扃"，先作一折笔，见有如许做作。至"观中人满坐观外，后至无地无由听"，便好笑人也。末四句"云窗雾阁"云云，隐语也，不必求甚解而穿凿之。（《老生常谈》）

程学恂曰：此便胜《谢自然》诗，其中风刺都在隐约。结处不避仙教之失，而云登仙之难，正是妙于讽兴。（《韩诗臆说》）

[鉴赏]

韩愈一生，力辟佛老。反佛虽其主攻方向，对道教神仙之说的虚妄惑众，排击亦不遗余力，诗集中如五古《谢自然》诗、七古《谁氏子》诗及本篇，都是揭露神仙之说虚妄的篇章，但前二诗议论成分过多，艺术上不免逊色。此篇则全用赋笔，于貌似客观叙写中寓讽刺揭露之意，隐微含蓄，不露声色，独具韵味。

全诗十一韵，一韵到底，每三韵六句为一段。首段六句，先写僧侣、道士竞相讲经。前四句渲染僧侣广开俗讲、宣扬佛经的盛况：京城的街东街西众多寺庙中撞钟吹螺，吸引士女前往听讲佛经故事，喧闹之声响彻整个宫廷。俗讲僧肆意宣扬世人的罪孽和佛的福佑，借此诱惑和吓唬无知的百姓，而台下的听众则密密匝匝，像浮萍那样推来荡去。唐代佛教势力极盛，武宗会昌五年四月，祠部奏检括全国寺院四千六百，兰若四万，僧尼二十六万五百。其中京城长安的僧寺更为众多。诗中所写街东街西的坊里中，处处撞钟吹螺、广开俗讲的情况就是实情，佛门本清净之地，而竟喧闹之声彻于宫廷，其势力之炽以及受到统治者提倡的境况可想而知。诗人连用"撞""吹""闹"三个动词，透露出对佛教僧侣势力炽盛的厌恶，又用"诱""胁"二字，一针见血地揭示出佛教对群众的欺骗与威胁这两种主要手段，对于无知的"听众"也以"狎恰排浮萍"的形象描写透露他们那种受欺骗而不自知的愚妄。"黄衣"二句，写道教为了与佛教争夺信众，也仿照佛教的做法，进行道教经典的宣讲，但却门庭冷落，听众寥若晨星。这是因为道教既无深邃的宗教玄理，更无佛教用以宣扬佛理的手段，故影响较之佛教宣传，不免大为逊色。整个这一段写佛、道在争取信众上的斗争及道教的落败，其实都是题前文字，目的是为了引出"华山女"这个主角。

"华山女儿"六句，写华山女道士升座宣讲前精心梳妆打扮以色相吸引听众的情形。"家奉道"，点明其道家身份；"欲驱异教归仙灵"进而表明其"升座演真诀"的目的是要和佛教争夺信徒、听众。汲取黄衣道士讲说道经失败的教训，这位华山女儿亮出了比佛教俗讲讲唱佛经故事更吸引听众眼球的手段——青年女子的色相。经过一番精心打扮，涂脂抹粉之后，一位"白咽红颊长眉青"的女子出现在观众面前，其引起的轰动效应可想而知。为了收到最佳效果，还刻意作神秘状，在演示真诀时将道观的门关起来不许人随便开关，以示所传授的都是登仙长生的真诀。这种描写，不但将这位女道士写得如同倚门卖弄色相的娼妓，而且写出了她的工于心计、善于揣摸听众心理。

"不知谁人暗相报"六句，写消息传开，听众云集。"不知谁人"四字，语意殊妙，可以理解为华山女道士这种欲擒故纵的手段果然收到了效果，故意装出封锁消息、秘不示人的样子，偏偏就有不明就里的人暗自传告仙姑秘演真诀的消息，于是乎轰然震动如同雷霆，消息传遍了长安。原来在僧寺中听佛经故事的人一下子跑得不见踪迹，只见骑着骏马的豪贵男子、乘着帷车的女子，车马阗咽，士女塞路，把华山女所在的道观挤得水泄不通，以致后来的人只能坐在观外，甚至连立足之地也没有。"扫除众寺人迹绝"，上应"听众狎恰排浮萍"和"座下寥落如明星"，显示出华山女用年轻的色相彻底打败了寺院的俗讲僧，为"黄衣道士"的失败雪了耻。而先前故意装作秘不外传的"观门不许人开扃"，此刻也变成了观内人满坐观外，不必再装模作样了。这种前后不一的表现，诗人只如实叙写，不加议论点破，而讽嘲之意自蕴其中。一种宗教，到了用年轻女子的色相和故作神秘来吸引信徒的程度，正反映出其彻底的堕落。而佛教的"广张罪福资诱胁"的手段竟敌不过女道士的"白咽红颊长眉青"，则其教义的虚妄无力也就昭然可见了。

"抽钗"以下六句，写华山女的表演不但使赶来观赏的士女如痴如狂，纷纷抽簪脱钏，解下环佩，使华山女大获其利，而且名声大震，连宫中也传诏召见，后妃们都想一睹仙姿。皇帝也颔首称许，令其乘龙驾鹤归还道观。从而进一步揭示出这场骗局甚至上达宫廷，及于皇帝。连最高统治者都成了她的行骗对象，奉召而去，风光而归，华山女的成功表演至此达于极致。"玉皇"句虽写得比较含蓄，但"颔首许归去"之语所透露的消息却颇耐味。"玉皇"并不戳穿，而是颔首称许，恩准其风光归观，则统治者的利用宗教的心理也可见一斑。

　　写到华山女进宫，皇帝恩赐回观，似乎再无可写。诗人却意犹未尽，于结尾一段转出一个迷离恍惚、隐约朦胧的境界。从皇宫归来的华山女道士，更加风光无限。一班根本不懂得道教教义也无心入道的豪家少年，就像浮蜂浪蝶那样天天绕着道观，脚不停步，都想深入仙窟，一睹芳容。但云封雾锁的楼阁之中，重重帷幔和曲折屏风遮掩的内室里，情事恍惚，隐约朦胧，这些豪家子弟们恐怕是俗缘太重，仙梯难攀，虽凭信使屡致殷勤的情意也属徒然。言外之意是：受到宫内传召、皇帝颔首称许的华山女身价已非昔比，即使是豪家少年要想亲近她也是徒劳梦想了。这种描写，既暗示了华山女的实际身份已近娼妓，但又不是一般的娼妓，而是"仙梯难攀"，身价更高的高级娼妓。其中蕴含的言外之意、讽刺之音便全凭读者自行领会了。

题楚昭王庙^①

丘坟满目衣冠尽^②，城阙连云草树荒^③。犹有国人怀旧德^④，一间茅屋祭昭王。

[校注]

　　①《史记·楚世家》："十三年，平王卒……乃立太子珍，是为昭王。"在位期间，曾击退吴国入侵，收复失地，灭追随吴国伐楚的唐国。楚昭王庙在湖北宜城市境。韩愈《记宜城驿》云："此驿置在古宜城内，驿东北有井，传是昭王井。有灵异……井东北数十步，有楚昭王庙，有旧时高木万株……历代莫敢剪伐，尤多古松大竹……旧庙屋极宏盛，今惟草屋一区。然问左侧人，尚云每岁十月，民相率聚祭其前。庙后小城，盖王居也。其内处偏高，广员八九十亩，号殿城，当是王朝内之所也……元和十四年二月二日题。"元和十四年（819）正月，韩愈因上表谏阻迎佛骨，触怒宪宗，贬潮州刺史，此诗系二月

二日过宜城时所作。《新唐书·地理志》：襄州襄阳郡，有宜城县。②丘坟满目，这一带当有楚国士大夫的成片坟墓，故云。衣冠，代指士大夫。《汉书·杜钦传》："茂陵杜邺与钦同姓字，俱以材能称京师，故衣冠称钦府'盲杜子夏'以相别。"颜师古注："衣冠谓士大夫也。"③城阙连云，古宜城即鄢邑，春秋时楚惠王曾从郢都迁都于此，昭王时仍都鄢。故云"城阙连云"。此系想象中楚时情景，非眼前实景。古宜城在今湖北宜城县西南。④国人，指楚国故地的后代百姓。

[笺评]

叶寘曰：昌黎《题楚昭王庙》（诗略），感慨深矣。苏《冷然洞金陵》诗："龙光寺里只孤僧，玄武湖如掌样平。更上鸡笼山上望，一间茅屋晋诸陵。"末语惨然类韩公。（《爱日斋丛钞》）

刘辰翁曰：人评韩《曲江寄乐天》绝句胜白全集，此独谓唱酬可尔。若韩绝句，正在《楚庄王庙》一首，尽压晚唐。（《唐诗品汇》卷五十二引）

杨慎曰：宋人诗话取韩退之"一间茅屋祭昭王"一首，以为唐人万首之冠。今观其诗只平平，岂能冠唐人万首，而高棅《唐诗品汇》取其说，甚矣，世人之有耳而无目也！（《升庵诗话》）

周珽曰：此篇虽题美昭王，实规世主，当留德泽于民心也，与"一种青山秋草里，路人惟拜汉文陵"同有言外远思。夫以"一间茅屋"形彼"连云城阙"，以彼"尽""荒"二字，转出"犹有""怀德"意来，展读间见花影零乱。宋人评为唐人万首之冠，以此。（《删补唐诗选脉笺释会通评林·中七绝》）

朱彝尊曰：若草草然，却有风致，全在"一间茅屋"四字上。（《批韩诗》引）

贺裳曰：昔人称退之"一间茅屋祭昭王"为晚唐第一，余以不如许浑《经始皇墓》远甚："龙盘虎踞树层层，势入浮云亦是崩。一种

青山秋草里，路人唯拜汉文陵。"韩原咏昭王庙，此则于题外相形，意味深长多矣。(《载酒园诗话》)

何焯曰：(首二句下) 二语颠倒得妙，亦回鸾舞凤格。意味深长，昌黎绝句为第一。(《批韩诗》引) 又曰：近体即非公得意处，要之自是雅音。昭王欲用孔子，而为子西所沮。公之托意，或在于此欤？(《义门读书记·昌黎集一》)

宋宗元曰：(末二句下) 含蓄无尽。(《网师园唐诗笺》)

陈衍曰：韩退之"日照潼关四扇开"，不如其"一间茅屋祭昭王"。(《石遗室诗话》)

《增评韩苏诗钞》三溪曰：信仰感怆，咏史上乘。

蒋抱玄曰：未是快调，却能以气势为风致。愈读则意愈绵，愈嚼则字愈香。此是绝句中杰作。(《评注韩昌黎诗集》)

程学恂曰：自是唐绝，然亦没甚意思。(《韩诗臆说》)

朱宝莹曰：首句伤古人之不见，犹李白《登金陵凤凰台》之"晋代衣冠成古丘"也。二句伤城郭之已非，犹刘禹锡《松滋渡望峡中》"梦渚草长迷楚望"也。三句转入楚昭王。四句落到楚昭王庙。一种凭吊欷歔之慨，俱在言外。(《诗式》)

富寿荪曰：前半写楚国故都之荒凉，后半以即目所见作结，情景宛然。此诗不着议论，而言外别有一种苍凉感慨之气，故推高唱。(《千首唐人绝句》)

[鉴赏]

这是一首作于贬谪途中的怀古诗。诗人贞元十九年因上疏奏关中旱饥，触怒当权者，贬连州阳山令。元和十四年，又因上疏谏阻迎佛骨，贬潮州刺史。短短二十年间，已经两次因"欲为圣明除弊事"而踏上南迁之路，这一次更是作好了埋骨瘴江边的思想准备。这种人生遭遇，使诗人对历史与人生都产生了更深沉的感慨，成为这首怀古诗潜在的创作动因。

楚昭王庙在古宜城内，这里曾是楚国的鄢都，惠王自郢迁鄢，昭王仍都于此。作为春秋战国时期疆域最辽阔的楚国都城，当年城郭之高大壮丽，繁华热闹，朝廷文臣武将人才之济济，衣冠之显耀，自不难想见。但诗人此次经过楚国故都时，眼前所见，却只有一片荒寂的坟墓，往日的满朝文武都已长眠地下，再也见不到他们的踪影；往日高耸入云的巍峨城阙也全都成为荒墟，在它上面，生长着荒凉的杂草丛树。诗的开头两句，由近而远，将眼前所见"丘坟满目""草树荒"的荒凉冷落景象与想象中的"城郭连云""衣冠"满朝的壮丽繁盛景象联系在一起，创造出融合古今、俯仰今昔、感慨无穷的意境。两句句末的"尽"字"荒"字，正是点眼，无情地昭示出：那满朝的文武都已成为历史上匆匆的过客，那连云的城郭也都成了荒丘废墟。一种历史的苍茫感、虚无感充溢在字里行间，令人感慨欷歔。

"犹有国人怀旧德，一间茅屋祭昭王。"第三句"犹有"二字忽作转折，由近处的"丘城满目"和远处的"草树荒"收到眼前的楚昭王庙上来。尽管满朝文武已成历史过客，连云城郭亦尽为荒墟，但楚地的百姓却仍然怀念着昭王抗击吴国入侵，收复失地的"旧德"，至今仍用"一间茅屋"作为昭王庙，每年定时祭祀这位楚国的先王。在楚国历史上，昭王的声名也许赶不上作为春秋五霸之一的楚庄王，但百姓对于昭王抗御吴人入侵，使百姓免遭蹂躏的"旧德"却世代缅怀，尽管只有"一间茅屋"来祭祀他，但正是这种朴素和简陋，表明昭王至今仍然活在百姓的心中。这一转折，于俯仰今昔的苍茫百感中显示出：历史并不是一片虚无，真正对百姓有过功德的人，必将为人民所纪念，永远活在人民心中。从这一层面看，历史自有其永恒的东西、永恒的价值。对于两遭贬谪，做好埋骨瘴江边准备的诗人来说，这正是一种精神上的支撑。今之视昔，亦正昭示着来之视今。在历史的长河中，诗人在"一间茅屋祭昭王"的景象中正得到了安慰与启示，寂寞而伤感的心绪也因此变得充实而自信了。

答张十一功曹①

山净江空水见沙②，哀猿啼处两三家。筼筜竞长纤纤笋③，踯躅闲开艳艳花④。未报恩波知死所⑤，莫令炎瘴送生涯⑥。吟君诗罢看双鬓，斗觉霜毛一半加⑦。

[校注]

①张十一功曹，即张署。生平参见《八月十五夜赠张功曹》注①。此诗贞元二十年（804）春作于阳山县贬所，其时张署尚未迁江陵府功曹参军。题内"功曹"二字，疑为后人所加。韩愈《祭河南张员外（署）文》云："我落阳山，以尹鼯猱；君飘临武，山林之牢……余唱君和，百篇在吟。君止于县，我又南逾。"二人于南贬途中及在贬所期间，迭有诗歌赠答唱和。署在临武有《赠韩退之》七律（《韩昌黎集》卷九附收此诗）云："九疑峰畔二江前，恋阙思乡日抵年。白简趋朝曾并命，苍梧左宦一联翩。鲛人远泛渔舟水，鹏鸟闲飞露里天。涣汗几时流率土，扁舟西下共归田。"韩愈此诗，即答署之赠诗而作。②山净，春山明净。江空，形容江水清澈见底。③筼筜（yún dāng），大竹名。《异物志》："筼筜生水边，长数丈，围一尺五六寸，一节相去六七寸，或相去一尺。庐陵界中有之。"④踯躅，即杜鹃花，又名映山红。《太平广记》："南中花多红赤，亦彼之方色也。唯踯躅为胜。岭北时有，不如南之繁多也。山谷间悉生。二月发时，照耀如火。月馀不歇。出《岭南异物志》。"或谓指羊踯躅，春季开黄花。⑤恩波，指皇帝的恩泽。死所，指自己老死之地。"未"字直贯全句。⑥炎瘴，指南方炎热的瘴疠之气。送生涯，犹言度过馀生。⑦斗觉，陡觉，顿时感到。霜毛，白发。一半加，增添了一半。

[笺评]

蒋之翘曰：起二句荒寒如画。（《辑注唐韩昌黎集》）

王夫之曰：寄悲正在兴比处。(《唐诗评选》卷四)

金圣叹曰：(前解)通解只写后解中之"炎瘴"二字也。夫山曰"净"，江曰"空"，水曰"见沙"，则是楚天肃清，明是秋冬时候也。而笋犹"竞长"，花犹艳开如此，此其炎瘴为何如者？又妙于三句中间，轻轻再放"哀猿啼处两三家"之七字。"两三家"之为言无可与语，以预衬后之"君"字也。"哀猿啼"之为言不可入耳，以预衬后之"诗"字也。真异样机杼也。(后解)畏瘴者，畏死也。夫死非君子之所畏也，然而死又有所，如非死之所而遽死，是又非君子之所出也。昨先生作《示侄》诗，乃敕其收骨瘴江，此岂非以君命至瘴江，即瘴江是死所哉！今日得张十一诗，始悟君自命至瘴江，君初不命我死。夫以臣罪当诛，而终不命死，即此便是君之至恩，便是臣所必报。而万一以炎方不服之故，而溘然果死江边，将竟置君恩于何地！竟以此死为塞责耶？吟罢看鬓而斗骇霜毛，真乃有时鸿毛，有时泰山也。(《贯华堂选批唐才子诗》卷五)

朱彝尊曰：(前四句)四句点景有静味。(《批韩诗》引)

何焯曰：五、六既不如屈原之狷愁，结仍借答诗以见其憔悴，可谓怨而不乱矣。(《义门读书记》)

汪森曰：公诗七言近体不多见，然类皆清新熨贴，一扫陈言，正杜陵嫡派，人自不知耳。(《韩柳诗选》)

黄子云曰：近体中得敦厚雅正之旨者，唯"未报恩波知死所，莫令炎瘴送生涯"二语。若《南山诗》非赋非文，而反流传，人之易欺也如此。(《野鸿诗的》)

程学恂曰：退之七律只十首(按：实为十三首)，吾独取此篇，为能真得杜意。(《韩诗臆说》)

[鉴赏]

韩愈的七律，数量既少，风格又迥异于他在众多五七言古体中刻意追求的豪肆奇险诗风，故后世论者多以为七律非其所长。但在这少量的七律中，有一些诗作由于抒写的是真情实感，又不刻意追奇，反而显得清新朴素、流畅自如，而又不失韩诗固有的刚劲之气。作于两次贬岭南期间的《答张十一》和《左迁至蓝关示侄孙湘》就是典型的例证。

这首诗是对张署在临武贬所所作赠诗的酬答，故在诗意上自然会针对赠诗来作答。张诗一开头就点出"九疑峰畔二江前"的临武贬所环境，腹联又进一步描写"鲛人远泛渔舟水，鹏鸟闲飞露里天"的贬所景物，借以表现自己"恋阙思乡日抵年"的沉重感情。韩愈的答诗，也从贬所阳山的环境景物写起，而且将这部分内容集中在前两联中。起联"山净江空水见沙，哀猿啼处两三家"，纯用白描，画出一幅春山明净、江水清澈、哀猿啼鸣、人家稀疏的画图。山而曰"净"，既见春山的明丽、幽洁，又透出空气的清新澄洁，毫无氛垢，江而曰"空"，已显示出水之清澈莹洁，再足以"水见沙"，愈显出水之清澈见底，直视无碍。这种南方山区春天的山水空明之景，本给人以清新幽美的享受，但"哀猿啼处两三家"的描写，却又透出一种凄清荒寂的气氛，特别是"哀猿"的啼鸣更带有贬谪之地特有的荒远凄清色彩。这个开头，可以说既描绘出了阳山山水的清新幽美，又透露了诗人身处贬所的凄清寂寞情怀。

"篔筜竞长纤纤笋，踯躅闲开艳艳花。"颔联进一步写山间景色：高大的篔筜竹丛中，纤细修长的嫩笋在竞相生长，红艳的杜鹃花，满山满谷，正悠闲地在开放。杜鹃花一般在清明后开放，岭南春早，二月已是杜鹃盛开的季节了。这一联写山间景色，色彩鲜艳，红绿相映，既具岭南地域特色，又透露出诗人目接景物时的心绪。"竞长""闲开"四字，系句中之眼，前者见嫩笋竞相生长的生命活力和向上跃动的态势，后者见杜鹃盛开时悠闲舒展的意态，而诗人在目接此景时心中的那种愉悦感和悠闲感也自然透露出来了。总的来看，前两联所写的景物，虽也略略透出贬谪之地的凄清荒寂，但主要是表现南中山水景物的清新幽美、明丽而富于活力，诗人的心情虽不免有些寂寞，但面对春天丽景，也显然感到喜悦，得到慰解。这和张署诗中用"鵩鸟""鲛人"这种充满不祥预感和悲哀情绪的典故所表达的身居贬所、度日如年的感情有明显的差别。诗人这样写，固然是写自己的真实感受，也未尝没有借此安慰友人的意思。

"未报恩波知死所，莫令炎瘴送生涯。"腹联由景而情，直接抒写身处贬所仍希望有所作为的人生态度，意思是说，还没有来得及报答皇帝的恩泽，更不知自己的终身之地，自当珍重身体，别让炎热瘴疠之气断送了自己的生命。上句是因，下句是果。"未报恩波"虽包含有忠君的观念和感情，但其实质则是想勉力为国家做有益的事，即所谓"欲为圣明除弊事"。君恩未报，政治上的积弊未除，自己的人生价值尚未实现，是不应当想到死的，虽处炎瘴之地，却不能意志消沉，就此断送一生。这是自勉，也是对张署的劝慰勉励。张署的赠诗，不但表现出身在贬所，思家恋阙、度日如年的沉重感情，而且从腹联用贾谊《鵩鸟赋》及鲛人泣珠的典故可以看出他对自己的生命有着不祥的预感，终日过着以泪洗面的日子。韩愈的这两句诗，明显有针对张署的消极悲观情绪加以开导劝勉的意思，"莫令"二字表现得尤为明显。

"吟君诗罢看双鬓，斗觉霜毛一半加。"尾联正面就张署的赠诗作答，说自己吟诵了张署的诗以后，陡然发现自己的双鬓上白发增加了一半。这是对赠诗强烈感染力的渲染，也是对张署的境遇表示同情，而自己那种"同是天涯沦落人"的感慨也就自然包蕴其中了。

题木居士二首 (其一)①

火透波穿不计春②，根如头面干如身。偶然题作木居士，便有无穷求福人。

[校注]

①魏怀忠本引樊汝霖曰："张芸叟《木居士诗序》云'耒阳县北沿流二三十里鳌口寺，即退之所题木居士在焉。元丰初，县令以祷旱无雨，析而薪之。今所事者，乃寺僧刻而更为之。予过而感焉'云云。"张邦基《墨庄漫录》云："韩退之《木居士》……盖当时以枯木类人形，因以乞灵也。在今衡州之耒阳县北沿流三十里鳌口寺，至今人祀之。元丰初旱暵，县令祷之不应，为令析而焚之。主僧道符乃更刻木为形而事之。张芸叟南迁郴州，过而见之，题诗于壁云：'波穿火透本无奇，初见潮州刺史诗。当日老翁终不免，后来居士欲何为。山中雷雨谁宜主，水底蛟龙睡不知。若使天年俱自遂，如今已复长孙枝。（下略）'"居士，信奉佛教而居家修行者。此"木居士"系原为枯木因像人形被奉为神者。诗作于永贞元年（805）秋末，由郴州赴江陵任法曹参军途经耒阳时。原作二首，此为第一首。②火透波穿，被火烧透，被水蚀穿。不计春，算不清过了多少春秋。

[笺评]

黄彻曰：退之云："偶然题作木居士，便有无穷求福人。"可谓切中时病。凡世之趋倾权势以图身利者，岂问其人贤否果能为国为民哉！及其败也，相推入祸门而已。聋俗无知，谄祭非鬼，无异也。（《碧溪诗话》）

朱彝尊曰：醒快。（《批韩诗》引）

《唐宋诗醇》：道破世情。

陈伟勋曰：韩文公有诗云："偶然题作木居士，便有无穷求福人。"寓意清刻矣。然谓之"木居士"，尚有题名，尚称为士。近世且有无名可题者，如一顽石、一荆棘丛之类，竟有无知人惑谄而祭之，而彼亦遂若真有灵焉者，大可怪矣。（《酉雅诗话》）

陈景云曰：二诗盖专指（王）伾、（王叔）文言之。又曰：柳子厚既坐伾、文党遣逐，后与人书，追叙伾、文始末云："素卑贱，暴起领事，射利求进者，填门排户。"诵公诗而论其世，正可引柳以注韩也。（《韩集点勘》卷二）

王元启曰：玩"无穷求福"句，盖讥当时欲速侥幸之途，则此诗亦为伾、叔文而作。（《读韩记疑》）

朱宝莹曰：此种题目，羌无故实，全在烘托，庶有话头。第一章首句言木经剥蚀，有不能计其若干年者。二句言木已居人形。三句转到题位。四句用意从木居士生来……愈著《原道》《谏迎佛骨》，何等严正。而《题木居士》者，偶然游戏之笔。即如第一首曰"偶然"，曰"便有"，其借以为戏，可于言外悟之。读此可以助性灵，正不宜援《罗池庙碑》而例之也。（品）性灵。（《诗式》）

富寿荪曰：此诗道破世情，切中古今时弊，为盲好崇拜偶像者痛下针砭。（《千首唐人绝句》）

[鉴赏]

在古老中国的穷乡僻壤，几乎到处可以遇到这样的现象：村头的一棵古樟，树干中空，根部裂开了大洞，生命行将终结。但却被村民奉为神灵，封为樟树娘娘。其下香火兴旺，求子祈福，终岁不断。古老的泛神论观念与佛教思想的融合，使这种化物为神的现象滋生不息，也使人们对此习以为常，见怪不怪。但在以儒家道统继承者自命，以排斥佛老为己任，性不信鬼神之事的韩愈眼中，这种现象的荒唐可笑却分外触目。在由郴州到江陵的途中，他见到耒阳县北湘江岸边一株被当地百姓奉为神明的朽木，不禁顿生感慨，写下这首寓讽深远的小诗。

"火透波穿不计春，根如头面干如身。"诗的前幅，从眼前所见的一株朽木写起。这株枯树，历经岁月的沧桑，大自然的各种打击侵袭——被雷火所击穿，被波涛所蚀透，早已被折磨得气息奄奄、生机断绝了，但它却生成了一副"根如头面干如身"的人模人样。这本来是自然界的常见现象，不足为怪。但它这既历经磨劫，千疮百孔而又略具人形的面貌却给自己带来了意想不到的机遇。三、四两句，便进而写这株枯木被奉为神灵的经过和情形。

"偶然题作木居士，便有无穷求福人。""偶然"二字，写枯木成为神灵的经过，点醒题旨，最为关键。这株枯木，在湘江岸边不知经历了多少年，偶然有那么一天，一位好事者看见它那老态龙钟而又略具人形的模样，便戏题其上，称其为"木居士"。这一来便引得当地百姓纷纷奉其为神灵，祭祀求福，络绎不绝，盛况空前，信徒无穷无尽了。妙在"偶然"与"便有"之间，一呼一应，构成了一种极为滑稽可笑的因果关系：本来是好事者一时兴起，偶题其为"木居士"，结果却弄假成真，竟将朽木奉为神灵，香火旺盛，祭祀不绝。显然，诗人的本意，在揭穿被无知的人们奉为神明者，原不过是一株千疮百孔、已经枯朽的树木，对它顶礼膜拜，向它祈求福佑不但徒劳无功，而且滑稽可笑。揭穿"木居士"的本来面目，正是为了唤醒"无穷求福人"。对于反佛坚决的诗人来说，其本意原是为了破除广泛存在于民间的对泥塑木雕的神佛偶像的迷信。是讽世之诗，也是醒世之诗。

但是，由于诗人所描写的这种现象具有典型性和普遍性，不同的读者往往可以从中引发对社会上类似现象的联想。注家所说的此诗系针对王伾、王叔文而发的言论，便是一例。从知人论世的角度及韩愈的政治倾向上看，这种理解不妨成为一说，但诗的客观意义和作用却远远超出这种过于着实的理解。

这种诗本极易流于单纯的议论，但爱发议论的韩愈却用生动的描写和富于幽默感的叙述代替了抽象的议论，遂使这首寓讽深远的诗寓庄于谐，寓议论于客观的叙写，变得耐人讽咏，启人深思了。

榴　花①

五月榴花照眼明，枝间时见子初成。可怜此地无车马②，颠倒苍苔落绛英③。

[校注]

①本篇系《题张十一旅舍三咏》之一，另两首为《井》《蒲萄》。张十一，张署，时任江陵府功曹参军。诗作于元和元年（806）五月，时诗人任江陵府法曹参军，至张署所居旅舍，见榴花有感而作。②可怜，可惜。无车马，指无人乘车骑马前来游赏。③颠倒，回旋翻转，系形容榴花在风中飘荡散落之状。韩愈《秋怀诗》之八："卷卷落地叶，随风走前轩。鸣声若有意，颠倒相追奔。""颠倒"用法与此同。绛英，深红色的花瓣。

[笺评]

朱彝尊曰：与下首《井》意调俱新，俱偏锋。（《批韩诗》引）

方世举曰：三咏虽写物，颇有寄托。首章即潘岳赋河阳庭前安石榴之意，所谓"岂伊仄陋，用渝厥贞"者也。（《韩昌黎诗集编年笺注》卷四）

[鉴赏]

韩愈《题张十一旅舍三咏》包括《榴花》《井》《蒲萄》三篇，作于唐宪宗元和元年（806）五月，时作者在江陵任法曹参军。自从贞元十九年（803）因上疏请缓关中赋税以救百姓旱饥得罪权臣被贬阳山以来，他已经在南荒荆楚之地流寓四个年头了。这几年中，他写了不少咏花诗，诗中每常寄寓着他的漂泊流落之感和寂寞无赏之慨。这首《榴花》也同样流露出了这种感情。题目"张十一"指张署（十一是他的排行），是和韩愈一同贬官南荒，又一起迁任江陵的朋友，可以说是地地道道的"同是天涯流落人"了。诗中寓托的感慨，自然也包含了他们的共同境遇和感情。

这是一首咏物诗，但"力大思雄"的诗人，似乎不屑于巧为形似之言，作琐细的描绘刻画。首句即撇开浮词，单刀直入，大笔挥洒，直抒"五月榴花"给自己的最强烈的感受。"照眼明"三字，下得极平常而朴实，不见用力刻画之迹，却传神地表现了在绿叶映衬下越发红得耀眼的一树榴花给予观者的那种强烈的色感、光感以及由此引起的鲜明、热烈的心理反应。流光溢彩的夺目美感和神摇意夺的审美愉悦，在这里被不费力地表现出来了。

榴花开得最盛时，榴实也渐次结成。次句从表面上看，似乎是写枝间榴实。"时见"与"初"，正写出一树繁花与绿叶中时或隐现刚刚结成的细小榴实的情景。实际上，写榴实初结，正所以见榴花之渐次陨落。这句正是前后幅的转关。

"可怜此地无车马，颠倒苍苔落绛英。"三、四两句正面写榴花之萎落，并借以寓慨。"可怜"，这里是可惜的意思，二字折转，由赞赏榴花之明艳转到对它的寂寞无赏境遇的惋惜。"照眼明"的榴花，偏偏处在这冷寂的旅舍（不是人来人往、车马辐辏的热闹旅馆，而是临时安排给张署的客中居住地），不见车马之迹，游赏之众，只能自开自落，一任随风飘荡翻转着片片残红，陨落在青苔遍布的地面上。这是惋惜榴花之明艳照人而无人赏爱，也寓含着对张署和自己身世境遇的感慨。"颠倒苍苔落绛英"的榴花，不妨说是这两位"天涯沦落人"命运的一种象征。或说"可怜"系可爱之意，三、四两句正是爱其无游人来赏，没有被车辙马蹄践踏得不成样子。此说虽颇新颖，且符合韩愈作意追奇创新的一贯风格，但验之诗人这一时期的咏花诸什，似不大吻合。如《木芙蓉》云："愿得勤来看，无令便逐风。"《杏花》："今日胡为忽惆怅，万片漂泊随西东。"《李花赠张十一署》："迷魂乱眼看不得，照耀万树繁如堆……力携一尊独就醉，不忍虚掷委黄埃。"

无不以花之随风飘荡，萎落无赏为憾。这正是诗人当时处境与心境的反映。不过，"颠倒苍苔落绛英"的描绘，却确乎给人一种虽飘落犹具新艳的美感，显示出诗人那种虽遭遇不偶，却并不一味伤感低回的精神性格，和自慨中兼有自赏的复杂心情。"照眼明"与"无车马"，在诗中是一对矛盾。光艳照人而寂寞无赏，愈见境遇之可伤；但虽寂寞无赏，萎落青苔，却又仍不失其美艳，"颠倒"二字，更生动地展现出那"落时犹自舞"的美好动态。这正是诗的情调、意蕴不那么单一的原因。

这首诗的内容，让人自然联想起王维的《辛夷坞》："木末芙蓉花，山中发红萼。涧户寂无人，纷纷开且落。"同样是写花的自开自落、无人欣赏，寄寓诗人的寂寞自伤之情，两首诗的意境、风格、情调却明显不同。王诗意境幽寂，情调安恬，风格淡远，虽透出一丝淡淡的寂寞感，但又流露出对这种处境的安之若素。这正是王维这样一位向往远离尘嚣世界的"高人"精神世界的折光反映。而韩诗则意境鲜丽，情调热烈，风格明快，体现出一位积极入世者不甘沉沦寂寞的情怀。这些区别，又跟所咏之花的不同色调个性有密切关系。从王、韩二诗中可以看出，不同气质性格的诗人，在表现相近的题材与主题时所显示的独特艺术个性。

春　雪[①]

新年都未有芳华[②]，二月初惊见草芽。白雪却嫌春色晚，故穿庭树作飞花[③]。

[校注]

①方崧卿《韩集举正》谓此诗当为元和十年（815）作。方成珪《昌黎先生诗文年谱》云："此诗未详何年，此篇次《百叶桃花》之后，《戏题牡丹》之前，当是一时作。"按：《题百叶桃花》有"应知

侍史归天上，故伴仙郎宿禁中"之句，系元和十年春韩愈为考功郎中知制诰时寓直禁中作。此诗在其后，或为同时之作。《增订注释全唐诗》引《新唐书·宪宗纪》元和七年二月下云："自冬不雨至于是月，丙午，雪。"认为"与诗所写相合。"③芳华，芬芳的花。③故穿，故意穿过。裴子野《咏雪诗》："落树似飞花。"

[笺评]

朱彝尊曰：常套语，然调却流快。（《批韩诗》引）

朱宝莹曰：《文选》以谢惠连《雪赋》入物色类。雪于诸物色中最难赋，而赋春雪则须切"春"字，尤难于赋雪。此诗首句、二句从"春"字咀嚼而出，看似与雪无涉，而全为三句、四句作势，几于无处不切"雪"字。三句、四句兜转，备具雪意、雪景，不呆写雪，而雪字自见；不死做春，而春字自在。四句一气相生，以视寻常斧凿者，徒见雕斫之痕，其相去远矣。按昌黎赋春雪又有五言十韵，方氏虚谷谓"行天马度桥"一句为绝唱，刻划至此，洵臻绝妙，而视"故穿庭树作飞花"句不拘拘于妆点，而有超以象外，得其环中之妙，似不及此也，[品]超诣。（《诗式》）

富寿荪曰：以飞雪喻花，本是诗中常语，妙在"白雪却嫌春色晚"句，先拓开一层，意境顿异，别有情趣。（《千首唐人绝句》）

[鉴赏]

这首《春雪》所写的内容，不过是说今年春天来得晚，仲春二月尚只见草芽而不见花，甚至下起了雪。如果照直写来，可以说全无诗情诗趣。但在韩愈笔下，却化平常为新奇，化遗憾为希望，用浪漫的想象渲染出一片富于生机和奇趣的意境，给人以丰富的美感。

"新年都未有芳华，二月初惊见草芽。"诗的前幅，撇开"春雪"，先写今年春迟。"新年"是进入新的一年以来的意思（非专指阴历正月初一，更与这天前后是否立春无关），它包含了一个较长的时间过程，"都未有芳华"的"都"字正强调进入新春以来一直未见花开，突出表现了诗人对春天芳华的期盼和未见芳华的遗憾。这句先从反面着笔，写春色之晚。次句从正面着笔，进一步写春色之晚。平常年份的仲春二月，应是草长如丝的季节，可今年却只见到初生的草芽。"初惊"二字，正透露出诗人对二月始见草芽这一现象的惊讶。从中可以想象出在春寒料峭之中新生的草芽瑟缩未舒之状。

以上两句，从题目"春雪"来说，都是题前文字，但又都或隐或显地与"春雪"有关。正因为二月不见芳华，只见草芽，天气寒冷，这才有"春雪"；正因为期盼芳华，故下文方有"飞花"的想象。

"白雪却嫌春色晚，故穿庭树作飞花。"就在诗人切盼芳华、期待春色早日到来之际，天却飘起纷纷扬扬的雪花。这在常人看来，也许是最扫兴的事。但诗人却因此而发奇思妙想，觉得眼前这飘扬飞舞的雪花，就像是嫌春色来得太晚了，故意穿越庭树，飘飞翻舞，化作纷纷扬扬的飞花，使整个庭院都充满了春天的气息。以花喻雪，以雪喻花，本是常语熟套，但说白雪是因为嫌春色来迟，这才穿庭树化飞花而点染出一片春光，则是完全出乎常情的浪漫主义奇想。按客观实际情况说，"白雪"本身就是"春色晚"的突出标志，甚至是造成春色更晚的原因，诗人却完全从反面着想，说它"嫌春色晚"，这就不仅使人倍感设想之新奇，更妙的是竟将白雪穿庭树飘飞翻舞之状想象成春花的飘舞纷飞，而且将这作为其"嫌春色晚"的表现乃至证据。层层转进，设想既深曲又新奇，而读来却只觉自然天成。尤其是"却嫌""故""作"等词语，将白雪写得极富灵性、极体贴人情，富于童话的奇情奇趣。而在这一切奇思妙想的背后，又正蕴藏着诗人对春色的热情期盼。正是由于诗人心中的春天，这才幻化出了白雪穿庭树作飞花的美好春色，使寒冷的白雪成为温煦春色的标志。

盆池五首（其五）①

池光天影共青青，拍岸才添水数瓶②。且待夜深明月去，试看涵泳几多星③。

[校注]

①盆池，埋盆于地，引水灌注而成的小池，用以种植观赏的水生花草，或放入虫鱼。《盆池》（其一）云："老翁真个似童儿，汲水埋盆作小池。"方崧卿《韩集举正》谓这组诗作于元和十年（815）。②意谓只添了几瓶水，盆池里的水就满得与盆沿齐平，在晃荡拍岸了。③涵泳，沉浸。

[笺评]

洪兴祖曰：或云《盆池》诗有天工，如"拍岸才添水数瓶""一夜青蛙鸣到晓"，非意到不能作也。（《新刊五百家注音辩昌黎先生文集》引）

樊汝霖曰：（"且待"二句）此联妙语也。苏内翰有涵星研，取此意云。（魏怀忠注本引）

黄钺曰：谐语为戏，不独退之，少陵亦间有之。至或所赏"拍岸才添水数瓶""一夜青蛙鸣到晓"，以为有天工，殊未道着。"且待夜深明月去，试看涵泳几多星"，小中见大，有于人何所不容景象，说诗者却未拈出。（《昌黎诗增注证讹》）

程学恂曰：韩律诗诚多不工，然此五首却有致。贡父以"老翁""童儿"句少之，鄙矣。若独取"拍岸""青蛙"二句，亦无解处。予谓"忽然分散无踪影，惟有鱼儿作队行""且待夜深明月去，试看涵泳几多星"，乃好句也。（《韩诗臆说》卷二）

刘宏煦、李德举曰：满池水不过数瓶，亦自清清，光连天影。观玩之下，觉贮月虽或不足，涵星自当有馀。但月朗则星稀，未能历历然也。故得月去再看之。此就现在境界，从灵心慧语中搜进一层。四首（指一二三五首）有不知手之舞之足之蹈之之妙。盖独得之趣，他人不知，太白看敬亭意，正类此。又曰：有如许高兴，故值得一写，因思世间敷衍少意味诗，真不必做。（《唐诗真趣编》）

刘拜山曰：以"涵泳"二字写星光在水，随波闪烁，极见体物之工。（《千首唐人绝句》）

[鉴赏]

盆池亦如盆景，小中见大，纳须弥于芥子，于方丈之中见大自然。而盆景借土栽，盆池则借水成，故《盆池五首》，每首均离不开水。前数首，写盆池中之青蛙、藕梢、鱼儿及小虫，均离不开池中之物，而此首却撇开这一切，只写空荡荡的一盆池水。试问竟如何着笔？且看诗人无中生有、小中寓大的巧思奇趣。

"池光天影共青青，拍岸才添水数瓶。"盆池中虽只盛了浅浅的半盆清水，却立即倒映入了蓝天的碧影，形成了池光天影、青碧一色的境界。盆池虽极浅，却因映入广远的蓝天碧影而无形中被放大了无数倍，使人忘记了它的原来形貌。次句更妙。见此池光天影青碧之色之境，诗人又往池里添了几瓶水，殊不料立即出现了水满盆沿、水波动荡的景象。表面上看，这句似是极力形容盆池之浅小，但"拍岸"二字，却令人想象出浩瀚的洞庭沧海，波浪汹涌、惊涛拍岸的奇观。而诗人之所以用"拍岸"来形容水漫盆沿，正是由于在上一句"池光天影共青青"的描写中已经将眼前的盆池幻化为浩瀚的湖海了。

"且待夜深明月去，试看涵泳几多星。"前两句所写系白天所见盆池碧天映水、波涛拍岸之景，三、四句用"且待"二字提顿，"试看"二字承接，转笔写想象中的深夜星浸盆池之景。月明则星稀，故须待夜深时分，明月已落，繁星满天之时，方能见到一方盆池，繁星沉浸的奇景。夜深风定，盆池水波不惊，平静如镜，故天上繁星倒映其中，清晰可见。"涵泳"二字，所表现的是沉浸其中的静态，即所谓"冷浸一天星"，而不是波涛汹涌、星河动摇的动态。这正是深夜盆池水面平静时繁星映池的特征。尽管是静态，但小小盆池竟"涵泳几多星"，亦使人既感新奇，而又浮想联翩了。

盆景所植所置，无论树木假山，悉皆具体而微，小中见大，均有具体物景可凭；而此首盆池所写之景，不过一盆清水而已。要从这浅小的池水中写出天宇之青碧寥廓，繁星之密布璀璨，惊涛之汹涌拍岸，关键在于抓住水清则映物毕现这个根本特点，方能做到小中寓大，富于奇趣。而诗人的丰富想象力则更是问题的根本。如无丰富的想象力，则无论如何不会从添水漫池联想到江河湖海之惊涛拍岸。这种丰富的想象力既是欣赏盆池之必须，也透露出诗人胸中天地之广阔。而这种想象与联想，又给诗平添了一份令人解颐的谐趣。

晚　春①

草树知春不久归，百般红紫斗芳菲②。杨花榆荚无才思，惟解漫天作雪飞③。

[校注]

①本篇为组诗《游城南十六首》的第三首。这十六首诗非一日之作，系编者类而次之。作者于《游城南十六首》之外，另有《晚春》七绝云："谁收春色将归去，慢绿妖红半不存。榆荚只能随柳絮，等闲撩乱走空园。"内容与本篇似相近而实不同，可以互参。②百般，各种各样。斗芳菲，竞相发出浓郁的芳香，显示各自的美艳。③杨花，即柳絮。榆荚，即俗称榆钱，榆树的果实。初春时先于叶而生枝条间，连缀成串，形似铜钱。榆荚老时呈白色，随风飘散。才思，才情。解，懂得，会。

朱彝尊曰：（三、四句）此意作何解？然情景却是如此。（《批韩诗》引）

汪森曰：意带比兴，出口自活。（《韩柳诗选》）

潘德舆曰：（王昌龄《青楼曲》）第二首起句云"驰道杨花满御沟"，此即"南山荟蔚"景象，写来恰极天然无迹。昌黎诗云："杨花榆荚无才思，惟解漫天作雪飞"，便嚼破无全味矣。（《养一斋诗话》）

朱宝莹曰：春曰晚春，则处处应切"晚"字。首句从"春"字盘转到"晚"字，可谓善取逆势。二句写晚春之景。三句又转出一景，盖于红紫芳菲之中，方现十分绚烂之色。而无如杨花、榆荚不解点染，惟见漫天似雪之飞耳。四句分二层写，而"晚春"二字，跃然纸上。正无俟描头画角，徒费琢斫，只落小家数也。此首合上《春雪》一首，纯从涵泳而出，故诗笔盘旋回绕，一如其文，古之大家，有如是者。（品）沉着。（《诗式》）

刘永济曰：玩三、四两句，诗人似有所讽，但不知究何所指。（《唐人绝句精华》）

刘拜山曰：即景遣兴，趣致天然。意似有所讥刺。（《千首唐人绝句》）

止水曰：（三、四）两句很有谐趣，故意嘲弄杨花榆荚，它们没有红紫美艳的花，正如人没有才华，不能写出美丽的文词来。极无理，又极有趣致。（《韩愈诗选》）

[鉴赏]

务去陈言，是韩愈诗文创作的一贯追求。所谓"陈言"，不只是指陈旧的语言，而且包括一切陈旧的感受、陈旧的构思、陈旧的意蕴和陈旧的表现手法。作者既务去陈言，读韩诗也必须循着诗人自己的感受与思路，而不能按照习惯的套路去感受与理解。这首《晚春》可以提供一个典型的实例。

一般人对晚春景色，每因美好春色的消逝而产生惜春、伤春心理，产生韶华易逝的伤感与惆怅。韩愈的另一首《晚春》："谁收春色将归去，慢绿妖红半不存。榆荚只能随柳絮，等闲撩乱走空园。"其中所写的景物意象几乎与本篇全同，但细味"半不存""只能""空园"等词语，可以明显感到诗人对于"春色将归去"仍然抱着一种惋惜遗憾、空虚惆怅的习惯心理。尽管诗中用了"慢绿妖红"这种有些新意的语言，但整体感受、意蕴仍落熟套。而这首《晚春》的情调意境却是全新的。

"草树知春不久归，百般红紫斗芳菲。"在另一首《晚春》中，对于春色将归去，草树们是茫然无知的，似乎冥冥之中有一种超自然的力量将春色忽然收去，因此"慢绿妖红"只能凋零而"半不存"，默默接受上天安排的命运。而在这首诗中，花草树木却是有灵性的，它们清楚地意识到感知到春天不久就要归去。解读者每将此说成是诗人采用拟人化手法，这自然不错。但作者用拟人化手法并不仅仅是为了使景物变得生动，而是为了显示草树在"知春不久归"的基础上如何"百般红紫斗芳菲"，也就是说抓紧这"春不久归"的有限时间，尽量发挥各自最大的生命活力，释放自己的潜在能量，充分展示自己的美艳芬芳，使整个大地红红紫紫，竞美斗妍。在诗人的感受和意识中，"晚春"不是一个凋零、消逝的季节，而是一个花草树木生命力最旺盛、最美好、最热闹的季节。不仅红紫芳菲，色艳香浓，而且"百般"多样，美不胜收；不仅丰富多彩，美艳芬芳，而且竞相斗艳，将最美好的身姿面影呈献给人间。作者意念中和笔下的"晚春"，就是这样一个充满了生命的全部美丽和活力，充满了热闹的节日气氛的世界。

"杨花榆荚无才思，惟解漫天作雪飞。"晚春不仅有怒放斗妍的红紫芳菲，也有漫天飞舞的杨花榆荚，这同样是晚春的典型景物，写晚春自然少不了它们。杨花柳絮，既无红紫的鲜艳色彩，又无芳菲的浓香，故诗人用调侃的语气称其为"无才思"，亦即草树中之无才情无文采者，它们自然不敢与"百般红紫"斗美竞妍，只能随风飘荡，如漫天飞舞，故说"惟解"。中国古代诗歌有悠长的运用比兴手法的艺术传统，培养了一代又一代读者的深入骨髓的一种习惯性思维——比兴思维。恰巧这里的"无才思"与"惟解"又提供了似有若无的比兴迹象，于是各种各样对其比兴含义的解读也就应运而生、层出不穷：有说劝人珍惜光阴，抓紧勤学，以免如"杨花榆荚"之白首无成；有说故意嘲弄杨花榆荚，它们没有红紫美丽的花，正如人没有才华，不能写出美丽的文词来，总之是认为有所比兴讽喻；有的虽不认为有所讽喻，却也认为诗人是以此鼓励"无才思"者敢于创造。其实，撇开一切先入为主的比兴思维和借物寓理的成见，就诗解诗，则三、四两句只不过是用一种富于风趣的口吻说，柳絮榆荚虽不如各种各样的晚春花卉那样美艳芳香，却也懂得扬起满天飞絮白英，如同飞雪，和晚春花卉一样点缀着美好的春色，一样显示出自己的生命活力。如果缺少了漫天作雪飞的杨花榆荚，这晚春的丰富色调和热闹气氛不是要减弱很多吗？诗人写晚春，就是要写出他的独特感受：晚春的美丽芳菲、丰富多彩、热闹气息，一句话，晚春的生命活力和特有的美感。何必比兴！

次潼关先寄张十二阁老使君①

荆山已去华山来②，日出潼关四扇开③。刺史莫辞迎候远④，相公亲破蔡州回⑤。

[校注]

①次，至。《隋书·李密传》："行次邯郸，夜宿村中。"潼关，今陕西潼关县。唐时在华州华阴县界，为京师长安之门户。属华州刺史

管辖。其时华州刺史每例兼潼关防御、镇国军等使。张十二阁老使君，旧注均谓指张贾，然郁贤皓《唐刺史考全编》云："《隋唐五代墓志汇编·洛阳卷》第十三册《孙简志》（大中十一年十一月二十六日）：'赵丞相宗儒镇河中，辟公为观察推官，再调补京兆府鄠县尉，又从张华州惟素之幕，授监察御史里行，充镇国军判官。征为监察御史，除秘书郎。裴中令度镇北都，辟为留守推官。'按赵宗儒元和九年至十二年镇河中，裴度元和十四年镇北都，则张惟素为华州刺史、镇国军使必在元和十一、二年间。"按：据郁《考》，元和十一年（816）七月丁丑以前，裴武刺华；元和十二年至十三年，郑权刺华。而无张贾曾刺华之记载。则首称张十二阁老使君指张贾者实无所据。阁老，唐代对中书舍人中年资深久者及中书省、门下省属官的敬称。李肇《国史补》卷下："两省（中书省、门下省）相呼为阁老。"《旧唐书·杨绾传》："故事，舍人年深者谓之阁老。"《新唐书·百官志》："中书舍人……以久次者一人为阁老，判本省杂事。"按张贾生平仕历，仅有"初以侍御史为华州上佐"（《唐诗纪事·张贾》）之记载，而无任华州刺史之经历。而张惟素则有刺华之明确记载，故此张十二阁老使君殆指张惟素而非张贾。使君，州刺史、太守之别称。此诗作于元和十二年十二月。是年七月，裴度以宰相身份亲赴淮西前线讨叛镇吴元济，以太子右庶子韩愈兼御史中丞充彰义军行军司马，随度出征。十月十七日平淮蔡。十二月壬戌（七日），度进金紫光禄大夫、上柱国、晋国公。作此诗时，裴度已道封晋国公，见愈《桃林夜贺晋公》，桃林在潼关东。②荆山，《元和郡县图志·河南道二·虢州湖城县》："荆山，在县南，即黄帝铸鼎之处。"《新唐书·地理志》："虢州湖城县，有釜山，一名荆山。"唐湖城县旧境，今在河南灵宝。华山，在唐华州华阴县南八里，潼关，在县东北三十九里。并见《元和郡县图志·关内道·华州华阴县》。③出，《全唐诗》校："一作照。"扇，《全唐诗》校："一作面。"④方成珪《韩集笺注》："《元和郡县图志》：湖城县东北至虢州七十里，荆山在县南，虢州西北至潼关一百三十里，自关至华州一百二十里，故曰'迎候远'也。"按：题已言"次潼关"，则"迎候远"自指华州至潼关之路程而言，且不必迎至潼关也。⑤亲，蜀本作"新"。相公，指裴度。时裴度以宰相亲统兵出征淮蔡。破蔡州，指平定淮西叛镇吴元济。蔡州，今河南汝南县。

[笺评]

《漫叟诗话》（郭绍虞《宋诗话考》疑即李公彦《潜堂诗话》之异称）：诗中有一字，人以私意窜易，遂失古人一篇之意，若"相公亲破蔡州回"，今"亲"字改"新"字是也。（《苕溪渔隐丛话·前集》卷十八《韩吏部下》引）

汪琬曰：气度自别。（《批韩诗》）

查慎行曰：气象开阔，所谓卷波澜入小诗者。（《初白庵诗评》）

查晚晴曰：阔壮处真应酬之祖。（同上）

沈德潜曰：没石饮羽之技，不必以寻常绝句法求之。（《重订唐诗别裁集》卷二十）

李锳曰：语语踊跃，可当一首凯歌读。（《诗法易简录》）

宋顾乐曰：此二作（按：指《桃林夜贺晋公》及本篇）颂而不谀，铺而有骨，格高调高，中唐不可多得，真大手笔也。（《唐人万首绝句选》评）

施补华曰：七绝切忌用刚笔，刚则不韵。退之"荆山已去华山来"一首，是刚笔之最佳者。又曰：《望岳》一题，若入他人手，不知作多少语，少陵只以四韵了之，弥见简劲。"齐鲁青未了"五字，囊括数千里，可谓雄阔，后来唯退之"荆山已去华山来"七字足以敌之。（《岘佣说诗》）

王闿运曰：接差，故开重关，宋人乃云"只两扇"，可笑。此退之生平得意事。晏子仆妾，未能知此。（《手批唐诗选》）

陈衍曰：昌黎诗云"荆山已去华山来，日出潼关四扇开"。渔洋本之，以对"高秋华岳三峰出，晚日潼关四扇开"。益都孔宝侗议之曰："毕竟是两扇。"或曰："此本昌黎，非杜撰。"孙愤然曰："昌黎便如何？"渔洋不服，谓孙持论好与之左。又曰：韩退之"日照潼关四扇开"，不如其"一间茅屋礼昭王"。（《石遗室诗话》）

蒋抱玄曰：言为心声，故从容若此。（《评注韩昌黎诗集》）

程学恂曰：写歌舞入关，不着一字，尽于言外传之，所以为妙。（《韩诗臆说》）

俞陛云曰：露布甫驰，新诗已到。五十载逋寇荡平，宜其兴会之高也。（《诗境浅说》续编）

刘拜山曰：陡起直行，苍苍莽莽，必如此方称凯旋声势，必如此方见平蔡功烈。此等绝句，为昌黎独造之境。（《千首唐人绝句》）

[鉴赏]

讨平割据叛乱长达五十载、成为唐王朝心腹之患的淮西叛镇，是唐宪宗元和年间进行的一系列讨叛战争中具有决定意义的战事，也是奠定元和中兴局面的关键。韩愈作为裴度的高级幕僚，自始至终，参与了这场具有历史意义的事件，并在随军出征、凯旋途中，写下了一系列意气风发的诗篇（多为七绝）。这首七绝，境界壮阔，意气豪雄，如同一曲高亢激越的凯歌，最见韩愈以刚笔作小诗的艺术成就。

首句迎面陡起。荆山在虢州湖城县南，山势高峻，相传是黄帝铸鼎之处，算得上是华夏民族的发祥地之一，自然成为这一带的地标。华山更是以险峻著称的西岳，其作为历史文化的象征和关中地区地标的意义更不待言。首句紧扣题内"次潼关"，描绘出浩浩荡荡的凯旋大军已经把雄峻的荆山抛在了后面，转眼之间更加险峻的华山又将来到面前。诗人着意表现凯旋大军急速前进的动态，从荆山到华山之间两百多里的距离，仿佛在瞬间即可跨越。又用"去""来"两个动词表现山的动态，仿佛可见在大军风驰电掣的急速行军中，荆山迤逦而去，华山迎面而来。从而在广阔的画面中展现出凯旋大军雄豪的意气和疾速驰骋的雄姿。而一路上的荆山、华山也好像在道旁恭迎凯旋大军的到来。"华山来"启下"刺史""迎候"，直笔叙写中仍不忘前后的照应。

次句正面写潼关，却从凯旋大军的视角来写。《桃林夜贺晋公》说："西来骑火照山红，夜宿桃林腊月中。手把命珪兼相印，一时重叠赏元功。"头一夜宿于潼关东边的桃林古塞（在阌乡县东北十里），清晨出发，到达潼关，正值日出之时。在朝阳的照耀下，这座"上跻高隅，俯视洪流，盘纡峻极，实为天险"（《元和志》）的雄关，更显得气势雄峻，气象万千。为了迎接凯旋之师，四扇关门，全部敞开，使浩荡的大军得以顺畅通过。潼关是京师的门户，它敞开大门迎接，正表明这支大军是堂堂正正的凯旋之师，威武雄壮之师，这雄伟的关门也就成了凯旋大门。诗人虽只写了朝阳映照下敞开四扇城门的潼关，但给予人的联想却极为丰富。在读者面前，仿佛可见金鼓齐鸣、长歌入关的浩浩荡荡的凯旋大军整齐前进的步伐，昂扬奋发的意气，两旁迎候壮士归来的百姓兴奋喜悦的笑容和箪食壶浆犒劳王师的热烈场景，乃至洋溢在潼关内外一片喜庆的节日气氛。如果说，往日紧闭关锁、戒备森严的潼关透露出形势的紧张和局面的警急，那么今天这敞开大门的潼关就意味着一个道路畅通、寰宇清平的统一局面的到来。因此，这"日出潼关四扇开"的壮观，无形中具有时代象征的意味，它是胜利之门，也是国家统一、社会安宁的一种象征。

"刺史莫辞迎候远，相公亲破蔡州回。"三、四两句，点题内"先寄张十二阁老使君"。裴度以宰相而兼元戎的身份亲往前线督师，终于平定了扰乱中原腹地五十年的淮西叛镇，立下了盖世功勋，现在又亲率大军班师回朝，沿途的地方长官自应热情迎候，大军刚到潼关，诗人就以诗代书，命人飞马前往华州，通知华州刺史前来迎候，自是他这位行军司马的分内之事。妙在"刺史莫辞迎候远"这句诗，用的是一种近乎命令、不用商量却又十分亲切随和的口吻，不仅传神地表现出诗人的淋漓兴会、胜利豪情，而且生动地展示出诗人与这位"张阁老使君"之间亲密无间、不拘客套的关系。这句先稍作顿宕，引起读者的悬念，末句方就势引满而发，点出"莫辞迎候远"的原因，揭出全诗的核心，"相公亲破蔡州回"所突出强调的并非"相公"的官阶权势，而是"亲破蔡州回"这一胜利的重大深远历史意义。平定淮西叛镇的战事，自元和九年（814）至十二年，前后历经四个年头，其间遇到不少挫折。而裴度作为宰相，始终坚持对淮西用兵的方针，在战局发展的关键时刻，又亲往前线督师，终于取得战争的胜利。因此这"相公亲破蔡州回"所显示的就是一种坚持平叛统一战略方针的决心和信心，就是这一方针所结出的胜利果实以及它对整个平藩讨叛事业的巨大意义。话说得既严肃郑重，又大气磅礴，显示出率正义之师胜利还朝的统帅指挥若定的精神风采。由于上句的顿宕蓄势，这句的引满而发便更有气势力量，也更引人注目。

全诗放笔直抒，意境雄阔，气势磅礴。在一气流注中有顿挫，在淋漓兴会中有蕴蓄，在严肃郑重中有谐趣，故虽用刚笔，却并不给人一览无余之感。

左迁至蓝关示侄孙湘①

一封朝奏九重天②，夕贬潮州路八千③。欲为圣明除弊事④，肯将衰朽惜残年⑤！云横秦岭家何在⑥？雪拥蓝关马不前⑦。知汝远来应有意⑧，好收吾骨瘴江边⑨。

[校注]

①左迁，古人以右为尊，以左为卑，故称贬官为左迁。蓝关，蓝田关，在今陕西蓝田县东南。侄孙湘，韩愈之侄老成（即十二郎）之长子。《新唐书·韩愈传》："宪宗遣使者往凤翔（法门寺），迎佛骨入禁中。三日，乃送佛祠。王公士人奔走膜呗，至为夷法灼体肤，委珍

贝，腾沓系路。愈闻恶之，乃上表……表入，帝大怒，持示宰相，将抵以死。裴度、崔群曰：'愈言讦忤，罪之诚宜。然非内怀至忠，安能及此。愿少宽假，以来谏争。……虽戚里诸贵，亦为愈言，乃贬潮州刺史。'"据《旧唐书·宪宗纪》，宪宗贬愈为潮州刺史在元和十四年（819）正月癸巳（十四日）。愈《潮州刺史谢上表》亦云："臣以正月十四日蒙恩除潮州刺史，即日奔驰上道。"蓝田关距长安一百七里。韩愈行至蓝关时，韩湘远道赶来，跟随韩愈南行至潮州。时湘年二十七。湘后于长庆三年（823）登进士第，授校书郎，为江西从事。官至大理丞。此诗当作于元和十四年正月十七、八日。②一封朝奏，指韩愈所上《论佛骨表》。九重天，指朝廷。《楚辞·九辩》："君之门以九重。"《淮南子·天文训》："天有九重。"故称朝廷或帝王为九重或九重天。③潮州，唐岭南道州名，今属广东。州，《全唐诗》校："一作阳。"《新唐书·地理志》：潮州潮阳郡。京城长安至潮州之里程，《元和郡县图志》谓"西北至上都取虔州路五千六百二十五里"，此谓"八千"，相差较大。然韩愈《唐故中散大夫少府监胡良公墓神道碑》亦云："其子……使人自京师南走八千里至闽南两越之界上，请为公铭刻之墓碑于潮州刺史韩愈。"钱仲联《韩昌黎诗系年集释》云："《旧唐书·地理志》：韶州至京师四千九百三十二里。公在韶所作《泷吏》诗云：'下此三千里，有州始名潮。'合之近八千。"然自韶州至潮州绝不可能有三千里之距离，此与长安至潮州路八千盖均为口耳相传之里程，非实测之距离。④圣明，指圣明之君主。韩愈《拘幽操》："呜呼！臣罪当诛兮，天王圣明。"弊事，指蠹国害民的佛教。韩愈《原道》："今其法曰：必弃而君臣，去而父子，禁而相生养之道，以求其所谓清净寂灭者……欲治其心而非天下国家，灭其天常，子焉而不父其父，臣焉而不君其君，民焉而不事其事……举夷狄之法而加之先王之教之上，几何而不胥而为夷也。"即对佛教之弊作猛烈抨击。⑤肯，岂肯。将，以为。句意谓岂肯以为自己年已衰朽而爱惜残年不去履行做臣子的职责冒死直谏呢！时韩愈年五十二。⑥秦岭，

《三秦记》："秦岭东起商洛，西尽汧陇，东西八百里。"《读史方舆纪要》："蓝田县，秦岭在县东南，即南山别出之岭。凡入商洛、汉中者，必越岭而后达。"⑦时值正月中旬，天气严寒，故有"雪拥蓝关"之语。⑧应有意，指韩湘有意相随至潮州。⑨瘴江，指岭南瘴疠之地的江河。潮州滨江（今称韩江），瘴江边即指潮州。《左传·僖公三十二年》："蹇叔之子与师，哭而送之，曰：'晋人御师必于殽……必死是间，余收尔骨焉。'""收骨"用其语。

[笺评]

曾季貍曰：韩退之"雪拥蓝关马不前"三字出古乐府《饮马长城窟行》"驱马涉阴山，山高马不前"。（《艇斋诗话》）

方回曰：人多讳死，时谓有谶。昌黎自谓必死潮州。明年量移袁州，寻尔还朝。（《瀛奎律髓》卷四十三）

金圣叹曰：（前解）一、二，不对也。然为"朝"字与"夕"字对，"奏"字与"贬"字对，"一封""九重"与"八千"字对，"天"字与"潮州""路"字对。于是诵之，遂觉极其激昂。谁谓先生起衰之功，止在散行文字？才奏，便贬；才贬，便行，急承三、四一联，老臣之诚悃，大臣之丰裁，千载如今日。（后解）五、六，非写秦岭云、蓝关雪也，一句回顾，一句前瞻，恰好逼出"瘴江边"三字。盖君子诚幸而死得其所，即刻刻是死所，收骨江边，正复快语，安有谏迎佛骨韩文公，肯作"家何在"妇人之声哉！唐人加意作五、六，总为眼光在七、八耳。千遍吟此，便知《列仙传》胡说可恨。（《贯华堂选批唐才子诗》卷五）

李光地曰：《佛骨表》孤映千古，而此诗配之。尤妙在许大题目，而以"除弊事"三字了却。（《榕村诗选》）

何焯曰：结句即是不肯自毁其道以从于邪之意，非怨怼，亦非悲伤也。（《义门读书记》）又曰：沉郁顿挫。

赵臣瑗曰：《青琐》之说，容或有之。（《山满楼笺注唐诗七言律》卷三）

纪昀曰：语极凄切却不衰飒。三、四是一篇之骨，末二句即归缴此意。（《瀛奎律髓刊误》）

方世举曰：公作《女挐圹铭》云："愈黜之潮州，既行，有司以罪人家不可留京师，迫遣之。"此诗喜湘远来，盖其时仓卒，家室不及从，而后乃追及，公尚未知，故以将来归骨，委之于湘。盖年已逾艾，九死一生，不觉预计。此时事当考者也。（《韩昌黎诗编年笺注》）

汪森曰：情极凄感，不长忠爱，此种诗何减《风》《骚》遗意？（《韩柳诗选》）

杨逢春曰：（首联）首二叙朝奏夕贬，即日就道情事，作提笔。（《唐诗绎》）

王寿昌曰：近体如宋员外之"度岭方辞国……"（《度大庾岭》），李义山之"曾共山翁把酒时……"（《九日》），皆能寓悲凉于蕴藉，然不如韩昌黎之"一封朝奏九重天……"（《左迁至蓝关示侄孙湘》），虽不无怨意而终无怨辞，所以为有德之言也。（《小清华园诗谈》卷下）

程学恂曰：（末句下）时未离秦境，而语已及此，其感深矣。（《韩诗臆说》）

于庆元曰：心诚昭如日月。（《唐诗三百首续选》）

曹毓德曰：昌言除弊，何惜残年。至今读之，犹觉生气凛然。（《唐七律诗钞》）

吴汝纶曰：（"欲为"二句下）大气盘旋，以文章之法行之，然已开宋诗一派矣。又曰：凄恻。（《唐宋诗举要》卷四引）

俞陛云曰：昌黎文章气节，震轹有唐。即以此诗论，义烈之气，掷地有声，唐贤集中所绝无仅有。（《诗境浅说》）

章士钊曰：观子厚贬所各诗，都表现与峒氓浑融一气，和平恬澹，勤劳民事，四年之间，浑如一日。与其他过客之无端怨悱大异其趣。试以退之"云横秦岭""收骨瘴江"核之，两者有舒躁和怨之不同，一目了然。(《柳文指要》)

[鉴赏]

韩愈因谏阻迎佛骨而遭严谴，不但是其一生经历中的大事，也是中唐政坛上的大事。反映这一大事的《论佛骨表》和《左迁至蓝关示侄孙湘》也因此成为韩愈诗文中的双璧。从诗歌风格上看，此诗与其五七言古体之"横空盘硬语"的奇崛险怪诗风显然有别，以散文化笔法运用于七律，通篇在自然流畅中见沉雄博大，且体现出诗人倔强的个性，显示的仍是韩愈的本色。

"一封朝奏九重天，夕贬潮州路八千。"首联陡起叙事，点题内"左迁"。"朝奏"而"夕贬"显示出从上表到贬官时间之短，透露出这"一封朝奏"是如何强烈地触动了最高封建统治者的神经，引发其难以遏制的雷霆之怒，以致虽裴度等重臣说情，仍遭到远贬八千里的潮州且立即上路的严谴。两句之中，"一封朝奏"与"夕贬潮州"、"九重天"与"路八千"，运用时间、数字构成鲜明的对比，使人对遭此急贬远谪严谴的原因产生期待，从而自然引出下联。

"欲为圣明除弊事，肯将衰朽惜残年！"颔联承"朝奏""夕贬"，明示遭贬的原因和自己的态度。说自己上表言事，谏阻迎佛骨，完全是为了替皇帝清除蠹国害民的弊政，岂能因为年已衰朽爱惜残年而畏缩不前呢。对于皇帝士庶佞佛之弊，韩愈在《论佛骨表》中曾有"事佛渐谨，年代尤促""事佛求福，乃更得祸""惟恐后时，老少奔波，弃其业次"等激烈的言辞加以抨击，而且对自己上表反佛引起的后果有充分的估计，表示"佛如有灵，能作祸祟，凡有殃咎，宜加臣身。上天鉴临，臣不怨悔"，遭此严谴之后，仍坚定地认为佞佛是"弊事"，必欲"除"之而后安，并坚持自己为除弊而不惜残年的无畏态度，在实际上就是对皇帝的严谴在思想感情上一种毫不妥协、毫不屈服的表示。尽管诗是"示侄孙湘"的，与上表给皇帝有别，但这种认识和态度仍然表现出韩愈面对政治高压无所畏惧的凛然气度。两句用流水对和散文化笔调，于一气流注中更见诗人的浩然正气。

"云横秦岭家何在？雪拥蓝关马不前。"腹联由颔联的直接抒情转为写景，点题内"至蓝关"。上句是回望来路，但见高峻绵延的秦岭山脉，云封雾锁，京城长安已经杳不可见，自己的家更不知在何处。韩愈此时，还不知道有司以罪人家室不可留京师，悉加谴逐之事，更不可能料想到日后其幼女道死于商南的惨剧，但在"云横秦岭家何在"的茫然思念之中已含有对家人命运的挂念与担忧，而"云横秦岭"的景象也令人自然联想起政治环境的灰暗迷茫。下句是瞻望前路，但见皑皑白雪，簇拥包围着高险雄峻的蓝田关，连惯于登高涉险的马也徘徊不前，望之却步，暗示前路艰险重重，不知何时方能平安抵达贬所。十六年前，韩愈已有过一次贬斥南荒的经历，"咫尺性命轻鸿毛""十生九死到官所"的艰险经历记忆犹新，这次贬到比连州更远的潮州，道途的艰难险阻更可想而知，而人生的艰难也就自然寓含其中。这一联情感激楚悲凉，但境界却阔大雄浑，故毫无衰飒颓靡之感，而是给人一种崇高的悲剧性美感，而这种美感的产生与获得，又植根于颔联的直接抒情所显示的崇高政治责任感与使命感。抒情与写景在这两联中正相互作用、浑融一体。

"知汝远来应有意，好收吾骨瘴江边。"韩愈此次被贬，无论是从自己上表时态度之激烈、宪宗对此事的震怒、贬谪之地的荒僻遥远，还是从自己坚守除弊的立场毫不妥协来看，已经做好了贬死南荒的充分思想准备，因此对韩湘的远道而来伴己南行之"意"也作了相应的理解，而郑重地以后事相托。"欲为圣明除弊事"的崇高动机，却落得个"收吾骨"于"瘴江边"的结果，本来是极凄楚悲伤的事，诗人却说得坦然、淡定而从容，既无怨亦无悔。这一结，正与颔联"肯将衰朽惜残年"的表态紧相呼应，表明作者在上表之时既已抱定为除弊事而不惜残年的意志，远贬之后也不会改变初衷。"肯将衰朽惜残年"的诗句，正表现出一种"亦余心之所善兮，虽九死其犹未悔"式的坚定与倔强。

早春呈水部张十八员外二首 (其一)①

天街小雨润如酥②，草色遥看近却无③。最是一年春好处④，绝胜烟柳满皇都⑤。

[校注]

①水部张十八员外，指水部员外郎张籍。长庆二年（822），张籍由国子博士迁水部员外郎，十八系张籍之行第。长庆二年、三年春籍均在水部员外郎任。方世举《韩昌黎诗编年笺注》及王元启《读韩纪疑》均以为诗当作于长庆三年（823）早春，兹从之。第二首有"莫道官忙身老大"之句，方世举以为当为韩愈长庆三年为吏部侍郎时。②天街，指长安宫城承天门南的南北向大街朱雀门大街，亦称天门街。唐尉迟偓《中朝故事》："天街两畔槐树，俗号为槐衙。曲池江畔多柳，亦号为柳衙。意谓其成行列如排衙也。"韩愈《早赴街西行香赠卢李二中舍人》："天街东西异，祗命遂成游。"可证此"天街"均专指朱雀门大街，非泛指一般的京城街道。酥，酥油。③草色遥看，远远看去，刚返青的一片草地上似微微泛着一层绿色。④处，时，时候。⑤烟柳，烟雾笼罩的碧柳。指阳春三月生长茂盛时的柳色。

[笺评]

胡仔曰："天街东西异……"此退之《早春》诗也。"荷尽已无擎雨盖，菊残犹有傲霜枝。一年好景君须记，正是橙黄橘绿时。"此子瞻初冬诗也。二诗意思颇同而词殊，皆曲尽其妙。（《苕溪渔隐丛话·后集》）

刘壎曰："天街小雨润如酥……"此韩诗也。荆公早年悟其机轴，平生绝句实得于此。虽殊欠骨力，而流丽闲婉，自成一家，宜乎足以名世。其后学荆公而不至者为"四灵"，又其后卑浅者落"江湖"，风斯下矣。(《隐居通义》)

朱彝尊曰：景绝妙，写得亦绝妙。(《批韩诗》引)

黄叔灿曰："草色遥看近却无"，写照工甚。正如画家设色，在有意无意之间。"最是"二句，言春之好处，正在此时，绝胜于烟柳全盛时也。(《唐诗笺注》卷九)

富寿荪曰：此与杨巨源《城东早春》寓意相同（按：杨诗云："诗家清景在新春，绿柳才黄半未匀。若待上林花似锦，出门俱是看花人。"皆具哲理，诗中写景清丽，绰有风致）。(《千首唐人绝句》)

[鉴赏]

这首小诗，写诗人对长安早春之美的独特发现与感悟。给人以丰富的启示，却并不流于说理与议论，仍具有隽永的韵味和摇曳的风神。诗是呈给老朋友张籍的，自然也包含有将自己的独特发现与感悟跟友人共享的意思。

"天街小雨润如酥"，起句写早春的细雨。宽广的朱雀大街上，迷蒙的细雨悄无声息地飘洒降落，洒在两旁的草地之上，渗入泥土之中。诗人用"润如酥"来形容早春细雨滋润土地草木的特征、形态和效果，可谓妙极形容。它带给读者的不仅仅是一种滋润感、渗透感、轻柔感，而且是一种油脂浸润所呈现的光泽润滑感，使人想到那经历一冬干润的土地在"润如酥"的细雨滋润下泛出的光泽和发散出的泥土芳香。这和北方民间的谚语"春雨贵如油"强调它的珍贵价值有所不同，它突出渲染的是早春细雨所给予人的那种由润泽滋养土地草木而引起的舒适感愉悦感，是一种心灵上的熨帖感。

这种"润如酥"的小雨本身就是早春景色的突出表征，同时又是促成早春另一种景色的原因——"草色遥看近却无"。由于细雨的滋润，枯黄了一冬的草开始返青。透过迷蒙的丝雨向远处看去，天街两旁的草地上像是泛出了一层似有若无的淡淡的青色，可到走近了一看，却又像没有似的。这是因为，刚返青的草，只在根部开始泛出一小截淡淡的绿色，远看时由于视域宽阔，集中连片，故可见一片隐隐的青色，近处看时，目光集中在眼前一小片草地上，只见草梢仍是枯黄之色，故说"草色遥看近却无"。这句看似写得抽象，实则观察极细致，描绘极传神，它所摄取的正是"早春"的神魂，所传达的正是春回大地的最初讯息。而渗透在诗句之中的，则是诗人对春回大地的最初讯息的发现的欣喜乃至惊喜，是一种沁人心脾的新鲜感和对自然界生命复苏的愉悦感。

"最是一年春好处，绝胜烟柳满皇都。"三、四两句，是诗人对早春景色的独特审美感悟与审美评价。在诗人心目中，眼前这细雨如酥，浸润大地，"草色遥看近却无"的早春景色，比起茂盛的烟柳遍布皇都的三春美景要美好得多，它正是一年当中最美好的景色。"最是""绝胜"的着意强调，使诗人的这种审美评价具有一种不容置疑的意味。实际上诗人着意强调的乃是自己的这种独特感受与发现。在一般人心目中，百花盛开的烂漫春光、艳丽春色，无疑是一年中最美好的景色，而诗人却正与之相反，欣赏的是"草色遥看近却无"这种看来并不起眼的早春景色。原因就在于它所独具的新鲜感、生命力和孕育着未来绚丽春色的无限希望的潜在力量。对美好将来的展望有时比美好的现实更具诱惑力。一旦真正到"烟柳满皇都"之时，不但春色在人们心目中已经失去了早春时的新鲜感，也失去了活跃的生命力，接踵而至的便是春意阑珊，春色凋残，引起的或许就是伤春的意绪和怅惘的情思了。这种独特的审美评价中寓含着一种带有哲理性的感悟，给人以丰富的联想与启示，但作者并不道出，只以"最是""绝胜"这样的咏叹语出之，因而在给人以感悟的同时仍倍感其风神摇曳，饶有情韵。

其实，早春的景色是不是就一定"绝胜"三春的烂漫艳丽春色呢？这完全要看诗人的当时当地的独特感受。实际上诗人就抒写过他对晚春热闹景色的独特感受和热情礼赞。审美感更强调的是新鲜与独特，而不是它的绝对正确。

张仲素

张仲素（？—819），字绘之，河间人。贞元十四年（798）登进士第，复登宏辞科。始任武宁节度使张愔判官。元和七年（812）以屯田员外郎充考判官。元和十一年以礼部郎中充翰林学士。十三年加司封郎中、知制诰，充翰林学士。十四年迁中书舍人，是年冬卒。工乐府，善赋。《全唐诗》编其诗为一卷。

秋思二首（其一）①

碧窗斜日蔼深晖②，愁听寒螀泪湿衣③。梦里分明见关塞④，不知何路向金微⑤。

[校注]

①《全唐诗》校：秋字下"一本有闺字"。原作二首，此为第一首。②碧窗，绿色的纱窗。日，《全唐诗》校："一作月。"蔼，映照。③寒螀，秋蝉。螀（jiāng），蝉的一种，即寒蝉。④关塞，指丈夫远戍的边塞。⑤金微，山名，即今之阿尔泰山，在蒙古国境。《后汉书·耿夔传》："以夔为大将军左校尉，将精骑八百，出居延塞，直奔北单于庭，于金微山斩阏氏、名王以下五千馀级。"唐贞观年间，以铁勒卜骨部地置金微都督府，乃以此山得名。"金微"与上句"关塞"或谓同指丈夫远戍之地，恐非。详鉴赏。

[笺评]

杨慎曰：即《卷耳》诗后章之意也。（按：《诗·周南·卷耳》末章："陟彼砠矣，我马瘏矣，我仆痡矣，云何吁矣。"）（《升庵诗

话》）

胡应麟曰：（绝句）江宁之后，张仲素得其遗响，《秋闺》《塞下》，诸曲皆工。（《诗薮·内编·近体下·绝句》）

胡震亨曰：七言绝，开元之下，便当以李益为第一……又张仲素《秋闺曲》"梦里分明见关塞，不知何路向金微""欲寄征人问消息，居延城外又移军"，皆去龙标不甚远。（《唐音癸签·评汇六》）

邢昉曰：晚唐绝句，愈工愈浅近，此独空淡有远神。（《唐风定》卷二十二）

黄叔灿曰：言有梦尚不得到，用意更深一层。（《唐诗笺注》）

宋宗元曰：翻用"梦中不识路"句，愈形金微之远。（《网师园唐诗笺》）

沈德潜曰：即王涯所云"不省出门行，沙场知近远"意。（《重订唐诗别裁集》卷十九）

宋顾乐曰：二诗缱绻有情，含思宛至。（《唐人万首绝句选》评）

潘德舆曰：诗有字诀，曰"厚"……便觉深曲有味。今人只说到梦见关塞，托征鸿问消息便了，所以为公共之言，而寡薄不成文也。（《养一斋诗话》卷一）

俞陛云曰：二诗咏秋闺忆远，皆以曲折之笔写之。第一首静夜怀人，形诸梦寐，常语也。诗乃言关塞历历，已见梦中，适欲身赴郎边，出门茫茫，何处是金微之路，则入梦徒然耳……唐人集中多咏征夫思妇，宋以后颇稀，殆意境为前人说尽也。（《诗境浅说》续编）

刘永济曰：两诗首二句皆写秋，三、四句皆写闺情。（《唐人绝句精华》）

文研所《唐诗选》：见过一般城堡的人可以具体想象边地关塞的形状，未到过金微的人只觉得它是一个抽象的地名。所以前者易见于梦寐，而后者不易。

[鉴赏]

明代两位著名的唐诗研究学者胡应麟、胡震亨都对张仲素的绝句评价很高，尤其是对这两首写闺中少妇思念远戍丈夫的七绝。认为"去龙标不甚远""得其（指王昌龄）遗响"。从构思的精致、表情的含蓄来看，确有江宁遗风，而第一首的后幅写梦境，尤顿挫曲折、摇曳生情，极富韵味。

诗从傍晚时分写起。首句"碧窗斜日蔼深晖"，"日"字一作"月"。或因后幅写到梦境而认为当作"月"，但第二句写到"寒螀"（寒蝉，亦即秋蝉），明显是薄暮时而非夜间。因为蝉在夜间一般情况下是不大鸣叫的，而傍晚时则常有蝉鸣。柳永《雨霖铃》"寒蝉凄切，对长亭晚，骤雨初歇""多情自古伤离别，更那堪冷落清秋节"可证。这句写傍晚时分，夕阳西斜，黯淡的余光映照在闺房的碧纱窗上，透入的余晖变得更加幽深黯淡了。这是写女主人公所居的环境氛围，也透露出寂寥黯淡的情思。薄暮时分往往是离人思妇空寂感转增的难堪时刻，这句虽未直接写到人的活动和思绪，但却可以感到那斜阳黯淡的余晖映照的碧纱窗之中，似有一丝幽怨在悄然流动。

"愁听寒螀泪湿衣"，第二句方正面写到女主人公。到了清秋季节，蝉的生命力正趋于衰竭，它所发出的凄清的鸣叫声，在怀着寂寞黯淡情思的女主人公听来，倍感凄寒。自己的青春年华，就在空闺独守的凄清寂寞中悄然消逝。听着这一声接一声越来越无力的寒蝉哀鸣声，想到自己的凄寒寂寞处境，不禁潸然泪下，沾湿了衣裳。"寒螀"正点题内"秋"字，而"愁听""泪湿衣"则正是对题内"思"字的着意渲染。由于怀念远人的思绪如此强烈，空闺独处的愁绪如此浓重，这就自然引出三、四两句来。

"梦里分明见关塞，不知何路向金微。"怀远人而不见，守空闺而寂寞，故有秋闺之梦境。这两句极精彩，但解说却有分歧。有说"关塞""金微"互文同意的，从对举避复的角度看，似有这种可能。但仔细寻味，却不大合乎情理。如果"关塞"即"金微"，亦即丈夫远戍之地，则既然"分明见关塞"，也就见到了金微，如何又说"不知何路向金微"呢？从情理推测，"关塞"当指北方的边关要塞，而

"金微"则无论是指金微山或是金微都督府所在地，都应该比"关塞"更远。女主人公在丈夫临行时或丈夫的来信中只知道，丈夫这次远戍之地在金微，其地远在北方的边关要塞之外。女主人公虽未去过丈夫所说的北方关塞，但平日里或许见过家乡附近的某座关塞，或者在画图中见过关塞的形象，因此在思极而梦时，梦里便"分明见关塞"而真切在目了。但丈夫所说的"金微"，在她印象中只不过是一个极北极远的一个抽象的地名，她的全部生活经验都不可能唤起对它的具体想象，因此当"梦里分明见关塞"时，她的梦魂却徘徊彷徨，"不知何路向金微"了。上句用"分明"二字一扬，丈夫所说的北方关塞已经历历在目，似乎不久就能飞到日夜思念的丈夫面前；下句用"不知"二字一抑，旷远迷茫之中，通向丈夫远戍之地金微的路根本不知道在哪里。这一扬一抑、一转一跌之间，形成了巨大的心理落差和情感落差，使女主人公从兴奋喜悦的巅峰跌落下来，满腔希望顿时化作失望。梦境的真切与虚渺，情感的激动与失落，梦魂的徘徊踟蹰、孑然失路，梦醒后的空虚惆怅、寂寞伤感，在这扬抑转跌之间都得到了含蓄而生动的表现。

三、四两句的构思，可能受到沈约《别范安成》"梦中不识路，何以慰相思"的启发，但这首诗中的顿挫曲折，特别是"分明见关塞"与"不知何路向金微"的想象却是沈诗中所无的。它完全源于诗人的实际生活体验。离开真切而新鲜的生活体验，绝不可能写出这样曲折动人、极富情韵的诗句。

王 涯

王涯（? —835），字广津，太原人。贞元八年（792）登进士第，又登宏辞科，释褐蓝田尉。二十年后充翰林学士，拜右拾遗、左补阙、起居舍人，皆充内职。元和三年贬虢州司马。五年入为吏部员外郎。十一年拜中书侍郎、同中书门下平章事，十三年罢为兵部侍郎。十五年出为剑南西川节度使。长庆四年（824），入为御史大夫，迁户部尚书、盐铁转运使。宝历二年（826）出为山南西道节度使。大和三年（829）入为太常卿。四年任吏部尚书、领诸道盐铁转运使，进右仆射，领使如故。七年再拜相，仍兼使职。大和九年十一月甘露之变中，宦官诬以谋反，被杀。长于绝句，尤擅宫词、闺怨之作。与令狐楚、张仲素唱和，有《三舍人集》，今存。《新唐书·艺文志》著录《王涯集》十卷，已佚。《全唐诗》编其诗为一卷。

秋夜曲①

桂魄初生秋露微②，轻罗已薄未更衣③。银筝夜久殷勤弄④，心怯空房不忍归。

[校注]

①《乐府诗集》卷七十六《杂曲歌辞十六》收入王涯《秋夜曲》二首，其中"丁丁漏水夜何长"一首系张仲素作。②桂魄，指月亮。传说月中有桂树，又月初生或圆而始缺时不明亮处称魄。此指月初生不明亮处。③轻罗，指轻薄的罗衣。④银筝，用银装饰的筝或用银字表示音调高低的筝。殷勤，反复。弄，拨弄，指弹奏。

[笺评]

钟惺曰：生媚生寒。（《删补唐诗选脉笺释会通评林·中七绝下》

引）

唐汝询曰：广津《秋夜曲》二首，皆闺情正调，雅而不纤。（同上引）

周珽曰：以"心怯空房"四字，生出无方恨思。否则谁不畏寒，乃能深夜衣薄罗而耽彼银筝也。（同上）

俞陛云曰：秋夜深闺，银筝闲抚，以婉约之笔写之。首言弓月初悬，露珠欲结，如此嫩凉庭院，而罗衫单薄，懒未更衣，已逗出女郎愁思。后二句言，夜深人静，尚抚筝弦，非殷勤喜弄也，以空房心怯，不忍独归，作无聊之排闷。锦衾角枕，其情绪可知。所谓"小胆空房怯，长眉满镜愁"，即此曲之意也。（《诗境浅说》续编）

刘拜山曰：懒换秋衣，久弄银筝，总是写思妇百无聊赖之状，而以"心怯空房"缴足之。（《千首唐人绝句》）

[鉴赏]

此诗写闺中少妇秋夜空房独处的寂寥，意境已启后之闺情词。

这是一个初秋的夜晚。一弯新月刚出现在天空，清光如水，映照四方。庭院的草树上，已经滋生了秋天的露水。"秋露微"的"微"字透露出虽已入夜，却未到夜深时分，故露水未浓，只能凭枝头草上偶见露珠闪烁以及它带来的一丝凉意而感知。这句写环境。

"轻罗已薄未更衣"，次句方正面描写女主人公的衣着。她穿着轻薄的罗衣，已经明显感到衣衫的单薄难御秋夜的凉意，却迟迟没有更衣。"已薄"二字透露出随着夜逐渐加深，一开始并不觉单薄的罗衣此时已经感到其轻薄而夜凉袭人了。"已薄"而"未更衣"的原因，此处并不点破，给读者留下悬想和期待。

"银筝夜久殷勤弄"，第三句进一步写女主人公的行为，点明她是在秋夜的庭院中弹筝。从"秋露微"到"罗衣已薄"再到"夜久"，显示时间的渐进过程，至此已是深夜时分了。但女主人公却反复拨弄着筝弦，弹奏着似乎没完没了的曲调。庭院寂寞，凉露侵肌，如此"殷勤弄"筝，又究竟为了什么呢？悬念进一步加深，逼出末句。

"心怯空房不忍归。"前三句写秋天月下的清露，写女主人公穿着单薄的罗衣而"未更衣"，写女主人公深夜反复弹筝，目的都是为了从各方面烘托出全诗的主句。原来她之所以从新月初上到夜深人静始终独坐庭院，反复拨弄筝弦，弹奏筝曲，虽凉意袭人，罗衣难抵秋夜的寒意而迟迟不回房中，就是由于那是一间寂寥的"空房"。"空"字既显示房室之空寂无人，更透露女主人公心灵的空虚寂寞。"怯"字更将女主人公在长期空房独守的寂寞无聊、度日如年的生活中形成的不敢面对空房的心理状态和睹物神伤、孤寂难耐的情景和盘托出。说"不忍归"，正含蓄地透露出"空房"夜夜独守时自己难以禁受心灵的痛苦折磨。这一全篇之眼，不但对前三句所设的种种悬念作出了总结性的解释，而且使全篇形成了一个浑然的艺术整体。

柳宗元

柳宗元（773—819），字子厚，河东（今山西永济）人。贞元九年（793）登进士第。十二年登博学宏辞科，十四年授集贤殿正字。十七年调蓝田尉，十九年迁监察御史里行。二十一年正月，顺宗即位，擢为礼部员外郎，参与王叔文政治集团。八月，顺宗内禅，宪宗即位，改元永贞，九月贬邵州刺史，未到任，追贬永州司马，同贬者有刘禹锡等七人。元和十年（815）奉召回京，复出为柳州刺史。在任多惠政，十四年卒于任。与韩愈同倡古文，世称"韩柳"，为散文大家。宗元亦工诗，苏轼称其诗"发纤秾于简古，寄至味于澹泊"，后世或与韦应物合称"韦柳"，然其诗实有悲慨愤郁、凄楚孤寂的一面。《全唐诗》编其诗为四卷。今人王国安有《柳宗元诗笺释》。

与浩初上人同看山寄京华亲故^①

海畔尖山似剑铓^②，秋来处处割愁肠。若为化得身千亿^③，散上峰头望故乡^④！

[校注]

①浩初上人，长沙龙安海禅师弟子，见《柳河东集》卷六《龙安海禅师碑》。同书卷二十五《送僧浩初序》称其"闲其性，安其情，读其书，通《易》《论语》，唯山水之乐，有文而文之。又父子咸为其道，以养而居，泊焉而无求"。二人初识于永州。元和十二年（817），浩初自临贺至柳州，谒见时任柳州刺史的柳宗元，诗当作于是年秋。柳又有《浩初上人见贻绝句欲登仙人山因以酬之》，亦同时作。②柳州近海，故云"海畔"。剑铓，剑锋。作者《桂州訾家洲亭记》谓"桂州多灵山，发地峭竖，林立田野"，任华《送宗判官归滑台序》谓

桂林一带尖山万重，平地卓立，黑是铁色，锐如笔锋，柳州一带的山亦近似。③若为，如何能够。隋慧远《大乘义章》卷十九："偶随众生现种种形，或人或天或龙或鬼，如是一切，同世色像，不为佛形，名为化身。"《坛经》："于自色身归依千百亿化身佛。""化得身千亿"从此出。④上，《全唐诗》校："一作作。"

[笺评]

苏轼曰：仆自东武适文登，并海行数日。道旁诸峰，真若剑铓。诵柳子厚诗，知海上山多尔耶？（《东坡题跋》卷二《书柳子厚诗》）

又曰：韩退之诗："水作青罗带，山为碧玉簪。"柳子厚诗："海上群山若剑铓，秋来处处割愁肠。"陆道士曰："二公当时不相计，会好作成一属对。"东坡为之对曰："系闷岂无罗带水，割愁还有剑铓山。"此可编入诗话也。（《东坡题跋》卷二）

周紫芝曰：柳子厚《与浩初上人看山》诗云……议者谓子厚南迁，不得谓无罪，盖未死而身已在刀山上矣。（《竹坡诗话》）

瞿佑曰：柳子厚诗"海畔尖山似剑铓……"或谓子厚南迁，不得谓无罪，盖未死而身已上刀山矣。此语虽过，然造作险浑，读之令人惨然不乐。未若李文饶云："独上高楼望帝京，鸟飞犹是半年程。青山似欲留人住，百匝千遭绕郡城。"虽怨而不迫，且有恋阙之意。（《归田诗话》卷上）

顾璘曰：悲语。（《删补唐诗选脉笺释会通评林·中七绝》引）

周珽曰：留滞他山，愁肠如割，到处无可慰之也。因同上人，欲假释家化身神通，少舒乡思之想。固迁客无聊之思，发为无聊之语耳。（同上）

[鉴赏]

柳宗元是一位思想深邃、志向远大、性格内向、情感强烈、信念坚定、操守执著的革新派人士。宪宗初立，即因参与永贞革新而与二王、刘禹锡等同贬远州司马。十年之后，方与刘禹锡等人分别从永州司马、朗州司马等任上召还，但二月方抵京，三月又分别出为柳州刺史、播州刺史。"制书下，宗元谓所亲曰：'禹锡有母年高，今为郡蛮方，西南绝域，往复万里，如何与母偕行。如母子异方，便为永诀。吾于禹锡为执友，胡忍见其若是！'即草章奏，请以柳州授禹锡，自往播州。会裴度亦奏其事，禹锡终易连州。"（《旧唐书·柳宗元传》）这种在己身亦处于万分艰难竭蹶处境中表现出来的深挚情谊，不但折射出高尚的人性光辉，也包含着对政治上同道者的支持。同时召还又旋出为远州刺史的还有韩泰、韩晔、陈谏等人。这种以一代才士而长期贬谪远州，刚召还旋又以出任远郡的情况，在唐代非常少见，特别是在元和这样一个君主思有作为、朝廷人才济济的"中兴"时代，更令人感到难以理解。因为从元和施政的大方面看，与永贞革新并没有本质的不同。这恐怕也是柳宗元等连遭贬谪的才士们无法理解的。正因为这样，其内心的郁结就更加深重，发而为诗，才会有那样尖锐强烈、沉痛愤激的感情迸发。

这首诗所要抒发的主观情思，就是第二句中所说的"愁"，而诗思的触发点一是柳州一带形态奇特的山峰，二是此刻跟诗人一起同看山的浩初上人，一位能诗的禅僧。诗中运用的比喻、触发的想象都与此二者分不开。

"海畔尖山似剑铓"。柳州地近南海，故称"海畔"（唐人称柳州之北的桂州，亦泛曰"桂海"，见李商隐《上尚书范阳公启》"去年远从桂海，来返玉京"及《海上谣》）。桂林、柳州一带的山，均平地拔起，尖峭独立，给初来的人以极深刻强烈的印象。但同样是用比喻形容这一带的山，韩愈的《送桂州严大夫》却说"山如碧玉簪"。虽都写出了山之尖峭，但给人的感觉、印象却完全不同。"剑铓"即剑锋，凸显的是它的锋利感，而"碧玉簪"由于作为女子的头饰，带给人们的却是一种柔媚秀美的感受。这两个不同的比喻正透露出诗人所要表达的感情的区别。在韩诗中，如同碧玉簪的山，给人以奇峭而柔美的美感愉悦，而在柳诗中，则给人以尖锐锋利的痛感联想。这原因，当然由于诗人是怀着一腔郁结的"愁"情去看山的缘故，这就自然引出下句来。

"秋来处处割愁肠"。上句将尖峭的山峰比作"剑铓"，设想虽奇特新颖，但还不能从中直接感受到诗人的感情性质，这一句则直接点出了抒情主体的"愁"。秋天本就是容易引起去国怀乡愁绪的季节，这是自宋玉《九辩》以来寒士悲秋的传统。"愁"之因"秋"而起，原很自然，与上句所看到的"似剑铓"的"尖山"之间，本无直接关联。诗人因"愁肠百转"的习用语而突发奇想，感到那一座座"似剑铓"般尖锐锋利的山峰就像在"割"自己的"愁肠"一样。本因怀着沉重的愁绪看山，而觉峰似剑铓，现在又倒过来设想这如剑般锋利的山在寸寸割断自己的愁肠。这"割"字用得奇险生新、狠重有力，却又极自然贴切，它把诗人目睹异乡绝域尖峭锋利的山峰时那种心如刀割、痛彻肺腑的强烈感受表现得极为生动传神，说"处处"，是因为这一带的山大多拔地而起，林立四野，四面八方到处都是，因此触目所及，处处山峰皆"割愁肠"，简直无可遁逃。同时，这里的"处处"又自然引发化身千亿的想象，前后幅之间照应连接得非常密合。

前两句山如剑铓割愁肠的比喻和联想，虽似从生活中来，却运用了佛典。《阿含经·九众生居品》："设罪多者当入地狱，刀山剑树，火车炉炭，吞饮融铜。"唐代流传很广的目连救母佛教故事也有"刀山剑树地狱"的描写（见《敦煌变文集·目连救母变文》）。因此，它的诗思触发与"同看山"的乃是一位佛教僧侣有密切关联。这里暗用佛典，正暗透出诗人形如幽囚、置身地狱的刀山之上的锐痛感。

"若为化得身千亿，散上峰头望故乡！"前两句极力渲染山形如剑、愁肠如割，按说似对此如剑之山应避之唯恐不及了，但三、四句却更发奇想，不但看山，而且幻想自己如何能够像佛教故事所说的那样，化身千千万万，飞散上千千万万个山峰顶端，遥望京华故乡。善于联想的读者大概不会忘记"尖山似剑铓"的比喻，也不会忘记它那"割愁肠"的尖锐锋利，那么化身千亿的诗人飞上这尖峭如剑的山峰之巅时，难道不感到那种强烈尖锐的刺痛感吗？这似乎有些胶柱鼓瑟，却是自然的联想。实际上，诗人要突出的正是这种纵然经历着尖锐的刺痛，也要"望故乡"的不可遏止的愿望。这种强烈的渴望，即因怀乡去国、思念亲故而不能得见的"愁"绪而生。又因虽"望"而终不得见、不能回的绝望而加深。(《登柳州峨山》云："如何望乡处，西北是融州！") 这两句运用佛典，极新奇亦生动形象。"散上"二字，既呼应次句的"处处"，又展现出千千万万化身飞散而登上千峰万岭的奇幻场景。感情虽极沉痛，境界却极阔远而瑰奇，具有一种动人心魄的悲剧美和强烈的感发力。

同刘二十八哭吕衡州兼寄江陵李元二侍御①

衡岳新摧天柱峰②，士林憔悴泣相逢③。只令文字传青简④，不使功名上景钟⑤。三亩空留悬磬室⑥，九原犹寄若堂封⑦。遥想荆州人物论，几回中夜惜元龙⑧。

[校注]

①刘二十八，刘禹锡，时任朗州司马，二十八是其行第。吕衡州，衡州刺史吕温。江陵李元二侍御，江陵府户曹参军李景俭、士曹参军元稹。李景俭元和三年 (808) 由监察御史贬为江陵户曹参军，元稹元和五年由监察御史贬为江陵府士曹参军。吕温 (772—811)，字和叔，河中府河东县 (今山西永济) 人。贞元十四年 (798) 登进士第，又登宏辞科，授集贤殿校书郎，与王叔文、柳宗元、刘禹锡、韦执谊等友善。十九年擢为左拾遗。二十年随工部侍郎出使吐蕃，永贞元年 (805) 十月回长安。时二王八司马均遭贬，温以奉使幸免。元和三年贬道州刺史，五年转衡州刺史，在官有善政。六年八月卒于衡州任上。

吕温卒后，刘禹锡先有《哭吕衡州时予方谪居》七律，本篇系和刘之作。元稹亦有《哭吕衡州诗》。《旧唐书·王叔文传》谓其"密结当代知名之士而欲侥幸进者，与韦执谊、陆质、吕温、李景俭、韩晔、韩泰、陈谏、柳宗元、刘禹锡等十数人，定为死交"，并谓"王叔文最重者，李景俭、吕温"。《旧唐书·李景俭传》谓其"自负王霸之略……韦执谊、王叔文东宫用事，尤重之，待以管、葛之才。叔文窃政，属景俭居母丧，故不复从坐"。诗作于元和六年八月，旧注或谓李、元二侍御指李深源、元克己，误。②衡岳，指南岳衡山。在今湖南衡阳市北。天柱峰，衡山七十二峰中最大的五峰之一。吕温卒于衡州刺史任，故以衡岳新摧天柱峰喻其去世。《史记·孔子世家》："子路死于卫……孔子因叹，歌曰：'太山坏乎！梁柱摧乎！哲人萎乎！'因以涕下。"此用其意。③作者《唐故衡州刺史东平吕君诔》云："君由道州以陟为衡州。二州之人哭者逾月……余居永州，在二州中间，其哀声交于北南，舟船之下上，必呱呱然，盖尝闻于古而睹于今也。"此指当地百姓思其善政而哭之。此云"士林"，当指士大夫中赏其才识者。④青简，指文字著作。《后汉书·吴祐传》："（吴）恢欲杀青简以写经书。"李贤注："杀青者，以火炙简令汗，取其青易书，复不蠹，谓之杀青，亦谓汗简。"刘孝标《重答刘秣陵沼书》："余悲其音徽未沫，而其人已亡；青简尚新，而宿草将列。"⑤景钟，褒功铭勋的钟。《国语·晋语七》："昔克潞之役，秦来图败晋功，魏颗以其身却退秦师于辅氏，亲止杜回，其勋铭于景钟。"韦昭注："景钟，景公钟。"后借指褒功的铭钟。作者《衡州刺史东平吕君诔》云："呜呼！君有智能孝仁。惟其能，可以康天下；惟其志，可用经百世……君之智与能，不施于生人，知之者又不过十人。世徒读君之文章，歌君之理行，不知二者之于君，其末也……君之理行，宜极于天下，今其闻者，非君之尽力也，独其迹耳。"此联惜其仅能以文字著作流传后世，未能建立不朽的功名，铭功景钟。⑥三亩，三亩之宅，多指狭小的居宅。《淮南子·原道训》："任一人之能，不足以治三亩之宅也。"悬磬室，形容室内空无所有。《左传·僖公二十六年》："室如悬罄，野无青草，何恃而不恐！"罄，亦作"罊"。《说文》："罊，虚器。"⑦九原，本指春秋时期晋国卿大夫的墓地。《礼记·檀弓下》："赵文子与叔誉观乎九原。"后泛指墓地。若堂封，用土堆成像厅堂一样四方而高起的坟墓。《礼记·檀弓下》："吾见封之若堂者矣。"郑玄注："封，筑土为垒。堂，形四方而高。"寄，指暂时瘗于江陵。即《衡州刺史东平吕君诔》"蒿葬于江陵之野"之谓。⑧《三国志·魏书·陈登传》："陈登者，字元龙，在广陵有威名，又掎角吕布有功，加伏波将军，年三十九卒。后许汜与刘备并在荆州牧刘表座，表与备共论天下人……备因言曰：'若元龙文武胆志，当求之于古耳，造次难得比也。'"荆州，即江陵。其时李景俭、元稹二人均在江陵府任户曹、士曹参军，又均与吕温友善，故以许汜、刘备赞赏陈元龙之典，以表现李、元对吕温才能志向的赞赏与逝世的惋惜。吕温卒时年仅四十。

[笺评]

范温曰：《哭吕衡州》诗，足以发明吕温之俊伟。（《潜溪诗眼·柳子厚诗》）

蒋之翘曰：（尾联）使事其切而且化。（《柳集辑注》卷四十三）

金圣叹曰：（前解）衡岳五峰，天柱其一。吕温卒于衡州，故遂以天柱比之。"士林憔悴"者，言此一株既萎，便已不复成林也。"泣相逢"之为言，我方泣，不谓刘二十八亦来泣，于是遂同泣也。三、四，则其泣之之辞也。（后解）五，言吕之不能自葬也；六，言无人曾谋葬吕也。夫朋友死而不得葬，此亦后死者之责也。然则与其几回忆之，无宁一抔掩之。遥寄江陵二子，其必有以处此矣。（《贯华堂选批唐才子诗》卷五）

黄周星曰：哀挽诗中最为得体。（《唐诗快》卷十一）

汪森曰：（五、六句）用经传事极稳贴。（《韩柳诗选》）

《唐诗鼓吹评注》：首言温之死，士林相逢者莫不悲泣而憔悴，盖惜其传文字于青简，未勒功名于景钟也。且官清而贫，室如悬磬，今已物化，见其封若高堂耳。昔刘备知惜元龙岂二侍御而不惜衡州哉！（卷一）

朱三锡曰：吕温卒于衡州，故以天柱峰比之。泣相逢，言与刘同哭也。三、四，伤其才不逢时。五、六，哀其贫不能葬。七、八写寄江陵二侍御，故即以刘荆州比之，言下有责望二公之意。（《东岩草堂评订唐诗鼓吹》卷一）

胡以梅曰：名家必一句擒题。起处妙在是哭。吕在衡州，推尊现成，不可移易。"憔悴"二字，更写得淋漓有神。磬室，言其原籍；堂封，则谓施葬之处。结言寄江陵之意也……陈登卒年三十九，温卒年亦壮，故比之。（《唐诗贯珠串释》卷三十三）

[鉴赏]

这首哭吊亡友吕温的七律，作于唐宪宗元和六年（811）秋。吕温是最早参加王叔文政治集团的杰出才士，素为王叔文所倚重。他不但政治上坚持革新，思想上也具有朴素唯物主义倾向，宣称"无天无神，唯道是信"（《古东周城铭》），与柳宗元、刘禹锡声气相通。永贞革新失败时，他因奉使吐蕃未归得免贬谪。元和三年，因不为宰相李吉甫所容，由朝官出为道州（州治在今湖南道县，与柳宗元的贬所永州为近邻）刺史，五年又移衡州（今湖南衡阳市）刺史，翌年死于衡州任上。柳宗元与吕温"交侣平生意最亲"（《段九秀才处见亡友吕温书迹》），在吕温任道州、衡州刺史期间，他们常书信往来，讨论问题。得知吕温去世的噩耗后，当时贬任朗州（今湖南常德市）司马的刘禹锡（即题内"刘二十八"）写了一首《哭吕衡州予方谪居》的七律，诗云：

一夜霜风凋玉芝，苍生望绝士林悲。

空怀济世安人略，不见男婚女嫁时。

遗草一函归太史，旅坟三尺近要离。

朔方徙岁行当满，欲为君刊第二碑。

柳宗元这首诗，就是和刘禹锡《哭吕衡州》之作。诗题中的"江陵李元二侍御"，指李景俭与元积，前者是吕温的知交和永贞革新的重要成员，后者早期政治上也有进步倾向，当时遭贬居江陵，屈居下僚，政治上郁郁不得志。

诗的起联，以奇峭突兀之笔写吕温的摧折及其巨大影响。吕温死前任衡州刺史，这里就近取譬，把他的不幸摧折比作南岳衡山天柱峰的突然崩塌。"天柱"含义双关，既形象地显示出吕温顶天立地、高入云霄的奇伟风貌，暗寓其奇才异能，足任国之栋梁，又着意强调其逝世将使国家受到巨大的损失和震撼，甚至面临倾覆的危险。紧接着又用"士林憔悴泣相逢"来突出渲染他的逝世给广大士人带来的巨大悲痛，足见吕温深系时望，被士林视为国家中兴的希望。柳宗元对吕温的才能极为推崇，说他道大艺备，斯为全德（《祭吕衡州温文》），"唯其能，可以康天下；唯其志，可用经百世"（《唐故衡州刺史东平吕君诔》）。结合这些赞誉，就会感到起联的夸张性比喻，并非故为溢美之词，而是基于对吕温才能的切实认识与理解。这一联寓赞于哭，起得非常陡健，具有古诗的笔势，正如前人所说："凡五七律诗，最争起处。凡起处最宜经营，贵用陡峭之笔，洒然而来，突然涌出，若天外奇峰，壁立千仞，则入手声势便紧健，格自高，意自奇，不但取调之响也。"（朱庭珍《筱园诗话》）"泣"字点醒题内"哭"字，明点"士林"，诗人自己和刘禹锡也就包括在内。

颔联对吕温贵志以没，未能为国家中兴事业作出巨大贡献深致悲慨："只令文字传青简，不使功名上景钟。"两句一正一反，一宾一主，以文章的书于青简、传流后世之"幸"，反托功名事业终未有成的不幸。像吕温这样一个志在国家中兴事业的革新才人，徒有文章传世而未建功业，实在是莫大的悲哀。"只令""不使"，惋惜痛愤之情溢于言表，究竟是谁造成这种悲剧？诗人虽未明言，读者自可默会。

腹联转写吕温身后的凄凉。出句说吕温死后，室如悬磬，空无所有。这既写出了他的清贫，也透出了他的廉洁，柳宗元在诔文中说到道、衡二州的人民在吕温死后，"其哀声交于北南，舟船之下上，必呱呱然"，也说明他为官清廉而有善政。如果说这一句是在痛悼中含有赞美，那么下一句便是纯粹的哀悼。一代才人，国之"天柱"，竟落到旅魂不归、无力迁梓故土的地步，当时社会对才人志士的摧抑便可想而知了。"空留""犹寄"，哀惋愤激，兼而有之。

尾联扣题内"兼寄"，进一步写士林同道对吕温不幸摧折的痛惜。刘备和许汜曾在荆州牧刘表处论天下英雄，对已故的陈登（字元龙）的才情豪气极为推崇赞赏。这里以陈元龙比吕温，以刘备、许汜比李景俭、元稹，说遥想在荆州的李、元二位，中夜纵论天下英雄时，当屡次为失去陈元龙式的人物——吕温而无限痛惜。这一联不但绾合题目，遥应起联，用典雅切，而且把哀挽与赞誉融合在一起，再次展现了吕温的精神风貌，"士林"对吕温的推崇悼念也在"遥想"中得到形象化的表现。收得有气度，有情韵，与开篇的奇峭突兀、气势雄健适成对照，显得铢两相称，无头重脚轻之感。

这首诗所悼念的对象是吕温这样一个有杰出才能的革新派人士，诗中又贯注着为国家的中兴事业惜才，为才人志士的不幸命运深感愤激不平的思想感情，因此它实际上是一首现实性很强的政治抒情诗，柳宗元当时虽然名列囚籍，僻处荒远，但同过去从事革新的同道，以及一些被当权者谪贬的流人官吏一直有密切的联系，客观上形成了一个在野的政治团体。这首诗既和刘禹锡，又兼寄贬居江陵的李景俭、元稹，正是因为他们之间有着共同的政治倾向、政治遭遇。通过哭吊吕温，诗歌唱和寄酬，把他们的政治感情凝聚起来了。从这方面来理解，这首诗的政治内涵便更明显了。

哭吊友人的诗，往往容易写得凄惋哀伤。这首诗对吕温的不幸摧折，虽然也流露了很强烈的伤悼之情，但并不显得过于悲凄低回。它在哀悼中含有怨愤，在痛惜中寓有赞誉。特别是寓赞于悼，更是贯串全篇的基本构思，起、结两联，以衡岳天柱之摧与陈元龙之英年早逝为喻，更具有一种崇高的悲剧美。沈德潜评此诗说："哀怨有节，律中骚体，与梦得故是敌手。"（《说诗晬语》）这是很贴切的。不过，若论前三联，刘柳二作，可称势均力敌、难分轩轾，若论尾联，则柳诗似更胜一筹。

登柳州城楼寄漳汀封连四州①

城上高楼接大荒②，海天愁思正茫茫③。惊风乱飐芙蓉水④，密雨斜侵薜荔墙⑤。岭树重遮千里目⑥，江流曲似九回肠⑦。共来百越文身地⑧，犹自音书滞一乡⑨。

[校注]

①《旧唐书·宪宗纪》：元和十年（815）三月，"乙酉，以虔州司马韩泰为漳州刺史，以永州司马柳宗元为柳州刺史，饶州司马韩晔为汀州刺史，朗州司马刘禹锡为播州刺史，台州司马陈谏为封州刺史。御史中丞裴度以禹锡母老，请移近处，乃改授连州刺史。"宗元以禹锡母年老，上奏请以柳州授禹锡，自往播州事，见《旧唐书》本传。柳州，属岭南道，今广西柳州市。漳州、汀州均属江南东道，今福建漳浦县、长汀县。封州属岭南道，今广东封开县。连州属江南西道，今广东连州市。永贞元年（805）九月所贬参与革新活动的八司马中，凌准、韦执谊卒于贬所，程异于元和四年起用。柳宗元等五人均同时出为远州刺史。此诗系元和十年六月初到柳州不久登城楼有感而作。②大荒，荒远之地。《山海经·大荒东经》："东海之外，大荒之中，有山名曰大言，日月所出。"又《大荒西经》："大荒之中，有山名大荒之山，日月所入……是谓大荒之野。"③句意谓登楼极望，但见海天相接，一片混茫，愁思亦浩茫无际。④惊风，急骤的风。飐，风吹

物使其颤动。芙蓉水，长满了荷花的池水。《楚辞·离骚》："制芰荷以为衣兮，集芙蓉以为裳。"⑤薜荔，一种常绿的藤蔓植物，常缘墙攀附而生，又称木莲。《楚辞·离骚》："揽木根以结茝兮，贯薜荔之落蕊。"王逸注："薜荔，香草也，缘木而生蕊实也。"此联之"芙蓉""薜荔"均有象征色彩。⑥岭，指五岭。柳州地处岭南，登城楼北望，不见京华故乡，故云"重遮千里目"。"重"既指树之密匝层层，又指岭之重叠。⑦《元和郡县图志·岭南道四·柳州》：马平县："潭水，东去县二百步；柳江，在县南三十步。"柳州以下的一段江水，先向北，再向东北，复向南，曲折回环，故云"江流曲似九回肠"。司马迁《报任安书》："肠一日而九回。"九回肠，形容愁思之萦回缠绕。⑧百越，古代南方越人的总称，分布在今浙、闽、粤、桂等省区。因部落众多，故总称百越。亦可指百越居住之地。此即指。包括漳州、汀州、封州、连州、柳州在内的古百越所居之地。《庄子·逍遥游》："越人断发文身。"《淮南子·原道训》："九疑之南，陆事寡而水事众，于是民人披发文身，以象鳞虫。"高诱注："文身，刻画其体，内黙（墨）其中，为蛟龙之状以入水，蛟龙不害也。"⑨滞，阻隔不通。

[笺评]

唐汝询曰：此登楼览景慕同类也。言楼高与大荒相接，海天空阔，愁思无穷。惊风、密雨，愈添愁矣。况树重叠，既遮我望远之目；江流盘曲，又似我肠之九回也。因思我与诸君同来绝域，而又音书久绝，各滞一乡，对此风景，情何以堪乎！（《唐诗解》卷四十四）又曰：谪况堪悯。（《汇编唐诗十集》）

徐祯卿曰：何其凄楚！（《删补唐诗选脉笺释会通评林·中七律》引）

顾璘曰：次联又下中唐一格。（同上引）

周敬曰：思致亦工，感词亦藻。（同上）

陆时雍曰：语气太直。（《唐诗镜》卷三十七）

叶羲昂曰：妙入巧景。（《唐诗直解》）

金圣叹曰：（前解）此前解，恰与许仲晦《咸阳城西门晚眺》前解，便是一付印版。然某又深辨其各自出好手，了不曾相同。何则？许擅场处，是其第二句抽出七字，另自向题外方作离魂语，却用快笔飑地直接怕人风雨，便将上句登时夺失，于是不觉教他读者亦都心神愕然。今先生擅扬却是一句下个"高楼"字，二句下个"海天"字。高楼之为言，欲有所望也；海天之为言，无奈并无所望也。于是心绝气绝矣。然后下个"正"字，正之为言，人生至此，已是入到一十八层之最下一层，岂可还有馀苦未吃，再要叫吃。今偏是"惊风""密雨"，全不顾人；"乱飑""斜侵"，有加无已。虽盛夏读之，使人无不洒洒作寒，默然无言。然则可悟许妙处，是三、四句夺失第二句；此妙处是三、四句加染第二句，政复彻底相反，云何说是印版也。（后解）此方是寄四州也。五，望四州不可见也；六，思四州无已时也。七、八言若欲离苦求乐，固不敢出此望，然何至苦上加苦，至于如此其极。盖怨之至也。（《贯华堂选批唐才子诗》卷五）

《唐诗鼓吹评注》：此子厚登城楼怀四人而作。首言登楼远望，海阔连天，愁思与之弥漫，不可纪极也。三、四句惟"惊风"，故云"乱飑"；唯"密雨"，故云"斜侵"，有风雨萧条，触物兴怀意。至岭树重遮、江流曲转，益重相思之感矣。当时"共来百越"，意谓易于相见，今反音问疏隔，将何以慰所思哉！（卷一）

陆贻典曰：子厚诗律细于昌黎。至柳州诸咏，尤极神妙，宣城、参军之匹。（《瀛奎律髓汇评》卷四引）

汪森曰：柳州诸律诗格律娴雅，最为可玩。又曰：结语最能兼括，却自入情。（《韩柳诗选》）

查慎行曰：起势极高，与少陵"花近高楼"两句同一手法。（《初白庵诗评》）

纳兰性德曰：元遗山编《唐诗鼓吹》，以柳子厚《登柳州城楼》诗置之篇首，此诗果足以压卷乎？（《通志堂集》）

吴乔曰：中四句皆寓比意。"惊风""密雨"喻小人，"芙蓉""薜荔"喻君子。"乱飐""斜侵"则倾倒中伤之状。"岭树"句喻君之远，"江流"句喻臣心之苦。皆逐臣忧思烦乱之词。（转引自《义门读书记》）又曰：盛唐不巧，大历以后，力量不及前人，欲避陈浊麻木之病，渐入于巧……柳子厚之"惊风乱飐芙蓉水""桂岭瘴来云似墨"，更着色相。（《围炉诗话》）

胡以梅曰：柳州之南，直之广东廉州滨海，所以"接大荒"，而又云"海天"也。惊风乱飐，密雨斜侵，皆含内意，谓世事隉阢不安，风波未息。岭，五岭；江，即柳江，今名左江。遮千里之目，使人不见故乡邻郡，而愁肠一日九回耳。引物串合，沉着淋漓。结承五、六，总在愁思中事，而却寄问之。……《离骚》："搴薜荔兮水中，采芙蓉兮木末。"今两物同用，本于此，写骚人之幽怨。而《九歌·山鬼》章曰："若有人兮山之阿，披薜荔兮带女萝。"则又有暗射诡秘之意。荷花又谓草芙蓉。《楚辞》又云："芙蓉始发，杂芰荷些。紫茎屏风，文绿波些。"今诗之用，总橐括《骚》怨，探其来源，则句皆有根有味。（《唐诗贯珠串释》卷三十八）

赵臣瑗曰：结，既遭远斥，或同一方，或音书时达，庶可稍慰离索，今乃至于如是之极也。人孰无情，谁能堪此！（《山满楼笺注唐诗七言律》卷四）

王尧衢曰：前解登楼写愁，后解因愁寄友。（首联）擒题面，以"高"字为眼。（《古唐诗合解》卷十五）

毛张健曰：凡言乐者，写景宜融和，言戚者，写景宜萧飒。冠冕题则写其庄重，闲适题则写其清幽，此最合风人比兴之义。今人不得其法，往往景与情不相附丽，索然味尽矣。（"惊风"二句下）五、六先寓怀人之意，故一结得神。（"岭树"二句下）（《唐体肤诠》）

吴昌祺曰：（江流句）本言肠之九回，而反言江流似之也。（《删

订唐诗解》）

朱三锡曰：起曰"高楼接大荒"，是凭高望远，目极千里也。次曰"海天愁思"，是一望无际，触景伤怀也。"愁思茫茫"，下一"正"字，言今被斥远方，已到十分苦境。偏是惊风密雨，全不顾人，乱飐斜侵，有加无已，愁思不愈难为情乎！五是望四州而不可即，六是思四州而无已时。即所云"滞一乡"也。曰"共来"，曰"犹是"，愁之深，怨之至也。又曰：惊风密雨，有寓无端被谗斥逐惊怀之意，又寓风雨萧条，触景感怀之意。《诗三百》鸟兽草木各有所托，唐人写景，俱非无意，读诗者不可不细心体会也。（《东岩草堂评订唐诗鼓吹》卷一）

屈复曰：一登楼，二情，中四所见之景，然景中有愁思在。末寄四州，岭树遮目，望不可见；江曲九回，肠断无已时也。柳州诗属对工稳典切，情景悲凉，声调亦高。刻苦之作，法最森严。但首首一律，全无跳踯之致耳。（《唐诗成法》卷十）

沈德潜曰：从登城起，有百感交集之感。"惊风""密雨"，言在此而意不在此。《岭南江行》中"射工""飓母"亦然。（《重订唐诗别裁集》卷十五）

纪昀曰：一起意境阔远，倒摄四州，有神无迹，通篇情景俱包得起。三、四赋中之比，不露痕迹，旧说谓借寓震撼危疑之意，好不着相。（《瀛奎律髓汇评》卷四引）

黄叔灿曰：登楼寂寂，望远怀人，芙蓉薜荔，皆增风雨之悲；岭树江流，弥搅回肠之痛。昔日同来，今成离散，蛮乡绝域，犹滞音书，读之令人惨然。（《唐诗笺注》卷五）

宋宗元曰："惊风""密雨""岭树""江流"，无非愁思，楚骚遗响也。（《网师园唐诗笺》）

曹毓德曰：声调高，色泽足，直欲夺少陵之席。（《唐七律诗钞》）

方东树曰：六句登楼，二句寄人。一气挥斥，细大情景分明。

（《昭昧詹言》卷十八）

胡本渊曰：登城起，有百端交集之感。"惊风""密雨"言在此而意不在此。同在百越而尚间阔如此，又安得京华之音信，故里之乡书哉！（《唐诗近体》）

吴闿生曰：（首联）响入云霄。（次联）二句近景。（腹联）二句远景。（末联）更折一笔，深痛之情，曲曲绘出。此诗非子厚大手笔不能写。（《古今诗苑》卷十六）

王文濡曰：前六句直下，皆言登楼所望之景。末二句总括，不明言谪宦而谪宦之意自见。（《唐诗评注读本》卷三）

近藤元粹曰：感触伤怀，使人惨然。（《柳柳州诗集》卷二评）

《精选评注五朝诗学津梁》：客路身孤，愁肠百结，茫茫眼界，何以为情，此诗所以写照。

光聪谐曰：（"岭树"句）此非言树之重也。盖先以永贞元年贬永州，至元和十年始召至京，旋又出为柳州，故云"重遮"。误会言树，则不知其痛之深。（《有不为斋随笔》）王国安曰：永州不过五岭，仍当以言树为是。（《柳宗元诗笺释》卷三）

俞陛云曰：唐代韩、柳齐名，皆遭屏逐。昌黎《蓝关》诗见忠愤之气，子厚《柳州》诗多哀怨之音。起笔音节高亮，登高四顾，有苍茫百感之慨。三、四言临水芙蓉，覆墙薜荔，本有天然之态，乃密雨惊风横加侵袭，致嫣红生翠，全失其度。以风雨喻谗人之高张，以薜荔芙蓉喻遇贤人之摈斥，犹《楚词》之以兰蕙喻君子，以雷雨喻摧残。寄慨遥深，不仅写登城所见也。五、六言岭树重遮，所思不见，临江迟客，肠转车轮，恋阙怀人之意，殆兼有之。收句归到寄诸友人本意，言同在瘴乡，已伤谪宦，况音书不达，雁渺鱼沉，愈悲孤寂矣。（《诗境浅说》丙编）

[鉴赏]

柳宗元贬谪永州期间所写的诗，多为古体，尤以五古见长；而出

柳宗元 | 265

为柳州刺史期间，则写了较多的七律和七绝。这首初到柳州之后不久登城楼所作的七律，堪称唐代贬谪诗和登览诗中的佳作。

"城上高楼接大荒，海天愁思正茫茫。"首联直接入题，总写登柳州城楼所见所感。"城上"而更加"高楼"，则所登愈高，所见愈远。唐代的柳州，还是荒远未经开发的蛮瘴之地，作者《岭南江行》说："瘴江南去入云烟，望尽黄茆是海边。"可见其荒凉空旷景象。登高楼远望，但见眼前展现的是一片无边无际的荒野，极目南望，远处天际，海天相接，一片迷茫，自己的愁思也像这浩阔的海天一样浩茫无际。这一联由远望所见荒远浩阔迷茫的景象引动"愁思"，境界阔远荒凉，感情激越苍凉。目接心感，情景浑融一片，既传达出登高四顾时的苍茫百感，又具有雄浑浩茫的气势，使人感到诗人的"愁思"也像这海天浩阔混茫之境一样充溢于天地之间。这"愁思"所包含的内容，既有去国怀乡、思亲念友之愁绪，也有空怀报国之志却连遭贬斥、再历遐荒的怨愤，更有归期无望、寂处穷荒的悲凉。如此深广的"愁思"正须如此广远的境界方能容纳和表现。着一"正"字，传神地表达出这浩茫无际的愁思正弥漫胸际，浑浑浩浩，方兴未已，并顺势引出下一联。

"惊风乱飐芙蓉水，密雨斜侵薜荔墙。"颔联收回目光，转写近景。南方六月暑热季候，暴风骤雨，常倏然而至，这一联所写正是靠近北回归线的柳州盛夏气候的特征：急骤的狂风裹挟着密集的暴雨倾泻而下，使得满池的水波动荡翻腾，池中的荷花东倒西斜，花枝颤动摇晃；风急雨斜，侵袭着爬满了薜荔的墙头，使薜荔也在风雨中簌簌摇曳。"风"而曰"惊"，"雨"而曰"密"，不仅见风雨之急骤狂暴，而且透出诗人目接此景时心惊魂悸之状，再加上"乱飐""斜侵"，这一连串着意的渲染不仅传神地描绘出自然界的狂风暴雨对美好事物的肆意摧残，而且由于"芙蓉"和"薜荔"在《楚辞》以来的比兴意象体系中向被赋予象喻美好芬芳品格的含义，它所透露的政治象征意义自不难默会。这幅展现在眼前的狂风骤雨肆意摧残美好事物的图景，不妨说正是诗人自己和从事革新活动的同道者共同命运的一种象征，而诗人目接此景时的联翩浮想和怨愤交并之情也得到淋漓尽致的表达。由于写景的真切传神，读者并不感到诗人是在刻意设喻，而是从富于传统象征含义的意象中自然引发联想，纪昀说"三、四赋中之比，不露痕迹"，正道出这一联融写实与象征为一体的艺术表现特征。

"岭树重遮千里目，江流曲似九回肠。"腹联又由近观转为远望，但和首联总写登楼四顾、极望海天的阔远之景不同，这一联乃是写远望不及而触发的怅恨与愁思。上句系登楼远望，但见重重叠叠的山岭和密密层层的树林遮挡住了极目千里的望远视线，不但长安宫阙、故乡亲友不可得见，就连此次同贬漳、汀、封、连四州的同道友人也渺在层层云树之外，而俯视江流，曲折回环，正像自己怀乡恋阙思亲念友的愁绪一样，萦回缠绕，郁结盘纡，永无已时。首联写景，突出其阔远空旷与荒凉，并不描绘具体景物；此联则具体描绘"岭树"之"遮"与"江流"之曲，以突出僻处南荒的阻隔感和郁结感。"肠一日而九回"的熟语，用在这里，可谓极其工切。没有到过柳州，从高处俯瞰柳江的人，很难体会到它的真切。

"共来百越文身地，犹自音书滞一乡。"尾联收到"寄漳汀封连四州"上来。出句先用"共来"一扬，仿佛可慰，旋即用"百越文身地"重重一抑，扬抑之间，正突出了志同道合的五位朋友共同的悲剧遭遇，对句用"犹自"更转进一层，揭示出即使一起来到这荒远的蛮瘴之地，彼此之间依然是远隔重峦，音书阻滞，连平安与否的消息也难以传递，更不用说会面相聚了。这个结尾，看似突兀，实则前三联在描绘登楼所见景物时均已暗含了伏脉。首联的茫茫海天"愁思"中，即包含有怀念友人而不得见的内容，纪昀所谓"倒摄四州，有神无迹"，正是有见于此。颔联急风密雨肆意摧残"芙蓉""薜荔"的情景，更是同道志士共同命运遭际的象征。腹联出句所望而不见者固有分处四州的友人，对句所写的萦回曲折愁肠中亦自含思而不见诸友的孤独苦闷。因此尾联以思念友人、慨叹音书阻隔结，正是水到渠成。

前三联一气直下，末联则顿挫抑扬，转增情致与余韵。

柳州峒氓[①]

郡城南下接通津[②]，异服殊音不可亲[③]。青箬裹盐归峒客[④]，绿荷包饭趁虚人[⑤]。鹅毛御腊缝山罽[⑥]，鸡骨占年拜水神[⑦]。愁向公庭问重译[⑧]，欲投章甫作文身[⑨]。

[校注]

①峒，旧时对西南地区部分少数民族聚居地方的泛称。峒氓，即指西南地区聚居于山区的少数民族。②郡城，指柳州城。通津，四通八达的津渡。《元和郡县图志·岭南道四·柳州》："马平县（州治所在）……柳江，在县南三十步。"③殊音，语言不同。作者《与萧翰林书》："楚、越间声音特异，鴂舌啅噪。"岭南少数民族的语言当更殊异。④箬，指箬竹叶（非指竹皮，亦非指竹笋外壳）。《本草纲目·草四·箬》："箬生南方平泽，其根与茎皆似小竹，其节箨与叶皆似芦荻，而叶之面青背淡，柔而韧，新旧相代，四时常青。南人取叶作笠，及裹茶盐包米粽，女人以衬鞋底。"归峒，归其居地。⑤趁虚，犹赶集。虚，乡村市集。钱易《南部新书》辛："端州（属岭南道）已南，三日一市，谓之趁墟。"虚，通"墟"。⑥御腊，抵御腊月寒冬。罽(jì)，一种毛织品，此指被褥。山罽，山民用毛制作的被褥。刘恂《岭表录异》："南道之豪酋，多选鹅之细毛，夹以布帛，絮而为被，复纵横衲之，其温不下于挟纩也。"⑦鸡骨占年，用鸡骨占卜吉凶祸福。《史记·孝武本纪》："乃令越巫立越祝祠，安台无坛，并祠天神上帝百鬼，而以鸡卜。"张守节正义："鸡卜法，用鸡一、狗一生，祝愿讫，即杀鸡狗煮熟，又祭，独取鸡两眼，骨上自有孔裂，似人物形则吉，不足则凶。今岭南犹此法也。"作者《柳州复大云寺记》曰："越人信祥而易杀……病且忧，则聚巫师用鸡卜。"占年，占卜年成的

丰歉。⑧重译，辗转翻译。《尚书大传》卷四："成王之时，越裳重译而来朝，曰道路悠远，山川阻深，恐使之不通，故重三译而朝也。"⑨章甫：殷商时代的一种冠。《礼记·儒行》："丘少居鲁，衣逢掖之衣；长居宋，冠章甫之冠。"孙希旦集解："章甫，殷玄冠之名，宋人冠之。"《庄子·逍遥游》："宋人资章甫而适诸越，越人断发文身，无所用之。"后因泛称儒者之冠。

[笺评]

陈辅之曰：柳迁南荒有云："愁向公庭问重译，欲投章甫作文身。"太白云："我似鹧鸪鸟，南迁懒北飞。"皆偏忮躁辞，非畎亩惓惓之义。杜诗云："冯唐虽晚达，终觊在皇都。""愁来有江水，焉得北之朝。"其赋张曲江云："归老守故林，恋阙悄延颈。"乃心王室可知。（《陈辅之诗话·乃心王室》）

方回曰：柳柳州诗精绝工致，古体尤高。世言韦、柳，韦诗淡而缓，柳诗峭而劲，此五律诗（按：指柳宗元《登柳州城楼寄漳汀封连四州》《柳州寄丈人周韶州》《得卢衡州书因以诗寄》《岭南江行》《柳州峒氓》五首七律）比老杜则尤工矣。杜诗哀而壮烈，柳诗哀而酸楚，亦同而异也。又《南省牒令具注国图风俗》有云："华夷图上应初识，风土记中殊未传。"非孔子不陋九夷之义也。年四十七卒于柳州，殆哀伤之过欤？然其诗实可法。（《瀛奎律髓》卷四风土类）

冯舒曰：柳固工秀，然谓过于杜则不然。（《瀛奎律髓汇评》卷四引）

查慎行曰：律诗掇拾碎细，品格便不能高。若入老杜手，则有镕铸炉鞲之妙，岂肯屑屑为此！虚谷谓柳州五章"比杜尤工"一言，以为不如，览者毋为所惑可也。（同上引）

纪昀曰：评韦、柳确，评杜、柳之异亦确，惟云五律工于杜，则不然。又曰：全以鲜脆胜。三、四如图。（同上引）

何焯曰：后四句曰历岁逾时，渐安夷俗，窃衣食以全性命。顾终不之召，亦将老为峒氓，无复结绶弹冠之望也。"欲投章甫作文身"，言吾当遂以居夷老矣，岂复计其不可亲乎！首尾反复呼应，语不多而哀怨已至。（《义门读书记·河东集下》）

毛奇龄曰："绿荷包饭趁虚人"，岭南呼市为虚，犹北人呼市为集。按市朝而盈，夕而虚。岭南市以虚多盈少，故反名虚。（《唐七律选》卷三）

《唐诗鼓吹评注》：子厚见柳州人异俗乖，风土浅陋，故寓自伤之意。首言自郡域而之广南，皆通津也，其异言异服已难与相亲矣。彼归峒者裹盐，趁墟者包饭，鹅毛以御腊，鸡骨以占年，皆峒俗之陋者。不幸谪居此地，是以愁问重译，欲投章甫而作文身之氓耳。（卷一）

宋长白曰：韩昌黎诗："衙时龙户集，上日马人来。"柳河东诗："青箬裹盐归峒客，绿荷包饭趁虚人。"龙户，谓入海探珠者；马人，相传是伏波军人遗种。峒，谓穴居；墟，乃市集之所。非经历天南者不能悉其风景。（《柳亭诗话》卷一）

朱三锡曰：通首极言柳州之意，中四句皆异服殊音也。既曰"异服殊音不可亲"矣，而结又云"欲投章甫作文身"，是先生忧愤之极，以寓自伤之意耳。（《东岩草堂评订唐诗鼓吹》卷一）

胡以梅曰：郡城南去为通津之处，所以诸峒皆于此来往。其服饰蛮音与中土各别，情不相入，故不可亲也。其出而办盐，皆以青箬裹之归峒；其来而趁集，皆携绿荷包饭为馈粮，寒天所服，鹅毛缝罽；占祷年成，鸡骨祈神。若有事至公庭，须用重译通辞，岂不烦难。顾未如弃衣冠为蛮夷，方可习其夷音耳。虽挽到"殊音"为"愁重译"言，然亦以中朝既不我与，当逃诸荆蛮，乃愤世无聊之语也。（《唐诗贯珠串释》卷四十八）

汪森曰：格法与前首（按：指《岭南江行》）略同。"异服殊音"与结句"重译""文身"相为照应。中四句写峒氓，点染极工。（《韩柳诗选》）

赵臣瑗曰："不可亲"三字是一篇之主。其所以不可亲，以异服殊音之故，而先装首句者，见郡城犹可，其馀所辖州县，乃至愈远愈甚也。中二联决是写其俗之陋，为不可亲之实也。归峒之客，即趁墟之人，出则包饭，入则裹盐，有似于俭而未敢以俭许之。鹅毛御腊，一事也；鸡骨占年，又一事。缝山厨而已，拜水神而已，疑近于古而不得以古称之。七，一顿，八，一掉。公庭之上，必须重译，此真不容令人不愁，况彼之不宜于章甫，犹我之不宜于文身，而彼既不能离我，我又不能却彼，将如何而后可？于是忽作一想，曰：必也去我一人之威仪，徇彼数州之风俗，庶几得以相安于无事也乎？嗟嗟，此岂于不可亲之中曲求其可亲之法哉！言及此，其伤心有甚焉者矣。（《山满楼唐诗笺注七言律》卷四）

薛雪曰：山谷"荷叶裹盐同趁墟"，明明是柳子厚"青箬裹盐归峒客，绿荷包饭趁虚人"之句，未免饾饤之丑。王右丞"漠漠水田飞白鹭"，则又化腐为奇，前后相去，何啻天渊！（《一瓢诗话》）

近藤元粹曰：可为一篇《风土记》。（《柳柳州诗集》卷三）

[鉴赏]

这首七律，写西南地区少数民族的生活习俗、风土人情以及诗人对他们的感情，这在唐诗题材领域是一种新的开拓。此前盛唐的边塞诗中虽亦偶有写到少数民族生活习俗、精神风貌的（如高适《营州歌》、崔颢《雁门胡人歌》），但均为北方边塞少数民族。对西南地区少数民族的描写，是中唐随着贬谪南荒的诗人群而兴起的一种创作风气。柳宗元的这首七律就是直接以"柳州峒氓"为题的代表性作品。

"郡城南下接通津，异服殊音不可亲。"首联以即景描写起。柳州郡城南面往下几十步，就是柳江通向四乡的渡口，这一天正好赶上市集，来自各村的峒民们来来往往，熙熙攘攘，穿着样式奇异的服装，说着和中原地区完全不同的语言。这熙攘热闹的"通津"虽使诗人感受到活跃的生活气息，但目接耳闻峒民们的"异服殊音"，却使诗人顿感自己身处荒远的蛮瘴之地，而生出一种难以亲近的陌生感和距离感。这种感受，对于柳宗元这样一个贬居永州十年后又再被外放到更加荒远的柳州当刺史的人来说，原很真切而自然。但诗人并没有停留在这种最初的感受上，而是随着观察到的现象的变化推移，逐渐产生了感情上的变化。

"青箬裹盐归峒客，绿荷包饭趁虚人。"颔联紧承"通津"，写渡头来来往往赶集的峒民：他们三五成群，用青箬叶包裹着从市集上买来的盐，正说说笑笑，朝着自己的家的方向走去；而渡头那边又新乘渡船过来一批赶集的峒民，他们用碧绿的荷叶包裹着煮好的饭菜，正兴冲冲地朝市集走去。将"归峒客"放在"趁虚人"之前，并非故意倒置，而是实景。路近的起得早的赶集峒民已经买好东西回家了，路远的，起身晚的却刚到渡头，这正渲染出赶集的峒民来来往往、络绎不绝的热闹景象。自然经济条件下的农村，赶集既是为了交换产品，也带有一点赶热闹的性质；每逢集市之日，往往大人小孩、姑娘媳妇，从四乡拥来，市集之上，人头攒动，热闹非凡。此种景象与风俗，至今犹存。因此它多少带有一点节日气氛。在写峒民赶集时，诗人拈出了两个极为典型的细节："青箬裹盐"和"绿荷包饭"，自给自足的自然经济条件下，农民几乎可以生产出一切自己需要的生活必需品，只有盐才必须从市集上购买。"青箬裹盐"而"归"正写出了自然经济的典型特征。农民节俭成俗，哪怕是出远门赶长路也往往带上好几天的干粮，赶集来回只需一天，自然自带饭菜充饥，免得花费了。这也是一种相沿已久的传统习俗。妙在用来"裹盐""包饭"的又是地道的山野风光：青青箬叶和碧绿荷叶。不但以鲜明的色彩点染出令人悦目的图景，而且透出了浓郁的朴素淳厚的生活气息。两句纯用白描，却直如一幅充满浓郁诗情的少数民族地区农村风情画，散发出一种令人陶醉的气息，仿佛可以闻到"青箬""绿荷"透出的清香。诗人虽然只是似不经意地描绘出这幅近乎写生的图画，但从中明显可以感受到在目接此种景象时所产生的新鲜感和愉悦感，这种感情，在上下两句一气贯注的流走格调和轻快音律中也能体味到。

"鹅毛御腊缝山罽，鸡骨占年拜水神。"腹联是由眼前峒民赶集景象和习俗触发的对其他生活风俗的联想。他们用鹅毛缝制粗糙的被褥，来抵御寒冬腊月的寒冷，用鸡骨占卜年成丰歉，为免除水旱灾害而祭拜水神。这两种生活习俗，既突出渲染峒民近乎原始的朴野风俗（包括宗教迷信），又带有特定的地域和民族色彩，而这种习俗又都密切联系着他们最基本的生活需求（衣被和粮食）。因此在选材上仍具有典型性。如果没有这一联，题目也许不能叫"柳州峒氓"，而是专写峒民赶集了。诗人对这类习俗，虽不像颔联那样，充满新鲜感和喜悦感，但在记叙描写之中，仍然流注着一种新奇和关切的情味，一种对素朴原始民风的欣赏。这样才能引出下联来。

"愁向公庭问重译，欲投章甫作文身。"尾联是目睹心想柳州峒氓生活习俗和风情之后的感受和愿望。自己身为柳州刺史，但由于当地百姓的"殊音"造成的隔膜，在公庭上处理政务时还不免要通过辗转的翻译，故说"愁向公庭"，深感遗憾。既然再历谪荒，回京无望，不如终老此乡，与素朴淳厚的当地百姓浑为一体，干脆丢掉儒冠，做一个断发文身的峒氓吧。这种愿望当中，虽然也包含了对自己长期投荒境遇的感慨，但主要还是由于峒民素朴淳厚的生活习俗和风情的感染。类似的安于此乡的感情，在《柳州城西北隅种甘树》中也有明显的流露，可见"欲投章甫作文身"之语，并非矫情。

柳州二月榕叶落尽偶题①

宦情羁思共凄凄②，春半如秋意转迷③。山城过雨百花尽④，榕叶满庭莺乱啼。

[校注]

①《南方草木状》卷中："榕树，南海桂林多植之。叶如木麻，

实如冬青。以其不材，故能久而无伤。其阴十亩，故人以为息焉。而又枝条既繁，叶又茂细，软条如藤，垂下渐渐及地。藤稍入地便生根节。或一大株有根四五处。"榕树生长于热带地区，我国闽、粤、桂多有之。诗约作于元和十一年（816）二月。②宦情羁思，游宦之情羁旅之思。③春半，指二月。因仲春即榕叶落尽，百花凋残，故云"如秋"。迷，迷惑，辨别不清。④山城，即指柳州。作者《柳州山水近治可游者记》中提到的山有背石山、甑山、驾鹤山、屏山、四姥山、仙弈之山、石鱼之山、雷峨山等。

[笺评]

严有翼曰：闽、广有木名榕。子厚集有《柳州二月榕叶落尽》诗云："山城过雨百花尽，榕叶满庭莺乱啼。"又云："即今榕叶下亭皋。"即此木也。其木大而多阴，可蔽百牛，故字书有"宽庇广容"之说。（《艺苑雌黄·榕木》）

刘辰翁曰：其情景自不可堪。（《唐诗品汇》卷五十二引）

蒋之翘曰：落句悠然自远。（《柳河东集辑注》卷四十二）

唐汝询曰：羁宦戚矣，春半如秋，则又使我意迷也。花尽叶落，岂二月时光景耶？盖柳州风气之异如此。（《唐诗解·七言绝句五》）

王尧衢曰：子厚之刺柳州，虽非坐谴，然边方烟瘴，则仕宦之情与羁旅之情，自觉含凄而可悲。又：羁人最怕是秋。今春半而木叶尽落，竟如秋一般，使我意思转觉迷乱也。又：雨过花尽，真春半如秋矣。又：莺啼时而叶落，又春半如秋矣。（《古唐诗合解》卷十）

宋长白曰：闽、粤之间，其树榕，有大叶、细叶二种，纷披轮囷，细枝着地，遇水即生，亦异品也。前人取为诗料，始于柳子厚"榕叶满庭莺乱啼"，苏子瞻有"卧闻榕叶响长廊"，杨诚斋有"老榕能识玉花骢"，汤临川有"榕树萧萧倒挂啼"。此外无专咏者。（《柳亭诗话》卷二十三）

《笺注唐贤绝句三体诗法》：意象殆不复堪。

陆梦龙曰：自在而深。(《韩退之柳子厚集选》)

黄叔灿曰：炎方气暖，春半已百花俱尽，榕叶满庭，萧疏景况，故曰"如秋"。柳州卑暑之地，言物候之异致如此。(《唐诗笺注》卷九)

刘永济曰：此诗不言远谪之苦，而一种无可奈何之情，于二十八字中见之。(《唐人绝句精华》)

刘拜山曰：写殊方气候，即所以写远客心情。"意转迷"三字，写足惘然若失神态。(《千首唐人绝句》)

[鉴赏]

这首七绝大约写于柳宗元到柳州刺史任后的第二年春天。在柳州虽已住了七八个月，但柳州春天的物候却还是第一次经历。诗所抒写的，正是柳宗元这样一个"一身去国六千里，万死投荒十二年"(《别舍弟宗一》) 的远谪者对柳州仲春物候的特殊感受。

"宦情羁思共凄凄"。首句开门见山，先点出自己当时情思的凄然。离开家乡到异地做官，免不了都会产生怀念故乡、亲人的情思，这就是所谓"宦情羁思"。但诗人的"宦情羁思"却与一般人大不相同：先是因参加政治革新而遭严谴，贬居永州十年之久；刚奉召回京，不到一个月，又被外放到比永州更荒远的柳州，看来，当权者是永远不会让自己回到朝廷，而是任其老死蛮荒了。这样一种绝望的境遇，使诗人的"宦情"带上了"万死投荒"的悲剧色彩，诗人的"羁思"也因此染上了"远别长于死"的况味。曰"共凄凄"，正见"宦情"与"羁思"不仅同样悲凄，而且相互渗透、交织，浑成一片。一般情况下，绝句开头较少直接抒写诗人的情思，这首诗起处即直抒宦情羁思之凄然，使以下的描写都置于它的笼罩之下，而呈现出一种凄然的色彩。

"春半如秋意转迷"。次句写柳州仲春季节的物候和景象给自己的总体感受。仲春二月，正是春光烂漫、春意正浓的季节，地处岭南的柳州，气候炎热，花草树木生长茂盛，节令物候比起中原地区提前了不少时间，在通常情况下，决不会给人以"如秋"的萧条冷落之感。而诗人不仅说"春半如秋"，而且还用"意转迷"来进一步强调、渲染自己面对"春半如秋"的景象时那种迷惑不辨、迷惘若失、凄迷伤感的复杂意绪。可见这种感受之强烈和独特。从上句的"宦情羁思共凄凄"中，我们已经可以大体上了解这种独特感受是由于"凄凄"的"宦情羁思"投射、浸染的结果，但究竟是由于看到哪些景象而引发这种感受，则并没有明确交代，因此这种独特感受给读者留下的是期待和悬念，这就自然引出三、四句来。

　　"山城过雨百花尽，榕叶满庭莺乱啼。"拈出"山城"，是因为"宦情羁思"均因贬居此地，触景而生，亦见所居柳州之荒僻。这两句写了四种景象："过雨""百花尽""榕叶满庭""莺乱啼"。靠近热带的柳州，春天雨多，"过雨"指一阵雨过以后，"百花尽"和"榕叶满庭"都是"过雨"后的景象。榕树是热带地区的常绿树木，大叶榕通常在二月落叶，落后新叶旋生。中原地区通常要暮春三月才出现百花凋零景象，这里却在仲春二月就缤纷委地了。面对这乱红狼藉、榕叶满庭的萧条景象，意绪本就"凄然"的诗人一刹那竟恍然有"春半如秋"、凄凉满目之感。流莺的啼鸣，在常人的感受中，是婉转欢快、充满春天的热闹气息的，但在意绪凄伤迷乱的诗人听来，却只能倍增感情意绪的纷扰烦乱，因此说"莺乱啼"，这"乱"字正是诗人感情强力投射的结果。四种景象的组合，构成了一个萧条冷落、凄迷荒凉的境界。这种境界，与其说是对柳州二月景象的客观写实，不如说是"万死投荒"的诗人怀着强烈的凄楚之情去感受柳州春天物候景象的结果，是一种典型的"有我之境"，带有鲜明的诗人主观色彩和独特个性。

　　这种"春半如秋"的独特感受虽带有明显的个人印记，却又对后来的诗人词家以意境创造上的启发。或举清代著名诗人王士禛的《秦淮杂诗》（其一）"十日雨丝风片里，浓春烟景似残秋"之句来作为例证，说明它们之间的联系与区别。其实，早在王士禛之前，北宋著名词人秦观的《浣溪沙》词，便有"漠漠轻寒上小楼，晓阴无赖似穷秋"的形容描写，秦词所写的也是"自在飞花轻似梦"的春天物候，可见他的这种春似穷秋的感受也是其来有自的，尽管仍带着秦观个人的轻淡幽雅、空灵含蓄的风格特征。与秦词王诗比较，柳诗的内在感情的强烈便更显得突出了。

酬曹侍御过象县见寄①

破额山前碧玉流②，骚人遥驻木兰舟③。春风无限潇湘意，欲采蘋花不自由④。

[校注]

①曹侍御，名未详。"侍御"，唐人称殿中侍御史、监察御史为侍御。象县，柳州属县。《元和郡县图志·岭南道四·柳州》："象县，陈于今县南四十五里置象郡，隋开皇九年废郡为县。龙朔三年为贼所蘸，乾封三年复置。总章元年割属柳州。"唐县治在今广西鹿寨西南，东滨柳江。诗作于任柳州刺史（815—819）期间。元和十年（815）夏，宗元始至柳州，则诗当作于元和十一至十四之某年春。②破额山，《太平寰宇记》卷一百六十八载柳州有破额山，当即此诗所称者。旧注或引《明一统志》："四祖山在黄州府黄梅县西北四十里，一名破额山。"与柳州遥不相及，显误。碧玉流，形容柳江水青碧如玉。③骚人，本指屈原，此借指曹侍御。驻，指泊舟。木兰舟，对船的美称，并暗用《楚辞·离骚》"朝搴阰之木兰兮，夕揽洲之宿莽""朝饮木兰之坠露兮，夕餐秋菊之落英"等句意，以示"骚人"志行之芬芳美好。又任昉《述异记》卷下："木兰洲在浔阳江中，多木兰树。昔吴

王阖闾植木兰于此，用构宫殿也。七里洲中有鲁班刻木兰为舟，舟至今在洲。诗家之木兰舟，出于此。"木兰是一种香木，皮似桂而香，状如楠树。④梁柳恽《江南曲》："汀洲采白蘋，日落江南春。洞庭有归客，潇湘逢故人。故人何不返，春华复应晚。不道新知乐，只言行路远。"此二句化用柳诗前四句之意。解详鉴赏。

[笺评]

黄彻曰：临川"萧萧出屋千寻玉，霭霭当窗一炷云"。皆不名其物，然子厚"破额山前碧玉流"已有此格。（《䂬溪诗话》卷四）

唐汝询曰：山前水碧，侍御停舟于此。我之感春风而怀无限之思者，正欲采蘋潇湘，以图自献，乃拘于官守不自由也。按子厚初虽贬谪，已而被召。其刺柳州，原非坐谴。圆至谓拘以罪者，非。（《唐诗解》卷二十九）

陆时雍曰：语有骚情。（《唐诗镜》卷三十七）

周弼曰：为实接体。（《删补唐诗选脉笺释会通评林·中七绝》引）

何仲德曰：为警策体。（同上引）

顾璘曰：意活，所以难及。（同上引）

周珽曰："采蘋花"者，谓自献也。《左传》："蘋蘩荇藻，可羞于王公。"盖曹在湖南，暂过柳州象县。诗意谓欲自献于曹，怀意无限，而拘于官守，不自由也。又曰：叶梦得词："谁采蘋花寄取？但怅望兰舟容与。"语意本此。（同上）

沈骐曰：托意最深。（《诗体明辨》引）

黄生曰：（首句）见地，写景。（次句）叙事。（三句）硬装。见时，致意。（四句）语含比兴。意言己为职事所系，不得自由，特托采蘋寓兴。言欲涉潇湘采蘋而不得往，此意空与江水俱深也。《离骚》以香草比君子，此盖祖之。（《唐诗摘抄》卷四）

朱之荆曰：驻，住也。骚人，指侍御，因其有诗为寄，故称骚人。破额山，在湖广黄州府黄梅县，象县在广西柳州，相去甚远，似不相涉。或疑象县另有破额，或疑曹黄人而过柳，而于下"潇湘意"又不可解。愚意曹是舟行往黄，过柳未面，因以诗寄，柳乃酬之。首言所至之地，次言由此而去，驻舟于黄也。蘋花，亦指曹。潇湘江在湖广，白蘋溪亦在湖广，玩"遥"字，则知去路甚远。（《增订唐诗摘抄》）

何焯曰："碧玉流"三字，暗藏"沟水东西流"意。三、四用柳恽之语，自叹独滞远外，而止以相近而不得相逢为言，蕴蓄有馀味。（《唐三体诗评》）

沈德潜曰：欲采蘋花相赠，尚牵制不能自由，何以为情乎？言外有欲以忠心献之于君而末由意，与《上萧翰林书》同意，而词特微婉。（《重订唐诗别裁集》卷二十）又曰：李沧溟推王昌龄"秦时明月"为压卷，王凤洲推王翰"蒲萄美酒"为压卷。本朝王阮亭则云："必求压卷，王维之'渭城'，李白之'白帝'，王昌龄之'奉帚平明'，王之涣之'黄河远上'，其庶几乎？而终唐之世，亦无出四章之右者矣。"沧溟、凤洲主气，阮亭主神，各自有见。愚谓：李益之"回乐烽前"，柳宗元之"破额山前"，刘禹锡之"山围故国"，杜牧之"烟笼寒水"，郑谷之"扬子江头"，气象稍殊，亦堪接武。（《说诗晬语》卷上）

宋宗元曰：寄托微妙。（《网师园唐诗笺》）

宋顾乐曰：风人骚思，百读而味不穷，真绝作也。（《唐人万首绝句选》评）

《葵青居士绝诗三百纂释》：些些小事，尚不自由，胸中之老大不然可知。柳何婉而多讽也。

俞陛云曰：柳州之文，清刚独造，诗亦如之。此诗独潇荡多姿，可入《唐人三昧集》中。《楚辞》云："折芳馨兮遗所思。"柳州此作，其灵均嗣响乎！集中近体皆生峭之笔，不类此诗之含蓄也。（《诗境浅说》续编）

沈祖棻曰：《古诗》云："涉江采芙蓉，兰泽多芳草。采之欲遗谁，所思在远道。还顾望旧乡，长路漫浩浩。同心而离居，忧伤以终老。"用意与这两句相近……这时作者正由于政事失败，远谪南方，那么"无限"意自是涉及政治感情，"不自由"也是属于政治范畴，即《始得西山宴游记》中所谓"自余为僇人，居是州，恒惴栗"的那种境况了。曹某原诗，很可能有安慰诗人、劝其安分俟时的话，所以也用这两句作答，以倾诉其抑郁不平的心情。……柳宗元这首诗，显然是以采蘋起兴，寄托自己的政治感情……写得微婉曲折，沉厚深刻，不露锋芒，和他当时具体的身份、环境恰相符合，可以说是纯用兴体。（《唐人七绝诗浅释》）

[鉴赏]

这是一首酬答友人的小诗，风调非常优美，情思却抑郁苦闷，渗透牢骚不平。内容与风格的不协调，使这首诗带有一种含意难申的特殊风貌。

题内的"曹侍御"名未详（侍御是中央监察机构御史台的官吏殿中侍御史或监察御史的简称，但唐代较高的幕府官也常带侍御的宪衔。所以这位曹侍御并不一定在中央政府任职，有可能是幕官）。从诗中称他为"骚人"来看，可能也是一位政治上的失意者。象县，唐代属岭南道柳州，在柳州东面不远（但水路曲折蜿蜒，比直线距离长得多），濒临阳水（今称柳江）。详诗题及诗意，当是曹侍御路过象县，泊舟靠岸，寄诗给在柳州担任刺史的柳宗元，诗人于是写了这首诗作答。或以为柳宗元当时贬居永州（今湖南零陵），但象县与永州相去甚远，曹侍御过象县而寄诗给远在永州的柳宗元，似乎难以理解，而寄诗柳州近地（象县属柳州管辖），则比较顺理成章。

"破额山前碧玉流，骚人遥驻木兰舟。"前两句点题内"曹侍御过象县"。破额山，当是象县附近靠近柳江边的一座山。今湖北黄梅县西北也有破额山，但与诗题"过象县"无涉，殆非所指。碧玉流，指青翠碧绿的阳江水。桂林、柳州一带的江水，青碧深湛，平缓沉静，如碧玉在缓缓流动，故说"碧玉流"。三字不但写出水色水势，而且传出质感。"骚人"，这里借指曹侍御，暗寓其也像屈原那样，志行高洁而不被统治者所赏识和世俗所理解。木兰舟，是对曹侍御所乘舟船的美称，因《楚辞·离骚》中常提到"木兰"这种香木，以寓志行之高洁芬芳，《九歌·湘君》中又有"桂棹兮兰枻"之句，故后来常以木兰舟指骚人所乘之舟，借以象征其品格的美洁。以上两句用了"碧玉流""骚人""木兰舟"等一系列清澄、芳洁、华美的诗歌意象来渲染形容曹侍御其人、其境、其物，不但展现出优美的诗境，而且带有某种象征色彩。读者可以想见曹侍御泊舟破额山前、碧玉流畔翘首遥思的情景，其人的华美高洁、闲雅秀朗的风神品格也宛然可见。"碧玉"之"流"与"木兰舟"之"驻"，一动一静，相映成趣，更增添了画面的生动意致。

"春风无限潇湘意"，理解这一句的关键在正确理解"潇湘意"。这里的"潇湘"并非实指潇水、湘水及其附近的地域，而是用典。南朝诗人柳恽的名作《江南曲》云："汀洲采白蘋，日落江南春。洞庭有归客，潇湘逢故人。"这里的"潇湘意"，当指故人的情意。全句意思是说，读着曹侍御从象县寄来的充满故人情意的诗章，不禁有春风拂面之感。点出"春风"，固然含有标志时令季节的用意，但更主要的是为了表达自己捧读赠诗时如坐春风的温煦感受（诗中或许有安慰劝勉柳宗元的内容）。因此，诗中虽未直接写到曹侍御赠诗的具体内容，但透过"春风""无限"这些字眼以及诗人的感受，却也不难想见诗中定然充溢醉人的温馨情谊。化实为虚，反而更好地调动了读者的想象力，使曹侍御的赠诗在想象中变得更加优美动人了。这句写"见寄"。

在如此美好的季节，读到友人从如此美好的地方寄来的充满温煦情谊的诗章，诗人自己自然也有无限情意要向对方倾吐，落句便势必要落到"酬曹侍御"上来。但诗意至此，却忽作顿宕转折——"欲采蘋花不自由。"蘋是一种水草，春天开白花。采蘋寄远，如前引柳恽《江南曲》，历来用作向远方友人致意的一种象喻。如进一步追本溯源，则《楚辞·九歌·山鬼》"折芳馨兮遗所思"以及《古诗》"涉江采芙蓉，兰泽多芳草，采之欲遗谁？所思在远道"都可能与这里的"采蘋"有着象征寓意上的渊源关系。柳宗元在柳州的处境，从《登柳州城楼》诗中"惊风乱飐芙蓉水，密雨斜侵薜荔墙"的象征性描写中可以看出，仍是相当艰危的。因此他虽满怀幽怨郁愤之情，却不能无所顾忌地向关心自己的友人倾吐。上句用"春风"极意渲染，用"无限"极力强调，这句的"欲采蘋花"的意愿便显得十分强烈，而紧接着"不自由"三字却将这种意愿一笔扫却。顿宕转折之间，充分显示出诗人当时身遭摈弃，连倾诉孤愤幽怨的自由都没有的艰危处境和诗人对这种处境的强烈愤郁不平。

尽管如此，末句所包含的深沉愤郁并没有破坏全诗的风调，人们倒是从前后的鲜明对照中感受到诗人虽身处困境，仍然执著追求生活中美好事物（包括美好的友谊、美好的自然）的情操，从而对诗人这种峻洁高华的人格美有了进一步的体认。

南涧中题①

秋气集南涧②，独游亭午时③。回风一萧瑟④，林影久参差⑤。始至若有得，稍深遂忘疲。羁禽响幽谷⑥，寒藻舞沦漪⑦。去国魂已远⑧，怀人泪空垂。孤生易为感⑨，失路少所宜⑩。索寞竟何事⑪，徘徊只自知。谁为后来者，当与此心期⑫。

[校注]

①南涧，在湖南永州零陵县朝阳岩东南。韩醇《诂训柳集》卷四

十二云："公永州诸记：自朝阳岩东南水行至袁家渴，自渴西南行不能百步得石渠，石渠既穷为石涧。石涧在南，即此诗所题也。"王国安《柳宗元诗笺释》引《石涧记》"古人之有乐于此耶？后之来者，有能追予之践履耶"，认为"末两句之意类诗结句'谁为后来者，当与此心期'，记与诗当同时作。唯记状石涧之貌，而诗则抒失路之悲也。记又曰：'得之日，与石渠同。'宗元得石渠为元和七年（812）十月十九日（见《石渠记》），姑系此诗于是时。"②秋气，宋玉《九辩》："悲哉秋之为气也，萧瑟兮草木摇落而变衰。"③亭午，正午。④回风，旋风。⑤参差，不齐貌，此状林影之摇曳不定。⑥羁禽，失群孤栖的鸟。幽谷，深谷。⑦寒藻，深秋的水藻。沦漪，微风吹动的水面圆形波纹。⑧去国，离开京国。远，《全唐诗》校："一作游。"⑨孤生，孤独的生活。易为感，容易为外物所触动而产生感慨。⑩失路，政治上失意。少所宜，很少感到外物与自己的心境相适应。亦可解为动辄得咎。⑪索寞，寂寞无聊。⑫期，契合。

[笺评]

苏轼曰：柳子厚南迁后诗，清劲纤馀，大率类此。又曰：柳仪曹《南涧》诗，忧中有乐，乐中有忧，盖绝妙古今矣。然老杜云："王侯与蝼蚁，同尽随丘墟。"仪曹何忧之深也！（《东坡题跋》卷二）

黄彻曰：柳子厚"清风一披拂，林影久参差"，能形容出体态，而又省力。（《䂬溪诗话》）

曾吉甫曰：《南涧》诗平淡有天工，在《与崔策登西山》诗上，语奇故也。（《笔墨闲录》）

叶寘曰：东方朔云："往者不可及兮，来者不可待。"严忌云："往者不可攀援兮，来者不可与期。"……不若柳子厚"谁为后来者，当与此心期"，犹有以启来世无穷之思。（《爱日斋丛钞》卷二）

刘辰翁曰：（首二句）子厚每诗起语如法，更清峭齐整。（"始至"

二句）精神在此十字，遂觉一篇苍然。（结二句）结得平淡，味不可言。（《唐诗品汇》卷十五引）

刘履曰：（第二句下）《初秋》篇"稍稍雨侵竹，翻翻鹊惊丛"，发语颇新巧，犹未失为沈、谢。此诗"独游亭午时"，自是唐韵。（蒋之翘《柳集辑注》卷四十三引）

王世贞曰：（结二句）使人自远。（蒋之翘《柳集辑注》引）

唐汝询曰：此因游南涧而写迁谪意。言此地风景冷落，我爱之。故始至恍若有所得，久则忘倦矣。但悲怀触物而生，即饥禽寒藻之景，动我去国怀人之思。正以孤客易伤，失路鲜所宜耳。今斯情既难语人，诗虽留题，谁谓后来者知我心乎？盖柳州以叔文之党被黜，悔恨之意亦见于篇。（《唐诗解》卷十）

钟惺曰：非不似陶，只觉音调外不见一段宽然有馀处。（《唐诗归》）

陆时雍曰：言言深诉，却有不能诉之情。寥落徘徊。末二语大堪喟息。（《唐诗镜》卷三十七）

陈继儒曰：读柳州《南涧》《田家》诸诗，觉雅裁深识，菲菲来会，令人目击耳闻不给，赏意无留趣。（《删补唐诗选脉笺释会通评林·中五古下》引）

周珽曰：古雅，绝无霸气。结末有章法，亦在魏、晋之间。（同上）

孙月峰曰：此是入选最有名诗，兴趣章节俱佳。盖以炼意妙，若字句则炼入无痕，遂近自然。调不陶，却得陶之神。（《评点柳柳州集》卷四十三）

蒋之翘曰：（"始至"二句）二语已入妙理，然读之了与人意不异，不知后当如何下注脚也，柳州《南涧》诗意致已似恬雅，而中实孤愤沉郁。此是境与神会，非一时凑泊可成。先正李于鳞尝选柳古诗，独取此作，大是具眼。（《柳集辑注》卷四十三）

叶羲昂曰：以此景色，可喜可悲。（《唐诗直解》）

邢昉曰：刻骨透髓，真如见其衷曲。（《唐风定》卷五）

徐增曰：时方深秋，南涧落莫，若秋气于此独聚，故云“集”，又是一人去游。到南涧日亭午矣，忽风回转来，觉身上一寒，风去林影摇动，良久犹参差不歇也。其始到时若有所得，稍至深处，遂忘罢疲。听失侣之禽鸣于幽谷，又见涧中之藻舞于沦漪……所闻所见，惟此而已。于是迁谪之况，顿起于怀，去故国日久，而魂已远，怀人不见，下泪皆空。盖人孤则易为感伤，失路则百无一宜。始慕南涧而来，今则不耐烦南涧矣。迁谪同于我者，当与此心期而已。柳州潦倒乃至于此，何其不自广也。（《而庵说唐诗》卷二）

贺裳曰：《南磵》诗从乐而说至忧，《觉衰》诗从忧而说至乐，其胸中郁结则一也。柳子之《答贺者》曰：“庸讵知吾之浩浩，非戚之尤者乎！”读此文可读此诗。每见评者曰“近陶”，或曰“达”。余以《山枢》之答《蟋蟀》，犹谓其忧深音蹙。然即陶诗“今我不为乐，知有来岁不”意也。（《载酒园诗话又编》）

汪森曰：起、结极有远神，正以平淡中有纡徐之致耳。（《韩柳诗选》）

吴昌祺曰：以陶之风韵，兼谢之苍深，五言若此已足，不必言汉人也。（《删订唐诗解》卷十）

何焯曰：（首句）百感交集，思不自禁，发端有力。（“羁禽”二句）“羁禽响幽谷”一联，似缘上“风”字直书即目，其实乃兴中之比也。羁禽哀鸣者，友声不可求，而断乔迁之望也，起下“怀人”句；寒藻独舞者，潜鱼不能依，而乖得性之乐也，起下“去国”句。（《义门读书记·河东集下》）

洪亮吉曰：静者心多妙。体物之工，亦惟静者能之。如柳柳州“回风一萧瑟，林影久参差”……卤莽人能体会及此否？（《北江诗话》）

沈德潜曰：即柳诗中石磵。“始至若有得，稍深遂忘疲”，为学仕宦，亦如是观。又曰：语语是“独游”，东坡谓柳仪曹《南涧》诗，

忧中有乐，妙绝古今，得其旨矣。（《重订唐诗别裁集》卷四）

宋宗元曰：（"始至"二句）阅历语。（《网师园唐诗笺》）

吴瑞荣曰：（"秋气"二句）起语最清峭。（"始至"二句）着此十字，遂觉一篇苍然。（《唐诗笺要》）按：此评袭刘辰翁。

刘熙载曰：韦云"微雨夜来过，不知春草生"，是道人语；柳云"回风一萧瑟，林影久参差"，是骚人语。（《艺概·诗概》）

施补华曰：柳子厚幽怨有得《骚》旨，而不甚似陶公。盖怡旷气少，沈至语多也。《南涧》一作，气清神敛，宜为坡公所激赏。（《岘佣说诗》）

王文濡曰：（"秋气"四句）四句叙南涧秋景。（"始至"四句）四句言得静中真趣。（"去国"四句）四句触物感怀，是翻因南涧而生愁也。（"索寞"四句）四句言此索寞况味，惟后来迁谪于此者，当能与我心相合也。结得平淡。又曰："始至若有得"两句，觉得有精神，诗之苍劲在此。（《唐诗评注读本》卷一）

[鉴赏]

这首被苏轼誉为"绝妙古今"的五言古诗，作于元和七年（812）深秋，当时柳宗元贬居永州已经第八个年头了。题内"南涧"，在永州城南，亦即"永州八记"之一《石涧记》所记的石涧。记文描述它"亘石为底，达于两涯……水平布其上，流若织文，响若操琴……其上深山幽林逾峭险"，是一个风景清寥幽峭的地方。和游记之以纪游写胜为主不同，诗着重抒写长期贬居荒僻的诗人孤寂抑郁的心境，和忧触景生、情随物迁的心灵历程，实际上是一首借纪游写景以抒怀的抒情诗。

开头两句点明出游的地点、季节和时间。"秋气""独游"四字，一篇眼目。以下所写种种情景都由此生发。首句以概括虚涵之笔抒写对南涧秋色的整体感受。秋之为气，似无具体形象，却又处处可见它的踪迹。一"集"字令人宛见秋风萧瑟、草木摇落、林寒涧肃之状，也透出诗人目遇神接充满秋气的南涧时那种心灵悸动的强烈感受。何焯说："万感俱集，忽不自禁，发端有力。"一、二句用倒笔叙，也加强了发端的拗劲。

三、四句承上"秋气"，专写秋风萧瑟之状。山谷间的秋风，强劲而回旋，风起则树木摇动，林影参差，久久不已。"一""久"二字，开合相应，适成对照，透出秋风劲厉而持久的态势；"回""影"二字，写风态秋声，尤生动而传神，令人于树影摇曳晃动之中宛闻萧飒的秋声。"萧瑟""参差"这两个双声联绵词的有意运用，也增添了凄清萧条的韵味。

写到这里，却不再黏滞于眼前的南涧秋色，而是就势掉转，概写"独游"过程中感受与情绪的变化："始至若有得，稍深遂忘疲。"上句是初入其境若有所感、心与境遇阶段的自然反应，下句是深入其境以后全身心沉浸其中的忘我精神状态。这种描写，似乎虚泛抽象，却因其深刻概括了穷幽探胜的感受体验而具有很大的普遍性，能唤起读者的联想与思索，其中隐然含有某种潜心观照自然有所体察的意趣。沈德潜说："为学仕官亦如是观。"正道出其中所包含的哲理性意趣。这两句所表现的情绪似乎偏于安恬愉悦，但透过"若有得""遂忘疲"，却可以感到这位"独游"者在此之前惘然若失、心力交瘁的精神状态。

"羁禽响幽谷，寒藻舞沦漪。"两句承"稍深"续写南涧秋色。一写山，一写水；一诉诸听觉，一诉诸视觉。诗人以一个长期羁泊异乡，心境凄寒寂寞者的特殊心态感受自然，遂使客观景物染上一层强烈的主观色彩。鸟鸣幽谷，在常人或感其清幽寂静，而诗人则反感到羁泊者的哀愁孤寂；藻舞沦漪，于常人或感其清新可喜，而诗人则反感到凄寒清冷。"响"与"舞"这两个带有强烈动感的词语，在这里恰恰反衬出了谷幽人寂、凄清寂寥的境界。这"羁禽"与"寒藻"，不仅是诗人感情投射的结果，而且带有诗人自身境遇的象征意味。

从开篇至此，为一节，侧重写南涧景物，而景中寓情。从"始至"到"稍深"，游踪显然。"独游"者或因景物的感发引起情绪的变化，或因主观感情的作用而使景物主观化，痕迹也隐然可见。至"羁禽"二句，孤子凄清之感越来越浓重，遂自然生发出下节的直接抒情。

"去国魂已远，怀人泪空垂。"由主观化、对象化了的羁禽、寒藻引出"去国""怀人"的诗人自我，在意脉上原是贯通的，故转接得不着痕迹。长期贬居荒远，去国怀人之情与日俱增，以至达到精神恍惚的程度。然而山川阻隔，音书难寄，唯有空垂悲泪而已。写这首诗时，王叔文、王伾、凌准、吕温等人都已先后去世，"怀人"句似不但有对生者思而不见的悲哀，更含有对死者幽明永隔的长恨。

接下来两句，表面上似与题目不相涉，实际上仍紧贴"南涧""独游"抒感。两句互文，说明政治失意，处境孤子者最易触景伤情，感到外物与环境总是与己不相宜（也可以理解为动辄得咎，与世扞格）。从意脉上说，这是承上节独游过程中对南涧秋色的特殊感受而来的，但它却同时概括了许多"孤生""失路"者的共同体验，在质朴深切之中含有深沉的苦闷与愤激。

"索寞竟何事，徘徊只自知。""索寞""徘徊"，仍贴"独游"说。两句用极虚之笔，写惘然的心境。内涵丰厚，任人咀嚼，上句似说，踽踽独游，寂寞凄清，究竟所为何事？好像是埋怨自己不该出来独游，以致反增寂寞，又好像是对自己远贬荒僻、寂寞无所事事的处境与境遇的一种疑问与思索。下句似乎是说，独自徘徊，心中的积郁苦闷只有自知，又似乎是说，自己的孤独处境与苦闷心情无人了解和同情。总之，两句所写，乃是一个苦闷的灵魂惘然无着落的自思、自怜与自叹。其中蕴含着难以言状的空虚失落感与孤寂凄清感，由此便自然引出全诗的结尾：

> 谁为后来者，当与此心期。

这使人联想到陈子昂的《登幽州台歌》。尽管陈诗是慨叹"后不见来者"，柳诗则是相信后来贬谪于此的人当会理解自己此时的心情。但它们都蕴含着不为当世所理解的寂寞与痛苦。出现在面前的正是一个为当世所遗弃的孤独者的形象，与篇首"独游"遥相呼应。

苏轼称这首诗"忧中有乐，乐中有忧"。这种感受与理解是深切而独到的。不过，忧与乐在这首诗中并非平分秋色或单纯的交替与交融。而是以忧为主导，为贯串线索，从忧出发，又归结于忧。乐在诗中只是一时的，而且乐中有忧。诗人"独游"之因就是心情郁闷，所以在观照自然时，便很容易染上主观感情色彩。像"回风一萧瑟，林影久参差""始至若有得，稍深遂忘疲"这种感受与体验，不能说没有乐的成分，但它本身就带有凄清寂寞的色彩，这是一个处境极端凄寂的人偶因接遇自然界中幽美景物时浮现的一丝微笑。尽管微笑，却感凄然；虽说忘疲，却非陶醉。因此，当他进而接触到"羁禽响幽谷，寒藻舞沦漪"这种更加凄怆幽冷的景物时，就不能不"忧从中来，不可断绝"了。柳宗元在《与李翰林书》中说："仆闷即出游……时到幽树好石，暂得一笑，已复不乐。何者？譬如囚拘圄土，一遇和景，负墙搔摩，伸展支体，当此之时，亦以为适。顾地窥天，不过寻丈，终不得出，岂复为之能舒畅哉！"正是这种拘囚式的处境与心境，决定了他的"独游"只能是以排忧始，以深忧终。这也就是诗虽写得纡徐淡泊，却始终有一种压抑感的原因。

诗评家每以韦、柳并列，认为他们的五古都有清淡简古的特点。其实，韦、柳之间是貌似而实异。韦应物后期颇具高逸出世之情，故为诗闲婉雅淡，萧散自得；柳宗元却是被迫投闲置散，形同幽囚；虽欲寄情山水自然，内心却忧愤郁闷，很不平静，因此他的清淡高古中往往寓有很深的忧郁与牢骚。刘熙载说"韦云'微雨夜来过，不知春草生'是道人语；柳云'回风一萧瑟，林影久参差'是骚人语"，正道出两人心态诗境的区别。王、孟、韦、柳，都学陶潜，在王、孟、韦的诗作中，可以发现诗人心境与环境景物的和谐适应、高度契合的陶诗式意境；而在柳诗中，却更多的是心与境之间的貌合神离。

五言古诗为求格之高古，往往不烦绳削，纯任天然。柳宗元的五古却往往在简古清淡、纡徐不迫中寓精严细密的章法和着意锤炼的字法。像本篇一开头就揭出"秋气""独游"为全篇眼目，接着逐层抒写主观感情与客观景物之间的交互作用，以及诗人感受、情绪的变化，次第井然。前后的衔接既细密，又不露痕迹。前人说他的诗"似入武库，但觉森严"（《西溪诗话》），"清峭有馀，闲婉全乏"（《唐音癸签》），确是有味之言。

江　雪①

千山鸟飞绝，万径人踪灭。孤舟蓑笠翁②，独钓寒江雪③。

[校注]

①作于贬居永州期间。②蓑笠翁，穿蓑衣戴箬笠帽的渔翁。③句意谓在寒江大雪中独自垂钓。

[笺评]

苏轼曰：郑谷诗云："江上晚来堪画处，渔人披得一蓑归。"此村学中诗也。柳子厚云："千山鸟飞绝，万径人踪灭。孤舟蓑笠翁，独钓寒江雪。"人性有隔也哉！殆天所赋，不可及也已。（《东坡题跋》卷二）

曾季貍曰：东坡言王维雪诗不可学，平生喜此诗……又言柳宗元雪诗四句说尽。（《艇斋诗话》）

范晞文曰：唐人五言四句，除柳子厚"钓雪"一首外，极少佳者。（《对床夜语》卷四）

刘辰翁曰：得天趣，独由落句五字道尽矣。（《唐诗品汇》卷四十三引）

《归叟诗话》：此信有格也哉！作诗者当以此为标准。

胡应麟曰："千山鸟飞绝"二十字，骨力豪上，句格天成。然律以《辋川》诸作，便觉太闹。青莲"明月出天山，苍茫云海间。长风几万里，吹度玉门关"，浑雄之中，多少闲雅！(《诗薮·内编》卷六)

顾璘曰：绝唱，雪景如在目前。(《评点唐诗正声》)

唐汝询曰：人绝、鸟稀，而披蓑之士傲然独钓，非奇士耶？按七古《渔翁》亦极褒美，岂子厚无聊之极，托以自高欤？(《唐诗解》卷二十三)

郭濬曰：好雪景，句句妙。(《增定评注唐诗正声》)

孙月峰曰：常景耳，道得峭快便入妙。(《评点柳柳州集》卷四十三)

蒋之翘曰：此诗独落句五字写得悠然，故小有致耳，宋人乃盛称之……予曰："千山""万径"二句，恐杂村学诗中，亦不复辨。(《柳集辑注》卷四十二)

黄周星曰：只为此二十字，至今遂图绘不休，将来竟与天地相终始矣。(《唐诗快》卷十四)

黄生曰：此等作真是诗中有画，不必更作《寒江独钓图》也。(《唐诗摘抄》卷二)

朱之荆曰：柳又有"渔翁夜傍西岩宿"一首，何其喜写渔家乐也！"千""万""孤""独"，两两对说，亦妙。寒江鱼伏，钓岂可得。此翁意不在鱼。如可得鱼，钓岂独翁哉！(《增订唐诗摘抄》)

王士禛曰：余论古今雪诗，唯羊孚一赞及陶渊明"倾耳无希声，在目皓已洁"及祖咏"终南阴岭秀"一篇，右丞"洒空深巷静，积素广庭闲"、韦左司"门对寒流雪满山"句最佳。若柳子厚"千山鸟飞绝"，已不免俗。(《带经堂诗话·众妙门四·赋物类》)

徐增曰：余谓此诗乃子厚在贬时所作，以自寓也。当此途穷日短，可以归矣，而犹依泊于此，岂为一官所系耶！一官无味，如钓寒江之鱼，终亦无所得而已，余岂效此翁者哉！(《而庵说唐诗》)

王尧衢曰：江寒而鱼伏，岂钓之可得？彼老翁何为稳坐孤舟风雪

中乎？世态寒冷，宦情孤冷，如钓寒江之鱼，终无所得，子厚以自寓也。（《古唐诗合解》卷八）

吴昌祺曰：清极峭极，傲然独往。（《删订唐诗解》）

沈德潜曰：《江雪》清峭已极，王阮亭尚书独贬此诗何也？（《重订唐诗别裁集》卷十九）

孙洙曰：二十字可作二十层，却自一片，故奇。（《唐诗三百首》卷七）

宋宗元曰：入画。（《网师园唐诗笺》）

吴瑞荣曰：柳州气骨迟重，故摹陶、韦不落浮佻。（《唐诗笺要》）

李锳曰：前二句不沾着"雪"字，而确是雪景，可称空灵。末句一点便足，阮亭论前人雪诗，于此诗尚有馀憾，甚矣诗之难也！（《诗法易简录》）

许印芳曰：五绝全对者……柳宗元之《江雪》云："千山鸟飞绝，万径人踪灭。孤舟蓑笠翁，独钓寒江雪。"语平意侧，一气贯注。（《诗法萃编》卷九上）

李慈铭曰：渔洋尝谓此诗有伧气，洵然。（《越缦堂读书简端记·唐人万首绝句选》）

朱庭珍曰：祖咏"终南阴岭秀"一绝，阮亭最所心赏，然不免气味凡近。柳子厚"千山鸟飞绝"一绝，笔意生峭，远胜祖咏之平，而阮翁又有微词，谓未免近俗。殆以入口熟诵而生厌心，非公论也。（《筱园诗话》卷四）

钱振锽曰：柳州"千山鸟飞绝"一首，上两句措笔太重则有之，下二句天生清峭，士祯将一个"俗"字诬之，此儿真别有肺肠。（《诗话》）

潘德舆曰：门人苏养吾曰："雪诗何语为佳？"予曰："王右丞'隔牖风惊竹，开门雪满山'，语最浑然；老杜'暗度南楼月，寒生北渚云'次之；他如'独钓寒江雪'……亦善于语言者。"（《养一斋诗

话》卷二）

刘文蔚曰：置孤舟于千山万径之间，而一老翁披蓑戴笠独钓其间，虽江寒而鱼伏，非钓之可得，彼老翁何为而稳坐于孤舟风雪中乎？此子厚贬时取以自寓也。（《唐诗合选评解》卷三）

俞陛云曰：空江风雪中，远望则鸟飞不到，近观则四无人踪，而独有扁舟渔夫，一竿在手，悠然于严风盛雪间，其天怀之淡定，风趣之静峭，子厚以短歌为之写照。志和《渔父词》所未道之境也。（《诗境浅说》续编）

刘永济曰：此诗读之便有寒意，故古今传诵不绝。（《唐人绝句精华》）

刘拜山曰：此诗句句写景，亦句句抒情，而情景浑成之中，又分明有一特立独行之作者在，所以成为绝唱。就章法言，通篇皆用暗写，最后方逼出"雪"字点题，故倍觉奇峭。（《千首唐人绝句》）

[鉴赏]

用最短的篇幅描绘出一幅形象鲜明的寒江独钓图，对于一个擅长写山水诗文的高手来说，也许不算太难，但要在同时表现出一种在极端萧瑟寒冷、孤独寂寞的环境中坚守信念的精神、人格之美，从而构成意境高远、格调奇峭、诗画浑然一体的境界，却只有像柳宗元这样既有高超的艺术技巧，又具有深刻的生活体验和坚韧不屈的思想性格的大家才能办到。

"千山鸟飞绝，万径人踪灭。"诗的题目叫"江雪"，诗中的主体则是独钓寒江的渔翁，但开头两句却既不写江，也不直接写雪，更无只字写人，而是从大处、高处、远处落笔，全景式地展现了四周的千山万岭之上，飞鸟绝迹，广阔的四野道路之上，行人绝踪的空旷阔远、冷落萧瑟画面。虽无一字直接写雪，但"千山""万径"的阔远空间中"鸟飞绝""人踪灭"的图景，却直摄雪之神魂，使读者仿佛目睹千山万径、整个天地之间都是一片白茫茫的大雪，感受到画面上笼罩着一股凛冽逼人的萧森寒气。两句中"千""万""绝""灭"的夸张渲染，更加强了整个环境的空旷、幽寂、寒冷、萧森的气氛。这种环境氛围，带有某种象征色彩。它是诗人所处的时代氛围、政治环境的一种象征，也是诗人凄寒孤寂心境的一种表现。

在全诗中，这两句是作为环境背景出现的。它的作用，除了展示诗人所处的环境和心境之外，更重要的是用来反衬主体——孤舟独钓的渔翁的精神性格的，这就自然引出三、四两句来。

"孤舟蓑笠翁，独钓寒江雪。"在"千山""万径"的广阔雪景背景下，这两句由远及近，集中描绘了江面上的一个孤舟独钓的渔翁形象。茫茫江面上，只剩下了一只孤舟；孤舟上坐着一个渔翁，戴着一顶箬笠帽，披着一身蓑衣，正独自在寒江中全神贯注地垂钓。从"蓑笠"的穿戴上可以看出，江面上正下着纷纷扬扬的大雪。一叶孤舟、一介渔翁在广阔的山野、浩永的寒江中，显得特别孤寂、渺小。而这位渔翁独自一人处在如此广漠、寒冷、孤寂的环境中，竟像根本不知道这种严酷森寒的环境，也根本不在意自己的孤独处境一样。正是通过环境与人物之间这种相反相成的映衬关系，突出地表现了独钓寒江的渔翁那种不畏森寒、不怕孤独，在冷寂的环境中坚持垂钓的坚毅精神和顽强不屈的精神风貌。

三、四两句从题目来说，似乎是用孤舟独钓来点缀江上雪景；其实，从作者的用意来说，雪景只不过是背景和陪衬，孤舟独钓于寒江之上的渔翁才是画面的中心。如果把它画成一幅画，题目应该叫"寒江独钓图"，而不应该叫"江上雪景图"。后世一些山水画多取后两句的景物作为题材，其实只是看到了诗中有画这一点，而对这幅画的画意则缺乏理解。

这就涉及作品的寄托问题。熟悉柳宗元身世遭遇，特别是他贬居永州期间境遇与心情的人会从这孤舟独钓寒江的渔翁身上看到诗人自己的形象。当时他的处境是"身编夷人，名列囚籍"，过去一些亲戚朋友都和他断绝了来往，处于十分孤寂的境地。诗的一、二两句描绘的千山万径，飞鸟绝迹、行人无踪的寒寂萧森、空旷寥落的图景，实际上正渗透诗人对自己所处环境的感受。而在孤舟独钓寒江的渔翁身上，则正寄托着诗人那种"虽万受摈弃，而不更乎其内"的坚定思想、政治操守和顽强不屈的抗争精神。

全篇的诗眼，就在末句的那个"独"字。诗中的一切描绘、渲染都是为了衬托这个"独"字，突出这个"独"字。千山杳无飞鸟，万径寂无人踪，这两句句末的"绝"和"灭"，不用说是为了突出人之"独"；孤舟、寒江、大雪，又进一步渲染了这位独钓者所处环境的孤寂与寒冷。不用说整首诗是蕴含了很深的孤独寂寞之感的，但诗人的用意，主要不是表现这种孤独寂寞的可悲和难以忍受，而是表现独钓寒江的可贵。因此他的孤独中带有一种孤高、孤傲的精神气质。正是在这位独钓寒江的渔翁身上，寄托了对不为恶劣环境所屈的理想人格美的赞美和追求。苏轼的评论触及诗的品格和人性的关系，是深刻独到之见。问题的关键就在于柳宗元的这首诗不只是诗中有画，而是诗中有人，表现了诗人自己的人格和情操。在唐人五绝中，李白的《独坐敬亭山》与这首诗在表现诗人的品格情操方面，有某种相似之处，而李诗直抒的成分多，情态闲雅，而柳诗则描写的成分多，感情深沉，在诗情画意的统一上更显突出。

这是一首押入声韵的古体绝句。"绝""灭""雪"三个韵脚，构成一种萧瑟、冷寂中含有坚决、激愤情调的意境，声与情配合得非常和谐。

田家三首 (其二)①

篱落隔烟火②，农谈四邻夕③。庭际秋虫鸣④，疏麻方寂历⑤。蚕丝尽输税，机杼空倚壁⑥。里胥夜经过⑦，鸡黍事筵席⑧。各言官长峻⑨，文字多督责⑩。东乡后租期，车毂陷泥泽⑪。公门少推恕⑫，鞭扑恣狼藉⑬。努力慎经营⑭，肌肤真可惜⑮。迎新在此岁⑯，唯恐踵前迹⑰。

[校注]

①这三首诗作于贬居永州期间。选第二首。②篱落，篱笆。落，篱笆。《文选·张衡〈西京赋〉》"揖枳落，突棘藩"李善注引杜预《左氏传》注曰："藩，篱也；落，亦篱也。"烟火，指人家的炊烟。③句意谓农家的四邻在傍晚时分互相闲谈。④庭际，庭边。虫，《全唐诗》校："一作蛩。"⑤寂历，凋零疏落。《文选·江淹〈王征君微〉》："寂历百草晦，欻吸鹍鸡悲。"李善注："寂历，凋疏貌。"或谓系形容风吹植物的声音，恐非。"寂历"正应句首"疏"字。⑥机杼，织布机。二句指蚕丝都缴了夏税。⑦里胥，乡村小吏。⑧事，备办。⑨峻，严厉。⑩文字，指县官催缴赋税的文书。督责，督促责备。⑪二句倒文，谓东乡的农民交租的牛车轮子深陷泥泽，因此延误了交租的时间。⑫公门，指官府。推恕，推究原因加以宽恕。⑬鞭扑，用鞭子或棍棒抽打。恣，肆意。狼藉，纵横散乱貌。此用以形容农民被鞭打得东倒西歪、血肉模糊的惨状。⑭经营，筹划（交租的事，此指秋税）。⑮里胥的话至此结束。⑯迎新，迎接新谷登场。⑰踵前迹，步东乡农民被鞭打的后尘。

[笺评]

曾吉甫曰：《田家》诗"机鸣村巷白"云云，又"里胥夜经过"云云，绝有渊明风味。（《新刊增广百家详补注唐柳先生文》卷四十三引《笔墨闲录》）

钟惺曰：诉得静，益觉情苦。（《唐诗归·中唐五》）

陆时雍曰：一起四语如绘。（《唐诗镜》卷三十七）

蒋春甫曰：援里胥来说便松畅，是亦《捕蛇者说》光景。一结说

似未尽。（蒋之翘注《河东集》卷四十三引）

吴山民曰："农谈四邻夕"，"谈"字是一篇骨子，先含着几许感慨。（《删补唐诗选脉笺释会通评林·中五古下》引）

周敬曰：本实事真情以写痛怀，如泣如诉，读难终篇。（同上）

周珽曰：际秋空青黄不接，而官府催科威逼，无容少缓。如此穷苦真可私谈，莫从控诉者。"肌肤真可惜"，写尽农夫抱怨幽怀。柳州此诗与李长吉《感讽》篇词意俱同，然李起四语开拓深沉，较此似胜，而后调多委曲悲慨尽情，柳又觉得气机畅美也。又曰：前段叙得冷落，中段今吴下人所不忍闻。（同上）

汪森曰：起笔如画。怨而不怒，不失为温厚和平之遗。当与《捕蛇者》《郭橐驼》诸文相参看。（《韩柳诗选》）

沈德潜曰：里胥恐吓田家之言，如闻其声。（《重订唐诗别裁集》卷四）

余成教曰：柳子厚《田家》云："蓐食徇所务，驱牛向东阡，鸡鸣村巷白，夜色归暮田。"又云："篱落隔烟火，农谈四邻夕。庭际秋虫鸣，疏麻方寂历。"又云："是时收获竟，落日多樵牧。风高榆柳疏，霜重梨枣熟。"真能写出田家风景。（《石园文稿》）

何焯曰："东乡后租期"四句，车陷泥泽，非敢后期，而遽遭鞭扑，故曰"少推恕"。（《义门读书记·河东集下》）

章士钊曰："庭际秋虫鸣"四句，是农谈时村中景象。"机杼空倚壁"为关目语。（《柳文指要·通要之部》卷一）

钱锺书曰：我们看中国传统的田园诗，也常常觉得遗漏了一件东西——狗，地保公差这一类统治阶级的走狗以及他们所代表的剥削和压迫农民的制度。诚然，很多古诗描写到这种现象，例如柳宗元《田家》第二首、张籍《山农词》、元稹《田家词》、聂夷中《咏田家》等，可是它们不属于田园诗的系统……到范成大的《四时田园杂兴》六十首，才仿佛把《七月》《怀古田舍》《田家诗》这三条线索打成一个总结，使脱离现实的田园诗有了泥土和血汗的气息。（《宋诗选注·

范成大》)

[鉴赏]

《捕蛇者说》和《田家三首》，是柳宗元贬居永州期间，在深入了解农民疾苦的基础上精心创作的诗文双璧。《捕蛇者说》由于有"赋敛之毒有甚是蛇"的直接揭露与蒋氏一家三代宁愿冒死捕蛇而不愿更役复赋的事实作反衬，使读者对农民所遭的赋税剥削之苦有怵目惊心的深刻强烈感受，而《田家三首》则全用平淡朴素的语言对农村景象和农民生活作真切的叙述描绘，乍读似感与《捕蛇者说》的深刻揭露、强烈愤激有明显不同，但诗、文参读，却不难发现诗在宁静和平的农村田园风光中寓有血淋淋的现实痛苦，在平淡朴素的叙述描绘中含有深切的忧悯和深沉的忧愤。不妨说，二者是貌异而心同。

"篱落隔烟火，农谈四邻夕。"诗一开头，就展现出一幅农村傍晚的生活风情素描画：日暮时分，农家用篱笆隔开的院落里升起了袅袅的炊烟，收工归来的四邻农民们，在暮霭轻烟的笼罩中隔着各自的院落彼此闲谈农事收成。整个氛围，显得和平宁静、悠闲和谐。类似的景象，在陶渊明、王维、孟浩然、储光羲的田园诗里都可以见到。

"庭际秋虫鸣，疏麻方寂历。"接下来两句，进一步渲染农村入夜之初的宁静。庭院角落里，响起了秋虫的鸣叫声，园子里的芒麻也显得稀疏凋零了。秋虫之鸣，正衬出周围的寂静；而麻叶稀疏，则是入秋后的农村景象。这两句所写的景象，虽带有一点秋天的萧瑟气氛，但整体上看，仍是写农村暮夜的安闲宁静气氛。

"蚕丝尽输税，机杼空倚壁。"五、六两句，从室外的篱落烟火、庭际秋虫、园中疏麻转向室内，诗的意蕴、情调亦随之一变：春天辛苦缫成的蚕丝都交了租税，眼看只有那空无所有的织布机冷冷清清地斜靠着板壁。唐代从德宗建中元年（780）起，用宰相杨炎议，废租庸调，实行两税法，夏税不超过六月，秋税不超过十一月。以钱交税。

农民因无钱交税，只能用丝抵税。这里所说的"蚕丝尽输税"，正是指向官府交夏税。一"尽"一"空"，揭示出农民一春的辛苦全部落空、家徒四壁、生活艰辛的状况，气氛从安闲宁静转为沉重失落。

"里胥夜经过，鸡黍事筵席。"就在农民面对着空无所有的织机发愁叹息之际，宁静的村子里却来了不速之客——里胥。尽管只是地方上最低的胥吏，却负有为官府催缴赋税的重任，农民对这帮人自然不敢怠慢，即使是夜间偶尔"经过"，也不得不倾其所有，杀鸡煮黍，备办筵席，小心伺候。从这仿佛不经意的叙述中可以看出，胥吏们借"经过"的机会向农民打抽丰，已是常家便饭、习以为常。

从"各言官长峻"到"肌肤真可惜"共八句，是里胥对农民说的话。"各言"二字，透露出来的不是一个，而是一帮。他们七嘴八舌，用貌似关切的口吻威吓农民。说县里的长官非常严厉，催税的文书对我们这些人督促责备得很紧很狠，言外之意是：并非我们这些基层小吏故意跟乡亲们过不去，实在是因为上面催得太急。既为自己开脱，又搬出"官长"的峻急来吓唬农民。紧接着，又举出一个实例来证明"官长"之"峻"：东乡的农民因为送租的牛车沉陷泥泽而稍稍耽误了交租的期限，官府根本不问情由而稍加宽恕，逮住就是棍棒齐下，一顿毒打，直打得血肉模糊，东倒西歪。这就简直是公然的威吓了。官府的横暴凶残，借里胥之口说出，正是这首诗构思的独特之处。然后又以貌似同情劝诫的口吻说，你们还是及早努力，小心准备缴纳秋税吧，否则遭到官府的鞭打，体无完肤，实在可怜。"慎"字、"真"字，在劝诫同情的口吻中包含着的是警告和威胁。整个这一段八句，不仅揭示出官府的凶残横暴，也显示出里胥的伪善与丑恶嘴脸。虽未正面描绘里胥的神情，而人物的神态毕现。这是很高的白描技巧。

"迎新在此岁，唯恐蹍前迹。"结尾两句，是农民听了里胥的一番话后的心理活动：眼看新谷又将登场，在迎接秋收的同时，秋税也必须在今年之内上缴，唯恐难以承受沉重的负担而重蹈东乡农民的悲惨遭遇，心里不免忧惧万分。前面写里胥的恐吓警告，不嫌详尽，这是因为要借里胥之口揭露官府的凶残横暴和农民的悲惨境遇。这里写农民的心理活动，只须用"惟恐蹈前迹"一点即止，而农民不堪重税盘剥的苦况自见，不必更添一语，虽简洁而有余韵。

这样的田家诗，虽不属于传统的田园诗的范畴，但它和陶渊明以来的田园诗显然有渊源关系，特别是诗的开头四句写农村晚景，更极具陶诗风味。只不过，它在诗中不仅不是主体，而且在实际上对后面十四句的描叙起着反衬作用，即让读者看到在农村安闲宁静的表象后面，是沉重的赋税负担和横暴凶残的官府的摧残、狐假虎威的里胥的欺压威吓。这里不但有统治者的鹰犬，而且有鞭痕血迹。表与里的不一致，正是诗人透过现象看到本质的认识过程的反映。这在悯农诗的写作手法上是一种创新。也可以说，诗人是把古代田园诗擅长写田园风光和农村生活场景、氛围的艺术传统和悯农诗描绘农民疾苦的优良传统以一种相反相成的方式结合起来了。这和元稹的《田家词》、聂夷中的《咏田家》还是有明显区别的，因为后者只有悯农的内容而无田园风光、农村生活氛围的描绘。

渔　翁①

渔翁夜傍西岩宿②，晓汲清湘燃楚竹③。烟销日出不见人，欸乃一声山水绿④。回看天际下中流⑤，岩上无心云相逐⑥。

[校注]

①据诗中"西岩""清湘""楚竹"等语，诗当作于贬居永州期间。②西岩，指永州之西山。宗元有《始得西山宴游记》，作于元和四年（809）九月二十八日，则此诗当作于其后。③清湘，清澈的湘江水。永州滨湘水。《太平御览》卷六十五引《湘中记》："湘水至清，虽五六丈，见底。"永州为旧楚地，故云其地所产之竹为"楚竹"。④欸乃：可指行船时摇橹声，也可指棹歌，即《欸乃曲》，元结《欸

乃曲》："谁能听欸乃，欸乃感人情……遗曲今何在，逸在渔夫行。"
题下自注："欸音袄，乃音霭。棹舡（船）之声。"然参《溪居》诗
"来往不逢人，长歌楚天碧"之句，此"欸乃"当指棹歌。⑤下中流，
船向中流顺驶而下。⑥岩上，即西岩顶上，亦即上句之"天际"。陶
渊明《归去来兮辞》："云无心而出岫。""无心云"用其语。

[笺评]

苏轼曰：诗以奇趣为宗，反常合道为趣。熟味此诗，有奇趣。然
其尾两句，虽不必亦可。桡霭，三老相呼声也。（《冷斋夜话》引）

吴沆曰：柳子厚诗云："渔翁夜傍西岩宿……"此赋中之兴也，
又唐诗云："百尺丝纶直下垂，一波才动万波随，夜静水寒鱼不饵，
满船空载明月归。"此全是兴也。言外之意超然。又如张志和诗云：
"西塞山前白鹭飞，桃花流水鳜鱼肥。青箬笠，绿蓑衣，斜风细雨不
须归。"此亦兴也。大抵渔家诗要写得似渔家，田园诗要写得似田圃
人家，樵牧要写得似樵牧，又要不犯正位，不随古人语言。（《环溪诗
话》卷下）

严羽曰：柳子厚"渔翁夜傍西岩宿"之诗，东坡删去后二句，使
子厚复生，亦必心服。（《沧浪诗话·考证》）

刘辰翁曰：或谓苏评为当，非知言者。此诗气浑不类晚唐，正在
后两句，非蛇安足者。（《唐诗品汇》卷三十六引）

王文禄曰：气清而飘逸，殆商调欤？（《诗的》）

《骚略》：柳子厚《渔翁》诗，萧萧《湘君》《湘夫人》，清风不
可以笔墨机缄索也，世人论次《楚辞》，乃以《天对》《晋对》推之，
知者浅矣。（《后欸乃辞》）

李东阳曰："回看天际下中流，岩上无心云相逐。"坡翁欲削此二
句，论诗者不免矮人看场之病。予谓若止用前四句，则与晚唐何异！
（《麓堂诗话》）

胡应麟曰：子厚"渔翁夜傍西岩宿"，除去末二句自佳。刘以为不类晚唐，正赖有此。然加此二句为七言古，亦何讵胜晚唐？故不如作绝也。（《诗薮·内编·近体下·绝句》）

桂天祥曰："烟销日出不见人"二句，古今绝唱。（《批点唐诗正声》）

唐汝询曰：此盛称渔翁之乐，盖有欣慕之意。言彼寝食自适而放歌于山水之间，泛舟中流而与无心之云相逐，岂不萧然世外耶！（《唐诗解》卷十八）

陆时雍曰："欸乃一声山水绿"，此是浅句，"岩上无心云相逐"，此是浅意。（《唐诗镜》卷三十七）

孙月峰曰：是神来之调，句句险绝，炼得浑然无痕。后二句尤妙，意竭中复出馀波，含景无穷。（《评点柳柳州集》卷四十三）

蒋之翘曰：此诗急节简奏，气已太峻削矣。自是中、晚伎俩。宋人极赏之，岂以其蹊径似相近乎？（《柳集辑注》卷四十三）

郝敬曰：无色无相，潇然自得。（《批选唐诗》）

吴山民曰：首二句情，次二句有趋景慕，深推赞切，岂子厚失意时诗耶！（《删补唐诗选脉笺释会通评林·中七古中》引）

顾璘曰：幽意切。（同上引）

田艺蘅曰：全章本自悠扬，去之则局促矣。（《留青日札》卷五）

胡震亨曰：元次山湖南《欸乃歌》，刘蜕有《湖中霭乃歌》，刘言史《潇湘》诗有"闲歌暖乃深峡里"，字异而音则同。（《唐音癸签》卷二十四）

周珽曰：熟味此诗，有奇趣。然尾二句不必亦可，盖以前四语已尽幽奇，结反着相也。陆时雍谓"欸乃"句是浅句，"岩上"句是浅意，然欤？（同上）

汪森曰：歌行短章与绝句只是一例耳。此诗固短篇之有致者，谓当截去末二句与否者，皆属迂论。（《韩柳诗选》）

王尧衢曰：六语内层次无限。此篇六句只一韵，亦一体。（《古唐

诗合解》卷七)

　　田同之曰：此首至"欸乃一声山水绿"一句，恰好调歇，删去末二句，言尽意不尽，何等悠妙，何等含蓄。岂元美于斯未三复耶？（《西圃诗说》）

　　沈德潜曰：东坡谓删去末二句，馀情不尽，信然。（《重订唐诗别裁集》卷八）

　　吴瑞荣曰：（"烟消"二句）二语幽绝。（《唐诗笺要》）

　　钱振锽曰：（末句）本是哑句，本是凑韵。（《诗话》）

[鉴赏]

　　这是一篇只有六句、一韵到底的短篇七古，在柳诗中属于流传广远而在理解评价上颇多争论之作。不仅末二句是否蛇足自苏轼以来一直争论不休，就连"不见人"的"人"究竟是指渔翁还是泛指他人，"欸乃"究竟是指摇橹声还是棹歌声也有不同的理解。但这些争论并不影响对这首诗的总体艺术评价。

　　从诗题看，这是一首写渔翁生活的作品，但从诗的内容情调看，诗人着意渲染的却是一种徜徉于青山绿水之间、悠然自得的生活情趣，带有明显的理想化、主观化色彩。联系他的《江雪》以独钓寒江的渔翁自况和五律《溪居》，更可明显看出诗中的"渔翁"身上有诗人自己的影子，或者说是借歌咏理想化了的渔翁来自我抒情。

　　"渔翁夜傍西岩宿，晓汲清湘燃楚竹。"诗主要写晨间景色，首句却从昨夜叙起。"夜傍西岩宿"像是普通的交代，但联系全诗来品味，其中自含有独往独来，行止无定，随意无拘，到处均可止宿的意味。西岩即西山，柳宗元在《始得西山宴游记》中叙其攀登山顶后所见景色："萦青缭白，外与天际，四望如一……悠悠乎与灏气俱而莫得其涯；洋洋乎与造物者游，而不知其所穷。"因此这夜傍西岩而宿的追叙便可引发丰富的诗意联想。接下来第二句便由"夜"而"晓"，写渔翁清晨起来以后的生活情事。其实所写的不过是汲水烧火做饭而已，如此极平常的"俗事"，在诗人笔下却变成了极清雅的生活情趣。早晨的空气是清新的，所汲的又是极清澈的湘江水，所燃的则是碧绿的楚竹（即湘竹，因避复而改），就地取材，水清竹碧，纯属天然。极俗的烧火做饭也变作仿佛不食人间烟火的雅事了。

"烟销日出不见人，欸乃一声山水绿。"三、四两句，从"晓"过渡到"日出"时情景。清晨时的湘江上，笼罩着一层朦胧的轻烟淡雾，随着时间的推移，太阳升起，烟雾消散，整个江面上空无一人，渔翁也开始了新的一天的行程，他边划桨，边唱着棹歌，"欸乃"声中，显现在面前的是一片青山绿水的图景。或以为"不见人"的"人"是指渔翁本人。从意境上说，只闻欸乃之声悠长萦回于耳畔而不见其人，仿佛电影上的空镜头，似乎另有一种神韵。但一则，从情理说，既"烟销日出"，则人与景物毕现，不可能闻渔翁之声（无论是摇橹声还是棹歌声）而不见其人。二则其人如指渔翁，则景外另有人在，但下两句的"回看"显然指渔翁在舟行过程中回看而非指旁观的诗人，故于诗意不合。三则《溪居》诗明云："久为簪组累，幸此南夷谪。闲依农圃邻，偶似山林客。晓耕翻露草，夜榜响溪石。来往不逢人，长歌楚天碧。"两相对照，可证《渔翁》诗之"不见人"即《溪居》诗之"不逢人"，是指江上空寂不见人，而非指不见渔翁。至于"欸乃"，对照《溪居》中的"长歌"，其意自明，当指渔翁所唱的船歌而非摇橹声。

三、四两句，极饶神韵。它的妙处全在空寂无人之境中，渔翁棹歌声起的刹那，眼前忽现一片青山绿水时那种令人悠然神远的境界。仿佛是渔翁的"欸乃"棹歌之声忽然染绿了青山碧水，幻化出一个童话式的世界，一个不食人间烟火的远离尘嚣的世界。这境界，既极清寥旷远，又悠闲自得，体现出这位渔翁的精神世界。

"回看天际下中流，岩上无心云相逐。"五、六两句，写渔翁行舟直下中流时回首天际，但见西岩之上，白云悠然出岫，来往飘荡，像是在互相追逐。云之缭绕飘荡，纯出自然，这里特用"无心"来形容，实际上是将人的感情意念投射到作为自然物的云身上，使"岩上无心云相逐"的景象成为自己精神的外化。"无心"二字，不妨说是全诗的诗眼和结穴。诗人写渔翁之夜傍西岩而宿、晓汲清湘燃楚竹，欸乃而歌于烟消日出之际，青山绿水之间，放舟而下至中流，悠然回顾岩上白云，都是为了突出渲染陶然忘机于美好自然之中的"无心"境界。经历了长期的贬谪生活和心灵痛苦历程，诗人在目接心感美好大自然的瞬间，似乎在忘机无心的境界中得到了精神上的解放，这首诗正是这种心灵体验的艺术表现。

从这种理解出发，可以看出五、六两句不仅是全诗不可分割的部分，而且是画龙点睛的关键之笔。如果撇开"无心"的主旨，删去五、六两句，前四句也能成为一首意境完足、余韵悠然的七绝，但似乎只能表现渔翁的潇洒自得、悠闲自适的精神风貌与湘中山水之清丽，而与"无心"的主旨终隔一层，因为还缺少"云相逐"于岩上这一表现"无心"意蕴的主要意象。有了"岩上无心云相逐"这一句，前面四句的所有描写也通通带上了"无心"的色彩。正如刘熙载《艺概·词曲概》所云："眼乃神光所聚，故有通体之眼，有数句之眼，前前后后无不待眼光照映。"离开"无心"的主旨去谈五、六两句是否蛇足，那就各执一词，永远也无法判断是非了。或引作者《溪居》尾联"来往不逢人，长歌楚天碧"为言，殊不知《溪居》开篇即明白揭出"久为簪组累""闲依农圃邻"的主意，篇末自然不必更添一语。二诗意蕴虽近，但表达方式却自别。不能简单地以彼例此。

刘禹锡

刘禹锡（772—842），字梦得，祖籍洛阳（今属河南），家居荥阳。贞元九年（793）登进士第，又登吏部取士科，授弘文馆校书郎。曾为淮南节度使杜佑掌书记。贞元十八年，调渭南主簿。十九年入朝为监察御史。永贞元年（805）正月，顺宗即位，迁屯田员外郎，判度支盐铁案，参与王叔文、王伾的政治革新活动。同年八月，顺宗退位，宪宗即位。十一月，贬朗州（今湖南常德）司马。元和十年（815）二月，奉诏抵长安，三月复贬连州刺史。十四年因母丧扶柩北归。长庆、宝历间，转夔州、和州刺史。文宗大和元年（827）授主客郎中分司东都。次年入朝为主客郎中，兼集贤直学士。转礼部郎中。大和五年出为苏州刺史。八年秋调汝州刺史，九年迁同州刺史。开成元年（836）秋，以太子宾客分司东都，五年为秘书监分司东都。武宗会昌元年（841）加检校礼部尚书，会昌二年七月卒。他是中国思想史上具有鲜明唯物主义倾向的思想家，也是中唐时期在韩、白两派以外独树一帜的诗人，其诗雄迈俊爽而不失含蓄蕴藉，且常于抒情咏怀中寓含哲理，怀古与学习民歌之作艺术成就尤为突出。曾编己作为四十卷，又曾选编《刘氏集略》十卷，今均佚。《新唐书·艺文志》著录《刘禹锡集》四十卷。《全唐诗》编其诗为十二卷。今人瞿蜕园有《刘禹锡集笺证》、陶敏有《刘禹锡全集编年校注》。

金陵怀古①

潮满冶城渚②，日斜征虏亭③。蔡洲新草绿④，幕府旧烟青⑤。兴废由人事⑥，山川空地形⑦。后庭花一曲⑧，幽怨不堪听。

[校注]

①金陵，战国楚威王七年（前333）灭越后曾在今南京清凉山

（古称石城山）设金陵邑。后来六朝（三国吴、东晋、宋、齐、梁、陈）均于古金陵之地建都。诗即借金陵怀古感慨六朝兴废。约作于宝历元年（825）或二年春任和州刺史期间。②冶城，本吴国冶铸之所，故称。故址在今南京朝天宫一带。《世说新语·言语》："王右军与谢太傅共登冶城，谢悠然远想，有高世之志。"刘孝标注引《扬州记》曰："冶城，吴时鼓铸之所。吴平，犹不废。"渚，水边。梁绍泰元年（555），陈霸先曾在此用兵。③征虏亭，故址在今南京玄武湖北。《世说新语·雅量》："支道林还东，诸贤并送于征虏亭。"刘孝标注引《丹杨记》："太安中，征虏将军谢安立此亭，因以为名。"《景定建康志》："征虏亭在石头坞，东晋太元中创。徐铉集《送谢仲宣员外使北蕃序》云：'征虏亭下，南朝送别之场。'"④蔡洲，《元和郡县图志·江南道·润州》：上元县："蔡洲在县西二十里江中。晋卢循作乱，战士十余万，舟舰数百里，连旗而下。宋高祖登石头以望循军。初，循引向新亭，公顾左右，失色。既而回泊蔡洲，公曰：'此成擒耳。'俄而循大败而走。"蔡洲在今江苏南京市江宁西南江中，六朝时屡为屯兵之地。⑤幕府，山名，在今南京市北。《舆地纪胜》卷十七建康府："幕府山，在郡西二十五里，晋琅邪王初过江，丞相王导建幕府于其上，因以为名。"⑥由人事，取决于人事（指政治清明与窳败、人谋之善否等人力所能及之事，与天时、地利相对而言）。《南史·虞寄传》："匪独天时，亦由人事。"⑦《太平御览》卷一百五十六引晋吴勃《吴录》："刘备曾使诸葛亮至京，因睹秣陵山阜，叹曰：'钟山龙盘，石头虎踞，此帝王之宅。'"金陵又有长江天堑，而六朝先后相继覆灭，故云"山川空地形"。⑧《后庭花》，即《玉树后庭花》，南朝陈后主所作歌曲。《陈书·皇后传·后主张贵妃》："后主每引宾客对贵妃等游宴，则使诸贵人及女学士与狎客共赋新诗，互相赠答，采其尤艳丽者以为曲词，被以新声……其曲有《玉树后庭花》《临春乐》等，大指所归，皆美张贵妃、孔贵嫔之容色也。"《旧唐书·音乐志》："御史大夫杜淹对曰：'前代兴亡，实由于乐。陈将亡也，为《玉树后庭花》，齐将亡也，而为《伴侣曲》，行路闻之，莫不悲泣，所谓亡国之音也。以是观之，盖乐之由也。'太宗曰：'不然，夫音声能感人，自然之道也。故欢者闻之则悦，忧者听之则悲……将亡之政，其民必苦，然苦心所感，故闻之则悲耳。'"

[笺评]

方回曰：每读刘宾客诗，似乎百十选一以传诸世者，言言精确。前四句用四地名，而以"潮""日""草""烟"附之。第五句乃一篇之断案也，然后应之曰"山川空地形"，而末句乃寓悲怆，其妙如此。（《瀛奎律髓》卷三）

冯舒曰："新草""旧烟"，只四字逼出"怀古"。五、六斤两，起结俱金陵。丝缕俨然，却自无缝。（《瀛奎律髓汇评》卷三引）

冯班曰：起句千钧。（同上引）

何焯曰：此等诗何必老杜？才识俱空千古。"潮满""日斜""草绿""烟青"，画出"废"字。落日即陈亡，具五国之意。第五起后二句，第六收前四句，变化不测。前四句借地形点化人事。第三句，将；第四句，相。幕府，山名，因王导著；征虏亭，因谢安著。（同上引）

纪昀曰：叠用四地名，妙在安于前四句，如四峰相蠹，特有奇气。若安于中二联，即重复碍格。五六筋节，施于金陵尤宜，是龙盘虎踞，帝王之都。末《后庭》一曲，乃推江南亡国之曲，申明五、六。虚谷以为但寓悲怆，未尽其意。起四句似乎平对，实则以三句"新草"，剔出四句"旧烟"，即从四句转出下半首，运法最密，毫无起承转合之痕。（同上引）

许印芳曰：此评（按：指纪昀评）甚精，深得古人笔法之妙。如此解乃知三、四"新""旧"二字是眼目……晚唐及宋人诗，作用在外，往往露骨，故少浑厚之作。惟中唐刘中山、刘随州，犹有盛唐遗意耳。又接六句用"龙虎""天堑"故事而用其意，不用其词。此亦暗用法。愚人用典，必将词语钞出凑句，盖未知古人用典，如水中着盐，不见盐而有盐味也。又此句不但缴足第五句，而且收拾前四句。若无收拾，便是无法，可谓精密之至。(同上引)

[鉴赏]

刘禹锡怀古诗以七律、七绝成就最高，但五律亦间有名篇，本篇和《蜀先主庙》就是历代流传的佳作。

金陵是六朝故都，又居于江左富庶繁华之地，谢朓《鼓吹曲·入朝曲》所谓"江南佳丽地，金陵帝王州"，正道出这座六朝旧都的繁华富丽。而建都于此的六个偏安一隅的王朝，除东晋勉强支撑了一百余年外，均为国祚短促的朝代。这种朝代兴废更迭迅速、繁华转瞬消逝的历史现象，对于安史乱后繁荣昌盛的局面已经消逝、衰颓现象日益显现的中晚唐诗人来说，经常容易引发怀古伤今的忧思与感慨，并引起对六朝兴废原因的思考。这首以六朝兴废为题材、主旨的怀古诗，便是在这种时代背景与氛围中产生的。

"潮满冶城渚，日斜征虏亭。"起联写日暮时分金陵两处古迹的情景。冶城是东吴冶铸之所，吴亡后犹未废。晋元帝移于石头城东。谢安曾居此，唐时遗迹尚存，称谢公墩。盛唐大诗人李白《登金陵冶城西北谢安墩》云："冶城访古迹，犹有谢安墩。"自注："此墩即晋太傅谢安与右军王羲之同登，超然有高世之志。余将营园其上，故作是诗。"从李白的诗可以想见冶城古迹与谢安登览的关联。征虏亭更直接为征虏将军谢安所立，因以为名。诗人在起联所怀的两处古迹，均与谢安有关，恐非偶然。这是因为谢安运筹帷幄取得淝水之战的胜利，对东晋政权的巩固起了至关重要的作用，正是整个六朝时期"兴由人事"的典型例证，故首先标举。如今，冶城古迹虽存，但斯人已逝，朝代更迭。冶城渚边，只剩下江上的晚潮在不停地拍击江岸，掀起汹涌的波涛。一抹西斜的夕阳，正映照着这座由征虏将军谢安所建的古亭，而当年的"征虏"勋业，早已成为雨打风吹去的历史陈迹。两句中"潮满""日斜"的景象，给两幅缅怀想象中的图景抹上了一层黯淡寂寥的色彩，折射出时代的氛围和诗人的心境，令人自然联想起"潮打空城寂寞回"和"乌衣巷口夕阳斜"的诗句。

"蔡洲新草绿，幕府旧烟青。"颔联所怀的两处金陵古迹，"蔡洲"与出身庶族、建立刘宋王朝的宋高祖刘裕有密切关联，"幕府"则与出身士族辅佐晋元帝建立东晋政权的王导直接相关。当年宋高祖大败卢循的蔡洲上，一年一度的春草又绿了，而当年王导建立幕府的山上，青烟缭绕，仿佛还是旧时的模样。两句一水一山，一俯一仰，一开国之君主，一开国之元勋，都暗寓着王朝之兴由于人事的意蕴，而"新草绿"与"旧烟青"的对映，则浓缩了悠远的历史现实时空，诗人的俯仰今昔、缅怀感慨之意自见于言外。

以上四句，提及冶城、征虏亭、蔡洲、幕府山四处金陵古迹，看似随手拈来，实则自有诗人的精心选择和用意。从时代上看，"冶城"为东吴古迹，时间最早，"征虏亭""幕府"山则为东晋古迹，"蔡洲"系南朝刘宋古迹，它们分别代表了六朝的三个历史阶段，合起来正组成了一个完整的六朝。和古迹有关的人事谢安、王导、刘裕则正显示出六朝之"兴"取决于这些杰出人物的政治军事才略，从而为第五句作有力的铺垫。历来的评论者和解读鉴赏者都忽略了"古迹"与"人事"的关联。实际上等于抽空了怀古的灵魂，使前两联的描绘与腹联的议论变得毫无关联，只是古迹的罗列了。在写法上，以"潮满""日斜""新草绿""旧烟青"对古迹作点染，但首联先景后地，颔联先地后景，既避免了平头之弊，又使诗句既对偶精工（一联之内），又错落有致（两联之间）。

"兴废由人事，山川空地形。"五、六两句，是全篇的主旨和警策，也是全篇的枢纽和关键。其中第五句结上起下，尤为全诗精神之凝聚，它揭示出一个王朝的兴和废全在政治的明暗、君臣的贤否、谋略的得失等"人事"的因素，实际上是对历代王朝兴亡规律的深刻揭示。"山川"句补足上句，从反面强调山川地理形势的险要是不足恃的。金陵虽有龙盘虎踞、长江天堑等优越的地形条件，但六朝的享祚日短、相继沦亡，正说明决定王朝兴废的是人事政治，而非地险。这一联议论精警，而感慨深沉，"空"字尤其寓含对六朝衰亡的悲慨。

"后庭花一曲，幽怨不堪听。"尾联所怀之古，系整个六朝的结束——陈代因君主荒淫宴乐、不理政事而亡国的情事，揭示出王朝之"废"亦由"人事"不修之故，实则不但陈亡缘于此，整个六朝乃至历史上的一系列王朝的最终覆灭莫不缘于此。《玉树后庭花》在这里不仅成了荒淫奢侈的代名词，也成了亡国哀音的代称。诗之结联揭示陈亡的历史教训，指出《玉树后庭花》的亡国哀音"幽怨不堪听"，正寓有对现实政治的警诫和悲慨。诗的主旨虽在腹联，而其真正的用意或现实针对性则体现在尾联的深长感慨中。有此一结，不但"兴废由人事"的议论得到全面的印证，怀古的真正动机与目的也得到了呈现，如无此结，诗不过是徒发思古之幽情和单纯的议论而已。

始闻秋风①

　　昔看黄菊与君别②，今听玄蝉我却回③。五夜飕飗枕前觉④，一年颜状镜中来⑤。马思边草拳毛动⑥，雕眄青云睡眼开⑦。天地肃清堪四望⑧，为君扶病上高台⑨。

[校注]

①瞿蜕园《刘禹锡集笺证》系此诗于文宗大和元年（827），谓："禹锡初贬在永贞元年（805，原误为785，今正）九月，责授官依例即日发遣，故云'昔看黄菊与君别'，君谓秋风也。今阅二十三年，方得再到北方初闻秋风。其意谓昔别正在秋时，今又因秋风而复有奋飞之意，以示用世之志曾未稍衰也。禹锡以大和元年（827）六月除主客分司，犹不免失望，逾夏及秋，不复自安矣。"陶敏《刘禹锡全

集编年校注》则谓："此及后数诗（指《学阮公体三首》《偶作二首》《咏树红柿子》）均开成中会昌初作于洛阳，无可确考。"按：诗无久贬在外方归迹象，但云"扶病"，作于晚年衰病期间则可肯定。大和九年（835）九月，以白居易为同州刺史（未赴任，以刘禹锡为同州刺史）。禹锡自汝州赴同州，经洛阳，晤白居易等。翌年（开成元年，836）夏，被足疾，秋归洛阳，以太子宾客分司东都，与白居易等唱和。诗云"昔看黄菊与君别"，或指大和九年秋冬间经洛阳别居易等，"君"兼指秋风与居易。用"今听玄蝉我却回"，指开成元年秋回洛阳。时隔一年，故下云"一年颜状镜中来"，其时禹锡被足疾，不任登台，故云"扶病上高台"。②《礼记·月令》：季秋之月，"鞠（菊）有黄华"。君，兼指秋风与友人白居易。或云"前两句代秋风设辞，'君'，是秋风称作者，'我'，是秋风自称"。此说首联与下三联脱节，疑非作者本意。"看黄菊"在季秋之月，过此则秋风变为冬天的寒风，故曰"与君别"，兼寓与友人相别。③玄蝉，黑色的蝉。《礼记·月令》：孟秋之月，"白露降，寒蝉鸣"。我，指诗人自己。禹锡开成元年秋有《自左冯（指同州）归洛下酬乐天兼呈裴令公》诗，中有"华林霜叶红霞晚，伊水晴光碧玉秋"之句。回，指已回洛阳。④五夜，指整个一夜。《文选·陆倕〈新刻漏铭〉》："六日不辨，五夜不分。"李善注引卫宏《汉旧仪》："昼夜漏起，省中用火，中黄门持五夜。五夜者，甲夜、乙夜、丙夜、丁夜、戊夜也。"即一夜的五个更次。飕飕，风声。觉，指听到。⑤谓自去年秋至今年秋，一年间容颜的衰老变化，览镜时自然显现出来。⑥边草，边塞的草。马思边草，指战马思念驰骋边塞。拳毛，卷曲的毛。《尔雅·释畜》："回毛在膺，宜乘。"郭璞注："伯乐相马法，旋毛在腹下如乳者，千里马。"拳毛，回毛，旋毛同。⑦雕，即鹫，一种猛禽。眄，顾眄。青云，指秋天寥阔的碧空。⑧肃清，指秋风涤荡扫除天地间一切腐朽事物后所呈现的明朗高爽之景况。《礼记·月令》：孟秋之月，"天地始肃"。注："肃，严急之言也。"⑨时禹锡患足疾，艰于登高，故曰"扶病"，谓勉力支撑病体。"君"兼指秋风与友人。

[笺评]

王楙曰：刘禹锡曰："昔看黄菊与君别，今听玄蝉我却回。"……皆纪时也。此祖《诗》"昔我往矣，杨柳依依；今我来思，雨雪霏霏"之意。（《野客丛书·诗句记时》）

方回曰：痛快。（《瀛奎律髓》卷十二误录此诗为赵嘏诗）

冯舒曰："君"字何属？第二句不紧拍。（《瀛奎律髓汇评》卷十二引）

冯班曰：腹联痛快。二"君"字相唤甚明，何以不属？（同上引）

何焯曰：后四句衰气一振。"扶病"二字又照应不漏。（同上引）

纪昀曰：题下当有脱字，当云"始闻秋风寄某人"。此刘梦得诗，见《刘中山集》。赵（嘏）之魄力尚不能及此。以诗格考之，归刘为是。后半顾盼非常，极为雄阔。（同上引）

许印芳曰："君"字复。（同上引）

胡以梅曰：蝉，秋蝉。三、四佳，胡马倚北风，夏热多病，故毛拳。初读"睡眼"似乎与"雕"不切。然凡笼鹰过夏，金眸困顿，下此二字，实为体物。结有慨时之意。（《唐诗贯珠串释》卷五十）

毛张健曰："拳"切马毛，"睡"切鹰眼，又与"秋风"关照，此炼字之妙也。（《唐诗馀编》）

沈德潜曰："君"字未知所谓。下半首英气勃发，少陵操管，不过如是。（《重订唐诗别裁集》卷十五）

宋宗元曰：梦得诗警丽句，如咏《始闻秋风》云："马思边草拳毛动，雕盼青云睡眼开"，句警。（《网师园唐诗笺》）

王寿昌曰：唐人佳句，有可以照耀古今，脍炙人口者，如……刘梦得之"马思边草拳马动，雕盼青云睡眼开"。（《小清华园诗谈》卷下）

于庆元曰：寓悼望于秋风，英气勃发，笔力雄健。（《唐诗三百首

续选》）

瞿蜕园曰："马思边草"一联，陆游取其意作《秋声》诗云："人言悲秋难为情，我喜枕上闻秋声。快鹰下鞲爪觜健，壮士抚剑精神生。"（《刘禹锡集笺证》）

[鉴赏]

自宋玉《九辩》首发"悲哉秋之为气也，萧瑟兮草木摇落而变衰"的感慨以来，悲秋便常与叹老联结在一起，成为文士诗歌的常调。其间虽有曹操"老骥伏枥，志在千里。烈士暮年，壮心不已"的慷慨激壮之音，但悲秋叹老的低吟始终成为一种具有巨大惯性的传统。在刘禹锡晚年的诗歌中，却对这种传统作了极富人生哲理性质的改造。他在《学阮公体三首》（其二）中说："朔风悲老骥，秋霜动鸷禽。出门有远道，平野多层阴。灭没驰绝塞，振迅拂华林。不因感衰节，安能激壮心。"这首《始闻秋风》，便是因感衰节而激壮心的典型诗例。

"昔看黄菊与君别，今听玄蝉我却回。"首联以叙事纪时起。"昔与君别""今我却回"是叙事；"看黄菊""听玄蝉"是纪时，说明昔别、今回之时均值秋天。联系尾联的"君"字，诗中的这两个"君"字有可能是指"秋风"，也有可能是指诗人熟悉的一位朋友，当然，也可以是既指秋风，又指友人。在诗人的意识中，或者已经将秋风视为亲密的友人了。纪昀认为题下当有脱字（寄某人），这种推测虽无版本依据，却言之成理，但不必因此就否定"君"指秋风之说，二者并不矛盾。或有解作代秋风设辞，认为"君"是秋风称作者，"我"是秋风自称者，虽于此联或可通，但与下三联不连贯，特别是与尾联的"君"字直接冲突（因为尾联的"君"字绝不可能是秋风称作者，只可能是作者以外的人或物），故不可取。

"五夜飕飗枕前觉，一年颜状镜中来。"领联出句紧扣题目，说整个夜间，都不断地听到飕飗的秋风声，响彻枕前榻畔，对句则说晨起对镜，但见这一年来自己容颜的变化已经在镜中显现出来了。这是由"闻秋风"而联想到自己生命中的秋天已经到来，故有晨起对镜之举与颜状变化之慨。"一年"正应上联昔看黄菊与今听玄蝉。这一联虽然写了因"闻秋风"而感年衰，但情绪并不太沉重悲凉，而是用一种比较客观、平静的口吻道出，显示出诗人在客观的自然规律面前所持的泰然态度。

"马思边草拳毛动，雕眄青云睡眼开。"腹联虽仍紧贴"秋风"，却转出新意。日行千里的骏马思念着边塞上的秋草，迎风昂首，蜷缩的毛也为之兴奋得张开抖动，凶猛劲厉的大雕顾眄着秋天寥阔青碧的晴空，睡眼也因之张开翕动。这两句不仅写出了骏马和大雕在秋风秋色中焕发出来的渴望驰骋疆场、搏击长空的精神风貌，也从侧面透露了诗人虽年迈力衰，仍然渴望参与战斗、为国效力的强烈要求。"拳毛动""睡眼开"这两个传神的细节，将"马思边草""雕眄青云"时的外部形体特征与内在精神活动有机地结合起来，描绘得栩栩如生，出神入化。于工整的对偶中溢出一种奇警峻拔的神采，堪称佳联。

"天地肃清堪四望，为君扶病上高台。"尾联仍紧扣"秋风"作结，说万里秋风荡涤清除了天地间一切浮云迷雾、枯枝败叶，使天宇澄清、大地洁净，值得登高四望，饱览秋色之美。正因为秋风有如此神奇的作用，我这个年迈力衰的老人也要为你勉力支撑病体，登上高台，一览秋色，一抒胸襟。出句用明快警拔的语言对秋风的荡涤云雾、扫除腐朽的作用作了高度的艺术概括和热情的礼赞，其中体现出诗人不同凡俗的反传统的审美情趣和哲理观念，使诗的思想意蕴得到升华，对句就"堪四望"顺势落到"上高台"作结，显得水到渠成，毫不费力。诗人并不讳言自己的"颜状"之变和病体之衰，但这种在衰病中奋力崛起，"扶病上高台"的顽强意志和坚韧精神却更显示出一种人格的光辉。

西塞山怀古①

　　王濬楼船下益州②，金陵王气黯然收③。千寻铁锁沉江底④，一片降幡出石头⑤。人世几回伤往事⑥，山形依旧枕寒流⑦。今逢四海为家日⑧，故垒萧萧芦荻秋⑨。

[校注]

　　①西塞山，在今湖北黄石市东长江边，又名道士洑矶。临江一面高 174 米，危峰突兀，险峻如同关塞。孙策、周瑜、刘裕等均尝结寨于此。《元和郡县图志·江南西道·鄂州》：武昌县（今之黄石市）："西塞山，在县东八十五里，竦峭临江。"另有湖州之西塞山，又荆门、虎牙二山称楚之西塞，均非此诗所指。诗作于长庆四年（824）秋，刘禹锡罢夔州刺史赴和州刺史任途中。②王濬，《全唐诗》原作"西晋"，据何光远《鉴诫录》及《唐诗纪事》卷三十九所引改。王濬，西晋著名将领。《晋书·王濬传》："濬字士治，弘农湖人也……重拜益州刺史。武帝谋伐吴，诏濬修舟舰。濬乃作大船连舫，方百二十步，受二千馀人。以木为城，起楼橹，开四出门，其上驰马来往……舟楫之盛，自古未有。"楼船，有楼的多层大船，多指战舰。《史记·平准书》："是时越欲与汉用船战逐，乃大修昆明池，列观环之。治楼船，高十馀丈，旗帜加其上，甚壮。"益州，汉武帝开西南夷，置益州郡，西晋仍之。治所在今四川成都市。《晋书·武帝纪》：咸宁五年（279）十一月，"大举伐吴，遣镇军将军、琅邪王伷出涂中，安东将军王浑出江西，建威将军王戎出武昌，平南将军胡奋出夏口，镇南大将军杜预出江陵，龙骧将军王濬、广武将军唐彬率巴蜀之卒浮江而下，东西凡二十馀万。以太尉贾充为大都督，行冠军将军杨济为副，总统众军"。③金陵王气，《三国志·吴书·张纮传》裴松之注引《江表传》："纮谓（孙）权曰：秣陵，楚武王所置，名为金陵，

地势冈阜连石头。访问故老，云昔秦始皇东巡会稽经此县，望气者云金陵地形有王者都邑之气，故掘断连冈，改名秣陵。今处所具存，地有其气，天之所命，宜为都邑。"金陵，今江苏南京市。吴时曾为都，称建业。王气，旧说帝王出现之处，上有祥瑞之气，称"王气"或"天子气"。《晋书·武帝纪》：太康元年"二月戊午，王濬、陶彬等克丹杨城……乙亥，以濬为都督益、梁二州诸军事……濬进破夏口、武昌，遂泛舟东下，所至皆平。……三月壬寅，王濬以舟师至于建邺之石头，孙皓大惧，面缚舆榇，降于军门。"④寻，八尺一为寻。《晋书·王濬传》：濬率水师沿江东下，"吴人于江险碛要害之处，并以铁锁横截之，又作铁锥长丈馀，暗置江中，以逆距船。先是，（襄阳太守）羊祜获吴间谍，具知情状。濬乃作大筏数十，亦方百馀步，缚草为人，被甲持杖，令善水者以筏先行，筏遇铁锥，锥辄著筏去。又作火炬，长十馀丈，大数十围，灌以麻油，在船前，遇锁，然炬烧之，须臾，融液断绝，于是船无所碍"。铁锁（链）沉江底，即指此。⑤石头，石头城。故址在今南京市西石头山后。《元和郡县图志·江南道·润州》：上元县："石头城，在县西四里，即楚之金陵城也，吴改为石头城。建安十六年，吴大帝修筑，以贮财宝军器，有戍。《吴都赋》云'戎车盈于石城'是也。诸葛亮云'钟山龙盘，石城虎踞'，言其形之险固也。"余参注③。⑥几回伤往事，指踵东吴灭亡之后，建都于金陵的东晋、宋、齐、梁、陈几个王朝相继覆灭。⑦枕，背靠着。寒，《全唐诗》原作"江"，校："一作寒。"兹据改。《文苑英华》卷三百八作"寒"。⑧四海为家，指全国统一。《史记·高祖本纪》："天子以四海为家。"元和时期，先后平定西川刘辟、江南李锜、淮西吴元济、淄青李师道等叛镇强藩后，全国曾出现暂时的统一局面。然至穆宗长庆二年，河朔三镇已复成割据之势。⑨故垒，指西塞戍守的旧营垒。萧萧，萧条。芦荻，芦苇，荻草。前者秋天开白花，后者开紫花。

[笺评]

何光远曰：长庆中，元微之、刘梦得、韦楚客同会白乐天之居，论南朝兴废之事。乐天曰："古者言之不足，故嗟叹之，嗟叹之不足，故咏歌之。今群公毕集，不可徒然，请各赋《金陵怀古》一篇，韵则任意择用。"时梦得方在郎署，元公已在翰林。刘骋其俊才，略无逊让，满斟一巨杯，请为首唱。饮讫不劳思忖，一笔而成。白公览诗曰："四人探骊，吾子先获其珠，所余鳞甲何用。"三公于是罢唱，但取刘诗吟味竟日，沉醉而散。刘诗曰："王濬楼船下益州，金陵王气黯然收。千寻铁锁沉江底，一片降幡出石头。荒苑至今生茂草，山形依旧枕江流。而今四海归皇化，两岸萧萧芦荻秋。"文中原有注云："此篇元在《诗本事》中叙注甚详，今何光远重取论次，更加改易，非也。"（《鉴诫录》卷七）陶敏《刘禹锡全集编年校注》按："长庆中刘禹锡未至长安，永贞中，刘在郎署，次年，元、白方应制举。大和二年，刘、白同在长安，而元稹远在浙东，大和三年，刘、元同在长安，白以太子宾客分司洛阳。故四人实不可能'同会乐天之居'。何光远改'人世''山形'为'荒苑''古城'，显牵合《金陵怀古》之诗题，误。"

张表臣曰：刘禹锡作《金陵》诗云："千寻铁锁沉江底，一片降幡出石头。"当时号为绝唱。（《珊瑚钩诗话》卷一）

刘克庄曰：刘梦得……七言如……《西塞山怀古》……皆雄浑老苍，沉著痛快，小家数不能及也。（《后村诗话·前集》卷一）

顾璘曰：结欠开阔。（《批点唐音》）

陆时雍曰：三、四似少琢炼。五、六凭吊，正是中唐语格。（《唐诗镜》卷三十六）

徐用吾曰：顾华玉谓其结欠开阔，缘兴浅词竭耳。（《删补唐诗选脉笺释会通评林·中七律》）

周珽曰：吊古之外，有奇气，能自为局。与《荆门道》一篇运掉俱佳。但略加深厚，便觉味长耳。（同上）

金圣叹曰：（首句）只加"楼船"二字，便觉声势之甚。所以写王濬必要声势之甚者，正欲反衬金陵惨阻之甚也。从来甲子兴亡，必有如此相形。正是眼看不得。（"金陵"句）"收"字妙，更不必多费笔墨，而当时面缚出降，更无半策，气色如画。（三、四句）此即详写"黯然收"三字也。看他又加"千寻"字、"一片"字，写前日锁江锁得尽情，此日降晋又降得尽情，以为一笑也。（"人世"二句）看他如此转笔，于律中真为象王回身，非驴所拟。而又随手插得"几回"二字，便见此后兴亡，亦不止孙皓一番，直将六朝纷纷，曾不足当其一叹也！（尾联）结用无数衰飒字，如'故垒'，如'萧萧'，如'芦荻'，如'秋'，写当今四海为家，此又一奇也。（《贯华堂选批唐才子诗》甲集七言律卷五下）

邢昉曰：咏古之外，悲婉空澹，高于许浑。（《唐风定》卷十七）

吴乔曰：句中不得有可去之字，如……"千寻铁锁沉江底，一片降幡出石头"，上四语可去。（《围炉诗话》卷三）又曰：起联如李远之"有客新从赵地回，自言曾上古平台"，太务平浅；"王濬楼船下益州，金陵王气黯然收"，稍胜。（同上卷一）

查慎行曰：专举吴亡一事，而南渡、五代以第五句含蓄之，见解既高，格局亦开展动宕。（《瀛奎律髓汇评》卷三引）

方世举曰：七律章法，宜田（方观承字）尤善言之。只就一首如刘梦得《西塞山怀古》，白香山所让能，其妙安在？宜田曰："前半专叙孙吴，五句以七字总括东晋、宋、齐、梁、陈五代，局阵开拓，乃不紧迫。六句始落到西塞山。'依旧'二句，有高峰堕石之迅捷。七句落到怀古，'今逢'二字有居安思危之遥深。八句'获秋'是即时景，仍用'故垒'，终不脱题。此抟结一片之法也。至于前半一气呵成，具有山川形势，制胜谋略，因前验后，兴废皆然，下只以'几回'二字轻轻兜满，何其神妙！"（《兰丛诗话》）

张谦宜曰：刘禹锡《西塞山怀古》："王濬楼船下益州，金陵王气黯然收"，兴衰之感宛然。"千寻铁锁沉江底"，虽有天险可据；"一片降幡出石头"，其如人事不修；"人世几回伤往事"，局外议论如此；
"山形依旧枕寒流"那管人间争斗。"今逢四海为家日，故垒萧萧芦荻
秋"，太平既久，向之霸业雄心消磨已尽。此方是怀古胜场。七律如
此做自好，且看他不费力气处。（《绲斋诗话》卷八）

何焯曰：气势笔力，匹敌崔颢《黄鹤楼》诗，真千载绝作。"江
底""石头"，天然自工。"西晋"与"今"字对，不必作"王濬"。
"下益州"，兵自西来也。落句收住"寒"字。四海为家，则无东西之
可用，又与"西"字反对，诗律之密如此，前半檃括史事，形胜在
目。健笔雄才，诚难匹敌。他本题作《金陵怀古》非。（"西晋"句）
上游。（"金陵"句）下流。（"千寻"联）无对属之迹。（卞孝萱《刘
禹锡诗何焯批语新订》）又曰：诗律精密如此，更无属对之迹。（《唐
律偶评》）

《唐诗鼓吹评注》：此专言吴主孙皓之事也。首言王濬下益州伐
吴，建业王气渺然不见。尔时铁锁既沉，降旗继出。自晋至六朝隋唐，
人物变迁，多悲往事，惟此山形象依旧枕于寒江之流。今则四海为家，
旧时军垒无所复用，惟见芦荻萧萧耳。然则兴亡得失，古今亦复何常
哉！（卷一）

《唐诗鼓吹笺注》：劈将王濬下益州起，加"楼船"二字，何等雄
壮！随手接云"金陵王气黯然收"，下一"收"字，何等惨淡……看
他前四句单写吴王孙皓，五忽转云"人世几回伤往事"，直将六朝人
物变迁、世代废兴俱收在七字中。六又接云"山形依旧枕寒流"，何
等高雅，何等自然！末将无数衰飒字样写当今四海为家，于极感慨中
却极壮丽，何等气度，何等结构！此真唐人怀古之绝唱也。（卷一）

朱三锡曰：此真唐人怀古之绝唱也。前四句先写"西塞山古"四
字，后四句单写一"怀"字。（《东岩草堂评订唐诗鼓吹》卷一）

胡以梅曰：全首流利气胜。一、二苍秀，下字有描写得势之神。
（《唐诗贯珠串释》）

汪师韩曰：刘梦得《金陵怀古》之诗，当时白香山谓其"已探骊

珠，所馀麟甲何用"。以今观之，"王濬楼船"所咏本一事耳，而多至四句，前则疑于偏枯。山城水国，芦荻之乡，触目尽尔，后则疑其空衍也。抑何元、白阁笔易易耶？余窃有说焉。金陵之盛，至吴而始者，至孙皓而西藩既摧，北军飞渡，兴亡之感始盛。假使感古者取三国、六代事衍为长律，便使一句一事，包举无遗，岂成体制！梦得之专咏晋事，尊题也。下接云"人世几回伤往事"，若有上下千年、纵横万里在其笔底者，山形枕水之情景，不涉其境，不悉其妙。至于芦荻萧萧，履清时而依故垒，含蕴正靡穷矣。所谓骊珠之得，或在于斯者欤！（《诗学纂闻》）

纪昀曰：第四句但说得吴。第五句七字括过六朝，是为简练。第六句一笔折到西塞山，是为圆熟。（《瀛奎律髓汇评》卷三引）

沈德潜曰：（一、二句）起手如黄鹄高举，见天地方员。（三、四）流走，见地利不足恃。（七、八）别于三分割据。（《重订唐诗别裁集》卷十五）

薛雪曰：似议非议，有论无论，笔着纸上，神来天际，气魄法律，无不精到。洵是此老一生杰作，自然压倒元、白。（《一瓢诗话》）

许印芳曰：当时名流推服此诗，必有高不可及处，自来无人亲切指点，所传探骊获珠一语，但指平吴一事耳。得沈、纪二评，始令发此诗之蕴。可知古人好文字流传千载，众口称妙，而实不知其妙者多也。（《瀛奎律髓汇评》卷三引）

屈复曰：题甚大。前四句，止就一事言。五以"几回"二字包括六代，繁简得宜，此法甚妙。七开，八合。前半是古，后半是怀。五简练。七、八奇横。元、白之所以束手者在此。全首俱好，五尤出色。（《唐诗成法》卷十）

袁枚曰：怀古诗，乃一时兴会所触，不比山经地志，以详核为佳……刘梦得《金陵怀古》，只咏王濬楼船一事，而后四句全是空描，当时白太傅谓其"已探骊珠，所得鳞甲无用"，真知言哉！不然，金陵典故，岂王濬一事？而刘公胸中，岂止晓此一典耶？（《随园诗话》

卷六)

翁方纲曰：刘宾客《西塞山怀古》之作，极为白公所赏，至于为之罢唱。起四句洵为佳作，后四则不振矣。此中唐以后所以气力衰飒也。固无八句皆紧之理，然必松处正是紧处，方有意味。如此作结，毋乃饮满时思滑之过耶？《荆州道怀古》一诗，实胜此作。（《石洲诗话》卷二）又曰：平心而论，亦即中唐时《秋兴》《古迹》《黄鹤楼》矣。（《七言律诗钞》）

黄叔灿曰：诗极雄浑宕往，所以为金陵怀古之冠。（《唐诗笺注》）

吴瑞荣曰：此诗，梦得略无造意，引满而成，乐天所谓得颔下一颗是也。凡不经意而自工者，才得压倒一切。本咏金陵，而以西塞为题者，盖引入门问讳之谊。或以西塞在金陵则误。（《唐诗笺要》卷八）

宋宗元曰：何等起势！通体亦复神完气足。（《网师园唐诗笺》）

孙洙曰：从"怀古"直下。（《唐诗三百首》）

王寿昌曰：吊古之诗，须褒贬森严，具有《春秋》之义，使善者足以动后人之景仰，恶者足以重千秋之炯戒……至若刘梦得"王濬楼船下益州……"，读前半篇暨义山（《南朝》）"敌国军营"二句，令人凛然知忧来之无方，而思患预防之心，不可不日加惕也。吁！至矣。（《小清华园诗谈》卷下）

方东树曰：此诗昔人皆入选。然按以杜公《咏怀古迹》，则此诗无甚奇警胜妙。大约梦得才人，一直说去，不见艰难吃力，是其胜于诸家处；然少顿挫沉郁，又无自己在诗内，所以不及杜公。愚以为此无可学处，不及乐天有面目格调，犹足后人取法也。后来王荆公七律似梦得，然荆公却造句苦思有力，有足取法处。柳子厚才又大于梦得，然境地得失，与梦得相似；至其五言，则妙绝古今，非刘所及矣。（《昭昧詹言》卷十八）

陈世镕曰：此诗压倒元、白久矣。然第五句词意空竭，不能振荡，

终伤才弱也。(《求志居唐诗选》)

施补华曰："王濬楼船"四语，虽少陵动笔，不过如是，宜香山之缩手。五、六"人世几回"二句，平弱不称，收亦无完固之力，此所以成晚唐也。(《岘佣说诗》)

俞陛云曰：此首乍观之，前半首不过言平吴事，后半首不过抚今追昔之意。诗诚佳矣，何以元、白高手，皆敛手回席？梦得必有过人之处……余谓刘诗与崔颢《黄鹤楼》诗，异曲同工。崔诗从黄鹤、仙人着想，前四句皆言仙人乘鹤事，一气贯注；刘诗从西塞山铁锁横江着想，前四句皆言王濬平吴事，亦一气贯注。非但切定本题，且七律能四句专咏一事，而劲气直达者，在盛唐时，沈佺期《龙池》篇、李太白《鹦鹉》篇外，罕有能手。梦得独能方美前贤，故乐天有骊珠之叹也。(《诗境浅说》)

[鉴赏]

在唐人的七律怀古诗中，刘禹锡的这首《西塞山怀古》称得上是艺术范型。何光远《鉴戒录》所记刘、白四人长庆中同会乐天舍论南朝兴废之事虽属误传，但白氏探骊得珠之评却反映出这首怀古诗艺术上的高度成就以及它在诗坛上的影响与地位。尽管明清以来的评家当中，也有从不同方面指出它的不足甚至故意唱反调的，但大都缘于对诗的深刻思想主题和独创性构思缺乏理解所致。高度的艺术概括与形象生动的具体描写的统一，雄浑阔远的气势和含蓄隽永的韵味的统一，使这首诗艺术上臻于既不乏警策又通体完美的境界。

"王濬楼船下益州，金陵王气黯然收。"发端高远宏阔，突兀劲挺。王濬，现有刘集除《畿辅丛书》本外，均作"西晋"，但何光远引此诗作"王濬"。何氏虽因迁就《金陵怀古》之题而改第五句为"荒苑至今生茂草"，改第六句"山形"为"古城"，改第八句"故垒"为"两岸"，但首句无论作"西晋"或作"王濬"，均不影响对

《金陵怀古》题意的表达,如原诗本作"西晋",何氏不会因照顾《金陵怀古》的题面而改作"王濬"。从事理上看,当年晋武帝下诏大举伐吴,固六路大军同时并进,西起益州,东至滁州,战线长达数千里,但"下益州"及修治楼船、镕铁锁沉江者却只有王濬;且伐吴诸路大军中,战绩最著,最先抵达建业城下,接受孙皓投降的也是王濬。因此,在诸路大军中取王濬一路战线最长、功绩最著者作为典型代表,乃是顺理成章的事,比泛说"西晋"更能体现晋军顺江直下,所向披靡的气势。如"西晋"系泛称各路大军,则与"楼船下益州"不符;如实指"王濬"一路,不如直接标明,故"王濬"当是刘氏原文。次句略去"王濬楼船下益州"后的一系列具体行程战事,一下子跳到东吴的都城金陵——"金陵王气黯然收"。这里王濬的水军楼船刚刚从益州沿江东下,那边东吴都城上空的所谓"天子气"已经黯然而收了。所谓"王气""天子气"本来就是古代统治者用来自欺欺人的迷信说法,属于虚幻荒诞之事,这里说"王气黯然收",正是为了突出渲染王濬楼船浩荡东下的震慑力,军未到而气已慑,兵未接而胆已寒,从中可以想见东吴朝廷上下惊恐万状,无计可施,金陵上空愁云黯淡的情景。这一句并没有写到具体战事,对战争的结局只是虚写,但却具有一种笔未到而气已吞的雄浑气势。一"下"一"收",将这种宏阔雄健的气势表现得非常充分。

"千寻铁锁沉江底,一片降幡出石头。"三、四两句,正面具体描绘东吴的战败与投降。西晋伐吴之役,兵分六路,时间则长达五个月,双方投入的兵力达数十万。将如此规模宏大、时空广远的统一中国的战争浓缩到一联当中,必须有巨大的艺术概括力和生动形象、精练含蓄的艺术表现手段,诗人于纷繁的战争事件与过程中选取了两个最典型的场景(铁锁沉江和石城出降)来概括战争的全过程。用铁锁链横绝江面,以阻止西晋水军的前进,这是吴主孙皓自以为得计的愚蠢之举,也是末代的腐朽政权不修政事,不顾民怨,以为单靠长江天堑和坚固的江防就能锁住长江、阻挡晋军东下,结果当然只能是眼睁睁地看着险要处设置的千寻铁链被火烧熔断裂，沉入江底。从历史记载看，"吴人于江险碛要害之处，并以铁锁横截之"，则设置铁锁之处自不止一两处，但西塞山这样险要的地方必有铁锁横江无疑。诗人当年自夔州东下，舟行至西塞山时，自然会触景感怀，回想起这段历史往事。从《晋书·武帝纪》"以濬为都督益、梁二州诸军事……濬进破夏口、武昌，遂泛舟东下，所至皆平"的记载也可看出，王濬担任伐吴的主力部队之后所进行的关键性战役，就是"破夏口（今武昌市）、武昌（今黄石市）"的战事，"铁锁沉江"之事当就发生在这里。从"千寻铁锁沉江底"的诗句中不难想象当年江面上火光烛天，烧红的铁链映红天空、照亮江水，直到烧熔断裂，沉入江底的壮观景象，它象征性地体现了统一中国的历史潮流不可阻挡和摧枯拉朽的气势和力量，虽只一句七个字，却高度概括了伐吴战争必胜的全局。因此，下句便撇开战争，直接写到东吴的覆灭。而写东吴的覆灭，也避免作一般的交代和泛泛的叙述，而是用生动形象的图景来显示：一面标志着投降的白旗，出现在石头城上。这典型的图景既透露出吴国君臣上下"闻濬军旌旗器甲，属天满江，莫不破胆"的情状，也概括了此后的"素车白马，肉袒面缚，衔璧牵羊，造于垒门"的出降场景。似悲似慨，似嘲似讽，漫画式的图景和幽默的语调中蕴含着深沉凝重的历史感慨。两句一写战争，一写结局，对仗工整，意致流走。"千寻铁锁"与"一片降幡"，构成意味深长的对照；"沉江底"与"出石头"更成为妙手天成的对偶，显示出千寻铁锁沉江之日，即标志着东吴的覆灭指日可待，两幅本来各自独立、时间空间上远隔的图景因此显示出密切相关的因果联系。

以上两联，选取典型的人物（王濬）、战事（铁锁沉江），对西晋伐吴的统一战争和东吴腐朽政权的覆灭作了高度的艺术概括和形象生动的描写，显示出对于一个腐朽的政权来说，所谓"王气"只不过是虚幻的自欺欺人的假象，长江天险、坚固的防守工事、"钟山龙盘，石城虎踞"的地形也统统不足恃。四句一气贯串，气势磅礴，充分显示出进步的统一战争摧枯拉朽的力量。

"人世几回伤往事，山形依旧枕寒流。"出句紧承"一片降幡出石头"，从东吴腐朽政权的覆灭进一步联想到先后建都于古金陵的五个南方王朝——东晋、宋、齐、梁、陈。它们建立的时间最长也仅百年，短的只有几十年，而覆亡的原因无一不是由于统治者的奢淫腐败。"人世几回伤往事"，就是对吴亡后这段在石头城重复演出的兴亡盛衰历史的充满深沉感慨的回顾。从东晋建国到陈朝的覆亡（317—589），将近三百年的兴亡史，用短短七个字就统统概括无遗，大有"横扫五朝如卷席"之势，没有举重若轻的扛鼎之力，写不出如此包蕴深广的诗句。"几回"二字，似慨似讽，意味深长。它既是对走马灯式的王朝兴废更迭的艺术概括和深沉感慨，又是对这些王朝的统治者漠视前朝覆灭的历史教训的讽嘲。对句却不再黏滞于"伤往事"上，而是承第三句，一笔兜转，落到眼前的西塞山上来：突兀险峭的西塞山依然静悄悄地耸立江边，枕靠着森森寒流。上句极言人世变化之速，王朝更迭之易，下句则极言自然景物之亘古如斯，依旧当年形状。两相对照，正突出显示六朝兴废之速，将人们的思绪引向对这一历史现象的沉思，而"兴废由人事，山川空地形"的意蕴也就自然寓含于其中。"枕"字不仅精切地描绘出西塞山紧靠着长江的情状，而且传达出一种静悄寂默，如人之枕藉而眠的神韵。这种景象，恰与昔日"千寻铁锁沉江底"时烈焰连江的战争景象构成鲜明对照，并下启尾联，针线虽密，却浑然无迹。

"今逢四海为家日，故垒萧萧芦荻秋。"尾联承第六句，描绘今日所见西塞山景象。宪宗元和时期，先后平定了西川刘辟、江南李锜、淮西吴元济、淄青李师道等藩镇的叛乱，河北三镇也先后归附朝廷，安史之乱以来藩镇割据叛乱的局面暂告结束，国家统一的局面终于重新实现，故说"今逢四海为家日"。值此全国统一之时，往昔那标志着割据分裂局面的西塞山故垒早已荒废，只剩下芦荻萧萧，在秋风中摇曳，呈现出一片萧瑟的景象。"故垒"之萧瑟荒凉，正说明分裂割据后的局面已成历史陈迹，也标志着一个腐朽的末代政权恃险负固时代的结束。"故垒萧萧芦获秋"的萧瑟景象中透露的正是对"今逢四海为家日"的欣慰与珍惜。

怀古诗最常见的一种类型，是就古迹、史事抒发一点思古之幽情，抒写一点泛泛的盛衰兴亡的历史感慨。谈不上有什么明确的有积极意义的思想主题，久而成为熟套，几近无病呻吟。另一种则有明确的"引古惜兴亡"的创作意图，企图从对古迹史事的沉思回顾中引出历史的教训，作为现实的借鉴。当然，这类有不同程度现实针对性的怀古诗，其思想与艺术亦有深浅高下之分。这首诗就属于后一种怀古诗中思想与艺术高度统一的作品。

六朝兴废是一个大题目，也是生活在安史之乱后日趋衰颓的时代中诗人们关注的具有鲜明时代感现实感的政治话题。如何防止六朝迅速覆灭的历史在唐代重演，正是这一时期许多优秀的怀古、咏史之作的内在创作动机。而西塞山只不过是一座形势比较险要的山，在整个六朝兴废中并不占重要地位。要从西塞山上翻出六朝兴废的大题目，必须具有卓越的历史识见和广阔的历史视野。作者从眼前西塞山的荒废营垒和滚滚东流的长江，联想起东吴乃至整个六朝兴亡的史迹，深感山川依旧，而人世几经变迁，于是从心底涌出"人世几回伤往事，山形依旧枕寒流"这样一联含蕴深警的诗句。从变与不变的对照中揭示出深刻的思想：山川险阻、天命王气并不能维系一个腐朽政权的生存，挽救它的覆灭命运，更不能决定一个王朝的兴废。决定王朝兴废的是更根本的因素："兴废由人事，山川空地形。"人事，主要是指政治的清明或黑暗。这一联当中蕴含的正是这种思想，只不过表现得更为含蓄而已。这种思想在今天看来也许很平常，在古代却是卓越之见。诗中提到的"金陵王气"，即天命论的一种具体表现，在当时就不但有人宣扬，且有皇帝相信，据《通鉴》载，建中元年（780）六月，术士桑道茂言："陛下不出数年，暂有离宫之厄。臣望奉天有天子气，宜高大其城以备非常。"这虽是术士借此劝德宗早做准备，以防非常，但也说明这种思想的流行。至于割据叛乱的藩镇凭险负固对抗朝廷之事，亦常见于史籍记载。浙西节度使李锜就曾"修石头故城，谋欲僭逆"。长江天险，更是被历代窃据南方的腐朽政权视为天然屏障。作者并没有将自己的视野和思路局限于西塞山和东吴覆亡这一地一时，而是放开眼界，开拓思路，纵览六朝兴废，从个别上升到一般，用诗的语言揭示出王朝兴亡的历史规律。诗的现实针对性，或说是针对藩镇割据叛乱的现实而发。但一则在历史上，无论是西晋灭吴，还是隋朝灭陈，都不是中央政权消灭地方割据政权，而是当时政治上比较进步的政权消灭另一个与它相对立的极端腐朽的政权。作者的意思是强调，对于一个腐朽的政权来说，天命王气固然虚妄不足恃，就是险阻的山川和防御工事也无法阻挡历史的潮流。二则"人世几回伤往事，山形依旧枕寒流"这两句诗中还包含这样一层意蕴：东吴为晋所灭，已经提供了天命王气、山川险阻不足恃的历史教训，但后来各代的统治者却覆辙重蹈，败亡相继。在"几回"与"依旧"的对照中，正含有对南朝统治者无视历史教训、哀而不鉴的讽慨，而其更深层的意蕴则是告诫当时的统治者，要清楚地认识到天命王气、山川地形之不足恃，修明政治，免蹈覆辙。

整个六朝时期，可以用来印证"兴废由人事，山川空地形"的历史事实是非常丰富的，而一首七律只有八句五十六个字，这就必须通过独创的艺术构思，选取典型的史实，采取从个别以见一般的创作手法，这典型的史实，就是西晋灭吴的战争。写吴的覆灭，有许多好处，一是它作为六朝腐朽政权的代表，有其突出的典型性。孙皓政权，不但昏昧残暴，而且为了阻挡晋军的东下，想出了以铁锁拦舰的办法，在古代战史上，也是绝无仅有的。说明他们为了维系腐朽的政权不但挖空心思，而且愚蠢透顶。因此"千寻铁锁沉江底，一片降幡出石头"，也就自然有了某种象征意味。二是东吴系六朝之首，抓住这个头，把它的覆灭写活写足，以下五朝就可以一笔带过，达到以点带面、以一当十的效果。而且亡吴的覆辙在前，而东晋南朝依然亡国败君相继，更能说明历史的教训不能漠视。这种以点带面、以东吴带五朝的独特构思，既使点的描写精彩纷呈，又使面的叙写非常概括精练。而其中写活写足西晋灭吴之战尤为关键。作者用了一半的篇幅写这场战争，从楼船下益州到王气黯然收，再到铁锁沉江底、降幡出石头，不但首尾完整，形象鲜明，而且四句蝉联而下，一气呵成，非常紧凑，气象宏阔，气势遒劲，充分体现出西晋大军不可阻挡的态势和东吴腐朽政权必然败亡的结局。四句诗，概括而形象地写了一个大战役。但它的意义并不止于东吴覆亡这件事本身，"金陵王气黯然收"，实际上还预示了整个六朝的沦亡命运。这也可称为笔未到而气已吞。正因为灭吴之役写得如此饱满，下面写东晋南朝兴废方能一笔带过。这一句一笔横扫五朝，力重千钧，但读来却毫不费力，显得举重若轻。第五句大开，第六句大合，一笔兜回眼前的西塞山，运掉自如，显示出巨大的艺术魄力。七、八两句以点染故垒萧瑟景象作结，怀古慨今之意，见于言外，音情摇曳，含蕴无穷。怀古诗既有警策语如颔、腹二联，又通体圆融完美者，这首诗确实可称典型范式。

酬乐天扬州初逢席上见赠①

巴山楚水凄凉地②，二十三年弃置身③。怀旧空吟闻笛赋④，到乡翻似烂柯人⑤。沉舟侧畔千帆过，病树前头万木春。今日听君歌一曲⑥，暂凭杯酒长精神⑦。

[校注]

①敬宗宝历二年（826）秋，作者罢和州刺史，游金陵。与罢苏州刺史之白居易初逢于扬子津，同游扬州半月。此诗系是年秋末冬初在扬州宴席上和白居易《醉赠刘二十八使君》之作。刘、白二人此前虽屡有唱和，但尚未见面，故说"初逢"。白赠诗云："为我引杯添酒饮，与君把箸击盘歌。诗称国手徒为尔，命压人头不奈何。举眼风光

长寂寞，满朝官职独蹉跎。亦知合被才名折，二十三年折太多。"②此句概括自己二十余年的贬谪生活经历，自永贞元年（805）十一月贬朗州（今湖南常德）司马，至元和十年（815）三月又出为连州（今属广东）刺史，长庆元年（821）移夔州（今重庆奉节）刺史，四年秋改和州（今安徽和县）刺史。其中，朗州、连州、和州为古楚地，夔州为古巴子国旧地，故云"巴山楚水"。③二十三年，自永贞元年（805）初贬至写这首诗时（宝历二年，826），首尾为二十二年。但白居易赠诗及作者和诗均云"二十三年"，当是因如作"二十二年折太多""二十二年弃置身"，则犯孤平（即除句末押韵字为平声外，全句仅一个平声字，余均为仄声），乃诗律之大忌，故刘、白二人均迁就诗律将"二"改成平声字"三"，且白赠诗在前，刘之酬和之作也理应顺原唱而作"二十三"。七律固可一三五不论，但在"仄仄平平仄仄平"这个格式中，第三字不能不论。弃置，被抛弃闲置之人，诗人自指。④怀旧：指怀念昔日和自己一起参加政治革新活动的旧友中已经去世者。闻笛赋，指向秀的《思旧赋》。据《晋书·向秀传》，秀与嵇康、吕安友善。"康善锻，秀为之佐，相对欣然，傍若无人。又共吕安灌园于山阳。康既被诛，秀应本郡计入洛……乃自此役，作《思旧赋》云：'余与嵇康、吕安居止接近，其人并有不羁之才……其后并以事见法。嵇博综伎艺，于丝竹特妙，临当就命，顾视日影，索琴而弹之。余逝将西迈，经其旧庐。于时日薄虞泉，寒冰凄然。邻人有吹笛者，发声寥亮。追想曩昔游宴之好，感音而叹，故作赋曰……'"此以嵇康、吕安指已逝之柳宗元、吕温、凌准等人。⑤乡，指洛阳。翻，反。烂柯人：《述异记》卷上："信安郡石室山，晋时王质伐木至，见童子数人，棋而歌，质因听之。童子以一物与质，如枣核，质含之而不觉饥。俄顷，童子谓曰：'何不去？'质起视，斧柯烂尽，既归，无复时人。"柯，斧柄，此言自己回到久别的故乡，当深慨世事沧桑、人事全非。⑥听君歌一曲，指听白居易在席上歌唱他自己写的《醉赠刘二十八使君》。⑦暂，且。长精神，振奋精神。

[笺评]

白居易曰：彭城刘梦得，诗豪者也。其锋森然，少敢当者……文之神妙，莫先于诗。若妙于神，则吾岂敢！如梦得"雪里高山头白早，海中仙果子生迟""沉舟侧畔千帆过，病树前头万木春"之句之类，真谓神妙，在在处处，应当有灵物护之。（《刘白唱和集解》）

魏泰曰："沉舟侧畔千帆过，病树前头万木春"，此皆常语也，禹锡自有可称之句甚多，顾不能知之耳。（《临汉隐居诗话》）

王世贞曰：白极重刘……"沉舟侧畔千帆过，病树前头万木春"，以为有神助，此不过学究之小有致者。（《艺苑卮言》卷四）

胡震亨曰：刘梦得诗有云"沉舟侧畔千帆过，病树前头万木春"，若不胜宦途荣悴之感曲为之拟者。（《唐音癸签》卷二十六）

赵执信曰：诗人贵知学，尤贵知道。东坡论少陵诗外尚有事在，是也。刘梦得诗云："沉舟侧畔千帆过，病树前头万木春。"有道之言也。白傅极推之。余尝举似（示?）阮翁，答曰："我所不解。"（《谈龙录》）

杨逢春曰："沉舟"二句，用对托之笔，倍难为情。"今日"二字，方转到"初逢"正位，结出"酬"字意。（《唐诗绎》）

何焯曰：声泪俱下。（卞孝萱《刘禹锡诗何焯批语考订》）

沈德潜曰："沉舟"二语，见人事不齐，造化亦无如之何。悟得此者，终身无不平之心矣。（《重订唐诗别裁集》卷十五）

宋顾乐曰：乐天论诗多不可解。如梦得"雪里高山头白早，海中仙果子生迟""沉舟侧畔千帆过，病树前头万木春"等句，最为下劣，而乐天乃极赞叹，以为此等语"在在处处当有神物护持"，谬矣。（《梦晓楼随笔》）

洪亮吉曰：刘禹锡"怀旧空吟闻笛赋，到乡翻似烂柯人"，白居易"曾犯龙鳞容不死，欲骑鹤背觅长生"，开后人多少法门。即以七

律论，究当以此种为法。(《北江诗话》)

王寿昌曰：以句求韵而尚妥适者……刘梦得之"沉舟侧畔千帆过，病树前头万木春"……之类是也。(《小清华园诗谈》卷下)

俞陛云曰：梦得此诗，虽秋士多悲，而悟彻菀枯。能知此旨，终身无不平之鸣矣。(《诗境浅说》)

罗宗强曰："沉舟"一联意蕴十分丰富，既有慨叹，以己为沉舟、为病树，但见他人之春风得意，又有自慰，己虽为沉舟、为病树，而世事仍将按其轨迹运行。沉舟侧畔，自有千帆竞发；病树前头，依旧有万木争春。还有这样一重意思：虽历尽坎坷，仍将振作起来。这些丰富的感情意蕴，很含蓄地回答了白居易诗中对他遭受过多的挫折、满朝冠盖、斯人憔悴的同情。全诗的基调并不低沉，心情是比较开朗的。这种性格，这种心情，反映在刘禹锡的许多诗里成为他的诗刚健豪宕的一面。(《唐诗小史》)

[鉴赏]

刘、白二人，神交已久，诗歌赠答唱和，亦早在元和五年刘禹锡贬居朗州时即已开始。但两位大诗人的"初逢"，却迟至宝历二年(826)初冬。这时，他们都已是历尽坎坷、年过半百，有着许多人生感慨的老人。白居易的处境改变，早于刘禹锡五六年。穆宗即位，召为司门员外郎，改主客郎中、知制诰，长庆元年(821)迁中书舍人，出为杭、苏二州刺史，官位渐显，而刘禹锡此时，刚结束了二十余年的贬谪弃置生活，新的任命尚未下达，因此白的赠诗便主要是表达对刘禹锡长期遭贬受抑遭遇的同情。刘禹锡的答诗，却在感慨身世遭际的同时表现出一种对自然、人事的哲理性感悟和豁达朗爽的胸襟，思想境界显然高出白的原唱一筹。

"巴山楚水凄凉地，二十三年弃置身。"白居易赠诗的末联说："亦知合被才名折，二十三年折太多"，对刘禹锡长期遭贬斥外表示同情，而且在"合被才名折"的话里包含着"文章憎命达"式的牢骚不平。刘禹锡的和诗也就自然接上这个话茬，从二十三年的贬谪生活说起。这两句写得很概括，"巴山楚水"概朗、连、夔、和四州之地，"二十三年"概长久斥外的时间，"弃置身"概一斥不复的命运，"凄凉地"，概荒僻之环境与凄凉的心境。十四个字概括了二十三年的贬谪生涯和心境，调子虽比较平缓，但自己的悲惨命运和当权者的残酷无情都得到充分的反映。刘禹锡不是一般的才人，而是有深邃思想和远大抱负的哲人志士。三十四岁被贬，五十五岁方结束贬谪生活。正值大展宏图的壮岁，就这样被弃置在"巴山楚水凄凉地"，其内心的悲愤抑郁可以想见。

　　"怀旧空吟闻笛赋，到乡翻似烂柯人。"颔联出句用向秀山阳闻笛，感而作赋的典故抒写怀旧之情。刘禹锡的被贬，是作为"二王八司马"政治革新集团的重要成员而遭此厄运的，因此他的"怀旧"就非一般意义上的怀念故人旧友，而是具有鲜明的政治内涵、政治色彩，而向秀所怀念的旧友嵇康、吕安也是由于政治原因被当权的司马集团杀害的。因此这个典故用得极为贴切，也极为含蓄。写这首诗的时候，王叔文、王伾、韦执谊、凌准、吕温、柳宗元都已先后去世，当年一起从事革新活动的旧友除程异先在元和四年（809）起用外，剩下的只有韩泰、韩晔、陈谏和诗人自己了。柳宗元去世后，诗人有《伤愚溪三首》其三云："柳门竹巷依依在，野草青苔日日多。纵有邻人解吹笛，山阳旧侣更谁过？"同用山阳闻笛典抒怀旧之情，可以帮助我们理解这句诗中"怀旧"的对象当指因当权者的迫害而逝去的革新战友，而"怀旧"的政治内涵和色彩也就不言自明。"空吟"的"空"字，感情沉痛。死者已矣，自己怀旧吟诗，不过徒寄哀思与悲愤而已。

　　颔联对句用王质观仙童下棋，斧柯朽烂，回家后人事全非的典故，承上"二十三年弃置身"，抒写自己远贬时间之长，世事变化之大，想象自己回到故乡，简直就像那个神话传说中的王质一样，一切都起了沧桑变化，人事全非，恍如隔世了。这一句同样寄寓了很深的感慨，并不单纯是哀伤个人的身世遭遇，也不只是泛泛地抒写世事沧桑之感。作者《洛中逢韩七（晔）中丞之吴兴口号五首》之一说："昔年豪气结群英，几度朝回一字行。海北江南零落尽，两人相见洛阳城。"（诗作于大和元年，827）旧友的零落，市朝的升沉，都可包含在这"到乡翻似烂柯人"的感慨中。貌似平淡悠闲的语调中正寓有深沉的人生悲慨与政治悲慨。

"沉舟侧畔千帆过，病树前头万木春。"腹联"沉舟""病树"承上"凄凉地""弃置身""闻笛赋""烂柯人"，显指诗人自己，意思是说，沉没在水底的船旁边，千帆正疾驶而过，老病变枯的树面前，万木竞相蓬勃生长，呈现出无边春色。这是两个生动的比喻，也是两幅新陈代谢、生机勃勃的画图。这一联是酬答白诗"举眼风光长寂寞，满朝官职独蹉跎"一联的。白居易同情刘禹锡的遭遇，为他的寂寞沉沦、蹉跎困顿表示不平，刘禹锡则用一种比较通达超脱的态度来看待自己的沉沦困顿。他一方面承认自己是"沉舟""病树"，另一方面又乐于看到"千帆过""万木春"的景象，认为客观的人事、外界的社会还是在发展，还是有生机、有希望的，并不会因为自己的沉沦困顿、衰老憔悴而感到整个自然界和社会也因此生意索然、萧条冷落。这跟他另两句诗"芳林新叶催陈叶，流水前波让后波"意蕴相似。这是自然界客观存在的新陈代谢的现象，也是社会历史人事更迭代变的规律。诗人将这种现象与规律平静而客观地展示出来，对此处之泰然，既不为自己的"沉"与"病"而颓丧、感伤，也对"千帆过"和"万木春"感到欣然。这里包含着一种清醒的人生哲理感悟，也表明了一种积极的人生态度，一种精神上的超越和超脱，长期的凄凉困顿境遇在这种态度面前自然得到了化解。正由于有这种超越和超脱，才引出末尾两句。

"今日听君歌一曲，暂凭杯酒长精神。"这两句是酬答白诗"为我引杯添酒饮，与君把箸击盘歌"的，但无论是饮或歌，都不再是感慨寂寞的处境和蹉跎的命运，而是在清醒而明智的感悟自然和人生的基础上振奋精神，乐观地对待未来。用诗人的话来说，就是"莫道桑榆晚，馀霞尚满天"。

将白居易的赠诗和刘禹锡的答诗对照着来读，显然可见它们在境界上的差别。白诗对刘禹锡的不幸遭遇充满同情，在同情中也蕴含着不平与牢骚，应该说是一首比较好的诗。但境界不免比较局狭。但刘禹锡的和诗却不仅抒发了长期被贬的深沉感慨，而且在感悟自然、人生哲理的同时表现了不因个人沉沦困顿而颓唐感伤的开朗胸襟和对生活的达观态度，实现了对个人苦难的超脱。在这一点上，不仅高于白居易的赠诗，也高于同时遭贬的柳宗元。

"沉舟"一联是蕴含着生活哲理的，但并非为哲理作图解，而是和鲜明的自然图景、饱满的诗情融为一体的。较之白居易的"举眼风光长寂寞，满朝官职独蹉跎"，不但感情色彩不同，形象感也有明显差别，哲理、诗情和鲜明的自然图景的融合，是这首诗的一个突出特点，也是它既警策而富启示性，又具有隽永情味的原因。

竹枝词二首（其一）①

杨柳青青江水平，闻郎江上唱歌声。东边日出西边雨，道是无晴却有晴②。

[校注]

①《竹枝》，本为巴渝一带民歌。顾况《竹枝曲》："巴人夜唱竹枝曲，肠断晓猿声渐稀。"作者《洞庭秋月》诗亦云："荡桨巴童歌竹枝，连樯估客吹羌笛。"刘禹锡任夔州刺史期间（长庆二年正月至四年秋，822—824）据当地流行的民间歌曲《竹枝》改作新词，作《竹枝词二首》及《竹枝词九首并引》，详参《竹枝词九首并引》。《旧唐书·刘禹锡传》谓"禹锡在朗州……蛮俗好巫，每淫祠鼓舞，必歌俚辞。禹锡……乃依骚人之作，为新辞以巫祝。故武陵溪洞间夷歌，率

多禹锡之辞也"，虽误据《竹枝词九首引》，而未言其在朗州作《竹枝词》。《新唐书》本传乃进一步言其在朗州"作《竹枝辞》十馀篇"，均误。②却，《全唐诗》校："一作还。"晴，《全唐诗》校："一作情。"冯浩曰："以'晴'影'情'，极妙。或竟作'情'，大减味。"（国家图书馆藏冯浩抄本《刘宾客文集》校语）

[笺评]

胡仔曰：《竹枝歌》云："杨柳青青江水平，闻郎江上唱歌声。东边日出西边雨，道是无晴却有晴。"予尝舟行苕溪，夜间舟人唱吴歌，歌中有此后两句，馀皆杂以俚语，岂非梦得之歌，自巴渝流传至此乎？（《苕溪渔隐丛话·后集》卷十二）

洪迈曰：自齐、梁以来，诗人作乐府《子夜四时歌》之类，每以前句比兴引喻，而后句实言以证之……七言亦间有之，如"东边日出西边雨，道是无晴却有晴"……是也。（《容斋三笔》卷十六）

潘子真曰：（张）文潜次张远韵，有……"东边日下终无雨，阙下题诗合有碑"……或曰："无雨有碑，何等语也？"予答以"'东边日出西边雨，道是无晴却有晴'，刘梦得《竹枝歌》也"。（《苕溪渔隐丛话·前集》卷五十引《潘子真诗话》）

张表臣曰：古有采诗官，命曰风人，以见风俗喜怒好恶……刘禹锡曰："东边日出西边雨，道是无晴却有晴。"……此皆风言。（《珊瑚钩诗话》卷三）

谢榛曰：诗有简而妙者……亦有简而勿佳者。若……"江上晴云杂雨云"，不如刘梦得"东边日出西边雨，道是无晴却有晴"。又曰：刘禹锡曰："东边日出西边雨，道是无晴却有晴。"措辞流丽，酷似六朝。（《四溟诗话》卷二）

陆时雍曰：《子夜》遗情。（《唐诗镜》卷三十六）

邢昉曰：六朝《读曲》体，如此则妙。"长恨人心不如水"（按：

此系刘禹锡《竹枝词九首》第七首中诗句），浅而俚矣。（《唐风定》卷二十二）

周珽曰：起兴于"杨柳""江水"，而借景于东日、西雨，隐然见唱歌、闻歌无非情之所流注也。（《删补唐诗选脉笺释会通评林·中七绝》）

黄生曰：此以"晴"字双关"情"字，其源出于《子夜》《读曲》，如"雾露隐芙蓉，见莲不分明""石阙生口中，含碑不得语"之类是也。（《唐诗摘抄》卷四）

方南堂曰：作诗者无学而理解，终是俗人之谈，不足供士大夫之一笑。然正有无理而妙者，如刘梦得……"东边日出西边雨，道是无晴却有晴"……语圆意足，信手拈来，无非妙趣。可知诗之天地，广大含宏，包罗万象，持一论以说诗，皆井蛙之见也。（《辍锻录》）

黄叔灿曰："道是无晴却又晴"与"只应同楚水，长短入淮流"同一敏妙。（《唐诗笺注》）

管世铭曰：诗中谐隐，始于古"藁砧"诗。唐贤绝句，间师此意。刘梦得"东边日出西边雨，道是无晴却有晴"，温飞卿"玲珑骰子安红豆，入骨相思知不知"，古趣盎然，勿病其俚与纤也。（《读雪山房唐诗序例》）

史承豫曰：双关语妙绝千古，宋元人作者极多，似此元音杳不可得。（《唐贤小三昧集》）

俞陛云曰：此首起二句，则以风韵摇曳见长。后二句言东西晴雨不同，以"晴"字借作"情"字。无情而有情，言郎踏歌之情，费人猜疑。双关巧语，妙手偶得之。（《诗境浅说》续编）

[鉴赏]

刘禹锡在夔州期间所作的两组《竹枝词》，音调悠扬，含思宛转，既深得民歌风味，又是对民歌的提高。这首诗流传尤为广远。诗写得很通俗，用不着什么解释，有两个地方需要提出来说明一下。

一是"江水平"。一方面是写江水流得比较平缓，但另一方面又是形容春江水涨，江水与岸齐平的景象，它和"杨柳青青"同样是春天有特征性的景物。

二是末句"道是无晴却有晴"。句中的两个"晴"字，均"一作情"。文研所《唐诗选》说："这两句是双关隐语。'东边日出'是'有晴'，'西边雨'是'无晴'。'有晴''无晴'，是'有情''无情'的隐语。'东边日出西边雨'表面是'有晴''无晴'的说明，实际却是'有情''无情'的比喻。歌词要表达的意思是听歌者从那江上歌声听出唱者是'有情'的。末句'有''无'两字中着重的是'有'。'晴'一作'情'。作'晴'是仅仅写出谜面，谜底让读者自己去猜，作'情'是索性把谜底揭出来。在南朝《清商曲辞》中这两个方法是并用的。"这里有两个问题：一是究竟是作"晴"还是作"情"，二是在"有情""无情"二者中究竟是否着重的是"有情"。这两个问题孤立起来说，都不容易确定。从"含思宛转"的角度看，以作"晴"为宜；从民歌素有的表情直率作风看，又以作"情"为宜。这里牵涉到对这句诗语气口吻的体味理解问题。而这，又必须联系全诗所展示的特定情景才能弄清楚。

这首诗写得新鲜活泼，非常富于生活气息和民歌风味，艺术上有创新的特点是公认的，但它在艺术上究竟主要靠什么取得成功呢？绝大多数论者都认为，这是因为诗的三、四两句用了一个非常巧妙的谐音双关隐语，用"东边日出西边雨"谐音双关"有晴（情）"与"无晴（情）"。但运用谐音双关最多的南朝乐府民歌，有许多由于仅仅在声音相同上做文章，艺术上不免显得拙涩生硬，缺乏诗的韵味，如"合散（用药名散双关聚散的散）无黄连，此事复何苦""燃灯不下炷，有油（双关缘由的由）哪得明""石阙生口中，含碑（悲）不得语"，缺乏优美生动的形象和自然的联系，既乏诗意，亦无美感。谐音双关，只有和特定的眼前情境很巧妙地融合，才能产生魅力，这首诗的突出优点，正是将极富生活气息的即景描写和巧妙的谐音双关隐语融为一体。

不妨设想，这首歌是一位年青姑娘在听了一位小伙子的歌声之后跟对方对答时唱的。因而歌词中的"杨柳青青江水平""东边日出西边雨"，都是对歌时眼前看到的景色。时节是春天，杨柳青青，春江涨水，变得宽阔而平缓，这时忽然从江上传来一阵小伙子的歌声。这位小伙子和这位姑娘不用说原来就是熟悉的，也许平日已经眉目传情，有了一些情意，只是还没有直接互通情愫而已，因而在劳动中对歌就是他们进一步互通情意的最佳方式。小伙子的唱歌内容究竟是什么，这里虽未明说，但根据三、四两句，可以推知，是在通过唱歌进行试探。所以在这位姑娘听来，这江上歌声，似乎是有意通情意，又像是信口歌唱，不一定包含什么意思，总之感到有点捉摸不定。正在这时候，天上的云彩在翻腾，西边下起了雨，东边却仍然出着太阳，这位姑娘感到对方的心也跟眼前的这半晴半雨的天气差不多，说是无情吧，又好像有情；说是有情吧，却又像是无情。于是，她也即景生情，脱口唱出"东边日出西边雨，道是无晴却有晴"。这两句一方面是对对方歌声中含意捉摸不定的一种说明，另一方面（也是更重要的），是对对方真实情意的一种反试探。那潜台词似乎是：你究竟是有情还是无意，还是干脆挑明了吧！何必这样闪闪烁烁，让人家捉摸不定呢！可想而知，接下去小伙子的对歌会是什么内容。这样一设想，究竟是"晴"还是"情"，究竟是着重在"有情"还是捉摸不定，也就比较清楚了。既然是反过来试探对方，自然是以不挑明的"晴"字为宜。"道是无晴却有晴"，包含的是一个游移于"有情""无情"之间的问号，而不是肯定其"有情"的句号。

再回过来看"杨柳青青江水平"和"东边日出西边雨"，对它们的好处就比较容易体会了。"杨柳青青江水平"和民歌中那种单纯的兴起下文的"兴"不大一样，它首先是对眼前景物的描写，是赋；但这种描写，又是和女主人公的心理状态，和整首歌所表现的爱情生活内容相适应的。杨柳青青，本身就是青春活力的一种象征，江头柳色，加上涨得满满的一江春水，这环境，这景物本身，对于一个正处于青春觉醒期的少女来说，就足以引起她对爱情的向往与遐想，可以说是为这场正在发展中的爱情戏剧提供了一个动人的背景。在这种情况下，听到江上传来的小伙子似有情又似无意的歌声，女主人公那缭乱的春心和心旌摇荡、如醉如痴的情景就不难想见了。

再看"东边日出西边雨"，它的作用也绝不仅仅是用来关合"有晴（情）"与"无晴（情）"，起码还有以下这样一些作用。第一，天气的半晴半雨，正像情感的让人捉摸不定。可以说，这即景描写的诗句正是将这种抽象的感情状态完全形象化了。第二，女主人公唱的这两句歌词本身就具有进可以攻、退可以守的两重性，对方如果真有情，那就可以从这两句歌词中听出弦外之音，知道女方是在进一步试探自己、鼓励自己；对方如果无意，那女方也可以说自己是即景歌唱，别无深意，一点也不伤自己的面子。这种可以作不同解读的歌词正表现出一个少女在捉摸不定的情况下复杂微妙的心理。第三，再进一步，我们还可以说这两句诗概括了许多年青人在爱情的萌发阶段，在对方的情意还不大分明的情况下引起的一种典型的情绪。这首诗流传的广远，跟诗中所表现的这种情绪的典型性有密切关联。从这里可以看出，这首歌词一方面是纯粹的民歌风味，另一方面又比一般的民歌要丰富得多、细腻曲折得多，是学习民歌而又高于民歌的范例。至于音情的摇曳，风调的优美，诙谐幽默而不失含蓄的风格，也都给这首歌词增添了艺术的魅力。

堤上行三首（其二）①

江南江北望烟波②，入夜行人相应歌③。桃叶传情竹枝怨④，水流无限月明多⑤。

[校注]

①《乐府诗集》卷九十四新乐府辞刘禹锡《堤上行》题解云：

"《古今乐录》曰：'清商西曲《襄阳乐》云：朝发襄阳城，暮至大堤宿。大堤诸女儿，花艳惊郎目。梁简文帝由是有《大堤曲》。《堤上行》又因《大堤曲》而作也。'"陶敏《刘禹锡全集编年校注》系此三首于贬朗州司马期间，云："刘禹锡《采菱行》：'醉踏大堤相应歌。'又《龙阳县歌》：'主人引客登大堤。'知朗州亦有大堤。"②烟波，指烟雾笼罩的江波。③相应歌，此唱彼和，相应而歌。④《桃叶》，乐府吴声歌曲。《乐府诗集》卷四十五《桃叶歌三首》题解："《古今乐录》曰：'《桃叶歌》者，晋王子敬所作也。桃叶，子敬妾名，缘于笃爱，所以歌之。'《隋书·五行志》曰：'陈时江南盛歌王献之《桃叶》诗云：'桃叶复桃叶，渡江不用楫。但渡无所苦，我自迎接汝。'"《竹枝》，巴渝民歌，见《竹枝词九首并序》注①。《桃叶歌》系情歌，故曰"传情"。顾况《竹枝》云："巴人夜唱竹枝曲，肠断晓猿声渐稀。"白居易《竹枝词四首》之一云："唱到竹枝声咽处，寒猿晴鸟一时啼。"之二云："竹枝昔怨怨何人，夜静山空歇又闻。"故云"竹枝怨"。⑤月明多，谓明月清光洒遍。

[笺评]

陆时雍曰：末句剩一"多"字。(《唐诗镜》卷三十六)

周敬曰：苏子由晚年多令人学刘禹锡诗，以为用意深远，有曲折处。余读其绝句，如"桃叶传情"二语，何等婉转含蓄。(《删补唐诗选脉笺释会通评林·中七绝》)

周珽曰：第三句根次句"相应歌"来，末句应首句，亦承第三句说。(同上)

黄生曰：两呼两应格。一呼四应，二呼三应，此为错应法。(《唐诗摘抄》卷四)

宋顾乐曰：景象深，意致远。婉转流丽，真名作也。落句情语，尤堪叫绝。(《唐人万首绝句选》评)

冒春荣曰：绝句字句虽少，含蕴倍深。其体或对起，或对收，或两对，或两不对……两不对者，大抵以一句为主，馀三句尽顾此句……亦有以两句为主者，又有两呼两应者，或分应，或合应，或错综应……刘禹锡"江南江北望烟波，入夜行人相应歌。桃叶传情竹枝怨，水流无限月明多"。一呼四应，二呼三应。此错应法。（《葚原诗说》卷三）

刘拜山曰：此南朝《襄阳乐》《大堤曲》之遗意，而以《竹枝》体写之。清新圆转，独擅胜场。（《千首唐人绝句》）

[鉴赏]

《堤上行三首》，均写朗州大堤上下、沅江两岸的风光景象。其中，第一首、第三首所写系日暮时景象，这一首则写自暮入夜之后行人唱歌应答的动人情景。

首句"江南江北望烟波"，展现出一幅广远迷茫的暮景：从沅江的南岸遥望江北，但见薄暮中的沅江之上，烟波浩渺，一片迷蒙。沅江两岸，都笼罩在烟霭轻雾之中。这广远迷茫的沅江两岸暮景，为行人应歌提供了一个渺远而引人遐思的背景。"江"字的叠用使这句诗具有一种音情摇曳的韵味，"望"字中则透出诗人自己伫立遥望，神思悠扬的情景。

次句"入夜行人相应歌"，明点"入夜"，正透出与上句所写有一段时间间隔。入夜以后，大堤之上，行人此唱彼和，行歌应答，传遍江南江北，这句所写的当是流行于朗州一带的对歌习俗。夜色朦胧之中，这此伏彼起、相互应答的歌声不仅打破了夜的寂静，平添了热闹的生活气息，而且透露出诗人侧耳倾听，心驰神往之状。上句写暮江之景，从视觉角度着笔，此句写入夜闻歌，转从听觉着笔。在全诗中，这一句是主句，其他各句，都是围绕这个主句展开的。

第三句"桃叶传情竹枝怨"，紧承次句，点出"行人相应歌"的具体内容与声情特征。《桃叶歌》本是王献之为其爱妾桃叶而作的爱情歌曲，这里泛指民间情歌。行人们唱着情歌，男女应答，彼此传情，故说"桃叶传情"；《竹枝》声调哀怨，有顾况、白居易等诗人的作品为证。刘禹锡的《竹枝词九首》之二云："山桃红花满上头，蜀江春水拍山流。花红易衰似郎意，水流无限似侬愁。"则《竹枝词》也被用来表达爱情失意的哀愁，故说"竹枝怨"。此句虽《桃叶》《竹枝》分说，各以"传情"与"怨"属之，实际上不妨理解为互文见义，即《柳枝》与《桃叶》都既"传情"又抒"怨"。总之"行人"们用流行的民间歌曲互通爱慕之情，诉说失恋之怨，沅江两岸，堤上江中，回荡着此起彼伏的如慕如怨的歌声。

第四句"水流无限月明多"却撇开"行人相应歌"，宕开写景，回应首句：只见眼前的沅江流水，悠悠东去，流向遥远的天际，天上的一轮明月，正将它的清光洒满江边堤上。这好像是单纯写景，又好像是别有寄兴，它的妙处正在与上句"桃叶传情竹枝怨"之间，构成一种似有若无的微妙联系。那悠悠东流、无穷无尽的沅江水似乎与歌曲中所传出的"情"与"怨"构成某种对应；成为"情"与"怨"之悠长无尽的一种象喻；那洒遍堤上江间的明月清光也好像使歌声中所传达的"情"和"怨"随着光波洒遍人间。比起"水流无限似侬愁"的直接设喻，"水流无限月明多"的亦景亦情，似有若无的表达方式似乎更含蓄优美、引人遐思，更具有隽永的神韵。

踏歌词四首 (其一)①

春江月出大堤平，堤上女郎连袂行②。唱尽新词欢不见③，红霞映树鹧鸪鸣④。

[校注]

①踏歌，拉手而歌，以脚踏地为节拍。《通鉴·圣历元年》"尚书位任非轻，乃为虏踏歌"，胡三省注："蹋歌者，连手而歌，蹋地以为

节。"《踏歌词》，唐代乐曲名，相传为张说所制。《乐府诗集》卷八十二《近代曲辞》录唐崔液《踏歌词》二首。《宣和书谱》卷五："南方风俗，中秋夜妇人相持踏歌，婆娑月影中，最为盛集。"陶敏《刘禹锡全集编年校注》系此四首于贬居朗州期间，当因词中有"大堤"字，以为当指朗州之大堤。②连袂，衣袖相连，指牵手同行。储光羲《蔷薇篇》："连袂踏歌从此去。"③欢，女子称情人为欢，乐府吴声歌曲多见之。④红霞，指朝霞。鹧鸪，鸟名。《文选·左思〈吴都赋〉》："鹧鸪南翥而中留。"刘逵注："鹧鸪，如鸡，黑色，其鸣自呼。或言此鸟常南飞不止，豫章已南诸郡处处有之。"

[笺评]

谢枋得曰：堤上女郎非不多也，色必有可观，声必有可听。唱尽新词，而欢爱之情不见……但见红霞之色，但闻鹧鸪之鸣，其思想当何如也？（《注解章泉涧泉二先生选唐诗》卷一）

高棅曰：按古乐府《常林欢歌》解题云："江南谓情人为'欢'，故荆州有长林县，盖乐工误以'常'为'长'。"谢说为欢爱之情，非也。（《唐诗品汇》卷五十一）

张震曰："欢不见"，指所怀人而言。（《唐音》卷七引）

唐汝询曰：月照大堤，游女结伴而出，相与歌此新词。歌竟而不见情人，徒见红霞映树，而闻鹧鸪，其怅望何如！（《唐诗解·七言绝句五》）又曰：此景是其难为情处。（《唐诗选脉》引）

陆时雍曰：语带风骚。（《唐诗镜》卷三十六）

杨慎曰：《竹枝》遗旨，未必佳妙。（《删补唐诗选脉笺释会通评林·中七绝》引）

毛先舒曰：宋人谈诗多迂谬，然亦有近者。至谢叠山而鄙悖斯极，如评少伯"陌头杨柳"之作、梦得《踏歌词》、阆仙《渡桑干》、许浑"海燕西飞"是也。（《诗辩坻》卷三）

吴昌祺曰：谢叠山解"欢"字可笑，品汇引《常林欢》正之。（《删订唐诗解》卷十五）

宋顾乐曰：惘然自失，怅然不尽。（《唐人万首绝句选》评）

[鉴赏]

踏歌，是朗州一带少数民族青年男女踏歌唱和、歌舞娱乐、传递爱情、自由结合的一种活动方式和生活习俗。这种习俗，在今天的边远少数民族中尚有遗留。《踏歌词四首》就是刘禹锡为当地民众踏歌习俗而写的新词。

首句"春江月出大堤平"，用清新明丽之笔点染"踏歌"的环境：这是一个春天的夜晚，春江水涨，与岸平齐；一轮明月，升上天空，映照着春江流水和岸上的大堤。原就宽广平展的大堤在月光的映照下显得更加宽阔。这美好的季节、时间和地点，正为青年男女的踏歌唱和、传递情愫提供了温馨宁静而又优美和谐的环境。

次句"堤上女郎连袂行"，正面描写踏歌。在宽广平展的大堤上，出现了一群盛装的少女，她们手拉着手、联袂而行，踏脚为拍、边歌边舞，使明月映照下的大堤充满了青春的气息，欢乐的气氛。

少女们踏歌联袂而行，不单是为了歌舞娱乐，而且是为了寻找各自的意中人。这正是踏歌习俗中最富浪漫气息的一幕。《踏歌词》第三首"月落乌啼云雨散，游童陌上拾花钿"两句所暗示的正是这一幕。但今夜的踏歌却有些异常："唱尽新词欢不见。"所谓"新词"，当是少女们为踏歌对答相会自行创作的歌词，这是施展她们的才艺、歌喉的大好机会，也是引动青年男子前来应答，并进而寻觅到意中人的手段。但一直到"唱尽"了精心制作的新词，这位女子所盼望的情人却始终没有露面。前面说"堤上女郎连袂行"，写的是一群少女的集体歌舞，这里说"唱尽新词欢不见"却只能是其中的某一位少女。从"欢不见"的用语看，这位少女已经有了自己的情人，今夜与女伴联袂踏歌，就是要等待情郎的到来，但不知是什么原因，她所期盼的情人却始终不见身影。从"唱尽""不见"当中，可以想见这位少女一次次地期待又一次次地失望的过程。

末句却不再黏滞在这位等待情郎而不见的少女身上，而是宕开写景："红霞映树鹧鸪鸣。"不知不觉之间，月亮已经落下去。东方的天空由泛白而明亮，顷刻之间，艳丽的朝霞映红了江边的绿树，传来了鹧鸪啼鸣的声音。这景物，像是即目所见，又像是景中寓情。鹧鸪有雌雄相向而鸣的习性，听到鹧鸪的鸣叫声，这位少女也许会触动形单影只的愁绪，而红霞映树的美丽景象也更反衬出她的孤寂失落之感。诗的结句，以景寓情，将等待情人而不见的少女内心的怅惘失落之感写得非常含蓄耐味又非常富于美感。

竹枝词九首并引（其二）①

四方之歌，异音而同乐②。岁正月③，余来建平④，里中儿联歌《竹枝》⑤，吹短笛，击鼓以赴节⑥。歌者扬袂睢舞⑦，以曲多为贤⑧。聆其音，中黄钟之羽⑨，其卒章激讦如吴声⑩，虽伧儜不可分⑪，而含思宛转⑫，有淇澳之艳音⑬。昔屈原居湘、沅间⑭，其民迎神，词多鄙陋，乃为作《九歌》⑮，到于今荆楚歌舞之。故余亦作《竹枝词》九篇，俾善歌者飏之⑯，附于末⑰，后之聆巴歈⑱，知变风之自焉⑲。

山桃红花满上头⑳，蜀江春水拍山流㉑。花红易衰似郎意，水流无限似侬愁㉒。

[校注]

①长庆二年（822）春作于夔州（今重庆市奉节）刺史任上。参《竹枝词二首》（其一）注①。引，即序，因避其父绪嫌名讳改称引。《新唐书·刘禹锡传》："宪宗立，叔文等败，禹锡……斥朗州司马。

州接夜郎诸夷，风俗陋甚，家喜巫鬼，每祠，歌《竹枝》，鼓吹裴回，其声伧儜。禹锡谓屈原居沅、湘间作《九歌》，使楚人以迎送神，乃倚其声，作《竹枝辞》十馀篇，于是武陵夷俚悉歌之。"谓《竹枝词》十余章作于朗州，而所据即禹锡此序，当因误以为"建平"指朗州而致（高步瀛《唐宋诗举要》谓汉武陵郡，王莽时改建平）。葛立方《韵语阳秋》卷十五曾举《竹枝词九首》中提及白帝城、蜀江、瞿塘、滟滪堆、昭君坊、瀼西等地名，断为"梦得为夔州刺史时所作"，甚确。陶敏复举禹锡《送鸿举师游江西》引中称夔州为建平，及《夔州谢上表》自言于长庆二年正月二日抵夔州，与此诗引中"岁正月，余来建平"之语合，《别夔州官吏》"唯有九歌词数首，里中留与赛蛮神"，以证《竹枝词九首》作于夔州，兹从之。②异音而同乐，音调不同而同为音乐。③禹锡《夔州谢上表》："臣即以今月二日到任上讫。"表末署"长庆二年正月五日"。④建平，指夔州。《送鸿举师游江西引》："始余谪朗州……距今年，遇于建平。"诗中言及"使君滩""白帝城"，均夔州及附近地名。《太平寰宇记》卷一四八夔州巫山县："故城在今县北，晋移于此，立建平郡，梁武帝废郡。"⑤联歌，联唱。⑥赴节，应和着节拍。陆机《文赋》："舞者赴节以投袂，歌者应弦而遗声。"⑦扬袂，高扬衣袖。睢（suī）舞，纵情舞蹈。⑧贤，优。⑨中，合。黄钟，古代十二乐律之一。羽，古代五音之一。《礼记·月令》：仲冬之月，"其音羽，律中黄钟"。句意谓《竹枝》的曲调合乎黄钟律所定的羽调曲。⑩卒章，乐曲结尾的一段。激讦（jié），激烈昂扬。吴声，吴地民间歌曲。⑪伧儜，杂乱貌。⑫含思宛转，谓其蕴含的思想感情委婉曲折。⑬淇澳之艳音：《诗·卫风》有《淇奥》篇，淇，春秋时卫国境内水名。澳，同"奥"，水曲。《诗·卫风》多男女相悦之作。《汉书·地理志》："卫国……有桑间、濮上之阻，男女亦亟聚会，声色生焉，故俗称郑卫之音。""淇澳之艳音"，当指其有情歌之音调。澳，一作"濮"。音，一本无。⑭屈原居湘、沅间，指屈原被放逐于沅、湘一带。《史记·屈原列传》："令尹子兰……使上官大夫短屈原于顷襄王，顷襄王怒而迁之……乃作《怀沙》之赋，其……乱曰：'浩浩沅湘兮，分流汩兮。'"⑮《九歌》，《楚辞》篇名。王逸《楚辞章句·九歌序》："《九歌》者，屈原之所作也。昔楚国南郢之邑，沅、湘之间，其俗信鬼而好祠，其祠必作歌乐，鼓舞以乐诸神。屈原放逐，窜伏其域……出见俗人祭祀之礼，歌舞之乐，其词鄙陋，因为作《九歌》之曲。"⑯飏，同"扬"，传扬。⑰附于末，谓附于《九歌》之末。⑱巴歈（yú），巴渝民歌。桓宽《盐铁论·刺权》："鸣鼓《巴歈》，作于堂下。"⑲变风，指《诗·国风》中除《周南》《召南》共二十五篇正风以外，其余的十三国风共一百三十五篇。《诗·大序》："至于王道衰，礼义废，政教失，国异政，家殊俗，而变风变雅作矣。"⑳上头，指山的高处。白居易《游悟真寺诗》："我来登上头，下临不测渊。"㉑蜀江，蜀地的江，此指流经夔州一带的长江。㉒侬，我，女子自称。

[笺评]

王楙曰：《后山诗话》载，王平甫子斿谓秦少游"愁如海"之句，出于江南李后主"问君能有几多愁，恰似一江春水向东流"之意。仆谓李后主之意又有所自。乐天诗曰："欲识愁多少，高于滟滪堆。"刘禹锡诗曰"蜀江春水拍山流""水流无限似侬愁"，得非祖于此乎？则知好处前人皆已道过，后人但翻而用之耳。（《野客丛书》卷二十）

俞陛云曰：前二句言仰望则红满山桃，俯视则绿满江水，亦言夔峡之景。第三句承首句"山花"而言，郎情如花发旋凋，更无馀意。第四句承次句"蜀江"而言，妾意如水流不断，独转回肠。隔句作对偶相承，别成一格。《诗经》比而兼兴之体也。（《诗境浅说》续编）

刘拜山曰：《竹枝》一体，语宜清浅而意欲醇浓。或过俚俗，或伤拙滞，均非其至者。梦得此数章，曲尽夔州江山、风俗、人情，含思宛转，饶有民歌情味，可称独绝。（《千首唐人绝句》）

[鉴赏]

这首《竹枝词》写一位失恋少女的哀愁，全篇均从眼前景——山桃红花和蜀江春水着笔，亦赋亦比亦兴，格调清新而情致缠绵，含思宛转而语言爽利，极饶民歌的情调韵味。

"山桃红花满上头，蜀江春水拍山流。"前两句用鲜明的色彩描绘夔州的山水：仲春时节，长江两岸的山上开满了山桃花，远远望去，像一片红色的彩霞，繁盛、热烈、鲜艳，散发出浓郁的青春气息。高山之间，一江碧绿的春水正蜿蜒流过，江间的波浪拍打着两岸的高山，像是对山轻轻絮语，诉说着对山的依恋和缠绵情意。乍看，这两句像是对夔州春山春水的写生，是即景描写，是赋实；但两句中的花红与水流，又是引起下两句联想的凭借，带有明显的兴的作用。而这里所突出渲染的山桃红花的热烈烂漫和蜀江春水的依恋缠绵又隐隐带有象喻处在热恋状态中的青年男女热烈缠绵情意的意味，因而又带有比喻的色彩。这种亦赋亦兴亦比的描写，使这两句看起来非常清新浅俗的诗句变得非常富于蕴含，耐人寻味了。

"花红易衰似郎意，水流无限似侬愁。"三、四两句，隔句相承，意蕴、情调却陡然翻转，目睹山上桃花盛开、山下春水拍山的图景，女主人公不但联想起昔日与情郎之间热烈而缠绵的爱情，而且联想起当前自己失恋的处境。同样的山和水，在女主人公的心目中却染上了完全不同的色调：山桃红花，虽然开得繁盛、热烈、鲜艳，但它凋谢得也快，就好像情郎的爱情容易衰歇一样；而悠悠东流、无穷无尽的江水也好像自己失恋的哀愁一样，永无尽时。由于这两个从心底涌出的比喻是即景取譬，完全从眼前的自然景物引发，又在意象上紧承前两句，因此不但前后幅之间勾连照应得非常紧密，比喻本身也显得极为自然而富于生活气息和现场感。读完全诗，就像看到一位少女面对着红遍满山的桃花和拍山东流的春水在深情回忆昔日与情郎相爱的热烈缠绵与诉说当前失恋的无限哀怨一样。尽管无限哀愁，却仍有对昔日热恋的追忆，仍然具有一种浓郁的美感，诗的整个情调并不悲观、消沉、绝望。民歌健康明朗和对生活的执著这一神髓，在刘禹锡的民歌体诗中得到了充分的体现。

竹枝词九首（其九）

　　山上层层桃李花，云间烟火是人家。银钏金钗来负水[①]，长刀短笠去烧畲[②]。

[校注]

　　①银钏金钗，银制的腕镯、金制的头钗。借指妇女。刘禹锡《机汲记》："濒江之俗，不饮于凿（指井）而皆饮之流……昔予尝登陴，撪然念悬流之莫可遽挹，方勉保庸、督臧获，斳而掣之，至于裂肩龟手，然犹家人视水如酒醪之贵。"可见当地取水之难。陆游《入蜀记》："妇人汲水，皆背负一全木盎，长二尺，下有三足。至泉旁，以杓挹水，及八分即倒坐旁石，束盎背上而去。大抵峡中负物，率着背，又多妇人，不独水也。未嫁者，率为同心结，高二尺，插银钗至六只，后插大象牙梳，如手大。"此对当地妇女背水的情形及妆束作了具体描写，可参。②长刀，便于刀耕火种时铲除杂草。长刀短笠，借指男子。畲（shē），同畬。烧畲，烧荒种田，即火种。刘禹锡有《畲田行》，记述烧畲情况甚详。范成大《劳畲耕序》："畲田，峡中刀耕火种之地也。春初斫山，众木尽蹶。至当种时，伺有雨候，则前一夕火之，借其灰以粪。明日雨作，乘热土下种，则苗盛倍收，无雨则反是。山多硗确，地力薄，则一再斫烧始可艺。"

[笺评]

　　黄彻曰：瘠土之民，宜倍其劳，而耕反卤莽也。（《䂬溪诗话》卷七）

[鉴赏]

这是一幅清新朴素的夔州地区自然风物画和生活风情画。

前两句写山上景物与山中人家。"山上层层桃李花",写仰望山上,层层叠叠,开遍桃花李花。桃花红艳,李花雪白,这红白相间、色彩鲜明、绚丽夺目、层次丰富的繁茂灿烂景象,只用清淡流利的笔墨随意道出,正是天然的民歌风调,写生妙笔。

"云间烟火是人家",次句将仰望的目光向高远处延伸。越过层层叠叠的桃花李花,在白云缭绕飘浮的山间,有袅袅炊烟升起,那里应该有山间的人家了。"是人家"的"是"字,表明诗人的一种推断。出现在诗人视野中的只有"云间烟火",并没有"人家"。"人家"的存在是根据"烟火"缭绕飘浮而想象的。诗的好处也正在这里。这种遥望与想象,不但丰富了画面的层次和立体感,而且增添了一种若隐若现的飘渺幽远的情致,诗人目注神驰的情状也隐然可见。如果说上一句是纯粹的民歌本色,这一句便融入了文人诗的情韵意趣,抒情主体的身影情趣进一步显现。但诗人把这二首融合得很好,一点也没有不谐调的痕迹。

"银钏金钗来负水,长刀短笠去烧畲。"三、四两句,承上"人家",写当地人民的劳动生活风情。高山之上的人家,要下到江边来"负水",生活是艰辛的;刀耕火种,耕作方式也是原始的,几千年来,已经习惯了这种世代相传的生活方式和生产方式。而饱受迁谪之苦、饱受上层统治集团打击排挤的诗人看到这穷乡僻野中单纯朴素、带有原始色彩的生活风情时,却深感其中所蕴含的朴实淳厚的生活美。因此当戴着银钏金钗的妇女头顶木盎下山背水,戴着箬笠、身带长刀的男子上山烧畲时,诗人不禁将它们作为值得欣赏的美好景色,摄入诗中,定格为夔州的风物风情画。下山上山,来往负水的劳动虽然艰辛,却不忘戴"银钏金钗"的妆饰,说明辛勤的劳动并没有消除她们对美的追求，而"长刀短笠去烧畲"的劳动生活也自有一种朴质之美。在逆境困境中的诗人能发现、赞美并生动地表现这种生活美，正说明他对生活的热爱与执著。诗以工整的对仗和句中自对的句式结，更造成一种轻爽流利的格调和似结非结的隽永情味。

杨柳枝词九首 (其六)①

炀帝行宫汴水滨②，数株残柳不胜春③。晚来风起花如雪，飞入宫墙不见人。

[校注]

①《杨柳枝》，乐府近代曲名。本为汉乐府横吹曲《折杨柳》，至唐时易名为《杨柳枝》，开元时已入教坊曲，至中唐白居易，翻为新声，作《杨柳枝词八首》。其一云："古歌旧曲君休听，听唱新翻杨柳枝。"白诗作于大和八年居洛阳时。刘禹锡这组《杨柳枝词》，是和白之作，其一亦云："请君莫奏前朝曲，听唱新翻杨柳枝。"与白诗第一首对应。据陶敏考证，刘之和作原亦为八首，第九首（"轻盈褭娜占年华"）乃开成四年所作绝句误入。刘禹锡这八首《杨柳枝词》约大和八年（834）作于苏州刺史任上。②《隋书·炀帝纪》：大业元年（605）三月，"于皂涧营显仁宫，采海内奇禽异兽草木之类，以实园苑……辛亥，发河南诸郡男女百馀万，开通济渠，自西苑引谷、洛水达于河，自板渚引河，通于淮。庚申，遣黄门侍郎王弘、上仪同於士澄往江南采木，造龙舟、凤艒、黄龙、赤舰、楼船等数万艘……八月壬寅，上御龙舟，幸江都……舳舻相接，二百馀里。"汴水，即汴渠，隋通济渠东段。隋炀帝巡游江都，于汴水沿岸大建行宫，供途中宿息。《通鉴纪事本末》卷二十六："又发淮南民十馀万开邗沟，自山阴至扬子江。渠广四十步，渠旁皆筑御道，树以柳。自长安至江都置离宫四十馀所。"③残，《全唐诗》作"杨"，校：

“一作残。”兹据改。

[笺评]

谢枋得曰：炀帝荒淫不君，国亡身丧。行宫外残柳数株，枝条柔弱，如不胜春风之摇荡，柳花如雪飞宫墙，似若羞见时人者。隋之臣子仕唐，曾不曰国亡主灭，分任其咎，扬扬然无羞恶心，观柳花亦可愧矣。（《注解章泉涧泉二先生选唐诗》卷一）

徐子扩曰：只是形容荒淫之意。谢谓羞不见人，非也。李君虞《隋宫燕》诗“几度飞来不见人”，亦此意。（《唐诗绝句类选》引）

桂天祥曰：绝处味好。（同上引）

蒋一葵曰：吊亡隋者，多不出此意。如此落句，更出人意表。（《删补唐诗选脉笺释会通评林·中七绝》引）

陆时雍曰：忽入雅调。（同上引）

胡次焱曰：谢叠翁注（略），此扶植世数，足以立顽廉贪，但“不见人”三字，恐只是《易》所谓“窥其户，阒其无人”之意。（同上引）

唐汝询曰：炀帝植柳汴宫旁，谓之柳塘。今柳花如雪，宫中无人，自足兴慨。（《唐诗解·七言绝句五》）

黄生曰：“不胜春”三字，正为“残柳”写照。若作“杨柳”，则三字落空矣，只“不见人”三字，写尽故宫黍离之悲，何用多言！（《唐诗摘抄》卷四）

沈德潜曰：似胜李君虞《汴河曲》。（《重订唐诗别裁集》卷二十）

吴瑞荣曰：“不见人”是荒凉之象。宋儒谓改作羞见人更佳，其说非是。又李益《隋宫燕》诗：“燕语如伤旧国春，宫花一落已成尘。自从一闭风光后，几度飞来不见人。”亦此意。（《唐诗笺要后集》卷七）

宋宗元曰：韵远情深。（《网师园唐诗笺》）

宋顾乐曰：末句着柳说，比李益（《隋宫燕》）说燕更妙。（《唐人万首绝句选》评）

《精选评注五朝诗学津梁》：写杨花写到花到地，方色空空，唤醒迷夫不少。

王文濡曰：隋炀帝植柳汴堤，谓之柳塘，故梦得有此作。末句谓宫墙尚在，宫中无人，即柳花飞入，谁人见来？不胜兴废之感。（《历代诗评注读本》）

俞陛云曰：此隋宫怀古之作。咏残柳以抒亡国之悲，情韵双美，寄慨苍凉，与《石头城》怀古诗皆推绝唱，宜白乐天称为"诗豪"也。李益《隋宫燕》《汴河曲》，与梦得用意同，而用笔逊之。（《诗境浅说》续编）

[鉴赏]

白居易、刘禹锡唱和的《杨柳枝词》实际上就是当时的流行歌曲，以含思宛转、音情摇曳为主要特征，内容则均咏杨柳，清新浅显。这首咏隋宫残柳，抒兴废盛衰之感，近于怀古诗，是这组诗中感情比较深沉的一首。

首句"炀帝行宫汴水滨"，先交代所咏杨柳所在之地：汴水之滨的一座隋炀帝的行宫旧址之旁。这个特殊的地点，对于熟悉亡隋历史的唐人来说，立即会联想起昔日汴水之上，舳舻相接的盛大巡游场面，和汴水之滨行宫巍峨的豪华气派。而今，"隋家宫阙已成尘"，行宫也只剩下断垣残壁了。诗人虽只作客观的叙述交代，但今之荒凉与昔之繁华的对照自含于句中。

次句"数株残柳不胜春"，落到所咏对象杨柳身上。但早已不是当年宫墙内外，绿柳成林，绿荫遍地的繁盛景象，而是只剩下了"数株残柳"，寂寞地伫立在宫墙之外，柔弱的柳枝，在晚风中摇曳，像是难以禁受春风的吹拂。这经历了时代风雨和沧桑巨变的"数株残柳"，像是默默地向世人展示时代变易、昔盛今衰的消息。"不胜春"三字，不但正写"残柳"之凋枯衰败，也透露出诗人的哀悯之情和衰废之慨。

"晚来风起花如雪，飞入宫墙不见人。"三、四两句，进一步写杨花随风飘飞入宫的情景，是全诗寄慨的重点。晚间风起，杨花像纷纷扬扬的雪花漫天飞舞、四处飘荡，它们飘过了隋宫的宫墙，但宫墙之内却杳无人迹，只剩下断垣颓壁在默默诉说着昔日的繁华豪奢和今日的荒凉，展示着朝代的更替，历史的沧桑。杨花的杨与杨隋的杨同音同字，容易产生由此及彼的联想，这夕阳斜照、晚风吹拂中飘飞散落的杨花，也使人联想起杨隋没落的命运，它的飘飞散落的身影和杳无人迹的隋宫断垣，一起构成了隋代衰亡的象征。比起李益的《汴河曲》后两句"行人莫上长堤望，风起杨花愁杀人"，刘诗显然更加含蓄蕴藉，而全篇纯从杨柳着笔，与李益诗相比，意象、笔墨也更为集中。

这种融咏物与怀古为一体的诗，所抒的感慨往往比较虚泛。比起组诗内的其他各首，感情虽较深沉，但和一些内容更深刻的怀古诗相比，却又显得比较浮泛。它的好处，主要仍在特有的情韵风神，而不在思想内容的深刻。

秋词二首 (其一)①

自古逢秋悲寂寥②，我言秋日胜春朝。晴空一鹤排云上③，便引诗情到碧霄。

[校注]

①作年未详。其二云："山明水净夜来霜，数树深红出浅黄。试上高楼清入骨，岂如春色嗾人狂。"②寂寥，冷落萧条。宋玉《九

辩》：“悲哉秋之为气也，萧瑟兮草木摇落而变衰。”③排云，冲开云层，冲天。

[笺评]

何焯曰：翻案，却无宋人恶气味。兴会豪宕。（卞孝萱《刘禹锡诗何焯批语考订》）

富寿荪曰：禹锡虽坐王叔文党而屡遭贬斥，然终不少屈。诗中亦不甚作危苦之词。读此益见其襟怀之高旷，未可尽视为翻案之作也。（《千首唐人绝句》）

罗宗强曰：刘禹锡的诗在唐诗中独有的特色……一是他的一些诗……在流畅自然之中，有一种清刚之气，有一种思想家特有的洞察力所表现出来的隽永的哲理意味……如《始闻秋风》……《秋词二首》……都有对生活深刻思索之后体察到的哲理蕴蓄着，是深刻思索之后的抒怀。（《唐诗小史》第 252～253 页）

[鉴赏]

《秋词二首》是极具独创性和诗人个性的作品。它的独创性既体现为独创的诗思，又表现为独创的诗艺，而它所具的诗人个性则表现为诗思与哲理、诗情与景物的高度融合。这一切，均缘于诗人对生活的独特感受、深刻体验和深入思索。它在唐诗佳作之林中显得很独特，但这正是它的不同凡响之处。

“自古逢秋悲寂寥，我言秋日胜春朝。”首句用高度概括的笔法揭示出自古以来悲秋的传统。自宋玉《九辩》首发“悲哉秋之为气也，萧瑟兮草木摇落而变衰”的悲秋音调以来，“逢秋”而“悲寂寥”，就成为文士感生命之迟暮、悲遭际之困厄、伤时世之衰颓的重要抒情方式，形成了一个源远流长的思想传统和艺术传统。表现“悲秋”之情的作品，虽思想境的高下、内容的深浅、艺术的高低有别，但总不脱离一个"悲"字。这实际上反映了历代文士在面对自然、社会、人生的衰困境遇时一种比较消极的态度。诗的第二句，一反自古以来的悲秋传统，旗帜鲜明地提出自己的"秋日胜春朝"的观点，高屋建瓴，立意高远，给人以超卓不凡和奇警不俗之感。"自古"与"我言"的鲜明对立，加强了诗的气势和力量，并且留下了巨大的悬念，引导读者注目于诗人对这个反传统的观点的解释。

"晴空一鹤排云上，便引诗情到碧霄。""秋日"之"胜春朝"，如诉之议论、诉之概念，不但在短短两句中根本无法表达，而且必成为毫无诗情的败笔。这首诗的奇警之处，正在这全篇的关键处别出心裁，即景发兴设喻，亦赋亦兴亦比，将描绘高秋之景与抒写赞美秋天之情与议论融为一体。说那高秋寥廓的晴空之中，一只白鹤排开浮云，冲天直上，自己的高远诗情也随着排云而上的白鹤直上碧霄。这里所展示的不仅是秋天的明净、寥廓、高远的境界，而且是诗人的劲健气势和旷远襟怀；不仅有秋空明净高远之美，鹤飞碧霄的健举高亢之美，而且有充沛遒劲的诗情和蕴含在秋景和诗情之中的一种发人深省的哲理。诗人在"晴空一鹤排云上，便引诗情到碧霄"的诗句中所蕴含的正是秋天的清净、高远和劲健的生命力，这是他对秋天的独特感受，也是他对秋天的哲理性感悟。正是这种感悟，与传统悲秋之意中的叹衰慨老彻底划清了界限。这是一种全新的审美感受，也是一种崭新的人生态度。

浪淘沙九首 (其八)①

莫道谗言如浪深，莫言迁客似沙沉。千淘万漉虽辛苦②，吹尽狂沙始到金③。

[校注]

① 《浪淘沙》，唐教坊曲名。《乐府诗集》卷八十二《近代曲辞》

收入刘禹锡《浪淘沙九首》，白居易《浪淘沙六首》。刘作九首，除第八首外，分咏黄河、洛水、汴水、鹦鹉洲头、濯锦江边、澄洲、浙江、潇湘渚等江河之大浪淘沙。显系有计划创作之组诗，而白诗六首，则非分咏各地江河。刘、白二人之作，是否唱和，似未可遽定。白诗作于大和八年（834）。刘诗创作年代不详。此首自称"迁客"，似有可能作于迁谪期间。②漉，过滤。③到，此指显露。

[鉴赏]

　　在《浪淘沙九首》这组诗中，唯一不着具体江河名称，又不以具体描绘为主，而以议论为主的，仅此一首。风格、情调、内容、手法均与其他各首有别，但又具有诗人独特的生活体验和在此基础上省悟的人生哲理，是一首思想深刻、感慨深沉，充分展现诗人情操个性的佳作。

　　"莫道谗言如浪深，莫言迁客似沙沉。"按照题意，这组诗的每一首都从大浪淘沙着笔，这一首也不例外。但不同的是，这首诗的开头两句却以议论陡然起笔，并且连用"莫道""莫言"两个表示强烈否定的词语置于句首，使诗的议论具有鲜明的针对性，仿佛面对压抑迫害自己的政敌发表自己的见解，公开表明自己无所畏惧的态度。而"莫道""莫言"的对象则是两个生动的别出心裁的比喻：政敌们的谗言像凶猛的巨浪那样深，自己这个被贬谪的迁客则像沙那样沉沦江底。这两个比喻是现实政治形势和诗人自己政治处境的真实写照，但诗人却用"莫道""莫言"两个否定性词语公开表明，"如浪深"的"谗言"终不能永远欺世，"似沙沉"的"迁客"也不会永远沉沦，更不会因暂时的沉沦而意志消沉。两句寓形象生动的描写与寓意鲜明的比喻于雄直明快的议论之中，表现出对"谗言如浪深"的蔑视和对自己前途的自信。理直气壮，具有充沛的气势和力量。

　　"千淘万漉虽辛苦，吹尽狂沙始到金。"三、四两句，虽仍紧扣题目，写大浪淘沙，但却换了一个比喻：以淘沙取金作喻。从沙中淘金，虽然要经历千万次淘洗、过滤的艰辛过程，但一旦将狂沙吹尽，真金自然显露在人们面前。以喻示人生虽然要经历一系列艰难曲折，包括像自己所经历的长达二十余年贬谪斥外生涯。但正是这种长期的艰苦磨炼，才造就了自己坚定的政治信仰、坚强的思想性格和执著的操守品性，正如他在《学阮公体三首》中所宣称的："人生不失意，安能慕己知！""不因感衰节，安能激壮心！"艰难困苦，玉汝于成，诗人所省悟的，正是这一深刻的人生哲理。由于诗人通过"千淘万漉""吹尽狂沙"的形象描写和淘沙得金的贴切比喻来表现这一生活哲理，遂使诗的深刻议论融会在形象描绘和生动比喻之中，既具理趣，又毫无抽象议论之弊。

元和十一年自朗州召至京戏赠看花诸君子①

紫陌红尘拂面来②，无人不道看花回。玄都观里桃千树③，尽是刘郎去后栽④。

再游玄都观 并引⑤

余贞元二十一年为屯田员外郎时，此观未有花。是岁出牧连州，寻改朗州司马，居十年召至京师。人人皆言有道士手植仙桃满观，如红霞，遂有前篇，以志一时之事。旋又出牧⑥，今十有四年，复为主客郎中⑦，重游玄都观，荡然无复一树，唯兔葵燕麦动摇于春风耳⑧。因再题二十八字，以俟后游⑨。时大和二年三月。

百亩庭中半是苔，桃花净尽菜花开⑩。种桃道士归何处？前度刘郎今又来⑪。

[校注]

① "十一年"，应为"十年"，"一"字衍。"召"字上一本有

"承"字。看花诸君子：指同时奉召回京的柳宗元、韩晔、韩泰、陈谏等当年共同从事政治革新活动并同时被贬远州司马的同道者。《旧唐书·刘禹锡传》："元和十年，自武陵召还。宰相复欲置之郎署。时禹锡作《游玄都观咏看花君子》（按：即本篇），语涉讥刺，执政不悦，复出为播州刺史。诏下，御史中丞裴度奏曰：'刘禹锡有母，年八十馀。今播州西南极远……其老母必去不得……伏请屈法，稍移近处。'……乃改授连州刺史。"②紫陌，京城的街道。王粲《羽猎赋》："济漳浦而横陈，倚紫陌而并征。"③玄都观。《唐会要》卷五十："玄都观，本名通达观，周大象二年于故城中置。隋开皇二年，移至安善坊。"《唐两京城坊考》卷四崇业坊："玄都观，隋开皇二年，自长安故城徒通达观于此，改名玄都观，东与大兴善寺相比。"④刘郎，刘禹锡自指。用刘晨入天台山采药遇仙事。《法苑珠林》卷四十一引《幽明录》："汉永平五年，剡县刘晨、阮肇共入天台山，迷不得返。经十三日，粮乏尽，饥馁殆死。遥望山上有一桃树，大有子实……上，各啖数枚，而饥止体充。复下山持杯取水……出一大溪边，有二女子，姿质妙绝……乃相见……同邀还家。遂停半年……求归……既出，亲旧零落，邑屋改异，无相识，问讯得七世孙。"⑤此诗作于大和二年（828）三月，见"引"末所署年月。题一作《再游玄都观绝句并引》。⑥出牧，出任州郡刺史。此指出为连州刺史。⑦元和十年（815）三月出为连州刺史，至大和二年（828）入京为主客郎中，首尾十四年。⑧兔葵，又作"菟葵"，野生植物，似葵，花白茎紫。燕麦，野生植物，生于废墟荒地间，为燕雀所食，故称。⑨后游，将来重游。⑩净，《全唐诗》校："一作开，一作落。"⑪前度刘郎，刘禹锡自指。前度，前一次、上一回。今又来，传刘晨返乡后又重入天台。晚唐曹唐有《刘阮再到天台不复见仙子》诗云："再到天台访玉真，青苔白石已成尘……桃花流水依然在，不见当时劝酒人。"

[笺评]

孟启曰：刘尚书自屯田员外郎左迁朗州司马，凡十年，始征还。

方春，作《赠看花诸君子诗》曰："紫陌红尘拂面来，无人不道看花回。玄都观里桃千树，尽是刘郎去后栽。"其诗一出，传于都下。有素嫉其名者，白于执政，又诬其有怨愤。他日见时宰，与坐，慰问甚厚。既辞，即曰："近有新诗，未免为累，奈何？"不数日，出为连州刺史。（《本事诗·情感》）

刘昫曰：大和二年，自和州刺史征还，拜主客郎中。禹锡衔前事未已，复作《游玄都观诗》，序曰："予贞元二十一年为尚书屯田员外郎，时此观中未有花木。是岁出牧连州，寻贬朗州司马。居十年，召还京师，人人皆言有道士手植红桃满观，如烁晨霞，遂有诗以志一时之事。旋又出牧，于今十有四年，得为主客郎中。重游兹观，荡然无复一树，唯兔葵燕麦动摇于春风，因再题二十八字，以俟后游。"其前篇有"玄都观里桃千树，尽是刘郎去后栽"之句，后篇有"种桃道士归何处？前度刘郎今又来"之句，人嘉其才而薄其行。禹锡甚怒武元衡、李逢吉，而裴度稍知之。（《旧唐书·刘禹锡传》）

欧阳修、宋祁曰：斥朗州司马……久之，召还，宰相欲任南省郎。而禹锡作《玄都观看花君子诗》语讥忿，当路者不喜，出为播州刺史。诏下，御史中丞裴度为言……乃易连州。（《新唐书·刘禹锡传》）又曰：由和州刺史入为主客郎，复作《游玄都》诗，且言："始谪十年，还京师，道士植桃，其盛若霞。又十四年过之，无复存，唯兔葵、燕麦动摇春风耳。"以诋权近，闻者益薄其行。（同上）

司马光曰：按当时叔文之党，一切除远州刺史，不止禹锡一人，岂缘此诗！盖以此得播州恶处耳。（《通鉴考异》卷二十）

谢枋得曰：（第一首）"紫陌红尘拂面来，无人不道看花回。"奔趋富贵者汨没尘埃，自谓得志，如春日看花，红尘满面也。"玄都观"喻朝廷；"桃千树"，喻富贵无能者。"尽是刘郎去后栽"，满朝富贵无能者，皆刘郎去国后宰相所栽培也。（第二首）"百亩庭中半是苔"，喻朝廷无人也。"桃花净尽菜花开"，喻日前宰相所用之人已凋谢，今日宰相所用之人方得时也。"种桃道士归何处，前度刘郎今又来。"前

度宰相培植私人者，今死矣，吾又立朝，穷达寿夭，听命于天。宰相何苦以私意进退人才哉！（《唐诗绝句》卷一）

罗大经曰：刘禹锡"种桃"之句，不过感叹之词耳。非甚有所讥刺也，而亦不免于迁谪。（《鹤林玉露》乙编卷四）

唐汝询曰：（第一首）陌间尘起，看花者众。桃为道士所栽，新贵皆丞相所拔。是以执政深疾其诗。（第二首）文宗之朝，互为朋党，一相去位，朝士甚易，正犹道士去而桃不复存。以是执政者复恶其轻薄。（《唐诗解·七言绝句五》）又曰：（第一首）首句便见气焰，次见附势者众，三以桃喻新贵，末太露，安免再谪！（《删补唐诗选脉笺释会通评林·中七绝》引）

谢榛曰：夫平仄以成句，抑扬以合调。抑扬相称，歌则为中和调矣。刘禹锡《再游玄都观》诗："种桃道士归何处？前度刘郎今又来。"上句四去声相接，扬之又扬，下句平稳。此一绝二十六字皆扬，唯"百亩"二字是抑。又观《竹枝词序》，以知音自负，何独忽于此耶？（《四溟诗话》卷三）

敖英曰：（第一首）风刺时事，全用比体。（《唐诗绝句类选》）

王尧衢曰：（第二首）诗至中唐，渐失风人温厚之旨。（《古唐诗合解》）

何焯曰：（第一首）《诗》："维尘冥冥。"笺谓"犹进举小人，蔽伤己之功德"。不但用玄观尘也。（卞孝萱《刘禹锡诗何焯批语考订》）

吴乔曰：问曰："措辞如何？"答曰："诗人措辞，颇似禅家下语。"禅家问曰："如何是佛？"非问佛，探其迷悟也。以三身四智对，谓之韩卢逐兔，吃棒有分。云门对曰："干屎橛。"作家语也。刘禹锡之《玄都观》二诗，是作家语。崔珏《鸳鸯》、郑谷《鹧鸪》，死说二物，全无自己。韩卢逐兔，吃棒有分者也。禹锡诗，前人说破，见者易识。未说破者，当以此意求之，乃不受瞒。（《围炉诗话》卷一）

王寿昌曰：（第一首）何谓志向？曰：在心为志，发言为诗……

刘梦得志在尤人，乃作看花之句……故学者欲诗体之正，必自正其志向始。（《小清华园诗谈》卷上）

尤侗曰：（第二首）夫人于富贵之情未忘，则恩怨之情必不化。刘梦得《玄都观》诗云："种桃道士归何处？前度刘郎今又来。"（《读东坡志林》）

钱大昕曰：以禹锡集考之，《再游玄都观绝句》在大和二年三月，而自和州刺史除主客郎中分司东都，则在大和元年六月，是分司在前，题诗在后也。次年，以裴度荐，起原官直集贤院，方得还都。《玄都》诗正在此时。集中又有《蒙恩转仪曹郎依前充集贤学士举湖州自代》诗，可见初入集贤犹是主客郎中，后乃转礼部也。史云以荐为礼部郎中、集贤直学士，犹未甚核。至《玄都》诗，虽含讥刺，亦诗人感慨今昔之常情，何致遂薄其行？史家不考其行，误仞分司与主客郎中为两任，疑由题诗获咎，遂甚其词耳。（《十驾斋养新录》卷六）

黄克缵曰：刘绝句多佳，但时露轻薄之态。如"雷雨湘江"句，以"卧龙"自居，一何浅也。此二诗狂态犹在，然托之"看花""种桃"之人，则其意稍隐，故存之。（《全唐风雅》卷十二引）

王文濡曰：（第一首）此诗借种桃花以讽朝政，栽桃花者道士，栽新贵者执政也。自刘郎去后，而新贵满朝。语涉讥刺，执政者见而恶之，因出为连州刺史。（第二首）前因看花诗，连遭贬黜。今得重来，而新进者随旧日之执政以俱去矣。因复借此以讽之。（《历代诗评注读本》）

刘永济曰：按禹锡因王叔文事被贬谪朗州，十年之后，朝中另换一番人物，故有"尽是刘郎去后栽"之句，以见朝政翻复无常，语含讥讽。是以又为权贵所不喜，再贬播州，易连州，徙夔州，十四年始入为主客郎中。又因《再游玄都观》诗，为权贵闻者益薄其行，遂被分司东都闲散之地。（按：刘此沿史之误）考此两诗所关，前后二十馀年。禹锡虽被贬斥而终不屈服，其蔑视权贵而轻禄位如此。白居易序其诗，以诗豪称之，谓"其锋森然，少敢当者"。语虽论诗，实人

格之品题也。(《唐人绝句精华》)

富寿荪曰：(第一首)《本事诗》及两《唐书》本传均谓禹锡因此诗出为连州刺史。然当时召还坐叔文党贬官诸人，皆授远州刺史，如韩泰为漳州刺史、柳宗元为柳州刺史、韩晔为汀州刺史、陈谏为封州刺史，不独禹锡一人，岂皆缘此诗！盖因宪宗旧憾未释，故有是举。惟此诗殊有讽意，乃被小说家摭为口实也。（两《唐书》本传系据《本事诗》）(《千首唐人绝句》)

罗宗强曰：从这序（指第二首序）看，他元和十年那首写玄都观的诗，有可能只不过是一时情之所至的写实戏赠，不一定寓有深意。但在中国传统的香草美人的解诗方法里，是可以从中找到影射来的。因此那诗便被说成是"语涉讥刺"，刘禹锡也因此而再度被谪。(《唐诗小史》第250页)

[鉴赏]

南宋洪迈在其《容斋随笔·续笔》卷二中论及唐诗咏时事政治的一段话，常为今天的文学史研究者所称引，他说："唐人歌诗，其于先世及当时事，直辞咏寄，略无避隐，至宫禁嬖昵，非外间所应知者，皆反复极言，而上之人亦不为罪。如白乐天《长恨歌》，讽谏诸章，元微之《连昌宫词》，始末皆为明皇而发。杜子美尤多……今之诗人不敢尔也。"但与白居易讽谏诸章同作于宪宗元和朝的刘禹锡《元和十一年自朗州召至京戏赠看花诸君子》却因"语涉讥刺"，而成了唐代以诗贾祸的典型事件。不仅见于唐人小说孟启《本事诗》，且被载入正史。由于大和二年（828）三月所作的《再游玄都观并引》与元和十年（815）作的玄都观看花诗在题材上直接关联，前面又有一篇序，言及前后二诗之创作，故当将它们合在一起讨论。不妨先撇开有关这两首诗是否有讥刺的一切记载与评论，先从作品本身入手。

第一首的前两句叙写京城人士争赏玄都观桃花的盛况：京城的大

道上车马奔驰，扬起了滚滚的红尘，向行人扑面而来，一路上遇到的这些人都异口同声地宣称是从玄都观看桃花回来。玄都观在崇业坊，系朱雀门街街西以北向南数第五坊，紧靠朱雀门大街，诗中所称"紫陌"正是这条长安最主要的主干道。唐代士大夫看花之风盛极一时，白居易的《买花》《牡丹芳》等诗都曾渲染王公卿士争相观赏牡丹，"一城之人皆若狂"的盛况。玄都观道士"手植仙桃，满观如红霞"的奇丽景象当亦吸引了大批的游人。绝句篇幅短小，不可能像古诗那样正面描绘渲染，故只截取紫陌红尘扑面和游人争说看花回的景象作侧面烘染，而举城争赏，兴高采烈之情景可想。

三、四两句就京城人士争相看花一事抒写自己的感慨："玄都观里桃千树，尽是刘郎去后栽。"诗人在贬朗州司马之前，也来过玄都观，当时观中未有花，而十年之后从朗州召回长安，已是"仙桃满观如红霞"了。面对这一自然景象的变化，诗人用了一个意味深长的典故：刘晨入天台山遇仙，归来后"亲旧零落，邑屋改异，无相识，问讯得七世孙"。这个典故表达的是一种强烈深沉的对人事沧桑、世事巨变的感慨。诗人巧妙地借刘晨自喻，正透露出他面对"玄都观里桃千树"时产生的感慨与刘晨当年的感慨相似。这种感慨，也正是他在《酬乐天扬州初逢席上见赠》诗中所抒发的"到乡翻似烂柯人"的世事沧桑之慨。扩大了看，这也是刘禹锡一系列贬谪归来后的诗作（如《与歌者米嘉荣》《听旧宫人穆氏唱歌》《与歌者何戡》等）的共同主题，只不过一见之于自然景物，一见之于人事而已。这种感情，感伤身世遭遇，慨叹时世移易的意蕴明显，却未必有多少讥刺时事的意思。这一点，从《再游玄都观并引》中提及此事时只说"居十年召至京师。人人皆言有道士手植仙桃满观，如红霞，遂有前篇，以志一时之事"固可看出，也可从最早记载此诗及创作情形的《本事诗》中看出："此诗一出，传于都下。有素嫉其名者，白于执政，又诬其有怨愤。"记载中并没有说此诗有讥刺，而是"素嫉其名者""诬其有怨愤"，这才使执政者神经过敏，从中读出本不存在的讥刺怨愤之意，而将其外放远郡。至两《唐书》本传，就干脆将"素嫉其名者""诬其有怨愤"说成是禹锡作诗"语涉讥刺""语讥忿"了。

或有怀疑禹锡此次外斥远郡并非因诗贾祸，因为一起奉召回京的其他三人（柳宗元、韩晔、陈谏）也同时被斥为远州刺史。此事须稍作辨析。禹锡元和十年六月到连州任后有《谢中书张相公启》，起首即云："某智乏周身，动必招悔。一坐飞语，如冲骇机。昨者诏书始下，惊惧失次。叫阍无路，挤壑是虞。"这里所说的"动必招悔。一坐飞语，如冲骇机"，显然指的是因作《戏赠看花诸君子》诗而遭到小人的流言飞语诬陷，猝发祸患，外斥远郡。从"叫阍无路"之语看，飞语诬陷的结果是宪宗的震怒，故将原本想重新起用的禹锡外斥远郡了。八司马当年同日被贬，与宪宗及宦官对他们的厌恶有密切关系，此次四人同时奉召回京，当有考察其政治态度而定如何任用的意图，否则下诏量移各州刺史，令其直接从各自贬所赴任即可，何必千里迢迢回京后再外斥远郡。而正在考察的关键时刻，刘禹锡作了这样一首被诬称"语涉讥刺"，既惹恼执政（"玄都观里桃千树，尽是刘郎去后栽"）又惹恼皇帝的诗，盛怒之下，不但禹锡被斥为播州刺史，连带着其他三人也被视为态度顽劣，一起斥外了。在执政者和皇帝看来，他们都是一伙的，刘禹锡的政治态度也就是四人的共同态度。

这样看来，说前诗"语涉讥刺"可能是个莫须有的冤案，那么《再游玄都观并引》呢？还是从引和诗的原文来品味分析。

序中有一段话很值得注意："旋又出牧，今十有四年，复为主客郎中，重游玄都观，荡然无复一树，唯兔葵燕麦动摇于春风耳。因再题二十八字，以俟后游。"如果说前几句还可以理解为感慨玄都观的昔盛今衰，那么"以俟后游"是什么意思呢？难道是"俟后游"再见其复盛，抑或见其更衰，显然不是这个意思，而是话里有话，别有用意。而其用意，结合前诗遭飞语致祸及后诗的措辞自见。

"百亩庭中半是苔，桃花净尽菜花开。"这两句写玄都观今天的荒凉冷落。宽阔达百亩的玄都观庭院中，大半地方都长满了青苔，透露出观内人迹罕至，往日车马喧阗于观外、人声鼎沸于观内的景象早已不见，只有满地的苔藓显示出观内的荒凉冷寂。往日满观红艳的桃花已经净尽，连桃树也荡然绝迹了，只剩下菜花在寂寞地开放，说明这百亩庭院已经沦为荒野（这一点联系引中的"唯兔葵燕麦动摇于春风耳"便可看出）。

光看前两句，还很难肯定其中是否另有寓托。因为它完全可以理解为一般地抒发昔盛今衰之慨。但读到三、四句，诗人的寓讽之意便相当明显了。

"种桃道士归何处？前度刘郎今又来。"昔日的种桃道士早已不知归向何处，而我这位上次曾来玄都观赏花的刘郎今天却重游故地了。粗粗一看，也许会认为这里抒发的又是一种物既非人亦非的沧桑之慨。但这里出现的"种桃道士"与"前度刘郎"的对立以及"归何处""今又来"的对比却显然寓含讽慨。它不但有慨于"满观如红霞"的千树桃花"荡然无复一树"，而且讽慨"手植仙桃"的道士也早已撒手人寰，归于冥漠之乡，而我这屡遭迁斥的"刘郎"却"今又来"了。口吻之间，流露出一种挑战的意味，一种看谁活得最久、笑到最后的意味。联系引中的"因再题二十八字，以俟后游"，就更能感受到"立此存照，见证将来"的味道。如果只是一般地抒写今昔盛衰之慨，要立此存照，"以俟后游"干什么，岂非无的放矢？在这首诗里，"种桃道士"显然是指扶植新贵满朝的当政者，排斥打击过自己和同道的当政者，如今不但他们早已成为历史上来去匆匆的过客，就连他们培植的私人势力也早已"荡然"不存，历史就是这样无情地嘲笑了这些当政者，而经历了人事沧桑和种种磨难的"前度刘郎"却骄傲地回来了。这层弦外之音，是完全可以意会的。

前诗的"语涉讥刺"虽是莫须有的诬陷，后诗的讽慨却是实情。既因莫须有的罪名而获罪外斥，今日重游，就干脆借题发挥，对压迫打击自己和同道者、培植私人势力的"种桃道士"进行讽慨。这完全符合诗人的心理，也符合两首诗的实际。

从诗艺看，这两首诗都不算是刘诗的上乘。但前诗在抒写沧桑之慨时，戏谑中带有苦涩，后诗则鲜明地表现了诗人的倔强个性，都不失为有特色的作品。

奇怪的是，前诗虽无讽意而无端获罪，后诗虽有讽意却未再遭厄运。这大约是由于时过境迁，皇帝都换了三个，政治上的恩怨早已成为如烟往事，再也无人追究老账了。

金陵五题 并序① （其一、其二）

余少为江南客②，而未游秣陵③，尝有遗恨。后为历阳守④，跂而望之⑤。适有客以金陵五题相示，迥尔生思⑥，欻然有得⑦。他日友人白乐天掉头苦吟，叹赏良久，且曰《石头》诗云"潮打空城寂寞回"，吾知后之诗人，不复措词矣。馀四咏虽不及此⑧，亦不孤乐天之言耳⑨。

石头城⑩

山围故国周遭在⑪，潮打空城寂寞回。淮水东边旧时月⑫，夜深还过女墙来⑬。

乌衣巷⑭

朱雀桥边野草花⑮，乌衣巷口夕阳斜。旧时王谢堂前燕⑯，飞入寻常百姓家。

［校注］

①金陵，今江苏南京市。《金陵五题》系题咏金陵的五处古迹，

共五首，除所选《石头城》《乌衣巷》外，尚有《台城》《生公讲堂》《江令宅》三首。据序中"后为历阳守"等语，这组怀古诗当作于敬宗宝历年间任和州刺史时。但序则为后来所加。按：禹锡诗中凡"序"字均因避父绪嫌名讳改称"引"，此处独称"序"，似不合其惯例。②禹锡《子刘子自传》："父讳绪，亦以儒学，天宝末应进士，遂及大乱，举族东迁，以违患难，因为东诸侯所用，后为浙西从事。本府就加盐铁副使，遂转殿中，主务於埇桥。其后罢归浙右，至扬州遇疾不讳。"禹锡生于大历七年（772），据今人卞孝萱考证，当生于苏州嘉兴（今为浙江嘉兴），故云"余少为江南客"。③秣陵，即金陵。《元和郡县图志·江南道》：润州上元县："本金陵地，秦始皇对望气者云：'五百年后，金陵有都邑之气。'故始皇东游以厌之，改其地曰秣陵。"④历阳守，指和州刺史。《太平寰宇记》卷一百二十四和州："秦属九江郡，汉为历阳县，属郡……东晋改为历阳郡。"《新唐书·地理志·淮南道》："和州历阳郡。"⑤跂，通"企"，踮起脚。《诗·卫风·河广》："谁谓河广，跂予望之。"⑥逌（yóu）尔：自得貌。⑦欻（xū）然：忽然。⑧馀四咏，指《乌衣巷》《台城》《生公讲堂》《江令宅》。⑨孤，辜负。⑩石头城，古城名。又名石首城，故址在今江苏南京市清凉山西南麓。本战国时楚金陵邑。建安十六年（211），东吴孙权自京口（今镇江）迁秣陵（今南京），次年在楚威王金陵邑旧址建石头城。城依山而筑，南北两面临江，形势险要。有"石城虎踞"之称。东晋义熙年间，石头城南迁，山为城隐。六朝时为军事重镇。唐以后，城废。今清凉台南麓有一段长约七百六十米的城墙，依山而筑，城基利用临江之悬岩峭壁，即为古石头城遗址。⑪故国，故都。建业（后称建康）为六朝故都。山围故国，指金陵四周皆山。陶敏《刘禹锡全集校注》："李白《金陵》：'苑方秦地少，山似洛阳多。'王琦注引《景定建康志》：'洛阳四山围，伊、洛、瀍、涧在中；建康亦四山围，秦淮、直渎在中。'《吴船录》卷下：'转至伏龟楼基，徘徊四望，金陵山本止三面，至此则形势回互，江南诸山与淮山团栾应接，无复空阙。唐人诗所谓'山围故国周遭在'者，惟此处所见唯然。"周遭，周围。按：此说首句虽切总题"金陵"，但不切"石头城"，疑非诗之本意。故国，当指石头城故城。石头城依山而建，峭立江边，缭绕如同墙垣，故云"山围故国"。周遭，四周、四围。指石头城四周残破的城墙。句意盖谓，往日峭立江边的清凉山和缭绕着山的四周建造的石头城城墙如今依然存在。⑫淮水，即今秦淮河。《元和郡县图志·江南道》：润州上元县："淮水，源出县南华山，在丹阳、湖孰两县界，西北流经秣陵、建康二县之间入于江。初，王敦构乱，王导忧将覆族，使郭璞筮之，曰：'淮水绝，王氏灭。'即此淮也。"《初学记》卷六引《晋阳秋》："秦始皇东游，望气者云五百年后金陵有天子气，于是始皇于方山掘流西入江，亦曰淮，今在润州江宁县，土俗亦号曰秦淮。"⑬女墙，城墙上的短墙。⑭乌衣巷，地名，故址在今南京市秦淮河南白鹭洲公园西侧、夫子庙文德桥南侧，三国吴时在此置乌衣营，以士兵着乌衣而得名。东晋时王、谢等族居此，因著闻。《世说新语·雅量》"吾角巾径还乌衣"，刘孝标注引山谦之《丹阳记》："乌衣之起，吴时乌衣营处所也。江左初立，琅玡诸王所居。"《晋书·纪瞻传》："厚自奉养，立宅于乌衣巷，馆宇崇丽，园池竹木，有足赏玩焉。"⑮朱雀桥，即朱雀桁，亦称朱雀航，六朝都城建康南城门朱雀门外的浮桥，横跨秦淮河上。三国吴时称南津桥，晋改名朱雀桁。桁连船而成，长九十步，广六丈。东晋时王导、谢安等豪门巨宅多在其附近。⑯王谢，指六朝望族王氏、谢氏。《南史·侯景传》："景请娶于王、谢，帝曰：'王、谢高门高非偶，可于朱、张以下访之。'"指王导、谢安及其后裔。

[笺评]

叶梦得曰：读古人诗多，意有所喜处，诵忆之久，往往不觉误用为己语……如苏子瞻"山围故国城空在，潮打西陵意未平"，此非误

用，直是取旧句，纵横役使，莫彼我为辨耳。(《石林诗话》卷中)

洪迈曰：刘梦得"山围故国周遭在，潮打空城寂寞回"之句，白乐天以为后之诗人无复措词。坡公仿之曰："山围故国周遭在，潮打西陵意未平。"坡公天才，出语惊世，如追和陶诗，直与之齐驰。独此二者（按：指仿韦应物《寄全椒山中道士》及刘禹锡《石头城》二诗），比之韦、刘为不侔，岂非绝唱寡和，理自应尔耶？(《容斋随笔》卷十四)

吴曾曰：刘长卿《登馀干古县城》："官舍已空秋草绿，女墙犹在夜乌啼"，刘禹锡诗"夜深还过女墙来"，此学长卿也。(《能改斋漫录》卷七)

李冶曰：东坡先生才大气壮，语太峻快，故中间时有少阻机者，如……《次韵秦少游》云："山围故国城空在，潮打西陵意未平。"此则全用刘禹锡《石头城》诗，但改其下三五字耳，亦是太峻快也。(《敬斋古今注》卷八)

谢枋得曰：(首句)山无异东晋之山也。(次句)潮无异东晋之潮也。(三句)淮水东边之月，无异东晋之月也。求东晋之宗庙宫室，固不可见，求东晋之英雄豪杰，亦不可见矣。意在言外，寄有于无。(《唐诗绝句》卷一)

顾璘曰：山在，潮在，月在，惟六国不在而空城耳，是亦伤古兴怀之作云尔。(《批点唐音》卷七)

焦竑曰：刘禹锡诗"山围故国周遭在，潮打空城寂寞回"，乐天叹为警绝。子瞻云"山围故国城空在，潮打西陵意未平"，则又以己意斡旋用之。然终不及刘。大率诗中翻案，须点铁为金手，令我语出而前语可废始得。(《焦氏笔乘》卷四)

何孟春曰：滕王阁僧晦几诗："槛外长江去不回，槛前杨柳后人栽。当时惟有西山在，曾见滕王歌舞来。"《胡颐庵集》记虞伯生最爱此诗，至累登斯阁，不敢留题。一日，为诸生所强，乃即席赋三律并一绝。其绝句云："豫章城上滕王阁，不见鸣銮佩玉声。惟有当时帘

外月，夜深依旧照江城。"或谓此刘梦得石头城语，春以为只是要翻晦几意耳。(《馀冬诗话》卷下)

王鏊曰："潮打空城寂寞回"，不言兴亡，而兴亡之感溢于言外，得风人之旨。(《震泽长语》)

郭濬曰：只赋景，自难为怀。(《删补唐诗选脉笺释会通评林·中七绝》引)

唐汝询曰：石头为六朝重镇，今城空寂寞，独明月不异往时，繁华意在何处？(《唐诗解·七言绝句五》)

贺裳曰：偷法一事，名家不免，如刘梦得"山围故国周遭在，潮打空城寂寞回。淮水东边旧时月，夜深还过女墙来"。杜牧之"烟笼寒水月笼沙，夜泊秦淮近酒家。商女不知亡国恨，隔江犹唱后庭花"。韦端己"江雨霏霏江草齐，六朝如梦鸟空啼。无情最是台城柳，依旧烟笼十里堤"。三诗虽各咏一事，意调实则相同。愚意偷法一事，诚不能不犯，但当为韩信之背水，不则为虞诩之增灶，慎毋为邵青之火牛可耳，若霍去病不知学古兵法，究亦非是。(《载酒园诗话》卷一)

王士禛曰：燕子矶西北，烟雾迷离中一塔挺出，俯临江浒者，浦口之晋王山也。山以隋炀得名。东眺京江，西溯建业，自吴大帝以迄梁、陈，凭吊兴亡，不能一瞬。咏刘梦得"潮打空城"一语，惘然久之。(《带经堂诗话·考证门二·遗迹类下》)

徐增曰：此亦是梦得寓意。梦得虽召回，但在朝之士皆新进，与梦得定不相莫逆，而梦得又牢骚不平，于诗中往往露出，不免伤时，风人之旨失矣。(《而庵说唐诗》)

黄生曰：情在景中。(《唐诗摘抄》卷四)

朱之荆曰：寓炎凉之情在景中。周遭，城之四边也。石头城为六朝重镇。女墙，城上小墙也，亦名睥睨，言于中睥睨人也。(《增订唐诗摘抄》)

吴旦生曰：张表臣自述其自矜云："馀虽不及，然亦不辜乐天之赏。"则禹锡亦不复许后之诗人措辞矣。观东坡诗曰"山围故国城空

在，潮打西陵意未平”，萨天锡《登凤凰台》诗“千古江山围故国，
几番风雨入空城”，皆落牙后，正为浪措辞也。而天锡《招隐首山》
又有“千古江山围故国，五更风雨入空城”，奈何复自拾其瀋耶？
（《历代诗话》卷四十九）

沈德潜曰：只写山水明月，而六代繁华俱归乌有，令人于言外思
之。（《重订唐诗别裁集》卷二十）又曰：李沧溟推王昌龄“秦时明
月”为压卷，王凤洲推王翰“蒲萄美酒”为压卷。本朝王阮亭则云：
“必求压卷，王维之《渭城》，李白之《白帝》，王昌龄之‘奉帚平
明’，王之涣之‘黄河远上’，其庶几乎？而终唐之世，亦无出四章之
右者矣。”沧溟、凤洲主气，阮亭主神，各自有见。愚谓：李益之
“回乐烽前”，柳宗元之“破额山前”，刘禹锡之“山围故国”，杜牧之
“烟笼寒水”，郑谷之“扬子江头”，气象稍殊，亦堪接武。（《说诗晬
语》卷上）

黄叔灿曰：“山围”二句，真白描高手。“淮水”二句，亦太白
《苏台览古》意。（《唐诗笺注》）

宋宗元曰：盛唐遗响。（《网师园唐诗笺》）

李锳曰：六朝建都之地，山水依然，惟有旧时之月，还来相照而
已。伤前朝，所以垂后鉴也。（《诗法易简录》）

史承豫曰：凄绝，兴亡百感集于毫端，乃有此种佳制。（《唐贤小
三昧集》）

赵彦传曰：《诗铎》：三、四语转而意不转，只愈添一倍寂寞景
象，笔妙绝伦。（《唐代绝句诗钞注略》）

范大士曰：憔悴婉笃，令人心折。白乐天谓“潮打空城”一语，
后之诗人不复措词矣。诚哉是言。（《历代诗发》）

李慈铭曰：二十八字中，有无限苍凉，无限沉着。古今兴废，形
胜盛衰，皆已括尽，而绝不见感慨凭吊字面，真高作也。（《越缦堂读
书简端记·唐人万首绝句选》）

俞陛云曰：石头城前枕大江，后倚钟岭。前二句“潮打”“山

围"，确定为石城之地，兼怀古之思，非特用对句起，笔势浑厚也。后二句谓六代繁华，灰飞烟灭，唯淮水畔无情明月，夜深冉冉西行，过女墙而下，清辉依旧，而人事全非。（《诗境浅说》续编）

刘永济曰：但写今昔之山水明月，而人情兴衰之感即寓其中。（《唐人绝句精华》）

沈祖棻曰：以一联对句起头。起句点明"故国"，见今昔之殊；次句续出"空城"，增盛衰之感。故国也就是空城，都是指石头城而言，它依山建筑，故云"山围"；北临长江，故可"潮打"。围绕着故国的青山，依然无恙，而被潮汐冲激着的城堡，却已荒芜。六代豪华，久已烟消云散了。两句总写江山如旧，人事全非。气势莽苍，情调悲壮……后两句仍就不变的自然现象与不断变更的社会现象对照……以有情的旧时月衬出无常的人事，也就是以今日之衰与昔日之盛对照。（《唐人七绝诗浅释》）

刘拜山曰：通首景中寓情，以"故国""空城""旧时月"轻轻点逗，作意自明。（《千首唐人绝句》）

（以上《石头城》）

严有翼曰：朱雀桥、乌衣巷，皆金陵故事。《舆地志》云："昔时王导自立乌衣巷。宋时诸谢，曰乌衣之聚，皆此巷也。"王氏，谢氏，乃江左衣冠之盛者。（《艺苑雌黄·王谢故事》）

谢枋得曰：朱雀桥、乌衣巷乃东晋将相功臣所居，犹汉西都冠盖如云、七相五公也。东晋将相，惟王、谢两人功名最盛，宗族最蕃，第宅最多。由东晋至唐四百年，世异时殊，人更物换，岂特功名富贵不可见，其高名甲第，百无一存，变为寻常百姓之家……朱雀桥边之花草，如旧时之花草；乌衣巷口之夕阳，如旧时之夕阳。唯功臣王、谢之第宅，今皆变为寻常百姓之室庐矣。乃云"旧时王谢堂前燕，飞入寻常百姓家"，此风人遗韵。两诗皆用"旧时"二字，绝妙。（《唐诗绝句注解》卷一）

张震曰：按此诗亦有刺讽，非偶然之作也。（《唐音》卷七引）

瞿佑曰：予为童子时……在荐桥旧居，春日新燕飞绕檐间，先姑诵刘梦得"旧时王谢堂前燕，飞入寻常百姓家"之句。至今每见红叶与飞燕，辄思之。不但二诗写景咏物之妙，亦先入之言为主也。（《归田诗话》卷上）

谢榛曰：刘禹锡《怀古》诗曰："旧时王谢堂前燕，飞入寻常百姓家。"或易之曰："王谢堂前燕，今飞百姓家。"此作不伤气格。予拟之曰："王谢豪华春草里，堂前燕子落谁家？"非此奇语，只是讲得不细。（《四溟诗话》卷一）又曰：作诗有三等语，堂上语，堂下语，阶下语。知此三者，可以言诗矣……凡下官见上官，所言殊有道理，不免局促之状。若刘禹锡"旧时王谢堂前燕，飞入寻常百姓家"，此堂下语也。（同上卷四）

唐汝询曰：此叹金陵之废也。朱雀、乌衣，并佳丽之地，今惟野花、夕阳，岂复有王、谢堂乎？不言王、谢堂为百姓家，而借言于燕，正诗人托兴玄妙处。后人以小说荒唐之言解之，便索然无味矣。如此措词遣调，方可言诗，方是唐人之诗。又曰：笔意自是高华。（《唐诗解》卷二十九）

桂天祥曰：有感慨，有风刺，味之自当泪下。（《批点唐诗正声》）

陆时雍曰：意高妙。（《唐诗镜》卷三十六）

何仲德曰：警策体。（《删补唐诗选脉笺释会通评林·中七绝》引）

周敬曰：缘物寓意，吊古高手。（同上）

顾璘曰：有感慨。（同上引）

黄生曰：本意只言王侯第宅变为百姓人家耳，如此措词遣调，方可言诗，方是唐人之诗。（《唐诗摘抄》卷四）按：此袭唐汝询解。

朱之荆曰：野草夕阳，满目皆非旧时之胜，堂前则百姓家矣，而燕飞犹是也。借燕为言，妙甚。（《增订唐诗摘抄》）

吴昌祺曰：（唐汝询）此解最是，胜叠山。（《删订唐诗解》卷十

五）

何文焕曰：刘禹锡诗曰："旧时王谢堂前燕，飞入寻常百姓家。"妙全在"旧"字及"寻常"字，四溟云：或有易之者曰："王谢堂前燕，今飞百姓家。"点金成铁矣。谢公又拟之曰："王谢豪华春草里，堂前燕子落谁家？"尤属恶劣。（《历代诗话考索》）

沈德潜曰：言王、谢家成民居耳。用笔巧妙，此唐人三昧也。（《重订唐诗别裁集》卷二十）

宋宗元曰：意在言外。（《网师园唐诗笺》）

施补华曰：《乌衣巷》诗："旧时王谢堂前燕，飞入寻常百姓家。"若作燕子他去，便呆。盖燕子仍入此堂，王、谢零落，已化为寻常百姓矣。如此则感慨无穷，用笔极曲。（《岘佣说诗》）

杨际昌曰：金陵诗托兴于王谢、燕子者，自刘梦得后颇多。康熙间，秀水布衣王价人一绝，为时所称："水满秦淮长绿蘋，千秋王谢已灰尘。春风燕子家家入，无复当时旧主人。"视梦得意露，而词则更凄惋。（《国朝诗话》卷一）

李慈铭曰：此诗，今日妇孺能道之。其实意浅语直，不见佳处。（《越缦堂读书简端记·唐人万首绝句选》）

《精选评注五朝诗学津梁》：今日之燕即昔日之燕，何以不属王、谢之堂而入民家，感伤之意，自在言外。

王文濡曰：王、谢既衰，则旧时燕子，亦无所栖托，故飞入百姓家。只"旧时""寻常"四字，便有无限今昔之感。（《历代诗评注读本》）

范大士曰：总见世异时殊，人更物换，而造语妙。（《历代诗发》）按：此袭谢枋得评。

俞陛云曰：朱雀桥、乌衣巷，皆当日画舸雕鞍，花月沉酣之地。桑海几经，剩有野草闲花与夕阳相妩媚耳，茅檐白屋中，春来燕子，依旧营巢，怜此红襟俊羽，即昔时王、谢堂前杏梁栖宿者，对语呢喃，当亦有华屋山丘之感矣。此作托思苍凉，与《石头城》皆脍炙词坛。

（《诗境浅说》续编）

刘永济曰：三、四两句诗意甚明，盖从燕子身上表现今昔之不同。而《岘佣说诗》乃谓"若作燕子他去便呆，盖燕子仍入此堂，王、谢零落，已化为寻常百姓矣。如此则感慨无穷，用笔极曲"，其说真曲，诗人不如此也。说诗者亦每曲解诗人之意，举此一例，以概其馀。（《唐人绝句精华》）

沈祖棻曰：这第二首是写贵族的盛衰的。它也是以对句起，但首句押韵，而且句法结构完全不同。再就意境而言，前诗阔大，此诗深细……王谢两家是东晋最大的豪门贵族，名臣王导和谢安，都是身系这个王朝安危的重要人物……头两句以巷、桥对举，是说明在当时，这一地区是极其显赫的所在……而现在却只剩下桥边长满的野草自在地开着花……夕阳则是衰败的象征。所以这两句是通过"野草花"与"夕阳斜"这些自然现象，来暗示这一前朝贵族住宅区中的人事变化……（后）两句是承接前两句所暗示的盛衰变化，更其具体地以燕子寻巢这样一件生活中所常见到的小事，来坐实富贵荣华，都难常保，以见封建社会中每隔一个时期便必然要发生的权力再分配，从这样一件小事中也反映了出来。这种即小见大的手法也是古典诗歌表现方法的特点之一和优点之一。（《唐人七绝诗浅释》）

刘拜山曰：按《岘佣说诗》所云每本之前人。此说较为深曲，但未可谓之曲解。此首与上章作法相同，而以"王谢"点题，借燕子寓感，备见空灵。（《千首唐人绝句》）

罗宗强曰：山川依旧而人事已非，只留下了荒凉寂寞……人世盛衰，迭代不息，永存者唯有山川景物而已。在思索历史中体察人生哲理，这正是刘禹锡怀古咏史诗的杰出成就。它带有作者的政治思想家的气质，也带着强烈的时代色彩。贞元、元和年间，一批杰出人物革新政治，幻想中兴，但是改革失败了，中兴成梦，历史的思索便渐渐在他们心中形成。刘禹锡很早便意识到这一点。元和革新思潮一过，长庆初他便写了一系列怀古咏史诗。这些诗中对于历史的思索，其实正是对于现实的思索的一种曲折反映。一种模糊的预感已经萦绕在他们这一代人心中了。唐王朝的全盛期已经一去不返，繁华已随流水。伤悼六代繁华之唯留荒凉寂寞，其实也正是伤悼现实的中兴成梦，伤悼唐王朝的强盛已经逝去。怀古咏史诗的这种深沉的历史感和强烈的现实感，在接着而来的一大批诗人，如杜牧、许浑、李商隐等人的同类诗里得到了进一步的发展，可以说，从刘禹锡开始，唐代的怀古咏史诗发展到了一个全新的阶段。（《唐诗小史》第254页）

（以上《乌衣巷》）

[鉴赏]

怀古诗与咏史诗有许多相似点：它们都是追昔咏古，但又往往寄慨于今，有借古鉴今、借古慨今的意蕴。但二者又有一个比较明显的区别：咏史诗主要从某一具体历史事件、历史人物出发，因事寄慨，事、理、情并重；而怀古诗则往往从眼前的古迹出发，触景生慨，多主情、景，所抒之慨多为比较虚泛的今昔盛衰之慨，因而怀古诗较之咏史诗，抒情的色彩往往更浓，而议论的成分较少，内容意境往往更加空灵含蓄，更重情韵风神。《石头城》正是怀古诗上述特征的典型表现。它的一个突出特点，就是纯用景物烘托渲染，内容特别虚泛，意境特别空灵，表现特别含蓄。作者根本没有正面着力刻画这座荒废了的古城的断井颓垣和萧条冷落景象，而只是写环绕着古城的沉寂的青山，写拍打着古城的寂寞的江潮，写夜深时依然照临古城的清冷的旧时明月和颓败的城墙，以造成一种荒凉冷寂的气氛，引导读者透过眼前这荒凉冷寂的空城去想象往昔的繁盛热闹，又进一步从今昔盛衰的对照中去追寻这种沧桑变化的原因。下面就顺着诗的次序对它的上述特点作一些分析体味。

第一句"山围故国周遭在"，石头城依山而建，环绕如同墙垣。这句是用青山依旧环绕石头城的城郭来烘托石头城的荒凉。不说"故城"而说"故国"，已经透露出一种冷清的气氛和今昔的沧桑感。句末的"在"字是个句眼，暗示出仍然存在的，只是青山环郭的外形，而它往昔的繁盛热闹却已经不在了。在青山环绕中的荒凉故城，像是一个变得冰凉了的六代王朝的躯壳，在默默地显示着人世的沧桑。这个"在"字和杜甫《春望》的"国破山河在"的"在"字相比，感情虽不像杜诗那样沉痛，感慨却比杜诗深长。

第二句"潮打空城寂寞回"。石头城的西北面有长江流过，六朝时，江流紧迫山麓，潮水可以一直打到城下。石头城一直是军事重镇。隋灭陈，在此置蒋州。唐武德四年（621），为扬州府治，八年，扬州移治江都，此城遂废。到刘禹锡写这首诗时已有二百余年，久已成为一座空城。这句是用长江的潮水依然拍打着这座久已荒废的空城来烘托它的冷寂。长江的江潮，从古到今，一直在不停地拍打着石头城的城郭。但在从前，当它繁华热闹的时候，江潮拍城的声响淹没在喧闹的市声中，是不为人所注意的。只有当它成为一座废弃的空城时，这江潮拍岸的响声才特别引人注意，尤其是在寂静的夜间（联系下句可知）。不说空城寂寞，而说"潮打空城寂寞回"，这江潮在诗人笔下也似乎变成了有生命、有感情、有记忆的事物。它依然像以前那样，很多情地向城郭涌去，拍打着石头城的城矶，但却发现它已经是一座荒凉冷寂的空城，只能带着无奈的沉重的叹息寂寞地退回了。"寂寞回"三个字，不仅将潮水写活了，而且将"潮打空城"的神韵传达出来了，以至我们一边吟诵，一边眼前就会浮现出江潮涌向城脚又缓缓退回江中的图景，耳畔似乎可以听到江潮拍打空城时那空荡荡的声响。和"故国"一样，"空城"二字也同样具有一种今昔盛衰之感。我们听到的仿佛已不是单纯的自然界的声响，而是悠远的带有今昔沧桑的历史的回声。它不仅是石头城今昔沧桑的历史见证，而且它本身就是一部沧桑的历史。以上两句，借山、借潮写"故国""空城"，不仅具有寥廓的空间感，而且具有深沉的历史沧桑感。

"淮水东边旧时月，夜深还过女墙来。"秦淮河东边升起的曾经照临过六朝时繁华的石头城的一轮明月，如今每天夜深升上中天时，仍然越过石头城上的女墙，照临着这座空城。这是用月照空城来进一步烘托石头城的冷寂荒凉。点眼处在"旧时月"与"还"。这旧时明月，曾经无数次照临过石头城，但往昔那巷陌相连、笙歌彻夜的繁华景象不见了，如今所照见的只是一座杳无人迹、幽冷凄清的空城。明亮的月色不但没有给它增添一点光彩，反而更显出它的荒寂。

作者就这样将一座经历了历史沧桑变得荒凉冷寂了的空城，放在亘古如斯的四围寂静的山形中来写，放在奔涌而来又寂寞而去的江潮声中来写，放在深夜凄清的月色映照中来写，一点也不加说明，而读者却自然而然地从山形依旧、潮声依旧、月色依旧中想象出这座空城如今的荒凉冷寂，进而想象出石头城的今昔沧桑变化，品味出隐藏在这后面的言外之意：六代繁华，已经像梦一样消逝了。历史是无情的。至于往昔繁华的石头城为什么会变成一座荒凉冷寂的空城，这个答案对于熟悉六代兴亡历史的读者来说，是无须直接指明的。作者在这组诗的第三首《台城》中已经对此作了解答。

> 台城六代竞豪华，结绮临春事最奢。
>
> 万户千门成野草，只缘一曲后庭花。

但相比之下，《台城》的艺术成就便远不如《石头城》。这其中的奥秘，是可以深长思之的。

诗的后幅，评家每拿李白的《苏台览古》"只今唯有西江月，曾照吴王宫里人"作比。其实，手法虽似，二诗的情调却很不相同。李白的诗，在怀古的同时是怀着新鲜愉悦的感情面对当前"杨柳新"和"菱歌清唱"的景色，"旧苑荒台"在心中引起的并不是对历史的伤感，而刘禹锡的诗在怀古的同时引起的却是对六朝繁华消逝的深沉感慨和对大唐王朝繁华消逝的叹息。

《乌衣巷》所表现的，也是怀古诗中最常见的人事沧桑、盛衰不常的感慨。但和《石头城》之感慨六朝繁华已成历史陈迹不同，它所感慨的对象是六朝高门士族的衰落。它虽然也是六朝兴衰的一个重要内容，但这首诗的意义却主要在于客观上反映了自东汉以来高门望族走向没落的历史大趋势，并蕴含着深刻的人生哲理。

"朱雀桥边野草花，乌衣巷口夕阳斜。"朱雀桥是建康南城门朱雀门外的一座浮桥，它的位置有些类似唐代东都洛阳的天津桥，是连接秦淮河南北的交通要道，更是通向桥南贵族高门聚居的乌衣巷的必经之路，从其"长九十步，广六丈"的记载依然可以想见这座桥的规模、气象，据传东晋时桥边装饰着两只铜雀的重楼，即谢安所建。这样一座处于交通要道、通向高门士族聚居地的桥梁，在它当年盛时，车水马龙、川流不息、热闹喧阗的景象自不难想见，而如今，朱雀桥边却长满了野草，在寂寞地开放着不知名的花朵。暗示这座烜赫一时、热闹非常的津梁早已失去了往日的声势，行人车马稀疏，冷落荒败不堪了。"野草花"的点缀不但没有给春日的朱雀桥添色增彩，反倒衬托出了它的荒凉冷寂。

乌衣巷是东晋最烜赫的高门士族王、谢聚居之地，以一身而系国之安危的士族名臣王导、谢安均居于此。"乌衣之游""乌衣诸郎""乌衣门第"成为历史美谈。而如今，乌衣巷的高门甲第、深院大宅早已不复见。只见春日傍晚的夕阳在斜照着乌衣巷口，显出一片没落黯淡的景象。如果说"野草花"的意象突出渲染了朱雀桥的荒凉冷寂，那么"夕阳斜"的景象则着意渲染了乌衣巷的没落凄清。这两句当中，其实都已蕴含了高门士族烜赫的时代已经成为过去。

"旧时王谢堂前燕，飞入寻常百姓家。"这首诗的出名，与这两句的警策深刻而又富于含蕴有密切关系。如果用最直白浅显的语言来表达，不过说往日王谢所居的高门甲第，今已成为普通百姓人家。妙在借春日寻旧巢的燕子将昔之"王谢堂"与今之"百姓家"加以组接，遂使诗的意蕴、韵味倍加深警隽永。本来，这两句诗也可以理解为昔日的燕子飞入栖宿的是王谢的华堂豪宅，今日的燕子飞入栖宿的却已是普通的百姓人家了。这种理解虽也能反映异时同地的盛衰变化，但深警隽永的诗意诗味却几乎全部消失了。诗人根据燕识故巢飞向旧家的习性，在意念中将"旧时王谢堂前燕"与今日"飞入寻常百姓家"之燕巧妙地幻化为一体，从而将数百年的历史沧桑浓缩在这一高度典型化、诗意化了的"旧时燕"身上，创造出含意极其深警、表现极其含蓄的诗境。往日盛极一时，垄断了六朝政治、经济、文化的高门士族，已经衰败没落了。这不是一般意义上的功名富贵难长保的意思，而是在客观上展示了东汉以来门阀士族统治的历史的结束。这个历史过程是渐进的。魏代黄初元年初行九品中正法，至晋而形成"下品无高门，上品无贱族"的现象。豪门士族把持政权。然《南齐书·王僧虔传》："王氏以分枝居乌衣者，位官微减。"可见至南齐时豪门士族的势力已稍减，至隋文帝废除九品官人之制，唐沿隋制，大行科举选人之制，庶族得以循此途径参政，魏晋以来豪门士族势力遂大为衰微，至唐末五代而彻底退出历史舞台。刘禹锡这两句诗，正以高度概括的诗的语言，反映了豪门士族势力的没落。这是一个极富历史意义和时代特色的重大主题，也是一个极富哲理意蕴的主题。垄断政治、经济、文化数百年的仿佛天生合理的豪门士族，就在这燕去燕回的过程中悄悄改变了。历史上还有什么是永恒的吗？作为中唐革新势力的代表人物，诗人在写出"旧时王谢堂前燕，飞入寻常百姓家"的诗句时，他自然不是感伤豪门士族的没落，而是从他们的没落中感受到历史前进的步伐。

与歌者何戡①

二十馀年别帝京②，重闻天乐不胜情③。旧人唯有何戡在，更与殷勤唱渭城④。

[校注]

①诗作于文宗大和二年（828）初授主客郎中、集贤直学士，重回长安时。何戡，又作何勘，中唐时著名歌者。段安节《乐府杂录·歌》："元和、长庆以来有李贞信、米嘉荣、何戡、陈意奴。"晚唐诗

人薛能《赠韦氏歌人》云："弦管声凝发声高，几人心地暗伤刀。思量更有何戡比，王母新开一树桃。"可见其歌声之嘹亮动人。又《太平广记》卷二百四引《卢氏杂记》："元和中，国乐有米嘉荣、何戡。"④刘禹锡于永贞元年（805）十一月贬朗州司马，至大和二年（828）重返长安任京职主客郎中，首尾达二十四年。③天乐，天上的音乐，借指宫廷中的音乐。何戡与米嘉荣等当是贞元年间供奉宫廷的乐人。杜甫《赠花卿》："此曲只应天上有，人间能得几回闻。"不胜情，情感上受到强烈感染冲击，难以禁受。④旧人，当指当年宫中供奉的歌舞乐人。也包括过去与自己一起从事政治革新的同道。殷勤，情意深厚。渭城，歌曲名。《乐府诗集》卷八十近代曲辞二："《渭城》，一曰《阳关》，王维之所作也。本《送人使安西》诗，后遂被于歌。刘禹锡《与歌者》诗云：'旧人唯有何戡在，更与殷勤唱渭城。'白居易《对酒》诗云：'相逢且莫推辞醉，听唱阳关第四声。'阳关第四声，即'劝君更进一杯酒，西出阳关无故人'也。《渭城》《阳关》之名，盖因辞云。"

[笺评]

谢枋得曰："不胜情"三字有味，"旧人惟有何戡在"，见得旧时公卿大夫与己为仇者，今无一在，惟歌妓何戡尚在。唐人送别，爱唱《阳关三叠》，即……四句是也，"更与殷勤唱渭城"，意谓两度去国，饯别者必唱《阳关三叠》，今日幸而再登朝，何戡更与唱昔年送别之曲。回思逆境，岂意生还。仇人怨家，消磨已尽。人生争名争利，相倾相陷，果如何哉！（《注解章泉涧泉二先生选唐诗》卷一）

李攀龙曰：宋刘原父《别宫妓》诗："玳筵银烛彻宵明，白玉佳人唱渭城。更尽一杯频起舞，关河风月不胜情。"从此诗翻出。（《唐诗选》卷七）

唐汝询曰：梦得为当政者所忌，居外二十四年而始还都，是以闻

天乐而不胜情也。然旧人无遗，惟一乐工在，更为唱当年别离之曲，有情哉！（《唐诗解》卷二十九）

陆时雍曰：深衷痛语。（《唐诗镜》卷三十六）

瞿佑曰：（刘禹锡）晚始得还，同辈零落殆尽，有诗云："当年意气结群英，几度朝回一字行。海北江南零落尽，两人相见洛阳城。"又云："休唱贞元供奉曲，当时朝士已无多。"又云："旧人唯有何戡在，更与殷勤唱渭城。"盖自德宗后，历顺、宪、穆、文、武、宣凡八朝。（按：禹锡未历宣宗朝）（《归田诗话》卷七）

蒋仲舒曰：苦于言情。（《唐诗绝句类选》引）

郭濬曰：《穆氏》《何戡》二诗同法，追想间极是婉转。（《删补唐诗选脉笺释会通评林·中七绝》引）

胡次焱曰：前二句颇有恋君之意。因"唱渭城"句推之，乃知幸怨人仇家之无存也。旧人唯有何戡，更与唱曲，欣幸快慰之句，与"前度刘郎今又来"同意。（同上引）

吴昌祺曰：按唐诗卖饼者亦唱《渭城》，而何戡歌之，必更有不同者。（《删订唐诗解》卷十五）

沈德潜曰：王维《渭城》诗，唐人以为送别之曲。梦得重来京师，旧人唯有乐工，而唱《渭城》送别，何以为情也。（《重订唐诗别裁集》卷二十）

黄叔灿曰：念旧人而止存何戡，乃更与殷勤歌唱。缭绕"不胜情"三字，倍多婉曲。"渭城朝雨"，别离之曲，又与上"别帝京"相映。（《唐诗笺注》）

李锳曰：无一旧人能唱旧曲，情固可伤，犹若可以忘情；惟尚有旧人能唱旧曲，则感触更何以堪！（《诗法易简录》）

管世铭曰：王阮亭删定洪氏《万首唐人绝句》，以王维之《渭城》，李白之《白帝》，王昌龄之"奉帚平明"，王之涣之"黄河远上"为压卷，甦于前人之举"葡萄美酒""秦时明月"者矣。近沈归愚宗伯亦效举数首以续之。今按其所举，惟杜牧"烟笼寒水"一首为当。其柳宗元之"破额山前"、刘禹锡之"山围故国"、李益之"回乐峰前",诗虽佳而非其至。郑谷之"扬子江头"不过稍有风调,尤非数诗之匹也。必欲求之,其张潮之"茨菰叶烂",张继之"月落乌啼",钱起之"潇湘何事",韩翃之"春城无处",李益之"边霜昨夜",刘禹锡之"二十馀年",李商隐之"珠箔轻明"与杜牧《秦淮》之作,可称匹美。(《读雪山房唐诗序例》)

宋顾乐曰:前二首(按:指《与歌者米嘉荣》《听旧宫中乐人穆氏唱歌》二首七绝)题外转意,此首兜裹得好,叙而不议,神味更觉悠然。深情高调,三首未易区分高下也。(《唐人万首绝句选》评)

范大士曰:抚今思昔,可泣可歌。(《历代诗发》)

俞陛云曰:诗谓觚棱前梦,悠悠二十馀年,重闻天乐,不禁泪湿青衫。一曲《渭城》殷勤致意。耆旧凋零,因何郎而重有感矣。(《诗境浅说》续编)

刘永济曰:此三诗(按:《与歌者米嘉荣》《听旧宫中乐人穆氏唱歌》及本篇)皆听歌有感之作。米嘉荣乃长庆间歌人,及今已老,故感其不为新进少年所重,而以"好染髭须"戏之。穆氏乃宫中歌者,故有"织女""天河""云间第一歌"等语,而感到贞元朝士无多。以见朝政反复,与《再游玄都观》诗同意。何戡则二十年前旧人之仅有者,亦以感时世之沧桑也。禹锡诗多感慨,亦由其身世多故使然也。(《唐人绝句精华》)

刘拜山曰:闻唱《渭城》而"不胜情",非关送别,乃深感于"无故人"也。与"休唱贞元供奉曲,当时朝士已无多"用意正同。(《千首唐人绝句》)

[鉴赏]

刘禹锡在参与"永贞革新"失败以后,远贬外斥,长达二十四年,方重返帝京,从三十四岁正当壮盛之年远贬,到五十七岁近花甲之年方回长安。二十四年间，不但自己经历了由壮入老的变化，朝局与人事也发生了沧桑巨变。这两种巨变所造成的情感冲击，在他重返帝京时达到顶点，引发了强烈深沉的人生感慨和政治感慨。其中被评家经常并提的三首与听歌有关的七绝，就是借音乐而抒慨的典型诗章。而《与歌者何戡》一首尤显得语浅情深，韵味隽永。

　　"二十馀年别帝京，重闻天乐不胜情。"起句平平叙起，概括二十多年"别帝京"的生活经历。仿佛极平淡地追叙往事，但熟悉诗人这二十多年悲剧遭遇的读者却不难从中体味出"巴山楚水凄凉地，二十三年弃置身"的悲慨。次句立即由"别帝京"转到正题"重闻天乐"上来。所谓"天乐"，字面上自指天上的音乐，实际上即指宫廷中的音乐，参较《听旧宫中乐人穆氏唱歌》诗题及诗中"云间第一歌""贞元供奉曲"，其义自明。贞元末年，王叔文用事，"禹锡尤为叔文知奖，以宰相器待之。顺宗即位……禁中文诰，皆出于叔文，引禹锡及柳宗元入禁中，与之图议，言无不从"（《旧唐书》本传），故因此得闻宫中乐人歌者奏乐歌唱。然则，其"初闻天乐"是与壮岁意气风发的时代出入宫禁、从事政治革新活动紧紧联结在一起的，给他留下的记忆便特别深刻而强烈，成为他人生中高峰体验的一个有机组成部分，也是他人生中光荣记忆的一页。一个人欣赏音乐的记忆，常与特定的环境氛围和时代联结在一起，每当听到熟悉的歌声、乐曲，总会情不自禁地联想起初次听到某首歌曲时的情景，不妨称其为情景氛围记忆，再加上某些歌曲本身所具有的时代色彩，就更容易在听乐时浮想联翩，忆及那个初闻此乐的时代了。更何况，此次诗人"重闻天乐"，是在经历了人生道路上的重大挫折，从巅峰坠入谷底，在僻远的蛮荒之地度过了二十四个年头之后的情况下发生的，因此，它所带来的强烈的情感冲击，所唤醒的对巅峰岁月的记忆，以及在长期贬谪斥外生涯中所历的种种凄凉寂寞，便一齐涌上心头，百感交集，难以禁受了。诗人虽只用了貌似平淡的"不胜情"三字，但它所蕴含的感情之强烈、感慨之深沉、感触之复杂多端，却令人玩味不尽。

"旧人唯有何戡在，更与殷勤唱渭城。"三、四两句，在"重闻天乐"的同时特意点出"旧人"何戡为自己演唱《渭城曲》之事。《渭城曲》是王维的《送元二使安西》被之管弦后的乐曲名，也是盛唐、中唐时代最流行的歌曲，无论市肆、宫廷，均广泛传唱。禹锡在贞元末出入宫禁时，自然也是听过宫廷乐师歌人何戡唱过这首歌曲的。二十四年之后，重返京城，重闻天乐，过去自己熟悉的一批宫廷乐人都已不在，有的物故，有的流散，再也见不到他们的身影，听到他们演唱弹奏的歌曲了。只剩下何戡这位老相识还在，更为自己情意深厚地弹唱起熟悉的《渭城曲》来。这里的"旧人"，联系上句的"天乐"以及《与歌者米嘉荣》《听旧宫中乐人穆氏唱歌》，自然首先是指往昔宫中的歌人乐师为诗人所熟悉者。旧宫乐人特意为自己弹唱《渭城曲》，不禁唤起自己对过去一段出入宫禁参与机密的政治生涯的追忆，也勾起自己对宫廷沧桑变化的感慨。二十四年中，皇帝就换了宪、穆、敬、文四代了，而"旧人"的"殷勤"情意，更透出世情的沧桑，世态的炎凉，如今归来，还有谁能如此深情地对待自己呢？言外之意，自可默会。但"旧人"如果扩大了看，自可包括过去和自己一起从事革新活动的志同道合的旧友，即"二王八司马"中除自己以外的人们，甚至可以包括吕温、李景俭等人。如今，这些"旧人"中的绝大部分已先后凋零谢世，以致别帝京二十余年后归来时，连与旧日战友重叙的机会也没有了，自己的满腔悲慨，连倾诉的对象也没有，只有往日熟悉的宫廷乐人，为自己殷勤弹奏《渭城曲》，使自己重拾对往昔岁月的回忆。思念及此，诗人的感慨无疑更加深沉了。《听旧宫中乐人穆氏唱歌》中说："休唱贞元供奉曲，当时朝士已无多。"这《渭城曲》自然也是当年的宫中供奉曲之一，听到它自然会联想起当年一起听歌的"贞元朝士已无多"这一令人悲慨万端的事实。因此，这三、四两句中所涵盖的政治人事沧桑之慨便更加深广了。

平淡中见深沉，虚泛中寓丰厚，于"重闻天乐"这样一件具体细事上触发深广的人生感慨、政治感慨，又表现得如此含蓄蕴藉，从中可以看出诗人晚年感情的深化和诗艺的深化。

和乐天春词①

新妆宜面下朱楼②，深锁春光一院愁。行到中庭数花朵，蜻蜓飞上玉搔头③。

[校注]

①《白居易集》卷二十五有《春词》云："低花树映小妆楼，春入眉心两点愁。斜倚栏杆背（一作'臂'）鹦鹉，思量何事不回头？"朱金城《白居易集笺校》系于大和三年（829）。陶敏《刘禹锡全集编年校注》则谓"依刘、白二集编次，诗大和二年或三年春在长安作"。按：大和二年正月，禹锡授主客郎中、集贤直学士，归长安。时白居易在京任刑部侍郎。二人同在长安。大和三年，禹锡任礼部郎中，三月，白居易编与禹锡唱和诗为《刘白唱和集》二卷，四月，白为太子宾客分司东部。故三年春二人亦同在长安。二年春或三年春二人唱和此诗均有可能。另《元稹集》卷二十亦有《春词》云："山翠湖光似欲流，蛙声鸟思却堪愁。西施颜色今何在，但看春风百草头。"按元稹大和二年、三年春均在浙东观察使任，三年九月方入为尚书左丞。元诗盖遥和之作。"山翠湖光"，盖指稽山镜湖也。②新妆，指女子新颖别致的打扮妆饰。梁王训《应令咏舞》："新妆本绝世，妙舞亦如仙。"宜，《全唐诗》原作"面"，据宋浙刻本《刘宾客文集》改。《全唐诗》校："一作粉。"宜面，与面庞相称。陶敏引《焦氏类林》卷七上引《日札》："美人妆面，既傅粉后，以胭脂调匀施之两颊，浓者为酒晕妆；浅者为桃花妆；薄薄施朱以粉罩之为飞霞妆。"录以参考。③玉搔头，即玉簪。《西京杂记》卷二："武帝过李夫人，就取玉簪搔头。自此后宫人搔头皆用玉，玉价倍贵焉。"

陆时雍曰：无聊语。（《唐诗镜》卷三十六）

沈雄曰：今以七言之别见者略举之，如《江南春》，既列长短句之小令矣。兹载刘禹锡之平韵《江南春》云："新妆宜面下朱楼，深锁春光一院愁。行到中庭数花朵，蜻蜓飞上玉搔头。"……按：刘梦得为答王仲初之作，仲初与乐天俱赋仄韵，而兹以平韵正之。（《古今词话·词话上卷》）按：沈氏谓禹锡此诗又作《江南春》词，系和王建之作，不知何所据。

《唐宋诗醇》：艳体，妙于蕴藉。（卷二十五）

宋顾乐曰：末句无谓，自妙。细味之，乃摹其凝立如痴光景耳。（《唐人万首绝句选》评）

李慈铭曰：（三、四句）袅娜百媚。（《越缦堂读书简端记·唐人万首绝句选》）

俞陛云曰：此春怨词也，乃仅曰"春词"，故但写春庭闲事，而怨在其中。第二句言一院春愁，即其本意。（《诗境浅说》续编）

刘拜山曰："数花朵"，极状无聊意绪，"蜻蜓飞上玉搔头"，极状伫立沉思之久，从侧面托出怨情，烘染无痕。（《千首唐人绝句》）

瞿蜕园曰：居易原作云"低花树映小妆楼，春入眉心两点愁。斜倚栏杆背鹦鹉，思量何事不回头？"唐人宫闱之思取鹦鹉为比兴者，皆寓难言之隐，居易殆有所隐怨而不能释者。以是时史事考之，大和元、二年（八二七、八二八）间，韦处厚为相，颇能有所主张，与裴度默为表里，是禹锡与居易属望最殷之时。处厚以二年十二月暴卒，李宗闵正起复行将入相（居易以覆落宗闵之婿苏巢进士，不能无沮怨），朝局一变。故居易以三年（八二九）春辞刑部侍郎而归洛，此当时政局变化之显然可知者。此诗题为《春词》者，记三年春初之事也。居易原诗涵意虽不能一一细解，禹锡和诗所谓"蜻蜓飞上玉搔头"则亦武儒衡讥元稹"适从何来，遽集于此"之意。不但和诗，而且次韵，语意又针锋相对，必非无因而作者。白诗编在其集之五十五卷，其前一首《绣妇叹》云："连枝花样绣罗襦，本拟新年饷小姑。自觉逢春饶怅望，谁能每日趁功夫。针头不解眉头结，线缕难胜泪脸珠。虽凭绣床都不绣，同床绣伴得知无？"其后一首《恨词》云："翠黛眉低敛，红珠泪暗销。曾来恨人意，不省似今朝。"集为居易所自编，年月不能隔越，自是此时重有所感。据纪，大和三年正月己酉，以前山南西道节度使王涯为太常卿，替李绛，为大用张本，次年即复起领盐铁用事，至七年（八三三）入相。居易江州之谪，涯有力焉。居易固不能与之同立于朝矣。禹锡此诗虽久经传诵，而未见有人为之疏释，姑导其窾窍如此，以俟知者。（《刘禹锡集笺证》第 1097～1098 页）

朱金城曰：刘、白两诗均有所刺而作。盖韦处厚暴卒于大和二年十二月，李宗闵将入相，二人失所凭依。又大和三年正月，王涯自山南西道节度使入为太常卿，为大用张本，居易江州之谪，涯有力焉，居易因不能与之同立于朝，故三年春辞刑部侍郎归洛阳，题为《春词》者，记三年春初之事也。此诗之前一首《绣妇叹》及后一首《恨词》均可参看。禹锡和词"蜻蜓飞上玉搔头"句刺新贵尤为明显。（《白居易集笺校》第 1770～1771 页）

[鉴赏]

刘、白、元三人唱和之《春词》，均白氏所谓"新艳小律"，除元诗因时居浙东，故内容涉及当地人物（西施）景色（稽山镜湖）外，白诗写佳人春愁，刘诗步其原韵，亦咏新妆女子之春愁。唯白诗酷似一幅仕女画，人物处于静态；而刘诗则酷似一组相接之电影画面，人物处于动态中而已。

"新妆宜面下朱楼"，首句写年青女子精心梳妆打扮既罢，款款步下朱楼的情景。"新妆"形容其梳妆打扮新颖别致，不落俗套，不单指其晨起新妆，"宜面"则进一步形容此新颖别致的妆饰与其俊美的脸庞相称相宜，益显娇媚。四字写出女子之精于妆饰，能使妆饰充分显现自己的天生丽质。梳妆既毕，缓步下楼，其袅娜之态可想。"朱楼"二字，显示出此女子系显贵人家之闺中人，从这一句的语调口吻体味，这位女子在新妆甫毕款步下楼之际，心中并没有表现出明显的愁绪。

"深锁春光一院愁"，第二句意绪忽转，写女子下楼步入庭院时忽地感到触目皆愁。庭院之中，花红柳绿，莺啭蝶舞，春光明丽，春意盎然。但这满院的春光却被四周的围墙深深地锁闭起来，与院外广阔的大自然隔绝。这美丽而又封闭隔绝的情景使女主人公不由得联想到自己的处境正与此相似：美好的青春被深锁于朱楼庭院，无法与外界接触交流，只能悄悄流逝。正因为这样，纵有满院春光，她却只能感到触目皆愁了。"深锁"二字，既是对满院春光被锁困的形容，也是对自己美好青春被禁锢的惆怅。"春光"本无所谓"愁"，因人之触绪生愁而转觉满院春光皆成愁绪之媒介与象征。造语新颖奇妙，正因其中蕴含了女主人公的复杂心理变化过程。论其内容含量，几乎抵得上《牡丹亭·游园》一折。诗贵含蓄，曲则发露，女主人公的心绪，正可以从杜丽娘的一大段唱腔中得到发明。

"行到中庭数花朵"，第三句接写女子见到满院春光触绪生愁之后的一个行动细节：缓步走到庭院中间细数花朵。这是一个看似无谓却富于蕴含的行动细节。因为珍惜春光、爱惜青春，因而细数花朵，透露出对春光的挽留恋惜；因为庭院深锁，长日无事，闲愁难遣，故细数花朵而打发无聊的时间。在"数花朵"的同时，自有无限愁思萦绕，自有无限对自身处境命运的联想。

"蜻蜓飞上玉搔头"，如果说前三句像是一组动作连续的活动电影画面——女主人公新妆既毕，缓步下楼，面对满庭春光，独自含愁，行至庭中，细数花朵，那么最后一句便像是一个特写的电影近景镜头：一只蜻蜓，飞来停在了女子的玉簪头上。这画面是一连串动作之后的定格。仿佛是不经意的即景描写，却写得很美，也很富含蕴。蜻蜓的动作轻盈灵敏，通常只停歇在静止不动之物上；稍有晃动，即行飞去。如今它竟停在了一位充满青春气息的女子头上，这正透露出女子在细数花朵的过程中，不知不觉浮想联翩，满腹幽怨，竟伫立在那里一动不动，过了一段相当长的时间。因此，这个特写镜头，正透出了女子面对满院春光和眼前花朵时如痴如醉的情态，"如花美眷，似水流年"的感慨与惆怅，它是全篇写女子愁怨的点睛之笔，有了它，不但画面完整、意境优美，诗也更含蓄耐味了。

末句还可以有另一种解释，即女子的发钗是制成蜻蜓形状的，因此看上去就像一只蜻蜓飞上了玉钗头。五代张泌《江城子》词之二说："绿云高绾，金簇小蜻蜓。"这样写当然也很新巧别致，富于美感，但从透露女子的伫立凝思、满腔幽怨看，便不免较前一种理解逊色了。

望洞庭①

湖光秋月两相和，潭面无风镜未磨。遥望洞庭山水翠②，白银盘里一青螺。

[校注]

①长庆四年（824）秋，诗人顺长江东下赴和州刺史任途经洞庭时所作。《历阳书事》诗序云："长庆四年八月，余自夔州转历阳（即和州），浮岷山，观洞庭，历夏口，涉浔阳而东。"②水翠，《全唐诗》校："一作翠色。"③白银盘，喻指整个洞庭湖。青螺，喻指君山。《水经注·湘水》："（洞庭）湖中有君山……湘君之所游处，故曰君山矣。"李白《陪族叔刑部侍郎晔及中书贾舍人至游洞庭》之五："淡扫明湖开玉镜，丹青画出是君山。"《方舆胜览》卷二十九岳州："君山，在湖中，方六十里，亦名洞庭之山……《郡志》：'君山状如十二螺

髻.'"然此句"青螺"则指青色的田螺。

[笺评]

何光远曰：刘（禹锡）尚书有《望洞庭》之句，雍使君（陶）有《咏君山》之诗，其如作者之才，往往暗合。刘《望洞庭》诗曰："湖光秋月两相和，潭面无风镜未磨。遥望洞庭山水翠，白银盘里一青螺。"雍《咏君山》诗曰："烟波不动影沉沉，碧色全无翠色深。疑是水仙梳洗处，一螺青黛镜中心。"（《鉴戒录·改桥名》）

葛立方曰：诗家有换骨法，谓用古人意而点化之，使加工也……刘禹锡云："遥望洞庭山水翠，白银盘里一青螺。"山谷点化之，则云："可惜不当湖水面，银山堆里看青山。"学诗者不可不知此。（《韵语阳秋》卷二）按：黄庭坚《雨中登岳阳楼望君山二首》之二云："满川风雨独凭阑，绾结湘娥十二鬟。可惜不当湖水面，银山堆里看青山。"

谢榛曰：意巧则浅，若刘禹锡"遥望洞庭山水翠，白银盘里一青螺"是也。（《四溟诗话》卷二）

刘拜山曰：刘诗清丽，雍诗新奇，黄诗雄健，要以黄为后来居上矣。（《千首唐人绝句》）

[鉴赏]

八百里洞庭，在不同的季候、时间、气象条件下，呈现出迥然不同的面貌和景象。而洞庭的万千气象又往往与作者观赏时不同的心境密切相关。心与境会，情与景融，从而铸就一系列不同境界的咏洞庭的名篇。人们熟悉的，是"气蒸云梦泽，波撼岳阳城""吴楚东南坼，乾坤日夜浮"等警句中所描绘的壮阔浩渺、吞吐日月的洞庭湖，而作者则为我们描绘了一幅在秋月清辉映照下风平浪静、波澜不惊的洞庭山水的优美图景。此诗一出，晚唐雍陶、北宋黄庭坚均或效仿，或点化，各擅胜场，但刘禹锡的创境之功，终不可没。

诗题为"望洞庭"，全篇均从"望"字着笔，写远望中的洞庭景象。首句"湖光秋月两相和"，点明这是一个秋天的明月之夜。在明月的映照下，浩瀚的湖面与澄清的天宇连成一片，呈现出月光如水水如天的浩茫、静谧而和谐的景象，也透露出诗人目接此景时内心的安恬愉悦。句末的那个"和"字似不经意，却是传达客观景物和主观心境的句眼。湖光与秋月一色，诗人的心境也与此境融为一体。

"潭面无风镜未磨"。次句由上句的总览湖光秋月而专写远望中的湖面。"潭面"即湖面，形容湖水深澄如潭纹丝不动。"无风"二字至关重要，正由于静夜无风，八百里浩瀚的湖面才会出现"镜未磨"式的罕见景象。古代的铜镜，在制造时须仔细打磨平整，在平常使用时须经常磨光方能照影。磨光的镜是有反光的，但在秋月清辉的笼照下，整个湖面像是披上了一层缥缈朦胧、如烟似雾的白纱，虽然平展、平静如同镜面，却并非白天所见的是"上下天光，一碧万顷"的景象。虽平静如镜，却并不透明如镜。这就使望中的月下湖面呈现出一种既静谧安详、又带几分朦胧神秘的色彩。这同样透露出诗人当时那种恬静中带有沉思陶醉色彩的心境。

"遥望洞庭山水翠，白银盘里一青螺。"三、四两句，用一个极其新颖巧妙的比喻形容秋月映照下洞庭湖山水的全貌。洞庭湖中有君山，白天遥望时，山翠水碧，上下一色。而在月光映照下，整个湖面为轻烟薄雾、素月清辉所笼盖，像是一个硕大的白银盘；而湖中的君山，则隐约显示青黛之色。矗立湖中，就像在白银盘中立着一只青螺。洞庭湖和君山，以这样的面貌出现在诗中，不但新颖独特，而且生动贴切。它的妙处，正在化大为小，将浩瀚混茫的大自然山水壮观化为具体而微的盆景式景观，虽不以气势壮阔见长，却显得清丽秀美，富于奇趣，而这种化大为小的写法，又正透露了诗人纳须弥于芥子，缩万里于咫尺的胸襟气度。

这里需要对"青螺"的不同理解作点辨析。有认为"青螺"指妇女画眉用的青黛。用"青黛"虽可形容山色，却不能形容山形；且在白银盘里置一支青黛画笔（注意：这"盘"里是盛满了水的），不但匪夷所思，也不合乎情理。或认为"青螺"指妇女梳的螺形发髻。此说最为流行，而且似乎可以找到不少旁证，特别是雍陶《咏君山》的三、四句"疑是水仙梳洗处，一螺青黛镜中心"，这"一螺青黛"定指青螺发髻，《舆地纪胜》引《郡志》也说"君山状如十二螺髻"，用"螺髻"来形容君山之色与形，堪称巧妙贴切，且别具一种柔媚缥缈的美感。但通观全句"白银盘里一青螺"，就显见将"青螺"理解成青螺髻完全不符合生活情理。雍陶诗是将洞庭湖比喻为一面明镜，而湖中的君山则正似镜中美人螺髻的照影，这当然极新奇巧妙而贴切，它之所以成为名篇佳句，正在于其设喻不同于刘禹锡。这种看似相似，实则不同的比喻，正反映了诗人不同的艺术感受与独特构思。

杨柳枝①

春江一曲柳千条，二十年前旧板桥。曾与美人桥上别，恨无消息到今朝。

[校注]

①此诗最早载于晚唐范摅《云溪友议》卷下《温裴黜》，中云："湖州邹郎中匐言，初为越副戎，宴席中有周德华。德华者，乃刘采春女也。虽《罗唝》之歌，不及其母，而《杨柳枝》词，采春难及。崔副车宠爱之异，将至京洛……所唱者七、八篇，乃近日名流之咏也……刘禹锡尚书一首：'春江一曲柳千条，二十年前旧板桥。曾与美人桥上别，恨无消息到今朝。'……"按：此诗不见于刘禹锡本集，《全唐诗》刘禹锡诗卷十二收入，当据《云溪友议》。陶敏《刘禹锡全集编年校注》入附录，断其非刘禹锡作。其按语云："《升庵诗话》卷一一：'《丽情集》载湖州妓周德华者，刘采春女也，唱刘禹锡《柳枝

词》云：春江一曲柳千条，二十年前旧板桥。曾与美人桥上别，恨无消息到今朝。此诗甚佳，而刘集不载。然此诗隐括白香山古诗为一绝，而其妙如此。'杨慎所云白居易'古诗'实为一三韵小律《板桥路》：'梁苑城西二十里，一渠春水柳千条。若为此路今重过，十五年前旧板桥。曾共玉颜桥上别，不知消息到今朝。'见《白居易集》卷十九。唐代歌人截取诗作以入乐歌唱者甚多。周德华所谓《杨柳枝》即删改白诗而成，误记为刘禹锡诗。《四库全书总目》卷一九二《词海遗珠》提要，摘发'其中纰缪'云：'刘禹锡春江一曲柳千条诗，以为本集不载，乃元稹诗，删八句为四句。'亦以诗非刘作，但误白居易为元稹，又误六句为八句，然诗为周德华所唱，改编者非必周德华，故以作无名氏为是。"按：此诗系据白居易《板桥路》隐括改易而成，自属无疑。但认为《云溪友议》所载此诗"系删改白诗而成，误记为刘禹锡"，则未有确证。《云溪友议》此条提及的唐人诗词有裴诚、温庭筠、滕迈、贺知章、杨巨源、刘禹锡、韩琮等人作品共十三首，除刘禹锡此首外，作者主名、篇名、文字均无讹误，独谓此首作者主名有误，恐难成立。盖刘、白晚年诗歌酬唱既多，朋友之间，偶将对方诗作稍加改易而成己作，亦属常事。后世某些评家如谢榛亦每喜改易前人诗，然不免点金成铁。而刘禹锡之改作，艺术上远胜白之《板桥路》，虽内容、词句上对白诗有所借鉴采用，实可视为点化白诗之新作。

[笺评]

杨慎曰：此诗隐括白香山古诗为一绝，而其妙如此。（《升庵诗话》卷十一）

黄周星曰："未免有情，谁能遣此"，八字便是此诗定评。（《唐诗快》）

刘拜山曰：一气流转，如珠走玉盘。虽檃括白诗，而风神绵邈过

之。(《千首唐人绝句》)

[鉴赏]

我们不妨先撇下白居易的《板桥路》，不带任何先入为主的印象来阅读和感受这首诗，就会立即进入它那既单纯又丰富，既明快又含蓄，音情宛转曼妙，风神绵邈隽永，情、景、事、人浑融一体的境界。这种天籁式的作品，只有在某些优秀的民歌和学习民歌而深得其神髓的作家如李白的作品中才能看到。在这方面，这首据白诗改作的诗也是极饶民歌神韵的。

诗所记叙的情事非常单纯：二十年前的春天，抒情主人公曾在垂柳千条的江边一座板桥上和心爱的女子相别。别后至今，对方杳无消息。如果按此作散文式的直叙实录，可以说平淡如水，毫无诗意，但经作者妙手点染，却使这看来单纯而平淡的情事变得旖旎缠绵，风情无限。

"春江一曲柳千条，二十年前旧板桥。"诗的前两句，点明时间、地点、景物。一条清澈的江水，弯弯曲曲地在面前流过，江边上的一片柳树，在和煦春风的吹拂下，万千枝条，摇曳荡漾，散发出浓郁的春意，清江边上，架设着一座木板桥。这似乎极平常的景物，因为有了"二十年前"和"旧"字的点醒，一下子就化为二十年前和二十年后两个同地同景而不同时的场景："二十年后"的场景是眼前景、实景，而"二十年前"的场景则是回忆想象中的虚景。这一后一前、一实一虚的两个看似相同的场景，由于隔着"二十年"的悠长岁月，特别是那个"旧"字的点染，便隐隐透露出了人事的沧桑变化，暗含了春江碧柳、木板小桥依旧，而人事已非的今昔之慨。但二十年前曾在这座木板桥上发生的情事，则含而未露，有待于诗人的进一步点醒。就像幕布虽然拉开，布景虽已显露，人物却有缺位，故事亦未展开，故能引起读者的殷切期待。

"曾与美人桥上别，恨无消息到今朝。"第三句是全篇的关键与核心，整首诗的故事就浓缩在这短短七个字当中。虽然它本身只是朴素平易的叙述，但它却像一根艺术的魔杖，立即给全诗注入了灵魂，创造出浓郁的氛围和情调。二十年前的春天，就在这清江一曲、碧柳千条之地，在这座木板小桥之上，抒情主人公与心爱的美丽女子依依惜别。春江碧柳，木板小桥，景色是明丽美好的，却反而增添了别离的难堪与惆怅，清江照影，柳条依依，同样增添了两情的依依不舍。二十年后，故地重游，清江一曲，碧柳千条，依然如故，两人相别的那座木板小桥虽然还在，但在岁月风雨的侵袭下，却显得有些陈旧了。而彼时与之惜别的美人却已杳然不见。二十年前的分别，固然使人难堪，如今却是连分别的机会也没有，只能独自空对着清江碧柳和熟悉的旧板桥黯然伤神。深情而徒劳的追忆，思而不见的失落、空虚和怅惘，以及风景依旧、人事已非的深长人生感慨，由于这朴素平易的叙述而统统浮现在抒情主人公的脑际，也浮现在读者面前。

但更令人难堪的是，重游旧地，不但物是人非，而且"恨无消息到今朝"。二十年来，不但一直未能与心爱的女子重见，而且连对方的消息也杳然无迹。对方身在何处，境遇如何，生死存亡，一切杳然。长期的思念、牵挂和一次次的失望，统统于"恨""到"二字中透出。诗写到这里，似乎还有许多感慨、万千情愫需要抒写，但诗却戛然而止，不赘一语，以不了了之，留下大段的空白让读者去涵泳、想象、思索。

据白诗改作的刘诗，虽然只少了两句十四个字，但却显然比白诗更加精练含蓄，更具有浓郁的抒情气氛，通篇也更加流畅自然，一气呵成，而它所独具的绵邈风神和深长情韵，更是白氏原诗所难企及的。

崔　护

　　崔护，字殷功，郡望博陵（今河北蠡县南）。贞元十二年（796）登进士第。元和元年（806）登才识兼茂明于体用科。十五年为户部郎中。长庆间转司勋郎中。大和三年（829）元月，自京兆尹为御史大夫，岭南东道节度使，五年春去职。《全唐诗》卷三百六十八录存诗六首，其中有李群玉之作《三月五日陪裴大夫泛长沙东湖》误入崔诗者，另有三首又作张又新诗。《题都城南庄》著称后世。

题都城南庄①

　　去年今日此门中，人面桃花相映红。人面祗今何处去②，桃花依旧笑春风③。

[校注]

　　①都城南庄，长安城南的某座村庄。详参笺评引《本事诗》关于此诗本事的记载。②祗今，《全唐诗》原作"不知"，校："一作祗今。"据《本事诗》及一作改。祗今，现在、而今。岑参《献封大夫破播仙凯歌六章》："天子预开麟阁待，祗今谁数贰师功？"③《诗·周南·桃夭》："桃之夭夭，灼灼其华。"钱钟书《管锥编·毛诗正义·桃夭》引《说文》："娱，巧也。一曰女子笑貌。《诗》曰：'桃之娱娱。'"认为"夭"即是"笑"。可用以解释"桃花笑春风"。

[笺评]

　　孟启曰：博陵崔护，资质甚美。而孤洁寡合，举进士下第。清明日，独游都城南，得居人庄。一亩之宫，而花木丛萃，寂若无人。扣门久之，有女子自门隙窥之，问曰："谁耶？"以姓字对，曰："寻春独行，酒渴求饮。"女入，以杯水至，开门设席命坐，独倚小桃斜柯伫立，而意属殊厚。妖姿媚态，绰有馀妍。崔以言挑之，不对，目注者久之。崔辞去，送至门，如不胜情而入，崔亦眷盼而归，嗣后绝不复至。及来岁清明日，忽思之，情不自抑，径往寻之。门墙如故，而已锁扃之。因题诗于左扉曰："去年今日此门中，人面桃花相映红。人面祇今何处去，桃花依旧笑春风。"后数日，偶至都城南，复往寻之，闻其中有哭声，扣门问之，有老父出曰："君非崔护耶？"曰："是也。"又哭曰："君杀吾女。"护惊起，莫知所答。老父曰："吾女笄年知书，未适人。自去年以来，常恍惚若有所失，比日与之出，及归，见左扉有字，读之，入门而病，遂绝食数日而死。吾老矣，此女所以不嫁者，将求君子以托吾身，今不幸而殒，得非君杀之耶？"又持崔大哭。崔亦感恸，入哭之。尚伊然在床。崔举其首，枕其股，哭而祝曰："某在斯，某在斯。"须臾开目，半日复活矣。父大喜，遂以女归之。（《本事诗·情感第一》）

沈括曰：唐人以诗主人物，故虽小诗，莫不挺蹀极工而后已。所谓句锻月炼者，信非虚言。小说崔护《题城南诗》，其始曰："去年今日此门中，人面桃花相映红。人面不知何处去，桃花依旧笑春风。"后以其意未全，语未工，改第三句曰："人面祇今何处去。"至今所传此两本，惟《本事诗》作"祇今何处在"。唐人工诗，大率如此。虽存两"今"字，不恤也，取语意为主耳。后人以其存两"今"字，只多行前篇。（《梦溪笔谈》卷十四）

吴曾曰：唐独孤及《和赠远》诗云："忆得去年春风至，中庭桃李映琐窗。美人挟瑟对芳树，玉颜亭亭与花双。今年新花如旧时，去年美人不在兹。借问离居恨深浅，只应独有庭花知。"此诗与崔护诗意无异。（《能改斋漫录》卷八）

王若虚曰：崔护诗云"去年今日此门中"，又云"人面祇今何处去"。沈存中曰："唐人工诗，大率如此，虽两'今'字不恤也。"刘禹锡诗云"雪里高山头白早",又云"于公必有高门庆",自注云："高山本高,于门使之门,二义殊。"三山老人曰:"唐人忌重叠同字。如此二说,何其相反欤?"予谓此皆不足论也。(《滹南诗话》卷一)

施闰章曰:太白、龙标外,人各擅能。有一口直叙,绝无含蓄转折,自然入妙,如"去年今日此门中,人面桃花相映红。人面不知何处去,桃花依旧笑春风"。……此等着不得气力学问。所谓诗家三昧,直让唐人独步。宋贤要入议论,着见解,力可拔山,去之弥远。(《蠖斋诗话·唐人绝句》)

毛先舒曰:次韵非古,今人每好作之,重字不妨古,而今每酷忌……而重字唐多有之,不止李藩之举钱起也。沈存中云:"唐人虽小诗,莫不揉挺极工而后已。崔护诗:'去年今日此门中,人面桃花相映红。人面不知何处去,桃花依旧笑春风。'后以语未工,故第三句云'人面祇今何处去',虽有两'今'字,不惜也。"斯方得之。(《诗辩坻》卷三)

吴乔曰:唐人作诗,意细法密。如崔护云:"去年今日此门中,人面桃花相映红。人面不知何处去,桃花依旧笑春风。"后改为"人面祇今何处在",以有"今"字,则前后交待明白,重字不惜也。(《围炉诗话》卷三)

徐增曰:好个"去年今日","今日"装"去年"之下,得未曾有,又足以"此门中"三字,尤妙。今年此日之此门中,即去年今日之此门中也。去年此门中,有桃花,又有美人,美人之面之白,映于桃花之色之红,桃花之色之红,映于美人之面之白。桃花且不论,美人面上,另有一种光艳。美人之色,不必如桃花之红;而桃花那及得美人之活?崔郎此时,但见人面,不见桃花。今日此门中,为何独不见美人之面,只见桃花之红?见此桃花之红,愈想美人之面。美人既不在此,又留桃花在此何用!真使人怆然。崔郎岂欲见此桃花,而复来此门中者耶!(《而庵说唐诗》卷十二《崔护题昔所见处》评)

《茶香室丛抄》:余谓改本转不如元本之自然,宜后人之惟行前篇

也。庾子山《春赋》云："眉将柳而争绿，面共桃而竞红。""人面桃花"句本此。古人虽率尔漫笔，亦有来历也。（卷八）

沈祖棻曰：诗的前两句从今到昔，后两句从昔到今，两两相形，情绪上的转变很剧烈。但文气一贯直下，转折无痕。它的本身既很动人，语言又极其真率自然，明白晓畅，因而一直传诵人口，成为常用的典故。（《唐人七绝浅释》）

富寿荪曰：前半忆昔，后半感今，今昔相形，怅惘无尽。此诗不特有二"今"字，"人面"、"桃花"四字重复，而缘此益得前后呼应，循环往复之妙。（《千首唐人绝句》）

[鉴赏]

这首诗有一个哀感顽艳最后却以喜剧收场的极富传奇色彩的"本事"。如果把它看成传奇小说，在唐人传奇佳作中也算得上是富于文采和意想之作。诗所抒写的内容虽非故事的全部，却无疑是其中最撩人心弦、触绪生慨的部分。唐代诗歌与传奇小说并生共存，相映生辉，并且流传广泛，这是典型的例证。可以肯定地说，第一，这首诗是有情节性的；第二，上述"本事"对于理解这首诗是有帮助的。

四句诗包含着一前一后两个场景相似、相互映照的场面。第一个场面："寻春遇艳"——"去年今日此门中，人面桃花相映红"。如果真有孟启所记叙的这段故事，那就应该承认诗人确实抓住了"寻春遇艳"整个过程中最动人的一幕。"人面桃花相映红"，虽或自庾信《春赋》"面共桃而竞红"化出，但运用之妙，不仅为艳若桃花的"人面"设置了美好的背景，衬出了少女光彩照人的面影，而且含蓄地表现出诗人在花光面影相互映照、光艳夺目的场景面前目注神驰、情摇意夺的情状和双方脉脉含情、未通言话的情景。通过这最动人的一幕，可以激发出读者对前后情事的许多美好想象。这一点，孟启《本事诗》已经提供了一系列信息，后来的孟称舜的戏曲《桃花人面》则作了更大的发挥。

第二个场面："重寻不遇"。还是春光烂漫、百花吐艳的季节，还是花木扶疏、桃花掩映的门户，然而，使这一切都增添色彩的"人面"如今却不知何处去了，只剩下门前一树桃花仍然在春风中凝情含笑地盛开着。桃花在春风中含笑的描写，既是对桃花盛开的诗意形容，又和去年今日"人面桃花相映红"的印象密切相关。去年今日，伫立在桃树下的那位不期而遇的少女，想必也是像盛开的桃花那样，既光艳照人又凝睇含笑，脉脉含情的。而今，依旧含笑盛开的桃花除了触动对往事的美好记忆和好景不长的感慨以外，还能有什么呢？"依旧"二字，正含有无限失落的怅惘。

整首诗其实就是用"人面""桃花"作为贯串线索，通过"去年"和"今日"同时同地同景而人不同的映照对比，把诗人因这两次不同的遇合而产生的感慨，回环往复、曲折尽致地表达了出来。对比映照，在这首诗中起着极重要的作用。因为是在回忆中写已经失去的美好事物，所以回忆便特别珍贵、美好而且充满感情，这才有"人面桃花相映红"的传神描绘；正因为有那样美好的记忆，才特别感到失去美好事物的怅惘，因而有"人面祇今何处去，桃花依旧笑春风"的感慨。

尽管这首诗有某种情节性，有富于传奇色彩的"本事"，甚至带有戏剧性，但它并不是一首微型叙事诗，而是一首抒情诗。"本事"可能有助于它的流传，但它本身所具有的典型意义却在于抒写了某种人生体验，而不在于叙述了一个人们感兴趣的故事。读者不见得有过类似《本事诗》中所载的崔护的爱情遇合故事，却可能有过类似的人生体验：在偶然、不经意的情况下邂逅某种美好事物，而当自己去有意追寻时，却再也不可复得，只能留下珍贵的美好记忆和永远的遗憾怅惘。这也许正是这首诗保持经久不衰的艺术生命力的原因之一吧。

"寻春遇艳"和"重寻不遇"是可以写成叙事诗的，作者没有这样写，正说明唐人习惯以抒情诗人的眼光、感情来感受生活中的情事。

皇甫松

皇甫松，字子奇，自号檀栾子，古文家皇甫湜之子。睦州新安（今浙江淳安）人。工诗词，终身未第。光化三年（900），韦庄奏请追赐李贺、皇甫松等人进士及第，谓诸人"俱无显遇，皆有奇才。丽句清词，遍在人口。衔冤抱恨，竟为冥路之尘"。其《采莲子》《浪淘沙》各二首，《全唐诗》《全唐五代词》并收。《全唐诗》卷三百六十九录其诗（词）十三首，卷八百九十一收其词十八首（与卷三百六十九重六首）。

采莲子二首① （其二）

船动湖光滟滟秋②，贪看年少信船流③。无端隔水抛莲子④，遥被人知半日羞。

[校注]

①《采莲子》，唐教坊曲名，为七言四句带有和声的声诗，后用为词牌。这两首《采莲子》，除收入《全唐诗》卷三百六十九皇甫松诗以外，又收入《全唐诗》卷八百九十一词三。其一、三两句句中有和声"举棹"，二、四两句句末有和声"年少"。此二首又收入《花间集》。②滟滟，形容波光动荡貌。③年少，指采莲女子所爱慕的青年男子。信，任凭。④无端，平白无故地，没来由地。莲子，谐"怜子"。抛莲子，表示对"年少"的爱慕。

[笺评]

况周颐曰：写出闺娃稚憨情态，匪夷所思，是何笔妙乃尔。（《餐樱庑词话》）

刘永济曰：此二首中之"举棹"、"年少"皆和声也。采莲时，女伴众多，一人唱"菡萏香连十里陂"（按：此第一首之首句）一句，馀人齐唱"举棹"和之，三、四句亦同。此二首写采莲女子之生活片段，非常生动，读之如见电影镜头，将当日情景摄入，有非画笔所能描绘者。盖唐时礼教不如宋以后之严，妇女尚较自由活泼也。（《唐五代两宋词解析》）

刘拜山曰：前首言"贪戏"，犹是少女娇憨常态；下句言"贪看"，则是情窦初开景象。合写小姑，神情恰肖。此采莲曲又一新境。（《千首唐人绝句》）

[鉴赏]

《采莲子二首》，前一首写采莲"小姑"的贪耍娇憨情态，后一首则写了一位妙龄少女"贪看少年"隔水抛莲的娇羞情态，都写得生动逼真，传神毫端。

首句"船动湖光滟滟秋"写采莲船行，湖光动荡，是对环境和采莲行动的描写。秋天是采莲的季节，也是采莲少女在劳动中表达爱情、收获爱情的季节。由于采莲的船随着采莲的行动进程而逐渐移动，使原本平静的湖面漾开了层层波纹，反映出微微波光。这摇漾动荡的湖水波光，既显示出采莲行动的进行，也暗示出采莲少女内心情思的荡漾。句末的那个"秋"字，本是点明时令季节的，由于前面加了"滟滟"二字，便越发渲染出了湖光秋色的明丽，给正在劳动中的采莲少女的爱情提供了一个清澄美好的环境。

"贪看年少信船流"，这是一个富于创意和诗意的长镜头。岸边一位青年男子，引起了正在采莲的女主人公的注意。她目不转睛地注视着这位长相俊伟、风度翩翩的男子，神驰情移，竟不知不觉地停下了采莲划船的动作，任凭采莲船顺着水流的方向缓缓移动。"贪"字极富表现力，不仅传神地描绘出这位采莲少女为"年少"所深深吸引的强烈爱慕的情状，描绘出了她那专注凝神、大胆强烈的目光，而且透露出她那近乎情痴的忘情神态，有画笔难到之妙。

"无端隔水抛莲子，遥被人知半日羞。"三、四两句，包含着一个极富戏剧意味的动作以及这个动作所含的心意被人知晓以后引起的心理反应。"隔水抛莲子"是"贪看"的戏剧化发展。由于对"年少"爱慕心切，这位采莲女子已经顾不得少女的矜持和羞怯，急于向对方表达自己的心意，于是乎便有了"隔水抛莲子"这一幕。"莲子"谐"怜子"，从湖面向岸上的男子抛掷莲子，故说"隔水抛莲子"。这个动作极大胆而带挑逗意味，等于公然向对方表示"我爱你"；却不是用嘴大声喊叫而是借物传情，故大胆中仍有含蓄而不失风趣。谁知这一抛莲子的动作却无意中被岸上的行人或远处的采莲女伴看到了，不免引起一番善意的打趣和嘲谑，弄得女主人公又急又羞，面红耳赤，难为情了好一阵子。"无端"二字，是女主人公对自己"隔水抛莲子"的这一行动的自愧自悔，自怨自责，却又不是真的怨和悔，而是在怪自己的冒失中带着少女的娇羞，在娇羞中又带有几分甜蜜。"无端"二字，甚至还包含了对自己在情不自禁的情况下做出的这一动作感到鬼使神差，难以抗拒抑制的心理体验。虚字而传神至此，可谓鬼斧神工了。

这是地道的民歌风味，原汁原味，朴素的白描，却将人物的行动、情态、心理描摹得出神入化。

吕　温

吕温（772—811），字和叔，一字化光。河中府河东（今山西永济）人。贞元十四年（798）登进士第，次年登宏辞科，授集贤殿校书郎，与王叔文、韦执谊、柳宗元、刘禹锡善。贞元十九年擢左拾遗。二十年出使吐蕃。永贞元年（805）十月，使还回朝迁户部员外郎，转司封员外郎，迁刑部郎中。元和三年（808），坐诬宰相李吉甫，贬道州刺史。在任有政绩。五年转衡州刺史，六年八月卒于任。《全唐诗》编其诗为二卷。

刘郎浦口号①

吴蜀成婚此水浔②，明珠步障幄黄金③。谁将一女轻天下④，欲换刘郎鼎峙心⑤？

[校注]

①刘郎浦，在今湖北石首市西南二里之绣林山北。又称"刘郎洑"。相传为三国吴蜀联姻时刘备迎娶孙权之妹处。《通鉴·后唐纪》胡三省注："江陵府石首县沙步有刘郎浦，蜀先主纳吴女处也。"《三国志·蜀书·先主传》："（建安十三年）先主遣诸葛亮自结于孙权，权遣周瑜、程普等水军数万，与先主并力，与曹公战于赤壁，大破之，焚其舟船。先主与吴军水陆并进，追到南郡，时又疾疫，北军多死，曹公引归。先主表（刘）琦为荆州刺史，又南征四郡……琦病死，群下推先主为荆州牧，治公安。权稍畏之，进妹固好，先主至京见权，绸缪恩纪。"又《二主妃子传》："先主既定益州，而孙夫人还吴。"口号，口占，指随口吟成诗篇。②吴蜀成婚，即刘备与孙权联姻事。浔，水边，刘郎浦在长江边。③步障，一种用以遮蔽风尘、阻挡视线的屏

幕。明珠步障，指步障以明珠装饰。幄，帷幕。幄黄金，帷幕以黄金为饰。④将，以。⑤鼎峙心，指鼎足三分天下的雄图。

[笺评]

《精选评注五朝诗学津梁》：此即刘备与孙夫人成亲处也，诗能强合史意，运用成典，绝佳。

俞陛云曰：诗言吴、蜀连姻，穷极奢丽，幄障之美，金珠交错，殆欲以声色荡其心。熟知英雄事业，决不以一女而舍其远略。后世之哲妇倾城者，六军驻马，莫救蛾眉；一怒冲冠，竟忘君父，但刘郎非其人耳。后人（指王士禛）吊孙夫人云："魂归若过刘郎浦，还记明珠步障无？"即用此诗也。（《诗境浅说》续编）

沈祖棻曰：第三、四两句是议论：谁会为了一个女子而看轻了天下呢……而周瑜竟然想用来换取刘备鼎足三分的心愿，难道不是妄想吗……诗人在这里，连用了两个问句，来表明自己的看法，有顿挫之势，摇曳之姿，增加了诗篇的情致。这首诗的风调近于李商隐，而识见同于王安石，与《贾生》两篇合读，自见异同。（《唐人七绝诗浅释》）

[鉴赏]

中唐以来，随着史学领域以陆质为代表的《春秋》之学的形成、发展和文人对它的接受，以及咏史诗本身发展过程中对思想内容、艺术表现新变的追求，在咏史诗的创作中出现了一种在立意构思上力求发表独特见解甚至作翻案文章的倾向。其中吕温作为陆质《春秋》之学的直接传承者，在咏史诗的创作中鲜明地表现出上述倾向，写出了《题石勒城二首》《题阳人城》《晋王龙骧墓》《刘郎浦口号》等一系列见识卓荦的咏史诗，影响所及，直至晚唐的杜牧、李商隐、皮日休、陆龟蒙等人。这首《刘郎浦口号》便针对历史上孙刘联姻这一广为人知的史实发表了自己的独特见解，并表露了自己远大的政治抱负。

诗系诗人道经刘郎浦时，有感于当年孙刘联姻之事而作，口占而成。因此开头两句就以"此水浔"——刘郎浦展开对当年刘备迎娶孙夫人情景的想象。当年在长江岸边的沙步，送贵主到此的东吴方面特意张设了用明珠装饰的步障、用黄金装饰的帷幄，极尽豪华之能事。这一方面显示了东吴方面对这场有明确政治目的联姻的重视，另一方面也包含着其潜藏的软化刘备的用心。这一点，联系三、四两句的议论，就能看得比较清楚。

孙刘联姻是刘备占领荆州之后，又连下武陵、长沙、桂林、零陵四郡，势力急剧扩张，使东吴的孙权感到畏忌的情况下，因周瑜的建议而实行的政治联姻。《三国志·吴书·周瑜传》："刘备以左将军领荆州牧，治公安。备诣京见权，瑜上疏曰：'刘备以枭雄之姿，而有关羽、张飞熊虎之将，必非久屈为人用者。愚谓大计宜徙备置吴，盛为筑宫室，多其美女玩好，以娱其耳目，分此二人，各置一方，使如瑜者得挟与攻战，大事可定也。今猥割土地以资业之，聚此三人，俱在疆场，恐蛟龙得云雨，终非池中物也。'"孙权虽因"恐备卒难制"而未采纳周瑜"徙备置吴"的建议，但对周瑜"盛为筑宫室，多其美女玩好，以娱其耳目"的计谋却已心领神会，"进妹固好"便是明显的表示。诗人对东吴孙权、周瑜的这一意图，表明了鲜明的否定态度。说作为一代枭雄的刘备，怎么会因为娶了孙权的妹妹就看轻了整个天下，孙权、周瑜等人想用孙刘联姻的手段来换取刘备鼎立三分进而夺取天下的宏图，无疑是一厢情愿，打错了算盘。这两句虽出以议论，但词锋俊发锐利，造语新颖独特（如"鼎峙心"），对比鲜明强烈（一女轻天下），加以"谁将""欲换"四字，开合相应，更显得顿挫有致。严肃的议论中杂有诙谐嘲谑的意味，也体现出诗人那种从高处、大处着眼，睥睨一切的精神风采。

《顺宗实录》云："叔文最所贤重者李景俭，而最所谓奇才者吕温。"吕温不但是永贞革新集团的重要成员，而且是具有宏图大志的士人。他自己亦以才能自负，《赠友人》诗论："生我会有用，天地岂无心。"这首《刘郎浦口号》在吟咏史事、议论风生之中也透露了诗人自己志存天下的高远情怀。从这方面说，咏史与言志实际上是一脉相通的。

卢　仝

　　卢仝（约770—835），自号玉川子，河南府济源（今河南济源）人。初隐济源山中。元和五年（810），居洛阳。时韩愈为河南令，爱其诗，厚礼之。终生未仕。甘露之变中罹难。善《春秋》之学，著有《春秋摘微》四卷（今佚）。诗尚险怪，以《月蚀诗》知名于时，然亦有清新流美之作。《全唐诗》编其诗为三卷。清孙之骦有《玉川子诗集注》五卷。

有所思①

　　当时我醉美人家，美人颜色娇如花。今日美人弃我去，青楼珠箔天之涯②。天涯娟娟姮娥月③，三五二八盈又缺④。翠眉蝉鬓生别离⑤，一望不见心断绝。心断绝，几千里。梦中醉卧巫山云⑥，觉来泪滴湘江水⑦。湘江两岸花木深，美人不见愁人心。含愁更奏绿绮琴⑧，调高弦绝无知音⑨。美人兮美人，不知为暮雨兮为朝云⑩。相思一夜梅花发，忽到窗前疑是君⑪。

　　［校注］
　　①《有所思》，汉乐府鼓吹曲辞铙歌十八曲之一。《古今乐录》曰："汉鼓吹铙歌十八曲……一曰《朱鹭》……十二曰《有所思》……"《乐府解题》曰："古辞言'有所思，当在大海南。何用问遗君，双珠玳瑁簪。闻君存他心，烧之当风扬其灰。从今已往，勿复相思而与君绝'也。"《乐府诗集》卷十六载其古辞全文，与《乐府解题》所节引者稍异，卷十七载齐刘绘至隋唐诗人所作《有所思》，其中有卢仝此篇。②珠箔，珠帘。③娟娟，长曲貌。《文选·鲍照〈玩月城西门廨

中〉》："始出西南楼，纤纤如玉钩。末映东北墀，娟娟似蛾眉。"李善注："《上林赋》曰：'长眉连娟。'"姮娥，神话传说中的月中女神，《淮南子·览冥训》："羿请不死之药于西王母，姮娥窃以奔月。"高诱注："姮娥，羿妻。羿请不死之药于西王母，未及服之，姮娥盗食之，得仙，奔入月中，为月精也。"此以"姮娥月"代指月亮。④三五二八，指农历十五、十六。⑤蝉鬓，古代妇女的一种发式，两鬓薄如蝉翼，故称。此以"翠眉蝉鬓"借指所思美人。⑥巫山云，宋玉《高唐赋序》："昔者先王尝游高唐，怠而昼寝，梦见一妇人，曰：'妾巫山之女也，为高唐之客。闻君游高唐，愿荐枕席。'王因幸之。去而辞曰：'妾在巫山之阳，高丘之阻，旦为朝云，暮为行雨，朝朝暮暮，阳台之下。'"醉卧巫山云，谓梦遇美人。⑦泪滴湘江水，《初学记》卷二十八引张华《博物志》："舜死，二妃泪下，染竹即斑。"疑化用此典。⑧绿绮琴，古琴名。傅玄《琴赋序》："齐桓公有鸣琴曰号钟，楚庄有鸣琴曰绕梁，中世司马相如有绿绮，蔡邕有焦桐，皆名琴也。"此泛指琴。⑨《吕氏春秋·本味》："伯牙鼓琴，钟子期听之。方鼓琴而志在太山，钟子期曰：'善哉乎鼓琴，巍巍乎若太山。'少选之间，而志在流水，钟子期又曰：'善哉乎鼓琴，汤汤乎若流水。'钟子期死，伯牙破琴绝弦，终身不复鼓琴，以为世无足复为鼓琴者。"绝，断。⑩参上注⑥。⑪君，指所思美人。

[笺评]

洪迈曰：韩退之《寄卢仝》诗云："玉川先生洛阳里，破屋数间而已矣。一奴长须不裹头，一婢赤脚老无齿。昨日长须来下状，隔墙恶少恶难似。每骑屋山下窥瞰，浑舍惊怕走折趾。立召贼曹呼伍百，尽取鼠辈尸诸市。"夫奸盗固不义，然必有谓而发，非贪慕钱财则挑暴子女。如玉川之贫，至于邻僧乞米，隔墙居者，岂不知之。若为色而动，窥见室家之好，是以一赤脚老婢陨命也。恶少可谓枉著一死。

予读韩诗至此，不觉失笑。全集中《有所思》一篇……则其风味殊不浅。韩诗当不含讥讽乎？（《容斋续笔·玉川子》）

《苕溪渔隐丛话·前集·玉川子》引《雪浪斋日记》：玉川子诗……惟《有所思》一篇，语似不类，疑他人所作，然飘逸可喜。

陈振孙曰：其诗古怪，而《女儿集》、《小妇吟》、《有所思》诸篇，辄妩媚艳冶。（《直斋书录解题》）

范晞文曰：《有所思》古乐府云："有所思，思昔人，曾、闵二子善养亲，和颜色，奉晨昏，至神悆，通神明。"传者一失于正，遂使庾肩吾有"拂匣看离扇，开箱见别衣"。吴均有"春风惊我心，秋露伤君发"。至卢仝则云："当时我醉美人家，美人颜色娇如花。今日美人弃我去，青楼珠箔天之涯。"岂亦传习之误耶？或谓仝此诗自有所寓云。（《对床夜语》卷三）

刘辰翁曰：奇怪浓丽而不妖，是谓之畅。（《唐诗品汇》卷三十六引）

谢榛曰：卢仝曰："相思一夜梅花发，忽到窗前疑是君。"孙太初曰："夜半梦到西湖路，白石滩头鹤是君。"此从玉川变化，亦有风致。（《四溟诗话》卷二）

周珽曰：此托言以喻己之所思莫致也，意谓遇合无常，盈虚有数，故士为知己者用。既为所弃隔，虽怀才欲奏，每徒劳梦想矣。与《楼上女儿曲》、《思君吟》皆思君致身不遇之词也。（《删补唐诗选脉笺释会通评林·中七古中》）

黄周星曰：玉川诗大都雄肆险谲，而此诗独清婉秀逸，殊不类其作，岂美人之前，不敢唐突耶？（《唐诗快》卷七）

贺裳曰：王弇州曰："玉川《月蚀》诗病热人呓语。前则任华，后则卢仝，皆乞儿唱长短歌博面食者。"余甚快之。然此诗以指元和之竞犹可说也。至《赠马异》篇，不曰一之为甚乎？其他可笑者，更不胜指，但读至"相思一夜梅花发，忽到窗前疑是君"，不得不以胜流目之。（《载酒园诗话又编·卢仝》）按：黄白山评："此诗全与玉川平时手不类，胡元瑞《诗薮》作刘瑗诗，或是。"此诗见《玉川子诗集》、王安石《唐百家诗选》，《诗薮》所云似非。

乔亿曰：玉川子诗诚诞，然《有所思》、《楼上女儿曲》，音韵飘洒，已近似谪仙。（《剑溪说诗》卷上）

史承豫曰：烟波万叠。（《唐贤小三昧集》）

王闿运曰：（末二句）灵气往来。（《手批唐诗选》）

[鉴赏]

由于以《月蚀诗》为代表的一类险怪僻涩之作受到当时和后世诗人、评家的高度关注，从唐到清，这首《有所思》普遍被认为不类卢仝诗的风格，甚至疑为他人之作。其实，卢仝诗集（特别是七古一体）中本有此清新秀逸一格。除本篇外，像《楼上女儿曲》《秋梦行》《听萧君姬人弹琴》等均属此格。

诗的内容，是抒写对"美人"的思念。开头四句，以"当时"与"今日"对举，写昔日美人之娇艳如花和"我醉美人家"时两情之缠绵，以着重渲染今日美人离我而去之后，其所居之青楼珠帘不知远在何处天涯的失落惆怅。对比突出鲜明，语言清新明艳，音调爽利流畅。三用"美人"，蝉联而下，见情之缠绵难已。这四句寓描写于叙述，概写昔合今离，是"有所思"之本。

"天涯娟娟姮娥月，三五二八盈又缺。翠眉蝉鬓生别离，一望不见心断绝。"接下四句，紧承"天之涯"，写对月怀远之情。诗人由天边的一弯明月，联想起远在天涯的美人，"姮娥月"正应次句"颜色娇如花"，而"娟娟"之形状则使诗人自然联想美人的"翠眉"。三五二八，月圆又缺，正关合昔合今离，故虽对天涯之明月，而人则远隔天涯，不能相见，从而归结到"一望不见心断绝"的长叹。

"心断绝，几千里。梦中醉卧巫山云，觉来泪滴湘江水。"这四句由望月不见而梦寻。"心断绝"顶上层末三句，"几千里"承上"天之涯"。这两句改用"三、三"句式，使诗显示出节奏的变化，下两句一句写梦中，一句写梦醒。"醉卧巫山云"用巫山神女旦为行云、暮为行雨的典故，富于象征暗示色彩。它上应"我醉美人家"，但一为实境，一为虚境，梦中的虚幻遇合只能更加深梦醒后的失落伤感。"巫山""湘江"，正见梦境之飘忽迷离，亦见诗人此时或身在湘江一带，故有"泪滴湘江水"的叙写。"泪滴湘江"可能暗用二妃泪洒湘江之典，与诗之寓托有关。

"湘江两岸花木深，美人不见愁人心。含愁更奏绿绮琴，调高弦绝无知音。"接下四句，写湘江梦醒后的追寻和知音不见的惆怅。湘江两岸，花木丛深，春光明媚，但到处寻觅，却不见美人的踪影，只能含愁独奏绿绮，以遣愁怀。奈调高弦断，而知音杳然，则虽奏琴亦无人能够解会。这里，将对美人的思念和"调高弦绝无知音"的怅恨联系起来，使这种思念超越一般的男女情爱而明显带有对"知音"的追求的意蕴，诗的寓托逐渐由隐而显。

"美人兮美人，不知为暮雨兮为朝云。相思一夜梅花发，忽到窗前疑是君。"结尾四句，由思入幻，创造出极富飘忽迷离之致、清绝亦复韵绝的意境。还是那个被诗家用得近乎熟滥了的巫山神女典故，但由于有了上一层对知音的追寻和调高弦绝的叹息，这里的"暮雨""朝云"便洗清了附着于其上的男女欢爱气息，而表现为缥缈轻灵和恍惚迷离的美好境界。而竟夕相思，梅花窗前忽发幽香，疑是"君"之到来的奇想，更使所思之"美人"显示出清高绝俗的风采。得此一结，全诗的境界遂绝去一切浮华俗艳，而升华为一种高洁绝尘的气韵之美、风神之美。而无限言外之意、象外之兴，均可于虚处领之。

从全诗看，这首诗当有所寓托。诗人所思的"美人"究竟是指某位友人，还是指理想的君主，抑或指诗人所追求的某种思想境界，很难确指，似亦不必确指。诗虽沿用汉乐府的古题，但其感情内涵似更接近张衡的《四愁诗》和李白的《长相思》一类作品，他的诗集中有一首《思君吟寄□□生》，似可与此诗相发明，录以参考："我思君兮河之壖。我为河中之泉，君为河中之青天。天青青，泉泠泠。泉含青天天隔泉，我思君兮心亦然。心亦然，此心复在天之侧。我心为风兮渐渐，君心为云兮幂幂。此风引此云兮不来，此风此云兮何悠哉，与我身心双裴回。"